SOMBRIO

SOMBRIO
LUKE DELANEY

Tradução de Márcia Arpini

FÁBRICA231

DEDICATÓRIA

Não acredito que todos tenhamos a sorte de encontrar nossa verdadeira alma gêmea nessa vida, mas eu tive. Adoraria escrever o nome dela com luzes, num lugar bem alto para todo o mundo ver, porém, infelizmente, não posso, em razão do meu passado. Então, em vez de uma imensa exibição de fogos de artifício em sua honra, dedico este livro, *Sombrio*, a minha incrível esposa, LJ, cujo amor muito contribuiu para que eu me tornasse o homem que sou hoje.

Quando nos casamos, meu pai fez um pequeno discurso e nos descreveu, a mim e a LJ, como uma potência. Levei alguns anos para entender inteiramente o que ele quis dizer, mas agora o significado das suas palavras é claríssimo, como perceberia qualquer um que já nos tenha visto juntos. Nós animamos e incentivamos um ao outro, nos desafiamos quando necessário, fazemos críticas se for o caso, mas, acima de tudo, nós nos amamos e nos apoiamos mutuamente. Tudo isto podemos fazer porque pertencemos um ao outro – estamos seguros um com o outro – nos respeitamos e nos adoramos.

Para LJ, então – mãe amorosa e dedicada, executiva destemida no seu ofício e líder inspiradora tanto no trabalho quanto em casa – uma jovem vinda de uma cidade pequena que superou todos os obstáculos e desvantagens significativas que a vida pôs no seu caminho para chegar ao topo. E o mais importante de tudo, uma lição para todos, ela conseguiu tudo isso sem nunca mentir, sem nem ao menos enganar, sendo sempre generosa e leal, e mantendo princípios morais inabaláveis.

Sem LJ, eu teria me perdido facilmente – ou no mínimo aceitado ser menos do que poderia. Por tudo que ela me deu, meu amor e minha gratidão.

Para LJ
Beijos,
LD

1

Thomas Keller caminhava ao longo da tranquila rua suburbana em Anerley, no sudeste de Londres. A região permitia moradia a preços razoáveis para aqueles que, atraídos para a capital, descobriam que só tinham condições de morar na periferia, financeiramente excluídos de tudo que em princípio justificara sua vinda para Londres. Ele conhecia bem a Oakfield Road, percorrera toda a sua extensão várias vezes nas semanas anteriores, e sabia em que casa Louise Russell morava.

Keller foi cauteloso. Mesmo confiante em que atrairia pouca atenção com seu uniforme dos Correios, este não era o seu itinerário regular. Alguém poderia perceber que não deveria estar ali e que a correspondência já fora entregue naquela manhã, mas ele não podia esperar mais – precisava de Louise Russell *hoje*.

À medida que se aproximava do número 22, fez questão de pôr alguma correspondência nas caixas de correio das casas vizinhas, na eventualidade de um morador entediado não ter nada para fazer além de ficar espiando a rua, onde nada acontecia mesmo. Enquanto colocava os folhetos de propaganda, seus olhos moviam-se rapidamente pelas janelas e portas das novas e feias casas de alvenaria da rua, construídas para serem práticas, sem nenhuma preocupação com individualidade ou aconchego. O projeto proporcionava, no entanto, excelente privacidade, o que tornara Louise Russell ainda mais atraente para ele.

Sua ansiedade e medo estavam chegando a níveis que ele mal podia controlar, o sangue circulando nas artérias e veias numa velocidade tal que a cabeça lhe doía e a visão embaçava. Rapidamente, vasculhou o saco de correspondência, remexendo o conteúdo, empurrando os folhetos para um lado, tocando os itens que trouxera para se tranquilizar: a arma de choque elétrico comprada em uma das raras férias fora da Grã-Bretanha, a garrafa de detergente contendo clorofórmio, uma flanela limpa, um rolo de fita adesiva resistente e um cobertor fino. Precisaria de tudo isso em breve, muito em breve.

Só mais uns poucos passos até a porta da frente e ele podia perceber a mulher lá dentro, sentir seu cheiro e seu gosto. A arquitetura daquela casa sem alma era tal que, uma vez alcançada a porta da frente, ele não podia ser visto da rua, assim como não dava para ver o Ford Fiesta de Louise Russell. Levantou a mão para tocar a campainha, mas fez uma pausa para se acalmar antes de apertar o botão no batente, porque talvez precisasse persuadir Louise a abrir a porta para ele. Após o que lhe pareceram horas, finalmente apertou a campainha e esperou, até que subitamente uma sombra se moveu no interior da casa, vindo em direção à entrada. Ele fixou os olhos no vidro fosco à medida que a sombra adquiria cor, e a porta começou a se abrir sem hesitação ou cautela. Não precisara falar nada, afinal. Agora, finalmente, ela estava de pé diante dele, nada entre os dois, nada mais que pudesse mantê-los separados.

Ele ficou em silêncio, admirando-a. Parecia que os olhos verdes dela, claros e brilhantes, o impeliam para a frente, em direção à sua pele iluminada, seu rosto belo e feminino. Ela era só um pouquinho mais baixa do que ele, cerca de um metro e setenta, esguia, cabelo castanho liso cortado na altura do queixo. Os dois tinham quase a mesma idade, vinte e oito anos. Ele começou a tremer, não mais de medo, mas de alegria. Ela sorriu e perguntou:

– Olá. Tem alguma coisa para mim?

– Vim para levar você para casa, Sam – disse ele. – Como prometi que faria.

Louise Russell sorriu, confusa.

– Desculpe – disse ela –, acho que não entendi.

Ela viu o braço dele se mover rapidamente em sua direção e tentou recuar e afastar-se da caixa preta com aparência ameaçadora que ele segurava, mas Keller havia previsto seu movimento e deu um passo à frente para se aproximar. Quando a caixa tocou o peito dela, a sensação foi a de estar sendo atingida por uma bola de demolição. Seus pés saíram do chão quando ela voou para trás e caiu pesadamente no chão do corredor. Por alguns benditos momentos não se lembrou de nada, o mundo escureceu, porém a perda de consciência a poupou da realidade por um tempo curto demais. Quando reabriu os olhos, de algum modo ela sabia que não estivera desacordada por muito tempo e que ainda não era capaz de controlar seus movimentos, pois o corpo continuava com espasmos, os dentes cerrados, impedindo-a de emitir gritos ou súplicas.

Os seus olhos, porém, ela podia controlar, e viam tudo, enquanto o homem vestido de carteiro agia em volta do seu corpo caído. Os dentes dele, salientes e manchados, a repugnavam, assim como o mau odor do seu corpo sujo. Quando a cabeça do homem passou perto do seu rosto, ela pôde ver o cabelo castanho, curto e despenteado, com mechas coladas na testa pelo suor, e sentir seu cheiro. Sua pele, pálida e doentia, parecia meio cinzenta, com marcas de acne e catapora. As mãos eram ossudas e feias, compridas e magras demais, a pele quase transparente, como a de um velho. Unhas longas e sujas mexiam com os objetos que ele tirava do saco de correspondência.

Tudo nele lhe dava vontade de afastar-se, empurrá-lo para longe, mas ela estava presa nas garras inexoráveis da arma, qual fosse ela, com que ele a tocara, e nada podia fazer além de observar o pesadelo em que se encontrava. E o tempo todo ele falava com ela usando o nome de outra, enquanto os retratos enfeitando as paredes que ela tão bem conhecia a contemplavam: fotos felizes, ela com o marido, a família, os amigos. Quantas vezes passara por aquelas fotos sem se deter para olhá-las? Agora, paralisada no chão da sua própria casa, seu santuário, os mesmos retratos zombavam dela lá de cima. Isso não podia estar acontecendo, não aqui, não na sua casa.

– Vai ficar tudo bem, Sam – prometeu ele. – Vamos levar você para casa assim que possível, OK? Vou botar você no carro e depois é só um trajeto curto. Por favor, não fique assustada. Não há motivo para ficar assustada. Agora eu estou aqui para cuidar de você.

Ele a tocava, as mãos úmidas alisando seu cabelo, o rosto, e o tempo todo ele sorria, a respiração ofegante invadindo os seus sentidos e provocando-lhe náuseas. Ela acompanhou com olhos esgazeados quando ele agarrou seus braços e os cruzou pelos pulsos sobre o peito, os dedos dele demorando-se nos seus seios. E observou quando ele começou a tirar um pedaço de fita adesiva, preta e larga, de um rolo grosso que trouxera. Ela rezou em silêncio dentro do seu corpo paralisado, rezou para que o marido aparecesse ali na porta e afastasse à força aquele animal. Rezou para se livrar daquele inferno e do inferno que estava por vir, porque agora ela sabia, compreendia claramente, que ele ia levá-la consigo. Seu sofrimento e terror não terminariam logo, num lugar que ela não temesse. Não, ele ia levá-la para longe dali, para um lugar cujo horror podia apenas imaginar. Um lugar do qual nunca poderia sair, viva ou morta.

Em meio à sua agonia física e mental, ela de repente começou a sentir o controle sobre o seu corpo voltando, os músculos mais relaxados, o maxilar e as mãos começando a destravar, a coluna mais solta e reta, a cãibra insuportável nas nádegas finalmente sumindo; foi traída, porém, por sua própria recuperação, já que os pulmões deixaram escapar uma longa expiração. Ele a ouviu.

– Não, não. Ainda não, Sam – disse ele. – Daqui a pouco, mas por enquanto você precisa relaxar e deixar que eu tome conta de tudo. Juro que vai ser tudo exatamente do jeito que a gente queria. Você acredita nisso, não acredita, Sam?

Sua voz era uma mistura ameaçadora de aparente preocupação genuína, até mesmo compaixão, e um tom ameaçador que combinava com o ódio profundo em seus olhos. Se ela pudesse responder, teria concordado com qualquer coisa que ele dissesse, desde que a deixasse viver. Ela sentia agora que o estupro era uma certeza, sua mente instintivamente preparando-a para isso, mas sua própria vida, sua existência, ela faria todo o possível para preservar: faria qualquer coisa que ele pedisse.

Pondo a fita adesiva no chão ao lado dela, com todo o cuidado, ele tirou da bolsa uma garrafa de detergente e um pedaço de pano no qual esguichou um líquido transparente.

– Não lute, Sam. Só respire normalmente, é melhor assim. – Antes mesmo que o pano lhe cobrisse a boca e o nariz, ela sentiu o cheiro penetrante de hospital. Tentou prender a respiração, o que só conseguiu por poucos segundos, até que os vapores do clorofórmio chegaram aos pulmões e invadiram sua corrente sanguínea. Ela pressentiu a perda de consciência e até gostou, mas, antes que a bênção do sono pudesse envolvê-la, ele puxou o pano. – Não pode ser demais – avisou. – Quando estiver no carro ganha mais um pouco, está bem?

Louise tentou olhá-lo, concentrar-se em seus movimentos, mas a imagem estava fora de foco, a voz distorcida. Ela piscou para clarear a visão, já que os primeiros efeitos do clorofórmio começavam a se atenuar. Recuperou-se a tempo de vê-lo juntar seus pulsos e prendê-los com a fita, a dor do adesivo penetrando na pele, mais forte até do que o clorofórmio. E aí as mãos dele foram em direção ao seu rosto, segurando algo. Ela tentou virar a cabeça, mas não adiantou, sentiu a fita sendo grudada em sua boca, o pânico do sufocamento iminente apertando seus pulmões vazios como um peso de uma tonelada, o efeito do clorofórmio impedindo que pensasse racionalmente ou se acalmasse para poder respirar.

– Relaxe – ele a tranquilizou. – Relaxe e respire pelo nariz, Sam. – Ela tentou, embora o pânico e o medo ainda se recusassem a permitir que qualquer instinto normal de autopreservação funcionasse.

De repente ele se afastou, indo procurar algo na bolsa de Louise e depois nas gavetas da cômoda próxima à porta da frente. Momentos depois retornou, tendo encontrado o que procurava: as chaves do carro.

– Temos que ir agora, Sam – disse ele. – Antes que eles tentem nos deter de novo. Antes que tentem nos separar. Precisamos nos esconder deles, juntos.

Ele lutou para colocá-la de pé, tentou levantar o tronco do chão agarrando e puxando sua blusa, o peso meio morto dela quase excedendo o que ele podia aguentar com o seu físico franzino. Conseguiu finalmente passar o braço dela em volta do seu pescoço e começou a erguê-la.

– Você tem que me ajudar, Sam. Me ajude a levantar você.

Em meio à confusão e ao medo, ela percebeu a raiva crescente na voz dele e algo lhe disse que tinha que se levantar, se quisesse sobreviver aos minutos seguintes daquele inferno. Ela se esforçou para que suas pernas funcionassem, a fita em volta dos pulsos impedindo que usasse os braços para se equilibrar ou dar impulso, os pés hesitantes escorregando no piso de madeira.

– Muito bem, Sam – encorajou-a o louco. – Está quase conseguindo, só mais um pouquinho.

Ela sentiu que agora estava de pé, mas o mundo girava loucamente, provocando-lhe uma enorme insegurança quando começou a andar para a frente, em direção à luz clara, além dos limites da casa que deveria ser o seu refúgio. A claridade e o ar ajudaram a desanuviar sua cabeça, e ela pôde perceber que estava atrás do seu carro, enquanto o homem mexia com as chaves. Ela ouviu o alarme sendo desativado e o porta-malas se abrindo.

– Você vai ficar segura aí dentro, Sam. Não se preocupe, não vamos muito longe.

Ela percebeu a intenção dele, mas só conseguiu murmurar "Não" por trás da boca fechada com fita adesiva, antes que ele agarrasse seus ombros e a virasse em direção à abertura, fazendo com que perdesse o equilíbrio e caísse dentro da parte traseira do carro. Lá ela ficou, seus olhos suplicando ao homem que não a levasse de sua casa. Foi a última coisa de que se lembrou antes que o pano embebido em clorofórmio fosse mais uma vez apertado contra o seu rosto, só que desta vez até que a perda de consciência a resgatasse do inferno.

Ele ousou contemplá-la por um tempo, sorrindo sem parar, quase gargalhando de felicidade. Ele a tinha de volta agora, agora e para sempre. Tirando o cobertor fino de dentro da bolsa, ele o abriu com cuidado sobre o corpo prostrado, antes de fechar o porta-malas. Pulou no assento do motorista e teve dificuldade para enfiar a chave na ignição, a adrenalina fazendo suas mãos tremerem quase incontrolavelmente. Por fim, conseguiu ligar o carro e sair dirigindo com calma, devagar, para não chamar atenção. Em poucos minutos iria trocar o carro de Louise Russell pelo seu, e logo depois estaria em casa com Sam. Em casa com Sam, pelo resto da vida dela.

O detetive-inspetor Sean Corrigan estava sentado no tribunal número três do Tribunal Criminal Central, também conhecido como Old Bailey, assim chamado por ser o prédio principal da rua de mesmo nome na City de Londres. Apesar de todo o romantismo e mística do tribunal antigo e famoso, Sean não gostava do lugar, assim como a maioria dos detetives experientes. O acesso era difícil e não havia nenhum estacionamento num raio de quilômetros. Levar e trazer do Bailey várias sacolas grandes com provas era um pesadelo logístico que nenhum policial enfrentava com prazer. Talvez fosse mais difícil conseguir uma condenação em outros tribunais de Londres, mas pelo menos eles tinham uma droga de um estacionamento.

Era quarta-feira de tarde, e desde segunda de manhã ele tinha estado ali pelo tribunal fazendo praticamente nada. Sean observou a sala do tribunal, indiferente à bela arquitetura. Eram as pessoas dentro da sala que o interessavam.

Finalmente, o juiz pôs de lado o relatório do Serviço Social da Justiça Criminal e deu uma olhada na sala antes de falar.

– Analisei todas as informações do caso e atribuí uma importância especial aos laudos psicológicos referentes à saúde mental do sr. Gibran, atualmente e na época em que esses crimes, esses crimes graves e terríveis, foram cometidos. No caso deste réu, com base nas opiniões dos peritos arrolados pela defesa, ou seja, os psicólogos que examinaram o sr. Gibran, concluí que o sr. Gibran não está em condições de ser julgado neste momento e deve receber tratamento condizente com os problemas psicológicos aparentemente graves que apresenta. Alguém tem alguma outra consideração a fazer antes de concluirmos?

Sean sentiu seu entusiasmo se transformar num enorme desapontamento, o estômago revirado e vazio. Mas voltou a ficar atento quando o promotor se levantou de repente.

– Excelência – arguiu. – Gostaria de chamar a atenção para a página doze do relatório, que pode ser útil a esta corte.

O tribunal ficou de novo em silêncio, só se ouvia o barulho de papéis sendo remexidos, enquanto o juiz encontrava e lia a página doze. Após alguns minutos, ele se dirigiu ao promotor:

– Sim, obrigado dr. Parnell, isso realmente pode ser útil.

O juiz olhou para o fundo do tribunal, onde Gibran estava sentado, imóvel e calmo.

– Sr. Gibran – o juiz se dirigiu a ele, falando tão baixo quanto a distância permitia, já o tratando como um paciente psiquiátrico, e não um assassino calculista. – Esta corte decidiu que o senhor não será julgado pelos crimes de que foi acusado. Existem sérias dúvidas quanto à sua capacidade de compreender o que lhe aconteceria, e por isso o senhor não seria capaz de se defender de maneira adequada destas acusações. Decidi, portanto, que o senhor deverá receber tratamento psiquiátrico. Porém, tendo em vista a grande preocupação demonstrada pelo Serviço Social da Justiça Criminal, no sentido de que o senhor representa um perigo para si próprio e para a sociedade...

O vazio de Sean sumiu tão rápido quanto surgira, expulso pelo entusiasmo que mais uma vez se espalhava pelo seu corpo. A ele não importava quem seriam os carcereiros, agentes penitenciários ou enfermeiros, desde que Gibran ficasse atrás das grades, para sempre.

O juiz continuou:

– ... não posso ignorar o risco que o senhor representa, e preciso também levar em conta a sua necessidade de receber tratamento. Determino, portanto, que o senhor seja detido em conformidade com a Lei de Saúde Mental, numa unidade psiquiátrica de segurança, por tempo indeterminado. Caso se considere no futuro que o senhor progrediu o suficiente na sua recuperação, haverá uma nova avaliação para decidir se deverá ser julgado ou mesmo reintegrado à sociedade. Muito bem.

Com isso, o juiz se levantou, indicando o fim da sessão. Todos no tribunal ficaram de pé ao mesmo tempo, em demonstração de respeito. Sean foi o último a se erguer, um sorriso contido nos lábios, enquanto olhava para o banco dos réus e murmurava entredentes: "Divirta-se em Broadmoor, seu puto." Seus olhos se mantiveram fixos em Gibran quando os guardas o conduziram do banco de réu para as celas no subsolo do antigo tribunal. Sean sabia quase com certeza que esta seria a última vez que ele veria Sebastian Gibran.

Os acontecimentos dos últimos meses passaram rapidamente pela mente de Sean, enquanto ele recolhia seus papéis e os enfiava na pasta velha e surrada, que mais parecia uma mochila infantil grande demais. Ele se dirigiu à saída, fazendo tudo para evitar os jornalistas que tinham tido permissão para entrar no tribunal, parando no caminho para apertar a mão do promotor e agradecer-lhe pelo trabalho, de fato pouco relevante. Saiu do tribunal andando devagar, passando os olhos pelo corredor do segundo andar à procura de jornalistas ou familiares das vítimas de Gibran, sem querer falar com nenhum deles naquele momento, pelo menos não até que falasse com outra pessoa. Caminhou rapidamente pela parte do tribunal aberta ao público e pelo interior do Bailey, um labirinto de curtos corredores sufocantes e mal iluminados, que no final o levaram a uma escada vitoriana, a qual ele subiu até chegar a uma porta discreta. Sean abriu a porta e entrou sem hesitar, sentindo de imediato o impacto do vozerio que do outro lado da porta mal se ouvia.

A pequena cantina "só para policiais" estava arraigada aos mitos e lendas da polícia, e servia a melhor carne de Londres. Sean não demorou a encontrar a sargento-detetive Sally Jones, sentada sozinha na minúscula sala aquecida, segurando um café. Ela percebeu a entrada de Sean e o encarou. Ele sabia que ela leria o seu rosto, buscando respostas às suas perguntas antes que fossem formuladas. Sean avançou dando voltas entre as mesas e cadeiras lotadas, desculpando-se quando necessário por perturbar a refeição apressada dos detetives ocupados. Ele chegou até Sally e desabou na cadeira à sua frente.

– E aí? – perguntou Sally, impaciente.

– Sem condições de ser julgado.

– Puta que pariu! – A resposta de Sally foi alta o suficiente para fazer os outros policiais na cantina erguerem os olhos, ainda que só por um instante. Sean passeou o olhar pela sala, uma advertência visual a todos para que não interferissem. – Deus do céu! – continuou Sally. – Porra, o que adianta?

Sean reparou que Sally inconscientemente esfregava o lado direito do peito, como se pudesse sentir Gibran enfiando-lhe a faca de novo.

– Não fique assim, Sally – encorajou-a. – Sempre soubemos que havia essa possibilidade. Depois de vermos os laudos psiquiátricos, era praticamente uma certeza.

– Eu sei – concordou Sally com um suspiro, ainda esfregando o peito. – Estava me enganando, achando que poderia haver um surto de bom senso no sistema judiciário. Eu deveria ter desconfiado.

– É bem possível que ele de fato seja louco.

– Ele é completamente louco, porra – concordou Sally, mais uma vez. – Mas também está totalmente apto a ser julgado. Sabia o que estava fazendo quando o fez. Não havia vozes na sua cabeça. Ele é tão esperto quanto perigoso, fingiu para os psicólogos, fez piada do que eles chamam de testes. Deveria ser julgado pelo que fez com... – Sua voz foi sumindo, enquanto abaixava os olhos para o café frio na mesa à sua frente.

– Ele não vai se safar – assegurou Sean. – Enquanto estamos sentados aqui, ele já está feliz e contente a caminho da ala de segurança em Broadmoor. Uma vez lá dentro, você não sai nunca mais.

Alguns dos mais notórios assassinos e criminosos da Inglaterra estavam trancafiados em Broadmoor; seus rostos desfilaram pela cabeça de Sean: Peter Sutcliffe, o Estripador de Yorkshire, Michael Peterson, conhecido como Charles Bronson, Kenneth Erskine, o Estrangulador de Stockwell, Robert Napper, o assassino de Rachel Nickell. A voz de Sally o trouxe de volta.

– Gibran matou um policial e quase me matou. Vai ser uma droga de um deus lá dentro.

– Não tenha tanta certeza. – O telefone de Sean começou a vibrar no bolso do paletó. O visor mostrava "Número restrito", indicando que provavelmente alguém o chamava da sala de incidentes da Equipe de Investigação de Homicídios, na delegacia de Peckham. Sean atendeu sem cerimônia e imediatamente reconheceu a estranha mistura do sotaque de Glasgow com cockney. O sargento-detetive Dave Donnelly não teria ligado se não houvesse uma boa razão.

– Chefe, o superintendente Featherstone quer vê-lo aqui o mais rápido possível. Parece que surgiu alguma coisa e ele vai precisar da nossa "ajuda especializada".

– Isso quer dizer que não tem mais ninguém para cuidar disso – respondeu Sean.

– Tão jovem e tão cínico.

– Vamos levar mais ou menos uma hora, saindo aqui do Bailey – informou Sean. – Já acabamos mesmo tudo por aqui.

– Já acabou? – questionou Donnelly. – Isso não me parece boa coisa.

– Explico quando nos encontrarmos. – Sean desligou.

– Problemas? – perguntou Sally.

– E pode ser outra coisa?

Os olhos de Louise Russell começaram a se entreabrir às piscadelas, sua mente tentando desesperadamente arrancá-la do sono induzido pelo clorofórmio, que não trazia nada além de pesadelos de sufocamento, escuridão, um monstro na sua própria casa. Ela tentou enxergar no ambiente escuro, seus olhos passaram a piscar mais lentamente, até que afinal ficaram bem abertos, congelados de terror. Meu Deus, ele a tinha levado, levado para longe da sua casa, do seu marido, da sua vida. O medo a percorreu como eletricidade, incitando-a a pular e correr ou lutar, mas o efeito do clorofórmio pesava. Ela conseguiu erguer o corpo apoiando-se nos joelhos e nas mãos, antes de tombar para o lado, usando o antebraço como um travesseiro improvisado. Sua respiração era rápida e irregular demais, assim como as batidas do coração. Ela tentou se concentrar em dominar o medo, para desacelerar o subir e descer do peito. Após alguns minutos deitada, quieta e calma, a respiração ficou mais relaxada e os olhos puderam focalizar melhor o novo ambiente.

Não havia janelas no cômodo, e ela não via nenhuma porta, apenas o pé de uma escada que, imaginou, levaria a uma porta e uma saída. Do teto alto pendia uma lâmpada de baixa voltagem, com manchas de sujeira, cuja luz era suficiente apenas para que enxergasse, à medida que os seus olhos começavam a se ajustar. Pelo que podia perceber, o cômodo tinha uns dez metros por dez, com paredes frias e sem pintura, que pareciam ter recebido uma camada de cal anos atrás, mas agora exibiam o vermelho e o cinza dos velhos tijolos. O piso parecia ser de concreto, e dava para sentir o frio que dele provinha. O único ruído no cômodo era de água escorrendo por uma parede e pingando no chão. Ela teve a impressão de estar num subterrâneo, num porão, ou num bunker antigo, do tempo da guerra, de uma casa espaçosa. O lugar tinha cheiro de urina, excrementos humanos e corpos sujos e, mais do que qualquer outra coisa, de medo absoluto.

Louise puxou o edredom que a protegia até o pescoço da frieza das suas descobertas, e só conseguiu aumentar o frio. Ela olhou sob a coberta e percebeu que todas as suas roupas haviam sido tiradas. O edredom tinha cheiro de limpo e era um conforto contra o fedor frio do lugar, mas quem faria isso, tirá-la de casa, tirar suas roupas, mas com o cuidado de deixar um edredom limpo para que se cobrisse e evitasse o frio? Quem e por quê? Ela fechou os olhos e rezou para que ele não a tivesse tocado. Sua mão se moveu devagar, descendo pelo corpo e entre as pernas. Lutando contra a repugnância, ela se tocou delicadamente. Não sentiu nenhuma dor, nenhum ponto sensível, e estava seca. Tinha certeza de que ele não a estuprara. Então, por que estava ali?

À medida que seus olhos se adaptavam melhor à penumbra, ela descobriu que estava deitada sobre um fino colchão de solteiro, velho e manchado. Ele deixara uma jarra plástica, cujo conteúdo tinha aparência e cheiro de água potável, mas o que mais chamou a atenção de Louise, a única coisa que trouxe lágrimas ardentes aos seus olhos, foi perceber que além de estar naquele quarto horrível, estava trancada numa jaula. Em toda a sua volta, havia uma grossa tela de arame, passada por uma sólida estrutura de metal, com não mais de dois metros de comprimento e um metro e vinte de largura. Ela estava trancada dentro de um tipo de jaula de animal, o que significava que havia apenas duas possibilidades: ele a deixara lá para morrer, ou ele voltaria, voltaria para ver o animal que havia capturado e enjaulado, voltaria para fazer o que quisesse com ela.

Ela enxugou as lágrimas no edredom e mais uma vez tentou analisar todo o ambiente, à procura de qualquer motivo de esperança. Em uma ponta da jaula claramente ficava a saída, visto que havia uma porta com cadeado. Também notou o que parecia ser uma portinhola na lateral, supostamente para a passagem segura de comida entre ela e o seu carcereiro. O medo surgiu, das profundezas do seu desespero, e a dominou. Ela praticamente pulou para a porta, passando os dedos através da tela e fechando os punhos, sacudindo a jaula com selvageria, as lágrimas lhe escorrendo pelo rosto enquanto enchia os pulmões, pronta a gritar por socorro. E parou. Ouvira algo, algo se movendo. Não estava sozinha.

Olhou para o fundo do cômodo, seus olhos agora quase totalmente adaptados à luz fraca, atenta aos sons, rezando para que não viessem, mas eles vieram, alguma coisa se mexendo. Seus olhos se fixaram no local de onde vinham os sons e ela pôde ver, no lado oposto, uma outra jaula, aparentemente igual àquela onde estava presa. Meu Deus, havia um animal lá dentro? Ela estava sendo mantida com um animal selvagem? Era por esse motivo que ele a sequestrara, para entregá-la àquele animal? Movida pelo pânico, começou a sacudir a porta da jaula de novo, mesmo sabendo que era inútil. O som de uma voz a fez parar. Uma voz fraca, baixa. A voz de outra mulher.

– Você não devia fazer isso – sussurrou a voz. – Ele pode te ouvir. Nunca se sabe quando ele está escutando. Se ouvir você fazendo isso, vai ser castigada. Nós duas vamos ser castigadas.

Louise ficou imóvel, a horrível certeza de que ela não era a primeira que ele pegara paralisando sua mente e seu corpo. Ela ficou totalmente parada, escutando, duvidando, esperando que a voz falasse de novo, começando a pensar que tinha imaginado tudo. Não dava para esperar mais.

– Olá – gritou para a penumbra. – Quem é você? Como chegou aqui? – Esperou uma resposta. – Meu nome é Louise Russell. Pode me dizer o seu nome?

Um curto, agudo "sssssh" foi a única resposta. Louise esperou em silêncio por uma eternidade.

– Precisamos ajudar uma à outra – disse Louise à voz.

– Eu disse para ficar quieta – respondeu a voz, parecendo mais medrosa do que zangada. – Por favor, ele pode estar escutando.

– Não me importo – insistiu Louise. – Por favor, por favor. Preciso saber o seu nome. – A frustração trouxe mais lágrimas aos seus olhos. Ela esperou, fitando a figura enrolada no chão da outra jaula, que finalmente começou a se esticar e adquirir forma humana.

Louise observou a jovem mulher que agora estava sentada, com as pernas dobradas sob o corpo, na jaula em frente. Ela olhou em torno para confirmar que não havia outras jaulas no lugar, e seus olhos logo voltaram à mulher. Dava para ver que ainda era bonita, apesar da aparência desleixada: cabelo castanho curto desgrenhado, rosto pálido e sujo, qualquer vestígio de maquiagem há muito lavado pelas lágrimas e pelo suor. Tinha contusões no corpo e no rosto, bem como um corte feio no lábio. Parecia ter pouco menos de trinta anos, era magra, e, Louise calculava, estando ela sentada, que devia ser mais ou menos da sua altura. Na verdade, quase tudo nela lembrava Louise. Não pôde deixar de notar que a outra mulher não tinha colchão nem edredom, nenhuma manta ou lençol de qualquer tipo, e usava apenas calcinha e sutiã com aspecto de imundos. A mulher parecia sentir frio, mesmo estando o lugar razoavelmente aquecido, embora Louise não visse uma fonte óbvia de calor. Imaginou que o cômodo poderia estar situado próximo a um aquecedor, ou talvez o fato de estarem no subsolo, como suspeitava, mantivesse o local mais quente do que a temperatura lá fora. Mas por que essa outra mulher parecia estar sendo tão mais maltratada do que ela? Seria por isso que ela se recusava a falar, por temer um castigo maior? O que mais ele faria com ela? Tirar suas roupas de baixo, a humilhação final?

– Meu nome é Karen Green.

O som daquela voz paralisou Louise. Ela levou alguns segundos para recuperar a sua própria voz.

– Eu sou Louise. Louise Russell. Há quanto tempo você está aqui?

– Não sei. Ele ficou com meu relógio.

– Consegue se lembrar que dia era quando ele pegou você?

– Quinta-feira de manhã – disse Karen. – Que dia é hoje?

– Não sei. Não dá para ter certeza. Lembro que era terça de manhã quando ele... – Louise se esforçou para achar a palavra. – Quando ele me atacou. Você sabe há quanto tempo estou aqui?

– Um bom tempo. Talvez chegue a um dia. Esteve desacordada o tempo todo.

Louise se deixou cair contra a tela de arame da jaula, tentando compreender o fato de que poderia estar sumida há um dia e até agora não ter sido encontrada. E em seguida um pensamento ainda mais aterrorizante a invadiu; Karen estivera sumida por quase uma semana e, no entanto, ali estava ela, apodrecendo numa jaula de arame e, até agora, sozinha, exceto por ele.

– Você sabe o que ele quer? – perguntou a Karen, num pânico repentino. – Por que estamos aqui?

– Não. Não sei o que ele quer, mas sempre me chama de Sam.

Louise se lembrou de que ele também a chamara de Sam. *Vim para levar você para casa, Sam. Como prometi que faria.* Ela sentiu a náusea subindo em seu estômago, a bile amarga, desagradável, chegando à garganta e à boca. Elas eram substitutas de outra pessoa, substitutas de seja lá quem fosse essa Sam.

Outra onda de medo debilitante se espalhou pelo seu corpo, uma dor física, tangível. Elas estavam sendo mantidas presas por uma pessoa insana, uma pessoa com quem era impossível raciocinar ou racionalizar. A esperança a abandonou.

Louise olhou para Karen do outro lado e se lembrou de que não estava vestida, e da única coisa que temia quase tanto quanto a própria morte.

– Ele tocou em você? – indagou. Houve um longo silêncio, e ela viu Karen se encolhendo e se enroscando em posição fetal, abraçando o corpo em silêncio.

– Não no começo – retrucou Karen, num quase sussurro choroso. – Quando acordei, ele tinha levado minhas roupas, mas acho que não tinha me tocado. Deixou um colchão e um edredom para mim, a mesma coisa que fez para você, mas depois levou embora e ele... ele começou a me machucar. No início era quase gentil. Injetava alguma coisa para que eu parasse de lutar e depois fazia aquilo. Mas agora está sempre zangado comigo. Ele faz para me castigar, mas não fiz nada de errado. Não fiz nada para ele ficar zangado.

Louise escutava como se ouvisse o seu futuro sendo descrito, seu corpo rígido de pânico, os músculos paralisados de tensão.

– O que aconteceu com suas roupas? Você disse que ele levou tudo quando trouxe você para cá, mas devolveu as roupas de baixo. Por que não devolveu o resto?

– Essa roupa não é minha – explicou Karen. – Nos primeiros dias aqui, ele deixou que eu me lavasse, depois me deu umas roupas e me fez usá-las. Mas ontem à noite... acho que era noite, ele veio e tirou minha roupa, só deixou o que estou usando. Eu não sabia por que ele tinha feito isso, até que trouxe você para cá.

Louise também entendia por que ele levara as roupas, e sabia que em breve ela as estaria usando. Ela vomitou bile, capilares se rompendo nos seus olhos, o que os deixou avermelhados e vidrados. O silêncio foi quebrado de repente pelo som metálico de algo pequeno e pesado, batendo no que parecia ser uma placa de metal. Um cadeado sendo aberto, adivinhou Louise, e por um segundo ousou acreditar que poderiam ser seus salvadores. O medo e pavor que percebeu na voz de Karen logo extinguiram sua esperança, enquanto instintivamente recuava para o canto mais afastado da jaula.

– Ele está vindo – disse Karen. – Não fale comigo agora. Ele está vindo.

Sean e Sally entraram na sala de incidentes de investigação de homicídios na delegacia de Peckham pouco antes das quatro da tarde de quarta-feira. O local estava estranhamente movimentado e tranquilo ao mesmo tempo, os detetives da equipe de Sean aproveitando a calmaria entre novas investigações para pôr em dia o trabalho burocrático, atrasadíssimo. Eles não tinham recebido nenhum caso durante semanas, embora homicídios não estivessem em falta. As outras equipes de Homicídios, que cobriam o sul de Londres, estavam ficando muito aborrecidas porque o fluxo regular de mortes violentas parecia estar passando ao largo da equipe de Sean. Apesar de ficar satisfeito com a folga, Sean cada vez mais tinha a sensação de que estava sendo poupado para algo, ele sabia, de que não iria gostar.

Enquanto atravessavam a sala, ele viu o superintendente Featherstone através da divisória acrílica que separava seu escritório. No caminho, fez um movimento quase imperceptível de cabeça para o sargento Donnelly, indicando que os seguisse. À medida que se aproximava de Featherstone, começou a ter a impressão de que este era o dia que tanto temia. Eles entraram na sala e Featherstone se levantou para recebê-los.

– Um passarinho me contou que as coisas não foram muito bem hoje no tribunal – foi a saudação de Featherstone.

– Depende do ponto de vista – retrucou Sean.

– E qual é o seu? – perguntou Featherstone.

– Bem, ele provavelmente vai passar o resto da vida trancafiado com o pior dos piores em Broadmoor. Me parece um bom resultado.

– E quem não concordaria com esse ponto de vista? – indagou Featherstone. Sean ficou calado, mas seus olhos se voltaram rapidamente para Sally. – Ninguém sai de Broadmoor, Sally. Aquele sacana vai apodrecer lá dentro. Pense assim, ele pegou uma pena de prisão perpétua e não tivemos nem mesmo que enfrentar um julgamento. Era só dois ou três jurados babacas irem com a cara dele e ele ficaria livre. Acredite, Sally, esse resultado é excelente.

Sally não se convenceu.

– Ele deveria ter ido a julgamento – foi tudo que disse.

Sean decidiu que era hora de mudar de assunto. Policiais nunca se detêm por muito tempo em casos antigos. Não importava se o resultado fora bom ou lamentável; poucas horas depois da decisão do tribunal, o caso, embora não esquecido, era posto de lado e raramente seria mencionado de novo. No entanto, a investigação que envolveu Gibran tinha sido bem diferente de qualquer outra com que tivessem lidado. E por pior que tivesse sido para ele e os outros, fora muito, muito pior para Sally. Ela quase morrera, quase fora assassinada em sua própria casa. Fisicamente, sobreviveu, por pouco, mas Sean percebia que algo nela tinha morrido. Passou dois meses na unidade de terapia intensiva e mais três em um quarto de hospital. Um mês depois voltou ao trabalho, mas era cedo demais e ela não pôde aguentar, física e mentalmente. Retornou algumas semanas mais tarde, e ele não conseguiu convencê-la a ficar mais tempo afastada, por mais que tentasse. Isso tinha sido há dois meses; nove meses depois de ter sido agredida. Não havia chance de ter realmente se recuperado naquele período.

– Não adianta ficar pensando mais do que o necessário no que aconteceu ou não aconteceu. O que está feito está feito. Não podemos recorrer de uma decisão de internação, então todos nós temos que seguir em frente. – Sean olhou de relance para Sally, que em silêncio fitava o chão, depois se virou para Featherstone. – Suponho que tenha nos chamado por uma razão, chefe.

– De fato. Preciso que localizem uma pessoa desaparecida.

As palavras de Featherstone foram recebidas com um silêncio de descrédito.

– Uma o quê? – questionou Sean.

– Uma pessoa desaparecida – repetiu Featherstone.

– Deve ser alguém muito importante para ter uma equipe de investigação de homicídios designada para o caso – conjeturou Donnelly.

– Importante, não – disse Featherstone. – Ou, pelo menos, não para o público em geral. Sem dúvida ela é importante para a família e os amigos, e com certeza para o marido, que comunicou o desaparecimento.

– Estamos falando de crime? – perguntou Sean. – O marido é suspeito?

– Sim para crime, não para marido. Ele não é suspeito.

– Há quanto tempo ela sumiu? – continuou Sean.

– Tudo indica que ontem de manhã. O marido, John Russell, a deixou em casa quando saiu para trabalhar, mais ou menos às oito e meia, e depois disso não a viu mais – explicou Featherstone. – Ele voltou para casa por volta de seis da tarde e sua esposa e o carro dela haviam desaparecido. Sua bolsa estava lá, o celular etc., mas Louise não estava. É claro que aconteceu alguma coisa com ela, e é claro que pode estar em perigo.

Sean não gostava do que estava ouvindo. Mulheres que fugiam com amantes secretos não deixavam para trás bolsas e celulares.

– Em que ponto estamos? – perguntou.

– Mais ou menos no ponto que acabei de descrever – disse Featherstone. – O policial local que fez o registro de pessoa desaparecida não gostou do que viu e passou-o para o agente do Departamento de Investigação Criminal, que por sua vez achou que ali podia haver algo que nos interessasse.

– E quando e se encontrarem o corpo, estaremos interessados – atalhou Donnelly.

– A ideia é encontrá-la antes que isso aconteça – reagiu Featherstone.

– Isso não é da nossa área – Donnelly continuou a argumentar. – A gente trata de homicídios, nada mais. Por que não dão o caso para o Grupo de Crimes Graves ou então deixam com o Departamento de Investigação Criminal local?

– Porque – explicou Featherstone – os chefões, sentados em suas torres de marfim na Scotland Yard, decidiram testar um novo procedimento para pessoas desaparecidas, que à primeira vista pareçam ser vítimas. É uma extensão do programa de prevenção e repressão a homicídios.

– Então por que não entregar para a Unidade de Repressão a Homicídios? – Donnelly se recusava a ceder. – Parece feito sob medida para eles.

– Não é bem a área deles – continuou Featherstone. – Precisam se concentrar num suspeito antes de pegar o caso.

– E nós precisamos de um corpo – insistiu Donnelly.

Sean interrompeu a discussão com uma pergunta.

– Quantos anos ela tem?

– Desculpe... – A mente de Featherstone ainda estava às voltas com Donnelly.

– Quantos anos tem a mulher desaparecida?

Featherstone folheou rapidamente a pasta que estivera segurando durante toda a reunião.

– Trinta.

– A idade perfeita para fugiu-com-outro-homem – fungou Donnelly.

– Ela não fugiu – Sally se juntou à conversa. – Uma mulher não deixaria tantos objetos pessoais para trás, a não ser que alguma coisa tivesse acontecido.

– Como o quê? – perguntou Donnelly.

– Como ter sido sequestrada – respondeu Sally.

Sean percebeu que uma nova discussão estava prestes a ser deflagrada.

– Vamos investigar – anunciou.

– Como assim? – Donnelly se virou para ele, indignado.

– Veja desta maneira – disse Sean a Donnelly. – Se pudermos encontrá-la antes que algo lhe aconteça, vamos nos poupar muito trabalho.

– Bom – concordou Featherstone. – Quero ser informado com frequência sobre o caso, Sean. Os chefões estão ansiosos por resultados positivos para evitar a cobrança da mídia. – Ele entregou o registro de pessoas desaparecidas a Sean, que o passou para Sally. – Tem algumas fotos dela na pasta. O único sinal particular é uma cicatriz da cirurgia de remoção de apêndice quando ela era adolescente.

– Faça algumas cópias, por favor, Sally, e distribua para a equipe – pediu Sean. – Dave pode ajudar.

A expressão de Donnelly demonstrava a insatisfação que ele sentia.

– Perda de tempo – insistiu. – Ela vai voltar para casa daqui a uns dias cheirando a loção pós-barba e pedindo o divórcio.

Sean lançou-lhe um olhar duro.

– Acho que não – foi tudo o que disse. Donnelly sabia quando parar, e saiu da sala atrás de Sally.

Featherstone esperou até eles terem se afastado o suficiente para não ouvi-lo, antes de voltar a falar.

– Como está Sally? – perguntou.

Sean inspirou o ar entredentes.

– Está melhorando – respondeu.

– Droga – reagiu Featherstone. – Qualquer idiota pode ver que ela está tendo dificuldade, o que não é surpresa nenhuma.

– Ela vai ficar bem – assegurou Sean, meio desapontado com a falta de fé de Featherstone na capacidade de recuperação de Sally. – Precisa de tempo e de uma boa investigação para se esquecer do que aconteceu, só isso.

– Foi por isso que você concordou tão rapidamente em aceitar um caso de desaparecimento? – questionou Featherstone. – Para ajudar Sally.

Sean evitou a pergunta.

– Não me dei conta de que tinha escolha.

– Se ainda vale alguma coisa – esclareceu Featherstone –, você tinha escolha, sim. – Sean ficou calado, e Featherstone se encaminhou para a porta. – Não se esqueça de me manter informado, e se houver algo que eu possa fazer, me ligue. Sei que você tem alergia à mídia, se quiser que eu lide com eles, tudo bem para mim.

Featherstone já estava quase fora da sala quando Sean o fez parar com uma pergunta.

– Acha que ela já está morta? É por isso que quer que eu pegue o caso?

– Eu esperava que você me dissesse isso, Sean – respondeu Featherstone. – E o nome dela é Louise Russell e ela é esposa de alguém, filha de alguém, e se fizermos um bom trabalho, um dia poderá ser mãe de alguém. Acho que nós todos precisamos nos lembrar disso, não acha?

Sean não disse nada, enquanto observava Featherstone fechar a porta e sair.

Ele se sentiu de repente muito só, sentado em sua sala pequena e aquecida, cercado de móveis baratos e computadores antigos, com monitores que deveriam estar num museu. Até a paisagem da janela não oferecia nada além da vista dos extensos conjuntos habitacionais de Peckham e do acampamento para viajantes no terreno baldio vizinho à delegacia. Ele começou a pensar em Louise Russell, a imaginar o que teria lhe acontecido, e por quê. Onde estava ela agora? Continuava viva e, se sim, por quê? Alguém a pegara, pegara para fazer coisas horripilantes? Será que receberiam um pedido de resgate? Não, ele achava que não. Isso parecia um caso de loucura, como se a loucura tivesse entrado na vida de Louise Russell sem qualquer aviso ou razão.

Sean esfregou o rosto e tentou afastar as perguntas. É uma pessoa desaparecida, disse a si mesmo. Pare de pensar nela como se estivesse morta. Mas ele sabia que não adiantava: já havia começado. Já havia começado a pensar como ele. Como o louco que a levara.

2

A luz natural descia pela escada e entrava no cômodo, o brilho intenso cegando por momentos Louise Russell, que piscava para se acostumar, antes que o barulho de uma porta sendo fechada, rápida porém cuidadosamente, levasse embora a luz. Os olhos de Louise agradeceram a volta da penumbra a que ela se acostumara e se dirigiram ao outro lado do aposento, onde Karen Green estava recuando mais para o fundo da jaula, os dedos se fechando em torno da tela de arame como se estivesse se preparando, procurando uma âncora para se firmar contra a onda que estava prestes a arrastá-la. Louise podia ouvir sua tentativa de conter as lágrimas, enquanto os passos na escada chegavam mais perto. Ela escutava aqueles passos se aproximando, não pesados e dramáticos, mas leves, pouco mais que o ruído de um roçar e arrastar de pés, que provocavam nela um medo pior do que qualquer coisa que já sentira.

Era como se os seus sentidos estivessem sintonizados com os menores sons, sombras, cheiros e movimentos na sua prisão. Este lugar e este momento eram os mais sombrios e desesperadores da sua vida, e, no entanto, ela nunca se sentira tão viva. Notou que estava imitando sua colega de cativeiro ao recuar para o ponto mais afastado da jaula, o latejar do seu pulso quase encobrindo os passos delicados que desciam hesitantes na direção delas.

Após um tempo que pareceu, simultaneamente, longo em agonia e um desespero de tão curto, ele apareceu ao pé da escada e pisou vacilante na masmorra improvisada. Louise o observava, enquanto ele fazia uma pausa antes de entrar devagar, mantendo-se próximo à parede. Pelo que ela pôde perceber, ele usava casaco e calça de moletom cinza, ou de alguma cor escura. Não falou nada enquanto andava mais para dentro do cômodo, e então de repente desapareceu, como por mágica. Um segundo depois ela ouviu o clique de uma corda sendo puxada, seguido pelo brilho amarelado de uma lâmpada fraca se espalhando pelo aposento subterrâneo. A luz não era forte o bastante para incomodar os olhos, mas fez uma enorme diferença no que ela pôde ver com clareza. E ela viu que ele tinha ido para trás de uma cortina de pano, do tipo usado em hospitais para proporcionar um certo grau de privacidade.

Era como observar uma silhueta num show de marionetes, ele de pé do outro lado da tela, pernas imóveis, braços e mãos se movendo, ocupados com algo que produzia barulhinhos de metal. Louise ouviu o som áspero de uma torneira dura sendo aberta e depois água correndo. Ele cantarolava animadamente uma canção que ela não reconheceu e que soava mais aterrorizante do que qualquer grito ou uivo na noite. O medo secava a boca de Louise de maneira insuportável, o pânico crescente bloqueava sua garganta, os olhos estavam tão abertos quanto os de um animal selvagem que sabe estar prestes a ser dilacerado por seus perseguidores, as pupilas totalmente dilatadas ampliando sua visão noturna num momento em que ela quase desejava não conseguir ver nada, ouvir nada e sentir nada.

Louise notou que a silhueta parou de se mexer, embora de algum modo ela soubesse que ele tinha se virado para ficar de frente para elas. Dava para ouvir a respiração pesada do homem, como se ele estivesse se preparando para subir num palco e enfrentar o seu público. Finalmente ele saiu de trás da tela, aquele homem insignificante, de altura mediana, magro demais, com cabelo castanho sujo e pele sebosa. Mas para Louise, ele era um monstro vil, um animal medonho que constituía uma ameaça a tudo, à sua dignidade, sua liberdade, sua própria existência. Como podia esse canalha de repente ter tanto poder sobre ela?

Ela podia ver que ele estava sorrindo, um sorriso amigável, nada ameaçador. Lembrou-se dos seus dentes manchados e do mau hálito quando ele a pegara, a lembrança empurrando saliva com gosto de vômito do estômago para a boca. Outras lembranças se precipitavam agora: o cheiro do seu cabelo sujo, o fedor do suor antigo infestado de micróbios fétidos, e as mãos, as mãos de bruxo, demorando-se demais nos seus seios. Sem aviso, o dilúvio de ruídos vindos do seu coração e do seu sangue se calou. Ela percebeu que ele estava falando, e foi o suficiente para fazê-la parar de respirar, imobilizar o seu coração, só por um segundo.

– Sam? Você está bem? Eu trouxe umas coisas para você comer e beber, se puder. Não é muito, mas vai se sentir melhor se conseguir comer e beber um pouco. – Ele começou a andar em sua direção, carregando uma bandeja onde equilibrava uma caneca plástica com água e um prato com um sanduíche que parecia feito por uma criança. Andava encurvado em volta da jaula, olhando com atenção por entre as grades, sorrindo sem parar enquanto seus olhos, arregalados e ansiosos, moviam-se rapidamente pelo corpo de Louise, apunhalando-a com mil agulhas e fazendo sua pele se arrepiar.

– Vou ter que passar a bandeja pela abertura – disse ele. – É melhor assim, até você compreender bem. Você me entende, não é, Sam? Você sempre me entendeu, mesmo quando ninguém entendia. É por isso que devemos ficar juntos.

Ele tirou uma chavezinha do bolso e abriu o cadeado que fechava a tranca da portinhola. Louise vigiava cada movimento dele, atenta para que a mão do homem não avançasse de repente pela abertura em sua direção, mas ele apenas empurrou a bandeja para dentro e ficou segurando, à espera de que ela a pegasse.

– Pegue a bandeja. É tudo para você. Volto mais tarde para buscar, quando tiver terminado. – Louise avançou devagar, hesitante, sem desviar os olhos dele enquanto apanhava a bandeja, que ela imediatamente pôs no chão, antes de voltar ao canto mais afastado da prisão.

– Experimente – ele a encorajou. – Mas beba primeiro, clorofórmio pode deixar a pessoa um pouco desidratada.

Ela pegou a caneca plástica e olhou desconfiada, tentando detectar algum cheiro incompatível com uma inocente caneca de água. Por fim tomou um golinho, a sensação de alívio logo dominada pelo gosto frio, limpo da água. De repente ela se deu conta de que estava com muita sede e bebeu em grandes goles, rapidamente.

– Bom, não é? Mas não beba muito e rápido demais, pode ficar enjoada.

Louise parou de beber e começou a molhar os lábios e o rosto com a água, detendo-se ao se lembrar da mulher trancada na outra jaula. Será que já estava forte o bastante para falar com ele? Decidiu que precisava tentar, fazer algo para estabelecer um relacionamento. Ela vira um programa sobre uma mulher sequestrada que criara um vínculo com o sequestrador, o que no fim das contas salvou sua vida, porque ele não teve coragem de matá-la, como havia planejado. – E ela? – conseguiu perguntar, mal reconhecendo sua própria voz, áspera e fraca.

– Quem? – perguntou ele, agora com o sorriso meio torcido e piscando os olhos.

Louise olhou na direção da outra jaula e depois de novo para ele.

– Ela. Karen. Ela disse que seu nome é Karen.

Ele fitou com frieza o rosto de Louise, o sorriso, agora, apenas uma lembrança.

– Você não deve falar com ela. É uma mentirosa filha da puta. Me fez acreditar que ela era você, mas não é.

Louise viu o seu rosto se contorcendo de ódio, os lábios repuxados e os dentes arreganhados como uma hiena rindo, as veias do pescoço inchadas e azuis de raiva. Sentindo que pusera Karen em perigo real e imediato, ela se apressou em desfazer o erro.

– Não – explicou. – Ela não disse nada, juro. Eu fiz com que me dissesse o seu nome. Não foi culpa dela. Por favor, tem água demais aqui para mim. Pode dar o resto para ela. Por favor.

As tentativas desesperadas de acalmar a raiva dele contra a mulher encolhida de medo e choramingando na jaula do outro lado do cômodo não surtiram efeito. Ele cruzou o chão a passos largos, os olhos fixados em Karen.

— A puta não vai ganhar nada! – gritou, sua voz ecoando no vazio do túmulo de tijolos. – A puta não vai ganhar nada, só o que todas as putas de fato querem.

Louise cobriu as orelhas com as mãos, seu corpo instintivamente se enrolando como uma bola apertada contra a grade de arame, espiando aterrorizada enquanto ele se aproximava da única pessoa no mundo que compartilhava o seu pesadelo.

— Não foi culpa dela – forçou-se a gritar, segura de algum modo de que a raiva dele não se viraria contra ela. – Deixe ela em paz, por favor. Ela não fez nada de errado. – As lágrimas lhe desciam pelas faces, salgadas com a desidratação. Fios de saliva seca, grudenta, se estendiam de lado a lado em sua boca como uma teia de aranha, e ela silenciosamente implorava que ele parasse.

Ele vasculhou o bolso da calça, tentando tirar um objeto mais volumoso do que as chaves que tirara antes. O que quer que fosse enganchou no tecido do bolso, e ele puxou com violência para que se soltasse, seus olhos nunca se desviando da jaula de Karen Green.

— Vou dar o que você quer, sua filha da puta.

Louise tentou fechar os olhos, tentou olhar para o outro lado, enquanto Karen, desesperada, se espremia contra a grade de trás da jaula, tentando achar um meio de escapar da loucura que se aproximava. Agora podia ver o que ele segurava. Era a caixa estranha com que ele a tocara quando tinha aberto a porta para ele, aquela coisa que a deixara paralisada e indefesa.

Quase deixando cair a chave, em sua fúria e nervosismo, ele teve dificuldade para abrir a jaula de Karen, falando palavras arrastadas e incoerentes. Finalmente abriu a porta e se debruçou para dentro da jaula. O grito de Karen atravessou as mãos que cobriam os ouvidos de Louise e penetrou em cada milímetro do seu corpo.

Karen estava espremida contra o arame, a pele do rosto marcada com o padrão dos quadrados da tela, sangue escorrendo pelo queixo, pois o lábio rachado se rompera enquanto ela tentava empurrar o corpo pelos buraquinhos, o tempo todo implorando a ele, em voz débil, derrotada, que parasse.

– Pare. Por favor, pare. – Mas ele não parou. Ao contrário, continuou a se aproximar dela, centímetro a centímetro. Movendo-se com cautela, como se ela fosse um animal selvagem que pudesse atacá-lo, ele a agrediu com a arma de choque. E repetiu a agressão várias vezes, errando o alvo e depois retrocedendo, prolongando seu sofrimento e pavor, até que finalmente a atingiu na base da espinha.

Por uma fração de segundo, o corpo de Karen ficou rígido e duro como mogno, em seguida ela caiu, vítima de espasmos e convulsões. Mesmo assim ele manteve distância, observando sua agonia com um leve sorriso nos lábios, até que as convulsões começaram a abrandar. Aí ele se aproximou, deitando-a de costas e esticando suas pernas. Louise mais uma vez tentou olhar para o outro lado, mas não conseguiu, assim como não conseguiria deixar de olhar para uma bola de cristal que mostrasse o seu futuro. Ela viu quando ele puxou com violência a calça de moletom, expondo as nádegas brancas, depois os dedos longos alcançaram Karen, abaixando sua calcinha imunda até os joelhos, e ele avançou para se deitar por cima dela. Louise ouviu-o gemer ao penetrar Karen, as nádegas se movendo ritmadas, devagar no começo e depois rápida e brutalmente, ruídos animalescos, guturais, enchendo o cômodo. Karen, que parara de ter convulsões, estava sob ele imóvel, soluçando, seus olhos arregalados fixos em Louise, acusando-a.

Menos de um minuto depois, gritos de alegria e prazer indicaram que ele chegara ao clímax. Os sons foram diminuindo até o silêncio. Ninguém falou e tampouco se mexeu pelo que pareceram horas, depois ele puxou a calça até cobrir as nádegas e o membro genital ainda intumescido. Saiu da jaula de costas, sem uma palavra, recolocando o cadeado e a tranca, tossindo para limpar a garganta antes de falar. Estava calmo agora, mas parecia constrangido, os olhos evitando Louise.

– Desculpe – disse ele. – Sinto muito que você tenha visto isso, mas é o que ela faz. Me engana. Me obriga a fazer isso. Ela sabe que eu não quero. Sabe que não gosto da companhia dela. Faz com que eu me sinta sujo. Não vou deixar que me engane de novo. Não agora que você está aqui, Sam. Prometo. Tenho que sair por um tempo. Volto mais tarde para pegar a bandeja. Tente comer alguma coisa.

Ele apagou a luz e andou em direção à escada, de cabeça baixa, como se estivesse envergonhado. Louise escutou os passos vagarosos, leves, que subiam a escada invisível, e depois o clangor do metal, quando a porta invisível foi destrancada. Mais uma vez a luz do dia inundou o ambiente e feriu seus olhos, já irritados e vermelhos. Depois de novo a penumbra, quando a porta se fechou com suavidade.

Louise esquadrinhou a penumbra no ponto onde estava a figura imóvel no chão de concreto da jaula, sem fazer nenhum esforço para se cobrir com a pouca roupa que possuía. Ela sussurrou no escuro:

– Karen. Karen. Você está bem? Por favor, Karen. Me desculpe. Sinto muitíssimo.

Não houve resposta. Karen apenas se enroscou formando uma bola apertada, e começou a cantar uma música, bem baixinho. Louise se esforçou para entender as palavras. Quando conseguiu, percebeu que ela não cantava uma música qualquer, era uma canção de ninar.

Sally e Sean pararam na Oakfield Road em frente ao número 22, a residência de Louise e John Russell, no começo da noite de quarta-feira. Sally viu uma casa feia, embora moderna e prática. Sean viu muito mais: uma porta da frente escondida, que proporcionava privacidade contra vizinhos e passantes, janelas moderníssimas com vidros duplos, virtualmente impossíveis de serem arrombadas, uma rua cheia de casas quase idênticas, habitadas por vizinhos que nunca se falavam, rua onde somente homens que ficassem por ali tempo demais e jovens usando casacos de moletom com capuz atrairiam atenção.

– Por que este lugar não foi preservado para a perícia? – questionou ele.

– Ninguém está dizendo que alguma coisa aconteceu aqui – disse Sally, defendendo a decisão de outra pessoa como se fosse sua. – Este é apenas o último lugar em que alguém a viu.
– "Alguém" quer dizer seu marido?
– Parece que sim. – Era o primeiro dia da investigação e Sally já demonstrava cansaço.

Eles deixaram o carro estacionado na rua e andaram a curta distância até a entrada da casa. Sean parou e deu uma olhada no entorno, inspecionando em silêncio cada centímetro da casa e da rua, olhando tanto para a frente quanto para o alto. Somente policiais olhavam para cima enquanto caminhavam. Muitas casas vizinhas tinham luzes acesas. Embora ainda não estivesse totalmente escuro, as pessoas mantinham os hábitos do inverno. Sean analisou as janelas, sem pensar, seus olhos à espera de serem atraídos por algo ainda não visto. Do outro lado da rua, uma cortina se mexeu quando os seus olhos passaram: um vizinho que estivera espionando tentava envergonhadamente disfarçar a curiosidade. Bom, pensou Sean, vizinhos intrometidos eram frequentemente as melhores testemunhas. Às vezes, as únicas. Ele anotou na cabeça que iria dar uma sacudida no vizinho assim que terminasse com Russell.

Sean se virou na direção da casa e viu que Sally já o esperava na porta da frente. Impaciência não era uma característica que ele associasse a Sally, até que Gibran quase lhe tirou a vida. Ele raciocinou que, como quase todo mundo que passara próximo demais da morte, ela não podia mais suportar a perda de um segundo de vida. Ele andou mais rapidamente do que pretendia até a porta e esticou o braço para a campainha, antes de hesitar e, em vez disso, usar o punho para bater com força.

– Essa campainha deve ter sido tocada umas cem vezes desde que ela foi sequestrada – comentou Sally. – Se de fato foi sequestrada. Qualquer utilidade que pudesse ter tido para a perícia já sumiu há muito tempo.

– Boas práticas são boas práticas – foi tudo que ele disse.

Uma silhueta dentro da casa andou rapidamente até a porta e abriu-a sem hesitação. Um homem branco, de trinta e poucos anos, alto e magro, estava na frente deles. Parecia cansado e desanimado. Tudo nele evidenciava desespero, inclusive a maneira que correra para a porta. Pareceu desapontado ao vê-los. Sean sabia que ele esperava que fosse sua esposa, voltando para implorar perdão pela infidelidade, perdão que ele estava mais do que pronto a oferecer. – Pois não – disse ele, sua voz não menos estressada do que o corpo e o rosto.

– John Russell? – perguntou Sally.

– Sim – confirmou ele.

– Polícia – comunicou Sally rispidamente. – É sobre a sua esposa.

Sean viu o sangue sumir do rosto de Russell e adivinhou o que ele estava pensando.

– Está tudo bem – tentou explicar. – Ela continua desaparecida. – Ele notou que Russell voltou a respirar e segurou sua identificação na altura dos olhos dele, de modo que, mesmo com todo o pânico, Russell pudesse vê-la claramente. – Inspetor Corrigan, e essa é a sargento-detetive Jones. – O rosto de Sally continuava impassível. – Podemos entrar?

Fechado em seu momento de dor particular, Russell levou alguns poucos segundos para reagir e se afastar para o lado.

– Desculpem. Claro. Por favor, por favor, entrem. – Ele fechou a porta atrás deles e os conduziu a uma sala de refeições confortável.

Sean olhou de relance os diversos objetos da vida do casal: fotografias de férias juntos, fotografias em molduras mais enfeitadas do casamento dos dois ocupando os lugares principais nas mesas laterais e paredes do corredor. Eles pareciam felizes vivendo sua vida nada extraordinária, contentes com a sua sorte, na bendita ignorância das coisas que Sean via todos os dias. Imaginou que planejavam ter filhos em breve.

– Vocês gostariam de beber alguma coisa? – ofereceu Russell.

– Não, obrigado. Não se incomode. – Sean falou pelos dois. – Só queríamos fazer umas perguntas sobre sua esposa, Louise.

– Tudo bem – concordou Russell. Sean percebia que ele estava nervoso, mas não de um jeito que sugerisse culpa.

– Quando a viu pela última vez? – perguntou Sean.

– Terça de manhã. Saí para trabalhar mais ou menos às oito e meia, e ela ainda estava aqui, mas quando voltei não estava mais.

– E isso não era comum?

– Ela quase sempre chegava em casa antes de mim. Eu trabalho mais horas.

– Ela disse que ia sair depois do trabalho? Talvez não tenha escutado quando ela falou. Talvez estivesse distraído. Nós todos vivemos muito ocupados, sr. Russell – sugeriu Sean. – Minha esposa calcula que eu de fato só escuto mais ou menos um terço do que ela fala.

– Não – insistiu Russell. – Nós não vivemos assim. Se ela estivesse indo a algum lugar ou se fosse se atrasar, teria se certificado de que eu sabia e eu teria lembrado. De qualquer maneira, isso tudo é uma perda de tempo. Ela não saiu para uma noitada com amigos e não fugiu com outro homem. Se a conhecesse, não pensaria assim, estaria procurando por ela.

– Nós estamos procurando por ela – Sean o tranquilizou. – É por isso que viemos aqui, e é por isso que preciso fazer algumas perguntas difíceis. – Russell não se manifestou.

– Mesmo as pessoas mais próximas a nós às vezes têm segredos. Se pudermos descobrir os segredos de Louise, aí talvez possamos encontrá-la.

– Louise não tinha segredos para mim – insistiu Russell.

– E você, tinha segredos para ela? – perguntou Sally, sem muito tato. Era uma pergunta que precisava ser feita, mas não agora. Não ainda.

Sean engoliu sua frustração com Sally.

– Talvez alguma coisa que parecesse inocente, mas que você não gostaria que ela soubesse, alguma coisa que a tenha perturbado tanto a ponto de ela querer ficar sozinha por uns dias?

– Como o quê, por exemplo? – perguntou Russell.

– Qualquer coisa – retrucou Sean. – Uma antiga namorada que reapareceu, uma conta vultosa que você escondeu dela porque não queria que se preocupasse. Talvez ela considerasse isso uma quebra de confiança.

– Não – Russell fechou a porta a qualquer possibilidade. – Não há antigas namoradas, nenhum problema com dinheiro. Somos cuidadosos.

Sean levou alguns segundos avaliando, antes de chegar a uma conclusão. Russell não tinha nada a ver com o desaparecimento da esposa e não podia ajudar Sean a encontrá-la. Não haveria um amante secreto, e ela não voltaria em dois ou três dias contando a todo mundo que sentira necessidade de ficar sozinha por um tempo. Algo terrível lhe acontecera, algo além da imaginação do seu marido, além da imaginação de quase todas as pessoas. Mas não de Sean.

Apesar do aquecimento central, Sean sentiu seus braços e pescoço começarem a formigar e os pelos se arrepiarem. Ele percebeu que estava olhando para trás, na direção da porta da frente. E viu a silhueta de um homem sem rosto entrando pela porta, derrubando Louise Russell no chão, dominando-a de algum modo e levando-a arrastada da sua própria casa, o lugar onde ela se sentia mais segura.

Ele não sabia dizer por quantos segundos estivera ausente quando a voz de Sally o trouxe de volta.

– Chefe?

– O quê? – respondeu ele, como um homem pego sonhando acordado.

– Precisamos perguntar mais alguma coisa?

– Sim... – Sean se virou para Russell. – Você disse que o carro dela sumiu também?

– Isso mesmo – respondeu Russell. – Foi quando notei que tinha alguma coisa errada, quando vi que o carro dela não estava na entrada. Tive um mau pressentimento. Então entrei e encontrei sua bolsa e o telefone, mas ela não estava aqui. Já dei aos seus colegas uma descrição do carro e o número do registro. – Sean olhou de relance para Sally, que confirmou com um rápido sinal de cabeça. – Vocês precisam de mais alguma coisa? – perguntou Russell, cansado.

– Não – disse Sean. Era óbvio que o cara não aguentava mais dar as mesmas respostas às mesmas perguntas. – Você ajudou muito, obrigado. – Russell não abriu a boca. – Gostaria de pedir que evitasse ao máximo o corredor e a porta da frente até que eu consiga que o pessoal da perícia venha aqui dar uma olhada. – Russell lançou-lhe um olhar acusador. – Gosto de ter certeza – esclareceu Sean. – Checar todas as possibilidades.

– Se acha que é necessário – concordou Russell.

– Obrigado – agradeceu Sean. – E mais uma coisa, antes que eu me esqueça. Quem é a melhor amiga de Louise? A quem ela faria confidências?

– A mim – disse Russell. – Ela faria confidências a mim.

Sean e Sally ouviram a porta se fechar suavemente atrás deles ao saírem da casa dos Russell, caminhando sem olhar para trás. Sally falou em voz baixa: – E aí?

– Ele não tem nada a ver com a história e não pode nos ajudar a encontrá-la mais do que já ajudou. Nós dois sabemos que ela não fugiu, não sem bolsa e telefone.

– Nós não somos todas viciadas em bolsa – Sally o recriminou, esticando os braços para mostrar a ausência de bolsa.

– Telefone? – perguntou Sean, apontando para o celular apertado na mão culpada de Sally.

– Tudo bem – admitiu Sally. – Então, o que foi que aconteceu?

– Ainda não sei – respondeu Sean. – Ou ele a matou no corredor de entrada e levou o corpo no carro dela, ou levou-a viva.

– Ele? – questionou Sally. – Você fala como se já o conhecesse. – Em resposta, Sean apenas deu de ombros. – E então, qual é o próximo passo? – prosseguiu ela.

– Quero que você entre em contato com Roddis. Peça que ele examine a casa com cuidado, concentrando-se no corredor, porta da frente etc. A cena do crime, se é que foi um crime, não foi nem um pouco preservada, muito pelo contrário, mas às vezes a gente dá sorte. E certifique-se de que as características do carro sejam divulgadas, caso não tenham sido, depois informe que o veículo deverá ser municiado. Isso ainda não foi avisado, pode apostar.

– Vou cuidar disso – garantiu Sally, enquanto seguia a linha do olhar dele atravessando a rua e fitando a casa do outro lado. – Alguma coisa que eu deva saber?

– Uma cortina se mexendo – disse Sean. – Quando paramos o carro, alguém estava nos vigiando. A pergunta é: por quê? – Ele começou a andar em direção à casa, sem dar nenhuma explicação. Sally o seguiu.

Desta vez, Sean tocou a campainha e esperou impaciente, pois sabia que havia alguém em casa. A porta da frente não tinha vidro, apenas um olho mágico. Sem dúvida, o morador preferia segurança à luz natural. Sean notou o adesivo da Vigilância do Bairro, em perfeito estado, na parte interna da janela da frente. E ia tocar a campainha de novo, mas esperou quando percebeu que havia uma pessoa do outro lado do anteparo de madeira. Eles ouviram no mínimo duas trancas de segurança pesadas, de boa qualidade, sendo retiradas. Poucas pessoas usavam esse tipo de proteção quando estavam em casa e acordadas.

A porta se abriu, revelando um homem idoso, na faixa dos setenta anos. Era ainda bem alto, mais ou menos da altura de Sean, e mantinha a coluna ereta, no estilo militar, embora Sean duvidasse de que ele algum dia tivesse sido de fato soldado. Vestia uma calça cinza elegante e um casaco marrom sobre a camisa azul, que contrastava com a pele avermelhada, esticada no rosto anguloso, ossudo. O cabelo era grisalho e ondulado, ainda com vestígios do tom louro que só recentemente o desertara. Ele sabia quem eles eram, mas mesmo assim perguntou:

– Quem são vocês e o que querem?

Sean já decidira que não gostava dele. Sally não tinha opinião; para ela, era um rosto a mais, uma testemunha a mais a ser questionada, avaliada e categorizada, antes que pudesse escapar para a solidão da sua casa, longe de olhos inquisidores e perguntas idiotas sobre como estava se sentindo.

Mostrando sua identificação ao aspirante a soldado, Sean anunciou:

– Inspetor Corrigan, e essa é minha colega, sargento-detetive Jones. Estamos aqui investigando o desaparecimento de uma pessoa. Podemos lhe fazer algumas perguntas?

– Eu conheço a pessoa desaparecida?

– Não sei – respondeu Sean. – Conhece? Louise Russell, ela mora do outro lado da rua, no número 22. – Sean não o deixou responder. – Podemos entrar? A investigação está num momento delicado, o senhor compreende.

O homem se afastou para o lado com relutância.

– Tudo bem, mas não vai demorar muito, vai?

– Não. – Sean passou por ele e entrou na casa limpa e arrumada, imediatamente observando tudo, seus olhos estudando cada detalhe. – Desculpe, não ouvi o seu nome – provocou Sean, enquanto Sally entrava no corredor, consultando o relógio um tanto ostensivamente.

– Levy – informou o homem. – Douglas Levy. – Os olhos de Sean deixaram de inspecionar a casa e passaram a examinar o seu ocupante, dissecando-o camada a camada. Seria esse homem o responsável pelo desaparecimento de Louise Russell? Teria ele vigiado a vizinha todos os dias por trás daquela cortina, elaborado fantasias sobre ela, sobre possuí-la, sequestrá-la, fazer-lhe coisas que nenhuma mulher jamais permitiria que ele fizesse? Teria ele se masturbado pensando nela, se aliviado enquanto a observava da janela, ejaculando envergonhado na própria mão, tão dominado pela excitação que não pegara lenços de papel no banheiro antes de começar? E então, depois de meses, talvez mesmo anos, decidira que precisava de mais? Talvez tocá-la só uma vez, talvez um beijo, um inocente beijo no rosto, algo que apimentasse suas fantasias e a masturbação. Teria ele ido longe demais, apalpado o lugar errado, tentado beijá-la à força, até que ela começou a gritar e lutar, e ele entrou em pânico e a agrediu, agrediu com violência, e durante todo o tempo sua excitação crescia entre as pernas, o tecido da cueca apertando de maneira desconfortável o pênis intumescido, e em seguida ela perdeu os sentidos, e ele a penetrou, grunhindo como um porco no cio até que tudo terminasse, rápido demais, e aí ele tinha que matá-la, ele não queria, mas precisava, para impedi-la de contar a todo mundo o que ele fizera, as mãos dele se fechando em volta da garganta de Louise, os olhos dela saltando, o branco se tornando vermelho pela ruptura de mil capilares invisíveis. Sean se viu procurando arranhões nas mãos de Levy. Não havia nenhum, mas Sean sabia que pelo menos em parte sua opinião sobre ele estava correta.

– O senhor mora sozinho, sr. Levy? – perguntou Sean.

– Não entendo o que isso tem a ver com a história – respondeu Levy, indignado.

– Não tem – concordou Sean, sua pergunta involuntariamente respondida. – Vejo que o senhor é membro da Vigilância do Bairro local.

– Na verdade, inspetor, sou o coordenador da Vigilância do Bairro. Pode confirmar com a polícia local, se não acreditar em mim.

– Por que eu não acreditaria no senhor? – retrucou Sean, divertindo-se com o desconforto que se insinuava nas feições de Levy.

Sally assistia, desinteressada e à parte, já convencida de que Levy era uma perda de tempo como testemunha ou suspeito.

– Como coordenador da Vigilância do Bairro, o senhor sem dúvida fica de olho em tudo, presta atenção a estranhos na rua, vigia a casa dos vizinhos quando eles saem para trabalhar, e o senhor está sozinho em casa... me desculpe – Sean finalizou com um sorriso falso –, estou supondo que o senhor seja aposentado.

– Sou, sim – confirmou Levy, se empertigando como se tivesse orgulho da sua condição de aposentado, ainda que Sean pudesse perceber que ele ficava arrasado, sabendo que sua data de validade estava vencida.

– E o senhor fez isso?

– Fez o quê? – Levy estava se esforçando para acompanhar a conversa, seu rosto rosado ficando cada vez mais vermelho de raiva e frustração.

– Viu algo ou alguém na rua nos últimos dias que despertou sua suspeita?

– Eu não fico o tempo todo olhando pela janela – protestou Levy.

– Mas quando o senhor ouve alguma coisa, por exemplo um carro indo ou vindo, o senhor olha – sugeriu Sean.

Levy ficou mais atrapalhado.

– Às vezes... talvez... não sei, de fato, não.

– Mas o senhor ouviu quando chegamos há pouco e nos espiou pela janela. Então, o senhor gosta de ficar de olho no vai e vem da rua, não gosta?

– Para que tudo isso? – disparou Levy. – Não sei nada sobre o desaparecimento da mulher do outro lado da rua. Não ouvi e não vi nada.

Sean o analisou em silêncio por tanto tempo quanto julgou que Levy poderia aguentar.

– OK – disse, finalmente. – Só mais uma coisa. Chegou alguém à casa dos Russell depois que o sr. Russell foi trabalhar e antes que a sra. Russell saísse?

– Não que eu tenha notado. – Levy respondeu com os olhos fechados, como se pudesse de algum modo apagar Sean da sua consciência.

– Eles alguma vez discutiram ou brigaram, que o senhor saiba? – continuou Sean.

– Não – insistiu Levy. – Eles são um casal de respeito, sossegado, que só se preocupa com a sua própria vida. Agora, por favor, estou muito ocupado e acho que já fiz tudo o que podia para ajudar, então...

– Claro – concordou Sean. Levy abriu a porta um pouquinho rápido demais e se afastou para o lado, esperando que eles saíssem. – Obrigado por nos atender.

Passaram por ele e saíram caminhando pelo escuro cada vez mais denso. Com a chegada da noite, a rua estava tranquila, e as palavras iriam longe se eles conversassem ali fora, por isso esperaram até chegar ao carro. Sally falou primeiro.

– Você se importa de me dizer o que foi isso? Porque eu duvido que mesmo você esteja seriamente considerando Levy como suspeito.

– Por que não? Mora sozinho, morre de tédio, nada para fazer, nada que ofereça uma perspectiva agradável. Cabeça vazia, oficina do diabo. Ele a observa, fantasia sobre ela, até que finalmente não consegue mais resistir, e então espera o marido sair para o trabalho e decide fazer uma visitinha à sra. Russell. Mas vai longe demais e, antes que se dê conta, é um assassino. Nada que não tenhamos visto antes.

– Credo! – exclamou Sally. – Mesmo que ele tivesse lá suas fantasias, o que eu duvido, nunca teria culhões para de fato agir. Se há uma coisa que apavora homens tipo Levy é mudança. Ele nunca se arriscaria a perturbar sua vida sem graça.

Sean percebeu que Sally estava no limite.

– Bem pensado. Acho que não gostei dele, só isso. Não gosto de nenhum deles.

– Deles quem? – perguntou Sally.

– A turma dos engomadinhos da Vigilância do Bairro. A gente podia até se livrar de todos eles, e não faria a menor diferença. Adesivos na janela e reuniões mensais, porra, a quem eles estão enganando? Algum maluco veio a esta rua e matou ou sequestrou uma mulher debaixo do nariz deles e ninguém viu droga nenhuma. Vigilância do Bairro? Um bando de punheteiros hipócritas. – De repente o cansaço o invadiu, e ele se lembrou de consultar o relógio. Passava das oito. Até voltarem a Peckham, organizarem tudo o que se referia ao primeiro dia de investigação e se prepararem para o dia seguinte, já seriam quase onze horas. Havia uma possibilidade de ele conseguir chegar em casa antes da meia-noite.

– Então você tem certeza? – perguntou Sally. – Ela já está morta ou alguém a levou e provavelmente em breve ela estará morta.

– Não tenho certeza de nada – mentiu Sean. – Vamos voltar para o escritório. Está ficando tarde, não dá para fazer mais nada esta noite. De manhã você vai visitar os pais dela, e eu vou bater um papo com os colegas de trabalho, caso a gente esteja deixando passar alguma coisa.

— Certo — foi tudo o que Sally respondeu.

Mesmo sem vontade, Sean fez a pergunta óbvia, receoso de que ela talvez respondesse com sinceridade, obrigando-o a escutar seus medos e angústias, mas Sally ainda não estava pronta para se abrir com ninguém.

— Doída e cansada — disse ela. — Preciso de um analgésico e cama.

— Organize a perícia, confirme que as características do carro foram divulgadas e depois vá para casa — ordenou ele. — Não fique até tarde por nenhum outro motivo. — Ele observou que Sally mais uma vez, de forma inconsciente, esfregou o peito no local onde a faca tinha entrado. Sean podia imaginar as cicatrizes sob o casaco e a blusa, ainda vermelhas, salientes e feias: uma acima do seio direito, e outra abaixo. Elas levariam anos para diminuir, e seriam sempre claramente visíveis.

— Não vou ficar — prometeu Sally. — E obrigada.

— Não me agradeça — insistiu Sean. — Só se cuide.

Louise Russell estava sentada no escuro da jaula, joelhos encostados no queixo, braços envolvendo as pernas, apertando contra si o fino edredom e se balançando maquinalmente, enquanto tentava adivinhar que horas seriam. Ela imaginou que deveria ser de madrugada, quando de fato era mais cedo ainda, antes das dez da noite. Tentara fazer sua companheira de cativeiro falar, mas Karen Green continuava imóvel no chão da sua prisão de arame. Louise já suspeitava que, para haver alguma chance de qualquer uma das duas voltar a ver o sol, elas teriam que trabalhar juntas. De algum jeito, ela precisava se aproximar de Karen e persuadi-la a falar.

O súbito barulho de metal contra metal disparou nela o alerta, os olhos mais abertos do que pareceria possível, como um cervo assustado, o coração batendo como o de um rato acuado. Ela ouviu Karen se movimentando na jaula, cavando o chão com as unhas à procura de um lugar que jamais encontraria para se esconder. O ruído e o movimento trouxeram a Louise a lembrança fugaz do camundongo que tivera permissão para criar quando menina, sempre buscando em vão um meio de escapar do seu mundo de arame.

Dominada pelo medo, Louise ficou à espera de outros sons. Ouviu a pesada porta de metal se abrindo, aguardou a cascata de luz que iria ferir os seus olhos, mas que nunca veio, e se lembrou de que era noite. Um tênue feixe de luz formava um círculo no chão ao pé da escada. À medida que os passos suaves desciam e se aproximavam delas, o raio de luz saltava para lá e para cá. Ele entrou no cômodo e virou a lanterna, deliberadamente e com vagar, de um lado para o outro, certificando-se de que tudo estava como deveria estar, exatamente como deixara. Cega por um momento, Louise não conseguia mais ver a silhueta do homem, apenas o brilho intenso da lanterna tocando sua pele, fazendo-a estremecer tanto quanto o faria o toque das mãos dele. Ela não via o seu rosto, mas tinha certeza de que ele estava sorrindo.

Um ou dois minutos depois, a luz atrás da tela se acendeu, a corda balançando quando ele a soltou. Louise fechou os olhos bem apertados por alguns segundos, enquanto rezava para que aquilo tudo fosse um pesadelo, um pesadelo realista e estranhamente longo, mas que em breve teria um fim. Se ela pudesse ao menos espantar o sono e acordar, tudo terminaria. Ficaria abalada o resto da manhã, no entanto até a hora do almoço tudo teria se apagado, como uma aquarela deixada na chuva. Quando, porém, ela ousou abrir de novo os olhos, ele estava lá, fitando-a, a lanterna em uma das mãos e uma bandeja na outra, com um sorriso feliz no rosto.

Com todo cuidado, ele pôs o que estava carregando no que Louise supôs ser algum tipo de mesa atrás da tela e começou a se aproximar dela, meio nervoso, um ou dois passinhos de cada vez, a mão direita estendida à sua frente com a palma para cima, como se ele estivesse se aproximando do cachorro de um estranho.

– Está tudo bem, Sam – ele tentou tranquilizá-la. – Sou eu. Não acordei você, acordei? Não foi minha intenção te acordar. Só queria ter certeza de que você estava bem. – Ele ficou em silêncio, como se esperasse que ela respondesse. Ela não respondeu. – Você deve estar se sentindo bem melhor agora, o efeito do clorofórmio já deve ter passado. – Ela continuou a não responder, mas o olhou, atenta a cada pequeno movimento dele. Ele apontou para a bandeja escondida atrás da tela. – Trouxe mais comida para você e uma bebida, uma Coca Diet. Lembrei que é a sua preferida.

Algum tipo de profundo instinto de sobrevivência a advertiu de que tinha que responder, ou logo se tornaria para ele o que Karen Green já se tornara. Teria sido esse o erro de Karen, sua desgraça, o fato de ela não ter sido capaz de lhe responder?

– Obrigada. – Ela forçou a emissão das palavras, sua voz soando fraca e entrecortada.

Um grande sorriso de alívio se espalhou pelo rosto dele. Com sua recém-descoberta segurança, ele se moveu depressa demais na direção da jaula, e a assustou. Parou por um segundo, cônscio de que sua impaciência a amedrontara.

– Não tenha medo, Sam – ele quase implorou. – Eu nunca iria te machucar, você sabe disso. Por isso trouxe você para cá, para poder cuidar de você, proteger você de todos aqueles mentirosos, aqueles mentirosos que contaram todas aquelas coisas sobre mim, para afastar você de mim. Eu sempre soube que você não acreditava neles, Sam. E agora eles não podem mais nos fazer mal. Agora podemos ficar juntos. – Mais silêncio, enquanto ele esperava que ela respondesse.

– Preciso ir ao banheiro – disse ela, a ideia e as palavras vindo do nada.

Ele a fitou por um tempo, ainda com um fino sorriso na boca; os olhos, porém, se moviam rapidamente de um lado para o outro, confusos e assustados. – Claro – respondeu ele, finalmente. – Pensei que provavelmente ia precisar mesmo. – Não era assim que ela esperara que ele respondesse. – Vou ter que deixar você sair daí – continuou ele. – E não vai ficar tão protegida contra eles, Sam. Sabe, eles ainda estão na sua mente. Tudo o que fizeram com você, eles ainda estão na sua mente. Podem tentar te enganar, forçar você a fazer alguma coisa que não queira fazer. Podem tentar fazer com que você me machuque.

– Não vou fazer isso – ela se forçou a dizer. – Prometo.

Ele enfiou a mão por dentro da calça de malha folgada, buscando alguma coisa, desajeitado, até finalmente conseguir pegar a caixa preta e mostrá-la a Louise. Ela a reconheceu de imediato, a arma de choque que ele usara para dominá-la. Aquela coisa que ele usara para violentar Karen Green.

– Não se preocupe – assegurou ele. – Se eles tentarem forçar você a fazer alguma coisa que não deva, uso isto. – Ele pareceu espantado diante da expressão de medo de Louise. – Não vai ferir você – prometeu. – Só vai impedir que eles te forcem a fazer coisas. Eles vão ficar afastados.

– Preciso me lavar, só isso – disse ela.

Ele a analisou por um longo tempo antes de falar.

– Tudo bem – disse, e andou em direção à jaula, devagar e cuidadosamente, os olhos fixos nela. Com uns poucos passos curtos chegou à jaula, quase tão próximo dela quanto estivera quando a pegara, sua pele pálida e os dentes tortos e manchados claramente visíveis, os braços finos, mas musculosos e fortes, as artérias e veias azuis e salientes. Com cuidado, ele pegou uma chave no outro bolso e segurou-a, hesitante, perto da fechadura. Analisou Louise de novo, depois deu um sorriso largo, enfiou e girou a chave na fechadura. Um breve momento de hesitação, e em seguida abriu a porta, as dobradiças gemendo, e o arame da jaula reverberando. Ele deu um passo para trás, a arma de choque na mão, ao seu lado.

– Por favor – disse ele –, por aqui – e apontou na direção da velha tela de hospital.

Louise caminhou curvada, de um jeito meio agachado em direção à abertura, a dor dos músculos paralisados só igualada ao medo que fazia com que seu coração enviasse ondas de choque pelo peito. Fez uma pausa na entrada e esperou que ele retrocedesse mais uns passos, e por fim passou pela abertura e saiu, esticando o corpo tenso, dolorido, que se alongava pela primeira vez em um dia e meio; todo o tempo, porém, ela cuidava para que o edredom não escorregasse dos ombros e revelasse sua nudez. – Atrás da tela – orientou ele. – Pode se lavar lá, e tem um vaso que você pode usar. É químico, mas funciona bastante bem.

– Obrigada – ela se forçou a dizer, quando o que realmente queria fazer era cuspir na cara dele. Ao passar para o outro lado da tela, ela viu o banheiro: uma pia velha e manchada, muito mal presa à parede do porão, torneiras de metal enferrujadas, com crostas de calcário, e um vaso sanitário químico com aparência de novo, instalado próximo ao chão. Ela deduziu que ele colocara o vaso recentemente, mas claro que vinha planejando isso havia algum tempo. Seus olhos perscrutaram o entorno, à procura de qualquer coisa que pudesse usar como arma. Não havia nada. Ela engoliu o desapontamento e as lágrimas.

Podia senti-lo do outro lado da tela, observando-a através do tecido fino, à espera de que ela deixasse cair o edredom, sua imaginação eliminando a barreira, seus olhos se movendo rapidamente por sua pele.

– Está tudo bem aí? – perguntou ele, como se ela estivesse num quarto separado.

– Está – gaguejou ela em resposta. – Só estou me preparando.

– A torneira de água quente é a da esquerda – avisou ele.

Ela deixou a água correr até esquentar, antes de fechar o ralo da pia com a tampa de cordinha e deixá-la encher, olhando por cima do ombro para a silhueta dele às suas costas, permitindo que o edredom escorregasse para o chão, deixando-a nua e tão vulnerável como nunca se sentira até então. Rapidamente, começou a se lavar, usando a lasca de sabão que ele havia deixado na pia, para tentar limpar aquele homem da sua pele o mais que pudesse. Todo o tempo ela sabia que ele a estava observando, observando suas mãos se movendo pelo próprio corpo, brilhante e úmido. Ela se enxaguou e olhou em volta, procurando uma toalha, com um sentimento de pânico crescente ao se dar conta de que não havia nenhuma ao lado da pia, o pânico se atenuando quando viu uma sobre a mesa, perto da bandeja de comida que ele trouxera. Secou-se apressada, o cheiro de mofo da toalha áspera lhe dando ânsia de vômito. Podia ouvir a respiração dele, ofegante, enquanto a observava. Cobrindo-se com o edredom, ela saiu de trás da tela.

– Pegue a bandeja – disse ele. – É tudo para você.

Ela examinou a bandeja e o que estava nela com desconfiança. Um sanduíche de pão branco, batatas fritas numa tigela plástica, alguns biscoitos e uma lata de Coca-Cola. O vazio no estômago e a secura irritada da garganta pediram que ela a pegasse.

– Vai ter que comer no seu quarto – avisou ele, seus olhos apontando para a jaula. – Pego a bandeja mais tarde.

Ela fez o que ele queria e caminhou o mais rapidamente possível de volta para a sua prisão, quase aliviada por estar mais uma vez atrás do arame, uma barreira entre ela e ele, embora soubesse ser uma barreira que ele controlava. – Vou trazer roupas limpas para você de manhã – disse ele, ao fechar a porta da jaula e voltar a trancá-la. – Você precisa dormir, Sam. Temos que fazer muitos planos. Agora eu tenho que ir.

Ele estava andando em direção à cordinha da luz quando uma voz fraca o deteve.

A cabeça de Karen se ergueu ligeiramente do chão.

– Por favor – pediu, desesperada. – Estou com sede e muita fome. Pode me dar alguma coisa, por favor? Prometo ser boazinha. – O aposento esperou em silêncio por uma reação, Louise olhando de Karen para o homem e de volta para Karen, rezando para que ele não machucasse sua companheira de cativeiro, e ela não tivesse que assistir mais uma vez.

– O quê? – interpelou ele, a simpatia em sua voz substituída por uma ameaça velada. – Você quer o quê, sua puta?

– Por favor – suplicou Karen, com a voz trêmula, a garganta quase fechada de secura e terror. – Estou com tanta sede. Não me sinto muito bem. Preciso de comida. Por favor. Qualquer coisa.

– Putas mentirosas não ganham nada! – gritou ele.

– Não, não – soluçou Karen. – Por favor, eu não estou entendendo. Não sei por que estou aqui. Me deixe ir embora, por favor. Juro que não conto a ninguém o que você fez.

– Cale a boca – gritou ele, agitado, comportando-se como se fosse o preso, como se ele estivesse em perigo. – Você está tentando me enganar. Está tentando me confundir de novo. – Apontava para Karen, acusando-a, e naquele momento ele próprio estava quase chorando. Ele se virou para Louise. – Vê o que eles fazem, Sam? Vê o que estão tentando fazer conosco?

– Só me deixe ir embora – Karen estava quase gritando. – Por favor, me deixe ir.

– Cale a boca. Cale a boca. Cale a boca. Mande ela parar, Sam!

Louise cobriu as orelhas com a palma das mãos, apertando com tanta força que o ouvido começou a doer devido à pressão. Ela não suportava ouvir aquilo nem mais por um momento.

– Você é uma puta, uma puta mentirosa! Ela tentou fingir que era você, Sam. Me enganou. Fez com que eu a trouxesse até aqui, mas descobri que é uma mentirosa. É amiga deles, está tentando estragar tudo para mim.

– Não é verdade – Karen implorava, em meio aos fios de saliva que formavam teia em sua boca retorcida. – Faço qualquer coisa que você queira, juro.

– Cale a boca, sua puta mentirosa – berrou ele, olhando para o rosto dela através do arame e segurando a arma de choque à sua frente, para que ela pudesse vê-la claramente. – Eu sei o que está tentando me obrigar a fazer, é o que todas vocês putas querem que eu faça, mas não vai conseguir. – Ele olhou para trás, para Louise, e um sorriso se misturou ao medo, o rosto brilhando de suor e ansiedade. – Agora Sam está comigo. Você não pode nos deter. – E começou a recuar, em silêncio, sem tirar os olhos de Karen, fazendo um sinal de advertência com o dedo, como se a prevenisse de que não deveria fazer seja lá o que fosse que ele imaginava que ela faria. Ele puxou a corda da luz, afundando o aposento novamente numa escuridão mortal, e desapareceu atrás da parede da escada. Elas podiam ouvir sua respiração alterada, efeito do pânico, que foi se acalmando quando ele não podia mais ser visto, e depois não ouviram mais nada. Esperaram alguns minutos até que a luz da lanterna fosse acesa com um clique, seguido dos passos macios e familiares subindo a escada. Uma porta de metal sendo aberta e depois fechada, cuidadosamente; o barulho do cadeado batendo na folha de metal. Depois mais nada, silêncio e escuridão. Nada.

Pouco depois das dez da noite, na quarta-feira, Sally espremeu o seu carro tipo *hatchback* numa vaga que era praticamente a última disponível na rua. Nem mesmo a obrigatoriedade de exibir a permissão para estacionar, dada apenas a residentes, mantinha a rua livre de veículos que eram deixados lá a noite inteira. Seus vizinhos estavam em casa havia horas, muitos já pensando em ir dormir antes que um novo dia amanhecesse, exatamente igual ao que tinham acabado de viver. Sally quase os invejava. Ela aguardou dentro do carro trancado, faróis acesos e motor ligado, até ver algum outro sinal de vida na rua. Um casal jovem apareceu no espelho retrovisor externo, andando de braços dados pela calçada, o homem cochichando e a mulher rindo. Àquela hora da noite, já era o bastante. Sally rapidamente desligou os faróis e o motor e pulou para fora do carro, trancando o veículo sem olhar enquanto andava em direção ao elegante prédio vitoriano, de três andares, onde ficava sua nova residência: um apartamento de dois quartos no último andar. Quando chegou à porta da frente, as chaves já estavam na mão, e ela entrou rápida e silenciosamente, do jeito que havia praticado centenas de vezes. Ninguém poderia tê-la seguido até lá dentro.

Ela ouviu o jovem casal passar do lado de fora, o que a fez lembrar-se de uma das muitas razões por que tinha escolhido este apartamento, neste prédio, nesta rua: porque era quase sempre bem movimentada, mesmo à noite, já que a Putney High Street ficava logo ali no fim da rua. Sebastian Gibran não tirara sua vida, mas tinha matado muitas coisas que haviam sido importantes para ela, que ela amara. Não mais voltara ao antigo apartamento onde fora atacada. Não havia nada lá além de lembranças que eram pesadelos de horror e sofrimento. O corretor que providenciou a venda tinha sido muito prestativo e visitara o imóvel sempre que necessário, de modo que Sally fora poupada.

Com a mesma rapidez e eficiência com que entrou no prédio, ela subiu as escadas e entrou no apartamento. Somente quando já estava lá dentro respirou para aliviar a tensão das últimas horas. De costas para a porta de entrada, inspecionou o interior, as lâmpadas que deliberadamente deixara acesas o dia todo: outro hábito novo, para evitar aqueles momentos de pânico no escuro, tateando à procura do interruptor. Pareceu-lhe que estava tudo bem quando examinou os poucos móveis e as caixas de mudança espalhadas pelo chão, ainda aguardando para serem desempacotadas. Se esse último caso fosse do jeito que ela tinha certeza de que Sean achava que ia ser, as caixas teriam que aguardar mais alguns dias ou mesmo semanas.

Sally entrou no aposento que servia tanto de entrada como de sala e procurou o controle remoto da televisão. Encontrou-o na mesinha de centro, escondido debaixo de um jornal não lido, e ligou a TV para ter algum barulho de fundo. Continuou a andar para o interior do apartamento, ao longo do corredor e até a cozinha nova e iluminada, equipada com tudo de que uma boa cozinheira poderia precisar, coisas que ela dificilmente algum dia usaria. Dores agudas no peito, tão fortes que ela se encolheu, fizeram com que se lembrasse da sua missão. Puxou de um armário alto uma caixa de tramadol, analgésico vendido sem receita, pegou um copo no armário ao lado e se dirigiu à geladeira. Abriu a porta com um puxão e inspecionou o conteúdo quase inexistente, descobrindo meia garrafa de vinho branco, ainda bebível. Tentando sem sucesso firmar a mão, ela encheu o copo, derramando algumas gotas que escorreram pelo lado de fora e caíram de modo irritante na mesa da cozinha. Destacou três comprimidos da embalagem, um a mais do que o médico receitara, e os engoliu de uma só vez com um gole grande do vinho.

Fechando os olhos, esperou algum alívio, alguma mudança básica na mente e no corpo, mas o efeito era lento demais. Agarrou outro copo no escorredor e foi até o freezer, hesitando um segundo antes de se render à ideia e abrir a porta. Sua velha amiga parecia olhar para ela, aquela garrafa de vodca, sempre presente em seu freezer desde os primeiros tempos no Departamento de Investigação Criminal, encaixada entre uma embalagem de legumes congelados ainda intacta e um pacote de batatas fritas já aberto. A vodca se tornara indispensável ultimamente, uma necessidade diária, não só um prazer depois de um dia muito difícil. Às cinco horas sua mente já estava sonhando com aquele primeiro gole, o primeiro impacto, misturado ao tramadol e ao ibuprofeno, um coquetel de narcóticos lícitos que ia direto ao seu cérebro e fazia o mundo desaparecer, com tanta certeza como o faria a droga de qualquer viciado. Ela pôs o equivalente a dois dedos no copo baixo e bojudo e bebeu a metade em um único gole, o líquido gelado anestesiando sua garganta e o estômago vazio, alertando o cérebro sobre as delícias previstas para breve.

Ela esperou que a química aliviasse a dor e a ansiedade, mas quando a tempestade se acalmou, os fantasmas mais serenos começaram a avançar. As lágrimas pareceram se iniciar na garganta, e, por mais que ela tentasse com afinco engoli-las de volta, elas encontraram o caminho dos olhos, e escaparam em gotas pesadas que lhe escorreram pelo rosto, cada uma encontrando um novo percurso, caindo na sua mão e dentro da bebida. Quando as lágrimas já estavam rolando, ela sabia que não adiantava tentar reprimi-las, era melhor deixá-las vir, até que ficasse exausta demais para continuar chorando; e então ficaria sentada em silêncio, imóvel, a mente quieta e vazia, o coração palpitando no silêncio, até que finalmente o sono a levasse. De manhã, ela se sentiria um pouco melhor, de ressaca, mas um pouco melhor, praticamente apta a enfrentar o mundo.

Desde que voltara ao trabalho, Sally vinha se controlando bem durante o expediente, fazendo o que tinha que ser feito, sem necessidade de nenhum tratamento especial. Porém, havia momentos frequentes de ansiedade intensa, em que sentia medo de falar por receio de a voz sair tremida, medo de segurar uma caneta caso alguém notasse o tremor das suas mãos. E todas as manhãs, antes de sair para trabalhar, ficava paralisada na porta da frente, fisicamente incapacitada de esticar o braço e abri-la, a respiração acelerada, temerosa do mundo lá fora. Duas semanas atrás ela sofrera um dos piores ataques, permanecendo encurvada contra a porta por mais de uma hora, enquanto tentava desesperadamente criar coragem para deixar o seu santuário. Mesmo nos dias em que superava o medo e chegava ao carro, dirigia pelas ruas fingindo que não havia nada de errado, sentava-se à sua mesa fingindo que não tinha que suportar esse ritual de tortura diária.

Sally esvaziou o copo e esticou o braço para pegar sua velha amiga no freezer e se servir de uma segunda dose.

Era meia-noite quando Sean chegou em sua residência, uma modesta casa semigeminada em estilo eduardiano na melhor região de Dulwich, que ele dividia com a esposa Kate e as duas filhinhas, Mandy e Louise. Ele sabia que Kate estivera trabalhando no turno da noite, como chefe do plantão médico no setor de Emergência e Acidentes do Guy's Hospital, e, portanto, não devia ter chegado em casa há muito tempo. Era provável que ainda estivesse acordada, ansiosa por conversar sobre o seu dia e sobre as crianças. Num dia normal, numa fase normal, ele teria muito prazer em se sentar com Kate e trocar ideias acerca de coisas importantes e não importantes também, mas este dia não tinha sido normal. Sua cabeça estava tonta com tantas imagens e ideias que não compartilharia com ela, e essas imagens e ideias tornariam difícil se concentrar em qualquer coisa que ela dissesse. Ele se lembrou de que as mulheres precisavam falar, que de algum modo ele teria que se concentrar na conversa da sua mulher. Ainda assim, tinha esperança de que ela estivesse dormindo, para ele poder pegar uma bebida, ver televisão na cozinha e fingir para si mesmo que não estava pensando em Louise Russell.

Ele virou a chave e abriu a porta com cuidado. As luzes da cozinha estavam acesas. Largou as chaves na mesa do corredor, ousando fazer um certo ruído, na esperança de que Kate fosse ouvir o barulho e perceber sua chegada antes que ele a assustasse acidentalmente, depois respirou fundo e andou até a cozinha.

Kate levantou os olhos do laptop.

– Chegou tarde – disse ela, em tom neutro. – Eu é que deveria chegar tarde esta semana, lembra?

– Desculpe – disse Sean. – Pegamos um caso novo.

– Quer dizer que vai ficar meio sumido nos próximos dias?

– Desculpe – repetiu. – Sabe como é quando chega um caso novo.

– Sim, Sean – respondeu ela. – Todo mundo sabe como é quando você recebe um caso novo. Que pena – continuou –, eu tinha esperança de economizar na despesa com as crianças esta semana.

– Kirsty cuida bem das meninas, não cuida? – perguntou ele. – Ela provavelmente precisa do dinheiro.

– Nós também precisamos – lembrou Kate. – Se pelo menos você ainda fosse sargento, receberia hora extra. Com as horas que você trabalha, estaríamos ricos.

– Duvido muito – zombou Sean.

– E aí, qual é o caso novo? – indagou Kate. – Qual história de terror você vai ter que desvendar desta vez? Suponho que seja outro assassinato.

– Mesmo que fosse um homicídio, você sabe que eu não comentaria com você. O trabalho fica no trabalho.

– Mesmo que fosse um homicídio – repetiu Kate. – Isso quer dizer que não é, desta vez. Então, por que uma equipe de investigação de homicídios está investigando alguma coisa que não é homicídio?

– Acontece que é um caso de pessoa desaparecida – esclareceu Sean.

– Ah – disse Kate, interessada e preocupada. – Uma pessoa desaparecida, que você acha que está morta. Chamaram você logo, para estar tudo pronto quando o corpo for encontrado. Não parece coisa da Metropolitana, esse planejamento antecipado.

– Eu não acho – disse Sean.

– Não acha o quê?

– Não acho que ela esteja morta. Acho que alguém a pegou.

– Um sequestro? – perguntou Kate.

– Não estou esperando um pedido de resgate.

– Então o que é?

– Como eu disse, sem detalhes. – Sean mudou de assunto: – Como vão as meninas?

Kate fez uma pausa antes de responder, na dúvida se deveria tentar obter dele mais detalhes. Decidiu que seria perda de tempo.

– A última vez que vi as meninas acordadas elas estavam bem, mas com saudade do pai.

– Imagino que isso seja bom.

– Acho que sei o que você está pensando. – Kate sorriu. – Na próxima vez que ficar em casa elas vão te atacar, estou avisando.

– Tomara que sim. – Sean andou até à geladeira e ficou procurando uma cerveja. Kate balançou seu copo de vinho vazio no ar. – Já que está aí, me dê mais um pouco, por favor. – Ele pegou a garrafa de vinho e pôs no copo uma quantidade tão pequena quanto seria razoável, não querendo que ela demorasse a ir para a cama mais do que o absolutamente necessário, depois pôs a garrafa de volta na geladeira e pegou uma cerveja. Escolheu o seu copo preferido no armário e sentou-se à mesa com Kate, usando o controle remoto para ligar a TV.

– Suponho que a conversa desta noite já tenha terminado – acusou Kate.

– Desculpe. – Sean se virou para ela com um sorriso travesso. – Pensei que você estava brincando no computador.

– Ha, ha – retrucou Kate. – Trabalhando, Sean. Trabalhando. É só o que a gente faz. Trabalha e paga contas. Só isso.

– Não é tão ruim assim – argumentou Sean, agora satisfeito que ela tivesse esperado e feliz por ter a distração da conversa.

– Deveríamos pensar na Nova Zelândia de novo. Lembra, depois do que aconteceu com Sally, você disse que precisávamos sair daqui, começar uma vida nova, uma vida em que a gente de fato se encontrasse. E ficasse com as crianças.

– Não sei – respondeu Sean. – Parece que a gente está fugindo.

– Não há nada de errado em fugir, se é para uma vida melhor.

– Não existe garantia de uma vida melhor – argumentou Sean. – Eu pesquisei. A Nova Zelândia não é só campos verdes e céu azul. Eles também têm muitos problemas. Você não acredita realmente que me poriam num escritório elegante com vista para o Pacífico, e nada para fazer além de girar os polegares e apreciar a paisagem o dia todo, acredita? Eles encontrariam um buraco qualquer para me enfiar e nós estaríamos de volta ao começo, só que do outro lado do mundo.

– Não pode ser tão ruim quanto aqui – insistiu Kate. – Eu vivo com você há tempo demais para não conhecer seu trabalho e saber como funciona. Se por acaso só mencionar de vez em quando que quer ir para casa ver a família, todos vão olhar para você como se tivesse enlouquecido, como se estivesse deixando a equipe na mão. Só os perdedores querem ir para casa de vez em quando, certo? – Sean se remexeu na cadeira, demonstrando desconforto. – E como nós dois sabemos, não há a menor possibilidade de você algum dia abandonar um caso e deixar que outra pessoa o assuma. É conscienciso demais para isso. Verdade?

– Não posso sair no meio de um caso. Não há ninguém para me substituir. O caso aparece, aterrissa na minha mesa e pronto. É meu até que termine. Se eu não puder vir em casa durante uma semana, é isso, não pude vir em casa uma semana. É assim que funciona. Faz parte. Esse é o trabalho. É o que eu faço. Não posso fugir para a Nova Zelândia. Não posso fugir para lugar nenhum. Sou o que sou. Faço o que faço. Você não quer me ver sentado num escritório na City, empurrando papel de um lado para o outro, vivendo em função do bônus, mais um clone. Isso me mataria. Não seria eu. E eu mataria você de tédio.

Kate pensou muito tempo antes de responder.

– Você está certo – disse ela. – Sei que tem que ser policial. Vibra com isso. Tem orgulho, e deveria ter mesmo. Mas as crianças estão crescendo. Pelo menos um de nós dois precisa ficar mais em casa com elas.

– Isso quer dizer o quê?

– Só estou comentando – continuou Kate. – O fato é que eu ganho quase o dobro do que você ganha e não tenho que me matar para isso.

– O que está insinuando? – perguntou Sean, a voz cheia de suspeita.

– Não sei bem – admitiu Kate. – Acho que precisamos planejar melhor, só isso. Não tenho ideia de para onde estamos indo.

– E quem é que sabe isso? – questionou Sean. – Tudo o que se pode fazer é viver cada dia, tentar tirar alguma coisa de cada dia. Todos esses livros e gurus anunciando planos para uma vida melhor, tudo um monte de merda. A gente só tem que tentar levar a vida da melhor maneira possível.

Kate o observou atentamente por um tempo.

– Eu sou feliz – disse ela –, mas existem mais coisas para nós em algum lugar. Algo melhor.

Sean procurou em seus olhos castanhos algum sinal de felicidade. Não viu nenhum traço de infelicidade e decidiu que estava bom assim, por enquanto.

– Eu amo você, de verdade – continuou ela –, e por isso me preocupo, por isso não quero dividir você com pessoas más, psicopatas, traficantes, loucos furiosos. Quero você todo para mim e para as crianças.

As palavras dela o fizeram sorrir.

– Eu sei. Mas quero que você e as crianças tenham orgulho de mim. Quero que elas saibam o que eu faço.

– Ai, meu Deus – retrucou Kate. – Elas vão ficar de cabelo em pé!

– Vou omitir os detalhes, você entendeu a ideia.

– Então – conformou-se Kate –, continuamos assim, nos encontrando só de vez em quando, pais ausentes?

– Ainda não estou pronto para ir embora – disse Sean. – Vamos esperar uns dois anos, depois pensamos no assunto.

– Eu não pediria para você ir, se não quiser – assegurou ela.

– Mais uns dois anos – Sean quase prometeu. – Depois pensamos no assunto.

– Vou me lembrar desta conversa, sabia? – avisou ela.

– Claro que vai – admitiu Sean. – Você é mulher.

3

Quinta-feira de manhã, pouco antes das nove, e Sally batia na porta de uma casa comum em Teddington, nos arredores do oeste de Londres, e se preparava para fazer uma série de perguntas aos ocupantes que nem mesmo seus amigos mais próximos ousariam formular. Embora não conhecesse essas pessoas, a experiência lhe dizia que elas a veriam como sua salvadora em potencial. Esta manhã ela se sentia mais como uma intrusa, chegando para semear o caos. Desde que obtivesse respostas às suas perguntas, respostas que poderiam fazer avançar ou matar de vez este novo caso, ela de fato não se importava com o impacto que a sua visita poderia causar na vida delas.

Enquanto esperava ser atendida, afastou-se alguns passos da porta, examinando a casa grande e feia que teria sido o orgulho da rua quando recém-construída nos anos 1970, mas que atualmente parecia cansada e fora de lugar entre as casas mais velhas e mais charmosas.

Ela ouviu a aproximação de passos abafados, chinelos confortáveis ou sapatos caseiros macios, movendo-se rapidamente, mas arrastados, o esforço de levantar os pés sendo um pouco excessivo para músculos cansados e envelhecidos. O trinco foi manuseado com uma certa pressa e falta de jeito, e depois a porta se abriu, revelando um casal grisalho, ambos parecidos: os dois eram baixos e gordinhos, cabelos ondulados há muito deixados ao natural, pele bronzeada de cruzeiros demais em transatlânticos, casacos e calças com elástico, óculos de aros finos ampliando os olhos azuis, brilhantes e cheios de esperança. Atenderam à porta juntos, algo que acontecia apenas quando havia uma expectativa de alegria ou de tristeza. Sally pensou que eles pareciam crianças entrando furtivamente numa sala no meio da noite, onde seus pais, mentindo, disseram que Papai Noel teria deixado os presentes, animados com a promessa dos brinquedos, temerosos de serem apanhados.

– Pois não – indagou o velho, a esposa observando por cima do seu ombro. Sally mostrou sua identificação e fingiu um sorriso.

– Sargento-detetive Jones, Polícia Metropolitana... – Ela se conteve antes de acrescentar *Equipe de Investigação de Homicídios*. A última coisa de que precisava eram dois idosos desmaiando na sua frente, ou coisa pior. – Estou investigando o desaparecimento da sua filha, Louise Russell. Vocês são... – Sally consultou o seu caderno rapidamente, xingando a si própria em silêncio por não tê-lo feito antes de bater – ... o sr. e a sra. Graham, pais de Louise? – Eles estavam aflitos demais para notar sua hesitação.

– Sim – confirmou o velho. – Frank e Rose Graham. Louise é nossa filha.

Frank e Rose, pensou Sally. Nomes antigos. Nomes fortes.

– Posso entrar? – perguntou, já avançando em direção à porta.

– Por favor – disse o sr. Graham, afastando-se para o lado para que ela pudesse entrar no corredor.

Sally sentiu o tapete sob os pés, usado e ralo, colorido demais para o gosto atual, assim como o papel de parede floral e as reproduções emolduradas de quadros famosos, Constable misturado a Van Gogh.

– Tem alguma notícia? – perguntou ele, a paciência o abandonando. – Sabe onde ela está?

– Frank – repreendeu-o a sra. Graham. – Talvez a sargento Jones prefira tomar uma xícara de chá primeiro.

– Claro. Me perdoe – desculpou-se o sr. Graham. – Por favor, vamos até a sala, lá podemos tomar um chá... ou café, se preferir.

– Chá, obrigada – disse Sally.

– Vou pôr a chaleira no fogo – anunciou a sra. Graham, e saiu correndo para onde Sally presumia que ficasse uma cozinha antiquada. – Volto num minuto – falou por sobre o ombro.

– Por ali – disse o sr. Graham, apontando para a porta mais próxima, como se fosse conduzi-la a uma cadeira no teatro.

Sally entrou na sala, examinando tudo com atenção: mais reproduções baratas de quadros, objetos variados moderadamente caros, pequenas estatuetas de porcelana de mulheres com roupas vitorianas segurando sombrinhas, um tapete cor de mostarda tão grosso que chegava a ser elástico, e, como peça principal, uma enorme televisão antiga, recentemente adaptada para receber sinal digital. Sally desconfiava de que eles nem sequer soubessem por que precisavam daquela estranha caixa, que agora ficava em cima do que antes era o seu motivo de orgulho.

– Sente-se, por favor – convidou Graham.

Sally procurou um lugar que ninguém poderia compartilhar com ela e decidiu-se por uma poltrona de couro falso, do tipo que ela já vira em casas de repouso de idosos.

– Obrigada – disse, sentando-se na ponta da poltrona e pondo a bolsa de computador que usava como pasta no chão, próxima aos seus pés. Graham sentou-se na poltrona onde ela imaginou que ele sempre se sentasse, o melhor lugar para ver TV.

– Isso tudo tem sido muito difícil para minha esposa – começou ele.

– Tenho certeza que sim – enfatizou Sally. – E para o senhor também.

– Eu estou bem – ele mentiu. – Aguentando firme. Alguém tem que fazer isso, não é?

– Claro – Sally fingiu que concordava.

– Dez anos no Exército nos ensinam alguma coisa sobre como lidar com... situações difíceis.

– O senhor serviu no Exército? – perguntou Sally, a fim de animá-lo para as perguntas difíceis que ainda viriam.

– Servi. – Sua voz e postura subitamente se tornaram mais soldadescas. – Prestei o serviço militar obrigatório e, ao contrário da maioria dos meus colegas, gostei muito. Então me alistei no Exército regular quando terminou o período obrigatório. Os Jaquetas Verdes. Mas é um trabalho para jovens, o Exército. Depois de dez anos, voltei à vida civil.

– E o senhor trabalhou em quê? – perguntou Sally, já sabendo que não estaria interessada na resposta.

– Vendas – respondeu ele secamente, tão entediado com sua vida quanto Sally teria ficado. Um silêncio desconfortável pairou no ar, até que Sally pensou em algo para dizer.

– Era... – começou ela, se atrapalhando. – Desculpe, é sua única filha, a Louise?

– É, sim. Como sabia?

– Eu não sabia – mentiu Sally. Ela reconhecera o desespero de pais de filha única no momento em que eles abriram a porta. Caso Louise se fosse, eles não teriam nada. – Não sabia ao certo.

– Oh – foi tudo o que ele respondeu, e depois mais silêncio. – Com licença, vou ver se o chá está pronto. Rose tem andado meio desatenta esses últimos dias. Volto num minuto.

– Claro – disse Sally. Assim que ele saiu, ela se levantou e começou a andar vagarosa e silenciosamente, examinando o conteúdo da sala, com cuidado para não encostar em nada. Concentrou-se nas fotos emolduradas na prateleira acima da antiga lareira elétrica com chamas falsas. Uma ou duas mostravam Frank e Rose Graham em locais exóticos, mas a maioria era de Louise, uma colagem de fotos da sua vida, de menina a mulher adulta. Sally gostou das fotos. Eram muito diferentes da única fotografia de Louise que ela vira até então, a foto sem vida do passaporte dada pelo marido. Estes retratos eram cheios de vitalidade e alegria, esperança e expectativas: uma criança sorrindo para o fotógrafo da escola, uma adolescente posando com amigos numa ida à London Eye, uma jovem mulher recebendo seu diploma de graduação em frente a alguma universidade. "Onde diabos você está, Louise?", Sally se perguntou. "O que aconteceu com você?" Sua paz foi roubada quando os Graham voltaram à sala com barulho de louça chacoalhando, o sr. Graham carregando a bandeja de chá e acompanhamentos enquanto sua esposa abria a porta para ter certeza de que o caminho estava livre.

– Está tudo aqui – disse a sra. Graham, quase alegremente. – Ponha na mesa, Frank, e eu vou lá servir. – Ele fez o que ela pediu e se refugiou em sua poltrona velha e confortável, enquanto Sally voltava à dela. – Como prefere o chá, sargento?

– Com leite e pouco açúcar – disse Sally. – E, por favor, me chame de Sally.

– Certo, Sally – respondeu o sr. Graham. – Como podemos ajudá-la a encontrar nossa filha?

– Bem – Sally começou a responder, antes de fazer uma pausa e aceitar o pires com a xícara que a sra. Graham lhe estendia. – Obrigada. Bem, tem algumas perguntas sobre Louise que vocês podem responder melhor, coisas que só os pais saberiam.

– Ela é uma boa filha – insistiu a sra. Graham. – Sempre foi, mas não consigo pensar em nada que possamos contar que John já não tenha contado.

– Seu marido? – Sally tentou esclarecer.

– Ele pode ser o marido dela – fungou o sr. Graham –, mas não a conhece como nós conhecemos. – Então, pensou Sally, Louise é o xodó do papai, e o papai parece um pouco ciumento.

– O senhor tem algum problema com ele? – indagou Sally.

– Tem, sim – a sra. Graham respondeu por ele. – Ele sempre teve problemas com todos os namorados dela. Nenhum deles era bom o bastante para Louise, incluindo John.

– Ela poderia ter arranjado alguém melhor – disse o sr. Graham friamente.

– Ele é um bom marido e um bom homem – repreendeu-o a sra. Graham. – Ela fez bem em não perdê-lo, é o que eu acho.

O sr. Graham revirou os olhos, desaprovando.

– Ela é feliz? – perguntou Sally. – No casamento?

– Muito – respondeu a sra. Graham. O sr. Graham mordeu o lábio inferior.

– Algum problema, que vocês saibam? – Sally continuou a sondar.

– Nenhum – garantiu a sra. Graham, categórica. – Eles planejam constituir uma família. Louise está muito animada, ela sempre quis ter filhos.

– Um desperdício da sua instrução, é o que eu penso. – O sr. Graham lembrou-lhes que ele estava ali.

– Diploma universitário em design gráfico – ironizou a sra. Graham. – Ela nunca iria transformar o mundo com isso, não é? E só foi para a universidade porque ele a obrigou. – Ela esticou o queixo na direção do marido, que, mais uma vez, revirou os olhos.

– Foi lá que ela conheceu o John? – perguntou Sally.

– Não. – A sra. Graham balançou a cabeça. – Ela o conheceu por intermédio de amigos comuns, poucos anos atrás.

– Sinto muito ter que fazer esta pergunta – Sally se desculpou antecipadamente –, mas havia alguma outra pessoa?

Os Graham ficaram confusos com a pergunta.

– Desculpe? – A sra. Graham franziu a testa. – Outra pessoa? Eu não entendo.

Sally respirou fundo.

– Há alguma possibilidade de que Louise estivesse se encontrando com outro homem? – Ela olhou para o semblante inexpressivo dos dois e esperou a reação.

– Outro homem? – perguntou a sra. Graham.

– Isso acontece – disse Sally. – E não faria dela uma pessoa má. É só uma coisa que pode acontecer.

– Não com Louise – respondeu o sr. Graham, agora mais sisudo; ofendido.

– Vocês têm certeza? – insistiu Sally. – Preciso que tenham certeza absoluta.

– Temos certeza – o sr. Graham falou pelos dois.

Sally esperou um pouco antes de continuar, analisando a sra. Graham, procurando uma contradição em seu rosto, uma sombra de vergonha ou olhos mentirosos evitando os seus, buscando um lugar para se esconder. Não viu nada.

– E John? – questionou Sally. – Louise alguma vez suspeitou dele? Ele poderia estar se encontrando com outra pessoa?

– Se está, Louise nunca nos contou – garantiu o sr. Graham.

– Mas seria difícil sabermos, não é o caso de vivermos grudados.

Quero dizer, nós os vemos com frequência, mas eles moram do outro lado de Londres. A vida deles é a vida deles.

– Entendo – disse Sally. – E me desculpem, eu tinha que perguntar, quando uma mulher jovem desaparece, precisamos cobrir todas as possibilidades, mesmo as improváveis.

– Claro – disse a sra. Graham, sempre compreensiva. – Qualquer coisa que possa ajudar a encontrá-la.

Sally percebeu a dor da perda aumentando no peito e na garganta da sra. Graham. E teve uma súbita sensação de pânico, inesperadamente algo lhe gritava para fugir daquela casa, para se afastar daquelas pessoas antes que começassem a transferir os seus pesadelos para ela, antes que se visse obrigada a consolar a sra. Graham, dizer-lhe que ia ficar tudo bem. Sally se levantou da poltrona e pôs o chá intocado sobre a mesa.

– Vocês ajudaram muito, mas já tomei bastante o seu tempo. – Sally percebeu que estava recuando para sair da sala, antes que a sra. Graham a detivesse.

– Você não acha que aconteceu alguma coisa ruim com ela, acha? – perguntou. – Nada de muito ruim aconteceu com ela, não é?

– Com certeza ela deve estar bem – tranquilizou-os Sally, aflita para escapar da casa e dos Graham.

– Se aconteceu alguma coisa com ela, não sei o que faríamos – a sra. Graham a torturava. – Ela é nossa única filha. Sempre foi uma filha maravilhosa. É uma boa pessoa. Ninguém ia querer machucar Louise, ia? Ela não é o tipo de pessoa que alguém ia querer machucar. Sabe, esses homens horríveis, de quem a gente ouve falar, eles vão atrás de prostitutas, de jovens que têm famílias que não se importam com elas, que deixam que fiquem na rua a qualquer hora, não é mesmo?

Sally quase tentou agarrar a dor que subitamente latejava no seu peito, o rosto de Sebastian Gibran surgindo em sua mente, dentes brancos e perfeitos, olhos vermelhos. A náusea se apoderou do seu corpo, o sangue fugiu do rosto, os lábios se tornaram de um branco-azulado enquanto ela tentava engolir a bile que se infiltrava em sua boca. Queria que a sra. Graham parasse, mas ela não parava.

– Louise simplesmente não é o tipo de pessoa que essa gente procura. Ela vai para o trabalho e depois para casa. Já vi programas na televisão, sempre dizem que esses assassinos escolhem suas vítimas, não escolhem?, que de algum modo as vítimas atraem esses homens horríveis, fazem alguma coisa que chama esses malucos, como se tivesse algo errado com elas.

Sally sabia que estava prestes a vomitar, mesmo que seu estômago vazio não pusesse para fora nada além de saliva e bile. Ela conseguiu falar.

– Eu poderia por favor usar o banheiro? – perguntou, apertando os lábios no momento em que as palavras saíram.

A sra. Graham respondeu quase em lágrimas.

– Claro. Segunda porta do corredor, à esquerda.

Sally saiu da sala cambaleando, entrou no corredor tentando se lembrar da indicação da sra. Graham, empurrou todas as portas até que encontrou o banheiro e se jogou lá dentro, conseguindo de algum modo fechar a porta antes de puxar o cabelo para trás com uma das mãos e enfiar o rosto todo no vaso. No mesmo instante o seu estômago se contraiu, os olhos reviraram, e ela teve fortes ânsias de vômito, muitas vezes seguidas, a dor terrível na barriga não produzindo nada mais do que um filete de bile espessa, amarelo-esverdeada, tão amarga quanto o ódio. Finalmente a ânsia de vômito cessou. Sally piscou e tentou focalizar os olhos lacrimejantes, ficou de pé e conferiu sua imagem no espelho. Seus olhos estavam vermelhos devido a minúsculos capilares rompidos, mas a cor voltava ao rosto e aos lábios. Lavou a boca e jogou um pouco do líquido frio nos olhos, secando-os cuidadosamente com a toalha, sem esfregar muito. Após alguns minutos, decidiu que estava com uma aparência razoável e foi ao encontro dos Graham, a ideia de uma fuga rápida predominando em sua mente.

Quando voltou à sala, os Graham, que continuavam sentados, levantaram os olhos para ela como dois cães Labrador aguardando o comando do mestre.

— Você está bem? — perguntou a sra. Graham.

— Estou bem, obrigada — fingiu Sally.

— Você não parece muito bem, querida — insistiu a sra. Graham. — Tem certeza de que está bem?

— É só um vírus — inventou Sally. — Então, obrigada por me receber e, caso se lembrem de alguma coisa, por favor avisem. — Ela apanhou a bolsa de computador, puxou um cartão de visitas do bolso lateral e o entregou à sra. Graham. — Nesse meio-tempo, se tivermos notícias, comunicaremos imediatamente.

— Muito obrigada.

A gratidão da sra. Graham só fez aumentar a culpa cada vez maior de Sally.

— De nada — respondeu ela por sobre o ombro, dirigindo-se à porta da frente, o casal Graham atrás dela. Em vez de esperar que eles abrissem a porta, ela própria manuseou a tranca e a maçaneta, abriu a porta com força e saiu tropeçando, inspirando o ar fresco pelo nariz. — Vamos ficar em contato — prometeu.

— Por favor, encontre Louise — pediu o sr. Graham, com os olhos vazios. — Para nós não importa o que ela fez, diga isso a ela. Só queremos saber se ela está bem.

— Claro — retrucou Sally, enquanto aumentava a distância entre eles e ela, só parando quando o sr. Graham falou alguma coisa que ela não entendeu.

— Nós temos algum dinheiro — gritou ele.

— Desculpe? — Sally se atrapalhou. Será que ele estava tentando suborná-la para encontrar sua filha?

— Se alguém pedir dinheiro para libertá-la, temos dinheiro. Não é muito, mas pode ser suficiente — explicou ele.

— Não — esclareceu Sally. — O problema não é dinheiro. Não estamos esperando um pedido de resgate.

— Então qual é o problema? — perguntou o sr. Graham.

— Ainda não sabemos — respondeu Sally sinceramente, a necessidade de fugir agora imperiosa. — Vamos torcer para ela voltar logo para casa em segurança.

— E se não voltar? — perguntou o sr. Graham. — E aí?

Sally procurou freneticamente uma resposta, tentando pensar no que a antiga Sally teria dito, mas nada lhe ocorreu.

– Não sei – respondeu. – Desculpe, mas não sei.

Sean estava sentado à sua mesa de trabalho, cansado, com fome e sede. Ficava prometendo a si mesmo que iria parar para tomar um rápido café da manhã, mas outro relatório da inteligência, outro questionário do porta a porta, outra pessoa que achava ter visto Louise Russell atraíam sua atenção e atrasavam descanso, alimentação e água por mais alguns minutos. Seria a mesma coisa quando a hora do café virasse hora do almoço. Uma sucessão de batidas rápidas na moldura da porta da sala fez com que levantasse os olhos de um relatório da inteligência sobre um tipo suspeito visto à noite, nas proximidades da casa dos Russell, algumas semanas antes do desaparecimento de Louise. O volume considerável do sargento Dave Donnelly ocupava a entrada.

– Bom-dia, chefe – começou ele. – Como estão as coisas hoje? Tudo cor-de-rosa, suponho.

– Tudo vai ficar bem mais cor-de-rosa quando você organizar direito o porta a porta – repreendeu-o Sean.

– Só estou tentando economizar recursos – retorquiu Donnelly. – Não quero desperdiçar mais tempo e pessoas do que o necessário. Podemos esticar mais uns dias, e aí ela vai estar em casa e a gente pode voltar a fazer o trabalho que tem que ser feito.

Sean precisava de Donnelly ao seu lado, não podia permitir que ele continuasse acreditando que o caso era uma perda de tempo. Donnelly era uma cópia exata de Sean: ele lidava somente com aquilo que estava à sua frente. Levantava provas, pressionava testemunhas, interrogava suspeitos com habilidade, mas fazia tudo isso baseado em provas tangíveis, não em teorias e conclusões hipotéticas. E obtinha resultados fazendo as coisas a seu modo. Sean, por outro lado, era instintivo, criativo, usava as evidências como guias e não mapas rígidos, abalando os suspeitos durante os interrogatórios ao dizer-lhes o que estavam pensando quando cometeram os crimes, em vez de se fiar no que podia ser provado. Os dois eram complementares, e para a equipe ser eficaz precisavam um do outro; um fato que Sean compreendia melhor do que Donnelly.

— Escute. — Sean olhou nos olhos dele, a voz cheia de convicção. — Você está errado sobre este caso. Alguma coisa ruim aconteceu com Louise Russell. Ela ainda está viva? Não sei, mas acho que sim, o que significa que há uma chance de nós a encontrarmos antes que apareça boiando num rio qualquer. Preciso de você comigo neste caso, Dave. — Ele se recostou na cadeira, passou a mão pelo cabelo. — Deus sabe que Sally não é mais a mesma. Não posso me dar ao luxo de perder meus dois sargentos.

Donnelly ficou em silêncio por um momento, avaliando sua resposta.

— Você tem certeza? — perguntou. — Tem certeza de que ela simplesmente não fugiu com um Romeu que encontrou por aí? Uma última escapada antes de se acomodar a uma vida de mãe de família e lanche com as amigas?

— Tenho certeza — disse Sean. — Infelizmente.

— Tudo bem — concordou Donnelly com relutância. — O que quer que eu faça?

— Para começar, tome providências para que o porta a porta seja finalizado — respondeu Sean — e mantenha todo mundo alerta. Quero que todos ajam como se já tivéssemos um corpo. Nada de ir devagar porque é só uma pessoa desaparecida.

— Seu desejo é uma ordem — assegurou Donnelly.

— É mesmo? — Duvidou Sean, antes de baixar a voz. — E fique de olho em Sally. Ela tem tido altos e baixos, você me entende?

— Fique tranquilo — disse Donnelly.

Eles foram interrompidos pelo toque do telefone de Sean. Ele levantou a mão para pedir a Donnelly que ficasse em silêncio e permanecesse lá, enquanto atendia a ligação.

Era o sargento-detetive Roddis da Equipe Pericial para Investigação de Homicídio. Ele saudou Sean da maneira habitual, evitando qualquer referência à patente.

— Sr. Corrigan, bom-dia.

— Sargento Roddis. Tem alguma coisa para mim?

– Estou agora na casa dos Russell – disse ele. – Estamos concentrando a investigação no corredor e na porta da frente, conforme seu pedido.

– Bom – respondeu Sean. – Alguma coisa?

– Parece que sim... – O coração de Sean começou a bater mais acelerado com a expectativa. – Infelizmente a cena não foi preservada como eu gostaria, mas pelo menos seja quem for que levou a vítima não fez nenhuma tentativa de limpar nada. Não há nenhuma indicação de que passou um pano em alguma superfície, nada foi esfregado ou lavado. E quando chegamos ao piso de madeira encontramos uma impressão palmar inteira, com todos os dedos. Comparamos com a de John Russell. Não é dele e é grande demais para ser da sra. Russell.

– Dá para capturar a impressão sem arrebentar o piso? – perguntou Sean, uma imagem se formando em sua mente do homem que levou Louise Russell se ajoelhando ao lado do corpo caído, a mão no chão para se equilibrar, dedos abertos para aguentar o peso... enquanto ele fazia o que com ela?

– Já capturei – disse Roddis alegremente.

– Está boa o bastante para comparar?

– Se ele estiver no sistema, vamos conseguir comparar. Estou mandando direto para Digitais.

Sean estava certo de que quem levara Louise Russell teria cometido um delito anterior. Não seria nada tão grave como desta vez, mas haveria alguma coisa em seu passado. A pergunta era, ele fora condenado? Se não, suas impressões não estariam no arquivo.

– Tem mais uma coisa – continuou Roddis. – Os vestígios são fracos, mas no piso, perto do local onde encontramos a impressão, parece haver sinais de algum produto químico não típico. Já colhi o material para o laboratório, e meu primeiro palpite seria clorofórmio.

Outro trecho do filme passando na cabeça de Sean ficou mais nítido: o homem se ajoelhando ao lado dela, derramando clorofórmio num pano, pondo sobre sua boca. Sean viu ataduras também, sendo enroladas nas mãos, mas não nos pés; ele precisaria que ela andasse. Piscou para afastar as imagens e falou ao telefone.

– OK, obrigado. Avise assim que tiver mais alguma coisa.

Fazendo sinal a Donnelly para que o seguisse, Sam se levantou e foi até a sala de incidentes principal, onde sua equipe de detetives trabalhava cada um em sua mesa.

– Atenção, todos vocês – gritou Sean para ser ouvido do outro lado da sala. – A perícia acabou de confirmar que há indícios de que Louise Russell foi levada à força de sua casa por um homem desconhecido. Se este caso já não é de homicídio, vai ser em breve a menos que a encontremos. Sei que este caso é diferente dos habituais, mas neste momento somos a única esperança para ela, por isso quero que vocês deem o seu melhor. Tratem de pesquisar cada pista, cada informação e cada dado da inteligência que tivermos, mesmo que pareça irrelevante. Vamos encontrá-la antes que seja tarde demais. – Sean olhou em volta da sala para os rostos da sua equipe. Parecia que todos haviam entendido a mensagem.

– Pelo menos desta vez – disse Donnelly –, espero que esteja errado.

– Não estou – afirmou Sean. – Mas não posso saber ao certo de quanto tempo dispomos. Quanto tempo antes que ele se canse do seu brinquedo novo? E depois que ele a descartar junto com o lixo, o que o nosso homem vai fazer? Outra pessoa? Ele vai pegar outra?

– Me diga você – respondeu Donnelly.

– Não sei – retrucou Sean. – Pelo menos ainda não.

Meio da manhã de quinta-feira e Thomas Keller deveria estar no trabalho, mas seu supervisor permitiu que ele tirasse umas poucas horas de folga, desde que compensasse no período da tarde. Enquanto atravessava o terreno entulhado, indo do seu chalé até a porta de metal que levava ao porão, sua ansiedade e nervosismo aumentavam em igual medida. Ele caminhava com cuidado no meio dos pneus velhos e tambores de óleo espalhados pela propriedade, pontilhada de edificações antigas e fora de uso, e celeiros de chapas de ferro corrugado que tempos atrás abrigavam galinhas em gaiolas e só Deus sabe o que mais. Até o chalé em que ele morava era horroroso, feito de grandes blocos de cimento cinza dos anos 1960 e nunca pintado.

Usava o folgado conjunto de moletom habitual, a arma de choque enfiada dentro de um bolso e batendo desajeitadamente no seu quadril quando ele andava, as chaves no outro bolso tendendo a ficarem emaranhadas nos fios soltos das costuras desfeitas. Esta manhã ele também carregava uma bandeja de café da manhã e uma bolsa de viagem jogada no ombro.

Ao chegar à pesada porta de metal que levava ao porão, pôs a bandeja no chão cuidadosamente. Praguejando por não ter empurrado um dos tambores velhos até à porta, para usá-lo como mesa temporária, resolveu que faria isso mais tarde, depois de levar o café de Sam.

Enquanto abria o enorme cadeado que trancava a porta, sentiu o coração começar a disparar, com expectativa e ansiedade. Ele mal conseguira se conter durante a noite, mal conseguira evitar ir vê-la furtivamente, mesmo que fosse só para observar seu sono, para se encolher do outro lado do arame, perto dela, e ouvir sua respiração. Sabia, porém, que deveria deixá-la quieta para que descansasse. Agora que faltavam apenas segundos para vê-la, a vontade de estar com ela, estar com ela do jeito que sabia que ela desejava, era quase irresistível. Ele praticou a respiração como os médicos haviam ensinado: respirar era a chave para ser capaz de controlar seus atos, seu humor e seus desejos.

Puxou a grande porta com vagar, permitindo que a luz inundasse o porão, e ficou de pé na entrada, cabeça inclinada para um lado, tentando escutar qualquer barulho que pudesse vir da escuridão lá embaixo. Após alguns minutos, não tendo ouvido nada, pegou a bandeja e começou a descer se esgueirando pela escada de pedra, ainda à escuta. Se ouvisse qualquer coisa que o alarmasse, soltaria a bandeja e voltaria correndo para a luz, bateria a porta e a trancaria para sempre, nunca mais voltando ao porão, não importando o que acontecesse.

No pé da escada, esticou o pescoço em torno da quina da parede que escondia a escada do resto do cômodo e perscrutou a penumbra, dando à sua visão tempo para se acostumar à luz fraca, em busca de qualquer sinal de mudança, qualquer coisa que o fizesse correr. Alguns segundos depois, pôde distinguir com clareza as duas figuras curvadas em suas jaulas, ambas com os joelhos puxados até o queixo, braços em volta das pernas, Karen com suas roupas de baixo imundas, Louise nua, mas coberta com o edredom que ele lhe dera.

Finalmente entrou no porão, a masmorra das duas, toda sua concentração em Louise, como se Karen não estivesse mais ali.

– Dormiu bem, Sam? Trouxe café para você. – Ele levantou um pouco a bandeja para que ela pudesse ver. – Provavelmente vai querer se lavar primeiro, não é?

Colocando a bandeja na mesa improvisada atrás da velha tela de hospital, ele puxou a corda, a lâmpada brilhante inundando o porão de uma intensa luz branca. Louise fechou os olhos bem apertados contra o facho violento, lágrimas brotando-lhe dos olhos, enquanto ele puxava da calça a arma de choque e a chave e avançava devagar em direção à jaula, com cuidado para não assustá-la andando rápido demais, como já acontecera. Ele destrancou a jaula, permitindo que a porta se abrisse, e enfiou a cabeça lá dentro. Vendo que os olhos dela estavam fixos na arma de choque em sua mão, os olhos dele também foram atraídos para a arma.

– Eu confio em você, Sam, de verdade, você precisa saber disso, mas eles ainda podem tentar nos separar. Se tentarem, preciso disso para te proteger. Você entende?

Ela fez que sim com a cabeça, assustada, os olhos arregalados de medo. Ele pensou que ela se parecia com um gatinho esperando ser arrancado da mãe, e isso fez com que se sentisse bem, se sentisse forte, desejado, necessário e no comando. Afastou-se da entrada para permitir que ela saísse e observou-a andar se arrastando, dobrada, agarrada ao edredom que cobria sua nudez. Ele sabia o que ela estava escondendo, lembrava-se do primeiro dia quando a trouxera, quando tirara suas roupas, as roupas que eles a fizeram usar. A excitação percorreu o seu corpo, o pênis inchando quando o sangue o invadiu, tornando-o desconfortável e óbvio sob o moletom. A lembrança de tê-la visto, tocado sua pele macia e quente, ligeiramente azeitonada, foi quase insuportável. Ele fechou os olhos e tentou manter o controle, mas a imagem dos seios redondos, com os círculos escuros no meio, e o pelo macio do púbis, cobrindo quase inteiramente o sexo, queimavam sua mente. A urgência de estar com ela naquele exato momento era tão forte que ameaçava dominá-lo. Ele sabia que ela também o desejava, o queria como amante, mas primeiro precisava mostrar a ela que a respeitava. Quando finalmente ficassem juntos, seria muito melhor, porque haviam esperado.

Ela desapareceu atrás da tela, passando a ser uma sombra informe com a silhueta de uma cabeça humana.

– Deve ter bastante água quente – ele conseguiu dizer em meio ao seu sofrimento, a necessidade de se aliviar ficando cada vez mais forte – e a toalha ainda deve estar aí. – Ele ouviu o barulho da água correndo e esperou, sabendo o que viria a seguir, até que afinal o edredom escorregou dos ombros dela até o chão, a perfeição da silhueta bem clara agora à sua frente, o contorno das costas, a curva dos quadris e nádegas, os lindos seios, a ponta dos mamilos, as mãos correndo pelo corpo, tocando-o como ele tão desesperadamente desejava fazer, a sombra dela um molde onde ele projetava a lembrança da sua nudez. Ele percebeu que estava de boca aberta, emitindo um feio gemido gutural, e torceu para que ela não o tivesse ouvido por sobre o barulho da água correndo. O barulho da água cessou e ele viu quando ela se secou, apressada, e se enrolou bem no edredom. – Não se esqueça da bandeja – ele conseguiu dizer, com a boca seca. – Você precisa comer. Precisa ficar forte.

Ela saiu de trás da tela, olhando do chão para ele e de volta para o chão, andou em direção à jaula, apressando-se ao passar por ele, olhando de soslaio para a arma de choque em sua mão, e se abaixou para entrar de volta, obediente, no lugar seguro que ele fizera para ela. Ele esperou que ela se acomodasse, observou-a examinar as coisas na bandeja: cereais, leite, uma fruta. Sim, pensou consigo, ela estava ficando como ele queria, como precisava que ela ficasse. Fechou a porta da jaula e repôs o cadeado, sem parar de contemplá-la com olhos arregalados de excitação, na expectativa do momento em que ficaria com ela, como sempre deveria ter sido.

Precisando de alívio, a fim de desfazer o nó em suas entranhas, interromper o latejar na cabeça e a dor entre as pernas, ele olhou para Karen Green do outro lado. Ela o enojava, mas também o atraía, assim como o odor que sua jaula exalava. Ele se moveu em sua direção, devagar, seu rosto feio e ameaçador, os dentes manchados arreganhados. Percebendo o perigo, ela tentou escapar, mas em todas as direções só encontrava arame frio.

– Sua puta nojenta – acusou ele, a voz baixa, mas cheia de más intenções. – Você se mijou. Quer que eu te castigue? Quer? – agora gritando.

– Não, por favor – implorou ela. – Não pude evitar. Por favor, eu tentei não fazer. Sabia que ia te aborrecer, por favor.

Os dentes dele se cerraram de raiva, as palavras passando à força entre eles, gritadas e com pausas para reforçar sua fúria à medida que ia se aproximando do alívio de que tanto precisava.

– Se... sabia... que... ia... me... aborrecer... então... por... que... fez... porra?

– Eu tentei tanto não fazer – justificava Karen, lágrimas brilhantes fazendo surgir manchas claras no seu rosto cada vez mais sujo, a boca arredondada como se surpreendida num grito, os olhos esgazeados de pânico, enquanto o homem se aproximava.

Ele abriu a portinhola na lateral da jaula, de tamanho suficiente para passar apenas um braço.

– Passe o braço pelo buraco – ordenou.

– Não – soluçou ela.

– Passe o braço pela merda do buraco ou já sabe o que vai acontecer.

– Não consigo – Karen ofegava, em meio a soluços terríveis, quase infantis. – Não consigo.

– Passe o braço pela merda do buraco! – O grito dele se intensificou, fazendo ambas as mulheres estremecerem de pavor.

Lentamente, Karen atravessou a jaula pouco a pouco e passou o braço pela portinhola, olhando para o outro lado, sabendo que a dor viria em breve. Ele deu um pulo para a frente e pressionou a arma na pele exposta, fazendo a mulher voar até o fundo da jaula, onde se chocou contra o arame e caiu de lado.

Depois ele esperou. Esperou até que as convulsões se tornassem pouco mais que tremores. Finalmente correu para a porta da jaula, deixou cair a chave na pressa de destrancá-la e ficou procurando no chão, em pânico, tentando localizá-la, dando risadinhas quando a encontrou. Uma vez aberta a tranca, escancarou a porta numa pressa desenfreada para chegar a Karen, antes que ela se recuperasse totalmente.

O desejo estava se apossando dele, tudo começava a parecer um sonho, como se ele tivesse deixado seu corpo e estivesse vendo outra pessoa na jaula com ela, outra pessoa virando-a de barriga para cima, rasgando suas frágeis roupas íntimas, descobrindo-se e procurando por ela, avançando e errando, avançando de novo, buscando uma abertura quente para se introduzir, até que finalmente, já muito perto de liberar os demônios que o castigavam, ele sentiu que a penetrava, a sensação de estar dentro dela fazendo seus olhos revirarem com um prazer intenso como nunca conseguira sentir antes, antes que começasse a pegar as mulheres. Durante o êxtase, ele ficou pensando se as outras seriam tão boas quanto esta, sua primeira.

Ele se comportava como um animal selvagem no cio, quase ignorando a pessoa deitada sob ele, chorando de dor, humilhada e arrasada, enquanto ele a violentava, grunhindo de puro prazer, a carne quente em volta do seu sexo incitando-o a empurrar com mais força e mais fundo, até que a ejaculação se precipitou do seu corpo para o dela. Ele fez força para penetrá-la o mais profundamente possível, e a descarga começou a se esvaziar, permitindo que o seu corpo relaxasse, trazendo-o de volta ao mundo e à consciência do que fizera, a vergonha tentando limpá-lo do pecado terrível.

Keller olhou para a criatura soluçante presa debaixo dele, sua ereção sumindo rapidamente. Ele se afastou dela e puxou a calça, já saindo da jaula, incapaz de fitá-la. Seus olhos logo se voltaram para Louise, que assistia horrorizada.

Apontando para a figura largada no chão da outra jaula, ele reclamou: – Ela me obrigou, Sam. Sempre me obriga. Sabe como me enganar. Ela é um deles. Foi assim que eu soube que na verdade ela não era você, por causa dessas coisas que me obriga a fazer. Você nunca me obrigaria a fazer essas coisas.

Fechando a porta da jaula de Karen com força, ele pôs a tranca de volta e depois ficou de pé, agarrado à grade de arame, lutando contra as lágrimas que tentavam escapar dos seus olhos vermelhos, repugnância e ódio de si mesmo afastando o êxtase que sentira momentos antes. Franziu os olhos bem apertados, a vergonha dando lugar à raiva que se espalhou rapidamente e sem aviso pelo seu ser, como um fogo violento destruindo uma floresta totalmente seca. Ele se empertigou, o corpo paralisado de tensão, enquanto liberava sua fúria gritando "Eu te odeio!" dentro do cômodo.

Depois se virou e correu para fora do porão soluçando, subiu a escada e chegou à luz do dia, amaldiçoando sua falta de controle, sua fraqueza, o fato de elas terem visto sua fraqueza. A humilhação mantinha suas pernas aceleradas, e ele atravessou correndo o terreno abandonado, batendo nos tambores de óleo, tropeçando nos pneus velhos, até chegar ao seu chalé em ruínas e se jogar porta adentro, segurando o peito, aflito para os pulmões em fogo se encherem de ar, a fim de desacelerar o coração e aliviar a dor latejante na cabeça.

Caído no chão da cozinha mal cuidada, ele esperou, fitando o teto, enquanto imagens de sua infância o ridicularizavam, reunidas a outras, mais recentes, de tormentos. Ele não tentou, porém, afastá-las. Ao contrário, acolheu-as como um sonho bem-vindo, e aos poucos as feias imagens o acalmaram, desacelerando as torrentes da mente e do corpo até que finalmente ele retomou o controle.

Ao perceber que estava deitado no chão da cozinha, em um pulo ficou de pé, confuso e desconfiado de como viera parar ali. As lembranças do que acontecera no porão voltaram lentamente, e com elas a raiva, mas agora controlável. Ele poderia transformar essa fraqueza em força, mas para fazer isso ela precisava de uma lição. Ele teria que mostrar àquela puta que sabia o que ela era.

Keller se dirigiu ao barracão unido à lateral do chalé e abriu a porta, que não estava trancada. Sem se impressionar com o caos e a desorganização à sua frente, começou a arrebanhar montes de coisas das prateleiras, chutando as que caíam ao chão para afastá-las do caminho, até que encontrou o que procurava: um saco de areia e uma bandeja sanitária que comprara meses atrás, quando estava tentando domesticar um dos gatos selvagens que patrulhavam suas terras. Parou um segundo, a lembrança do gato malagradecido alfinetando seus pensamentos. Ele teve o que merecia, mas pelo menos lhe dera um enterro decente, em um dos poucos lugares verdes e pitorescos da propriedade, debaixo do único salgueiro que proporcionava sombra aos fundos do chalé. Afastou a lembrança e examinou os objetos que segurava.

Satisfeito que aquilo iria ensinar à puta quem estava no comando, ele se dedicou a encher a bandeja sanitária, depois dirigiu-se de novo à escada que levava ao porão, evitando com cuidado os objetos espalhados pelo caminho. Uma vez lá dentro, correu escada abaixo, agora sem nenhuma cautela, deleitando-se com o seu poder ao vê-las se encolhendo no canto das jaulas. Ele notou a bolsa de viagem que deixara no chão mais cedo e as roupas lá dentro. Não tinha importância. Primeiro iria lidar com a puta.

Destrancou o cadeado da jaula de Karen Green e abriu a porta. Desta vez não houve necessidade de brandir a arma de choque; ela não ousaria contrariá-lo agora. O terror nos seus olhos mostrava que ela sabia que não adiantava tentar escapar. Ele atirou a bandeja sanitária para gatos no chão da jaula. – Quando precisar mijar, puta

– gritou –, mije ali. Você mija ali e você caga ali. – Ele viu que ela abraçava o próprio corpo, balançando-se ritmicamente de um lado para o outro. – Mais uma vez ele apontou para a bandeja. – Ali... entendeu, sua puta?

Sem esperar nem contar com uma resposta, ele bateu a porta e com cuidado recolocou o cadeado. Em seguida atravessou o porão para pegar a bolsa, um sorriso alterando suas feições ao tirar de dentro roupas limpas e passadas: uma blusa azul-celeste, uma saia-lápis cinza, não muito curta, um suéter bege com decote em V e lingerie branca. Depois pegou dois frascos: creme corporal Elemis e Black Orchid Eau de Parfum de Tom Ford.

– Isto é para você, Sam – disse a Louise. – Suas roupas, não aquelas que obrigaram você a usar. Estas são as suas mesmo. E veja... seu perfume e creme favoritos. Use o creme antes de se vestir. Entendeu? – Louise fez que sim com a cabeça. – Depois ponha o perfume – acrescentou ele. – Entendeu? – De novo ela fez que sim. Ele foi até a lateral da jaula e abriu a portinhola apenas o suficiente para passar os objetos enrolados todos juntos. – Pegue – ordenou ele, fazendo com que ela se esticasse e agarrasse o pacote, voltando em seguida ao canto da jaula.

– Agora tenho que ir trabalhar – disse ele. – Mas prometo que venho aqui ver você quando voltar para casa. E não se preocupe com ela. – Ele fez um movimento de cabeça em direção à outra jaula. – Ela não pode mais nos ferir. Ninguém pode. Ninguém pode nos separar, Sam. Nunca vão nos encontrar aqui. Nunca mais vão tirar você de mim. Juro pela minha vida, Sam. Nunca vou deixar que isso aconteça.

Meio da manhã de quinta-feira e Sean esperava no confortável escritório de Harry Montieth, proprietário-gerente da Graphic Solutions, a pequena empresa em Dartmouth Road, Forest Hill, onde Louise Russell deveria estar trabalhando. Ele ouviu Montieth bater na porta da própria sala, antes de entrar com duas mulheres de pouco menos de trinta anos. Ambas pareciam amedrontadas e ansiosas; as olheiras indicavam claramente que nenhuma das duas dormira bem, desde que souberam do desaparecimento de Louise. Ele gostou logo delas, por se preocuparem e compartilharem a dor da colega.

– Essa é Tina – disse Montieth, procurando meio atrapalhado a melhor maneira de apresentá-las a um policial. – Tina Nuffield. E essa é Gabby, Gabby Scott.

– Obrigado – aquiesceu Sean, examinando o rosto dele à procura de indícios de culpa ou vergonha, buscando no rosto das mulheres sinais reveladores de aversão. Tendo concluído que não havia nada impróprio acontecendo entre Montieth e suas funcionárias, ele começou a interrogá-las. – O sr. Montieth me contou que vocês são as melhores amigas de Louise.

– Somos muito amigas – disse Gabby, empurrando o cabelo curto e louro para trás da orelha. Tina ficou em silêncio, mordendo o lábio inferior, arriscando-se a piorar a rachadura parcialmente cicatrizada já existente.

– Muito quanto? – insistiu Sean.

– Conheço Louise desde que ela começou a trabalhar aqui, deve ter sido há uns cinco anos.

– E você, Tina? – Sean queria que ela entrasse na conversa.

– Mais ou menos três anos – respondeu ela, em voz baixa. – Foi quando comecei aqui. Louise me ajudou muito mesmo, e Gabby também – acrescentou, para não magoar a amiga.

Sean já concluíra que ali não havia nada para ele. Continuou com as perguntas de sempre, mal ouvindo as respostas.

– Às vezes acontecem coisas no trabalho que ficam no trabalho – sugeriu ele. – Coisas que a gente nunca comenta em casa. Vocês me entendem? – Todos no escritório entendiam.

– Não com Louise – disse Gabby com firmeza. – Se alguma coisa desse tipo tivesse acontecido, nós saberíamos, com certeza, e eu lhe contaria agora. Não me arriscaria a mentir.

– Vocês são suas melhores amigas, então imagino que saberiam – encorajou Sean.

– Nós saberíamos – reafirmou Gabby. – E não havia nada. Se Louise saísse sem John, ela estaria conosco. Nós saberíamos. Ela ama John. Só falava nele e como em breve iam ter uma família.

– Há a possibilidade de um admirador indesejado? – questionou Sean, como última pergunta do procedimento padrão. – Alguém esperando por ela na saída do escritório? Alguém que não o marido mandando flores, cartões?

Os três colegas trocaram olhares, perplexos, e Gabby respondeu por todos.

– Não. Não que eu tenha visto e não que ela tenha mencionado, jamais.

– E no lugar onde ela mora? Alguém que a perturbasse?

– A mesma coisa – disse Gabby. – Nada. Se tivesse havido, ela teria procurado a polícia.

Eles foram interrompidos pelo telefone de Sean, que tocava na mesa emprestada. Ele olhou de relance para ver quem estava ligando. Era Donnelly.

– Com licença – disse, pegando o telefone e se virando de costas para eles, uma falsa privacidade. – O que é?

– Encontramos o carro – informou Donnelly.

– Onde?

– Num lugar chamado Scrogginhall Wood, no Norman Park, em Bromley.

– Bromley! – exclamou Sean. – Fica a poucos quilômetros da casa dela.

– Você esperava outra coisa? – questionou Donnelly.

Sean se deu conta de que estivera pensando alto.

– Não – murmurou. – Não necessariamente. – Ele já tinha a convicção de que quem quer que tivesse levado Louise Russell morava na vizinhança. Ela não fora apanhada por algum motorista de caminhão vindo de longe ou algum vendedor numa viagem ao Sul. Não, era alguém de dentro dos limites daquela parte esquecida de Londres. – Em que condições está o carro?

– Trancado e em boas condições, aparentemente. Nenhum sinal de dano ou luta. Um policial numa patrulha de rotina o encontrou no estacionamento, enquanto procuravam vagabundos que atuam no local arrombando carros com uma regularidade irritante.

– Você já está perto do carro? – perguntou Sean.

– Não – respondeu Donnelly. – Estou a caminho. Devo chegar em mais ou menos quinze minutos.

– Tudo bem. Encontro você lá assim que puder. Estou saindo de Forest Hill – explicou Sean. – Recomende aos agentes que preservem o carro e o estacionamento para a perícia. E peça à AA, a *Automobile Association*, que nos encontre lá para abrir o carro. Não quero nenhum agente empenhado demais quebrando os vidros.

– Vou cuidar disso – assegurou Donnelly.

Sean desligou e se virou para o público à sua espera.

– Encontraram alguma coisa? – perguntou Montieth, os lábios pálidos de medo.

– Encontramos o carro dela – respondeu Sean, decidindo que não valia a pena guardar segredo. Os olhos de Montieth se arregalaram, enquanto Gabby começou a chorar e Tina cobriu a boca com as duas mãos, como se empurrasse para dentro o grito de angústia. – É só o carro – Sean tentou tranquilizá-los. – Não há sinais de luta, nada indicando que alguma coisa ruim tenha acontecido com ela. – Juntando seus pertences, ele lhes disse: – Preciso chegar ao local onde o carro foi encontrado o quanto antes, por isso vou ter que abreviar nossa reunião. Obrigado por toda a sua ajuda. Prometo entrar em contato se encontrarmos alguma coisa. – Durante os longos meses sem Sally ao seu lado, compensando sua rudeza, ele tivera que aprender a ser muito mais sutil e educado com o público.

– Claro – concordou Montieth. – Por favor, faça o que tem que fazer.

Sean se dirigia à porta quando foi parado por Gabby, que agarrou o seu braço e olhou-o nos olhos.

– Se alguém a feriu – disse ela – e você encontrar esse alguém, faça com ele o que ele merecer, pela Louise. Entendeu?

– Entendi – garantiu ele, resistindo à tentação de fazer um discurso sobre justiça, tribunais e julgamentos, sabendo que não era o que ela queria ouvir. Gabby continuava a segurar o seu braço e a olhá-lo. – Entendi – repetiu ele, baixando os olhos até os dedos apertados em torno do seu antebraço. Lentamente, ela afrouxou a mão. – Aviso qualquer coisa – prometeu.

No momento em que a porta do escritório se fechou, Sean começou a correr, praticamente descendo a escada aos pulos, aflito para chegar ao carro antes que qualquer outra prova fosse apagada. Antes que os últimos vestígios restantes do homem que ele caçava se perdessem na próxima brisa da primavera.

4

Thomas Keller chegou para o turno da tarde sentindo-se calmo e contente, quase feliz. Passou pelos portões da central de triagem do Royal Mail, serviço postal do Reino Unido, na Holmesdale Road, em South Norwood, e se dirigiu ao grande prédio cinza onde trabalhava como carteiro havia onze anos. O lugar tinha mudado pouco por dentro e por fora desde que ele começara ali, não muito tempo depois de deixar a escola, com dezessete anos. No começo ficara restrito a funções subalternas, depois progredira e passara a auxiliar na triagem. Foram vários anos até que finalmente lhe dessem seu próprio itinerário. Nunca procurara ir além disso no Royal Mail, e sabia que nunca o faria. Ele entrou no prédio principal e bateu o ponto, registrando sua entrada agora no mesmo relógio de ponto que registrara sua entrada onze anos atrás.

Sem cumprimentar os colegas, caminhou até sua estação de trabalho, em frente ao conjunto de prateleiras de madeira de dois metros de altura, e começou a preparar a correspondência para entrega, pondo as cartas e pacotes nos escaninhos de acordo com o código postal. Ele achava o trabalho fácil e relaxante; a repetição permitia que sua mente vagasse por pensamentos mais agradáveis e memórias recentes.

– Alô – acusou uma voz rascante, com forte sotaque do sudeste de Londres. – Alguém parece feliz.

Thomas Keller sabia a quem pertencia aquela voz. Jimmy Locke era um dos seus algozes habituais.

– E aí, Tommy, já deu umazinha hoje? – berrou Locke com um largo sorriso, enquanto olhava ao redor, em busca da aprovação dos outros homens em atividade em suas estações de trabalho. A gargalhada deles mostrou que ele encontrara uma plateia interessada.

Keller olhou por sobre o ombro, constrangido, e deu um leve sorriso antes de voltar à sua tarefa, fazendo o possível para ignorá-los.

– Oi! – insistiu Jimmy, o rosto subitamente mais sério, as tatuagens do Crystal Palace Football Club nos bíceps se esticando, enquanto flexionava os músculos bem desenvolvidos que ajudavam a compensar sua barriga de cerveja, o cabelo tipo escovinha fazendo sua cabeça parecer pequena. – Eu fiz uma pergunta, Tommy.

A sala ficou em silêncio, os homens esperavam uma resposta.

– Meu nome não é Tommy – reagiu Keller, com voz fraca. – É Thomas.

– É mesmo? – debochou Jimmy. – Então me diga, Tommy, é Thomas-no-cu ou Thomas-na-bunda?

Mais risos, os outros homens se comprazendo com a humilhação iminente de Keller, que continuava a tentar ignorá-los.

– Então, o que é, cara, é no cu ou na bunda? – Locke se virou para a plateia, satisfeito com seu humor, o ritual diário de destruir Thomas Keller pedaço a pedaço quase completo. – Estou esperando uma resposta, Thomas-no-cu, e não gosto que ninguém me deixe esperando, principalmente pentelhos feito você.

Keller sentiu a vergonha subindo pelas suas costas, raiva e medo se avolumando no ventre em igual medida. Sentiu a pele formigando, tornando-se quente e suada, o rosto e a nuca ficando vermelhos, superaquecidos devido ao seu terrível embaraço e sentimento de impotência. Ele ouviu Locke se aproximando, preparando-se para cuspir mais palavras venenosas em seu ouvido, mas mesmo assim não conseguia encontrar forças para se virar e encarar seu torturador. Ele amaldiçoou o poder que o abandonara, o poder que sentia quando estava com elas, sozinho no porão. Se sentisse esse poder agora, acabaria com Locke. Acabaria com todos eles. Um dia, prometeu a si mesmo. Um dia ia se virar e encará-los, e aí eles todos iriam se arrepender.

A boca de Locke chegou bem perto da sua face, o hálito de cerveja choca e tabaco era inequívoco. Keller tentou erguer os braços para colocar as cartas no escaninho, mas eles se recusavam a fazer o movimento.

— Você é veado, Thomas-no-cu? — indagou Locke. — Eu e os caras aqui achamos que você é uma merda de um veado. É isso mesmo? Porque a gente não gosta de trabalhar no mesmo lugar que uma merda de um veado. Tem uns caras que estão preocupados em pegar Aids de você. Eles dizem que esses boiolas sujos são cheios de doenças. É isso mesmo, Thomas-no-cu? Você está infectado? — O rosto de Locke, contorcido de intolerância, estava a centímetros do seu.

— Eu não sou homossexual — Keller conseguiu gaguejar, quase num sussurro.

— O quê? — Locke praticamente gritou dentro da sua orelha, gotículas de cuspe atingindo a face de Keller.

— Eu não sou homossexual — repetiu Keller, um pouco mais alto, desejando ter uma faca na mão, imaginando como rodaria nos calcanhares, mantendo a faca baixa e próxima ao corpo, golpearia o abdômen de Locke em diagonal, recuando para observar a faixa vermelha se espalhar de um lado a outro da barriga do gordo filho da puta, enquanto seus intestinos rolavam para fora vagarosamente, como enguias de uma rede de pesca, com Locke tentando empurrá-los de volta à cavidade abdominal, uma cara de pavor substituindo a expressão presunçosa no seu rosto.

— O que foi que você disse, veado? — rebateu Locke, fazendo-o pular porque gritou dentro da sua orelha. — Será que vocês boiolas não conseguem falar direito?

Sem aviso, Keller se virou para o seu algoz, a faca imaginada em sua mão cortando a carne macia do barrigão de Locke, exatamente como planejara. O movimento foi o suficiente para fazer Locke pular para trás, o medo aparecendo em suas feições por uma fração de segundo. Keller jamais ousara se virar para enfrentá-lo antes. Ele faria com que o boiolinha nunca mais fizesse isso. Seus dedos se fecharam formando um punho já bem experiente, cicatrizes minúsculas dando testemunho dos dentes que ele afundara no passado.

Keller esperou pelo golpe que com certeza viria. Em vez disso, ouviu uma voz perguntando: – O que está havendo aqui, pessoal?

A voz calma e forte, com um leve sotaque da Jamaica, pertencia ao supervisor de turno, Leonard Trewsbury. Ele perscrutou Locke por cima dos óculos bifocais, recusando-se a se deixar intimidar pelo homem maior e mais jovem. O homem que, ele sabia, detestava ser supervisionado por um negro.

– Nada para você se preocupar, Leonard – pressionou Locke.

– Isso eu decido – avisou o supervisor, sabendo que Locke recuaria. – E pode me chamar de sr. Trewsbury. – Ele manteve os olhos fixos em Locke, desafiando-o a lhe dar uma desculpa para uma notificação, ou, melhor ainda, uma demissão sumária. – Tudo bem, pessoal, vamos voltar ao trabalho – ordenou.

Com um olhar hostil e vingativo, Locke se esgueirou de volta à sua estação de trabalho.

Trewsbury puxou Thomas Keller de lado. Ele gostava do garoto. Keller era quieto e trabalhava duro. Chegava na hora e estava sempre pronto a fazer horas extras. O que fazia com o seu dinheiro era um mistério. Trewsbury nunca perguntou, e Keller nunca contou.

– Não devia deixar que tratem você desse jeito – disse Trewsbury.

– Não tem problema – mentiu Keller. – Não me perturba. É só brincadeira deles.

– Não foi o que pareceu. Da próxima vez que Locke ou algum dos seus companheiros perturbar você, fale comigo, OK?

– OK – concordou Keller, as batidas fortes do seu coração felizmente desacelerando, a dor latejante de ódio e raiva de si mesmo se atenuando em suas têmporas.

– Muito bem – disse Trewsbury. – Agora vamos voltar ao trabalho antes que a gente fique tão atrasado que não consiga mais recuperar o atraso.

– Claro – respondeu Keller, tentando falar com uma voz calma e controlada. Em sua alma, porém, onde ninguém podia ver, as imagens da vingança eram representadas com frieza e crueldade, sangrentas e torturantes. Quando ficasse com Sam, quando finalmente ficassem juntos como era para ser, como sabia que ela desejava, ela lhe daria forças para ser a pessoa que ele sabia ser de fato. E então faria Locke e os outros se arrependerem de atormentá-lo. Obrigaria todos a se arrependerem de tudo o que algum dia tivessem feito com ele.

Sean entrou na estrada de acesso ao Norman Park, em Bromley, indo em direção à floresta de Scrogginhall. Somente numa cidade grande um pedaço de mato tão insignificante seria chamado de floresta. O carro pulava na estrada acidentada, e ele quicava lá dentro e xingava alto. Ao passar entre as colunas de madeira que marcavam a entrada do estacionamento, notou vários carros no local, além das viaturas policiais que esperara encontrar. Supostamente os donos não tinham voltado, depois de passear com o cachorro ou se encontrar com amantes. Ele ainda não decidira se ia deixar algum veículo ser levado. Um deles podia pertencer ao homem que procurava, que poderia estar andando no meio das árvores, de olho na polícia, rindo deles. Rindo dele.

Viu Donnelly sentado no porta-malas do seu Vauxhall descaracterizado, estacionado ao lado da viatura policial que havia encontrado o Ford Fiesta vermelho de Louise. Um funcionário da AA já estava ali com uma van, esperando a ordem de usar sua caixa de mágicas para abrir o carro abandonado.

Sean parou num ângulo de quarenta e cinco graus em relação ao carro que era agora uma cena de crime, impedindo qualquer outro veículo de chegar perto demais de marcas de pneus ou pegadas potencialmente preciosas. Ele girou seus pés do tapete do carro para a superfície do estacionamento, decepcionando-se ao sentir uma mistura áspera de lama compacta e pedra sólida em contato com as solas dos seus sapatos; não era uma superfície promissora para a recuperação de marcas ou rastros aproveitáveis.

Ao vê-lo, Donnelly atirou o cigarro o mais longe possível do carro encontrado, consciente de que a guimba estaria impregnada com o seu DNA, e não querendo acabar sendo ridicularizado no próximo almoço do pessoal do trabalho por ter contaminado a cena do crime.

Sean foi direto até o carro, gritando para Donnelly enquanto esquadrinhava o solo.

– Vamos começar a organizar um pouco as coisas, está bem?
– O que você quer?
– Quero isolar a área toda como cena do crime, não apenas o carro. E não jogar guimbas de cigarro no meio dela.

Donnelly olhou na direção do cigarro descartado, decepcionado com a falta de reconhecimento de Sean quanto à distância que ele conseguira atingir.

Sean esticou nas mãos as luvas de borracha que tirara do bolso, sem deixar de examinar o terreno em volta do carro abandonado de Louise Russell, muda testemunha mecânica do seu destino. Ele não viu nada óbvio, então chegou mais perto do carro, andando em volta devagar em círculos anti-horários, seus olhos investigando cada milímetro do chão. Donnelly observava em silêncio, sabendo quando era melhor deixar Sean sozinho, com seus métodos próprios.

Em poucos minutos Sean estava de volta onde começara. Mais uma vez começou a rodear o carro, desta vez no sentido horário, olhos concentrados no próprio veículo, buscando alguma coisa, qualquer coisa. Um vestígio de sangue do suspeito, tirado do seu corpo por uma vítima que lutou, arranhou. Um risco causado por outro veículo, que poderia ter deixado um traço de tinta ou gravado uma lembrança na memória de algum motorista que se surpreendesse com o Fiesta vermelho que não parou depois do acidente. Louise tinha mantido o carro limpíssimo, qualquer indício visível seria relativamente óbvio, mas ele não conseguia ver nenhum.

Se havia pistas a serem encontradas no exterior do carro, estavam invisíveis a olho nu. Talvez ainda pudessem ser recuperadas com o uso de pós e substâncias químicas, luzes ultravioleta e ampliação. Nesse meio-tempo, Sean precisava olhar o interior do carro, sentir sua quietude antes que Roddis e os rapazes da perícia aparecessem e o transformassem num circo da ciência.

– Vamos mandar abrir – disse.

Donnelly andou a passos largos até a van da AA, que estava à espera, e deu umas batidinhas na janela. O motorista largou a cópia do *Sun* e logo saltou, pegando na parte de trás uma sacola de ferramentas pouco comuns.

– Vai conseguir abrir? – perguntou Donnelly, mais pela necessidade de dizer algo do que por ter dúvidas.

– É um Ford – respondeu o homem da AA, indo em direção ao carro. – Vai levar só uns segundos. Que porta quer que eu abra?

– A porta no lado do passageiro – disse Sean. – Agradeço se puder tocar no carro o mínimo possível.

– Vou tentar – respondeu ele, já puxando da sacola o que parecia uma régua de metal bem grande com um gancho em uma das pontas. Scan a identificou, era conhecida entre o pessoal da AA e os ladrões de carro como *slim-jim*. O homem da AA retirou a vedação de borracha da janela e enfiou o metal até o fundo do painel da porta. Seu rosto estava concentrado, enquanto manuseava a ferramenta às cegas em volta da parte mecânica da porta, antes de dar um puxão repentino para cima, um clique audível avisando a todos que a porta estava destrancada. O homem imediatamente esticou o braço em direção à maçaneta, mas a mão de Sean se fechou em torno do seu pulso e o deteve.

– Ainda não verificaram se há impressões – disse Sean.

Quando o homem da AA se afastou, Sean esticou a mão enluvada com cuidado em direção à maçaneta, um dedo se enganchando num ponto embaixo dela, onde era menos provável que o suspeito a tivesse tocado. Puxou o dedo para cima e esperou que a porta se abrisse um pouquinho, a outra mão preparada para segurá-la caso uma brisa repentina a abrisse totalmente antes que ele estivesse pronto. Olhou em volta da vedação agora rompida que separava a porta do corpo do chassi, atento a qualquer vestígio que o vento pudesse ameaçar levar embora: um fio de cabelo arrancado da cabeça do suspeito quando ele fechou a porta depressa demais, um pedaço de tecido rasgado da sua roupa quando fugiu do carro abandonado. Como não viu nada, permitiu que a porta se abrisse alguns centímetros, o cheiro do interior se espalhando, pegando-o de surpresa e fazendo com que a princípio recuasse. Mas em seguida se firmou e aspirou com vontade todos os odores: tecido, vinil, borracha e, acima de tudo, o perfume dela, floral e sutil. Havia, porém, algo subjacente aos outros cheiros, algo tentando se disfarçar, tentando ficar escondido na cacofonia, um leve toque de algo cirúrgico, clínico.

Clorofórmio, concluiu Sean. Não era algo que já tivesse cheirado antes, mas ele sabia que tinha que ser. Donnelly interrompeu sua concentração.

– Alguma coisa?

– Clorofórmio, eu acho – respondeu Sean. – Chame Roddis e peça que dê uma olhada no carro aqui no local, antes de rebocar para o laboratório.

– Certo. – Donnelly começou imediatamente a apertar teclas no telefone.

Sean abriu mais a porta agora, o tempo todo procurando qualquer coisa que pudesse ser uma prova, sem tocar em nada, vendo tudo enquanto se agachava perto da abertura, incomodado por algo que não identificava, algo que estava faltando. Sem aviso, a resposta surgiu na sua cabeça. Estava tudo silencioso demais. Ele se levantou e falou para ninguém em particular:

– Não tem alarme.

Donnelly levantou os olhos do telefone. – O quê?

– Por que não tem alarme? – perguntou Sean. – Ele trancou o carro, mas não tem alarme. – Seu coração começava a bater um pouco mais rápido, com a convicção de que encontrara algo relevante, mas sua esperança foi reduzida pelo atento homem da AA.

– É um Ford – disse ele.

– E daí?

– É trancado com o controle remoto. Tem que pressionar uma vez para trancar e mais uma para acionar o alarme.

"Será que isso significa alguma coisa?", Sean se perguntava. Estaria o homem que ele caçava tão em pânico que fugira da cena sem se certificar de que o alarme estava ligado? Ou será que ele não quis que o bipe do acionamento do alarme atraísse atenção? E por que se dar ao trabalho de trancar? Ele já deixara impressões das palmas e dos dedos na casa dos Russell.

Sean teve que lembrar que não deveria se envolver demais no emaranhado de possibilidades. Mesmo assim, não conseguia impedir aquele homem de invadir sua mente. À medida que o caso continuava, Sean gradualmente começava a pensar como sua caça, até que os pensamentos do homem que ele perseguia se tornavam seus próprios pensamentos. Uma sensação desconfortável, fria o invadiu. Os dias seguintes seriam tristes e estressantes, sua única esperança de descanso era encontrar Louise Russell e o homem que a levou. O homem que estava com ela agora.

Ele queria muito entrar no carro, sentar-se no lugar do motorista como o sequestrador havia feito, para checar a posição do assento, os espelhos, o volante. O corpo inerte de Louise apareceu num lampejo em sua mente, amarrado e amordaçado, deitado atrás do banco traseiro, no porta-malas do *hatchback*. Ele viu uma sombra sem rosto dirigindo o carro em meio ao tráfego de Londres, com sua prisioneira, seu prêmio, lá atrás, gemendo súplicas, abafadas pelo material grudado em sua boca, para que a libertasse. Ele viu a sombra sem rosto olhando por sobre o ombro, conversando com ela enquanto dirigia, tranquilizando-a de que ficaria tudo bem, ele não iria machucá-la, não tocaria nela. Mas Sean não ia entrar no carro e correr o risco de danificar ou destruir qualquer prova invisível, esperando ser encontrada.

Donnelly se aproximou por trás e ele se assustou.

– Roddis está a caminho – anunciou.

– Bom. Obrigado – respondeu Sean, hesitando antes de continuar. – Preciso dar uma olhada lá atrás.

– Tem certeza de que é uma boa ideia, chefe? Roddis não vai gostar.

– Não vou tocar em nada – prometeu Sean. – Só preciso dar uma olhada rápida. – Ele andou até a traseira do carro e passou um dedo sob o ressalto da tampa do porta-malas, procurando a alça, a alça que ele sabia com certeza que o suspeito teria tocado. Ao encontrar, puxou-a e viu a tampa da mala se erguer com um assovio pneumático. Inclinou-se para dentro tanto quanto podia sem perder o equilíbrio e cair para a frente, notando imediatamente que o porta-malas estava limpo, bem como o resto do carro. Tudo estava perfeito, tudo exceto um leve raspão na superfície acarpetada do porta-malas e um arranhão mínimo no revestimento interior adjacente. Sean sabia o que aquilo significava.

Ele se afastou e parou.

– Foi aqui que ela ficou – disse a Donnelly, que estava atento. – Ele a amarrou, provavelmente a amordaçou e pôs no porta-malas. Dá para ver onde os sapatos dela empurraram o tapete e marcaram o revestimento. É ousado, esse rapaz. Ele a agarra em sua própria casa, em plena luz do dia, e vem dirigindo despreocupado, com ela no carro, no tráfego de Londres do meio da manhã, até este lugar. E o carro dele estava esperando ali – continuou, indicando com um movimento de mão que o carro do suspeito teria ficado do lado do motorista em relação ao carro de Russell. – Ele encosta aqui e espera uns poucos segundos, só o suficiente para ter certeza de que não tem ninguém por perto. Depois salta, move-se com rapidez, mas também com calma. Sabe exatamente o que está fazendo, nada de pânico. Destranca seu carro ou van, puxa Russell do porta-malas do Fiesta e a força a entrar no porta-malas do outro carro. Se usou clorofórmio na casa, não sabe bem se pode controlá-la, então provavelmente lhe dá mais uma dose antes de tentar movê-la, mas não demais, ele não quer que ela desmaie e ele fique com um peso morto. Ele não é forte o bastante, pois, se fosse, não se valeria tanto de armas e drogas, e a dominaria fisicamente. Depois de transferi-la para o seu próprio carro, tranca o carro dela e leva as chaves com ele. Não se detém para limpar impressões ou verificar se deixou algo para trás porque não se importa se encontrarmos alguma coisa. Ele tem o que quer, a única coisa que importa. Tem a mulher. Fecha o porta-malas e sai dirigindo com cuidado. Você verificou se tem circuito fechado de televisão?

– Não tem – informou Donnelly.

– Então ele sabia que não tinha – insistiu Sean. – Ele planeja tudo. Nada disso aconteceu por acaso. Verifique se a estrada de acesso tem câmeras. Não vai ter, mas verifique mesmo assim.

– Certo.

Sean fechou o porta-malas com cuidado. Olhou para a floresta, exatamente como o suspeito teria feito ao examinar o estacionamento, antes de removê-la. Ele ainda não conseguia ver o rosto do homem, mas já sentia que o reconheceria num segundo se o visse. Alguma coisa que ainda não compreendia inteiramente o faria escolher este homem numa multidão, se pudesse sequer chegar perto o suficiente. Era o que tinha que fazer agora: deixar que as evidências, que os fatos o aproximassem o suficiente para permitir que aquela coisa escura dentro dele o conduzisse pelo resto do caminho ao encontro daquele louco.

No começo da primavera, as árvores ainda pareciam invernosas e agourentas. Sean sentiu um arrepio, como se estivesse sendo espionado. Como se estivesse sendo espionado de dentro por algum espectro que, ele sabia, algum dia finalmente teria que enfrentar.

– Estou com uma sensação muito ruim sobre este caso – confessou a Donnelly. – Acho que não vai terminar bem. – Ele apertou as têmporas com o dedo do meio e o polegar de uma das mãos e tentou dissipar a crescente pressão na cabeça, antes que explodisse uma enxaqueca. – Você fica aqui com o carro. Preciso voltar ao escritório e começar a tentar juntar todas as peças. As pessoas vão ficar curiosas, é bom termos algumas respostas prontas. Quando Roddis chegar, deixe que ele fique aqui com o carro e você volta a Peckham para a gente se reunir.

– Chego lá assim que puder.

Sean não ouviu a resposta de Donnelly; já estava entrando no carro e procurando o número do celular do superintendente Featherstone com uma das mãos, enquanto ligava o carro, soltava o freio de mão e prendia o cinto de segurança com a outra. Ainda não conseguira programar o seu telefone para funcionar sem mãos. Mais uma vez xingou a estrada acidentada e prosseguiu aos pulos, dirigindo rápido demais, o que só piorava a situação. Teve que esperar mais do que o desejado antes que Featherstone atendesse.

– Chefe, é Sean.

– Problemas? – perguntou Featherstone, sem cerimônia.

– O seu caso de pessoa desaparecida – disse Sean. – Infelizmente agora é um caso de sequestro.

– Alguma ideia de quem a levou?

– Seja quem for, acho que não era conhecido dela.

– Atacada por um estranho – disse Featherstone. – Isso não promete nada de bom.

– Não, senhor – concordou Sean. – Não promete.

– Como posso ajudar?

– Conhece alguém da mídia que lhe deva um favor?

– Talvez – respondeu Featherstone, cauteloso.

– Preciso lançar um apelo público esta noite – explicou Sean. – Pedir a colaboração das pessoas. Ele a levou em plena luz do dia e a transferiu de um veículo para outro num lugar público. É possível que alguém tenha visto alguma coisa.

– Se alguém a levou, um apelo não vai assustá-lo? – indagou Featherstone. – Não queremos forçar a mão dele. Não quero fazer com que ele...

– Entendo – concordou Sean, aflito para ir direto ao ponto –, mas não tenho escolha. A família dela já deduziu o que aconteceu e agora encontramos o carro abandonado perto de uma floresta em Bromley. Se não fizermos tudo o que é possível neste momento, ficaremos numa posição muito vulnerável. É uma opção de merda, mas não temos escolha.

– Está bem – concordou Featherstone com relutância. – Vou pedir uns favores, ver se dá para aparecer na televisão hoje à noite... Mas não prometo nada. Nos falamos mais tarde. – E desligou antes que Sean pudesse responder.

Ele jogou o telefone no console central, finalmente controlando o carro com as duas mãos, satisfeito por estar de novo numa estrada nivelada, e lembrou-se de repente de que precisava ligar para Sally, mais uma vez amaldiçoando o fato de não ter programado o telefone para funcionar sem mãos. Encontrou o nome de Sally nos seus contatos e ligou para ela, enquanto dirigia pelo trânsito cada vez mais pesado, todo o tempo desejando ter mais tempo... mais tempo para simplesmente se sentar e pensar, tentando se transformar naquela coisa que ele precisava deter. Quanto mais cedo fizesse isso, mais cedo eles pegariam o homem que abandonara o carro de Louise Russell perto da floresta. O homem que, Sean sabia, iria em breve abandonar o corpo dela de forma tão despreocupada quanto deixara o carro, a não ser que ele pudesse encontrá-lo primeiro. Encontrá-lo e detê-lo, do jeito que fosse.

Sally andava para cima e para baixo na rua da casa dos Russell, com o pretexto de conferir como estava se saindo o grupo do trabalho porta a porta, mas na verdade precisava apenas sair do escritório e tomar um pouco de ar fresco, afastar-se tanto dos olhares compreensivos quanto dos desconfiados. Sabia que Sean estava tentando evitar que ela se envolvesse com o grupo à frente da investigação, a maneira que ele tinha de protegê-la, mas que não a fazia sentir-se nada melhor.

Ela viu o detetive Paulo Zukov andando pela rua em sua direção.

– Tudo bem aí, sargento? – perguntou Zukov, com seu jeito alegre e brincalhão de sempre.

– Você não está mais fardado – lembrou Sally. – É para me chamar de Sally agora. Lembra?

– Só estava sendo respeitoso – brincou Zukov. – Mas, sério, como você está?

– Não tente parecer sincero e preocupado – Sally o censurou, injustamente. – Não combina com você.

O comentário não incomodou Zukov. Ele estava na polícia havia apenas seis anos, mas isso já fora o suficiente para forjar sua dureza.

– Severa, mas justa – respondeu com um sorriso, satisfeito que ela o visse como um detetive veterano e cínico, apesar da sua pouca idade e do curto período de trabalho.

– Já terminou o porta a porta? – perguntou Sally.

– Não totalmente, mas não estamos conseguindo nada interessante e acho que nem vamos conseguir. Porta a porta é perda de tempo, se quer saber minha opinião.

– Ninguém pediu sua opinião – repreendeu-o Sally, o telefone que vibrava em sua mão tirando a atenção da conversa. Ela identificou a chamada. – Sim, chefe.

– Encontramos o carro de Russell.

– Algum sinal de Louise? – Sally sabia que ele teria dito de primeira, se fosse o caso, mas perguntou mesmo assim.

– Não – respondeu Sean. – A versão oficial é que ela foi sequestrada. É no que eu acredito.

– Qual é o próximo passo?

– Conseguir a maior cobertura possível da mídia, bloquear estradas, ampliar a investigação e esperar que a perícia nos dê alguma coisa. Onde você está?

– Checando o porta a porta.

– Eles não precisam de você aí. Volte para Peckham o quanto antes, nos encontramos lá.

– OK – Sally conseguiu dizer antes que ele desligasse, deixando-a sozinha com Zukov.

– Problemas? – perguntou ele.

– Conto mais tarde – resmungou ela, uma sensação de pavor arrepiando sua pele. A ansiedade sufocante se espalhava pelo seu corpo como a maré crescente irrefreável, que encharca e faz pesar a areia antes seca. – Tenho que voltar ao escritório.

Os poucos passos até o carro pareceram quilômetros, e a porta do carro pesava como uma ponte levadiça quando ela a abriu, desabando no assento, apalpando as grossas cicatrizes sob a blusa, sua respiração em breves arrancos. Ela agarrou a maleta de computador que usava como pasta e procurou freneticamente até encontrar lá dentro as duas pequenas embalagens de papelão de que precisava. De uma ela tirou dois tramadol e da outra seiscentos miligramas de ibuprofeno, que pôs na palma da mão e jogou garganta abaixo, engolindo em seco. Ficou satisfeita de não ter escondido uma garrafa de vodca na bolsa, como pensara em fazer.

Acomodando-se, com a cabeça no encosto, ela fechou os olhos, esperando que os remédios lhe dessem algum alívio, tanto físico quanto psicológico. Que expulsassem as lembranças de Sebastian Gibran, respirando no seu rosto enquanto esperava sua morte certa, de Sebastian Gibran, sentado à sua frente num restaurante londrino caro, sorrindo e flertando com ela, e ela gostando. As lembranças forçaram seus olhos a se abrir. Ela percebeu que estava fitando uma árvore próxima, os galhos com aparência de mortos começando a explodir de vida, os brotinhos verdes abrindo caminho à força na madeira dura. Pensou nos pais de Louise Russell, tão normais e confiantes, arrancados da sua vida confortável, férias em transatlânticos e novelas no fim da tarde, para um mundo que eles só conheciam de passagem pelos noticiários. Tinha esperança de que Sean não estivesse planejando colocá-los diante das câmeras, um apelo emocionado de pais amorosos querendo que sua adorada filha voltasse para eles sem um arranhão. Ela teve um horrível pressentimento de que ele faria isso e, enquanto repelia a ideia, mais imagens indesejadas atacavam sua consciência. Onde estava Louise agora, exatamente agora? Estaria ela olhando nos olhos do homem que a sequestrara, o homem que lhe queria fazer mal, assim como Sally olhara nos olhos de Gibran? Estaria ela morrendo de medo, como Sally ficou? Será que se sentia repentinamente fraca e vulnerável, tão impotente como Sally se sentiu... como uma vítima?

Uma vítima. Sally nunca se dera conta do quanto temia tornar-se uma vítima, até que aconteceu. Todo o poder e prestígio que ela havia construído como detetive, policial, jogados fora por um homem cuja loucura era tão enraizada que até mesmo Sean tivera dificuldade de entender sua motivação. Ela sentiu as lágrimas começando a abrir caminho até os seus olhos, a pressão de contê-las anestesiando o cérebro e embotando os sentidos, e todo o tempo as perguntas martelando na sua cabeça: poderia ela enfrentar outro assassino, agora que cada caso era para ela muito mais pessoal do que era antes? Poderia se sentar numa sala de interrogatório em frente a eles e resistir ao instinto de fugir, ou coisa pior? Seria capaz de perseguir um suspeito num beco escuro, no meio da noite, sozinha? "Seu filho da puta", ela sussurrou para o carro. "Espero que você apodreça no inferno."

Uma batida forte na janela levou seu coração à boca. Era Zukov. Ela abriu a janela.

– Você está bem? – perguntou ele, notando o vazio nos seus olhos.

– Estou bem – disse ela. – Exausta, só isso.

Zukov ofereceu seu maço de cigarros. – Fuma?

– Não – disse ela, ríspida. – Eu parei. Lembra? – Não era totalmente verdade. O que de fato aconteceu foi que ela não tinha podido fumar depois do ataque, ficando semanas em coma induzido, depois mais semanas à deriva entre este mundo e um outro que poucos algum dia veriam. Quando conseguiu andar da cama até o jardim do hospital, estava livre do hábito físico, mas o vício psicológico ainda era forte, e somente a dor no peito a impediu de pôr as mãos num maço de cigarros. – Preciso voltar ao escritório – disse ela, fechando a janela e ligando o carro. – Até mais.

Ela saiu com o carro, deixando Zukov de pé sozinho, cigarro na boca.

– Também achei bom conversar com você – gritou Zukov, sabendo que não daria para ela ouvir. Ele lembrou que pretendia falar com Donnelly sobre Sally. Ninguém queria no grupo uma pessoa à beira de uma crise. O veneno dessa incapacidade de enfrentar situações difíceis contaminaria todos. Ele era jovem, mas tradicional. Gostava que todos à sua volta fossem firmes e previsíveis, fingissem que tudo estava bem mesmo quando não estava. Todos os problemas, fossem eles domésticos, de saúde, financeiros ou outros, deveriam ser deixados em casa, não trazidos para o serviço. O trabalho tinha precedência sobre tudo. Se Sally não dava mais conta do recado, talvez estivesse na hora de ela ser transferida. Ele aspirou o cigarro e ficou pensando se seria escolhido sargento interino, caso Sally fosse afastada. Ele não via nenhuma razão para não ser.

Louise Russell estava sentada na escuridão da sua jaula, vestindo as roupas limpas trazidas por ele, as quais, embora em perfeitas condições, faziam sua pele se arrepiar de repugnância. Estas roupas não eram dela e, por mais que tentasse acalmar sua mente, a mesma pergunta continuava. De quem são estas roupas? De quem eram estas roupas? Ela olhou para o outro lado, para a figura que sabia ser Karen Green, e se lembrou do que ela lhe dissera: nos primeiros dias ele tinha deixado Karen se lavar e depois lhe dera roupas limpas para usar, mas na noite anterior ao sequestro de Louise ele fizera Karen tirar as roupas, sua falsa afeição por ela substituída por violência e luxúria, uma válvula de escape para suas frustrações doentias. Será que ela estava prestes a se tornar o que Karen já era? E nesse caso, o que ele faria com Karen?

A ânsia de sobreviver forçou-a a entrar em ação.

– Karen – sussurrou, em volume suficiente apenas para ser ouvida, um eco que mal se escutava reverberando nas paredes sólidas da prisão. Nenhuma resposta. – Karen – chamou um pouco mais alto. – Nós temos que ajudar uma à outra. Não podemos só esperar que alguém nos encontre. – Ainda nenhum movimento. – Eu acho que ele deixa a porta aberta – explicou. – Quando ele vem aqui embaixo, acho que deixa a porta aberta. A porta deste porão, ou seja lá onde for que a gente esteja. – Karen se mexeu um pouco no chão da sua jaula. – Por favor, não sou sua inimiga – prometeu Louise. – Sei que você provavelmente acha que sou, mas isso é o que ele quer. Ele faz de propósito, para que a gente não ajude uma à outra.

– Como é que você sabe? – Karen quebrou o silêncio com uma voz baixa, derrotada.

– Como é que eu sei o quê?

– Como é que você sabe que ele deixa a porta aberta?

– Porque a última vez que ele veio aqui foi durante o dia. Eu ouvi quando ele abriu a porta, depois apareceu a luz do dia, e continuou aparecendo mesmo depois que ele já estava aqui embaixo, a luz continuou. Da próxima vez que uma de nós estiver fora da jaula, temos que tentar libertar a que estiver dentro. Acho que juntas somos mais fortes do que ele.

– Como iria conseguir a chave para abrir a jaula? – perguntou Karen, já em dúvida e com medo das consequências de qualquer tentativa de se salvarem.

– Tem que pegar ele de surpresa – explicou Louise. – Jogar a bandeja na cara dele e dar um chute nele onde dói mais. Continuar a bater até que seja ele a se encolher nesse chão fedorento. Pegar as chaves enquanto ele ainda estiver confuso. Depois abrir a jaula e libertar a outra. E aí nós duas podemos chutar o sacana até a morte.

– Não vai dar certo – argumentou Karen. – E se tentarmos, as coisas só vão piorar. Ele vai ficar tão furioso que as coisas só vão piorar.

– Como é que as coisas podem piorar? – perguntou Louise, irritada.

– A gente podia estar morta.

A resposta de Karen silenciou Louise por um momento, enquanto ela tentava inventar outra maneira de convencê-la. – Você está com fome? – perguntou. – Desculpe. Pergunta idiota. Claro que está. Eu ainda tenho alguma comida aqui, talvez consiga passar para você.

– Não – reagiu Karen. – Se ele perceber que você tentou, vai me culpar e aí você sabe o que ele vai fazer. Você já viu.

Ambas ficaram sentadas em silêncio por um longo tempo, antes que Karen falasse de novo.

– Eu ia viajar para a Austrália. No dia em que ele me pegou. Eu estava de malas prontas, tudo arrumado. Seis meses de viagem, talvez mais. Quem sabe eu teria até ficado por lá. Mas ele me pegou e me trouxe para cá. Meu Cristo, por que isso está acontecendo comigo?

Louise esperou que ela parasse de chorar, depois perguntou:

– Tem alguém especial na sua vida?

– Não – veio a resposta, seguida de mais silêncio.

– Eu sou casada. O nome do meu marido é John. Nós íamos começar uma família. Meu Deus, John. Ele deve estar enlouquecido. Se culpando. Eu sinto tanta falta dele. Por favor, meu Deus, permita que eu o veja de novo. – Ela sentiu que a tristeza e o sentimento de perda ameaçavam engolfá-la. Não era disso que ela precisava agora, por isso afastou todos os pensamentos de casa e marido. – Karen, preciso te perguntar uma coisa...

– O quê?

– Estas roupas que estou usando... são as mesmas que ele forçou você a usar? São estas as roupas que ele tirou de você antes de eu chegar aqui? – Nenhuma resposta. – Por favor – tentou. – Preciso saber. – Ela esperou, temendo a resposta.

– Não posso ter certeza – mentiu Karen. – Parecem as mesmas, mas não posso ter certeza.

– São as mesmas, não são? – pressionou Karen. – Não são?

– São – Karen quase gritou, antes de voltar a sussurrar. – Agora você sabe. Agora sabe o que vai acontecer com você.

Tentando compreender a monstruosidade do que ouvia, Louise olhou para a criatura do outro lado do porão, imunda e machucada, malcheirosa, com a semente doente daquele homem enfiada à força dentro dela. Ela não deixaria que isso acontecesse com ela. Não podia deixar que acontecesse com ela.

Tentou imaginar Karen longe daquele inferno, em algum lugar da Austrália, numa praia, feliz e bronzeada, seu corpo jovem e atraente chamando a atenção dos homens que se exibiam na praia. Sem cuidados, sem preocupações, jovem e viva, aproveitando uma aventura única em sua vida. A imagem quase a fez feliz, mas depois a entristeceu, quando foi substituída por pensamentos dela mesma em casa, preparando algo na cozinha, enquanto John tentava ajudar e só conseguia atrapalhar. Ela feliz e aguardando ansiosamente o momento em que sua barriga iria crescer e ela iria comprar roupas pequeninas. Sentindo-se segura. Acima de tudo, se sentindo segura.

O que não daria para se sentir segura de novo? Louise fechou os olhos, prometendo a si mesma que nunca mais desvalorizaria esse sentimento, desde que pudesse sobreviver.

A voz de Karen quebrou o silêncio.

– Quando ele levar suas roupas, quando procurar você do jeito que me procura, caso ofereça remédios, aceite. É mais fácil assim. Você sente menos. – Depois se virou para o outro lado, de modo que ficou de costas para Louise, deixando-a sozinha na escuridão silenciosa, os pensamentos felizes da sua casa e do seu marido afugentados pelos demônios das coisas ainda por vir.

Sean andava de um lado para o outro da sua sala, ouvindo Donnelly transmitir as últimas notícias do exame pericial do carro de Louise Russell. A equipe de Roddis pesquisara a área em volta do carro, sem encontrar nada. Depois o carro fora colocado num caminhão reboque, coberto com lona impermeabilizada e levado ao depósito da perícia em Charlton, onde seria examinado minuciosamente por dentro e por fora. Quando terminassem, seria pouco mais do que uma carcaça, mas qualquer vestígio teria sido meticulosa e cuidadosamente ensacado e etiquetado, antes de ir para os vários laboratórios forenses privados, substitutos do antes famoso laboratório em Lambeth, que fazia todo o trabalho e era patrocinado pelo governo. Mais um toque de gênio dos poderosos, permitindo a firmas comerciais acesso a material extremamente sensível, tudo para economizar umas poucas libras.

Um movimento na sala principal atraiu o seu olhar: Sally tinha entrado e estava se encaminhando para a sua mesa. Ele a chamou esticando o queixo em sua direção. Ela deixou a maleta de computador na cadeira e foi direto para o escritório dele, olhos baixos e ombros caídos. Ao observá-la, Sean mais uma vez se lembrou do quanto ele sentia falta da pessoa que ela costumava ser. Ela entrou na sala e se sentou sem ser convidada.

– O que está acontecendo? – perguntou.

– Não o suficiente – respondeu Sean.

– Seja lá o que isso for – disse ela, sem esconder seu mau humor. Sean deixou passar.

– Estamos nisso há vinte e quatro horas. Ele a levou em plena luz do dia e no carro dela. Ele planeja tudo e é organizado. Deve ter verificado a casa antes de pegar Louise, para ter certeza de que não podia ser visto.

– Então já esteve lá antes – presumiu Donnelly.

– Sim, mas quando? – perguntou Sean. – Sally, diga ao pessoal do porta a porta para pedir aos vizinhos que tentem lembrar se viram algum estranho perambulando por ali pelo menos duas semanas atrás. – Ela escreveu alguma coisa no caderno. Sean considerou como um sinal de que havia entendido.

– O que mais? – disse Donnelly. – Alguma ideia brilhante? – Scan sabia que a pergunta era dirigida somente a ele.

– Não – respondeu, não sendo totalmente sincero. – Nada além de eu acreditar que ele é daquela área e provavelmente vive sozinho numa casa de bom tamanho ou talvez em algum lugar um tanto isolado. Ele precisa de espaço e privacidade.

– Para quê? – Sally se juntou à conversa.

– Não sei ainda – respondeu Sean –, mas sei que é ruim. Sinto muito. – Sally olhou de novo para o chão. Sean quis trazê-la de volta. – Mas você está certa. Precisamos descobrir o motivo do sequestro delas. Quando entendermos isso, vamos estar muito mais perto de pegá-lo.

– Delas? – Sally o interrompeu. – Você disse *delas*.

– Eu quis dizer dela – mentiu ele, de novo.

– Não quis não – insistiu Sally. Sean não respondeu.

– Ah, maravilha – exclamou Donnelly. – Você quer dizer que vai ter mais?

– Só se não o detivermos a tempo – ressaltou Sean.

– Mas certamente temos que considerar a possibilidade de ser um caso único, de que por algum motivo Louise Russell era especial para ele – insistiu Donnelly. – Tão especial que ele quis levá-la.

– Ela era especial para ele – concordou Sean –, mas não devido a qualquer relacionamento entre eles. Ela era uma estranha para ele e ele para ela. Ele a escolheu deliberadamente, talvez pela aparência ou talvez só por causa do tipo de casa em que ela morava... Ainda não sei. Mas seja o que for que ele tenha visto nela, vai ver em outras. Disso tenho certeza. Se não o encontrarmos, haverá outras.

Sally voltou a falar.

– Não houve arrombamento – enfatizou. – Então talvez ela conhecesse quem a levou.

– Ela era jovem e forte e estava em sua própria casa. Não tinha nenhuma razão para ter receio de uma batida na porta. Você só abre a porta para pessoas que conhece? – Sean se arrependeu da pergunta assim que as palavras saíram da sua boca. Sally o fitou com firmeza, seus olhos úmidos o acusando. O telefone de mesa o salvou de piorar as coisas, tocando antes que ele pudesse pedir desculpas, a última coisa que Sally queria ouvir. Ele agarrou o fone como um homem se afogando pega um colete salva-vidas. – Inspetor Corrigan.

– Aqui é Andy Roddis – anunciou o chefe da equipe de peritos. – Más notícias, infelizmente. Não encontramos no arquivo as impressões que levantamos na casa dos Russell. Sinto muito.

– Droga – disse Sean calmamente, apesar do nó na barriga. – Por essa eu não esperava.

– Nem eu – confessou Roddis.

– E o carro? Já tem alguma coisa?

– Ainda é cedo para falar, mas espero encontrar pelo menos as digitais dele. Não vão ajudar na identificação antes da prisão, mas quando o pegarmos certamente vão contribuir para uma condenação.

– OK. Obrigado, Andy. Me mantenha informado. – Ele desligou e se virou para os outros. – As impressões não estão no arquivo. – Eles sabiam o que isso significava: o homem que procuravam não tinha nenhuma condenação.

– Poxa, eu tinha certeza de que ele teria antecedentes, nem que fosse só por atentado ao pudor em Bromley Common – disse Donnelly.

– É uma pena – concordou Sean. – Mas deve haver alguma coisa em seu passado. Talvez não tenha sido condenado, mas pode apostar que deve ter sido preso e indiciado em algum momento. Esse cara está no nosso arquivo, a gente só precisa remexer um pouco para encontrar. Verifique os agressores sexuais locais que chegaram ao nosso conhecimento, mas que nunca foram condenados por nada. E vamos checar qualquer um acusado de perseguição obsessiva na vizinhança, mas só os melhores, não os que foram atrás de celebridades e jogadores de futebol. Concentrem-se nos tipos que têm problemas mentais, mas são tratados em casa. Esse cara não começou logo nesse nível, ele vem progredindo há anos, com ou sem condenações. Mais alguma coisa?

– Parece bem simples – disse Donnelly. – Agora só precisamos de mais uns cem detetives e amanhã até a hora do almoço ele está atrás das grades.

– Bem, isso não vai acontecer – Sean confirmou o que ele já sabia. – Então vamos fazer o melhor que pudermos com o que...

Uma certa agitação vinda da sala principal fez com que ele parasse de falar e olhasse através da divisória acrílica que o separava de sua equipe. Featherstone andava pelo escritório, parando de vez em quando, oferecendo palavras de incentivo a todos no caminho.

– Atenção, pessoal – avisou Sean a Sally e Donnelly. Poucos segundos depois, Featherstone batia na moldura da porta da sala e entrava sem ser convidado.

– Boa-tarde, chefe – disse Sean. – Infelizmente, só um passo atrás desde quando nos falamos a última vez.

– Como assim?

– Parece que a pessoa que estamos procurando não tem antecedentes. Não há registro das impressões encontradas na casa dos Russell.

– Parece improvável. – Featherstone ergueu uma sobrancelha.

– Improvável ou não, é fato. E qualquer material para exame de DNA que encontrarmos vai pelo mesmo caminho.

– Então – continuou Featherstone –, vamos ter que achá-lo do jeito antigo, sola de sapato e trabalho duro, pessoal.

– Com todo respeito, senhor – disse Sally –, vamos precisar de mais do que isso se quisermos pegá-lo rapidamente.

– De acordo – Featherstone se contradisse. – E foi por isso que arranjei uma blitz da mídia. ITV e BBC vão divulgar um apelo por informações esta noite nos canais locais, com uma entrevista especial deste que vos fala. Ainda estou negociando com a Sky, mas eles estão interessados em mais detalhes do que queremos dar neste momento.

– E os jornais? – perguntou Sean.

– Os jornais seguem a pauta dos canais de televisão. – Ele consultou o relógio ostensivamente. – Certo, tenho que estar na Yard antes das seis para me encontrar com o pessoal da televisão, então estou de saída. Me mantenham informado. – Dispensando-os com um aceno de cabeça, ele saiu do escritório.

– Deus nos livre dos oficiais superiores – disse Donnelly, quando Featherstone já estava bem longe.

– Ele não é dos piores – lembrou Sean. – Não temos do que reclamar.

– É uma questão de opinião. – Sean deixou passar. – Quanto a mim, estou saindo para ir atrás da minha cota diária de pistas inúteis. – Isso significava que ele estava indo para o pub, pensou Sean. – Quer me dar uma ajuda, Sally?

– Não neste momento – respondeu ela. – Preciso arrumar umas coisas, dar uns telefonemas.

– Como quiser – fungou Donnelly. – Então apresento minhas despedidas. Se não nos virmos mais tarde, nos vemos amanhã. – E com isso ele se dirigiu à sala principal, à procura de recrutas que lhe pagassem uma bebida.

– Ele está certo – disse Sean a Sally.

– Como assim? – indagou ela.

– Descanse e se divirta um pouco agora, enquanto pode. Tenho um forte pressentimento de que esta vai ser a última oportunidade durante um bom tempo. Depois que o apelo da mídia vier a público, vamos ser o centro das atenções.

— Simplesmente ir para casa e esquecer Louise Russell até amanhã?

— Não foi o que eu quis dizer — esclareceu Sean. — Mas as coisas vão começar a acontecer amanhã, sinto que vão. E não vão parar até que este caso termine, de um jeito ou de outro.

— Você acha que ela já está morta, não acha?

Sean desabou na cadeira, surpreso com a pergunta.

— Talvez não... Depende do ciclo dele.

— Que ciclo?

— É só uma ideia — explicou Sean. — Uma teoria.

— Que teoria? — insistiu ela, sem paciência com a reserva dele.

— Ele está correndo muitos riscos. Riscos calculados, mas de qualquer maneira, riscos. Não faz apenas seja lá o que for que deseja fazer com elas em suas casas, porque precisa de mais tempo com elas. E se precisa de tempo com elas, tudo indica que há um prazo. Acho que ele fantasiou sobre ela por um tempo antes de sequestrá-la e transportar para a sua fantasia viva, uma fantasia que vai ter começo, meio e fim. Tudo isso sugere uma escala de tempo. Pode ser uma semana, um mês... não sei ainda.

— Ou pode ser bem menos? — questionou Sally.

— Pode ser — admitiu Sean. — Não dá para dizer até que ele a liberte ou nós a encontremos.

— Encontremos seu corpo, você quer dizer.

— Temos que estar preparados para essa possibilidade.

— Possibilidade ou probabilidade? — perguntou Sally.

— Sabe como são essas coisas — Sean deu de ombros. — Olhe, se for coisa demais cedo demais, eu vou entender. Se quiser ficar meio afastada deste caso, sem problema. Posso fazer isso.

— Não me faça concessões.

— Você não tem que provar nada — disse ele, com sinceridade. Ela não respondeu. — Vá para casa, Sally. Descanse. Ligo se acontecer alguma coisa.

Ela se levantou devagar e andou em direção à porta, virando-se ao chegar lá. — Tem uma coisa...

– Fale.

– Quero estar nos interrogatórios. Quando o pegarmos, quero participar dos interrogatórios.

– Tudo bem. – Sean atendeu ao pedido, compreendendo por que ela precisava participar. Sally fez um aceno de cabeça e deixou-o sozinho.

Sean deu uma olhada no escritório para ver se alguém se dirigia à sua sala. Quando constatou que ninguém precisava da sua atenção imediata, pegou o telefone sobre a mesa e digitou uma sequência de números. A ligação foi atendida no quinto toque.

– Alô.

– Dr. Canning, é Sean Corrigan

– Em que posso ajudá-lo, inspetor?

– Em nada, por enquanto – disse Sean. – É só um alerta para ficar à espera de algo nos próximos dias. Algo um pouco mais incomum do que o normal.

– Ah – respondeu Canning. – Coisas um pouco mais incomuns do que o normal parecem ser a sua especialidade.

– O que eu posso dizer? Alguém em algum lugar deve gostar de mim.

– Então, o que devo esperar? – Canning parecia curioso. – O que diz a sua bola de cristal, inspetor?

Ele balançou a cabeça, como se Canning pudesse vê-lo.

– Quando acontecer, será um corpo deixado em área externa, região de floresta, possivelmente dentro d'água. A vítima será uma mulher branca, de pouco menos de trinta anos. Causa da morte, sufocamento ou estrangulamento, com indícios de medicamentos administrados à vítima. Isso é tudo que posso presumir por enquanto – explicou Sean. – Mas vou precisar que o senhor examine o corpo *in loco*.

– É muita informação, considerando-se que essa pessoa ainda está viva – disse Canning. – Estou correto em supor que ainda está viva?

– Está – admitiu Sean, e nada mais disse.

– Muito bem – concordou Canning. – Vou esperar o seu chamado... e obrigado pelo alerta. Não costumo receber aviso prévio dessas coisas no meu trabalho.

– Não – respondeu Sean. – Suponho que não.

– Até o triste evento, então – disse Canning.

– É isso – concordou Sean, e desligou, já arrependido de ter ligado. Ele sabia que do ponto de vista da perícia fazia todo o sentido, visto que avisar Canning significava que ele poderia se preparar e ter todo o material para a patologia pronto para o exame da cena do crime em área externa, talvez poupando até algumas poucas horas vitais. Áreas externas podiam se deteriorar incrivelmente rápido, em especial se quem levou a vítima se desse ao trabalho de jogar seu corpo em água corrente, embora Sean duvidasse de que ele o fizesse; não houvera nenhum esforço para destruir provas nas outras cenas, então por que faria isso na hora de se livrar do corpo? A Mãe Natureza não respeitava nem os mortos nem aqueles que tentavam coletar provas para fazer justiça. Mesmo assim, desejou não ter ligado. Ele se sentia sujo, cúmplice, como se de algum modo tivesse selado o destino de Louise Russell.

Esquecendo seu arrependimento, afundou a cabeça na pilha de relatórios, que crescia cada vez mais e se espalhava por sua mesa.

Thomas Keller chegou em casa ainda perturbado e agitado pelo confronto que tivera no trabalho. Seu Ford velho parou na estrada de terra em frente ao feio chalé, justamente quando o dia primaveril se transformava numa noite fria e sem nuvens. Sua mente estava tão acelerada que ele quase se esqueceu de desligar os faróis e trancar a porta. Atrapalhou-se procurando as chaves de casa, ansioso por aliviar a pressão que sentia martelando sua cabeça e apertando-o entre as pernas. Uma vez lá dentro, atravessou correndo o chalé entulhado, sem parar para acender nenhuma luz, tropeçando em caixas abertas e pilhas de revistas velhas, na pressa de chegar ao quarto. Os passos frenéticos só pararam quando sua mão já podia alcançar a gaveta especial, onde guardava as coisas especiais. Ele ficou imóvel, coração aos pulos, escutando o silêncio, sentindo o ar à sua volta, até ter certeza de que estava sozinho. Com um movimento repentino, abriu a gaveta, empurrando para o lado as roupas emboladas até encontrar o pacote de correspondência preso com um elástico. Gostaria de demorar-se, de abrir o pacote mágico do modo como planejava despir Sam quando finalmente estivessem juntos, mas a excitação o dominava, forçando-o a se apressar. Ele arrancou o elástico e deixou as cartas se espalharem na cama desarrumada, agarrando a mais próxima, passando os dedos pelo nome na frente do envelope como se estivesse lendo Braille. Viu os outros envelopes, seus olhos pulando de um para o outro mais próximo, todos ostentando o mesmo nome: *Louise Russell*.

A maior parte da correspondência eram contas e extratos de cartão de crédito comuns, embora houvesse algumas cartas pessoais, mas para ele tudo aquilo era precioso, tudo a trazia mais para perto, enlaçava sua vida à dela. Estas cartas haviam sido o começo do seu relacionamento. Demorara meses para coletá-las, visto que não podia se arriscar a despertar suspeitas de que a correspondência estivesse sendo roubada. De algum modo ele se disciplinara o suficiente para se limitar a poucos itens por mês, principalmente coisas de que ela nunca sentiria falta, resistindo à quase insuportável tentação de pegar tudo que parecesse pessoal. Todas as vezes que precisava estar com ela, recorria às cartas.

Sabia que a carta que segurava era de uma velha amiga dela, que agora morava do outro lado do mundo, num lugar onde ele suspeitava que a correspondência fosse perdida com frequência. Ele tirou a carta do envelope e começou a ler os olás e como vais, as desculpas por não escrever antes, as referências ao passado que elas haviam compartilhado quando meninas. Quanto mais lia, mais agitado ficava, mais o desejo incontrolável o dominava. Ele caiu de joelhos ao lado da cama como se fosse começar a rezar, mas suas mãos não se juntaram. Mantendo a carta segura em uma das mãos, ele enfiou a outra mão vagarosamente sob a cintura da calça, avançando hesitante em direção ao seu sexo que inchava. Ao se tocar, um gemido lhe escapou da boca, antecipando o prazer e o alívio que em breve percorreriam o seu corpo. Começou a mover a mão apertada para a frente e para trás, devagar a princípio, depois rapidamente, com desespero ao não conseguir uma ereção total, a frustração se sobrepondo a qualquer ideia de êxtase, seu pênis ficando cada vez mais flácido.

Xingando e fazendo ameaças silenciosas em sua mente, levantou-se rapidamente e tirou da gaveta mais um pacote de correspondência preso por um elástico, exatamente como os outros. Seus olhos se demoraram por um instante num terceiro pacote, e num quarto, e num quinto, antes de voltar àquele que estava em sua mão. Ele verificou o nome no primeiro envelope: *Karen Green*. Sim, disse consigo, isso tudo é culpa dela. Ela estava arruinando tudo com suas mentiras e ciúme, colocando-se deliberadamente entre ele e Sam. Mas sabia como lidar com ela. Sabia o que tinha que fazer. Jogando as cartas no chão, arrancou o uniforme de carteiro e começou a revirar uma pilha de roupas sujas no chão, até que encontrou o moletom. Ele o vestiu aos arrancos e foi para a cozinha pisando duro.

O armário estreito perto da porta dos fundos continha vários objetos ilícitos. Após refletir por um momento, escolheu o bastão elétrico para manejo de gado que havia encontrado e consertado na época em que comprou o terreno e as edificações do conselho local por uma pechincha, tendo os outros compradores em potencial desistido em razão do histórico de crueldade e matança de animais do lugar. Aquela terra era tudo o que ele estivera esperando e rezando para conseguir; para isso tinha economizado, guardando a maior parte dos seus ganhos durante anos, até que finalmente juntou o suficiente para comprar o terreno e as edificações, o que significava poder começar a se preparar para uma vida com Sam. Assim que comprou a propriedade, iniciou imediatamente a procura por ela, mas tinha sido difícil saber quem era Sam agora, tantos anos haviam se passado e sua mente fora tão envenenada, qualquer uma podia ser Sam. Ele não tinha nenhuma opção além de passar por todas elas até encontrar a verdadeira. Não importava quantas tentassem fazê-lo de bobo. Ele sabia o que fazer com pessoas que tentavam fazê-lo de bobo.

Com um último olhar à espingarda de cano duplo que ocupava o lugar de honra, ele tirou as chaves do porão do gancho e fechou a porta. Depois foi tropeçando até o banheiro, abriu o armário e apanhou uma caixa de primeiros socorros. Ele a abriu e pegou uma das seringas e um vidro grande de alfentanil. Tirando a tampa de segurança da seringa, inseriu-a no vidro com habilidade, puxando cinquenta mililitros do anestésico antes de recolocar a tampa.

Agora que tinha tudo de que precisava, saiu e atravessou o terreno a passos largos, com a seringa no bolso da calça e o bastão elétrico apertado na mão. Mas quando chegou à porta de metal, ficou paralisado, a clareza absoluta do que precisava fazer subitamente o abandonando, a barbaridade daquilo era quase demais para entender.

Você não tem escolha, disse consigo. *Ela vai destruir tudo. É perigosa demais para ser ignorada.* Ele sabia que estava certo, e com essa crença sua força e propósito voltaram. Destrancou o cadeado e abriu a porta do porão, descendo os degraus de dois em dois escuridão adentro, sua cautela e receio habituais varridos para longe pela necessidade de se livrar dela.

Ambas as mulheres sentiram a mudança na sua aproximação determinada. Por um breve momento, Louise se permitiu acreditar que eram os seus salvadores descendo os degraus aos pulos. Quando, porém, a lâmpada inundou o porão de luz, ela percebeu que sua esperança era falsa e tentou se apertar bem no canto da sua cela de arame. Como um encantador de serpentes atento ao ataque da cobra, seus olhos não o deixaram enquanto ele atravessava o cômodo, a mão direita segurando um bastão estranho. Logo notou que ele não estava nem um pouco interessado nela. Era como se ela não existisse. Ele viera por causa de Karen.

Os olhos dele pareciam bem vermelhos com o reflexo da luz do teto, o rosto sem expressão enquanto se movia na direção dela, concentrado em algum objetivo doentio. Karen se encolheu no que era naquele momento o lugar mais seguro para ficar. Ele apontou o bastão para ela.

– Está na hora de você ir embora – disse.

Karen sabia o que aquilo significava, sabia que ele não iria simplesmente libertá-la para que pudesse contar a todo mundo o que ele fizera. Não haveria uma reunião feliz com sua família e amigos.

– Não – implorou ela –, por favor me deixe ficar. Eu vou ser boa. Vou ser muito boa. Vou fazer tudo que você quiser. Vou fazer você feliz, como quando me trouxe para cá, lembra?

– Não fale comigo. – A voz dele estava firme e fria, sem sentimento. Ela não era nada para ele agora, era meramente um problema que ele precisava resolver.

– Não faça isso, por favor, estou implorando – Karen quase gritou, as lágrimas embolando as palavras, horror e incredulidade gravados no seu rosto contorcido.

Ele abriu a portinhola na lateral da jaula.

– Passe o braço – ordenou. – Passe o braço e não vou te machucar. Faça o que estou mandando.

– Não consigo – gritou Karen. – Meu Deus, por favor, não consigo.

– Faça ou vou ficar muito zangado – rosnou ele, com os lábios apertados, os sentimentos de raiva e nojo em relação a ela começando a retornar à sua alma. – Se me deixar zangado, vou ter que usar isso até que faça o que estou mandando. – Ele segurou o bastão para manejo de gado próximo ao arame para que ela pudesse ver, embora duvidasse que saberia o que era.

– Não quero que você fique zangado – suplicou Karen –, mas não me obrigue a passar o braço.

– Maldita – berrou ele de repente, fazendo as duas mulheres se encolherem de medo. – Maldita dos infernos, faça o que estou mandando. – Sem aviso, ele passou o bastão pelo arame e o pressionou contra a caixa torácica de Karen. O grito dela foi ensurdecedor naquele espaço fechado, a dor que descrevia permanecendo no cômodo enquanto ela caía de lado, as costas expostas ao tentar proteger as costelas queimadas.

Os olhos dele se arregalaram e um sorriso ampliou os seus lábios. De novo ele esticou o bastão na direção de Karen, o sorriso se transformando numa expressão de maldade quando o enfiou com força em suas costas. O segundo grito dela não foi tão ensurdecedor quanto o primeiro, a dor na espinha fazendo com que se arqueasse para trás de um modo anormal, apertando os pulmões já vazios.

Louise presenciava a tortura de sua jaula, com medo e raiva.

– Deixe ela em paz – gritou. – Seu covarde filho da puta, deixe ela em paz. – Seus pedidos, porém, foram ignorados, como se ela não estivesse ali.

– Passe o braço pela abertura – disse ele a Karen, parecendo mais calmo agora que havia silêncio no porão. Após poucos segundos, ela começou a se mexer, levantou-se com esforço apoiada nas mãos e nos joelhos e engatinhou à distância de menos de um metro até o outro lado da jaula, seus dedos se enroscando no arame enquanto se levantava vagarosamente até a altura da portinhola e passava o braço pelo buraco, chorando de mansinho, rendida. – Bom – disse ele, tirando a seringa do bolso e largando o bastão de gado. Ele puxou a tampa da agulha e segurou o braço de Karen. – Fique quieta – avisou, e começou a procurar uma veia.

Estava sendo mais difícil do que o previsto. Ele se arrependeu de não ter trazido alguma coisa para usar como torniquete, para fazer inchar as veias na dobra do braço. Demonstrando irritação, introduziu a agulha, mas tinha certeza de não ter encontrado a veia. Retirou a agulha de qualquer jeito e a empurrou uma segunda vez com mais força na curva do braço, a dor fazendo com que Karen se contorcesse.

– Fique quieta – sibilou ele bem perto do rosto dela, mas errara o alvo de novo. O suor pingava do seu corpo, à medida que a frustração crescia. Arrancou a agulha e imediatamente a espetou de novo, um ruído de satisfação saindo da sua boca ao ver que a agulha acertara o alvo. Ele empurrou o alfentanil da seringa para a veia rápido demais, o acúmulo do medicamento causando nela uma dor atroz ao fazer com que o sangue parecesse estar virando gelo ao correr pelo corpo, reduzindo a respiração e relaxando os músculos, sua mente girando como se ela estivesse completamente bêbada. Ele retirou a agulha e soltou o braço, observando enquanto ela escorregava para o chão, consciente, porém indefesa.

Como um predador atento à presa ferida, ele desativou o bastão de gado e o usou como uma vara para cutucar sua vítima, espetando-o com força em suas costas e costelas. Karen gemia cada vez que ele a cutucava, tentando debilmente afastar o bastão. Satisfeito, ele deu um sorriso doentio e andou até a porta principal da jaula, destrancou-a e entrou.

Por alguns momentos ficou parado, observando-a, ainda cauteloso, ainda usando o bastão para ter certeza de que ela não representava uma ameaça. E então subitamente entrou em ação, largou o bastão e avançou para ela como havia praticado, agarrando-lhe um chumaço de cabelos no alto da cabeça e deslizando a outra mão sob o queixo, arrastando-a pelo chão da jaula até a área central do porão.

Louise se encolheu toda, fechando os olhos bem apertados e cobrindo as orelhas para não ouvir os gritos.

– Levanta – disse ele a Karen, em voz baixa a princípio e depois mais alto. – Levanta. – Ele sabia que não conseguiria carregá-la escada acima; o esforço de arrastá-la da jaula consumira quase toda a sua força. – Levanta! – gritou.

Karen tentou falar, mas só conseguiu murmurar, o alfentanil entorpecendo-lhe a mente e a língua. A adrenalina da raiva insuflou nele uma força renovada, ele se abaixou perto dela e passou os braços da mulher pelos seus ombros, levantando aquele peso enquanto suas pernas queimavam, as veias do pescoço salientes e azuladas pelo esforço. Assim que começou a andar, notou que ela podia sustentar quase todo o seu próprio peso, já que movia uma perna e depois a outra, indo em qualquer direção que ele a conduzisse, tentando lembrar onde estava e por que estava ali.

– Estou indo para casa agora? – ela conseguiu sussurrar, seus olhos tentando focalizar o estranho que iria levá-la embora daquele lugar.

– Está – ele mentiu. – Só continue a andar. Vou levar você para casa agora.

Louise tinha aberto os olhos para a cena à sua frente e os ouvidos para as mentiras dele.

– Deixe ela em paz – pediu. – Por favor, não a machuque. Ela não vai poder dizer nada à polícia. Não sabe nem onde estamos.

– Não – gritou ele, em resposta. – Não posso fazer isso. Ela é muito perigosa. Pode estragar tudo para nós. Não posso deixar que isso aconteça.

Ele foi em direção à escada, Karen agarrada nele, obediente. Foram vários minutos até chegar ao topo, o trabalho de tirar uma mulher drogada do porão muito mais difícil do que ele imaginara. Uma vez do lado de fora, ele a encostou em uma parede enquanto fechava a porta pesada e colocava a tranca de volta, os gritos de Louise lá embaixo praticamente inaudíveis agora.

– Para onde você está me levando? – perguntou Karen, com a fala arrastada.

– Já disse – respondeu ele, numa voz falsamente amigável. – Estou levando você para casa.

Segurando-a pelos bíceps, ele a conduziu pelo terreno, parando várias vezes porque ela caía, tropeçando no lixo que não conseguia ver no escuro ou através das nuvens do anestésico. Após a travessia curta e perigosa, eles alcançaram o Ford. Ele abriu o porta-malas e a sentou na beirada, empurrou seu peito de leve para que ela caísse para trás, levantou suas pernas e dobrou-as com jeito no espaço apertado. Os dedos da mão direita de Karen seguraram a borda do porta-malas, ela pressentiu o perigo.

– O que está acontecendo? – perguntou, confusa, tentando desesperadamente achar algum sentido naquela situação.

– Cale a boca e fique quieta – sibilou ele, levantando o pé e pisando nos dedos dela, fechando o porta-malas com uma batida forte no segundo em que ela recuou de dor.

O coração dele batia tão rápido, quando pulou para o assento do motorista, que receou não ser capaz de manter o controle por tempo suficiente para fazer o que sabia que tinha que ser feito. Fez uma pausa, respirando profunda e vagarosamente, acalmando a mente e o corpo, pensando na tarefa à sua frente, no caminho que seguiria para o lugar que já escolhera: como a tiraria do carro, como entraria com ela na floresta e, finalmente, como se livraria do seu erro.

John Russell estava sentado sozinho na cozinha da casa que ele e Louise haviam sonhado que seria um dia da sua família. Ele bebericava um uísque com água, sentindo-se cada vez mais culpado ao se lembrar do alívio quando a polícia lhe dissera que eles tinham certeza de que Louise não havia simplesmente fugido com outro homem.

A detetive Fiona Cahill entrou no aposento, perturbando sua solidão e sua dor.

– Você está bem? – perguntou ela, gentilmente.

Russell levantou os olhos da bebida para a mulher alta e bonita, trinta e poucos anos, de pé na sua cozinha, o cabelo castanho claro cortado curto, por opção de estilo e de acordo com sua função, os olhos verdes e inteligentes o examinando.

– Por que você está aqui? – ele respondeu à pergunta com outra pergunta.

– Sou a agente de contato com familiares, lembra? Isso meio que faz de mim sua cuidadora até que tudo se resolva. – Ele não teve reação. – Estou aqui para ajudar no que for preciso, responder a perguntas que você possa ter sobre o que estamos fazendo e o que pretendemos fazer. Isso tudo pode ser um pouco confuso, se você não estiver acostumado... Até assustador. – Ela notou uma leve contração das pupilas, o que denunciava o seu medo. – O meu trabalho é tentar fazer com que fique mais suportável... dentro do possível, claro.

– Por que preciso de uma agente de contato com familiares? – perguntou ele sem emoção. – Vocês não são normalmente indicados para famílias de vítimas de assassinato?

A detetive Cahill conseguiu não desviar os olhos.

– Nem sempre – ela o tranquilizou –, não tem uma regra fixa, de fato. Muitas vezes indicamos agentes de contato em casos de sequestro, pessoas vulneráveis, esse tipo de coisa.

– Mas vocês não estão esperando um pedido de resgate, estão? – perguntou ele, seus olhos cada vez mais embaçados e sem vida, o que a fez lembrar de uma vítima de esfaqueamento que ela segurara até a morte, quando ainda era recruta. Ela afastou a lembrança.

– Não – respondeu ela honestamente. – Não estamos esperando um pedido de resgate. Se fosse acontecer, já teria acontecido.

– E então? – perguntou Russell com rispidez. – Nada disso faz sentido. Quem a levaria? Por que alguém faria isso?

– Infelizmente muitas pessoas com quem lidamos não fazem sentido, mas você não deve perder a esperança. – A detetive Cahill se esforçou para encontrar palavras de encorajamento. – Se alguém pode encontrá-la, é o inspetor Corrigan. Acredite, este caso não poderia estar em melhores mãos. Todos nós só precisamos pensar positivo.

– Mas isso não vai fazer nenhuma diferença, vai? Não importa se eu penso positivo ou se penso no pior. Não faz nenhuma diferença. É como ter câncer. Tem pessoas que juram que vão derrotar a doença, e seis meses depois estão mortas, ao passo que outras se entregam à doença assim que recebem o diagnóstico e vivem até chegar aos noventa. Não importa o que a gente pensa, já está decidido.

A detetive Cahill sabia que ele falava a verdade, mas o treino e a experiência não permitiam que ela concordasse com ele.

– Você provavelmente precisa comer alguma coisa – disse ela.

– Não, obrigado, não estou com fome. – A detetive Cahill viu as lágrimas brotarem nos seus olhos, e por fim ficarem pesadas demais e escorrerem por suas faces como minúsculas fontes primaveris. – Eu só quero que ela volte, sabia? É só isso que eu quero. Não me importa o que aconteceu com ela, não me importa nem mesmo o que vai acontecer com o sacana que a levou... Só quero que ela volte.

Thomas Keller dirigia pela estrada de pista única que levava a Three Halfpenny Wood, em Spring Park, Addington, poucas milhas ao sul de Londres. Dirigia de faróis apagados, procurando o lugar que encontrara várias semanas atrás; mas tinha sido de dia e, agora, no escuro e com chuva, sem luz nas ruas, estava mais difícil do que imaginara encontrá-lo de novo. Ele diminuiu bastante a velocidade, tentando localizar o carvalho gigante que marcava o lugar onde iria parar. E aí o viu, galhos negros balançando ao vento, fazendo cantar o ar frio à sua volta. O alívio o invadiu, ele engatou ponto morto e deixou que o carro deslizasse até parar sem tocar nos freios. Desligou o motor e saiu na chuvinha fina que bateu no seu rosto, fazendo com que se sentisse ainda mais vivo e acordado.

Keller postou-se ao lado do carro, tão alerta quanto as criaturas noturnas que se escondiam na floresta a observá-lo, todos os sentidos concentrados, tentando ouvir e ver qualquer movimento, sentindo o ar, à procura de outras pessoas. Somente depois de vários minutos, quando teve plena certeza de que estava sozinho, andou até a traseira do carro, enchendo os pulmões com o ar noturno e puxando o capuz do casaco sobre a cabeça para proteger-se da chuva, antes de abrir o porta-malas e fitar a mulher aterrorizada toda encolhida lá dentro.

Ele esticou o braço e agarrou-lhe o pulso, puxando com vontade, tentando tirá-la do porta-malas, mas não tinha força suficiente para levantar o peso morto que ela se tornara.

– Saia daí – ordenou ele, numa voz alta, monótona. – Está na hora de você ir.

– Não – pediu Karen. – Não quero ir.

– Vou deixar você ir embora – mentiu ele –, mas precisa sair do carro.

– Não acredito em você. Não acredito em você.

Keller sentiu o pânico crescendo no peito, o medo de que alguém pudesse encontrá-lo ali na floresta no meio da noite, com uma mulher quase nua na mala do carro. Precisava fazer alguma coisa. Debruçando-se para dentro do porta-malas, pegou o pequeno taco de beisebol que ficava guardado ali e o agitou diante de Karen.

– Saia ou eu juro que vou te machucar.

– Me deixe em paz – pediu ela. – Por favor, não me machuque.

– Se sair do carro, não vou te machucar. – Ele cuspiu as palavras no seu rosto, o pânico ameaçando levar embora o pouco controle que lhe restava, mas ela continuava a não obedecer às suas ordens. – Saia da merda do carro – gritou ele, tão alto quanto se atreveu, o vento e a chuva engolindo suas palavras antes que elas pudessem percorrer mais do que uns poucos metros, mas ela continuava encolhida no porta-malas.

Ele levantou o taco acima da altura do ombro e o abaixou, desferindo uma pancada no joelho de Karen, a dor atravessando o alfentanil e fazendo-a gritar. De novo ele levantou o taco, sendo que desta vez a pancada foi no cotovelo, o segundo grito dela se misturando ao primeiro. Enrolando uma mecha de cabelo em torno do pulso, ele puxou com toda força, arrastando-a parcialmente enquanto ela saía com dificuldade do porta-malas e caía de joelhos na estrada de cascalho molhado. Ele fechou o porta-malas com uma batida forte e enfiou o taco na cintura da folgada calça de moletom, seus olhos sempre fixos na criatura molhada, que tremia de frio ajoelhada à sua frente, a garoa aderindo ao seu corpo, tornando sua pele azeitonada semelhante ao mar à noite. Ele pôs as mãos sob suas axilas e a colocou de pé, empurrando-a imediatamente para a floresta que esperava ao lado da estrada.

Ela atravessou aos tropeços a faixa de grama e continuou em direção às árvores escuras, sinistras, a sombra e o cheiro almiscarado dele logo atrás dela, empurrando-a para a frente e ajudando-a a se levantar sempre que caía, conduzindo-a cada vez mais para dentro da floresta. Em pouco tempo seus pés estavam cheios de cortes devido aos espinheiros que serpenteavam pelo chão. Ela tentou se virar para olhá-lo, queria que ele visse o seu rosto quando implorava para não morrer nesse lugar lúgubre, mas cada vez que se virava, ele espetava suas costas, às vezes derrubando-a, pois ela dava topadas em armadilhas invisíveis.

– Por favor – ela suplicava às árvores à sua frente –, me deixe ir embora e eu juro que não conto a ninguém. Por favor, juro por Deus que não conto a ninguém.

– Você não tem deus – zombou ele, agarrando o cabelo dela e torcendo. – Você me traiu, Sam. Deixou que eles nos separassem. Seus pais, os professores, todos mentiram e você acreditou neles. Virou as costas para mim. Me abandonou e me deixou sozinho, Sam, me deixou completamente sozinho.

– Sinto muito – disse ela, jogando o jogo dele, sentindo que havia uma última chance de se salvar. – Nunca mais vou te deixar, prometo, juro por Deus. – O efeito do anestésico estava passando, mas ela ainda se sentia muito fraca e confusa, era difícil acompanhar o que ele falava, difícil achar o caminho através do labirinto de sua mente distorcida.

– Sabe o que me aconteceu depois que você me deixou? Sabe o que fizeram comigo na escola, no orfanato? As coisas que me obrigaram a fazer?

– Sinto muito – ela tentou tocar sua consciência. – Não foi culpa minha. Eu queria ficar com você, mas eles levaram você embora. Eu não consegui te encontrar – ela tagarelava, na esperança de dizer algo que tivesse a ver com o que quer que fosse que ele estava falando, para que ele parasse e pensasse antes de fazer com ela o que tinha cada vez mais certeza de que ele faria.

– Desculpe – disse ele, a voz sem emoção –, mas você me traiu naquela época e me trairia de novo. – Ele parou de andar, pondo a mão no ombro dela para detê-la.

– O que está acontecendo? – perguntou ela, engasgada com os soluços, tentando se virar para olhá-lo.

– Não se vire – avisou ele –, não olhe para mim. Agora, tire a roupa.

Karen abraçou o corpo, protegendo-se da garoa transformada em chuva gélida que o vento fazia bater no seu rosto, lavando a sujeira e o sangue do seu suplício no porão. Ela olhou para os galhos das árvores se balançando no alto, acima da sua cabeça, as nuvens correndo rápidas pelo céu noturno azul-escuro, e sabia que estava bem dentro da floresta, onde ninguém veria o seu drama nem ouviria os seus gritos de misericórdia.

– Tire a roupa – repetiu ele.

Ela tremia de frio, seu corpo seminu empalidecia com a perda de temperatura, os lábios tornavam-se azuis. – Não tenho roupa – disse, a voz patética, resignada.

– O que você está usando – insistiu ele –, tire. – As mãos dela se moveram para a lingerie imunda que usava, quando entendeu o que ele queria que fizesse, suas pernas quase se dobrando sob o peso da ordem execrável. – Tire – sibilou ele, com impaciência na voz. – Tire logo. Não vou tocar em você.

Vagarosamente, Karen levou os braços às costas, os hematomas da semana anterior trazendo lembranças do que já sofrera nas mãos dele, as dores nos braços e ombros tornando quase impossível alcançar o fecho do sutiã. Finalmente seus dedos, se esticando com esforço, encontraram e abriram o fecho. Ela conseguiu pegar o sutiã que caía, pressionando-o contra os seios, recusando-se a deixá-lo cair e ficar exposta. Sentiu uma pontada forte na espinha que a deixou sem ar.

– Deixe cair no chão – exigiu ele. – Preciso dele.

De novo ela tentou olhá-lo, para tentar algum tipo de entendimento, mas a raiva dele fez com que ela se virasse rapidamente.

– Não olhe para mim! – disparou ele. – Eu disse para não olhar para mim. Faça o que estou mandando, deixe cair.

Ela sentiu mais uma pontada na espinha, seus soluços ignorados. Soltou devagar o sutiã que antes detestara, mas que agora agarrava como se fosse sua própria vida. A peça caiu ao chão, quase flutuando em direção às folhas marrons e à lama no solo da floresta.

– O resto – disse ele. Não havia o menor sinal de compaixão em sua voz.

– Não, por favor – ela apelou a qualquer decência humana que ele ainda tivesse. – Estou implorando, por favor, só me deixe ir embora. Eu juro, juro que não conto a ninguém.

– Tire o resto – ele ignorou suas súplicas. – Tire rápido.

Karen sentiu algo sólido tocar a lateral da sua cabeça, duro o suficiente para lhe estourar o ouvido e entorpecer o seu mundo, mas não violento o bastante para derrubá-la. Ela levou as duas mãos à orelha que sangrava, a boca se contorcendo de dor.

– Tire o resto – insistiu ele – ou vai ter mais disso. Vai ter tudo que merece pelo que fez comigo, Judas.

Ela passou os polegares pelos lados da calcinha suja e a puxou para baixo por sobre os quadris, deixando que escorregasse até os tornozelos, enquanto os braços mais uma vez se cruzavam sobre os seios. Ela ficou ali, no silêncio da noite, cuja pureza só era maculada pelo som da respiração, rápida e profunda, do homem atrás dela, como se ele estivesse a ponto de ter um ataque de asma.

Thomas Keller levantou o taco acima da cabeça e fechou os olhos quando o abaixou, atingindo-a na parte de trás da cabeça, onde a pele se abriu, um jato fino de sangue salpicando o rosto dele, assoviando ao pintar uma linha nas folhas caídas no chão. Ela tombou para a frente, de joelhos, as mãos apertando a parte de trás da cabeça, consciente, mas totalmente atordoada, entregando-se à onda de dor que a dominou, e caiu prostrada no solo da floresta.

Keller andou em direção ao corpo ainda vivo, olhando de cima enquanto ela se contorcia. Ele sabia que precisava mostrar a ela misericórdia naquele momento, apesar da sua traição; precisava mostrar misericórdia e dar fim ao seu sofrimento. Ajoelhou-se e a virou o suficiente para que ela o visse. Os braços dele, caídos, pesavam como chumbo, era quase impossível levantá-los, mas ele de algum modo conseguiu erguê-los, as mãos se fechando em volta da garganta da mulher, os dedos apertando a jugular enquanto os polegares, lado a lado, pressionavam com força a traqueia.

Os olhos dela saltaram quando aumentou a pressão dentro da cabeça, tornando-se vermelhos, já que os vasos sanguíneos começaram a se romper, e um som horrível, de algo se quebrando, saiu dos seus lábios enquanto ela tentava respirar. Suas mãos seguraram os pulsos dele e puxaram debilmente, ela tentava se salvar, os pés descalços e sangrando deslizando em vão no solo molhado e nas folhas secas, cavando pequenos sulcos tristes quando os calcanhares escorregavam para a frente e para trás, mais devagar à medida que a vida lhe fugia, tão mansamente quanto uma criança se afogando sem ser vista por qualquer um que pudesse salvá-la, que pudesse puxá-la de volta à superfície.

As mãos dele continuaram fechadas em torno do pescoço da mulher por um longo tempo depois que ela parou de se mexer e as mãos soltaram os seus pulsos. Ele ficou paralisado, fascinado ao ver o quanto ela já parecia morta. Não esperara uma transição tão rápida, da vida para a morte, era o primeiro cadáver que ele via.

Finalmente, a fria chuva noturna batendo no seu rosto o trouxe de volta a este mundo. Ele soltou o pescoço dela depressa, como se tivesse levado um choque elétrico, como se não fizesse nenhuma ideia de como suas mãos tinham ido parar ali, para começar. Afastou-se do corpo retorcido, consciente de que sua respiração estava acelerada e de que o gosto de sal que sentia nos lábios era suor misturado com a chuva que lhe escorria pelo rosto. Uma calma que ele nunca antes experimentara o invadiu. Uma sensação de controle o inundou, clareando sua mente, dando-lhe foco e propósito.

Lembrando-se do que precisava fazer em seguida, engatinhou em volta do corpo, usando apenas a luz das estrelas e da lua para procurar as poucas roupas dela, seus olhos já bem adaptados. Ao encontrar as peças, ele as enfiou no bolso, depois se levantou e começou a andar com firmeza para longe daquele trecho da floresta que seria para sempre assombrado pelo que havia testemunhado. Enquanto andava, ele não pensava em Karen Green. Ela já passara a ser uma lembrança distante, algo que acontecera muito tempo atrás.

Seus pensamentos já estavam voltados para a próxima mulher que ele visitaria, a mulher que ele sabia ser a verdadeira Sam.

5

Sexta-feira, sete e meia da manhã, e Sean estava dirigindo para a cena de mais uma tragédia que o resto do mundo provavelmente nunca nem sequer comentaria. Quanto mais se aproximava da cena, mais o rosto atraente de Louise Russell se delineava em sua mente. Mas qual seria sua aparência agora? Estaria mutilada, com feios ferimentos a faca, ou o dano visível estaria restrito a alguns poucos sinais indicadores de estrangulamento em volta do pescoço? Talvez o couro cabeludo tivesse um emaranhado de fios vermelhos e grudentos, como geleia queimada, e o crânio estivesse afundado. Ele ainda não podia ter certeza de que maneira ela morrera, pelo menos não até vê-la, mas de algum modo já sabia que estaria nua e descoberta, e que o seu assassino não teria feito nenhum esforço para ocultar o corpo ou destruir provas periciais, exceto talvez jogá-la em água corrente.

Ele conduziu o carro ao longo da estrada de terra, atravessando Three Halfpenny Wood, procurando sinais óbvios de presença da polícia, e logo notou duas viaturas de patrulhamento e o Ford descaracterizado de Donnelly no acostamento. Uma fita azul e branca bloqueava a estrada à frente e a orla da floresta perto dos carros estacionados. Ignorando as dores e o cansaço que tentavam distraí-lo do que precisava fazer, ele se sentou no capô e, meio desajeitado, calçou o equipamento de proteção por cima dos sapatos antes de andar até os dois policiais uniformizados que guardavam os carros e a entrada da cena do crime, a capa leve se arrastando atrás dele ao se aproximar. Mostrou a identidade quando estava bem perto dos homens, para que pudessem ver com clareza.

– Detetive-inspetor Corrigan – apresentou-se. – Onde está o corpo?

– Mais ou menos quinze metros para dentro da floresta, senhor – respondeu um dos policiais. – É só ir em frente e vai encontrar o sargento com facilidade.

Sean perscrutou a floresta, fazendo uma pausa de poucos segundos antes de voltar a olhar para o policial.

– Obrigado – disse, e se abaixou para passar por baixo da fita. Começou a caminhar floresta adentro, sempre observando o solo à sua frente à procura de indícios antes de avançar alguns passos. Era difícil descobrir qual caminho o assassino percorrera para entrar e sair da floresta, já que várias trilhas haviam sido criadas por pessoas e animais pisando a vegetação, mas ele tinha certeza de que o assassino teria escolhido o trajeto mais direto, porque não estava tentando encobrir seu rastro. Provavelmente seria mais fácil traçar o caminho na volta, depois que visse o corpo. Ele olhou para a frente entre as árvores, para uma clareira onde dava para ver Donnelly conversando despreocupado com outros dois policiais uniformizados. Um galho se quebrou sob os pés de Sean, o que fez com que os três olhassem em sua direção, como se ele fosse um intruso indesejado.

– Chefe – Donnelly o saudou.

– É Louise Russell? – perguntou Sean, sem meias palavras.

– Quem mais poderia ser?

– Você viu o corpo?

– Não cheguei muito perto – disse Donnelly. – Já havia confirmação da morte, eu não precisava pisar na cena. Mas cheguei perto o bastante para ver que é uma mulher branca, jovem, com cabelo castanho curto, portanto, até prova em contrário, eu diria que é ela.

– Se essa é a descrição, então é ela. – Sean sentiu seu ânimo afundar ainda mais, abandonando a última esperança de que pudesse ser uma moradora de rua que tivesse morrido de frio ou uma jovem vítima de suicídio. – Onde está o corpo?

– Do outro lado daquela elevação no terreno, numa clareira. Quer que eu diga o que sei até agora?

Sean negou com a cabeça.

– Não, prefiro ir eu mesmo vê-la primeiro.

– Tudo bem – concordou Donnelly. Ele não se sentiu ofendido. Sabia como Sean gostava de trabalhar.

– Quem a encontrou?

– Um homem levando o cachorro para um passeio de manhã cedo. O cachorro fez a descoberta.

– Como sempre, não é?

– Alguma suspeita sobre o caminhante?

– Não. Ele é só uma testemunha azarada, mas mesmo assim está na delegacia, entregando com relutância as roupas e fornecendo amostras, íntimas e não íntimas.

– Bom – disse Sean. – Não se esqueça de que precisamos de pelos do cachorro também.

– O quê?

– Quero amostras de pelos do cachorro – repetiu Sean.

– Por que a gente iria querer isso? Se encontrarmos pelos no corpo, o DNA vai nos dizer se são humanos ou caninos. Se forem caninos, vamos saber de onde vieram, ou seja, do cachorro do caminhante.

– E como você sabe que o assassino não tem um cachorro? Como sabe que não trouxe o cachorro com ele até aqui? Como sabe que ele não a manteve num lugar onde também tinha um cachorro ou cachorros?

Donnelly deu um suspiro antes de responder.

– Não sei.

– Tudo bem, então vamos pegar amostras do cachorro e conseguir que alguém faça um molde das patas, também, para comparar com o que for encontrado perto do corpo.

– Se acha que é mesmo necessário.

– Acho... Então vamos nos certificar de que tudo isso vai ser feito. – Uma pausa, depois Sean voltou a falar. – Preciso ver o corpo.

– A perícia não vai gostar.

— Eles vão sobreviver. Além disso, quero que o dr. Canning examine o corpo *in loco*, antes que a equipe de Roddis ocupe a cena toda. Já pedi que ele nos encontre aqui. A perícia está a caminho?

— Afirmativo — disse Donnelly. — Devem chegar aqui sem demora.

— Faça com que fiquem afastados até que o dr. Canning termine o trabalho dele, OK?

— Sem problema.

Sean olhou para a elevação no terreno coberta de musgo, formada pela vegetação rasteira que se espalhava por cima de uma antiga árvore caída. Ele sabia o que havia do outro lado e sabia que estava na hora de penetrar no outro mundo que existia além daquele onde quase todos caminhavam: um mundo de dor e sofrimento, de violência sem sentido e morte da inocência.

— Preciso de alguns minutos a sós com ela — disse a Donnelly, e em seguida começou a andar em direção ao outeiro gramado, movendo-se vagarosamente, fingindo examinar o chão à sua frente, com esperança de que a polícia no local imaginasse que ele estava sendo cuidadoso para não pisar em nenhum indício. A verdade era que precisava de tempo para se preparar para o que ia ver, para o que ia sentir. Precisava de tempo para se preparar para aquela pessoa em que ele estava prestes a se transformar.

Chegou à elevação no terreno e circulou-a cuidadosamente, percorrendo um grande arco, em dúvida sobre a posição em que estaria o corpo, não sabendo se veria primeiro a cabeça ou os pés.

Enquanto rodeava o montículo, o seu coração começou a bater acelerado, não de medo, mas de emoção e expectativa sobre o que iria encontrar, sobre qual parte de si o ladrão deixara para trás para que ele descobrisse e vivenciasse, sabendo que, quanto mais compartilhasse com o homem que estivera ali durante a noite, mais próximo estaria de pegá-lo.

Quando o corpo destroçado ficou visível, Sean desviou os olhos, dando à sua mente segundos vitais para se preparar para o que ele precisava ver e o que precisava fazer. Olhou para o céu azul, a imaginação fértil transformando a luz do dia em escuridão, o sol em chuva fria. Imaginou a floresta a horas mortas, o vento gélido e o corpo lívido e sem vida sob a luz da lua que irrompia entre as nuvens. Ao voltar o seu olhar para o corpo, constatou que os seus instintos tinham acertado: ela estava nua e descoberta, deitada de costas com os braços inertes ao longo do corpo, as pernas meio dobradas na altura dos joelhos e ligeiramente abertas, como se o assassino a tivesse colocado deliberadamente numa posição sexual. Sean duvidava de que a causa fosse deliberada ou premeditada, embora estivesse certo de que ela teria sido violentada em algum momento, provavelmente repetidas vezes. Imaginou nuvens ocultando a lua, tornando a floresta escura como breu enquanto o assassino se ajoelhava sobre ela, as mãos envolvendo-lhe o pescoço enquanto as pernas dela raspavam a lama. Sean chegou mais perto, quase perto o bastante para tocar o vulto escuro imaginário, debruçado sobre sua vítima, vago e sem rosto. Chegou ainda mais perto, movendo-se tão devagar como uma cobra antes do bote, estendendo a mão até poucos centímetros de distância de onde o assassino teria se agachado, o corpo da mulher ainda se contorcendo sob o seu. Os dedos de Sean se abriram e se esticaram para onde o rosto do assassino teria estado, e ele se imaginou fitando os olhos do assassino, como se, olhando dentro daqueles olhos, ele fosse entender o porquê: por que o homem que ele caçava se tornara um monstro, por que se sentiu compelido a fazer as coisas que havia feito, as coisas que ninguém mais podia entender, exceto Sean, talvez? Entender, mas não perdoar.

No momento seguinte a visão o abandonou, tão rapidamente quanto havia surgido: a noite voltou a ser dia, chuva e vento viraram sol de primavera e calma matinal. Sean se viu momentaneamente confuso e desorientado; a extraordinária nitidez das imagens da noite anterior as fizera de algum modo mais reais do que a completa solidão e surrealismo de estar sozinho, a centímetros de distância do corpo plácido, imóvel, em estado lamentável de mais uma vítima assassinada e descartada sem nenhuma compaixão ou misericórdia.

Normalmente ele era capaz de controlar sua imaginação, usá-la tão precisamente quanto um cirurgião manipularia o seu bisturi, mas hoje as imagens mentais haviam quase fugido ao seu controle, adquirindo vida própria, mostrando-lhe claramente os últimos momentos de Louise Russell. Ele sabia o que isso significava: que já estava estabelecendo uma conexão forte com o homem que cometera o crime.

Uma voz ao longe o puxou de volta ao aqui e agora.

– Tudo bem aí, chefe? – perguntou Donnelly. – Achei que tinha ouvido você dizer alguma coisa.

– Não – respondeu Sean. – Está tudo bem.

Tirando Donnelly da cabeça, ele fitou mais uma vez o corpo frágil deitado em meio às folhas mortas, as perguntas se precipitando em sua mente, as respostas logo atrás, impedindo-o de analisar e ordenar tudo de maneira lógica e sistemática, como sabia que precisava. Fechando os olhos, respirou fundo bem devagar, deliberadamente obstruindo o fluxo de informações para permitir que a mente se acalmasse. Quando afinal sentiu a paz de que necessitava para prosseguir, abriu os olhos para ver o amarelo sol matinal atravessando os galhos das árvores. Era como se a luz estivesse dividida em centenas de raios de sol separados, a chuva da noite anterior virando névoa à medida que era aquecida, aumentando a beleza dos raios quando o vapor rodopiava nos feixes de luz fantasmagóricos. Tudo em volta dele parecia mágico, como uma cena de um conto de fadas encantado; tudo exceto o corpo destroçado, deitado a centímetros de onde ele estava.

As perguntas e respostas começavam a aparecer de novo, mas desta vez ele estava preparado e podia controlá-las. Sean chegou tão perto quanto ousou chegar do corpo, perto o suficiente para ver tudo o que precisava ver. Ajoelhou-se e examinou-a da cabeça aos pés, várias vezes, os ferimentos contando sua própria história: o lábio cortado que estava cicatrizando, lesões marrom-escuras em formato definido que teriam sido infligidas dias antes, em contraste com as feridas recentes na lateral da cabeça e a orelha ensopada de sangue. Contusões novas no joelho e cotovelo direitos. A mão direita também fora ferida recentemente, a pele nos nós dos dedos arrancada, os dedos inchados, talvez quebrados; a ausência de hematomas sugeria que esses ferimentos também eram recentes, assim como as inúmeras lacerações nos pés. Todo o seu corpo estava coberto de hematomas de matizes variados, como se ela tivesse sido golpeada com um objeto não pontiagudo durante algum tempo.

Sean se inclinou mais, atraído por algo atípico na dobra do braço: hematomas e marcas de agulha. Ela fora forçada a injetar algo em si mesma ou ele injetara algo nela.

Enquanto dava uma olhada em volta para verificar se não estava sendo observado, Sean calçou uma só luva e com cuidado afastou o cabelo do rosto da mulher. O que viu o paralisou, enquanto tentava encontrar algum sentido. Segundos depois começou a procurar nos bolsos internos do paletó, certo de que se lembrara de manter uma fotografia de Louise Russell à mão. Encontrou-a no último bolso em que procurou, segurando-a à sua frente para poder comparar com o rosto da mulher deitada no chão. Esforçou-se para trazer à memória o registro de pessoas desaparecidas, buscando na sua imagem mental a seção Marcas e Cicatrizes, lembrando que Louise Russell havia feito uma cirurgia de remoção de apêndice quando era adolescente, o que lhe deixara uma cicatriz de dez centímetros no lado direito inferior do abdômen. Sua mão se moveu de cima para baixo sobre o corpo, flutuando centímetros acima da pele, até chegar ao ponto onde a cicatriz deveria estar, mas a pele se mostrava inalterada e sem marcas.

– Meu Deus do céu – disse ele baixinho, tentando compreender o que descobrira.

Seus olhos examinaram o corpo, procurando outros indícios de que aquela não era quem se esperava que fosse, mas não encontrou mais nenhum sinal particular ou cicatriz visível. Pegou o pulso direito da mulher cuidadosamente e girou o braço devagar, expondo o lado inferior e a tatuagem barata e colorida de uma fênix. Algo ali parecia infantil e irreal. Não havia nenhuma menção a Louise Russell ter uma tatuagem. Não podia ser ela.

Sean recuou, sem desviar os olhos do corpo. "Louise Russell não foi a primeira, foi?" Falava com o espírito do assassino, cuja presença maligna manchara o chão onde ele agora pisava, de maneira tão indelével que era como se ainda estivesse ali. "*Essa* foi a primeira. Você a pegou e depois pegou Louise Russell. Mas por quê? O que você está pensando? O que o leva a fazer essas coisas?"

Ele parou, ficou em silêncio, deixando sua mente vagar, explorando cada possibilidade antes de falar de novo. "Elas são a mesma. As duas mulheres são a mesma, cerca de trinta anos, magra, cabelo castanho curto, o mesmo nariz, formato do rosto... Não foi coincidência, foi?" Mais uma vez fez uma pausa, pensou em silêncio, deixando as respostas chegarem, sem forçar. "Elas lhe lembraram alguém... Não", recriminou-se, "mais do que isso. Quando as viu, elas se tornaram alguém, alguém que você amou, alguém que o rejeitou, o traiu. Você foi traído e pega essas mulheres para estar de novo com ela, não é?" Ele não se deu conta de que suas mãos alisavam o cabelo nas laterais da cabeça continuamente enquanto falava, o esforço da concentração se manifestando de modo subconsciente. "Mas por que isso?" As duas mãos apontavam agora para o corpo, palmas para cima, paradas, esperando novas revelações. "Ela também o rejeitou e você não conseguiu lidar com isso de novo, por esse motivo a castigou?" Ele se deteve, fez uma pausa, abanou a cabeça. "Mas não é explicação para isso." Ele abaixou os olhos para o corpo. "Isso foi uma execução. Você a matou tão rapidamente e sem dor quanto achou que poderia. Aqui não tem raiva, nada a ver com deixar o corpo exposto para humilhá-la. Então me diga, seu sacana doente, o que o levou a amar e depois descartar essa mulher como um animal morto?"

Ao perceber seus braços esticados, ele rapidamente pôs as mãos nos bolsos para impedir qualquer outro gesto involuntário. Depois ficou imóvel, processando as informações, dissecando-as com uma clareza aguda como a de um diamante, tirando conclusões que nunca seria capaz de explicar à sua equipe, muito menos a um estranho. Apenas uma pessoa entenderia o que ele estava pensando: o homem que havia torturado e tirado a vida da mulher jovem e bonita que agora jazia entre folhas caídas e insetos rastejantes.

Sean rodou os calcanhares de repente e andou a passos largos em direção a Donnelly, falando à medida que percorria a distância entre eles.

– Não é ela – anunciou.

Atônito, Donnelly abriu a boca para responder, mas antes que pudesse falar, Sean o cortou:

– A vítima... não é Louise Russell.

– Porra, chefe, para mim era a cara dela.

– Não é ela – repetiu Sean. – Muito parecida, mas não é ela. Louise Russell fez uma cirurgia de apêndice quando era adolescente. Essa mulher não tem cicatriz pós-cirúrgica e tem uma tatuagem no braço. Louise Russell não tem. Não é ela.

O peso do que Sean lhe dizia exigiu de Donnelly alguns segundos de interpretação.

– Puta merda – declarou, finalmente.

– Puta merda mesmo – concordou Sean.

– Então, se ela não é Louise Russell, que diabo, quem é ela?

– Não faço a menor ideia – retrucou Sean, uma admissão que o incitou à ação. – OK. Quero que você ligue para Sally e diga a ela para verificar todos os registros de pessoas desaparecidas recentemente no sudeste de Londres... mas somente mulheres com descrição semelhante à de Louise Russell. Ela não vai encontrar muitas, mas vamos torcer para que haja pelo menos uma. Quando a equipe do laboratório chegar aqui, peça que eles fotografem a tatuagem na parte inferior do antebraço direito... tem alguma coisa errada ali, alguma coisa esquisita. Pegue uma cópia da foto e entregue a alguém de sua confiança para fazer uma pesquisa... estúdios de tatuagem locais, internet etc. Pode ser que alguém se lembre de ter feito a tatuagem nela.

– Vou dar para Zukov. Ele gosta de um projetinho – sorriu Donnelly.

– Está bem. Nesse meio-tempo, fique aqui e colabore com o pessoal da perícia quando eles chegarem. Diga que precisamos da cena e de todo o material processado com a máxima urgência. Eles vão reclamar pra caramba, dizer que estão abarrotados de trabalho dos rapazes antiterrorismo, mas diga assim mesmo. Não deixe de lembrar a eles que ainda temos em aberto o caso de uma pessoa desaparecida, que vai ser encontrada em alguma outra floresta, gerando mais trabalho para eles, caso não se apressem.

– Tudo bem – garantiu Donnelly. – Mas tem uma coisa que você pode ter deixado passar, chefe.

– O que seria?

– Não podemos ter certeza de que o desaparecimento de Louise Russell e a morte dessa mulher estão ligados.

Sean sustou a resposta mordaz, lembrando a si próprio que outros em torno dele precisavam de mais tempo, mais provas tangíveis para chegar às mesmas conclusões a que ele já chegara.

– Sem maquiagem, sem unhas ou cabelos pintados. Sem veias escurecidas nos braços e nas pernas, sem piercings no corpo. Não é uma prostituta tirada das ruas e assassinada.

– De acordo – respondeu Donnelly –, mas isso não significa que ela foi morta pelo mesmo cara que sequestrou Louise Russell.

– Mesma idade, mesmo tipo físico, cabelo, rosto. Em algum lugar vai ter um registro de pessoa desaparecida que nos dirá quem ela é, e junto virão as evidências que praticamente vão confirmar que elas foram sequestradas pelo mesmo homem.

– É uma opinião – suspirou Donnelly.

– Estou voltando ao escritório para dar as últimas notícias a Featherstone. Ah, só mais uma coisa...

– Sim?

– Cubra a pobre coitada com alguma coisa, por favor... Ela já sofreu o bastante. Também vai ajudar a preservar provas, em caso de chuva.

Donnelly concordou com a cabeça, enquanto observava Sean desviando de galhos caídos e tocos de árvores, indo em direção à estrada e ao seu carro, assim como o assassino fizera na noite anterior.

Thomas Keller desceu vagarosamente os degraus de pedra parao porão, a luz fraca da manhã projetando uma sombra comprida que se movia pelo chão como um espírito do mal. Ele tentou escutar sons de movimento vindos lá de baixo, sem perder a concentração para equilibrar a bandeja com o café da manhã, calmo, porém um pouco melancólico. Ao entrar no porão, pôs a bandeja na mesma mesinha improvisada atrás da velha tela e puxou a corda da luz, conseguindo um meio sorriso forçado na direção de Louise Russell.

– Tenho que ir trabalhar daqui a pouco – disse –, mas pensei que você gostaria de se lavar um pouco e tomar café. – Ela não respondeu. Ele ficou satisfeito de ver que Louise estava usando as roupas que lhe dera, o sorriso alargando enquanto admirava a mulher bem-vestida trancada na jaula.

– Você está linda. Usou o hidratante e o perfume que te dei? Não estou sentindo o cheiro. – Ela continuou calada. – Não está com vontade de falar, é? Não tem problema. Eu entendo. Está chateada por causa de... – ele conseguiu se conter antes de falar o nome. – Está chateada por causa da outra mulher que ficava aqui. Bem, não fique assim. Ela já se foi. Não vai nos criar mais problemas. Não vamos ter que escutar suas mentiras.

Louise quebrou o silêncio.

– O que aconteceu com ela?

– Já disse, não precisamos mais nos preocupar com ela – respondeu ele, a agitação surgindo no personagem anteriormente calmo. – Então, por favor, não se fala mais nela... Está bem?

– O que você fez com ela? – persistiu Louise, desprezo e raiva se sobrepondo ao medo e à cautela.

– Não se fala mais nela – Keller estourou, o rosto contorcido de ódio. – Porra, nunca mais vamos falar nela. Nunca mais. Entendeu?

Louise recuou em sua cela, a coragem temporária a abandonando, as mãos esticadas à frente como se quisesse se defender dele.

– Tudo bem. Desculpe. Não falo mais nela. Prometo.

– Bom – disse ele, agora mais calmo. E puxou a chave e a arma de choque de bolsos diferentes, olhando-as com culpa. – Sinto muito por isso, mas não sei o quanto envenenaram você. Pode ser que ainda tenha algum veneno aí dentro, fazendo você pensar coisas so-

bre mim que não são verdadeiras. Precisamos ter cuidado. – Ele destrancou a porta da jaula, puxou-a com delicadeza permitindo que o peso a abrisse, e recuou para dar espaço a Louise. Ela começou a rastejar em direção à porta, mas ele a parou no meio do caminho:
– Espere, não se esqueça do hidratante e do perfume que eu quero que você use hoje. Mas primeiro tem que tirar a roupa toda. Quero que se lave direito antes de usá-los.

Louise rastejou de volta e pegou os produtos, segurando-os contra o peito como se fossem alguma coisa que ela valorizasse muito, apesar do seu asco.

Ao sair da jaula, percebeu a luz do dia vinda de cima e inundando a escada, e soube que a porta estava aberta. No entanto, não havia nada que pudesse fazer, não quando ele acompanhava cada movimento seu, com a arma de choque pronta. Ela passou por ele, usando sua visão periférica para observá-lo, esperando que ele baixasse a guarda e lhe desse uma chance, mas ele se manteve alerta, e a oportunidade nunca surgiu.

Ela foi para trás da tela e começou a se despir, pendurando cuidadosamente as roupas na tela, olhando para ele com timidez para mostrar seu embaraço em ser observada.

– Com licença, por favor.

Keller entendeu.

– Você quer privacidade, claro. – Ele foi mais para o fundo do porão, resignado a observá-la através do tecido fino da tela enquanto ela tirava o resto da roupa e começava a se lavar, esfregando o corpo nu. Ele, no entanto, hoje não sentia nenhuma emoção, nenhuma expectativa saborosa de quando estariam juntos. Os acontecimentos da noite anterior pareciam ter-lhe embotado os sentidos e enfraquecido os sentimentos em relação à mulher cuja silhueta observava. As dúvidas em relação à sua autenticidade começaram a brotar na cabeça dele, afinal, mas ele conseguiu afastá-las por ora.

Ela começara a se secar, esfregando apressadamente a toalha áspera pela pele.

– Não esqueça o creme e o perfume – insistiu ele, vendo a silhueta congelar por alguns segundos antes de pegar o hidratante, as mãos quase frenéticas aplicando-o nos ombros. – Mais devagar. Vá com calma. Quero que esfregue no corpo todo. Só funciona se for no corpo todo. – De novo ela congelou alguns segundos, depois continuou a massagear o creme na pele. Um suspiro de satisfação escapou dos lábios dele. – Assim está melhor – disse, encorajador. – É desse jeito mesmo.

Ele acompanhou durante minutos enquanto ela atuava para ele, mas mesmo assim sua excitação não chegou ao nível anterior, deixando-o desapontado e insatisfeito.

– Agora o perfume – pediu, espiando a sombra dela apontar o vidrinho para a base da garganta e apertar duas vezes, a pequena nuvem de perfume sintético criando sua própria silhueta ao se espalhar pelo ar atrás da tela.

Ao terminar de se vestir, Louise saiu de trás da tela e foi andando, obediente, de volta à jaula, o odor do creme e do perfume flutuando sob o nariz dele quando ela passou, uma combinação inebriante, contudo a excitação que ele esperava sentir não vinha. Ele desviou os olhos.

Vendo-o olhar para o outro lado como se estivesse envergonhado, Louise percebeu uma oportunidade de fazer contato, tentar formar algum tipo de relacionamento. Ela jurara aprender com os erros de Karen Green. Quem sabe se Karen tivesse conseguido comovê-lo, ele não a teria tratado como um peão anônimo no seu jogo da fantasia. Se ao menos ela tivesse tentado sair das sombras de quem quer que fosse Sam para ele, teria sido mais difícil para ele violentá-la e, por fim, quando se cansou dela, jogá-la fora como um bichinho desprezado.

Ao se aproximar dele, Louise esperava conseguir confundi-lo, fazê-lo duvidar de si mesmo e do que estava fazendo. Se necessário, ela o aceitaria dentro dela, fingindo desejá-lo, mas todo o tempo estaria atenta, à espera de uma oportunidade para feri-lo... feri-lo como nunca na vida ferira alguém.

– Você está bem?

A pergunta atenciosa, gentil, pareceu surpreendê-lo.

– Desculpe – disse ele, antes de se dar conta de que tinha ouvido a pergunta, afinal. – Sim, desculpe, sim, estou bem. Só estou um pouco cansado, só isso. Tenho trabalhado muito ultimamente... eh... está uma loucura lá no trabalho, mas eu estou bem. Obrigado.

– O que você faz? – perguntou ela, consciente do mal-estar dele e decidida a fazer com que continuasse falando.

– Você sabe o que eu faço. Você me viu.

– Quer dizer que você é um carteiro de verdade? É um bom trabalho. Você deve ser muito responsável para ter um trabalho como esse. – Ela sabia que gaguejava e que sua fala soava artificialmente animada, mas tinha que procurar um ponto fraco na loucura dele.

– É bom – respondeu ele, desconfiado, os olhos de novo nela, percorrendo o seu corpo de cima a baixo, como se o jeito de ela se mover pudesse revelar quaisquer ideias traiçoeiras que pudesse estar concebendo. – As pessoas me deixam em paz – mentiu – e meio que posso fazer o que eu quiser, desde que cumpra minha tarefa.

– Que legal. – Sem intenção, ela notou que conversava com ele como se fosse com uma criança. – Deve ser agradável ser deixado em paz.

– O que você quer dizer com isso?

– Nada. Só que deve ser agradável poder fazer o que quiser, quando quiser.

– Por quê? – perguntou ele. – Você está chateada de estar aqui? Não quer estar aqui?

– Não, não – ela se apressou em tranquilizá-lo, ao perceber que estava perdendo qualquer terreno que tivesse ganho. – Quero estar aqui com você. Quero entender.

– Talvez você nunca entenda. – Ele a olhava de cara fechada, a voz fria. – Talvez eles tenham envenenado tanto sua mente que você nunca vá conseguir entender.

Louise se sentiu sendo arrastada para a borda do precipício.

– Não, você pode me fazer entender, você pode tirar o veneno. Eu sei que pode. Eu sou Sam, lembra?

Ele permaneceu em silêncio, avaliando-a, à espera de que os seus instintos lhe dissessem como reagir. Não sentiu nada.

– Você precisa voltar lá para dentro – disse a ela. – Ainda não é seguro para você. As mentiras ainda estão na sua cabeça.

– Por que não posso ir com você? – ela quase suplicou, doida para escapar para a luz do dia lá em cima e as possibilidades ilimitadas de salvação que via em sonho. – Você não precisa mais me deixar aqui embaixo.

– Eu já disse – insistiu ele –, ainda não é seguro. Você precisa voltar lá para dentro agora. – E ergueu a arma de choque uns poucos centímetros para encorajá-la. As lágrimas começaram a rolar pelo rosto de Louise, enquanto ela se inclinava para entrar na jaula solitária, a porta se fechando rapidamente atrás dela com o estalido da tranca, condenando-a a mais horas sozinha na escuridão sem esperança.

Ele andou até o pé da escada e depois voltou, parando bem ao lado da jaula.

– Quase me esqueci... – Estava sorrindo de novo. – Tenho uma coisa para você, uma coisa que vai fazer com que a gente fique ainda mais unido. – Ele levantou a manga direita da camisa sobre o antebraço, enrolando-a devagar para exibir uma tatuagem no lado inferior do braço, as cores vivas se sobressaindo em contraste com sua pele pálida, sem vida: os vermelhos, azuis e verdes de uma fênix ressurgindo do dourado do fogo. Era uma ilustração tosca, como algo que uma criança escolheria num parque de diversões. – Isso somos nós – disse ele –, isso é o nosso amor, ressurgindo das chamas. Todos eles tentaram impedir que acontecesse, mas não se pode impedir o que tem que ser.

Ele mostrou os dentes feios e pequenos ao lhe sorrir, os olhos brilhando muito enquanto esperava, nervoso, a reação dela. Ela se forçou a sorrir em meio ao medo e repulsa.

– Olhe aqui – disse ele metendo a mão no bolso do casaco de moletom –, tenho uma coisa para você, uma coisa para mostrar a todo mundo que nosso destino é ficar juntos. – Cuidadosamente, tirou do bolso um pedaço de papel fino, brilhante no verso. Sorriu ao olhar para a figura que ela ainda não podia ver e que ele segurava entre o polegar e o indicador, finalmente virando o pulso para mostrar a ela a imagem da fênix, exatamente igual à tatuagem dele, em todos os detalhes.

Subitamente sua mão avançou e abriu a portinhola da jaula.

– Passe o braço – disse ele, ainda sorrindo.

– Por quê? – perguntou ela, lembranças da tortura que ele infligira a Karen Green ainda muito frescas em sua memória.

– Não tenha medo – ele riu –, não é uma tatuagem de verdade como a minha. Você pode fazer uma de verdade depois, quando se livrar do veneno... essa é só uma tatuagem adesiva. Não se lembra? É a mesma que a gente tinha quando era criança. Era o nosso segredo. Só nós dois sabíamos. Você pôs a minha no meu braço e eu pus a sua. Era o nosso sinal secreto.

– Lembro – mentiu. – Foi há muito tempo, mas eu me lembro.

– Que bom – disse ele, os olhos brilhando de alegria. – Agora passe o braço pela abertura.

Ela resistiu à tentação de fechar os olhos enquanto passava o braço devagar pela abertura da jaula, a mão dele se fechando em volta do seu pulso, puxando com gentileza o antebraço. Ele lambeu o verso do adesivo, mas sua língua inchada e vermelha não tinha saliva e ele teve que lamber várias vezes até que ficasse úmido o suficiente para ser aplicado. Louise precisou usar toda a sua determinação para não se encolher diante daquela vileza, sua náusea crescendo como nunca enquanto ele apertava o adesivo molhado no seu antebraço, firmando com a mão, a saliva dele brilhando na sua pele.

– Você tem que ficar quieta um tempo – explicou ele –, se não, não funciona direito. Ele a segurou por minutos que pareceram horas antes de remover a película do adesivo, deixando uma imagem feia de algo que deveria ter sido belo. Quando soltou o braço, ela não pôde evitar puxá-lo para dentro da jaula muito rapidamente, fazendo com que o sorriso dele virasse um cenho franzido de preocupação. – Algum problema? – perguntou. – Você não gostou?

– Claro que sim – ela mentiu –, é lindo. – Os cílios batendo espalhavam lágrimas pelo seu rosto.

Keller aprendera a confiar no que via, não no que as pessoas diziam. O sorriso não voltou ao seu rosto. Ele se empertigou, encheu os pulmões inspirando o ar pelo nariz e começou a andar para a escada, puxando a corda da luz e fazendo voltar a escuridão. Ao pé da escada, virou-se para ela mais uma vez.

– Tudo pode ser substituído, Sam. – A voz dele era monótona, vazia de emoção. – Eles me ensinaram isso, na casa para onde me levaram, eles me ensinaram isso. Tudo pode ser substituído. Até você, Sam. Até você.

Sean atravessou a passos largos a sala de incidentes, falando com todos por quem passava sem se deter, fazendo perguntas rápidas, certificando-se de que sabiam que ele conhecia as tarefas designadas e que precisava de resultados em pouco tempo. Eles não estavam acostumados a tentar salvar uma vida que ainda não estava perdida, e Sean se preocupava que tivessem dificuldade de se adaptar, a partir do ritmo de uma investigação de homicídio normal, em que a vítima estava além da salvação, ou mesmo da redenção.

Através das janelas de acrílico no seu escritório, dava para ver Sally conversando com o superintendente Featherstone. Ele entrou e se juntou a eles.

– Sally está me dando as boas notícias. – A voz de Featherstone estava pesada de sarcasmo. – Você tem cem por cento de certeza sobre isso, Sean?

– Sim – respondeu Sean, direto. – A mulher que eu vi esta manhã não é Louise Russell. Sally, o que você encontrou?

– Karen Green – começou Sally. – Desaparecimento comunicado ontem pelo irmão, Terry Green. Aqui está uma foto dela. – Ela entregou a Sean uma foto tirada com flash em algum bar, Karen sorrindo para as lentes invisíveis. – Tem vinte e seis anos, aproximadamente um metro e setenta, cabelo castanho curto, magra...

Sean a interrompeu antes que terminasse.

– É ela. A mulher que eu vi esta manhã é Karen Green. Bem, o que sabemos sobre ela? – Ele olhou para Sally esperando respostas.

– Não muito. Tudo que temos até agora é um registro básico de pessoa não vulnerável desaparecida. Não é exatamente rico em informações. Sabemos que vivia e trabalhava em Bromley, e que morava sozinha, mas tinha muitos amigos, duas irmãs e três irmãos, incluindo Terry, que comunicou o desaparecimento.

– Já falou com eles? – perguntou Sean.

– Não – respondeu Sally. – Como eu disse, o desaparecimento só foi comunicado ontem.

– Mas quando ela de fato desapareceu? Quando foi vista pela última vez?

Sally consultou o registro.

– Segundo Terry, ele não tinha notícias dela desde quarta-feira.

– Esse registro não vai nos dizer nada de útil. Peça que esse Terry Green nos encontre na casa de Karen. Preciso falar com ele pessoalmente e dar uma olhada no lugar antes que a perícia se amontoe por lá.

– Vou providenciar. – Sally já estava saindo da sala.

– E quanto a falar com a mídia de novo? – indagou Featherstone. – Vão ligar os fatos, mais cedo ou mais tarde.

Sean fez que sim.

– Eles podem ser muitas coisas, mas não são burros. Sugiro que a gente informe abertamente o que está acontecendo, mas omita detalhes, para poder descartar algum maluco que ligue dizendo ser o assassino. – Meu Deus – exclamou –, quando a mídia descobrir que temos uma morta e outra prestes a ser morta, porra, eles vão pirar. Vão ficar em cima vinte e quatro horas.

– Isso eu não posso evitar – suspirou Featherstone –, mas provavelmente consigo mantê-los afastados de você, deixar o seu nome de fora, dentro do possível.

– Eu agradeço.

– Mas você tem certeza de que se envolvermos a mídia ele não vai entrar em pânico? Não queremos ser acusados de pressioná-lo a fazer o que nós dois sabemos que ele fará de qualquer jeito.

— Não, ele não vai – garantiu Sean. – Ele está trabalhando de acordo com um cronograma próprio e nada vai perturbar ou alterar isso.

— Como pode ter tanta certeza?

— Ele não pegou Louise Russell na rua, simplesmente, e aposto que também não pegou Karen Green assim, simplesmente. Isso significa que tem um plano em mente para as mulheres que sequestra, mesmo que conscientemente ele mesmo não saiba disso. Não vai deixar que um apelo da mídia interfira. Mantê-las vivas por um tempo é importante demais para ele. É tudo. Se o cronograma de Karen Green servir de referência, e acredito que sirva, temos cerca de três dias para encontrar Louise Russell antes que ela acabe da mesma maneira.

Sally apareceu à porta, já vestindo o casaco.

— Terry Green vai nos encontrar em frente à casa de Karen assim que conseguirmos chegar lá.

Sean se levantou e começou a encher o bolso com coisas que apanhava em cima da mesa.

— Um momento, Sean – Featherstone o deteve. – Preciso dar uma palavrinha rápida com você. – E olhou para Sally. – Em particular.

— Encontro com você no carro – disse Sean a Sally. Ela deu de ombros e saiu. – O que é? – perguntou.

— Bom – começou Featherstone –, antes de mais nada, queria dizer que os chefões estão muito satisfeitos que você esteja à frente desta investigação.

— Mas...?

— Mas querem que você trabalhe com outra pessoa neste caso, principalmente agora que apareceu um corpo que não é da mulher que procurávamos.

— Eles já sabem disso?

Featherstone não respondeu à pergunta.

— Querem que você trabalhe com uma pessoa que não é da polícia... Uma psicóloga forense, para ser mais exato.

– Por favor, me diga que está brincando.

– Infelizmente, não. O nome dela é Anna Ravenni-Ceron. Ela é muito bem qualificada.

– Anna Ravenni-o quê? Veja bem, chefe, eu realmente não tenho tempo de bancar a babá de alguma cientista amadora, que quer se promover e aparecer na televisão.

– Sinto muito, Sean, mas a decisão está tomada. Não está em minhas mãos. Sei que é bobagem, mas você vai ter que aguentar. – Ele baixou a voz, em tom conspiratório. – Ouça o meu conselho. Dê a ela o tratamento cogumelo, ou seja, mantenha no escuro e alimente com merda, quanto mais, melhor. Só tenha cuidado para não ser pego fazendo isso, hein? – Ele deu uma piscadela e acrescentou animadamente: – Mando ela aqui amanhã ou depois.

– Tudo bem – concordou Sean com relutância, sabendo que não tinha escolha. – Mas se ela me atrapalhar ou interferir na investigação, eu mesmo a expulso.

– Já considerou a possibilidade de que ela possa de fato ajudar? – perguntou Featherstone.

– Não – respondeu Sean, sem rodeios. – Não considerei essa possibilidade, e provavelmente não vou considerar. Tudo que ela tem a fazer é ficar fora do meu caminho.

Louise Russell estava deitada no colchão imundo de sua jaula, a lâmpada suja pendurada no teto pintando tudo no porão de um amarelo triste. Sentia-se muito solitária desde que ele levara Karen embora; solitária e amedrontada. Uma ansiedade horrível e uma sensação de pânico a dominavam, fazendo o seu coração acelerar e o estômago se contrair dolorosamente. Percebia que estava a ponto de perder o controle por completo e enlouquecer, se não encontrasse um jeito de combater o pavor que a invadia. Por isso tentava ocupar a cabeça com pensamentos sobre sua casa, tão confortável, as coisas lá dentro que de repente significavam tanto para ela: os quadros, as roupas, um banheiro só seu com um vaso sanitário de verdade, aconchego e segurança. Sua mente flutuou até seu marido, forte e tranquilo, generoso e confiável, correto e leal, o tipo de homem com quem ela sempre sonhara ficar, o tipo de homem com quem queria ter filhos, uma pequena família, suburbana e feliz.

Cedo demais outros pensamentos abriram caminho em sua consciência. O que ele fizera com Karen? Com certeza não a libertara, simplesmente. Ele não podia correr o risco de deixá-la ir embora e contar ao mundo o que ele havia feito. Talvez a tivesse apenas levado para outro lugar, para que ficassem separadas? Ela esperava que sim, mas, de algum modo, duvidava disso.

Meu Deus, pensou, por que ele a sequestrara, por que era ela que estava ali naquele colchão imundo numa jaula de arame? O que atraíra aquele monstro para ela? Ela não fizera nada errado, não magoara ninguém, não tinha inimigos, então, por que ela? E por que Karen? Imagens de Karen sendo abusada e violentada passaram por detrás dos seus olhos, as palavras dele ao sair ecoando em sua cabeça: *Tudo pode ser substituído. Até você, Sam. Até você.* A inevitabilidade do que iria acontecer a consumia e aterrorizava, a sensação de pânico que crescia de novo a esmagando, como se a jaula já tivesse se tornado o seu caixão, os vermes e larvas se contorcendo sobre sua pele, as aranhas se arrastando pelo seu corpo em lenta decomposição. Ela podia senti-los, e sabia que tinha que escapar daquela cripta.

Atirou-se contra a porta da jaula, ricocheteando de volta no chão, ignorando a dor no ombro e se atirando de novo com o mesmo resultado, lágrimas de dor se misturando a lágrimas de frustração e terror abjeto, como se só agora ela percebesse a extensão da sua adversidade. De novo forçou a porta com o ombro, e de novo, até que finalmente não pôde mais suportar a dor e caiu ao chão soluçando, arranhando e cavando o duro concreto como um cachorro encurralado tentando escapar, suas unhas se quebrando e sangrando, a inutilidade dos seus atos cada vez mais óbvia, e por fim caiu sentada, as mãos tombadas dos lados, a cabeça pendida para trás, fitando os céus que imaginava em algum lugar acima do teto do frio porão. "Deus", implorou, "por favor me ajude. Jesus amado, por favor me ajude, eu te suplico, por favor me ajude." Suas preces murmuradas de súbito se transformaram em gritos desesperados. "Meu Jesus Cristo, me ajude. Por favor, alguém me ajude, por favor, pelo amor de Deus, alguém por favor me ajude. Alguém!"

Suas preces, porém, sussurradas e gritadas, só encontraram o silêncio. Ela rastejou para o colchão, abraçou o próprio corpo bem apertado e esperou, esperou o som do pesado cadeado de metal se chocando contra a porta de aço e depois os passos, os passos leves de quando ele descia em sua direção.

Meio da manhã de sexta-feira, e Sean e Sally esperavam impacientes, em frente à casa de Karen Green, que seu irmão Terry aparecesse. Sally percebeu o mau humor de Sean.

– Você está bem? – perguntou ela. – Parece que está aborrecido com alguma coisa.

– Estou bem – ele descartou a preocupação dela. – É só que eu podia passar sem outras pessoas metendo o nariz nos meus assuntos.

Sally pretendia indagar mais, mas Sean foi salvo pelo carro de Terry Green parando na entrada. Ele saltou rapidamente e quase tropeçou ao andar na direção deles, seu rosto cheio de ansiedade.

– Desculpem, me atrasei – disse ofegante.

– Não se preocupe – respondeu Sally –, e obrigada por ter vindo.

– Quando disse que era sobre Karen, vim imediatamente. Aconteceu alguma coisa com ela? Foi encontrada? Está bem?

Sean mostrou sua identificação.

– Inspetor Corrigan. O senhor é Terry Green? – Seu humor e a urgência da situação o tornavam indelicado.

– Sou.

– Preciso definir quando o senhor ou qualquer outra pessoa viu Karen pela última vez, e preciso fazer isso rápido.

– Por quê? O que está acontecendo?

Ao notar a crescente perturbação de Green, Sally deixou de lado sua própria ansiedade e colocou-se entre Sean e ele, para protegê-lo de uma enxurrada de perguntas ríspidas.

– Eu sou Sally, nós nos falamos por telefone, lembra?

– Claro. A senhora me pediu que a encontrasse aqui. Disse que era sobre Karen.

– E é – disse ela –, e se houvesse alguma outra maneira de fazer isso, acredite, nós faríamos, mas a urgência da situação nos obrigou a encontrar com o senhor aqui, e temos que lhe fazer algumas perguntas agora mesmo.

– E Karen? – perguntou Green, preocupado.

– Tenho que ser sincera, sr. Terry. Tenho que contar uma coisa que não vai ser fácil de ouvir, mas é justo que saiba agora. – Ela esperou algum sinal de que Green estava preparado para o pior. Quando teve certeza de que os pulmões dele não podiam aspirar mais ar, pousou a mão no seu ombro e continuou. – Encontramos o corpo de uma jovem esta manhã e a descrição confere com a da sua irmã. – Os pulmões dele se esvaziaram imediatamente e ele pareceu oscilar, os olhos se fechando por um segundo antes de piscar e se abrir devagar. Ela sabia que o corpo lidara bem com o golpe, mas a mente entrara em choque temporário. Pousando a outra mão no ombro oposto, pronta a segurá-lo caso ameaçasse cair, Sally continuou: – A descrição confere com a da sua irmã, mas não podemos ter certeza de que é ela até que seja identificada formalmente.

– Quando vai ser isso? – Green conseguiu perguntar.

– Um pouco mais tarde – disse Sally –, assim que conseguirmos organizar tudo. Mas neste momento precisamos saber quando foi a última vez que alguém viu Karen.

– Não tenho certeza – admitiu ele. – Provavelmente fui eu que a vi, acho que quarta-feira passada, alguma hora no começo da noite, na véspera do dia em que ela deveria embarcar para a Austrália. Vim pegar um jogo de chaves da casa e saber de outras coisas que eu disse a ela que faria enquanto ela estivesse fora.

– Austrália? – perguntou Sean.

– Ela ia viajar, procurar alguma coisa que disse não poder encontrar aqui.

– Ela ia com alguém? – perguntou Sean, animado com a perspectiva de identificar um companheiro de viagem ainda desconhecido, especialmente se esse companheiro fosse um novo homem em sua vida.

– Não – Green pôs fim a essa possível linha de investigação. – Ela queria ir sozinha, bem do jeito dela. Sabe, ela tem espírito de aventura. Faz amigos com facilidade. Não tinha medo de ir só.

Sean não estava interessado na personalidade de Karen naquele momento. Sua prioridade era coletar fatos concretos que pudesse usar para encontrar Louise Russell.

– Então, pelo que sabe, ela está desaparecida há nove dias?

– Sim, acho que sim.

– E não comunicou o desaparecimento até ontem porque pensou que ela estivesse viajando pela Austrália, certo?

Green assentiu, ainda parecendo tonto.

– E aí o que aconteceu? Tentou ligar e ela não atendeu? Então ligou para vários amigos dela e todos disseram a mesma coisa, ninguém tinha notícias.

– Foi isso – respondeu Green, tentando coordenar o pensamento. – Então liguei para a companhia aérea e eles disseram que ela não embarcou no voo marcado. Foi quando eu tive certeza de que alguma coisa estava errada e comuniquei o desaparecimento dela.

Sally percebia que Green precisava de uma abordagem mais delicada.

– O senhor fez a coisa certa, sr. Green. Ligar para a companhia aérea foi uma boa ideia – ela o acalmou, lançando um olhar a Sean a fim de avisá-lo para ir com calma, pelo menos naquele momento. – Acho que uma xícara de chá lhe faria bem, então que tal se eu der uma corridinha até aquele café do outro lado da rua e pegar alguma coisa para a gente beber, antes de começarmos as perguntas?

– Sim. Com certeza.

– O senhor trouxe as chaves da casa? – perguntou Sean. – Preciso dar uma olhada lá dentro.

– Claro – disse Green, procurando no bolso e entregando duas chaves.

– Obrigado. – Sean examinou as chaves e notou que eram apropriadas a fechaduras de boa qualidade, portanto Karen Green não havia sido leviana em relação à segurança da casa. – O senhor já esteve lá dentro, desde que comunicou o desaparecimento?

– Dei uma olhada hoje de manhã... Foi o mais rápido que consegui chegar. Assim que encontrei a mochila e os documentos de viagem dela, comuniquei à polícia no mesmo local onde registrei o desaparecimento. Foi quando me disseram que o senhor estaria assumindo a investigação. Eu deveria ter checado a casa assim que achei que havia algo errado... não deveria?

– Não teria feito nenhuma diferença – disse Sean. – O senhor fez tudo o que podia. Espere aqui. Vou só dar uma olhada.

Virando as costas para Green, ele andou em direção à porta da frente, já espantado com as semelhanças entre a casa de Louise Russell e esta: casas pequenas, modernas, em ruas tranquilas, anônimas, o projeto tipo *dog-leg* da garagem e da fachada da casa significando que a porta da frente não podia ser vista até que a pessoa estivesse muito perto. Sean imaginou o assassino sem rosto se aproximando do imóvel, sentindo-se seguro e confortável, o tipo de casa que ele agora sempre escolheria, nunca alterando sua abordagem, nunca mudando de método, embora isso marcasse claramente os seus crimes.

Sean circulou a casa pelo lado de fora, procurando nas janelas da frente, dos lados e dos fundos sinais de arrombamento ou quaisquer alterações, sem esperança de encontrar alguma coisa. Não podia imaginar o assassino buscando um ponto vulnerável para entrar, isso não parecia uma boa explicação, era canhestra e aleatória demais, com uma possibilidade grande demais de ele se trair, ser ouvido ou visto por um vizinho bisbilhoteiro. Voltou à frente da casa e parou perto da porta principal, com seus arcos de vidro opaco na parte mais alta. O assassino teria conseguido ver Karen Green se aproximando, teria conseguido ouvi-la, senti-la. Era por ali que ele se introduzira na casa, Sean tinha certeza. Entrara direto, atravessando a porta da frente que estava aberta. Mas teria ele aguardado do lado de fora uma oportunidade fortuita de a porta ser aberta por algum motivo, ou provocara sua abertura?

Sean pensou sobre as entradas desta casa e da de Louise Russell, a privacidade que proporcionavam, e concluiu que teria sido possível ao assassino se esconder no vão da entrada, oculto tanto da rua quanto de alguém de dentro que olhasse para fora casualmente. Mas se estivessem olhando com muita atenção, procurando a causa de um barulho suspeito ou fora do comum, ele poderia ter sido visto. Não, disse consigo Sean. Arriscado demais. Não estava de acordo com a maneira como esse cara operava. Esse cara atacava com rapidez e dureza, obedecendo a um plano, silencioso e despercebido, sua fuga e a remoção das vítimas, de um carro para o outro, imperceptível e sem falhas. Não, esse cara chegou andando pela entrada e tocou a campainha quase sem hesitação, parando apenas por um segundo para repassar o plano na cabeça pela última vez.

Mas isso não explicava por que ambas as mulheres tinham aberto a porta para aquele monstro. Será que estavam tão seguras em suas próprias casas que não pensaram em verificar quem estava do outro lado da porta? Ou ele parecera ser algo que não era, algo que elas viam todos os dias e confiavam, que nunca considerariam como uma ameaça? Um artifício, decidiu Sean. O sacana se utilizou de um artifício para que a porta fosse aberta. Se, porém, ele chegara aos detalhes de planejamento que Sean acreditava cada vez mais que tivesse chegado, então não iria simplesmente bater à porta e dizer que era da companhia de gás, não arriscaria isso.

Sean pensou por um segundo, não querendo perseguir a resposta com muito empenho, receoso de que se forçasse demais a mão, a verdade do que acontecera lhe escorreria entre os dedos e se perderia. Esse cara usou um uniforme, um uniforme em que as pessoas confiavam: empregado da prefeitura ou de algum serviço público, carteiro ou talvez até mesmo policial. Não, Sean disse consigo, policial, não, as pessoas se lembram da presença de um policial. O homem que ele procurava teria escolhido algo neutro, uma profissão a que as pessoas nem prestam atenção.

Ele percebeu que estava parado a centímetros da porta da frente, fitando os arcos de vidro por um tempo excepcionalmente longo.

A voz de Terry Green vinda de algum lugar às suas costas o arrastou de volta ao mundo dos vivos e sãos.

– Está tudo bem? – perguntou Green. – Algum problema com as chaves?

– Não – respondeu Sean por sobre o ombro, sem se virar, olhando as chaves não usadas em sua mão e erguendo-as até a primeira fechadura. – Volto em poucos minutos. Espere aqui pela sargento Jones.

Destrancando a porta o mais rápido que pôde, ele entrou, preparado para uma enxurrada de sensações e imagens tanto da vítima quanto do criminoso, mas poucas vieram. Fechou a porta com cuidado e respirou fundo, aliviado por estar sozinho, longe do olhar preocupado, confuso, de Terry Green. Ficou de costas para a porta, olhando em torno do corredor, esperando que as projeções da sua imaginação fossem ativadas por algo que visse ou por algum cheiro, mas pouco aconteceu. A cena agora era velha, além de fria e sem vida. Ninguém entrara na casa nos últimos nove dias. Muito rapidamente um lar se torna uma casca, onde falta o ir e vir de pessoas que a mantêm viva. Mesmo assim, ele precisava coletar as informações que a casa pudesse lhe dar, encontrar alguma pista do que havia acontecido, alguma marca do homem que atravessara a porta da frente há nove dias e destruíra a vida de Karen Green e de todos que gostavam dela.

Ele andou mais para o fundo da casa, mantendo-se próximo às paredes, olhando com toda a atenção o tapete do corredor, embora duvidasse de que haveria muito para ver. Esse cara não derramava sangue na cena. O melhor que podiam esperar era que a perícia encontrasse a marca de um sapato no tapete ou mais vestígios de clorofórmio. Ele levou alguns instantes para olhar todo o corredor, decorado com gosto e simplicidade, as paredes adornadas com gravuras coloridas em molduras e várias fotografias da vítima com pessoas que ele supôs serem amigos e família, presas com clipes atrás do vidro de porta-retratos baratos. A porta que levava à sala já estava aberta quando ele atravessou a soleira. Era decorada da mesma maneira simples: gravuras e fotografias nas paredes, embora em menor número do que no corredor, um conjunto de sofá e poltronas confortáveis e modernas, uma boa televisão com seus acessórios eletrônicos, persianas de tecido de algodão grosso no lugar de cortinas. Até ali, a casa não passava nenhuma impressão real da proprietária. Decepcionado, ele continuou em direção à cozinha, o coração de qualquer casa, mesmo de uma que pertença a alguém que more sozinho.

Ao reentrar no corredor, encontrou a porta da cozinha entreaberta. Ele parou por um segundo. Onde estaria ela quando o assassino chegou? Na cozinha? Não. A porta teria ficado totalmente aberta se ela tivesse vindo de lá. A sala, então? De novo, não: estava impecável, nenhum sinal de uso recente, nenhuma marca nas poltronas ou no sofá, nem televisão ligada, nem música tocando. Ele pensou por um momento. Ela deveria viajar para a Austrália na manhã em que foi sequestrada, por isso estaria agitada demais para sentar e ver televisão, teria coisas de última hora para pôr na mala e providências a tomar. Portanto, estaria no andar de cima quando ele tocou a campainha, Sean tinha certeza. Por um momento, sentiu o pânico que dominara o assassino quando ela demorou mais do que o previsto para atender à porta, em meio a alguma tarefa por terminar, antes de descer. Mas sua conexão com o louco sumiu tão rapidamente quanto aparecera.

Seus pensamentos e sentidos retornaram à cozinha onde se encontrava, mas ele tinha a impressão de estar vendo uma cozinha de vitrine, tudo limpíssimo e bem guardado, as superfícies assépticas e o fogão sem uso nada revelando a respeito de Karen. "Estou perdendo meu tempo aqui", disse ele consigo, consciente de que falava alto. "Um tempo que eu não tenho."

Saiu da cozinha e dirigiu-se ao andar de cima, despreocupado quanto a pisar em provas periciais ocultas, totalmente convencido de que o assassino nunca chegara perto daqueles degraus. No topo da escada, viu-se diante de três portas, duas parcialmente abertas e uma toda aberta. Ele passou primeiro pela porta toda aberta e encontrou exatamente o que esperava: uma mochila nova em folha, bem cheia, em cima da cama de casal sem lençóis, ao lado dos poucos últimos objetos a serem ainda empacotados. Junto da mochila havia uma carteira de viagem maior do que o normal que o atraiu. Ele a abriu com um dedo e estudou o conteúdo: um passaporte, dólares australianos, cheques de viagem e documentos de seguro. Ela estava bem preparada e era organizada, claramente tinha a vida em ordem, assim como Louise Russell. Será que isso era importante para o homem que as levou? Será que o conhecimento dele a respeito das duas ia além de saber onde moravam, e incluía como viviam? E, nesse caso, como conseguia essas informações? Qual era a sua janela para a vida delas?

Outra dúvida lhe ocorreu. Por que o irmão dela não tinha olhado a casa por dentro e encontrado o que ele encontrou? Pensou sobre Terry Green durante algum tempo, tentando lembrar o que sentira quando o conheceu, se algo havia lhe escapado. Poderia Terry ter matado a própria irmã e depois sequestrado Louise Russell numa tentativa ilógica de substituí-la, para evitar sentimentos de culpa e remorso, perda e dor? A parte da substituição fazia algum sentido, mas todo o resto parecia errado.

Ele andou devagar em volta do quarto, mas de novo não conseguiu senti-la, nenhum vestígio de perfume ou xampu, creme para o corpo ou para as mãos. A casa era um deserto para ele. Inspecionou o outro quarto, naturalmente, e constatou que vinha sendo usado principalmente como depósito; estava cheio de caixas de papelão bem empilhadas, que tinham servido de embalagem a vários objetos agora espalhados pela casa, embora houvesse uma cama desarrumada em um canto, para uso dos hóspedes que não compartilhassem a cama com ela.

Sean saiu do quarto e, sem fazer barulho, atravessou o corredor em direção ao banheiro, começando a se sentir mais como um intruso do que como um policial. O banheiro era pouco diferente do resto da casa, asséptico e severo, tudo limpo e guardado antes que ela partisse para a aventura da sua vida. Ele abriu a grande porta espelhada do armário do banheiro, que era maior do que o normal, procurando alguma pista da vida de Karen antes que a loucura chegasse, e se viu diante de uma variedade de vidros e potes, loções e poções que só uma mulher pensaria em utilizar. A maior parte havia sido pelo menos parcialmente usada, selos de proteção quebrados e frascos semivazios com líquidos de cores estranhas. Ele os examinou de perto, aspirando suas agradáveis fragrâncias, mudando as coisas de lugar para poder investigar melhor o fundo do armário e aquela vida, agora extinta. Estava claro que Karen se cuidava, mas não havia ali nada de exótico, e a maior parte das marcas lhe era familiar, como seria para quase qualquer pessoa: Nivea, Clarins, Radox, Chanel e dúzias de outras, todas deixadas para trás porque tinham sido usadas: as pessoas gostavam de levar artigos de toalete fechados quando faziam uma viagem longa, e ela com certeza não era diferente.

Sentindo-se sufocado pela casa sem alma, Sean se apressou a descer, precisando sair dali o mais rapidamente possível. Estava prestes a abrir a porta da frente quando lembrou que Terry Green e Sally estariam do outro lado esperando por ele, por isso fez uma pausa para se compor, e saiu apenas quando teve a certeza de parecer calmo.

Ao pisar do lado de fora, notou imediatamente uma ausência na entrada. – E o carro dela? – perguntou ao se aproximar de Sally e Terry. – Karen tinha um carro, certo, então onde está?

– Está num depósito – respondeu Green.

– Como assim?

– Ela não tinha lugar na garagem, e achou que estaria mais seguro num depósito do que na entrada da casa.

– Depósito onde? – A urgência em sua voz era tangível. – Ela disse o nome da empresa?

Green pensou um pouco.

– Era em Beckenham, isso eu sei. Tinha um desses nomes óbvios, tipo We-Store-4-U.

Sally já estava digitando os detalhes no seu iPhone. Todos esperaram em silêncio dois ou três minutos até que ela falasse.

— Sim, aqui está, We-Store-4-U, Beckenham. — Ela ampliou o número do telefone e bateu nele com o dedo, levando o fone ao ouvido e se afastando de Sean e Green enquanto fazia a consulta. A concentração de Sean estava tão fixada em Sally que ele praticamente se esqueceu de que Green estava ali, observando enquanto ela andava de lá para cá na entrada, falando ao telefone e esperando. Afinal ouviu-a dizer "Obrigada", antes de desligar. Ela andou na direção deles, abanando a cabeça. — O carro estava com a vaga reservada, mas não apareceu. Tentaram ligar para ela, mas ninguém atendeu.

— Claro que não. O filho da puta levou o carro dela do mesmo jeito que... — Sean se calou para não mencionar Louise Russell na presença de Green.

— Do mesmo jeito que o quê? — perguntou Green.

— Nada — mentiu Sean. — Preciso que me dê os detalhes do carro. Marca, modelo, cor, registro, se souber.

— Um Toyota, eu acho — respondeu Green, confuso com as perguntas de Sean. — Não sei o número da placa.

— Não se preocupe — interveio Sally. — O pessoal do depósito me deu os detalhes. Um Nissan Micra vermelho, placa Yankee-Yankee-cinquenta-e-nove-Oscar-Victor-Papa.

— Bom — disse Sean. — Divulgue a informação.

Sally imediatamente começou a digitar números no seu telefone.

— E, quando terminar, anote o depoimento do sr. Green, tudo que ele puder nos dizer sobre os últimos passos conhecidos de Karen e seu projeto de viagem à Austrália, nomes de namorados recentes etc. etc.

Sally fez que sim com a cabeça enquanto esperava que a ligação fosse atendida.

— Mais alguma coisa? — perguntou, com o fone colado no ouvido.

— Muitas mais — disse Sean, sério —, mas deixe que eu me preocupe com elas. Você cuida do carro e do depoimento. Tenho que voltar ao escritório, tomar umas providências.

Mal Sean ligou o carro, seu telefone tocou. Ele atendeu à chamada enquanto se afastava do meio-fio, demonstrando prática de dirigir com uma só mão.

– Inspetor Corrigan? É o dr. Canning.

– Doutor. Tem alguma coisa para mim? – perguntou Sean.

– Pensei que seria bom você saber que o corpo na floresta foi levado para o necrotério no Guy's e que eu pretendo ir lá à tarde fazer a autópsia, caso queira me acompanhar.

– Vou estar lá – confirmou, imagens dos horríveis ferimentos que o patologista infligiria ao corpo de Karen Green invadindo sua mente.

Tentando manter um olho na estrada, Sean rolou a tela do seu telefone procurando o número de Donnelly, bateu nele com o dedo e esperou alguns segundos antes que a ligação fosse atendida.

– Chefe. Alguma coisa?

– Segundo o irmão de Karen Green, ninguém a vê há nove dias. Tudo indica que ela foi sequestrada oito dias atrás, na manhã em que deveria viajar para a Austrália. – Sean xingou em voz baixa um ônibus que entrou na sua frente, depois continuou: – Louise Russell está sumida há quatro dias, o que quer dizer que temos, na melhor das hipóteses, três ou quatro dias para encontrá-la, antes que termine como Green.

– Qual é o próximo passo?

– Fale com Roddis, peça que ele redirecione alguns peritos para a casa de Green. Diga a Zukov e O'Neil para ampliar as buscas no registro de crimes sexuais local, de modo a incluir qualquer um com antecedente por se utilizar de artifício para entrar em residências privadas. O cara tem persistido no que ele sabe que funciona.

– Pensei que o suspeito não tivesse antecedentes. Como pode estar no registro? – perguntou Donnelly.

– Pode ser que tenha uma condenação no exterior – esclareceu Sean – ou talvez alguém tenha feito merda quando tirou as digitais, não sei, mas não vamos supor nada.

– Tudo bem, vou providenciar.

– Tem mais uma coisa que preciso que você faça, mas na surdina.

– O que é?

– Diga a Featherstone que preciso da autorização dele para divulgar uma solicitação de que qualquer registro de pessoa desaparecida com descrição similar às nossas vítimas seja informado diretamente a nós. Mas sem lixo, só os que tiverem circunstâncias suspeitas envolvendo o desaparecimento, como bolsas não levadas, telefones deixados para trás...

– Espere aí, chefe... Temos duas vítimas, uma morta e uma desaparecida, sabemos a identidade delas, então por que estamos procurando mais pessoas desaparecidas? Se ele tivesse matado alguém antes de Green, nós já saberíamos.

– Não estou pensando no que ele fez antes – disse Sean, num tom grave. – Estou pensando na próxima coisa que ele vai fazer.

– A próxima coisa provavelmente vai ser matar Louise Russell, a não ser que a gente a encontre primeiro – argumentou Donnelly.

– Não – disse Sean. – A próxima coisa vai ser sequestrar outra pessoa. Ele precisa substituir Green. A minha ideia é que ele está num ciclo de sete a oito dias. Green desapareceu oito ou nove dias atrás e Russell, quatro. Green aparece morta hoje de manhã, o que significa que pelo menos durante três dias ele manteve as duas juntas. Se seguir esse padrão, vai precisar pegar outra mulher nos próximos um ou dois dias.

– Você quer dizer que ele manteve as duas ao mesmo tempo, não necessariamente juntas – Donnelly o corrigiu.

Sean ficou em silêncio durante alguns segundos, dando a si mesmo a chance de descobrir como explicar sua convicção de um modo que fizesse Donnelly acreditar nele.

– Estou quase certo de que ele manteve as duas juntas – explicou Sean, finalmente. – Mantê-las separadas significaria que ele iria precisar de dois lugares seguros e isolados, e além disso teria que dividir o seu tempo entre as duas. Não o vejo fazendo isso. Ele quer as duas juntas, onde possa ficar de olho em ambas ao mesmo tempo. Menos trabalho para ele.

Sean não estava pronto para falar sobre o motivo real por que acreditava que o assassino teria mantido as mulheres juntas. Se sua visão do homem que eles caçavam estivesse correta, ele estaria vivenciando relações fantasiosas com suas cativas, relações que se desintegravam com o passar dos dias. Precisava que a nova vítima testemunhasse o drama da sua predecessora, talvez como um tipo de aviso: *Me agrade ou sofra a mesma coisa*. Se essa tortura psicológica era deliberada ou inconsciente, Sean ainda não sabia, e não saberia até chegar mais perto da sua presa, perto o bastante para começar a pensar como ele, sentir o que ele estava sentindo. Só então teria o quadro completo, sem necessidade de completar as lacunas com adivinhações.

Para alívio de Sean, Donnelly aceitou sua explicação.

– Parece razoável – retrucou. – Vou informar a Featherstone o que você quer.

– Bom. Estou indo para o Guy's para a autópsia. Me faça um favor, mantenha todo mundo alerta, caso ainda não estejam.

– Eles estão – garantiu Donnelly. – Entendem a situação.

Sean terminou a ligação e percebeu que estivera dirigindo como um autômato, sem pensar. Ele checou os espelhos para ter certeza de que não atraíra a atenção de guardas de trânsito e virou o carro na direção do Guy's Hospital e da casca vazia que antes fora Karen Green.

Sexta-feira, hora do almoço, e Thomas Keller estava sentado sozinho, na cantina do trabalho, mexendo repetidamente uma caneca de chá que já esfriara há muito tempo, o prato de comida que ele mal tocara empurrado para o lado. Estava agitado e também ansioso, incapaz de se acomodar ou se concentrar em outra coisa que não fosse a mulher que ele visitaria à tarde. Tudo havia sido planejado, desde a escolha dela até como, onde e quando ele a pegaria. Ele percebeu que começara a se balançar na cadeira como um interno num asilo de loucos e conseguiu parar antes que alguém notasse. Tentou afastar pensamentos sobre a mulher, ciente de que precisava parecer a mesma pessoa de sempre: humilde, afável e modesto. Um joão-ninguém. Mas ele sabia que jamais seria um joão-ninguém para a única pessoa que o amara de verdade. E em poucas horas ele a veria de novo e a salvaria das pessoas que haviam enchido sua cabeça de mentiras sobre ele. Porque desta vez, ele realmente a encontrara. Eles tentaram enganá-lo, mas, apesar das mentiras, ele a encontrara, sua verdadeira alma gêmea, que nunca o trairia como as outras fizeram. Ele passou a língua pelos lábios inchados e rosados, enquanto os olhos fixos e arregalados perscrutavam uma distância invisível.

Seu devaneio foi rompido de repente, quando dois funcionários do setor de triagem puxaram as cadeiras ao seu lado ruidosamente e se sentaram em meio a uma algazarra intencional, pondo na mesa os pratos cheios de comida.

– Tudo bem aí, Timmy filhote? – perguntou o homem maior e mais velho. – Não se importa se a gente sentar com você, não é, Timmy garotão?

– Não – gaguejou Keller, tentando não demonstrar medo dos homens e aborrecimento por ter seu devaneio interrompido.

– Claro que não se importa – disse o mesmo homem. – Só um pobre coitado de um fracassado ia querer comer sozinho o tempo todo, hein, Timmy?

Keller forçou um ligeiro sorriso e engoliu o ódio que sentia deles.

– Não me importo de ficar sozinho – disse debilmente. – E meu nome não é Timmy, é Thomas.

O homem menor se debruçou sobre a mesa, seu rosto tão próximo de Keller a ponto de causar desconforto.

– Nós sabemos o seu nome, pentelho, e sabemos que pensa que é melhor do que todo mundo... não é, Thomas?

– Não – protestou ele. – Eu não penso nada. Só quero que me deixem em paz, só isso. E não gosto das coisas que vocês gostam.

– Como o quê... Mulheres? – o homem maior gargalhou. – Você é uma merda de um veado, boiola?

As palavras atiçaram o ódio intenso que ele sentia, no âmago do seu ser, por eles e por gente daquele tipo. Podia perceber o olhar de outros perseguidores em potencial se concentrando nele. Em toda a cantina, rostos feios com sorrisos irônicos estavam se virando em sua direção, mostrando fileiras e fileiras de dentes brancos manchados. Ele se afastou da mesa e se levantou de um pulo, ficando totalmente de pé e quase derrubando a cadeira, mas seus algozes não se intimidaram. Eles não o temiam.

– Melhor ter cuidado, Stevie – o homem menor fingiu terror, se encolhendo e se afastando de Keller. – Acho que ele vai acabar com você.

– Calma aí, Tommizinho – riu o homem maior. – Estou aqui me borrando de medo.

Risos de deboche se espalharam pela sala. Para Keller, era o som mais cruel de todos, um companheiro maligno e constante que o perseguia desde a mais tenra infância. Ele imaginou trancar as portas da cantina com correntes e bombear gasolina pelas aberturas, saboreando os gritos de pânico vindos do interior quando seus algozes sentissem o cheiro, depois acender o fósforo, deixando-o cair dos seus dedos, observá-lo enquanto flutuava devagar até o chão, o fogo se acendendo e se espalhando como um incêndio de floresta em arbustos secos, reduzindo os homens lá dentro a estátuas retorcidas e carbonizadas.

Uma voz cheia de ódio e intolerância o chamou de volta à realidade.

– E aí, Tommizinho... Vai fazer o quê, porra?

Keller virou nos calcanhares e andou o mais rápido que pôde para a saída, sem correr de fato, empurrando com força as portas de vaivém da cantina, o pouco riso que ele deixara para trás amplificado numa cacofonia por sua mente disfuncional.

Desceu correndo três lances de escada até o porão e precipitou-se para dentro do velho depósito, que se tornara seu local de refúgio sempre que a necessidade de ficar sozinho o dominava. Não havia fechadura ou tranca, portanto teve que se virar com uma cadeira colocada sob a maçaneta, para ter certeza de que não seria seguido ou perturbado. Só então permitiu que as lágrimas rolassem.

Thomas Keller não era mais desse tempo. Era de novo uma criança, abandonada pela mãe e por um pai que ele duvidava que a mãe tivesse conhecido por mais de uma noite. Haviam-lhe prometido que ele estaria seguro e seria amado no orfanato, mas mentiram: ele não era amado, era odiado. Os rostos das outras crianças dançavam em sua mente, endiabrados e maldosos como só as crianças podem ser, caçando em bandos, procurando os fracos e indefesos. Thomas Keller, porém, não era indefeso. Ele revidara, atacando o líder do grupo provocador, enfiando os dentes bem fundo na face da criança até sentir que estava arranhando o osso, o gosto de sangue doce e amargo em sua língua e nos lábios. Ele se lembrava dos gritos terríveis do garoto, das outras crianças também gritando de pânico e medo diante do sangue lhe escorrendo pelo queixo e pingando na camisa, enquanto ele mostrava os dentes como um cão raivoso e procurava sua próxima vítima. Braços fortes lhe envolveram a cintura e os ombros levando-o ao chão, enquanto correias eram atadas aos seus tornozelos e pulsos, tão apertadas que ele não podia sentir os dedos nem dos pés nem das mãos. E então ele tinha visto a seringa nas mãos de um adulto sem rosto, a agulha sendo empurrada para dentro da sua pele, o líquido fluindo no seu sangue e o congelando, seu corpo se tornando flácido ao mesmo tempo que a mente disparava e rodopiava.

Ele se lembrava de ser agarrado pelas axilas e arrastado pelo chão, passando por uma porta para um lugar escuro e descendo a escada para o porão, que era escondido e proibido, no subsolo do orfanato. A porta da jaula para animais havia sido aberta e ele foi jogado lá dentro, as ataduras retiradas por mãos treinadas, a porta fechada com uma batida, o arame da prisão estremecendo e as vozes dos adultos se afastando. Então ele gritara, gritara pedindo que a mãe viesse salvá-lo, que o perdoasse, embora não soubesse o que fizera de errado, qual crime teria cometido para ser mandado para aquele lugar. E continuou a chamar por ela, lutando contra as drogas que invadiam o seu sangue, até que um rosto cheio de ódio e vingança se apertou contra o arame, sibilando para ele: – Pode chamar por ela o quanto quiser, seu monstro filho da puta. Ninguém vem aqui te buscar. Ela te odeia, entendeu? Ela te odeia. Sua casa agora é aqui, é bom ir se acostumando, porque vai ficar aqui por muito, muito tempo.

6

Sean largou o carro na vaga para ambulâncias do Guy's Hospital e jogou o livro de ocorrências policiais no painel para avisar aos guardas da segurança privada que não usassem a trava de roda. Usou a entrada habitual do prédio gigantesco, cruzando as portas do setor de Emergência e Acidentes onde se lia claramente "Somente pessoal autorizado", cumprimentando os poucos rostos que reconhecia e sendo ignorado pelos outros que supunham corretamente o que ele era. Dirigiu-se à parte principal do hospital e ao complexo de shopping-praça de alimentação relativamente novo, que era aberto ao público e também aos pacientes. Entrou no hall e procurou sua esposa, com quem combinara de se encontrar para um almoço rápido e tardio, antes de ir ver o dr. Canning para a autópsia de Karen Green. Passou pelos ubíquos cafés de redes e encontrou Kate sentada no Starbucks como haviam planejado, a cabeça enfiada em relatórios de dados clínicos. Ela não esperara por ele para pegar um sanduíche e um café. Ele pensou em não se dar ao trabalho de se servir de alguma coisa, mas a fila, por sorte, estava curta, então escolheu algo que não exigiria espera para ser tostado, pediu o café mais simples que pôde encontrar no menu afixado na parede e andou em direção à esposa, que não o vira chegar.

– Com licença. Este lugar está ocupado?

– Ora, ora! – brincou ela. – Quem é esse estranho bonitão à minha frente?

– Estranho, sim, infelizmente. Bonitão, não tenho tanta certeza – respondeu ele, puxando uma cadeira e desabando sobre ela.

– Enfim, o que o traz aqui para a minha vizinhança, inspetor?

– Aquela mulher desaparecida sobre quem eu te falei.

– Encontrou a mulher? Ela está aqui no Guy's? – perguntou Kate.

– Não – disse ele, desembrulhando o sanduíche que já sabia não ter gosto de nada. – Estávamos procurando uma mulher e encontramos outra.

– Não estou entendendo.

– A mulher que nós procurávamos não foi a primeira dele – disse em voz baixa, verificando se não havia ninguém ouvindo a conversa. – A mulher que encontramos... ele já tinha sequestrado.

– Então agora ela pode dizer onde está a outra mulher?

– É pena, mas acho que ela não vai poder fazer isso.

Kate entendeu imediatamente a inferência.

– Sinto muito – disse, com sinceridade.

– Eu também. – Ficaram em silêncio por um momento, sem fingir interesse pela comida.

– Imagino que vou te ver muito pouco por uns tempos, então?

Sean deu de ombros.

– Você sabe como é.

– Sei, Sean – suspirou ela, sua frustração por ter que dividi-lo com tanto horror e miséria lhe trazendo tristeza –, sei como é.

– As coisas pioraram mais do que eu esperava. O que é que eu posso fazer?

Kate inspirou profundamente e encheu as bochechas. Os próximos dias, provavelmente semanas, seriam infernais, já que ela estaria tentando conciliar trabalho e crianças com pouca ou nenhuma ajuda de Sean, mas compreendia a importância do trabalho que ele tinha a fazer. Ela pensou nas suas duas meninas e o que esperaria da polícia se alguma das duas desaparecesse: esperaria que eles trabalhassem sem parar, sem dormir, sem comer ou descansar até que sua filha fosse encontrada. Ela não seria hipócrita.

– O que você pode fazer? Pode pegar o sacana, é isso que pode fazer.

Sean conseguiu até sorrir. – Obrigado.

– E aí, aonde você vai depois desse almoço de luxo? – perguntou.

– Vou me encontrar com o dr. Canning para a autópsia.

Kate afundou na cadeira e sorriu sem alegria.

– Bem, suponho que deveria me sentir honrada. Quantas esposas são encaixadas entre uma cena de homicídio e uma autópsia?

– Estou fazendo o melhor que posso.

– É isso que me preocupa.

– Nunca se sabe, pode ser que eu resolva tudo mais cedo do que o esperado. Seja quem for que estou procurando tem deixado muitos vestígios, como digitais e DNA, e pega as mulheres em plena luz do dia. Vai cometer um erro em breve, e aí as provas vão incriminá-lo.

– Espero que esteja certo.

– Eu também espero – disse ele, que olhou de relance para o relógio e se levantou, pegando metade do sanduíche e deixando o resto. – Tenho que ir. O dr. Canning deve estar me esperando.

– Bem, durou pouco mas foi bom – disse Kate. – Alguma chance de nos encontrarmos em casa mais tarde?

– Talvez, mas não fique acordada me esperando. Vou tentar ligar. – Ele se debruçou por sobre a mesa e deu-lhe um leve beijo nos lábios, constrangido com essa demonstração pública de afeto, mesmo tão pequena. Ela o observou atravessando rapidamente o hall, ziguezagueando entre os outros pedestres, dividida entre a atração por sua intensidade e o medo de algum dia simplesmente perdê-lo para o trabalho. Sentiu-se melancólica.

Enquanto empurrava o resto do sanduíche para dentro da boca, Sam sentiu o telefone vibrando no bolso do paletó. Forçou o pão seco garganta abaixo e verificou a identificação da chamada. Era Sally. Ele apertou a tecla de receber ligações.

– Sally, tem alguma coisa para mim?

– O Micra de Karen Green acabou de ser encontrado num estacionamento em Mazzard's Wood, Bromley Common, fechado e não danificado. – Uma imagem de árvores altas se inclinando ao vento veio à cabeça de Sean.

– Tudo bem – disse –, mande alguém tomar conta do carro até que a perícia possa chegar lá, e peça que deem uma boa olhada

nele antes de levar para Charlton. – Ele se desviou para não dar um encontrão num casal idoso que passava no corredor. – Vou ficar no Guy's por mais ou menos uma hora. Me mantenha informado.
– Desligou e procurou imediatamente outro número no telefone, apertou "chamar" e esperou.
– Alô – atendeu o detetive Zukov.
– Paulo, como vai indo a pesquisa da tatuagem? Alguma novidade?
– Nada por enquanto. Procurei o desenho na internet e não cheguei a lugar nenhum. E mandei por e-mail uma foto da tatuagem para quase todos os estúdios de tatuagem da região, na esperança de que alguém reconheça o próprio trabalho.
– Bom. Continue tentando – disse Sean.
Ele desligou e voltou a pôr o telefone no bolso, enquanto saía pela entrada principal. Cruzando o estacionamento da frente, virou à esquerda e deixou para trás o fluxo maior de pedestres, dirigindo-se à parte mais antiga do hospital. Passou pelo setor com a placa de resíduos clínicos, com contêineres fluorescentes sobre rodas, de aspecto nefasto, à espera do lado de fora, e avançou pelas portas de vaivém discretamente identificadas como Patologia. Abrindo caminho pelas grossas tiras de borracha penduradas do teto ao chão, entrou na sala de autópsias.
Sean olhou em volta do aposento amplo. Dois corpos cobertos aguardavam serem examinados, enquanto o dr. Canning se ocupava com o corpo de Karen Green. Ela estava deitada na mesa de exame, uma superfície fria de aço inoxidável, com uma canaleta rasa ao longo da parte central que escoava num ralo, para permitir a remoção de sangue e outros fluidos. Dava para ver que Canning já limpara o corpo, numa tentativa de distinguir hemorragia de sujeira.
Ao ouvir Sean calçando as luvas cirúrgicas, Canning ergueu os olhos.
– Boa-tarde, inspetor.
Sean ignorou a gentileza.
– Algum problema para remover o corpo da cena?

– Não – respondeu Canning. – Fiz um exame minucioso da área em volta do corpo e não encontrei nada digno de nota. Acho que as provas que estamos procurando vão estar no corpo, dentro ou fora. – Sean concordou com a cabeça. – Com exceção da garganta, ainda não a abri, mas não espero encontrar lesões internas significativas além da traqueia esmagada que já descobri, o que quase com certeza foi o que a matou.

– E o ferimento na cabeça?

– A pele na parte posterior da cabeça foi cortada por um golpe de objeto cilíndrico, não pontiagudo, mas o ferimento não é nem de longe sério o bastante para ter contribuído para a morte.

– Pode ter sido post-mortem? – perguntou Sean. – O assassino, por algum motivo, tentando desviar nossa atenção da causa real da morte?

Canning abanou a cabeça.

– Não, havia sangue demais na ferida para ser post-mortem, embora tenha sido feita muito perto da hora do óbito, que foi cerca de vinte e quatro horas atrás. Talvez o assassino a quisesse desacordada antes de cometer esse ato terrível.

A imagem do homem sem rosto, de pé atrás de Karen Green numa floresta escura, veio à mente de Sean, o objeto pesado e rombudo sendo levantado acima do seu ombro e depois abaixado com força na parte de trás da cabeça de Karen, jogando-a para a frente, em direção ao solo macio e molhado.

– Algum sinal de agressão sexual?

– Inúmeros – respondeu Canning –, e provavelmente as agressões foram cometidas durante um certo tempo, alguns dias, pelo menos. Ela tem sêmen na vagina, nas porções superior e inferior, assim como no ânus. Tanto a vagina quanto o ânus apresentam escarificações extensas, compatíveis com relação sexual não consensual, e há sinais de lacerações na entrada do ânus compatíveis com o mesmo quadro. Parece que você está procurando um indivíduo bastante desagradável.

– Isso eu já sei – disse Sean.

– Assim como sabia que em breve eu teria um corpo de mulher encontrado em região de floresta para examinar. – Canning olhou fixamente para Sean, esperando que ele piscasse primeiro. – Suponho que seria preciso um bisturi mais afiado do que o meu para dissecar esse seu cérebro.

– Não sou tão iluminado quanto o senhor pensa – confessou Sean. – Esta não é a mulher que eu esperava encontrar.

Canning ergueu uma sobrancelha.

– Então devo estar preparado para mais donzelas da floresta?

– Nesta etapa, só o que podemos fazer é esperar pelo melhor e nos prepararmos para o pior.

Ansioso por concluir a autópsia e voltar ao escritório, Sean trouxe a atenção de Canning de volta para o corpo sobre a mesa.

– Quando dei uma olhada superficial na cena, vi uma tatuagem no lado inferior do antebraço direito. Uma fênix, eu acho.

– Você quer dizer isso aqui? – Canning rodou o antebraço para expor a figurinha chamativa. – Não é uma tatuagem, inspetor, é um adesivo. Bem comum, mas em geral não em adultos. Ela tinha filhos?

– Não.

– Talvez trabalhasse com crianças, professora numa creche ou escola maternal?

– Não – repetiu Sean. – Crianças não faziam parte da sua vida.

– Então você tem outro mistério nas mãos.

Sean pensou por um momento.

– Ela ia viajar para a Austrália e talvez para outros lugares. Pode ser que quisesse parecer mais exótica, mas não teve coragem de fazer uma tatuagem de verdade?

– Isso eu não saberia dizer, inspetor. Conjeturas são a sua especialidade, não a minha.

Sean olhou longamente e com toda a atenção o corpo, constatando os ferimentos que já havia observado quando a vira pela primeira vez na floresta: o lábio cortado já começando a cicatrizar, os dedos e o joelho esfolados e com contusões, nada disso exigia a perícia de Canning para ser explicado. Mas havia também outros ferimentos, mais visíveis agora que a pele fora limpa: feridas pequenas, arredondadas, que pareciam ter minúsculas queimaduras no meio.

– O que é isso? – perguntou, o dedo suspenso sobre as marcas estranhas. – Parecem feridas com queimaduras no meio.

– Eu estava tentando entender o que são – disse Canning. – Quase como queimaduras de cigarro, envoltas por uma ferida circular. Vou ter que fazer umas simulações e ver se consigo reproduzir o efeito, descobrir como foram causadas.

Sean apontou para um ferimento no formato de um quadrado, que também mostrava sinais de queimadura.

– Alguma ideia do que causou essa marca?

– É um ferimento mais antigo – explicou Canning –, tem no mínimo uma semana. Já vi isso antes, mas não muitas vezes.

– Então sabe o que é?

– Isso, inspetor, se não me engano, é um ferimento causado por arma de choque.

– Causado na mesma época em que ela foi sequestrada?

– Mais ou menos... É o que eu acho.

– Então é assim que ele as domina? Assim que abrem a porta, ele as atinge com a arma de choque e depois usa o clorofórmio?

– É bem possível – concordou Canning. – Isso facilita a sua investigação? A venda e a propriedade dessa arma têm muitas restrições aqui no país.

– Duvido que ele a tenha obtido legalmente. Provavelmente comprou no continente e contrabandeou para cá, mas vamos verificar. Algo mais, além do superficial? Alguma coisa que eu possa usar de imediato?

– Bem... – começou Canning, despertando o interesse de Sean –, quando eu estava pegando amostras do corpo com *swabs*, senti cheiro residual de cosméticos. Observei melhor e, embora ainda seja cedo para dizer, acredito que ela tivesse usado recentemente creme e perfume no corpo. Vendo o estado geral, eu diria que ela não pôde tomar banho por vários dias, e por isso os vestígios permaneceram, mas, mesmo assim, cosméticos desse tipo geralmente não duram mais do que quatro ou cinco dias. Notei que o relatório policial dizia que ela estava desaparecida havia oito ou nove dias, o que significa...

Sean o interrompeu, a cabeça repleta de pensamentos e imagens que faziam quase todo o sentido, e, no entanto, eram tão contraditórios.

– O que significa que foram usados enquanto ela era mantida em cativeiro. Ele a forçou a usá-los.

– Ou ele passou os produtos nela – sugeriu Canning.

– Não, acho que não. – Sean descartou a sugestão. – Parece claro que ela não teve acesso a banheiro pelo menos nesses últimos dias, mas se o creme e o perfume não são recentes, pode ser que mais ou menos no mesmo período em que ele a proibiu de se lavar, ele também tenha parado de lhe dar os produtos para usar.

Canning abriu a boca para falar, mas Sean levantou a mão para silenciá-lo, seu cérebro caprichoso mostrando respostas muito próximas, tentadoras, antes de levá-las embora. Ele acalmou a mente, relaxando e se concentrando ao mesmo tempo, afastando a confusão de mil pensamentos não relacionados, a fim de permitir que as respostas viessem.

– No início ele a tratou bem – começou –, deu comida e água, um lugar para se lavar. Ela era especial para ele, tão especial que lhe deu creme corporal e até perfume, como se ela fosse sua, sua amante, mas aí alguma coisa mudou. Alguma coisa mudou e ela se tornou um nada para ele, nada mais do que um problema a ser afastado. Ele não a alimentou mais, nem permitiu que se lavasse ou mesmo usasse roupas, e não houve mais mimos como cosméticos, só estupro e tortura. E quando não suportou mais olhar para ela, ele a levou para a floresta e a matou, como um fazendeiro mataria um velho cão pastor que não pudesse mais trabalhar, sem sentimento nem remorso. E então ele a deixou fria e nua na floresta e voltou para a mulher que sequestrara para substituí-la. Voltou para Louise Russell e o ciclo recomeçou. Mas quem Karen Green substituiu? Ou ela foi aquela desejada acima de todas as outras, aquela com quem ele teve fantasias durante anos antes de sequestrar? – Ele ficou paralisado por alguns segundos, depois se virou de novo para Canning. – As amostras de creme e perfume que o senhor tirou do corpo dela, posso levar comigo?

– Por que quer fazer isso? – perguntou Canning, perplexo com a quebra de procedimento.

– Preciso saber se ela foi o gatilho que provocou o comportamento dele.

– Como os *swabs* vão ajudar a saber se ela foi a causa de ele se comportar dessa maneira extrema?

– A causa, não – corrigiu Sean –, ela foi o gatilho. A causa do comportamento dele tem raízes profundas no seu passado. Só Deus sabe o que lhe aconteceu durante a vida para fazer dele o que é hoje, para fazer um menino zangado se tornar um homem perigoso. Talvez Karen Green tenha demonstrado alguma gentileza ou afeição que o atraiu, mas ele interpretou mal, deu uma importância exagerada, e aí ela o afastou. Ele não conseguiu lidar com a rejeição, então reagiu. E fez isso. Se os *swabs* contiverem creme e perfume que também forem encontrados na casa dela, vou saber que lhe pertenciam, e, portanto, ela bem poderia ser aquela que ele sempre desejou. Mas se não forem, nesse caso ele a obrigou a usá-los porque tentava fazer dela outra pessoa.

Canning pegou vários frascos na mesa portátil onde colocava os instrumentos e os entregou a Sean.

– Aqui estão – disse –, leve, se acha que vão ajudar.

– Obrigado. – Sean enfiou-os com cuidado no bolso de cima. – Vão, sim. Aguardo o seu relatório.

– Deve recebê-lo daqui a uns dois ou três dias, mas você já sabe o essencial.

– Mais alguma coisa? Qualquer coisa? – perguntou Sean.

– Uma última coisa, talvez – disse Canning. – Coletei raspas sob as unhas das mãos e dos pés, que naturalmente continham terra e sujeira, mas no microscópio, à primeira vista, parecem conter algo mais raro. Vou ter que enviar ao laboratório para um exame apropriado, mas meu palpite seria poeira de carvão. Vou saber com certeza depois que for analisado corretamente.

– Poeira de carvão? – Os olhos inquietos de Sean refletiam a velocidade dos seus pensamentos. – Poeira de carvão? – repetiu.

– É o que me parece, a princípio.

– Ele a manteve no subsolo. Antes de matá-la, ele a manteve no subsolo... num porão antigo ou depósito de carvão.

– É uma sugestão lógica – concordou Canning.

Sean aquiesceu, virou-se e andou em direção à saída, a mente já inundada por imagens de frias masmorras subterrâneas de pedra.

Sally andava de um lado para o outro em frente à casa de Karen Green, ainda esperando a chegada da perícia. Ela terminara de fazer as perguntas a Terry e o dispensara quase uma hora antes, e estava começando a sentir como se estivesse sendo deliberadamente isolada do resto da equipe e excluída do corpo central da investigação, mas não podia saber ao certo se as suas impressões eram uma manifestação de paranoia ou eram reais. Uma coisa que sabia ser real era que os policiais viam os colegas com dificuldades psicológicas como se tivessem uma doença infecciosa que poderia se espalhar. Era como ser um fracasso, sempre abandonado, sempre um órfão: uma pena obrigatória de prisão solitária. Isso reforçava sua convicção de que deveria esconder seus problemas da melhor maneira possível e não comentá-los com ninguém. O telefone que segurava na palma da mão fez um barulho como o de um animalzinho faminto e vibrou. Ela viu que era Sean.

– Chefe!

– A perícia já chegou? – perguntou ele.

– Não.

– Bom. Escute, preciso que você entre na casa e junte todos os hidratantes, cremes, loções e perfumes que puder encontrar. Procure no armário do banheiro, é onde me lembro de ter visto isso quando dei uma olhada hoje de manhã. Depois de tudo ensacado e etiquetado, traga direto para o laboratório em Lambeth. Encontro com você lá. Entendeu?

– Entendi, mas... – ele desligou antes que ela pudesse pedir uma explicação, pouco contribuindo para aliviar sua paranoia.

Afastando as dúvidas, Sally olhou para as duas chaves que tinha na mão que não segurava o telefone, virando-se e levantando as chaves até as fechaduras. A ansiedade a invadiu, paralisando-a, impedindo que se movesse, por mais que tentasse. Ela se rendeu e abaixou as chaves, desanimada por ter sido aparentemente derrotada por uma tarefa a que teria dado pouca ou nenhuma atenção antes que Sebastian Gibran atentasse contra a sua vida.

Conseguiu segurar as lágrimas antes que ficassem pesadas demais e rolassem dos seus olhos. Respirou fundo algumas vezes. "Vamos lá", sussurrou, "vá em frente, porra". Sua mão começou a subir, devagar, nervosa, com receio de que a qualquer momento a ansiedade pudesse voltar e assumir o controle do seu corpo. Ela mexeu na fechadura embutida até sentir o deslizar suave da tranca com um clique forte e satisfatório. Em seguida tirou a chave e a trocou pela chave Yale, introduzindo-a na abertura específica, desta vez com mais dificuldade, atormentada por lembranças da noite em que se atrapalhara com as próprias chaves, à porta de casa, em pânico provocado por um certo medo, uma sensação de estar sendo observada; e tivera razão, seus instintos primitivos funcionaram perfeitamente, mas ela os ignorou, com consequências quase fatais. Enquanto as lembranças ameaçavam tirar suas forças, a porta subitamente se abriu e ela entrou, o silêncio e a imobilidade lá dentro agourentos e opressivos. Ela agradeceu a Deus por ser dia claro e fechou a porta atrás de si, olhando com medo para o corredor iluminado e simples.

Não desejava ficar na casa de Karen Green um segundo a mais do que o necessário e não tinha absolutamente nenhuma intenção de bisbilhotar, algo a que não resistiria nos velhos tempos. Sean disse que ela encontraria as coisas que procurava no banheiro, e era para lá que iria e para nenhum outro lugar. Apanharia o que precisava e fugiria desse mausoléu. Poria as coisas em sacos de provas com etiquetas apropriadas quando estivesse segura de novo lá fora ou em seu carro. Sally teve um calafrio, sentindo olhos acusadores a observá-la, perguntando por que não impedira que o homem fizesse aquilo com ela. Não pôde mais suportar o silêncio. "Alô", gritou, mas sua garganta estava seca, a voz rouca e baixa. "Sou uma policial." Esperou uma resposta que sabia que nunca viria.

Após mais de um minuto de espera, ela se obrigou a andar para a frente, a muito custo mantendo as pernas em movimento uma à frente da outra. A cada passo o ritmo aumentava, até chegar ao pé da escada, que ela subiu olhando só para a frente, concentrada no espaço acima. Ao atingir o topo, viu aliviada a porta do banheiro entreaberta, o que a poupou de ter que procurá-la. De novo desacelerou, atravessando o corredor do andar de cima centímetro a centímetro, apoiando a palma da mão na porta e abrindo-a delicada e silenciosamente, virando o pescoço para examinar o interior pouco a pouco, preparada para qualquer suposto ataque traiçoeiro. Somente depois que a porta ficou totalmente aberta ela admitiu que estava sozinha e o cômodo, vazio.

Entrou e foi até o armário que Sean mencionara, pensando o tempo todo nas desculpas que daria se fosse encontrada vasculhando os cosméticos de uma mulher morta antes que a perícia os examinasse. Calçou luvas de látex, abriu a porta do armário e se viu diante de prateleiras abarrotadas de vidros e potes. Havia muito mais do que o esperado, e ela imediatamente se arrependeu de não ter trazido do carro um saco de provas grande. Começou a afastar o conteúdo para um lado e ficou aliviada ao encontrar o que procurava: uma sacola plástica toda dobrada, do tipo que as pessoas guardam para transporte de embalagens que podem vazar durante uma viagem. Sacudiu a sacola para que voltasse à forma original e começou a pegar objetos nas prateleiras e colocá-los lá dentro com todo o cuidado. À medida que o armário se esvaziava, a sacola foi ficando pesada, até que ela se deu por satisfeita de ter apanhado tudo que pudesse ser creme, loção, hidratante ou perfume.

Fechou a porta do armário, ansiosa por fugir da casa sem alma antes que ela a oprimisse ainda mais, mas o reflexo da sua própria imagem no espelho a fez hesitar. Seu rosto pareceu de repente velho e abatido, mais do que deveria pelos seus trinta e quatro anos, os olhos vazios e aflitos, sem alegria. Tentou se afastar da imagem perturbadora no vidro, mas não conseguiu, a mão deslizando para dentro do casaco e quase sem perceber abrindo um único botão da blusa, movendo-se pela pele lisa, macia, e subitamente se afastando ao tocar a cicatriz grossa e saliente do ferimento superior, antes de se mover de novo sob o tecido até parar na cicatriz inferior sob o seio. Ela fechou os olhos por uns poucos segundos, seu mundo de repente se fundindo com o de Karen Green: duas vítimas de homens violentos, uma havia sobrevivido, a outra, não. Sentiu o medo e a dor de Karen, seu desejo desesperado de viver mais um dia, sua disposição de fazer qualquer coisa se ele apenas a deixasse viver, assim como ela mesma teria feito qualquer coisa por Sebastian Gibran se ele tivesse prometido poupá-la. Ela sobrevivera, Karen, não.

Sally puxou a mão de sob a blusa e fechou o botão, constrangida. Agarrando a sacola plástica dos cosméticos, saiu do banheiro e da casa. Trancou a porta da frente e andou até o carro sem olhar para trás.

Donnelly permanecera no local onde Karen Green havia sido encontrada. Após a remoção do corpo, a equipe de peritos estava ocupada na floresta, buscando vestígios ocultos entre as árvores e sob as folhas caídas, recolhendo tudo que podia antes que o tempo ficasse desfavorável. Eles talvez continuassem ali vários dias, mas Donnelly não tinha nenhuma intenção de permanecer por tanto tempo. Ele bocejou abrindo bem a boca e decidiu voltar à estrada de acesso e ao seu carro para fumar. Enquanto se sentava no capô, viu a figura familiar do detetive Zukov se aproximando.

– Tudo bem aí, garoto? – saudou Donnelly. – O que você está fazendo aqui?

– Pensei em vir dar uma olhada por minha conta, ver se podia ajudar em alguma coisa.

– Você tem suas tarefas a cumprir, não tem, como todo mundo?

– É – respondeu Zukov, mal disfarçando seu desprezo pela rotina de uma investigação, as tarefas mundanas do dia a dia que tinham que ser completadas –, mas o chefe me mandou perder tempo fazendo uma investigação pessoal para ele, tentar descobrir a origem de uma tatuagem no corpo da vítima que ele agora me diz que não é uma tatuagem, afinal de contas, é só uma droga de um adesivo. O que é que eu faço com essa merda?

– Que tatuagem? – Donnelly manteve o tom casual, escondendo a preocupação que sentia por não ser mantido a par de todos os aspectos da investigação.

– Como eu disse – respondeu Zukov –, a tatuagem da fênix no braço da vítima, só que agora a gente sabe que não é uma tatuagem, é um...

– Um adesivo – Donnelly terminou por ele –, sim, sim, isso você já me disse. Mas por que o chefe está interessado nessa tatuagem, adesivo, seja lá que merda for?

– Não sei. Ele não me disse.

Mas Donnelly sabia: Sean pensou que o assassino a pusera lá, e o fato de ser um adesivo e não uma tatuagem fazia com que isso fosse muito mais provável.

– Ele me mandou checar também os marginais com antecedentes por se utilizar de artifício, especialmente os que têm antecedentes por agressões sexuais e violação de domicílio.

Donnelly tinha que admirar Sean, ele era um sacana iluminado, sempre dois passos à frente de todos eles. Ele não gostava disso, mas respeitava.

– Isso faz sentido – disse a Zukov. – As casas das vítimas não foram arrombadas, nenhuma razão para acreditar que conheciam o criminoso. É muito provável que o cara as tenha enganado para conseguir entrar.

– Talvez o chefe esteja tentando ser sabido demais – argumentou Zukov. – Talvez quem as sequestrou tenha apenas batido na porta e elas abriram. Aí não tem artifício nenhum.

– Pode ser – disse Donnelly para terminar a conversa. – Estou voltando ao escritório. Fique aqui e converse com os peritos, depois é melhor tratar daquela investigação que o chefe pediu, ou vai entrar na lista negra. E, a propósito, se e quando descobrir alguma coisa, algum suspeito interessante, me avise primeiro e eu passo a informação ao chefe, entendido?

Zukov estava a ponto de fazer outra pergunta, mas desistiu. Melhor guardar suas suspeitas para si. Só disse:

– Certo, chefe.

– Bom – disse Donnelly, entrando no carro, a suspensão rangendo com o seu peso ao ocupar o assento. Zukov teve que se afastar quando ele puxou a porta e a fechou com uma batida forte. O motor acordou com um ronco e Donnelly saiu com os pneus cantando ao longo da última estrada que Karen Green jamais vira.

Eram quase três horas da tarde de sexta-feira e Sean estava em Lambeth, sentado na recepção do segundo andar do Laboratório Forense, segurando o tíquete numerado e os *swabs* do corpo que trouxera diretamente da autópsia. Ele deu uma olhada no tíquete, do tipo que era distribuído no balcão da delicatessen de supermercados, e murmurou um palavrão em voz baixa: se Sally não chegasse logo, ele perderia a vez e teria que pegar outro tíquete e voltar ao fim da fila. Nos velhos tempos, quando o laboratório era administrado pelo Home Office, os empregados eram funcionários públicos, colegas, que com muita facilidade impunham palavras duras e multas imediatas por qualquer prova mal etiquetada ou formulário para o laboratório mal preenchido. Embora não fosse inteiramente a favor de o laboratório ser entregue ao setor privado, do ponto de vista de Sean havia uma grande vantagem. Os funcionários o tratavam como um consumidor pagante, com direito a fazer exigências que anteriormente teriam sido recebidas com expressões de menosprezo por parte dos cientistas de baixos salários que comandavam o espetáculo.

Suas lembranças não tão felizes foram apagadas no momento em que viu Sally cruzando as portas de vaivém automáticas duplas, os objetos que ela recolhera no banheiro de Karen Green guardados em tubos plásticos de provas, que por sua vez estavam devidamente lacrados em sacos de provas. O contador de números montado na parede girou para mostrar 126, o número no tíquete azul de Sean. Ele pegou Sally pelo braço e a guiou em direção ao balcão de atendimento.

– É nossa vez – disse a ela.

– Seria legal saber que diabos está acontecendo – comentou ela. – Por que você queria as coisas do banheiro dela, por exemplo, e por que tive que largar tudo e trazer correndo para o laboratório.

– Desculpe, não deu tempo de explicar, mas vai entender o porquê quando me ouvir dando a explicação ao pessoal do laboratório.

Eles cobriram a curta distância entre a sala de espera e o balcão de recebimento de provas, onde um homem magro e de óculos, de mais ou menos quarenta anos, esperava por eles com um sorriso de setor privado.

– Boa-tarde – saudou-os –, o que temos para hoje?

Sean nem tentou igualar sua simpatia.

– Dois conjuntos de provas de duas cenas diferentes – disse, empurrando os tubos de *swabs* para o outro lado do balcão. – Essas provas estão marcadas com RC, as iniciais do patologista que fez a coleta durante a autópsia de uma mulher cujo homicídio estamos investigando. – O sorriso desapareceu do rosto do recepcionista como um pôr do sol no Ártico. – São amostras tiradas da pele da vítima, contendo algum tipo de creme e um perfume de marca desconhecida. Estas aqui – ele pegou as provas que estavam com Sally e as empurrou por cima do balcão, com cuidado para não misturá-las às outras – são cosméticos e perfumes recolhidos da casa da mulher assassinada. Vou simplificar. Quero que compare as provas tiradas da casa com as tiradas do corpo e verifique se alguma delas combina. Se combinarem, quais? Se não combinarem, preciso saber qual a marca do creme e do perfume tirados do corpo, e preciso saber com urgência. Ficou claro?

– Perfeitamente – disse o recepcionista, recuperando parcialmente o sorriso. – Mas vai levar alguns dias para sair o resultado, principalmente se os dois conjuntos de provas não combinarem. Nossa biblioteca de cosméticos não é vasta. Talvez tenhamos que terceirizar.

– Faça o melhor que puder, mas lembre-se da urgência da situação.

O recepcionista fez algumas anotações no formulário do laboratório e o carimbou, marcando em vermelho como urgente. E entregou a Sean uma cópia do formulário como recibo.

– É suficiente? – perguntou.

– Espero que sim – retrucou Sean, pegando o formulário e dirigindo-se à saída.

Thomas Keller saiu do trabalho pouco depois das quatro da tarde, passando pelos portões da central de triagem ainda de uniforme, andando rápido, cabeça baixa, torcendo para não ser reconhecido ou abordado por colegas malvados que iriam, involuntariamente, arruinar o que logo viria a ser um dia muito especial para ele. Um dia que vinha planejando havia meses. Ele sabia o nome dela e onde morava. Sabia que morava sozinha. Sabia a configuração da sua casa e que a porta da frente não podia ser vista da rua tranquila. Sabia que ela mantinha conta no NatWest e trabalhava como enfermeira no St. George's Hospital em Tooting. Sabia que tinha eletricidade e gás da On Power, televisão por satélite da Virgin, que o seu lixo era coletado às quintas, e seu carro era um Honda Civic vermelho, segurado pela AA, que quase todos os meses seu saldo ficava no vermelho, que fazia compras na Asda em Roehampton, que estivera solteira por um longo tempo, mas agora tinha um namorado, que, quando não estava trabalhando, saía quase todos os fins de semana com alguns dos seus, aparentemente, muitos amigos. Acima de tudo, ele sabia que era ela. Eles haviam envenenado sua mente para que esquecesse, mas ainda assim era ela e em breve ele a resgataria do estado de ignorância e a faria viver de novo e aí, aí eles poderiam ficar juntos, como sempre deveria ter sido: ele e Sam juntos para sempre.

A jornada até Tooting Common transcorreu como numa névoa, não causando absolutamente nenhuma impressão em sua memória, até que ele percebeu ter chegado ao pequeno estacionamento perto da piscina. Rodeado de árvores, era calmo a esta hora do dia, a maioria das pessoas escolhendo a manhã para passear com os cachorros pela floresta. Reparou que havia alguns carros estacionados, mas tinha certeza de que ou já teriam ido embora quando ele retornasse ou ficariam a noite toda ali, deixados por proprietários bêbados demais para dirigir.

Assegurando-se de que o seu carro estava trancado, andou em direção ao caminho que atravessava a área aberta à comunidade, observando se havia câmeras de circuito fechado que teriam passado despercebidas nas muitas ocasiões em que percorrera esta rota, em preparação para o dia de hoje. Os passantes também eram observados, pois poderiam ser policiais em roupas civis procurando prostitutas ou pequenos traficantes. Não lhe passara pela cabeça que a polícia poderia estar procurando por ele agora.

Levou mais de dez minutos para andar do estacionamento até a rua, a rua dela, Valleyfield Road. Ao se afastar das vias principais movimentadas e entrar nas ruas residenciais mais estreitas, encontrou bem menos pedestres e o barulho do tráfego diminuiu, o sussurro de uma cidade grande se misturando ao som hipnótico da brisa primaveril delicada e hesitante, agitando folhas novas nas árvores em grande parte nuas.

Ele apreciou os sons tranquilos, o ar cálido que o envolvia, ainda fresco do frio do inverno e não prejudicado pelo calor de um verão londrino que se aproximava. Respirou fundo, apaziguado pela calma que sentia, seus receios se enfraquecendo a cada passo. De vez em quando andava até uma das casas que se enfileiravam na rua para jogar folhetos de propaganda na caixa de correspondência, caso estivesse sendo vigiado por olhos desconfiados. Ao se aproximar mais do número 6 sentia-se calmo e controlado, a experiência de sequestrar as outras duas o ajudando quando começou a ensaiar mentalmente o que aconteceria, no momento em que pisasse no corredor da casa recém-construída próxima ao fim da rua.

Chegou afinal à entrada da casa e parou, vasculhando a sacola de correspondência, aparentemente procurando as cartas endereçadas a 6 Valleyfield Road. Mas a sacola não continha essas cartas. Dentro dela só havia uma bisnaga plástica com clorofórmio, um pedaço de tecido limpo onde ele seria aplicado, um rolo de fita adesiva e, o mais importante, uma arma de choque.

Deborah Thomson se sentia cansada, depois de completar um turno de doze horas no St. George's, mas sua disposição era ótima. O resto do dia seria ocupado com coisas que lhe dariam prazer. Primeiro, precisava tirar o uniforme e sair para uma corrida rápida ao ar livre, depois voltar para casa e tomar um longo banho quente. E então poderia se preparar com calma para encontrar as amigas à noite num gastro-pub local. Esta noite os homens não iriam, só as meninas. Estava ansiosa por contar a todas elas sobre o seu novo namorado, que ela veria no dia seguinte. Um sábado todo com o seu novo amor, e o fim de semana inteiro de folga. Não tinha coisa melhor.

Cantarolando sozinha, enquanto arrancava os sapatos baixos de trabalho e os jogava para um canto, ela parou quando o som da campainha interrompeu seus preparativos. "Merda", praguejou, e se encaminhou para o andar de baixo, jurando se livrar do intruso o mais rapidamente possível.

Atravessou o corredor aos pulos até a porta da frente, detendo-se para olhar pelo olho mágico. Tendo sido criada em New Cross, um bairro no sudeste de Londres onde a pobreza se aliava à criminalidade, ela nunca abria a porta sem pensar. Havia um homem com uniforme de carteiro na soleira da porta. Ele recuou um pouco para que ela pudesse ver o seu corpo quase inteiro e pôs a mão no saco de correspondência, tirando um pacote do tamanho de uma pequena caixa de sapatos, grande demais para caber na abertura para cartas.

Deborah abriu a porta da frente, o sorriso voltando ao seu rosto.

– Oi – disse ela, esperando que ele confirmasse o seu nome e entregasse o pacote, mas ele não disse nada. Ela sentiu o perigo tarde demais, quando a mão que não segurava o pacote, rápida como um raio, saiu de dentro do saco segurando um objeto de aparência estranha. Ao ver que o objeto vinha em sua direção ela reagiu, batendo a porta no ombro do homem, mas a arma de choque já passara pela abertura entre a porta e o batente e atingira seu estômago.

Ela voou para trás como se tivesse sido lançada por uma força invisível, o pouco ar que restara em seu peito arrancado dos pulmões enquanto ela sofria convulsões no chão do corredor.

O homem cambaleou e caiu de joelhos ao seu lado, e em seguida enfiou a mão na sacola. Ela o fitava do seu purgatório congelado enquanto ele pegava uma bisnaga plástica e um pedaço de tecido, e em seguida um rolo de fita adesiva preta, resistente. Ela tentou falar, pedir que a deixasse em paz, que não a machucasse, mas só conseguiu emitir sons guturais ininteligíveis. Ele levou um dedo aos lábios.

– Ssssh – pediu ele. – Vai ficar tudo bem agora, Sam. Vim para levar você para casa.

Sean consultou o relógio ao encostar o carro em frente à casa de Douglas Levy, o coordenador da Vigilância do Bairro da rua de Louise Russell. Por um momento permaneceu sentado, olhando para a casa dela do outro lado da rua, vendo o carro da detetive Cahill estacionado na entrada. Sabia que deveria ir falar com Cahill e John Russell, dar um alô e oferecer apoio e estímulo, mas não conseguia. Viera disposto a atormentar, não a simpatizar.

Respirando o ar frio pelo nariz, aproximou-se da porta de Levy e apertou a campainha. Ouviu os passos firmes vindo lá de dentro, as trancas do outro lado da porta sendo mexidas, e afinal a porta se abriu e Levy surgiu na sua frente, empertigado e orgulhoso.

– Eu, de novo – anunciou Sean, antes que ele pudesse falar uma palavra. – Tenho mais umas perguntas para o senhor, se não se importa.

– Bem, OK, mas eu não esperava ter que falar com a polícia de novo.

– Não vai demorar muito – asseverou Sean. – Posso entrar?

Levy hesitou por um segundo antes de se afastar para o lado.

– Claro.

– Obrigado. – Sean passou por ele e entrou rapidamente no interior bem arrumado. Continuava a não sentir a presença de uma mulher ali, e não podia deixar de se perguntar quando e por que a esposa de Levy o deixara. Começou a passear pelo andar de baixo da casa, deliberadamente, fazendo Levy se sentir desconfortável e desafiado. Sean queria que ele ficasse inseguro, perturbado, respondendo às perguntas sem parar para pensar; assim daria respostas verdadeiras, não aquelas que achava que deveria dar ou pensava que Sean queria ouvir.

– Me ocorreu – começou Sean –, depois da última vez que conversamos, que a pessoa que a levou deve ter estado aqui antes, nesta rua. Ele teria que observar, estudar os movimentos dela para poder planejar quando e como pegá-la, não acha?

– Talvez – hesitou Levy –, suponho que sim, quero dizer, de fato não sei. Por que está me dizendo isso?

– Só estava pensando sobre o senhor ficar em casa o dia todo, quase todos os dias, enfim, e como um homem como o senhor, coordenador da Vigilância do Bairro e tudo mais, teria notado alguém perambulando por aqui.

– Eu teria, mas não notei – respondeu Levy, a pouca paciência que ele tinha se acabando, exatamente como Sean havia esperado. – E não fico em casa o dia todo, todos os dias.

– Não, claro que não – concordou Sean com condescendência, andando pelo corredor em direção à sala na parte de trás da casa, Levy em seus calcanhares. – Vejo que a sua sala fica na parte de trás da casa, não dá para a rua, então, mesmo que o senhor estivesse em casa, estaria aqui o dia todo assistindo à televisão e não teria visto nada.

– Sou um homem muito ocupado, inspetor. Posso garantir que não perco o meu tempo vendo televisão durante o dia. Tenho a Vigilância do Bairro para cuidar e também sou membro do conselho local... e há muitos anos.

– Então, onde o senhor trabalha? – perguntou Sean. – Onde cuida de todos esses assuntos importantes?

– Aqui, claro. No meu escritório no andar de cima.

– É mesmo? – Sean passou por ele e subiu a escada, procurando o escritório de Levy e encontrando: um quarto que ele convertera, com uma excelente vista para a rua. Ele entrou no cômodo

e foi até a janela, sentindo a presença próxima de Levy atrás dele.
— Bela vista — disse, virado para a janela.
— Não trabalho aqui por causa da vista — respondeu Levy.
— Não — concordou Sean, mas se alguém estivesse perambulando aí fora, alguém que o senhor não conhecesse ou reconhecesse, o senhor teria notado, não teria? — Ele se virou para Levy e voltou a olhar pela janela para provar o que dizia. — Como poderia não notar?
— Eu não passo o dia todo espionando os vizinhos.
— Eu nunca disse que o senhor fazia isso.
— Quero dizer que não passo o dia todo olhando pela janela... tenho trabalho para fazer.
— Mas se alguém estivesse lá fora, o senhor perceberia o movimento e levantaria os olhos, não é?
— Suponho que sim, é possível, realmente não sei.
— Mas esta é uma área da Vigilância do Bairro, não é? O senhor sabe disso melhor do que ninguém... É o coordenador, afinal de contas. O senhor não disse que é o coordenador?
— Sim, disse... Quero dizer, sou.
— Então o senhor deve ser um homem vigilante, certo? Um homem mais do que vigilante, se é responsável pelo sucesso ou fracasso da Vigilância do Bairro local. Então teria notado um estranho na rua ali embaixo. Talvez tivesse até chamado a polícia, ou pelo menos anotado em algum lugar? Talvez tenha apenas esquecido? Talvez esteja constrangido porque esqueceu de mencionar o fato da última vez que nos falamos?
— Não — protestou Levy. — Nada do que está insinuando aconteceu.
— Então o senhor nunca viu ninguém suspeito na rua? Está me dizendo que nunca olhou por esta janela e viu alguém suspeito?
— Bem, sim, claro, eu...
— E o que o senhor fez?
— Não me lem...
— Não se lembra? O coordenador da Vigilância do Bairro não se lembra do que fez quando viu alguém suspeito na sua própria rua?

– Talvez eu tenha avisado à polícia, não tenho certeza.
– Quando foi o aviso?
– Não sei. Não me lembro. O senhor está me confundindo.
– O senhor consegue se lembrar de alguma coisa?
– Não tem nada de errado com minha memória.
– Qual é a aparência do policial que faz a ronda por aqui?
– Desculpe?
– Qual é a aparência do policial que faz a ronda por aqui?
– Bem, eu...
– Qual é o nome dele?
– É... eu escrevi em algum lugar.
– Quando o lixo é coletado?
– O quê?
– Quando foi a última vez que fizeram reparos na rua?
– Eu não...
– Como é a roupa do cara que vem fazer a leitura dos relógios?
– Eu...
– Qual é a aparência do carteiro?
– Ele é, bem, ele é...
– O senhor sabe alguma coisa, sr. Levy? Essas são coisas que o senhor vê todo dia, mas não consegue se lembrar de nenhuma delas.

Levy parecia arrasado.

– Por que está fazendo isso? – implorou. – Por que está fazendo isso comigo?

Ao ouvir as palavras de Levy, Sean congelou. Por um momento ficou aturdido, como se só agora voltasse a si, confuso e amedrontado com o que o seu alter ego pudesse ter feito durante sua ausência, como um bêbado que acorda na manhã seguinte incapaz de se recordar dos acontecimentos da noite anterior. O que mais o preocupava era o fato de ele ter tido prazer em ser cruel com Levy. Seria por isso que ele voltara uma segunda vez para fazer perguntas, para poder ser cruel? Seria por isso que ele viera sozinho, para que ninguém testemunhasse sua crueldade ou tentasse detê-lo? Concluiu que provavelmente as duas coisas eram verdade, e no fundo da sua alma ele sabia por quê: estava chegando mais perto do assassino com quem um dia ficaria cara a cara. Do outro lado de uma rua, do outro lado de uma mesa de interrogatório? Não podia ter certeza sobre onde o confronto se daria, mas sabia que aconteceria em breve. Ele já começava a pensar como ele e sentir o que ele sentia.

Ao mesmo tempo, estivera certo de que Levy detinha uma peça vital do quebra-cabeça trancada em sua memória não colaborativa, algo que ele precisava espremer para sair, não importava como. Agora não tinha tanta certeza. Obrigou-se a dizer:

– Desculpe. Eu estava só experimentando uma nova técnica de interrogar testemunhas – mentiu. – A ideia é distrair as testemunhas, fazendo com que fiquem zangadas e permitam que as memórias reprimidas sejam liberadas inconscientemente.

Levy o examinou detidamente, decidindo se acreditava nele ou não.

– Bem – disse –, parece que não funciona, não é?

– Não – Sean fingiu concordar, ainda se sentindo entorpecido. – Desculpe. Já tomei muito o seu tempo. – Ele quase empurrou Levy, na pressa de sair do escritório pequeno e organizado, e escapar daquela casa e de toda a inutilidade que ela representava. Começou a descer a escada, com Levy logo atrás, decidido a falar sem parar, até que chegasse à porta da frente.

– E, só para constar, eu sei, sim, como é o carteiro daqui, agora que tive tempo para pensar.

– É? – reagiu Sean, interessado. – Qual é a aparência dele?

– Bem, para começar ele é negro, o que sem dúvida explica umas coisinhas, tem mais ou menos cinquenta anos, é baixo e forte, usa barba e bigode.

– Vou tomar nota – Sean mentiu de novo. Idade, cor e compleição do carteiro de Levy estavam erradas. – Pode vir a ser útil, obrigado. – A porta da frente brilhava à sua frente como uma saída para um outro mundo, melhor.

– Eu me lembro bem porque precisei reclamar dele poucos dias atrás.

– É mesmo? – A mão de Sean estava estendida para a maçaneta da porta.

– Eu havia pedido especificamente aos Correios que parassem de pôr lixo na minha caixa de correspondência, a droga dos papéis estava enchendo meu depósito de recicláveis. Por milagre, pensei que tinham de fato me atendido, mas aí outro dia empurraram uma pilha enorme pela minha porta. Então liguei para lá e dei uma bronca. Enfim, funcionou, não recebi mais folhetos.

Pela segunda vez, as palavras de Levy o paralisaram.

– Desculpe. O que foi que o senhor acabou de dizer?

– Desculpe? – respondeu Levy, desconfiado do interesse de Sean na sua reclamação sem importância.

– Alguém pôs folhetos na sua caixa de correspondência, embora tivessem parado de fazer isso anteriormente?

– Sim – respondeu Levy, confuso. – Porque eu tinha pedido que parassem e durante um tempo, pararam.

– Mas recomeçaram? – perguntou Sean, a agitação em seu peito e a brancura brilhante atrás dos olhos lhe dizendo que estava perto de algo de que necessitava, perto de uma informação decisiva que abriria o caminho até o homem que precisava encontrar e deter.

– Sim, poucos dias atrás.

– Quantas vezes?

– Eu já disse, uma vez só, porque eu tinha ligado e dado uma...

– Quando? – Sean o cortou rispidamente.

– Eu... Eu não tenho certeza, poucos dias atrás. Por quê?

– Preciso saber quando... Exatamente quando.

– Na verdade, eu não saberia dizer.

– Manhã? Tarde?

– Manhã, com certeza manhã.

– Como pode ter tanta certeza? O que estava fazendo?

– Eu me lembro, estava descendo a escada, vestido e pronto para sair, então não deve ter sido de manhã cedo. Vi a correspondência espalhada no chão enquanto eu descia.

– E o senhor ficou zangado?

– Fiquei aborrecido, sim.
– Então ligou para os Correios imediatamente?
– Não.
– Por quê?
– Porque precisava sair.
– Sair para quê?
– Eu...
– O senhor adiou a ligação para os Correios, então deve ter sido alguma coisa importante. O senhor estava pronto para o quê?
– Brunch – lembrou Levy, aliviado do peso assim que falou.
– Eu ia sair para um brunch no centro de jardinagem em Beckenham.
– O quê? – disparou Sean.
– É metade do preço para pensionistas às terças-feiras.
– Terça... Deus do céu – disse Sean para si mesmo –, ele se veste de carteiro. É assim que consegue que as portas sejam abertas, ele se veste como uma merda de um carteiro. – As imagens passavam por sua mente como um curta-metragem, o homem sem rosto caminhando ao longo da rua de Louise Russell, vestindo o uniforme de carteiro, o saco da Royal Mail no ombro, calmo e relaxado, sabendo exatamente o que fazia, de vez em quando indo despreocupado até outras portas e jogando folhetos nas caixas de correspondência. O disfarce urbano perfeito.

Levy afastou as imagens.
– Do que o senhor está falando, inspetor?
– De nada. Eu tenho que ir. – Deu as costas a Levy e abriu a porta da frente, saindo sem mais nem uma palavra, ignorando Levy, que abanava a cabeça em sinal de desaprovação e fechava a porta. Enquanto andava para o carro, Sean conversava com o homem sem rosto cujas feições começavam a aparecer com mais nitidez: "Posso sentir você agora, amigo. Vamos nos encontrar em breve."

O carro dava grandes pulos, e Thomas Keller era sacudido no assento com violência, enquanto dirigia rápido demais pela superfície irregular do caminho que levava à entrada da sua casa. Ouvindo as batidas fortes vindas do porta-malas, enquanto sua carga preciosa era jogada para lá e para cá, ele franziu a testa de preocupação. Não queria que ela se machucasse. Precisava dela intacta, se era para ser tudo aquilo que desejava que fosse.

Até que o carro parasse diante do chalé de cimento em ruínas, já passava das cinco da tarde. A escuridão chegaria em uma ou duas horas. Querendo se assegurar de que tudo estaria pronto antes do cair da noite, ele tirou a chave da ignição e pulou do seu velho Ford Mondeo, tropeçando e quase caindo, apressado para chegar à porta da frente.

Ignorando a sordidez e imundície, atravessou a casa correndo até o quartinho minúsculo, de tamanho suficiente apenas para uma cama de solteiro, que de fato não havia. O quarto estava meio escuro, a única janela dando para o norte, afastada do sol poente. Ele chutou para longe pilhas de caixas e roupas usadas e molambentas até encontrar o que procurava: um velho colchão de solteiro, fino e manchado, que estava dobrado em dois, mas se abriu quando o peso que o cobria foi removido. Agarrando o colchão da melhor maneira que conseguiu, tentou deslocá-lo. Era, porém, mais pesado do que ele se lembrava, e teve dificuldade de arrastá-lo pelo espaço fechado, culpando-se por não o ter levado antes. Planejara tudo com tanta meticulosidade, semanas e semanas certificando-se de que não ocorreriam erros, e, no entanto, falhara ao não providenciar para que tudo estivesse pronto quando a trouxesse para casa.

Da próxima vez, jurou, estaria mais bem preparado. O reconhecimento de que haveria mais, de que a sua escolhida já estava condenada, era um paradoxo que sua consciência não questionava.

Arrastou o colchão para fora do quarto e ao longo do corredor estreito, tentando reprimir a raiva e a frustração que cresciam dentro dele, enquanto batalhava contra o inimigo inanimado. Ao atravessar a estreita entrada para a cozinha, ralou os nós dos dedos no batente da porta e soltou um grito de dor. Jogando o colchão ao chão, chupou o sangue que gotejava através da pele rompida. Depois, como se tentasse exorcizar a ira do seu corpo, extravasou a fúria batendo os pés no colchão e xingando alto. Em vez de sumir, sua raiva aumentou; ele abriu com força uma gaveta da cozinha e de lá tirou uma faca, caindo de joelhos no colchão ofensor e enfiando a lâmina bem fundo na espuma, muitas vezes, sem parar, até que a fadiga fez pesarem seus braços magros e acalmou o frenesi da mente.

À medida que o autocontrole voltava, ele abriu a mão que segurava a faca e deixou-a cair ao chão. Arremessou-a longe, sem olhar enquanto deslizava pela superfície do linóleo antigo, e passou a concentrar-se nos danos ao colchão. Havia duas ou três dúzias de marcas de facadas, quase todas no centro, mas por sorte era feito de espuma e ainda serviria ao seu objetivo. Thomas se agachou sobre ele, aguardando que a respiração desacelerasse, sentindo esfriar o suor que lhe escorria pelas costas, dando-lhe calafrios ao atingir a base da espinha. Ele aspirou o muco solto no nariz e se levantou, depois pegou o colchão mais uma vez e o arrastou para fora.

Ao passar pelo carro, puxando o colchão, ouviu batidas vindas do porta-malas, lembrando-o da necessidade de ser rápido: a mala não era hermética, mas a mulher não poderia sobreviver ali indefinidamente. No entanto, apesar dos seus esforços, o percurso pelo terreno levou um tempão, o colchão se prendendo em cada obstáculo, forçando-o a puxar daqui e dali para soltá-lo. Finalmente alcançou a entrada do porão e destrancou o cadeado, abriu a porta e jogou o colchão escada abaixo. A mulher que já estava lá se movimentava pela jaula, sem dúvida assustada com a chegada barulhenta da cama improvisada daquela que em breve seria sua companheira. Ele desceu os degraus devagar, espanando a poeira do uniforme, sentindo-se física e mentalmente exausto, mas ao mesmo tempo exuberante por ter conseguido o que se propusera a fazer.

Quando chegou ao último degrau, ele a viu encolhida no canto mais afastado da jaula, enrolada no edredom para proteção e calor. Enquanto ele se aproximava, ela tentou recuar mais, porém não havia para onde ir. Tirando uma outra chave do bolso da calça, ele destrancou a porta da jaula e a abriu vagarosamente, abaixando-se para perscrutar o interior, mas evitando que seus olhos pousassem no rosto dela, como se ela fosse uma Medusa com o poder de transformá-lo em pedra apenas com o olhar.

– Me dê a manta – exigiu ele. Ela não disse nem fez nada. – Me dê a porra da manta – repetiu ele, agora gritando, mas ainda evitando o seu olhar.

A raiva dele a sobressaltou. Com o rosto contorcido, as lágrimas prestes a escorrer dos olhos verde-esmeralda, ela tirou o edredom e o empurrou na direção dele com os pés, as pernas o chutando para longe rapidamente, como se fosse um rato ou uma aranha. Ele o agarrou por uma ponta e jogou para fora da jaula em um só movimento, batendo a porta e fechando o cadeado antes de ir para a outra jaula, arrastando o colchão e o edredom. Abaixando-se para passar pela entrada, puxou os objetos para dentro, tendo o cuidado de esticar o colchão e pôr o edredom por cima, para que pudesse enrolá-la quando estivesse ali em segurança.

Satisfeito com a arrumação, saiu da jaula e caminhou de volta ao carro, tão rapidamente quanto o seu corpo exausto permitia, olhando o céu para ter certeza de que ainda podia contar com bastante luz do dia, permitindo-se uns poucos segundos para se compor antes de se apresentar a ela da maneira apropriada depois de tanto tempo. Quando ficou pronto, debruçou-se para dentro do carro e tirou a garrafa de clorofórmio e o pedaço de tecido da sacola que estava na frente, enfiando os dois no bolso do casaco. Depois puxou a alavanca que destravava o porta-malas e se afastou do carro. Respirando fundo, como se estivesse se preparando para receber notícias importantíssimas, deu os poucos passos até a traseira do carro, curvou os dedos sob o trinco do porta-malas e apertou. A tampa se abriu, subindo devagar com um assovio pneumático.

Deborah Thomson piscou rapidamente e com força diante da luz ofuscante que invadiu o porta-malas. Tentou falar, pedir socorro ou misericórdia, mas seus gritos incoerentes foram impedidos de sair pela grossa fita preta presa à sua boca. Antes que os olhos pudessem se adaptar, a luz começou a diminuir de novo e ela sentiu uma presença acima dela, a silhueta de uma pessoa debruçada.

Apesar do frio de medo que a percorreu, ela agitou as pernas, tentando encontrar um ponto de apoio, os pés arranhando e raspando a superfície interna da mala do carro.

A silhueta ficou cada vez mais próxima, e sua visão foi rapidamente melhorando, permitindo que discernisse o formato de uma cabeça e ombros. Mais detalhes se seguiram: o cabelo castanho desgrenhado, com mechas grudadas na testa lustrosa de suor; os dentes tortos e manchados brilhando na luz fraca; os tendões retorcidos nos braços finos, mãos e pescoço, formando uma rede de vasos sanguíneos salientes. Ela viu os lábios dele se abrirem e fecharem e percebeu que estava falando, as palavras aparentemente a alcançando segundos após serem emitidas.

– Não lute – avisou ele –, pode se machucar. Estou levando você para um lugar seguro agora, mas ainda vai ficar um pouco zonza por causa do clorofórmio. Vai ter que deixar que eu a ajude a andar, mas primeiro precisamos tirar você daí.

Os olhos dela traíam o horror que sentia, a descrença absoluta de que isso pudesse estar acontecendo com ela. Tentou evocar a última coisa de que se lembrava antes da chegada das trevas, a mente cheia de imagens indefinidas de estar em seu quarto, ficar aborrecida porque alguém inesperadamente tocara a campainha da porta... Depois mergulhou no pesadelo, a sensação de ser incapaz de se mexer, incapaz de correr do perigo, seguida de escuridão e sufocamento, confinamento e a impressão de estar sendo enterrada viva. Quando os dedos dele, longos como os de um inseto, se estenderam em sua direção, Deborah soube que o pesadelo era real. Ela sentiu as mãos pegajosas a tocando, uma delas deslizando por trás do pescoço, enquanto a outra se enroscava em torno da parte de cima do braço, segurando com força.

– Sente-se – ordenou ele, dando puxões em seu braço e pescoço, rangendo os dentes com o esforço. Em vez de cooperar, ela fazia força para se afastar dele, enfiando-se bem no fundo do porta-malas. Ele a segurou com mais força e puxou, seu rosto passando de um sorriso leve, forçado, a uma careta de raiva e esforço. – Não, não – disse-lhe –, não faça isso. Temos que tirar você daí. Não é se-

guro. Podem estar nos espionando. Não consigo fazer isso sozinho. Preciso que você me ajude. – E a puxou de novo, fazendo-a gritar de dor, mas ele ignorou suas súplicas abafadas e continuou a puxar até conseguir forçá-la a se dobrar para ficar numa posição sentada.
– É isso. Agora estamos quase conseguindo – arfou.

Os olhos dela se desviaram, buscando freneticamente ajuda ou uma oportunidade de correr ou, caso fosse preciso, se defender. Mas sua visão não mantinha o foco, a mente e o corpo fracos demais com o choque e o efeito residual do clorofórmio. Ela sabia que qualquer tentativa de escapar ou atacar seria inútil.

Mantendo uma das mãos por trás dela, ele usou a outra para passar suas pernas, uma de cada vez, sobre a borda do porta-malas. Depois se posicionou ao seu lado, uma mão enrolada em sua cintura, enquanto a outra segurava seus antebraços amarrados.

– Está pronta? – perguntou ele. – OK, vamos juntos. – Ele fez força com as pernas, colocando os dois de pé, aliviado por ela conseguir aguentar quase todo o peso do corpo. – Bom – disse ele, empurrando-a para a frente. – Agora precisamos andar.

Tropeçando e cambaleando, atravessaram o terreno desnivelado. Ele suava com o esforço de apoiá-la, a respiração ofegante e irregular. Seu hálito doce, de almíscar, chegava ao rosto dela e lhe dava ânsias de vômito por trás da fita que cobria sua boca. Deborah tentou inspirar ar fresco pelo nariz, a fim de acalmar a náusea e clarear a cabeça da névoa induzida pela droga, o instinto lhe dizendo que o que pudesse apreender agora, o que pudesse fixar na memória enquanto ele a arrastava por aquela área abandonada e atulhada, poderia vir a significar a diferença entre viver e morrer.

Chegaram finalmente a uma construção de tijolos vermelhos, não maior do que um banheiro externo, e no entanto, quando ele a conduziu pela porta, ela percebeu que era apenas a entrada de um tipo de abrigo subterrâneo, que restara da última guerra ou esperava a próxima. Ele a guiou para descer a escada e ela o observou com o canto do olho, o ódio lhe queimando o coração. O desejo de atacá-lo, arranhar os olhos dele, dar-lhe uma joelhada na genitália era intenso, mas ela sabia que ainda não estava forte o bastante, e suas ataduras dariam a ele grande vantagem. Garantiu a si mesma que um dia eles ficariam cara a cara em condições mais iguais, e a ideia de lhe infligir dor, de se vingar, ajudou a mitigar o medo que poderia tão facilmente tê-la incapacitado.

– Estamos quase lá – ele a encorajou, ao descerem juntos o último degrau.

Deborah podia ver o contorno da jaula para onde ele a conduzia, a jaula que ela sabia que seria sua prisão. Ela queria sobreviver. Seu impulso animal mais básico era de sobreviver, e seu instinto gritava para que não entrasse ali, avisando-a de que a jaula era a morte.

Ela rodopiou para longe dele e por poucos e confusos segundos ficou livre, indo de volta em direção à escada. O seu pé, porém, ficou preso numa tela velha e ela tombou para trás, caindo pesadamente no duro chão de pedra, o quadril sendo o mais atingido na queda. Seus olhos se fecharam enquanto ela se dobrava de dor, e se abriram um segundo depois quando se lembrou da sua situação arriscada, procurando freneticamente no escuro o louco que ela sabia que viria pegá-la. Foi então que viu: outra jaula. Com certeza não aquela para a qual estava sendo levada, mas outra jaula, com alguém lá dentro, encolhida num canto, fitando-a, os olhos arregaladíssimos ao cruzar com os seus na penumbra do porão.

Ela levou a mão à fita que lhe cobria a boca e, encontrando uma ponta, arrancou-a, apesar da dor, enchendo os pulmões até que não pudessem se expandir mais, pronta a gritar, não de dor, mas de desespero, com medo de nunca acordar daquele pesadelo. No momento em que o grito estava prestes a sair, ela teve certeza de que podia sentir um perfume naquele lugar, mas logo teve esse prazer inesperado substituído pelo odor clínico de clorofórmio e uma sensação de sufocamento, quando o tecido úmido foi apertado contra sua boca aberta e o nariz. Suas mãos amarradas agarraram as mãos invisíveis, grudando nelas num esforço para tirá-las do seu rosto, para que pudesse respirar ar e não uma substância química, mas, à medida que os efeitos do clorofórmio se faziam sentir, o agitar dos seus pés descalços tornou-se nada mais do que um leve tremor, os dedos que agarravam se enfraqueceram, até que afinal ela caiu imóvel, braços ao longo do corpo, enquanto o peito subia e descia suavemente.

Quando ele percebeu sua imobilidade, jogou o tecido encharcado de clorofórmio contra uma parede no fundo do porão. O efeito de ficar tão próximo da emanação que escapava do pano fez com que ele começasse a se sentir meio tonto e desorientado. Virou o rosto para não respirar os resíduos que vinham da pele e do interior da boca da mulher, que estava prostrada no seu colo com a boca toda aberta. Ele sacudiu a cabeça, tentando afastar a confusão mental, dando a si mesmo tempo para descansar e voltar a respirar, preparando-se para as tarefas a seguir. A pele dela, perfeita e ligeiramente azeitonada, o curto cabelo castanho, liso e brilhante, com mechas que agora lhe caíam sobre a face, e os lábios vermelhos, úmidos e macios, o seduziam. Ele sentiu um aperto entre as pernas quando os testículos incharam e se viraram no escroto, indicando que era preciso removê-la antes que os maus pensamentos derrotassem seu verdadeiro eu e passassem a controlar seus atos.

Ele a tirou do colo, apoiando com gentileza sua cabeça nas mãos e posicionando-a cuidadosamente no chão duro, cuidando que estivesse virada para a jaula, antes de dar a volta às pressas para poder deslizar as mãos sob suas axilas e puxá-la devagar pelo cômodo até o lugar onde ele sabia que estaria segura. O corpo dela era agora um peso morto, o que não ajudava, e ele teve dificuldade de fazer a manobra para passar pela entrada estreita. Gotas de suor se formavam na sua testa e ao longo da espinha dorsal e, uma vez dentro da jaula, a dificuldade de se movimentar aumentou, mas finalmente ele conseguiu acomodá-la no colchão que preparara, braços ao longo do corpo, pernas juntas, ligeiramente dobradas.

Os olhos dele, fixos, se moviam de uma ponta a outra do corpo dela, excitação e desejo voltando em ondas que ameaçavam soterrar sua intenção de venerá-la com todo o carinho, até que ela decidisse que estava na hora de ficarem juntos daquela maneira. Ele tentou combater o desejo, fechando os punhos com força até sentir as unhas cortando a palma das mãos. Desajeitado, começou a mexer na fileira de botõezinhos na frente do uniforme de enfermeira, cada um levando uma eternidade para ser aberto, as mãos suadas tornando a tarefa cada vez mais difícil, enquanto a raiva remexia suas entranhas, inundando o seu corpo de adrenalina e testosterona. Quando o uniforme começou a se abrir, ele pôde ver a pele macia e quente, os seios pequenos e atraentes, mantidos bem juntos por um sutiã de renda branco, simples. Ele emitiu um gemido involuntário de prazer enquanto suas mãos e olhos roçavam os seios. Obrigando-se a passar para o próximo botão, tentou afastar da consciência as perturbadoras sensações de prazer, mas cada botão que abria era uma nova revelação de coisas lindas que ele somente poderia ter imaginado antes de começar sua procura. Ele empurrou para o lado, com as costas da mão, o uniforme aberto, incapaz de resistir à tentação de ver mais daquilo que havia sob ele, mas se arrependeu assim que a pele lisa da barriga ficou visível, o desejo obrigando-o de novo a fechar os olhos enquanto tentava se controlar.

Com o uniforme já todo desabotoado, ele teve que torcer e dobrar os cotovelos dela para liberar os braços do tecido que não cedia, até que finalmente ela ficou nua no colchão imundo, exceto pelo sutiã branco e a calcinha preta. Os olhos dele se fartaram com aquela beleza, a pele translúcida esticada sobre a moldura dos ombros largos, mas femininos, tão lisa quanto mármore em volta da garganta e do pescoço, o pulsar ritmado da sua jugular o hipnotizando. Incapaz de reagir, ele viu suas mãos avançarem para ela, e não conseguiu detê-las quando encostaram na garganta, os dedos tocando de leve a pele macia, tão de leve que ele podia sentir as batidas firmes da válvula na artéria, bombeando o sangue sedento de oxigênio em direção ao coração e pulmões. Ele sorriu contente e disse consigo: "Sim. Sim, é você. Eu estava certo."

Suas mãos deslizaram para as costas da mulher, procurando o fecho do sutiã, os dedos de repente mais seguros e ágeis quando abriu o clipe com pouca dificuldade, abaixando as alças dos ombros, o coração disparado enquanto removia com vagar o sutiã de sobre os seios, que se moveram apenas de leve quando soltos, os mamilos ficando ligeiramente eretos em contato com o ar frio. A boca do homem se abriu diante daquela visão, a língua se movendo em círculos em torno dos lábios, pintando-os de saliva. Ele deixou o sutiã cair das suas mãos, direcionando os olhos para a parte mais baixa do corpo dela, a língua se movendo em círculos cada vez mais rápidos enquanto as mãos mais uma vez se esticaram em direção à sua pele encantadora. Ajustando a posição do seu corpo de modo a se alinhar com os joelhos da mulher, o rosto voltado para ela, enganchou os dedos sob as laterais da calcinha e vagarosamente a rolou para baixo pelos quadris, os pelos pubianos se esticando e depois se enrolando de novo ao se livrarem do tecido rendado, observados pelos olhos arregalados dele. Ela gemeu um pouco quando ele puxou a calcinha, o que o fez parar, preocupado que ela pudesse estar acordando do clorofórmio antes da hora, mas ela se aquietou logo em seguida. Ele decidiu que devia ter sido um gemido de prazer, que ela estava sonhando com ele a tocando como sabia que ela desejava.

– Ainda não – disse ele. – Ainda não está na hora. Temos que fazer outras coisas primeiro.

Ele continuou a rolar vagarosamente a calcinha preta até tirá-la do corpo dela pela ponta dos pés.

Encolhida na outra jaula, Louise Russell observava cada movimento dele, ondas de náusea a invadindo toda vez que ele tocava na outra mulher. Ela se lembrou de como acordara nua na jaula, abrindo os olhos e vendo Karen Green. *Agora você sabe*, Karen lhe dissera. *Agora sabe o que vai acontecer com você*. A não ser que pudesse fazer algo para detê-lo, Louise sabia o destino que a aguardava. De algum modo ela teria que convencer essa outra mulher a ajudá-la. Somente agindo juntas teriam alguma chance de sobreviver.

Keller continuava fascinado por Deborah Thomson. Ao fitar sua nudez, os pés cortados e sujos de sangue pareciam ser a única imperfeição. Ele sabia que deveria cobri-la com o edredom e sair, mas não conseguia, ainda não. Suas mãos pousaram gentilmente nos tornozelos dela e começaram a deslizar por suas pernas esguias, lisas, seus polegares explorando os pelos pubianos e a fenda da vagina antes de continuar até o ventre macio e passar pelas costelas, vindo a descansar nos seios, a dor do êxtase de repente se tornando forte demais para que a suportasse. Ele abriu o botão da calça e o zíper, enfiou a mão dentro da cueca e agarrou o pênis totalmente ereto. Gemendo de maneira obscena, movimentou a mão freneticamente, e em poucos segundos um fluido viscoso e quente escorria pela sua mão e pela calça, o alívio do orgasmo quase tão agradável quanto o alívio de estar perto demais do clímax para tentar penetrá-la, seu lado sombrio ameaçando estragar tudo. Ele limpou a mão no avesso da calça e timidamente recolheu as roupas de Deborah, dobrando o edredom com cuidado sobre ela e se abaixando para depositar um beijo delicado em sua testa.

Ele engatinhou para fora da jaula e abotoou a calça antes de trancar a porta. Ao sair do porão puxou a corda da luz, mergulhando o cômodo na escuridão, sem olhar uma vez sequer na direção de Louise Russell. Após fechar a porta de metal, andou até um tambor de óleo velho e jogou as roupas de Deborah Thomson lá dentro. Depois apanhou uma lata de gasolina que mantinha ao lado do tambor, desatarraxou a tampa e jogou mais líquido do que o necessário, pegando uma caixa de fósforos no bolso da camisa e acendendo três palitos juntos. Recuando, atirou os fósforos no tambor e ficou olhando enquanto as chamas alaranjadas saltaram para o alto, antes de se limitar às bordas do tambor, onde as roupas encolheram e foram reduzidas a carvão.

"Você não precisa mais delas", sussurrou ele. "Eles não podem mais te obrigar a fingir. Agora você está em casa, Sam. Está em casa."

7

Quando Sean retornou ao escritório, já eram quase seis e meia da noite, mas o local estava mais movimentado do que de hábito para um começo de noite de sexta-feira. Obviamente vários integrantes da sua equipe ainda tinham esperança de salvar alguma coisa do fim de semana, mesmo que no íntimo soubessem que qualquer chance concreta de passar um tempo com amigos ou família havia se evaporado há muito tempo, e que eles acabariam se contentando com umas poucas horas no pub local antes de voltar exaustos para casa. Ele olhou para Donnelly ao passar por sua mesa.

– Chefe – Donnelly o cumprimentou.

– Programando mais um fim de semana relaxante, em casa com a mulher e os filhos? – perguntou Sean, irônico.

Donnelly deu de ombros e riu baixinho.

– Em casa com a mulher e os filhos? Prefiro ficar aqui dando ordens a ter de ficar em casa recebendo ordens.

Sean ergueu as sobrancelhas e continuou andando, até Sally postar-se à sua frente.

– Tem uma pessoa na sua sala para falar com você – disse ela em voz baixa. – Featherstone a deixou aqui há algumas horas.

Sean olhou na direção da sua sala e viu a parte de trás da cabeça de uma mulher. Estava sentada em uma das cadeiras que ele reservava para os visitantes frequentes.

– Quem é ela?

– Não sei – disse Sally. – Não falei com ela.

– Alguém sabe quem ela é?

Sally deu de ombros e se afastou, deixando Sean a olhar em torno do escritório acusadoramente para os rostos que o evitavam e formavam grupinhos de conversa fechada. Quem quer que ela fosse, ele pressentia que era má notícia. Ele andou até sua sala, entrando de um jeito bem mais estudado do que o normal, jogando a capa de chuva na mesa e esvaziando sobre ela o conteúdo dos bolsos pesados, à espera de que a mulher tomasse a iniciativa. Pondo o relatório de caso que estivera lendo cuidadosamente no chão ao lado da cadeira, ela se levantou, mão esticada.

– Anna Ravenni-Ceron. Inspetor-detetive Sean Corrigan, suponho. – Ele aceitou sua mão, segurando-a sem força por um segundo antes de soltá-la, examinando os olhos castanhos, aumentados pelos óculos pequenos, com uma pesada armação de grife que ela usava. A pele morena denunciava suas origens mediterrâneas assim como, com certeza, o nome e o cabelo quase preto, que ele suspeitava ser longo e ondulado, embora ela tivesse feito o possível para esconder esse fato prendendo-o num coque no alto da cabeça, deixando livre o rosto de ossos finos. Usava uma blusa de algodão azul, ajustada ao corpo, desabotoada apenas o suficiente para revelar uma fenda modesta entre os seios, e uma saia reta cinza, na altura dos joelhos, que mostrava os quadris agradavelmente largos se estreitando até a cintura fina. Temporariamente desarmado por sua aparência atraente, ele se sentou na ponta da mesa.

– Se está procurando o inspetor Corrigan, então, sim, acabou de encontrá-lo. Sente-se, por favor. – Ele reparou que ela alisou a saia ao se sentar. – Então, como posso ajudar, senhorita... desculpe, eu...

– Anna Ravenni-Ceron e é senhora, mas por favor me chame só de Anna.

– Tudo bem, Anna, como posso ajudar?

– Entendi que estaria me esperando. O superintendente Featherstone me garantiu que lhe havia comunicado que eu estaria ajudando na investigação. – Reconhecendo a expressão vazia no rosto de Sean, ela acrescentou: – Sou a psiquiatra forense designada para ajudar a traçar o perfil do homem que sequestrou Louise Russell. Pelo que soube, há motivos para acreditar que ele também é responsável pelo assassinato de uma outra mulher.

– Karen Green – disse ele, a frieza voltando à sua voz, agora que entendia quem ela era. Policiais não gostavam de gente de fora metendo o nariz nos assuntos da polícia. – A mulher que ele matou... o nome dela era Karen Green.

– Sim, isso estava na pasta. – Ela indicou o dossiê que estivera lendo. – Um caso muito interessante, e acho que já tenho algumas sugestões sobre o suspeito. Acredito que ele... – Sean levantou a mão para interrompê-la.

– Tenho certeza de que tem coisa melhor para fazer numa sexta-feira à noite do que ficar sentada aqui com um bando de detetives velhos e grisalhos. Por favor, leve a pasta para casa e examine durante o fim de semana e depois, se continuar achando que pode ajudar, claro, apareça aqui na segunda e me diga o que descobriu.

– Na verdade, eu preferia começar agora mesmo.

– Não precisa – disse Sean. – Segunda-feira está bom. – Um silêncio pairou entre os dois, enquanto ela considerava seu próximo movimento.

– Até lá pode ser que seja tarde demais – insistiu ela. – Para Louise Russell e talvez para você, também.

– Não perca o seu tempo se preocupando comigo.

– Não é o caso.

– Então vá para casa e estude a pasta de documentos.

– Como eu já disse, prefiro ficar aqui, perto da investigação, onde posso ser mais útil.

– Anna, eu tenho dois, três dias, talvez menos, antes que Louise Russell seja a segunda vítima. Desculpe, mas não tenho tempo de explicar todos os detalhes de uma investigação de homicídio a uma leiga.

– Já estudei muitas investigações de homicídio, inspetor. Não sou totalmente leiga.

– É por isso que está aqui? Para poder dizer a todo mundo que sujou as mãos com uma investigação de homicídio real, em vez de apenas estudar um caso em segunda mão?

– Não.

– Então por que está aqui?

– Para ajudar.

– Para ajudar como? Em quantas investigações de homicídio já esteve envolvida, exatamente?

– Em nenhuma. Mas já conduzi interrogatórios longos com muitos assassinos condenados, incluindo um estudo de alguns dos pacientes mais perturbados de Broadmoor.

– É mesmo? – perguntou Sean, impressionado, mesmo sem querer. Como quem, por exemplo?

– Como Sebastian Gibran – respondeu ela. – Acredito que seja um dos seus.

– Um dos meus? – repetiu Sean. – Eu não o chamaria assim.

– Não – concordou ela. – Fui convidada a examiná-lo como parte da avaliação psicológica para verificar se estava em condições de ser julgado.

– E você decidiu que não estava.

– Sim.

– Você estava errada.

– Sebastian evidentemente era vítima de um profundo transtorno de personalidade, suas características psicopáticas e total incapacidade de formar relacionamentos significativos com as pessoas eram óbvias desde o começo. Seu casamento, os relacionamentos no trabalho e até mesmo com os pais e os filhos eram uma farsa. Ele exibia apenas a pessoa que queriam que ele fosse, enquanto de fato vivia numa fantasia incrivelmente bem arquitetada e detalhada desde muito pequeno. Era claramente incapaz de compreender de verdade o seu próprio julgamento, no sentido de captar as implicações que poderia ter para ele na vida real.

– Ele é mau – disse Sean –, não louco. Teve todas as vantagens na vida, e, no entanto, escolheu fazer o que fez. Ele *escolheu* fazer o que fez.

– Se você quer dizer que ele não teve a história típica de um assassino em série, você tem razão. Parece que não foi abusado quando criança nem passou por nenhuma experiência particularmente traumática, que poderia ter afetado sua vida de maneira adversa. A julgar pelas aparências, era muito bem-sucedido e inteligente, mas, o fato é, ele claramente tem um transtorno psicótico de comportamento social.

– Ele enganou você – zombou Sean. – Fez com você o que fez a vida toda, falou o que você queria ouvir e mostrou só o que queria que visse, se apresentou como um caso psiquiátrico interessante para os peritos investigarem. Há maneira melhor de se manter fora da prisão? E agora tudo que tem a fazer é esperar, até concluir que está na hora de passar em todos os seus testes bobos, não deixando a você outra escolha senão declará-lo são. E aí, o que acontece?

– Ele será julgado pelos seus crimes.

– E vai usar todas as provas que você e seus colegas reuniram sobre seu estado mental naquela época para provar que não pode responder pelos seus atos, alegando responsabilidade diminuída. E aí ele fica livre. Verdade?

– Não sei – respondeu ela, sinceramente, sem desviar os olhos dele. – Não sou especialista quando se trata do sistema judiciário. O meu trabalho é fazer avaliações clínicas. Não me envolvo em julgamentos, morais ou legais.

– Eu gostaria de poder me dar a esse luxo – Sean silenciou por um momento antes de continuar. – Escute, é o seguinte. Nunca conheci um psiquiatra e nunca li um laudo psiquiátrico sobre um criminoso que me dissessem qualquer coisa que eu não esperaria que qualquer um dos meus detetives pudesse me dizer.

– Eu realmente acredito que posso ajudar.

– Acho que não.

– Bem, no final das contas não importa o que você acha, não é?

– Isso quer dizer o quê?

Ela pegou a pasta ao lado da cadeira e puxou lá de dentro uma carta aberta, que entregou a Sean.

– É uma carta do subcomissário encarregado de crimes graves, dando instruções para que você permita o meu acesso irrestrito a todos os assuntos relativos a esta investigação, incluindo provas periciais e interrogatórios de suspeitos. Claro que não terei permissão para saber sobre o uso de fontes confidenciais de informação ou a localização de agentes infiltrados, embora qualquer ideia que eu tenha sobre a melhor maneira de um agente ou agentes se infiltrarem junto ao criminoso ou criminosos deva ser explicada a eles em detalhes por você.

Sean deu uma olhada na carta sem ler com atenção, convencido de que tudo que Anna dizia era verdade. Ele a dobrou, suspirando e abanando a cabeça de leve, e a devolveu a ela.

– Tudo bem. Só tem uma coisa.

– O quê?

– Não me faça perguntas, não tenho tempo de responder. Fique de boca fechada e olhos e ouvidos abertos. Aprenda por observação, não por interrogação. Ou consegue acompanhar ou fica para trás, entendeu?

– Sim. Obrigada.

– Obrigada? Está me agradecendo por quê? – Donnelly e Zukov apareceram à porta antes que ela pudesse responder. Pela expressão deles, Sean já sabia que estavam ansiosos. – Algum problema? – perguntou.

– Paulo desencavou um possível suspeito, pode ser que queira dar uma olhada – explicou Donnelly.

– Diga lá, Paulo – encorajou-o Sean.

– Fiz o que sugeriu, chefe, e procurei nos registros de inteligência locais qualquer um com antecedentes por agressão sexual grave e por violação de domicílio mediante artifício. Tinha razão, é mesmo uma mistura pouco comum. Só encontrei uma ocorrência. Jason Lawlor, sexo masculino, IC1, idade quarenta e dois anos, muitas acusações anteriores por roubo, agressão, violação de domicílio comercial e residencial e agressões sexuais graves. Mas o que o diferenciou foram as condenações anteriores envolvendo uso de artifício para conseguir entrar.

– Mas ele alguma vez usou de artifício para entrar numa casa e depois agrediu sexualmente a moradora?

– Sim – respondeu Zukov –, sua última condenação. Cumpriu seis anos por violação de domicílio e agressão sexual e só foi libertado de Belmarsh três meses atrás, mas não apareceu para assinar o termo de comparecimento periódico da condicional nas duas últimas datas marcadas e também faltou aos dois últimos compromissos no Registro de Crimes Sexuais. Agora, está foragido.

– Com licença – interrompeu Ravenni-Ceron, hesitante. – Me desculpem, mas na pasta deste caso diz que o suspeito aparentemente não tem nenhuma condenação, enquanto esse homem tem muitas.

Zukov e Donnelly olharam para Sean.

– Não faça suposições – disse ele. – Coisas estranhas podem acontecer com impressões digitais... Acredite, eu sei. E também temos que considerar a possibilidade de o nosso suspeito não estar trabalhando sozinho. Pode ser que esse cara, Lawlor, tenha arranjado um amigo que não tem condenações. Talvez esse amigo faça o sequestro e Lawlor faça o resto.

– Eu não penso assim – argumentou ela. – O perfil psicológico do homem que estamos procurando já indica claramente que ele é um solitário, vivendo uma fantasia muito pessoal. Não faz sentido que possa estar trabalhando com um parceiro.

– A verdade é que de fato não sabemos... e não saberemos até prendermos esse tal de Lawlor. Depois de fazer isso, vamos entender melhor.

– Só para constar, eu discordo.

– Registrado – disse Sean, sentindo por ela uma mistura de admiração, por sua coragem de falar, e irritação pela interferência.

– E me parece que você não tem nenhuma prova para justificar a prisão.

– Isso não é problema – interferiu Donnelly. – Ele é procurado por violar os termos da condicional. Podemos prendê-lo a hora que quisermos.

– Temos o endereço dele? – perguntou Sean.

– Só o endereço que consta da condicional. 3 Canal Walk, Sydenham – respondeu Zukov.

– Fica a poucas milhas de onde Louise Russell foi levada – apontou Sean.

– E Karen Green, a mesma coisa – acrescentou Donnelly.

– Os policiais da área deram uma olhada no endereço? – perguntou Sean.

– Não – disse Zukov. – Parece que estão ocupados demais para ir atrás de quem viola os termos da condicional.

– E predadores sexuais que faltam aos compromissos no Registro? – continuou Sean.

– Não tinham nada a dizer sobre isso – disse Zukov.

– Aposto que não – debochou Donnelly. – Palhaços.

– Não estou interessado no que fizeram ou deixaram de fazer – Sean pôs um fim às críticas. – O fato é, se não o procuraram no endereço, tem uma chance de ele ainda o estar usando. Que tipo de lugar é? – Ele olhou para Zukov.

– Um conjugado num velho casarão vitoriano. Vários outros conjugados também são usados como endereço de pessoas em condicional.

– Merda. – Sean abanou a cabeça, pensou por um momento. – Tudo bem, não podemos arriscar arrombar a porta, caso ele não esteja em casa. Os companheiros da casa vão ligar para ele na mesma hora e nunca mais o veremos por lá. Então temos que ficar de tocaia e esperar que ele apareça.

– Quer que eu ligue para Featherstone para ele autorizar vigilância? – perguntou Donnelly.

– Não, não temos tempo. Pegue Sally e quem mais conseguir encontrar. Vamos fazer isso nós mesmos. Assim que o virmos, nós o pegamos. Nada extravagante ou complicado. A gente prende o cara, faz uma busca no quarto dele e depois vem para cá para o interrogatório. Tudo bem, vamos.

Donnelly e Zukov saíram em direção à sala principal, enquanto Sean começou a vestir a capa de chuva e encher os bolsos com telefones, algemas, gás lacrimogêneo e qualquer outra coisa que achava que poderia precisar. Aí levantou os olhos, e viu que Anna imitava suas ações.

– Você não está pensando mesmo em vir com a gente, está?

– Como mencionado na carta do subcomissário, devo ter acesso irrestrito e apoio. Se esse é o homem que procura, embora pessoalmente não acredite que seja, então preciso ver como ele reage à prisão. Preciso ver onde e como ele vive.

Sean apertou os lábios e deu um longo suspiro.

– Faça como quiser. Mas, como eu disse, nos acompanhe ou vai ser deixada para trás. Não tenho tempo de esperar por você. Entendido?

– Não se preocupe comigo, inspetor. Sou bem crescidinha.

– É mesmo? Bem, acho que logo vamos descobrir isso, não vamos, Anna. Só espero que tenha mais noção de onde está se metendo do que eu acho que tem.

Ele já estava arremetendo pela sala principal em direção ao estacionamento antes que ela pudesse responder.

Thomas Keller sentou-se à mesa da cozinha e tentou se manter calmo, porém estava agitado demais. Levantou-se e começou a andar pelo aposento procurando coisas para fazer, mas não adiantava, a excitação de tê-la tão perto superava todo o resto. A lembrança da pele quente, macia, fazia o seu corpo inteiro se agitar e tremer de prazer, mas ele amaldiçoava os desejos feios despertados em seu estômago e entre as pernas, que ameaçavam destruir a beleza daquela coisa que existia entre eles. Tinha que ir ao porão, havia alguma coisa que ele precisava fazer com relação à outra mulher, e no entanto tinha medo de ir enquanto a excitação o controlava, medo do que faria.

De repente a solução lhe ocorreu. Correu pelo corredor estreito até o seu quarto, parando em frente ao armário onde guardava seus tesouros. Hesitante, esticou a mão para o puxador, verificando primeiro se estava sozinho, se não havia intrusos escondidos nas sombras. Abriu a gaveta com cuidado, saboreando o momento, permitindo que a expectativa aumentasse devagar, a espera fazendo com que os seus músculos começassem a se contrair e enrolar, os olhos se movendo rapidamente de um lado para o outro quando os pacotes de correspondência apareceram, cada um preso por um elástico. O seu pênis inchado ficou desconfortável na calça enquanto procurava os envelopes endereçados a Deborah Thomson. Com reverência, desfez o pacote e colocou cada item em ordem sobre a cama desarrumada. Para ele, essa pilha comum de faturas e extratos de banco guardava um significado que parecia quase místico; apenas passando os dedos pelas letras do seu nome, sentia que podia absorver alguma coisa dela, sentir a vida da mulher fluindo para a sua. Enquanto a mão esquerda ficava sobre os envelopes, movendo-se de um para o outro, a mão direita deslizou devagar para a calça, os dedos mexendo desajeitados no botão e no zíper, a urgência de se aliviar aumentando a cada segundo, até que afinal sentiu o seu pênis intumescido na palma da mão. Mas assim que começou a mexer a mão para a frente e para trás, outros pensamentos vieram invadir sua mente: pensamentos sobre a outra mulher, a que tentara enganá-lo, a que o traíra, seu rosto ampliado e distorcido rindo dele. Em seguida, mais rostos se juntaram a ela, circulando em volta dele, apontando e rindo: o rosto de Karen Green, ridicularizando sua estupidez, contando a todo mundo como o fizera acreditar que ela era Sam; e os rostos dos homens do setor de triagem, zombando, xingando, dizendo que ele era um veado sujo. Ele sentiu o pênis encolhendo em sua mão, murchando de vez.

"Me deixem em paz!", gritou para o quarto vazio. "Vão embora. Me deixem em paz." Os rostos, porém, não o abandonavam. Continuavam a rodeá-lo. Entre eles podia ver o rosto da sua mãe e dos funcionários do orfanato, dos professores que o odiaram e abusaram dele. Constrangido, tentou fechar o zíper da calça, porém dos rostos cresciam braços e mãos que agora apontavam para a sua masculinidade encolhida, patética. Tentou espantá-los com palmadas, mas eles dançavam para longe do seu alcance, as risadas atingindo um crescendo quando ele usou os dois braços para segurar a correspondência preciosa perto do peito, protegendo-a dos fantasmas.

Lágrimas amargas queimaram-lhe os olhos e a face, a humilhação que substituíra o desejo dando lugar ao ódio. Ele faria com que se arrependessem de rir dele, de menosprezá-lo. Faria com que todos pagassem por isso, principalmente ela. Abandonando a correspondência, levantou-se de um pulo e correu até o armário onde guardava a arma de choque e as chaves do porão. Abriu num ímpeto a porta dos fundos e saiu cambaleando para a área externa, limpando as lágrimas e o muco do rosto, os dentes trincados de raiva enquanto caminhava para a porta do porão. Seus movimentos se tornaram mais fluidos agora que o objetivo estava claro, como se a sua fúria o guiasse ao abrir a tranca e escancarar a porta com tanta força que ela bateu na parede e voltou. Ele a abriu mais uma vez e parou por um momento no topo da escada, fitando a semiescuridão, ofegante. Depois desceu a escada, firme, determinado, as tarefas à sua frente bem definidas. Deu a volta no pé da escada e puxou a corda da luz, observando Louise Russell correr para o canto mais afastado da jaula, seus olhos vermelhos desvairados de ódio e medo. Ele andou até sua jaula e abriu a portinhola na lateral.

– Tire as roupas e passe pela abertura – ordenou ele. – Agora.

Louise cruzou os braços no peito, agarrando a blusa e a suéter, recusando-se a entregar aqueles últimos vestígios de decência.

– Por favor – pediu.

– Pode ficar com a roupa de baixo – disse ele –, mas preciso do resto.

– Por favor – repetiu ela –, faço o que você quiser, mas por favor, me deixe ficar com as roupas. Foi você que me deu, lembra? Me disse que eram minhas roupas de verdade, que eu tinha que usar para você, para nós.

Ele levantou a mão para interrompê-la.

– Me dê as roupas, só isso.

– Por favor. Você não quer fazer isso, sei que não quer.

– Me dê a merda das roupas – gritou ele. – Me dê a merda das roupas, sua puta mentirosa. – Ela tremeu diante da ferocidade do ataque, puxando os joelhos até o peito como se fossem um escudo, o ódio nos olhos dele lhe dizendo que não iria ceder. Devagar, começou a tirar a suéter, soluçando incontrolavelmente todo o tempo. Passou-a pela abertura, pulando para trás assim que ele a pegou, em dúvida sobre o que tirar em seguida, a blusa ou a saia.

– Depressa – exigiu ele. Ela virou de costas para ele e começou a abrir os botões da blusa, as lágrimas diminuindo, já que o medo foi substituído por humilhação e vergonha, as emoções rotineiras se infiltrando naquela situação extraordinária. A blusa escorregou pelos seus ombros e ela a passou pela abertura, o braço esquerdo apertado contra o peito, cabeça baixa para evitar seu rosto malicioso enquanto se ajoelhava e abria o zíper na cintura da saia, passando-a pelos quadris até os joelhos, ajeitando-se numa posição sentada antes de tirá-la por completo e entregar pela portinhola, as mãos dele agarrando a saia com avidez e puxando-a para longe.

Envolvendo o corpo com os braços, no canto da jaula, ela ergueu os olhos e viu que ele dava a volta para chegar à porta da sua prisão, tirando a chave do bolso e enfiando-a na fechadura, abrindo a porta e entrando abaixado no seu espaço, a arma de choque estendida à frente enquanto avançava passo a passo em sua direção, como um escorpião pronto a atacar.

– Você não deveria ter me traído. Foi um erro. Você é só uma putinha tentando me obrigar a fazer coisas com você, coisas sujas, más. Agora vai ter o que quer, sua puta. Vou te dar exatamente o que você quer.

Sally e Sean estavam sentados no banco da frente do carro descaracterizado, que haviam escondido da melhor maneira possível num estacionamento de residentes a cerca de quarenta metros da casa onde Jason Lawlor estaria morando. Se estacionassem mais longe, não poderiam reconhecê-lo quando chegasse; se estacionassem mais perto, era quase certo que ele os veria e provavelmente fugiria. Eles já haviam despertado alguma atenção indesejada em vários tipos da ralé local. Uma pequena fotografia de Lawlor, tirada dos registros da inteligência, estava apoiada na coxa de Sean. Anna se sentava no banco de trás do carro silencioso, enquanto Donnelly e Zukov estavam próximos, em outro veículo, assim como os detetives Maggie O'Neil e Stan-the-man McGowan.

A velha casa caindo aos pedaços tinha os fundos voltados para a ferrovia, o som dos trens que passavam só aumentava a sensação de mau agouro, e eles observavam as luzes da rua bruxuleando no crepúsculo, fazendo as árvores em volta parecerem bem negras.

— Vai ser difícil reconhecê-lo — afirmou Sally — com essa luz, a essa distância.

— Tem luz suficiente perto da entrada da casa — argumentou Sean, sem desviar os olhos da porta da frente. — Se ele aparecer, vou reconhecê-lo.

Sally deu de ombros e o carro voltou à vigília silenciosa. Alguns minutos depois, Sally falou de novo, para quebrar a atmosfera crescentemente opressiva mais do que qualquer outra coisa.

— Você é Anna Ravenni-Ceron, não é? — disse ela, olhando para o banco de trás do carro. — Eu a reconheci, pela foto na capa do seu livro.

— Qual livro? — perguntou Anna, com um sorriso.

— O último, eu acho.

— *Programado para matar*?

— É — respondeu Sally. — Achei bom. O que você diz faz muito sentido.

Sean se mexeu com desconforto no assento, e por um segundo fugaz pensou em contar a Sally que a mulher com quem conversava era em parte responsável por Gibran dar um jeito de se safar do julgamento por tentativa de homicídio.

— Obrigada — disse Anna. — É sempre bom ter um retorno positivo, vindo de alguém que de fato lida com o tipo de gente sobre a qual escrevo.

— Até ler o seu livro, eu não tinha me dado conta de que a maioria dos assassinos em série se mantém dentro do seu próprio grupo étnico quando seleciona as vítimas.

— Fico satisfeita por você ter aprendido uma coisa nova com o livro.

Sean não podia ouvir mais.

— Anna Ravenni-Ceron... esse é o seu nome verdadeiro, ou um nome que você achou que ajudaria a vender mais alguns livros? — perguntou, só se virando para olhar para ela depois de ter enunciado a pergunta.

— Eu escrevo livros para tentar educar as pessoas, não para ganhar dinheiro.

– Então você doa os rendimentos para obras de caridade, é isso? – desdenhou ele, olhando de novo para a frente. Ela não respondeu.

– Olhe lá – disse Sally de repente – do outro lado da rua. Pode ser o cara.

Sean fez um esforço para ver através do para-brisa ligeiramente embaçado. – É ele.

– Como pode ter tanta certeza? – perguntou Sally.

– Só sei que tenho. O jeito que ele anda, para. O jeito que olha em volta. É ele.

– Ele sabe que estamos aqui – disse Sally. – Pode nos sentir.

– Espere, está atravessando a rua. Vamos em frente. – Sean levantou o rádio que tinha estado escondido entre suas pernas e falou o mais claramente possível. – Suspeito Um está no endereço, pode vir todo mundo, venham. – Ele ligou o carro e saiu, tentando não fazer barulho, mantendo o carro em baixa velocidade enquanto cobria a distância curta até o homem que tinha atravessado a rua e estava se aproximando da porta da frente da casa. Quando chegaram mais perto, Sean acelerou de repente, depois freou bruscamente para parar bem em frente à casa. Os outros carros ainda não haviam chegado. Sean pulou do carro, deixando o rádio no assento e pegando a identificação no paletó. Lawlor parecia um cervo assustado diante dos faróis de um caminhão que se aproxima, os olhos arregalados e as narinas dilatadas enquanto avaliava o perigo, as pernas tensas e prontas a sair correndo.

– Polícia. Fique onde está! – gritou Sean, mostrando a identidade na mão esticada à sua frente. Lawlor olhou para um lado, depois para o outro, antes de subitamente pular o muro baixo da escada que levava à porta. Ele correu a toda a velocidade pelo jardim pavimentado e deu um salto por cima de outro muro baixo, caindo de pé no chão e correndo com vigor e facilidade. Sean reagiu rapidamente, mas não o bastante para barrá-lo antes que atingisse a calçada aberta. Os dois homens dispararam pela rua deserta e quase escura, pernas e braços em movimento sincronizado, Sean desesperado para que a corrida não fosse mais do que uma arrancada curta, antes que Lawlor se entregasse.

Sally e Anna saíram do carro bem a tempo de ver os homens desaparecerem na primeira esquina e entrarem num beco.

– Merda – gritou Sally, enquanto os outros dois carros descaracterizados paravam ao seu lado com barulho de freios, e os detetives saltavam. – Ele correu, ele correu – disse ela, muito agitada. – O chefe foi atrás dele, mas está sem rádio.

– Onde? – gritou Donnelly.

– Pelo beco.

Donnelly se virou para os detetives mais jovens, ágeis.

– Vamos lá. Estão esperando o quê? Vão atrás deles. – Zukov e os dois detetives começaram a correr meio hesitantes, mantendo-se perto um dos outros, enquanto avançavam pela rua e desapareciam dentro do beco. Ele percebeu Sally inconscientemente segurando o peito. – Você está bem?

– Estou – respondeu ela, meio sem fôlego. – Eu devia ter ido atrás dele. Devia ter ficado com o chefe.

– E aí nós não teríamos a menor ideia de onde vocês estariam ou do que tinha acontecido.

– Eu teria levado um rádio – argumentou ela.

– Não se preocupe – ele a tranquilizou. – Os outros vão alcançá-lo.

– Não vão, não... e eu acho que ele não quer ser alcançado.

A capa de chuva de Sean flutuava atrás dele como asas quebradas quando ele saiu a toda do beco. Lawlor estava apenas alguns metros à sua frente, sem olhar por cima do ombro nem uma vez: anos correndo da polícia haviam lhe ensinado que esse erro podia custar muito caro. Eles atravessaram a rua correndo, obrigando um carro que passava a parar violentamente, disparando a buzina enquanto as duas silhuetas desapareciam em outro beco e sumiam no escuro.

Na metade do beco, Lawlor de repente pulou para o lado, batendo numa cerca de quase dois metros e passando por cima dela como um gato, um segundo antes das mãos de Sean conseguirem agarrar seu tornozelo. "Filho da mãe", resmungou Sean, jogando-se contra a cerca, a força do seu tronco permitindo-lhe passar por cima para o outro lado, a tempo de ver Lawlor montado na cerca do lado oposto do jardim. Agora que eles haviam saído das ruas e becos, Sean sabia que estava sozinho; o grupo de perseguição não teria ideia de onde ele estaria. Sentiu que seu tornozelo quase não aguentou quando caiu sobre a grama dura, e ficou aliviado ao sentir apenas uma dor passageira enquanto atravessava o gramado correndo e pulava a cerca, esta com mais facilidade do que a anterior. Lembrando-se de rolar ao bater no gramado do outro lado, pulou e voltou a se apoiar nos pés em um só movimento, xingando a capa de chuva que a todo momento ameaçava fazê-lo tropeçar, ao mesmo tempo que tentava enxergar no escuro cada vez mais denso. Lawlor já passara pela cerca seguinte, usando um banco do jardim para saltar, a distância entre os dois homens continuando a mesma. Sean manteve o ritmo, seu pé tocou no banco enquanto a mão esquerda o ajudava a pular, mas desta vez não era grama o que o esperava, eram blocos de concreto, escorregadios devido ao limo e à umidade do ar frio do inverno. O pé direito não aguentou e ele caiu com tudo no chão, o ombro e o quadril recebendo a pancada, a testa batendo na perna de uma mesa de ferro, obrigando-o a gritar de dor enquanto apertava a mão onde sabia que se cortara, sentindo o sangue quente e vivo brotando da ferida.

– Venha cá – gritou para Lawlor, voltando rapidamente a ficar de pé e avançando pelo jardim, passando por mais uma cerca, agora ofegante, respirando com dificuldade.

A princípio não conseguiu ver nada na semiescuridão, mas onde os olhos o traíram, a audição veio salvá-lo: Lawlor mudara de direção, indo para o fim do jardim, em vez de atravessá-lo. Sean podia ouvir o som de pés arranhando a cerca mais alta enquanto Lawlor fazia força para pular, a fadiga começando a superar o medo e a adrenalina. Sua própria raiva e a dor da cabeça sangrando e do ombro machucado o instigaram, inundando o corpo de hormônios que o fizeram seguir adiante, apesar da queimação no cérebro e nos músculos. Ele bateu na cerca dos fundos ao mesmo tempo que Lawlor passava por ela e aterrissava do outro lado com um baque, o som dos seus passos se afastando. As mãos de Sean seguraram o topo da cerca enquanto ele pulava com o corpo esticado, puxando e se agarrando até conseguir passar uma perna e rolar para o outro lado, mas a queda foi de uma altura bem maior do que ele esperara, já que o terreno tinha um declive atrás das casas.

De repente ele ouviu um enorme barulho às suas costas. Ao se virar para ver o que era, um feixe de luz ofuscante caiu sobre ele, como uma estrela explodindo. Protegendo os olhos com uma das mãos, ele se preparou para ser aniquilado pelo som e pela luz, cambaleando para trás, tropeçando e caindo, até que viu o trem passar em alta velocidade, os passageiros indiferentes ao drama a poucos centímetros de distância, enquanto o apito soava dando o alarme. Ele rolou mais para longe dos trilhos, afastando pensamentos de quase morte, conseguiu se levantar de qualquer jeito e esquadrinhou a linha férrea, buscando Lawlor. Os faróis do trem o iluminaram não mais de vinte metros à frente e Sean saiu atrás dele com determinação redobrada, já ansioso pelo momento em que estaria ajoelhado nas costas de Lawlor, torcendo seus ombros e o algemando.

O trem sumiu na distância deixando um silêncio sinistro, e Sean perseguia a sombra à sua frente, concentrado na corrida, mantendo o passo curto e vigoroso, bombeando os braços como pistões, abrindo-os de vez em quando para os lados quando escorregava em pedaços grandes de pedras soltas ao longo dos trilhos e entre os dormentes.

A escuridão agora era quase total, porém um ponto de luz apareceu bem ao longe, aproximando-se lenta e silenciosamente a princípio. À medida que ficava maior e mais barulhento, sua velocidade pareceu se multiplicar por dez e depois por mais dez, até ser um meteoro precipitando-se na direção deles. Sean olhou para o negrume sob os seus pés e certificou-se de que o trem que se aproximava passaria por ele em segurança nos trilhos paralelos, mas quando o trem chegou perigosamente perto, Sean percebeu que havia outro som disfarçado, um ronco e zumbido que vinha dos trilhos por onde ele estava correndo. Ele olhou de relance por sobre o ombro e viu um segundo farol vindo na direção deles, movendo-se mais devagar do que o outro, mas ainda assim capaz de causar morte instantânea a qualquer um que atravessasse seu caminho.

Sean sabia que deveria parar, desistir da caçada e deixar Lawlor escapar, capturá-lo num outro dia, mas, uma vez atrás de um suspeito, seus instintos policiais o dominavam, instintos que haviam sido inculcados nele desde seu primeiro dia na força policial. Perder um suspeito era o maior dos pecados. Por isso ele resolveu continuar... continuar até subjugar Lawlor ou perdê-lo para a escuridão da noite. Ele não desistiria da perseguição por nada.

A silhueta de Lawlor continuava a avançar num ritmo constante, mas Sean percebeu que ele estava ficando cansado, porque a todo momento pisava em falso, oscilava para um lado e depois para o outro, os braços projetados para fora para manter o equilíbrio ou diminuir o impacto de uma queda, e o tempo todo os faróis vindos da frente e de trás continuavam a convergir para os dois homens. Logo Sean estaria suficientemente perto para chutar as pernas de Lawlor, derrubá-lo e terminar a caçada. Mas exatamente quando o trem vindo na direção deles estava quase paralelo a Lawlor, ele se jogou através dos trilhos, sua silhueta perfeitamente emoldurada pela luz que se aproximava, e pulou para longe, menos de um segundo antes de cem toneladas de metal, correndo a cem quilômetros por hora, atravessarem o espaço de onde ele pulara.

Apesar da proximidade do trem mais lento atrás dele e da velocidade do trem à sua frente, Sean só conseguia pensar numa coisa: se não fizesse nada agora, Lawlor seria perdido, e só Deus sabe quando viria à tona de novo. Sem olhar por sobre o ombro, ele atravessou o primeiro par de trilhos, a reverberação fazendo vibrar os músculos em suas pernas, os faróis tão próximos que sua sombra projetava-se comprida até bem longe, alongando-se a cada fração de segundo, até que ele pulou para o segundo par de trilhos, fechando os olhos enquanto corria.

Quando pousou no declive gramado, ficou temporariamente cego e surdo com o barulho e o farol do trem. Desorientado, quase confuso ao constatar que estava vivo, tentou calcular para que lado estava virado. Junto aos trilhos, viu uma sombra descendo aos tropeços o declive gramado em direção à escuridão abaixo. Ficou de pé com um pulo e desceu o declive correndo em diagonal, cada vez mais perto do seu alvo, até que finalmente se jogou de cabeça cobrindo a distância entre eles e levando Lawlor ao chão com um baque.

Sean apertou o rosto de Lawlor contra a grama molhada e o segurou até recuperar o fôlego. – Eu disse para ficar quieto, não disse?

Lawlor virou a cabeça para poder falar e respirar, tentando cuspir os pedaços de grama que se prendiam à saliva que colava os seus lábios, a voz entrecortada e desarticulada.

– Eu... eu não sabia... quem, quem o senhor... era, chefe.

– Mentira – disse Sean, ofegante. – Pode não saber quem eu sou, mas sabe o que eu sou.

– Eu não sabia, chefe, verdade. Pensei que fosse um... vigilante. Juro, se eu soubesse... que o senhor era da polícia, eu nunca teria corrido.

– Porra de mentira. Você correu por uma razão!

– Não, chefe. Estou limpo. Juro pela minha mãe. Estou limpo desde que saí de lá.

– Então por que não compareceu para assinar o termo da condicional?

– O quê?

– A assinatura da condicional e o compromisso no Registro de Crimes Sexuais – repetiu Sean, fervendo de impaciência, o nervosismo da corrida ainda circulando no seu corpo.

– Eu estava de porre. Só isso. Saí e enchi a cara e faltei à condicional. Depois disso, sabia que iam me procurar então tentei me esconder. É só isso, garanto. Juro.

– Você está mentindo – bufou Sean. – Não apareceu porque tinha coisa melhor para fazer, não foi?

– Não sei do que o senhor está falando.

– Não minta para mim. Você estava procurando por elas, não estava, procurando as certas?
– Eu estou limpo. Não fiz nada.
– E quando encontrou, você pegou, não pegou? Pegou, estuprou e matou?
Lawlor parecia tão confuso quanto apavorado, a cabeça negando furiosamente tudo que Sean estava dizendo.
– Eu não sei merda nenhuma do que o senhor está falando. O senhor é maluco.
– Você está trabalhando com alguém? – persistiu Sean. – Ele pega para você e você faz o resto? Não tem coragem para pegar você mesmo? – Ele apertou o rosto de Lawlor com força contra a grama, puxando um dos braços para trás e o torcendo até que ele fez uma careta e gemeu de dor, enquanto Sean olhava toda a área em torno à procura de alguma câmera de circuito fechado que a polícia ferroviária britânica poderia ter instalado, numa tentativa de pegar vândalos e pervertidos. Quando concluiu que não havia nenhuma, virou Lawlor de costas e o agarrou pelo pescoço com uma das mãos, apertando o suficiente para fazê-lo chiar como um asmático enquanto tentava respirar. – Eu te fiz uma pergunta.
– O senhor está louco – disse Lawlor com dificuldade. – Pegou o homem errado.
– Onde você deixa, depois de pegar? Onde é que elas ficam?
– Quem fica?
Sean olhou para a escuridão serena e silenciosa em torno deles. Estavam sozinhos. Ele apertou mais o pescoço de Lawlor e levou a outra mão para o alto e para o lado. Resistindo à tentação de fechar a mão aberta transformando-a num punho fechado, ele a deixou cair num tapa violento no rosto de Lawlor, o som da bofetada ecoando na noite vazia.
– Responda à minha pergunta – sibilou.
Lawlor tentou escapar, mas a garra poderosa de Sean o manteve imóvel, como um peixe vivo esperando para ser eviscerado.

– Eu não sei do que o senhor está falando. – Mais um tapa ressoou pelo declive gramado. – Quem é o senhor? O que o senhor quer? – gritou Lawlor, o mais alto que pôde com suas vias respiratórias comprimidas.

– Respostas – disse Sean.

– Não tenho nenhuma.

– Onde está Louise Russell?

– Quem? – Mais uma bofetada torceu-lhe o rosto.

– Quem está com ela?

– Por favor, espere. – Ambos pararam e ficaram silenciosos poucos segundos, enquanto Lawlor buscava ar e respostas. – Está falando do homem que já matou uma, certo? Passou no *Crimewatch*, não é?

– É. – Sean falou entredentes, furioso, a mão pronta a se abater sobre a face vermelha e suada de Lawlor. – Você sabe de alguma coisa. Me diga o que sabe.

– Aí é que está... eu não sei de nada. Ninguém sabe de nada.

O rosto de Sean ficou distorcido, confuso.

– *Ninguém* sabe de nada... o que significa isso?

– Esse cara trabalha sozinho. Fica na dele, não diz nada, não compartilha nada. Nem no Facebook, nem no Twitter, nem no YouTube. Ele não quer compartilhar. Isso é só para ele.

– Com quem compartilharia?

– O senhor é policial, sabe das coisas. A gente se encontra na prisão, nas celas separadas. Quando a gente se reconhece, compartilha. Mas esse cara, não. Ele não mostra nada e ninguém conhece seu trabalho. Ninguém conhece ele, juro. Está procurando alguém que nunca foi apanhado.

– Ou alguém que está começando – disse ele em voz baixa, mas Lawlor o ouviu.

– Sim. Alguém novo. Alguém que acabou de começar. Claro. Como é que o senhor sabia?

– O quê? – perguntou Sean, distraído com os seus pensamentos.

– Como é que o senhor sabia?

— Cale a boca, porra. — Sean sentiu que sua mão se fechava em volta da garganta de Lawlor, a dor e o pânico se espalhando pelo rosto dele, o poder de matá-lo ou poupá-lo totalmente sob seu controle. Era uma sensação boa, de força e emoção. As mãos de Lawlor agarraram os pulsos de Sean, tentando aliviar o aperto na garganta, que no entanto era forte demais. As pernas dele começaram a se agitar e abrir, o corpo se contorcendo e estremecendo, mas Sean apoiou um joelho sobre o seu peito, apertando o diafragma.

E aí surgiram sons, vozes chamando no declive gramado, luzes de lanterna alisando a grama não cortada que ondulava delicadamente, figuras escuras se aproximando. Os olhos de Lawlor se moviam rápidos entre as sombras que desciam e os olhos escuros, sem vida de Sean, como se tentando chamar sua atenção para a única coisa que poderia salvá-lo. Finalmente a raiva subconsciente de Sean registrou o fato de que eles haviam sido perturbados por vozes que ele reconhecia: Donnelly, Zukov e outras. Seus dedos começaram a afrouxar no pescoço delgado de Lawlor, cujos lábios passaram de azul esbranquiçado a rosa pálido, partículas de cuspe volteando pelo ar enquanto ele tossia a plenos pulmões, prateadas pela luz das lanternas que se aproximavam.

Sean o virou de barriga para baixo e puxou os braços para trás das costas, passando as algemas com facilidade pelos pulsos.

— Levante-se — ordenou, e o ergueu para que ficasse de pé.

Donnelly foi o primeiro a alcançá-los, anos de experiência lhe dizendo que havia algo errado. Seus olhos foram de Sean a Lawlor e voltaram.

— Está tudo bem?

— Está tudo bem — disse Sean, empurrando Lawlor em sua direção. — Prenda-o por sequestrar e assassinar Karen Green e sequestrar e manter Louise Russell em cárcere privado.

— Alguma prova?

— Sim — respondeu Sean. — Ele correu.

— Ele enlouqueceu, porra — disse Lawlor, falando alto o bastante para ter certeza de que todos o ouviam. — Tentou me matar... olha a porra do meu pescoço. Ele ia me matar.

— Cale a boca e vá andando — rosnou Donnely. — Você é o único culpado. Devia saber que não pode correr da polícia.

— Mas eu não fiz nada.

— Ora, ora — disse Donnelly — um inocente! Pensei que eu fosse o último dessa espécie em extinção.

— Tudo bem — respondeu Lawlor. — Faça o que tiver que fazer, mas deixe aquele louco longe de mim. Falo tudo que quiser saber, mas deixe ele longe de mim.

Sally e Anna observaram quando Donnelly arrastou Lawlor para os carros que esperavam, ladeado pelos detetives O'Neil e McGowan, Sean e Zukov andando atrás deles. As luzes da rua faziam com que todos parecessem ter icterícia. Donnelly empurrou Lawlor para o banco de trás do seu carro, usando a mão para abaixar sua cabeça e batendo a porta. Sally notou os rostos sérios, os sinais habituais de alívio e alegria após uma prisão conspícuos pela ausência.

— Está tudo bem? — perguntou ela a Donnelly.

— Está — respondeu ele. — Afinal encontramos os dois do outro lado da ferrovia. Estão todos bem.

— Não é isso que quero saber. — Donnelly olhou de relance para Sean e revirou os olhos. Ela agarrou o seu braço. — Eu deveria ter ido. Deveria ter ido com você, não ficado aqui me escondendo com os carros.

— Não, não deveria — insistiu ele. — Você ainda não está pronta. Não tente apressar as coisas, vai fazer mais mal do que bem. Tenha calma. Vai chegar lá.

— Mesmo assim...

— Sally — interrompeu-a Sean —, quero que você, Maggie e Stan deem uma busca no quarto dele. Caso encontrem alguma coisa interessante, ligue para a perícia e me informe. Dave, você e Paulo levem esse idiota para Peckham e o mantenham em custódia. Vou fazer o interrogatório mais tarde. — Sally e Donnelly indicaram com a cabeça que tinham entendido.

— Eu gostaria de ir com você — disse Anna, aparecendo ao seu lado. — Para ajudar a preparar e fazer o interrogatório.

– Nem pensar – respondeu ele. – Vá com Sally e ajude na busca, se quiser se envolver. Examine as coisas dele e veja o que pode aprender.

– Mas a carta do subcomissário diz claramente... – Sean ergueu a mão para interrompê-la.

– Não tenho tempo para discutir isso com o comitê – cortou ele. – Podemos conversar sobre isso mais tarde. – Virou as costas para ela e andou para o carro. Ela deu um passo para alcançá-lo, mas Sally a pegou pelo braço e puxou delicadamente para trás, abanando a cabeça.

– Deixe para lá – disse baixinho. – Agora não é hora de travar essa batalha.

– Ele é sempre sem educação assim?

– Só quando ele gosta de você – disse Sally.

Os olhos de Deborah Thomson se abriram lentamente antes de se entregar à névoa de clorofórmio e se fechar, depois se arregalando de novo enquanto o cérebro decifrava as imagens embaçadas que recebera, reconhecendo o perigo e a necessidade de disparar o alerta para o corpo. Sua cabeça e o tronco faziam movimentos abruptos em todas as direções, tentando desesperadamente entender a semiescuridão que a envolvia, seus olhos ficando cada vez mais acostumados ao escuro. Sentiu o colchão sob o corpo e o edredom por cima, roçando a pele nua. Ela deslizou a mão hesitante sob o edredom e confirmou seu maior temor, que suas roupas tinham sido levadas. Contendo lágrimas de pânico, esquadrinhou a escuridão e virou a cabeça para o lado, tentando escutar um som, qualquer som. Um barulho arrastado, em algum lugar do cômodo, a fez parar. Tentou ficar atenta à origem do som, mas algo obscurecia sua visão. Devagar e cuidadosamente, esticou a mão, acenando gentilmente de um lado para o outro, como se o que procurasse fosse mais etéreo do que sólido, a distância impossível de julgar na luz fraca. Seus dedos afinal sentiram o inconfundível frio do metal. E se enrolaram em volta do aço fino, enquanto o rosto se aproximava para investigar, centenas de quadradinhos se espalhando para a esquerda e para a direita, levando a mais paredes de quadrados, e acima dela o mesmo padrão terrível. Os dedos da outra não agarraram o arame e apertaram com força quando ela percebeu o que eram os quadrados, que ela estava trancada numa jaula.

De repente, teve dificuldade para respirar, o confinamento forçado induzindo a claustrofobia pela primeira vez em sua vida. Ela começou a balançar as paredes da prisão, rezando para que a estrutura desabasse, libertando-a, mas só conseguiu provar para si própria a solidez do seu entorno e a futilidade de tentar escapar. Soltou o arame e se recolheu ao canto da jaula, puxando o edredom sobre a sua nudez, cedendo às lágrimas de desespero, até que uma voz a transformou em pedra.

– Não fique assustada – disse –, você não está sozinha. – Era a voz de uma mulher, suave e gentil, nada ameaçadora. – Meu nome é Louise. Como é o seu nome? – Ela não conseguiu responder, o medo agora misturado a choque e confusão. – Está tudo bem – explicou a voz. – Ele não pode nos ouvir, ou pelo menos eu acho que não. Como é o seu nome?

– Deborah. Meu nome é Deborah. Por que estamos aqui? Quem é ele? – Sua respiração era acelerada e forte, ela tentava controlar a ansiedade.

– Não sei – confessou Louise –, mas ele é perigoso. Acho que pode ter...

– Pode ter o quê?

– Nada. Não importa. O que importa é que a nossa única esperança de sair daqui é agirmos juntas.

– Como? – perguntou Deborah, mal compreendendo a conversa que estava tendo com uma estranha que não conseguia nem ver direito. Duas mulheres trancadas em jaulas de animal planejando a salvação.

– No começo ele vai tratar você bem.

– Você chama isso de *bem*? – reagiu ela.

Louise compreendeu sua raiva e ignorou a reação.

– Vai deixar você sair para usar o banheiro e se lavar. Depois de uns dias vai até te dar roupas limpas. Escute, quando ele vem aqui embaixo, acho que deixa a porta para este lugar aberta. E ela vai dar lá fora, tenho certeza. Já vi a luz do sol e senti cheiro de ar fresco. Quando ele tirar você da sua jaula...

– Esta jaula não é *minha* – reagiu ela, de novo –, esta jaula é *dele*. Estou trancada na jaula dele.

– Desculpe. Tem razão. Quando ele deixar você sair da jaula dele, é aí que você tem que fazer alguma coisa.

– Fazer o quê?

– Ele não é muito grande nem forte. Vai dar a você uma bandeja com comida. Use essa bandeja para o atacar e depois pegue a chave da minha jaula no bolso da calça de moletom dele e me liberte. Juntas nós podemos dominá-lo e trancar na droga da sua própria jaula e escapar... chamar a polícia e levar direto até o sacana.

Deborah abanou a cabeça involuntariamente.

– Você está maluca. Nunca vai funcionar e depois vai ser pior para mim. – Ela franziu os olhos, começando a conseguir focalizar melhor a outra mulher, a semelhança consigo mesma penosamente óbvia, assim como o fato de que usava somente roupas íntimas e não tinha nem colchão nem coberta. Ela parecia ter manchas escuras no rosto.

– Me ouça – instou Louise. – Sinto muito, mas você precisa saber. Havia uma outra, antes de mim. O nome dela era Karen Green. Quando ele me trouxe para cá, ela já estava com a aparência que eu tenho agora. Fiquei sentada aqui e vi quando ele bateu nela e a estuprou... e não foi só uma vez. E aí, na noite anterior à que ele trouxe você para cá, ele a levou embora. Ela nunca mais voltou.

– Ai, meu Deus, não. Eu li sobre ela nos jornais. Ela foi encontrada na floresta. Tinha sido estrangulada. Ele a matou. Tenho que sair daqui. Tenho que sair daqui agora.

– Não dá – insistiu Louise, com a voz mais alta do que o pânico crescente de Deborah. – Ainda não. Temos que agir juntas.

– Não. Vou fazer o que ele quiser. Vou fingir que gosto dele – argumentou –, e ele vai me deixar sair daqui e depois, quando eu tiver oportunidade, fujo dele. Ele já matou uma pessoa. Se eu o atacar, ele vai me matar também.

– Olhe para mim – insistiu Louise. – Já tentei tudo isso, por favor acredite em mim, eu tentei, mas não faz nenhuma diferença. Eu sou o que você vai ser. Nada que faça pode mudar isso.

– Não – Deborah se recusava a aceitar. – Deve ter um jeito melhor.

– Não tem – respondeu Louise –, e a não ser que acredite em mim, a não ser que faça o que eu digo, nós duas vamos morrer. Ele vai matar as duas.

Pouco depois das onze da noite, Sean e Sally se preparavam para começar a interrogar Jason Lawlor. Sean quis que uma mulher estivesse presente, para tentar fazer com que Lawlor ficasse o mais desconfortável possível, e ele pudesse ler os sinais que estaria enviando sem perceber: culpa, remorso, ansiedade, ambivalência. Inocência? O coração de Sally tinha saltado quando ele a chamara, mas ela havia conseguido não demonstrar nada.

Sean apertou o botão vermelho no gravador cassete duplo que registraria o depoimento. Um zumbido alto e estridente encheu o aposento por mais ou menos cinco segundos, seguido de silêncio. Sean limpou a garganta e respirou fundo antes de começar: – Sou o detetive-inspetor Sean Corrigan e a outra policial aqui presente é...

Sally se apresentou. – Sargento-detetive Sally Jones.

– Estamos interrogando... poderia dizer o seu nome para a gravação, por favor?

Lawlor falou sem olhar para o gravador, um sinal de que era um veterano em interrogatórios policiais gravados.

– Jason Lawlor – respondeu, já parecendo entediado.

– Jason – continuou Sean –, devo lembrá-lo de que o aviso sobre seus direitos continua valendo e você não é obrigado a dizer nada, a não ser que queira, mas se omitir algo que seja depois mencionado no tribunal, esse fato poderá gerar conclusões. Entendeu?

Lawlor deu de ombros.

– Precisa me dizer que entendeu.

– Sim, entendi, OK?

– Você também tem direito a assistência judiciária gratuita e independente. Tem o direito de consultar um advogado antes, durante ou depois deste depoimento, e pode fazer isso pessoalmente ou por telefone, entendeu?

– Sim.

– Até agora você não pediu para falar com um advogado nem consultou um, e não tem nenhum aqui presente. Tem certeza de que quer continuar sem a presença de um advogado?

– Não preciso de advogado. Não fiz nada.

– Bem, se mudar de ideia, é só me dizer e eu interrompo as perguntas e chamo um advogado, OK?

– Tudo bem.

– Certo. A data é sexta-feira, sete de abril, e a hora é onze e cinco da noite. Estou agora começando o interrogatório. Jason, você sabe por que está aqui?

– Sei. Porque você não tem nem ideia de quem matou aquela mulher, então achou que podia armar pra cima de mim.

Sean abaixou os olhos para a mesa e depois ergueu-os para fitar Lawlor diretamente.

– Está aqui porque acredito que sequestrou Karen Green na manhã de quinta-feira, trinta de março, e a matou uma semana depois. Também acredito que sequestrou Louise Russell e que a mantém presa contra a sua vontade.

– Não, não acredita.

– Já é tarde e eu estou cansado – disse Sean. – Não estou aqui para brincar, então por que não se limita a responder às perguntas, e só, está bem?

– Sabe que não tenho nada a ver com isso.

Sean deixou que o silêncio opressivo permanecesse por um tempo, julgando que intimidaria Lawlor.

– Você tem ficha na polícia como agressor sexual, não é, Jason?

– E daí? Cumpri minha pena, paguei minha dívida com a sociedade. – Um sorriso de malícia lhe veio aos lábios.

– Mas você não tem comparecido para assinar o termo, não é? Faltou aos dois últimos compromissos.

– Então, me mande de volta para a prisão. Não tem nada para mim aí fora mesmo. Acha que alguém vai me dar um emprego ou alugar um lugar decente para eu morar? Claro que não, porra. Fico melhor lá dentro.

– Não se preocupe com isso, você vai voltar lá para dentro. Mas neste momento preciso saber onde estava na quinta-feira da semana passada.

– Oito dias atrás? Não me lembro de oito dias atrás. Provavelmente estava de porre em algum lugar.

– Tudo bem, tente um dia atrás... a noite passada, quando Karen Green foi levada a Three Halfpenny Wood e morta... morta por estrangulamento. Onde você estava?

– Estava de porre em algum pub em Sydenham.

– Essa vai ser a sua resposta a tudo, que estava de porre e não se lembra?

– É provável.

Sean se recostou na cadeira, examinando Lawlor, procurando uma abertura. – As duas mulheres que foram sequestradas têm a mesma aparência: pouco menos de trinta anos, magras, cabelo castanho curto, atraentes. – Ele viu um lampejo de interesse quando falou atraente. – Poderiam ser irmãs, até gêmeas. Por que é importante que sejam tão parecidas? Por que isso é importante para você?

– Para mim? – disparou Lawlor. – Não, para mim, não. Já disse, isso não tem nada a ver comigo.

– A mulher que nós encontramos, Karen Green, tinha sido violentada e sodomizada. Havia uma quantidade significativa de sêmen no corpo dela. Quem a violentou não usou preservativo.

– Se tem o esperma dele, cheque o DNA e vai saber que não sou eu.

– Isso leva tempo. Eu não tenho tempo. Você tem que responder às minhas perguntas agora.

– Eu estou respondendo às suas perguntas, mas não sei de nada!

— Sua última condenação por estupro. Eu investiguei. Você não usou preservativo.

— E daí?

— É pouco comum para um estuprador. — Ele enfatizou estuprador.

— Talvez.

— E você usou de artifício para entrar na casa. Você enganou a mulher, disse que estava lá para fazer a leitura do relógio. Verificamos os nossos registros, Jason. Você é o único nesta área fichado por se utilizar de artifício.

— Então alguém está me copiando. Talvez eu tenha contado a alguém como tudo funcionou bem. Não precisa arrombar. Não precisa arrastar as mulheres até o carro. Devo ter um admirador.

— Não usou preservativo. Antecedente por usar de artifício para entrar. Antecedente por estupro. Não sabe informar onde estava quando as mulheres foram sequestradas nem quando o corpo de Karen Green foi abandonado. Faltou ao compromisso no registro de crimes sexuais. As coisas não estão boas para o seu lado, Jason.

— Faça a merda dos testes de DNA — Lawlor quase gritou. — Por que fica perdendo tempo com essas perguntas idiotas? Não fui eu.

— Vamos fazer, Jason, não se preocupe. Vamos fazer os testes e aí você vai estar perdido e todas as suas mentiras vão ser reveladas exatamente pelo que são.

— Do que você está falando?

— Do crime pelo qual foi condenado. Não usar preservativo foi um erro muito bobo, não acha? Deixar o DNA para nós.

— Não foi um erro, foi uma coisa que eu tinha que fazer.

— O que você quer dizer com "tinha que fazer"?

— O senhor é homem, sabe o que eu quero dizer.

— Não, não sei.

— E a senhora então? – perguntou ele a Sally, que pareceu chocada por ser repentinamente envolvida no interrogatório, como se tivesse sido acordada de um devaneio.

Sean interveio.

– Você deve se limitar a responder – disse a Lawlor –, deixe que eu faço as perguntas. Então, vou perguntar de novo. Por que era uma coisa que tinha que fazer?

– Eu precisava me sentir dentro delas. Precisava, sabe, me aliviar dentro delas. Precisava me sentir gozando dentro delas. É como se assim durasse vários dias, entende? Se eu uso camisinha, fica tudo comigo quando acaba, mas se eu gozo dentro delas, aí posso sentir o seu cheiro em mim por vários dias. Posso pensar no meu gozo ainda dentro delas dias depois e isso me ajuda... me ajuda a controlar minhas necessidades.

Sally achou que ia vomitar. Não conseguia olhar para o rosto dele, seus olhos passeavam pela sala, mas não pousavam em Lawlor.

– E como isso faz você se sentir? – perguntou Sean.

– Me faz sentir bem. Me faz sentir muito bem.

Sean podia ver que Lawlor estava revivendo experiências passadas, seus lábios cheios e vermelhos com o sangue que afluíra, os olhos bem abertos como se observasse a si mesmo cometendo os crimes com um prazer desenfreado.

– Só bem? – Sean queria tirá-lo do transe, para que continuasse falando.

– Não. Poderoso. Com controle. É como uma droga dos céus. Uma vez experimentada, não tem volta, não tem como parar. Quando você está dentro delas, você é aceito, entende? É desejado. Está vivo e é amado, mas... – Sua empolgação pareceu murchar tão rápido quanto havia crescido.

– Mas? – encorajou-o Sean.

– Mas, quando termina, você se sente envergonhado e constrangido. Só quer dizer a elas que sente muito e fugir, escapar para tão longe quanto puder. E o medo, o medo acaba com a gente, sabe? Faz você se sentir fraco, e por isso a ânsia volta, e por isso você sabe que vai fazer de novo, para não se sentir mais envergonhado, para se sentir aceito e amado, mesmo que seja só por uns minutos.

– Foi por isso que mudou o modo de agir? É por isso que fica com elas durante dias, para poder se sentir aceito por mais tempo, amado por mais tempo?

– Eu já lhe disse, não tenho nada a ver com isso. Eu nunca sequestraria ninguém. Isso exige planejamento. Eu nunca tenho a intenção de fazer o que eu faço. Acontece de eu ver uma pessoa e os desejos voltam, não consigo me controlar. Eu sigo até em casa e, se estiverem sozinhas, tento achar um jeito de conseguir entrar e aí faço coisas ruins. Mas não sequestrei essas mulheres, nunca sequestrei mulher nenhuma... eu nunca faria isso.

– Por quê? – perguntou Sally.

– Gosto de fazer as coisas na casa delas. – De algum modo, Sally conseguiu continuar a olhá-lo nos olhos, apesar do seu nojo.

Sean examinou o homem à sua frente, um infrator oportunista amedrontado, provocado pelas suas circunstâncias, incapaz de planejar e premeditar, o extremo oposto do homem que matou Karen Green e do homem que iria sem dúvida matar Louise Russell, a não ser que pudesse encontrá-lo e detê-lo.

Após alguns segundos de silêncio, Sean falou.

– Não tenho mais perguntas. Sally?

Ela balançou a cabeça para desanuviar os pensamentos.

– Não. Nenhuma pergunta.

– Alguma coisa que você gostaria de dizer, Jason, ou algum esclarecimento que queira pedir?

– Não. Só quero que me mande de volta a Belmarsh a tempo de pegar o jantar de amanhã, pode ser? É peixe com batatas fritas aos sábados. Não quero perder.

– Não se preocupe – disse Sean –, vai voltar a tempo de comer o seu peixe com batatas fritas. O interrogatório está terminado. – Ele apertou o botão de desligar para parar a gravação e se debruçou sobre a mesa de interrogatório, pondo seu rosto próximo ao de Lawlor. – E tomara que você se engasgue com a porra do peixe.

Ele saiu em um rompante da sala de interrogatório, seguido de perto por Sally. O sargento de plantão os chamou:

– O que querem que eu faça com o preso?

– Leve-o de volta à cela para passar a noite. Vai voltar à prisão de manhã.

Quando saíram da movimentada área de detenção e entraram num corredor tranquilo, Sally agarrou o braço dele para que se detivesse. Ele se virou para encará-la, sabendo que seria a sua vez de ser interrogado.

– Você sempre soube que ele não tinha nada a ver. Desde que Zukov falou sobre ele, você sabia que não era o cara.

– Eu tinha algumas dúvidas.

– Não, não tinha. Você sabia que não era ele.

– Ele parecia um suspeito razoável. Tínhamos pelo menos que prendê-lo e fazer algumas perguntas.

– Por quê? – persistiu Sally. – Se você sabia que não era ele. Perdemos um tempo enorme perseguindo o homem errado, e o tempo todo você sabia.

Sean se desvencilhou dela tão delicadamente quanto possível e começou a andar.

– Caramba, Sally, deixe isso pra lá, está bom?

– Estou tentando entender o que está acontecendo.

– Ele foi preso, não foi? É isso que os chefões querem ver, a gente fazendo prisões, avançando na investigação, as pessoas ajudando na busca.

– Não se estamos prendendo as pessoas erradas.

– Dá um tempo, Sally. Não importa para eles o que está acontecendo, desde que tenham alguma coisa para dizer à mídia, desde que tenham como construir um monte de merda. Então, Lawlor não era o cara que procuramos. Quem se importa com isso? Ele foi útil. Com a sua prisão, compramos vinte e quatro horas de não interferência, talvez mais.

Sally se esforçava para acompanhá-lo, enquanto caminhavam a passos largos pelo corredor. Mais uma vez ela pegou no braço dele para forçá-lo a parar, virando-o para ela e olhando nos seus olhos.

– Não, não é isso. – insistiu. – Tem mais coisa aí. – Ele não abriu a boca, e ela buscava em seus olhos as respostas. – Ele te deu alguma coisa, não foi, uma coisa que estava faltando, uma coisa de que você precisava, que não conseguia encontrar em você mesmo?

– Não sei do que você está falando.

Ele tentou voltar a andar, mas Sally manteve o aperto firme no seu braço.

– Você está tentando pensar como ele, não está? Está tentando pensar como o homem que procuramos. Vem fazendo isso desde que concordou em aceitar o caso da pessoa desaparecida... Mas continuo a não entender por que iria atrás de alguém como Lawlor.

– Porque achei que ele completaria as lacunas, é isso – confessou ele, finalmente, sabendo que Sally não iria desistir. – Tenho que conseguir pensar como ele para encontrá-lo rápido. Eu... eu já sei tanto sobre ele, mas havia muitas lacunas. Precisava saber por que na verdade ele está fazendo isso. Amor? Ódio? Raiva? Poder? Aceitação? Lawlor me ajudou a preencher algumas dessas lacunas.

Sally percebeu que concordava com a cabeça, ao mesmo tempo satisfeita e receosa por ter acertado.

– Tem certeza de que é uma boa ideia começar a pensar como ele? Ter tipos como Lawlor circulando pela sua cabeça?

– Não tenho escolha. Se é para Louise Russell ter alguma chance, eu não tenho escolha. Enfim... – ele tentou acalmá-la – vou ficar bem.

– Imagino que isso dependa do que já está se passando na sua cabeça, não é?

Sean suspirou, quase aliviado por ter alguém em quem confiar, para compartilhar o peso dos seus pensamentos e receios mais secretos.

– Só estou tentando pensar como ele, não me transformar nele. Vou ficar bem, não se preocupe. – Eles recomeçaram a andar.

– Espero que saiba o que está fazendo, chefe.

– Bem, eu também.

– E Lawlor... conseguiu o que queria dele?

– Mais ou menos.

– E o que foi?

– A motivação.

– E agora você sabe?

– Não exatamente, mas estou mais próximo. Não vou saber exatamente até todas as peças se encaixarem, aquele momento em que de repente tudo faz sentido. Mas Lawlor me ajudou, com certeza. Sei que os atos deles são em grande parte sustentados pela mesma necessidade de se sentir poderoso, mas ao mesmo tempo ser aceito e amado. Lawlor conseguiu isso violentando mulheres em suas próprias casas, mulheres que ele havia encontrado por acaso e decidido atacar naquele momento. O cara que procuramos quer a mesma coisa, mas a maneira principal pela qual consegue o que quer é ficando com as mulheres. A pergunta é, por que ele faz isso? Por que precisa ficar com elas?

– Para fazer a experiência durar mais tempo? – arriscou Sally.

– Foi o que pensei, a princípio. Fez muito sentido, mas agora não estou tão certo. Não acho que ele queira fazer durar o maior tempo possível, acho que ele quer que dure por um período bem específico.

– Uma semana?

– Sim, com umas doze horas a mais ou a menos.

– Por quê?

– Aceitação e amor.

– Eu não entendo.

– Eu acho, e é só uma hipótese, mas acho que ele está revivendo um relacionamento que teve com alguém, um relacionamento que pode ter durado só uma semana ou coisa assim, mas em que ele foi feliz, ou seja, aceito e amado. As duas mulheres que ele pegou se parecem, lembra?

– Uma ex-namorada?

Sean deu de ombros.

– Seria o meu palpite. Agora, o que tenho a fazer é só descobrir como usar essa informação para me ajudar a encontrar o filho da puta antes que seja tarde demais. – Eles haviam quase chegado à entrada da sala principal. – Me faça um favor, Sally, que essa conversa fique só entre nós, OK?

– Claro, se é o que quer.

– É, sim – disse ele, e entrou na sala principal ainda movimentada.

Pelas janelas acrílicas da sua sala dava para ver Anna, esperando por ele.

– Como foi o interrogatório? – quis saber Donnelly. – Ele deu o serviço?

– Não – respondeu Sean, com desdém. – Não é ele. Precisamos repensar. O que ela ainda está fazendo aqui? – Ele esticou o queixo em direção à sua sala.

Donnelly deu de ombros.

– Disse que queria esperar por você.

– Maravilha. – Sean se dirigiu à porta e entrou sem falar.

– Como foi o interrogatório? – perguntou ela.

Sean soltou o ar e desabou na cadeira.

– Não é ele, se é isso que quer saber.

– Mas você já sabia disso, não sabia?

– Que saco, você também, não.

– Pelos crimes anteriores, estava claro que não era ele.

– Espere aí. Você tem que ir um pouco mais devagar. Ele poderia facilmente ser o homem que procuramos. Seus crimes anteriores tinham semelhanças suficientes para fazer dele um suspeito viável. Não tente ser espertinha. É o jeito certo de fazer uma merda geral. Enfim, está planejando ficar o fim de semana todo aqui?

– Queria saber do interrogatório.

– Agora já sabe.

– Gostaria de ouvir a gravação toda, se não se importa.

– Por que, se Lawlor não é o cara?

– Para fins de pesquisa. Ele continua a ser um agressor sexual em série, apesar de não ter cometido esses crimes em particular. Gostaria de ouvir o que tinha a dizer.

– Como sabe que ele disse alguma coisa?

– Digamos apenas que tenho fé nos seus poderes de persuasão.

Subitamente, ele suspeitou dela. Por que fora designada para a investigação? A tarefa dela seria ajudá-lo... ou investigá-lo? Qualquer que fosse o motivo, ele estava começando a admirar sua persistência. Não seria fácil se livrar dela, isso estava claro.

– Claro – disse ele, e jogou para ela uma cópia de trabalho do interrogatório gravado, que estava sobre sua mesa. – É a única cópia que tenho, por isso não perca. Vou precisar dela para o programa de material não utilizado.

– Obrigada.

– Não há de quê. – Ele se levantou e vestiu a capa de chuva. – Eu já terminei. Vou para casa para ver se ainda reconheço minha mulher. Recomendo que você faça o mesmo. De volta aqui amanhã, seis da matina, se conseguir.

– Estarei aqui – garantiu ela.

– Tudo bem – respondeu ele. – Foi o que eu pensei.

Thomas Keller estava sentado sozinho na cozinha, pegando o feijão direto da panela onde o esquentara, engolindo sem mastigar ou saborear, comendo para matar a fome, não por prazer, sua mente precisando se concentrar em outra coisa: o porão e a mulher que lá estava. Ele ergueu os olhos para o relógio pendurado na parede. Era quase meia-noite, tarde demais para ir visitá-la; isso seria indelicado, não seria correto. Melhor deixá-la dormir e então ir vê-la de manhã, depois que ela tivesse tido tempo para descansar e perceber que tudo isso era para o seu bem. Ele sorriu feliz quando os seus olhos pousaram nas roupas femininas recém-lavadas, secando no varal no canto do cômodo, exatamente como haviam estado alguns dias antes, depois que as tirara de Karen Green. Eram as únicas roupas que ele lavara em várias semanas. Mal podia esperar para ver a alegria no rosto dela quando lhe desse as roupas, que então já estariam secas e passadas.

Ele apanhou a panela na mesa e a jogou na pia já cheia, o som de louça se quebrando não deixando nenhum registro em seus pensamentos, enquanto pegava o último garfo limpo na caótica gaveta de talheres e atravessava a casa até a porta dos fundos. Pegando uma lata grande de comida de gato, abriu devagar e silenciosamente a porta e saiu na noite fria, procurando nas árvores e sebes que cercavam os fundos da casa de um só pavimento os olhos iluminados que brilhavam no escuro e o esperavam. Ele bateu com o garfo na lateral da lata, o som penetrando no fundo da mata. Fez sons de 'psst, pssst', ao mesmo tempo que tirava da lata a comida solidificada, jogando-a em cumbucas sujas e lascadas que cobriam a área dos fundos da casa. Não demorou muito a ouvir o farfalhar leve nas sebes e ver uma ou outra piscada de olhos espelhados; os gatos vadios o examinavam a uma distância segura, sentindo no ar o cheiro de uma refeição fácil.

– Venham cá – ele os encorajou, baixinho. – Pssst, pssst, pssst, venham cá. Venham jantar, pssst, pssst, pssst. – Mas eles mantinham distância, circulando em volta dele no escuro, miando uns para os outros sem vontade de aparecer, sentindo nele algo que temiam. Ele ficou impaciente, esperando a aproximação. – Não querem a comida? Não está boa para vocês? Pestes mal agradecidos, é o que vocês são. Tudo bem, façam como quiserem.

Ele jogou a lata nos arbustos, o barulho de miados e patas se dispersando ecoando pelos muros, e foi de cumbuca em cumbuca, chutando-as em todas as direções, o sentimento de rejeição o esmagando como uma gigantesca onda espumante.

Assim que voltou a casa, furioso, batendo a porta, os sentimentos despertaram lembranças de quase oito anos atrás, pouco antes de completar vinte anos, a última vez que vira a mãe que o abandonou. Emily Keller o contatara pela internet, dizendo que estava orgulhosa por ele agora ser um homem e ter conseguido um emprego nos Correios. Disse-lhe que sentia muito por tê-lo abandonado e traído, mas era tão nova... Desde aquela época tinha mudado... poderiam se encontrar e começar de novo? Ele concordara em se encontrar com ela num café em Forest Hill.

Na manhã em que tinha combinado de vê-la, ele ficou satisfeito por acordar com um começo de gripe, a garganta doendo e o muco se acumulando nas narinas. Lembrava-se de ter tomado banho e se vestido com calma, para ficar com a melhor aparência possível, penteando o cabelo e envergando sua melhor roupa, seu único terno, que usara pela última vez havia três anos na entrevista para os Correios. Caminhara ao longo das ruas naquela manhã movimentada, indiferente às pessoas por quem passava, ignorando os olhares de surpresa quando ocasionalmente seus ombros se chocavam, até chegar ao café onde haviam combinado de se encontrar, do tipo que tem fotografias dos pratos no menu lustroso, porém grudento.

Ele a reconheceu pelas fotos que ela anexara aos e-mails: ainda relativamente jovem, trinta e poucos anos, magra, com cabelos compridos e escuros que emolduravam seu rosto bonito. Estava sentada numa mesa perto da janela, brincando nervosamente com uma xícara de chá fumegante, levantando os olhos quando ele entrou, o reconhecimento fazendo seus olhos faiscarem, apesar de não o ter visto desde que tinha quatro anos, quando ela o entregou ao Serviço Social para adoção voluntária, antes de afundar numa vida de drogas e pequenos crimes, embora lhe tivesse prometido que aqueles dias eram passado. Ele não enviara nenhuma foto, mas ela sem dúvida sabia que o jovem que acabara de entrar no café era o seu filho abandonado. Um sorriso se abriu em seus lábios, e os olhos cintilaram de felicidade quando ela se levantou da mesa e ajeitou a roupa, querendo parecer bem, causar uma boa impressão. Ele andou na direção dela sem sorrir, puxando o muco da cavidade nasal para a parte posterior da garganta, antes de contrair os músculos do pescoço e empurrar a bola de secreção verde até a boca, rolando-a por ali e sentindo o gosto dos anos de amargura que representava, todas as memórias dolorosas que a mãe lhe causara e todo o ódio que sentia por ela. Quando chegou perto o suficiente para beijá-la, ele encheu os pulmões ao máximo e cuspiu o catarro direto no rosto dela, cujo sorriso foi substituído por um olhar de choque e repulsa. Ele se virou e saiu do café sem dizer uma palavra. Enquanto a porta se fechava, pôde ouvir seus gritos de nojo e revolta. Ele jamais a viu ou falou com ela de novo.

8

Sábado, quatro e meia da manhã, e o alarme do iPhone tocava baixinho na mesa de cabeceira, o barulho mal dando para acordar qualquer ser vivo, mas suficiente para tirar Sean do seu sono leve, a mente em atividade constante jamais permitindo que o descanso de fato acontecesse. Ele pegou o telefone no segundo toque e o desligou, certificando-se rapidamente de que Kate não tinha acordado. O choque inicial de acordar logo deu lugar a uma sensação de extremo cansaço, que ameaçava arrastá-lo para a inconsciência. Ele já sentira isso centenas de vezes anteriormente, e era provável que fosse sentir centenas de vezes mais, antes de poder ao menos sonhar em voltar a ter algo semelhante a um padrão de sono normal. Sabia que tinha que se mexer agora, sob risco de cair no tipo de sono que gostaria de ter conseguido durante a noite, e afastar o edredom quente do corpo, expor a quase nudez ao ar frio do quarto. Sentou-se na beirada da cama, esfregando a nuca, os músculos do tronco despertando com flexões e contrações, as linhas do seu corpo bem condicionado tão definidas quanto as de qualquer boxeador peso médio.

Depois que sua mente compreendeu onde ele estava e por que havia acordado tão cedo, levantou-se cambaleante e andou até o banheiro, erguendo o assento do vaso sanitário e esperando para urinar, o que demorou para acontecer e durou apenas uns poucos segundos, alertando-o sobre a desidratação e lembrando o pouco tempo de sono. Decidiu não dar a descarga, para não se arriscar a acordar Kate e as meninas, e dirigiu-se ao chuveiro, ajustando a temperatura para morna e entrando imediatamente, a água fria o trazendo de volta à vida. Ele se lavou e vestiu rapidamente e desceu, sentindo-se razoavelmente humano. Estava ciente de que essa sensação duraria poucas horas, depois o resto do dia seria uma luta para manter mente e corpo trabalhando, e ele teria que ultrapassar a barreira da dor mais de uma vez.

    Sentado na cozinha silenciosa, bebendo café preto e empurrando pelo prato uma fatia de torrada que ele mal tocara, sentiu a presença de Kate se aproximando, muito antes de ouvi-la ou vê-la. Alguns segundos depois, ela entrou no aposento, enrolada num velho roupão dele, e sentou-se à sua frente, olhos inchados e bochechas cheias escondendo seu charme natural. Sean sorriu, apesar do cansaço, e empurrou o seu café para o lado dela.

    Ela o pegou, tomou um gole e murmurou: – Obrigada.

    – O prazer é todo meu – disse ele. – Por que acordou tão cedo?

    – Para te ver.

    – Estou lisonjeado.

    – E deveria. Como vai o caso?

    – Não vai – respondeu ele, fazendo com que ela levantasse os olhos do café que antes era dele, reconhecendo os sinais de estresse em sua voz.

    – Ah – disse ela. – Como assim?

    – Não sei. Parece que não consigo entrar na cabeça dele.

    – Não dá a impressão de ser um bom lugar para ficar, de qualquer maneira.

    – É, bem, é o melhor lugar para ficar se eu quiser encontrá-lo rápido.

    Eles se calaram por um tempo, depois Kate falou de novo.

    – Você parece muito cansado.

    – Eu estou muito cansado.

    Decidida a esconder o medo e a ansiedade que sentia cada vez que ele saía pela porta, ela manteve o tom neutro quando perguntou:

    – Vai pegá-lo em breve?

    – Em uma semana eu o pego.

    – Deve estar confiante.

    – Estou chegando perto – confidenciou ele. – Só preciso decifrar a motivação dele... quero dizer, a motivação principal. Estou quase lá, mas a resposta continua escapando. Logo tudo vai fazer sentido e aí eu o encontro.

— Qual parte da motivação dele você não entende?

— Por que ele fica com elas. — Ele passou a mão pelo cabelo. — Tenho teorias e ideias, mas não sei ao certo e não posso me dar ao luxo de adivinhar. Se tivesse que dizer alguma coisa, eu diria que ele fica com elas para se lembrar de uma antiga namorada, com quem provavelmente teve um relacionamento sério. É o melhor que consegui até agora, mas não parece muito correto e eu não sei por quê.

— Porque não está correto — disse ela, objetiva.

— E por quê?

— As mulheres guardam coisas para se lembrar do que tiveram um dia ou do que foram um dia: fotografias, vestidos antigos, roupas velhas dos filhos, roupões velhos do marido. — Ela puxou o roupão que usava para dar mais ênfase. — Os homens, não. Os homens colecionam coisas para se lembrar do que querem, mas não podem ter: modelos de aviões, escudos de carros esporte antigos, fotos de mulheres nuas — acrescentou ela com uma careta, mas Sean não estava mais sorrindo. Sabia que tinha recebido uma peça importante do quebra-cabeça. Agora só precisava descobrir onde encaixá-la.

Sean fechou os olhos, deixando a cabeça cair para trás.

— Deus do céu, claro. Claro.

— Você está bem? — perguntou Kate.

— Você tem razão — disse Sean. — Tem razão. Ele está tentando criar algo que nunca teve, mas sempre quis. Talvez até acreditasse que tinha, mas de fato, não tinha. Preciso ir. — Ele apanhou a capa, os bolsos já carregados com tudo de que precisaria naquele dia, e foi andando para a porta da frente. — Vou ligar para você mais tarde — prometeu.

"Não, não vai", murmurou ela depois que ele se foi, uma agitação conhecida voltando ao peito. "Você nunca liga."

Donnelly chegou ao escritório pouco depois das cinco e meia da manhã. O lugar estava deserto, exceto pelo faxineiro habitual, que arrastava um aspirador barulhento para todos os lados, esvaziando latas de lixo num saco plástico à medida que as encontrava. Donnelly o cumprimentou de cabeça e sorriu, escondendo sua frustração por não estar totalmente sozinho. Sentou-se à sua mesa e fingiu ler enquanto esperava que o faxineiro chegasse ao final do escritório e desaparecesse pelas portas de vaivém. "E eu que pensei que tinha um trabalho de merda", disse consigo, enquanto levantava o seu peso da cadeira de madeira gasta, com tecido verde rasgado e esgarçado, o pouco estofamento que tivera um dia há muito achatado. Furtivamente, vagou pelo escritório, examinando cada uma das mesas, verificando as bandejas de entrada e saída dos colegas, lendo memorandos deixados nas mesas e folheando agendas que não haviam sido trancadas, não abandonando uma mesa até ficar satisfeito com o que sabia sobre o que aquele detetive andava fazendo: qual sua carga de trabalho, se estava em dia com as tarefas e com os memorandos da Promotoria Pública e, o mais importante de tudo, se estava escondendo alguma coisa dele, fosse profissional ou pessoal. Para Donnelly, esta era a sua Equipe de Investigação de Homicídios, tanto quanto era de Sean, e era seu dever manter-se a par de tudo que estava acontecendo dentro da sua área. Qualquer sargento-detetive de respeito faria a mesma coisa.

Num certo momento, chegou à mesa de Sally. Parecia pelo menos limpa e organizada, mas ele bem sabia que ela não era a mesma desde o incidente com Sebastian Gibran e, como único colega sargento na equipe, era responsabilidade dele ter certeza de que ela estava bem. Bastava uma pessoa cometer um erro grave, e toda a investigação poderia ir por água abaixo. Primeiro ele folheou a agenda de Sally, preta, do tipo padrão dez-por-sete-centímetros da Metropolitan Police Friendly Society, que aparentemente todo mundo recebia todos os anos. O que ele viu foram páginas e páginas em branco: sem anotações, reuniões, compromissos, nada. A tecnologia havia evoluído, mas os detetives eram pessoas metódicas e usavam essas agendinhas havia décadas para rabiscar observações. Elas ainda eram mais rápidas e fáceis de usar do que qualquer celular ou tablet, por isso uma agenda vazia indicava problemas. As bandejas de entrada e saída estavam na mesma situação, só alguns memorandos antigos e pedidos da promotoria que pareciam ter sido em grande parte ignorados, nada de atual ou aparentemente importante. Estava claro que Sean a vinha mantendo afastada de trabalho ou responsabilidade em excesso, tentando protegê-la, dar-lhe tempo para se recuperar totalmente. Ele ficou desapontado por ela não ter confiado nele, mas tentou não dar importância, prometendo a si mesmo que a vigiaria ainda mais de perto no futuro, para o bem dela e de todos os outros. Certificando-se de que pusera a agenda de volta exatamente onde ela a deixara, ele se dirigiu à porta aberta de Sean.

Donnelly entrou no escritório de Sean e começou a examinar as pilhas de papéis que começavam a se formar nas duas mesas, mas elas continham pouca coisa interessante e não revelaram nada que ele já não soubesse. Sean tinha idade suficiente para não deixar nada delicado ou interessante à vista do público. Ele puxou a gaveta superior de Sean, uma das três escondidas sob a mesa, o mesmo conjunto de madeira que todos no escritório possuíam, mas estava trancada, como previra. Ele tentou as outras e todas estavam também trancadas. "Sem problema", anunciou à sala vazia, e pegou um conjunto de chaves no bolso da calça, balançando-as na mão até localizar a chave mestra, que servia em absolutamente todas as gavetas de madeira sob absolutamente todas as mesas na Metropolitana. Assoviando sozinho, sacudiu o pedaço de metal fino e comprido dentro da pequena abertura da gaveta de cima. Depois de alguns segundos, conseguiu virar a chave cento e oitenta graus, o que significava que a gaveta estava aberta. Não haveria necessidade de verificar as outras gavetas, ele já sabia que continham pouco mais do que artigos de papelaria e livros de referência.

Puxou a gaveta de cima e ficou aliviado ao ver o prêmio esperando por ele: o diário de Sean, encadernado em couro, aquele tipo de coisa que a gente compra para dar a alguém de presente de Natal quando não consegue pensar em outra coisa. Mas Sean fazia bom uso do seu, e Donnelly sabia disso. "E que segredos vai me revelar hoje, amigo velho?", perguntou ele ao livro em suas mãos, enquanto o colocava sobre a mesa e começava a virar as páginas, pulando anotações antigas que já lera, até encontrar rabiscos e textos que não reconheceu. "Bem, olá, o que temos aqui?" Era como se ele estivesse entrando parcialmente na mente de Sean, um caminho direto para as suas teorias secretas e pensamentos mais íntimos sobre esta e outras investigações. Um conjunto desnorteante de nomes com círculos em volta, outros cortados, palavras de tamanhos variados, escritas em estilos diferentes, como se uma dúzia de pessoas tivesse contribuído para o diário, palavras comoventes, fortes, escritas com canetas de cores diferentes: amor, raiva, ódio, ciúme, ganância, posse, paixão, medo, algumas dentro de círculos ligados por linhas que serpenteavam de um lado a outro das páginas.

"Ou você é maluco ou é um gênio", disse Donnelly ao Sean ausente enquanto virava as páginas, encontrando o nome das vítimas, Louise Russell e Karen Green, uma delas morta, outra ainda desaparecida, o nome de Green dentro de um círculo feito com uma mistura de tinta azul e vermelha, o de Russell com um círculo só em azul. Uma miríade de palavras e cores, nomes e lugares comprimidos em cada milímetro das páginas, quase totalmente indecifráveis. Perguntas curtas cobriam as outras páginas: *Por que seis/sete dias? Por que ficar com elas? Por que estupro? Por que violência? Por que vít parecidas? Por que casas iguais? Por que mata? Por que corpos abandonados nus? Por que nenhum remorso ou compaixão? Por que floresta? Por que estacionamentos em florestas? Confortável em florestas? Mora em floresta? Ficando na zona de conforto? Relacionamentos malsucedidos? Ele as inveja? Ama? Motivação? Motivação? Motivação?*

"Credo", disse consigo, dando uma olhada em páginas e páginas de observações desconexas de um homem obcecado, vivendo no limite. Passou pela sua cabeça que Sean poderia estar fazendo por onde conseguir uma aposentadoria precoce por doença relacionada a estresse, mas ele o conhecia, sabia que não faria isso, e vira suas garatujas malucas no passado, geralmente pouco antes de conduzir a equipe a um homem que procuravam. Mas nunca haviam sido tão frenéticas, tão desesperadas.

Um barulho vindo do corredor, do outro lado das portas de vaivém, o assustou. Rapidamente, recolocou o diário na gaveta e a fechou em silêncio, virando a chave mestra e trancando, depois saindo da sala como um fantasma e voltando à sala principal.

Conseguira já ter se afastado alguns passos quando as portas duplas se abriram e Anna entrou, com uma aparência espantosamente descansada e bem-disposta, considerando que não poderia ter tido mais do que três ou quatro horas de sono. Ele lhe deu as boas-vindas com um largo sorriso, o bigode se curvando nas extremidades.

– Bom-dia. É bom ter outra madrugadora na equipe.

– Sempre gostei desta hora do dia – disse ela. – É silenciosa e tranquila, me dá o tempo e o espaço de que preciso para pensar.

– E eu que achei que era porque você estava tentando me impressionar.

– Talvez eu esteja – respondeu ela, com um sorriso falsamente sugestivo.

– Ou talvez esteja tentando impressionar outra pessoa? Alguém de patente um pouco mais alta? – Ela não respondeu. – Então – continuou ele –, você é o quê... uma psiquiatra do crime?

– Eu certamente espero que não – respondeu ela – e não tenho dúvida de que me prenderia se eu fosse.

– Sabe o que eu quero dizer.

– Não, sou psiquiatra e criminologista, especializada em perfil de infratores. O FBI faz isso há anos, mas é relativamente novo para a polícia daqui. O pessoal tem resistido um pouco à ideia.

– Parece que está falando da gente – brincou Donnelly. – Então, vamos lá, tente me impressionar, fale sobre o homem que estamos procurando.

– Ainda está cedo demais para ser exata. Preciso de mais informações, mais tempo para estudar o caso e o histórico de casos anteriores antes de me dispor a traçar um perfil.

– Ora, vamos – Donnelly a encorajou –, vai ficar só entre nós, nada oficial.

– Tudo bem – concordou ela com um suspiro. – Com base no que sabemos até agora, acredito que ele seja branco, provavelmente baixo ou magro. Isso se baseia no fato de ele usar drogas para dominar as vítimas, o que sugere que não é fisicamente seguro de si. Tem um passado problemático e quase com certeza foi abusado ou abandonado quando criança, talvez as duas coisas. Me disseram que ele parece não ter condenações anteriores, mas estou convencida de que teria cometido violações de domicílio e outras agressões sexuais graves. Talvez apenas nunca tenha sido apanhado.

– É possível – concordou Donnelly, parcialmente.

– Esse tipo de criminoso geralmente pega troféus das vítimas, mas acredito que neste caso as próprias mulheres são os troféus, embora perecíveis, dos quais ele se cansa e depois joga fora sem arrependimento, piedade ou remorso. Naquele momento, elas são para ele apenas objetos.

"Imagino que ele seja meio desajustado socialmente e que more sozinho. Não consigo vê-lo formando relacionamentos duradouros ou tolerando uma invasão da sua vida privada, e sua falta de segurança significa que ele basicamente vai permanecer na sua zona de conforto, o que por sua vez significa quase com certeza que ele é do local. Conhece bem a região. Vê essa área todo dia. É o seu mundo e ele não vai começar a operar fora desse mundo.

"O fato de as vítimas serem parecidas é interessante. Acho que elas lembram alguém, alguém por quem tem um ódio genuíno, possivelmente sua mãe, possivelmente porque ela não impediu qualquer que fosse o abuso que estava acontecendo com ele. Talvez fosse o pai que abusava dele ou o namorado da mãe."

– Por que ele não projeta a raiva diretamente na pessoa que pratica o abuso? Por que na mãe? – perguntou Donnelly.

– A transferência de ódio ou culpa não é incomum. Ele provavelmente amava a mãe, mas não tinha nenhum relacionamento com o abusador além do abuso. Para ele, odiar a pessoa que de fato abusava dele seria tão sem sentido quanto você ou eu odiarmos a vespa que nos deu uma ferroada. Não há aí nenhuma ligação emocional. O amor e o ódio são perigosamente próximos um do outro.

"Claro que há um elemento sexual em seus ataques, acredito que ele exiba todos os traços comuns àqueles que cometem tais atos, na medida em que isso o faz sentir-se poderoso e com controle, algo que raramente lhe acontece no mundo real. A vida diária normal é um bocado difícil para ele. Pode-se dizer que ele não é um vencedor."

Donnelly fez o gesto de quem aplaude.

– Impressionante. É espantoso o que se pode aprender nos livros hoje em dia.

– Na verdade, a maior parte das minhas observações é baseada nos estudos clínicos que fiz de vários criminosos perigosos. Interrogatórios de predadores sexuais e assassinos. Alguns mentalmente sadios, outros, não.

– Por mais estranho que pareça, eu mesmo tive um pouco dessa experiência.

A conversa foi interrompida por Sean fazendo barulho ao passar pelas portas duplas, um olhar de surpresa e desapontamento por não ser o primeiro a chegar gravado no seu rosto.

– Vocês dois chegaram cedo. Tentando impressionar alguém?

Donnelly e Anna quase riram. As portas fizeram barulho de novo e foram abertas com o pé por Sally, as mãos cheias de sacolas e uma bandeja com café em copos de isopor. Ela pousou as sacolas no chão e deslizou a bandeja para a mesa mais próxima do grupo.

– Eu não sabia quem já estaria aqui, então comprei alguns a mais – disse ela, deixando-se cair numa cadeira.

– Legal, Sally – disse Donnelly.

– Obrigada – acrescentou Anna.

– Você está com a cara meio amassada, Sally – disse Donnelly.

– Obrigada. Eu também te amo.

– Só falei por falar.

– Nós todos vamos estar com uma cara bem pior quando isso acabar, então ponham de lado suas vaidades coletivas, se possível – Sean salvou Sally. Ele se serviu de um café da bandeja, sem se preocupar se era preto, com leite, adoçado ou não, e deu um gole.

– OK, já que todo mundo está aqui, vamos aproveitar para fazer uma atualização.

– Isso seria bom – opinou Donnelly.

– Na minha opinião, temos dois, talvez três dias antes que Louise Russell seja morta. – A frieza do fato fez o próprio Sean se sentir desconfortável com o que estava dizendo. – E quando ela morrer, acho que será apenas uma questão de dias antes que ele sequestre uma outra.

– Uma substituta? – perguntou Anna.

– Acho que sim. Já sabemos que ele manteve duas reféns ao mesmo tempo. Parece ser parte do seu *modus operandi*. É razoável supor que vai querer fazer isso de novo.

– Isso faria algum sentido – concordou Anna.

– Espere um pouco – interrompeu Sally. – Se ele substitui a que ele mata, então por que não sequestrou alguém para substituir Karen Green? Ela foi morta quase trinta e seis horas atrás.

– Pode ser que tenha feito isso – confessou Sean. – Todas as delegacias nas redondezas foram solicitadas a reportar a nós, diretamente, qualquer pessoa desaparecida com descrição similar. Se ele já sequestrou alguém e o desaparecimento for comunicado, logo vamos saber.

– E se ninguém comunicar o desaparecimento? – perguntou Donnelly.

– Esperamos aparecer um corpo – respondeu Sean, com mais verdades desagradáveis. – Nesse meio-tempo, estamos nos valendo de todos os recursos que podem ser utilizados. Featherstone providenciou detetives extras para fazerem porta a porta numa área maior, e agentes estão realizando blitzes perto dos dois locais de sequestro e do ponto onde o corpo foi abandonado, buscando suspeitos e testemunhas. Temos até um India 99 voando por aí, procurando seja lá o que for que helicópteros procuram. E ainda tem o patrulhamento tanto a pé quanto motorizado, investigando o tipo de lugar onde o cara poderia estar mantendo as vítimas, ou seja, sítios velhos, fábricas abandonadas e em particular qualquer coisa no subsolo, como depósitos de carvão, porões, abrigos antibombas, qualquer local remoto ou escondido, mas a poucas milhas das cenas dos crimes, já que esse cara não gosta de ir longe.

– Você acha que ele as mantém num subterrâneo? – perguntou Anna, fazendo todos os olhos se voltarem para Sean.

– Acho, sim. Dr. Canning descobriu o que parece ser poeira de carvão sob as unhas das mãos e dos pés.

– Ah, como eu gostaria de ficar uns minutos sozinho com esse sacana – resmungou Donnelly.

– Guarde essa conversa linha-dura para depois que o encontrarmos – disse Sean. – Todo mundo de acordo?

– Claro – respondeu Sally, demonstrando cansaço.

– Vamos em frente – aquiesceu Donnelly. Anna não disse nada.

– Mais uma coisa – continuou Sean meio hesitante, receoso de perguntas difíceis sobre como obtivera a informação, lembrando-se do seu ataque implacável a Douglas Levy. – Acho que ele está se disfarçando de carteiro. É assim que consegue que as portas sejam abertas.

– Não vi nada que sugerisse isso – comentou Sally.

– Uma nova testemunha – disse Sean. – Mencionou alguma coisa que passou essa ideia.

– O quê? – insistiu Sally.

– É uma história comprida e muito desinteressante. Vá por mim, ele está fingindo ser carteiro, mas por enquanto isso fica só entre nós, não quero arriscar que um detalhe como esse vaze para a imprensa, e não vamos esquecer que ainda temos a perícia de cinco cenas de crime diferentes para pesquisar e depois precisamos fazer o cruzamento de DNA e digitais de todas as cenas para ter certeza que de fato se trata do mesmo homem em cada uma delas.

– É o mesmo homem – disse Anna, meio alto demais.

– Claro que é – confirmou Sean, impaciente –, mas os tribunais enchem o saco quando se trata de uma coisa chamada prova. Teorias são legais na sala de aula, mas aqui fora, não.

Donnelly e Sally olharam para o outro lado, deixando Anna com sua humilhação.

Sean continuou: – Enquanto estamos todos aqui, é melhor que eu diga logo. Esta investigação está virando um monstro. Temos Deus e o mundo lá fora procurando Louise Russell, mas não é essa a impressão que vamos ter. Nós é que vamos ficar presos aqui até não sei que horas, lutando com pilhas de relatórios, fazendo ligações, indo atrás da perícia, importunando testemunhas em potencial, lendo a merda dos relatórios inúteis da inteligência e tentando evitar a culpa por todos os homicídios não resolvidos na última década que os poderosos tentam jogar em cima da gente. Mas fiquem atentos, e lembrem a todos na equipe para ficarem atentos, porque esta investigação vai ser acompanhada de perto pelo país inteiro. O que significa que todo mundo tem que se comportar muito bem, por favor. Não pode fumar nas cenas de crime, nada de rir e brincar quando houver câmeras por perto, e tenham todo o cuidado com o que disserem quando estiverem conversando no celular. Se nós podemos ouvir as conversas dos outros, podem ter certeza de que a mídia também pode. Se uma conversa que você teve com o laboratório aparecer no seu tabloide de domingo preferido, já sabe de onde veio. Todo mundo entendeu? – Sua plateia de três pessoas assentiu com a cabeça e resmungou que sim. – Bom.

Ele já ia saindo para a sua sala quando Sally o deteve.

– Este caso é sobre o quê? Por que ele faz isso?

– É sobre aceitação – respondeu ele, sem hesitar. – Sobre finalmente ter o que ele sempre quis, mas até agora nunca pôde ter. É sobre amor, amar e ser amado.

– Amor! – interrompeu Donnelly, em voz alta e de maneira brusca. – Para mim, isso não parece amor. Levar a mulher para uma floresta sombria no meio da noite e tirar a vida dela, depois deixar o corpo da pobre coitada nu para ser encontrado por uma merda de um cachorro. Qual parte dessa história você acha que tem a ver com amor?

– Eu não disse que ele era uma pessoa racional – explicou Sean. – A percepção dele de amor e do que isso significa é completamente diferente da sua, mas em última análise continua a ser sobre amor.

É a única coisa que ele deseja mais do que tudo e é a única que nunca teve.

— A gente deveria ter pena dele? — perguntou Donnelly com ironia. — Ele é só mais um pervertido doente que precisa ser trancado com os presos comuns por algumas noites, antes de ser mandado para o isolamento. Os outros detentos vão logo fazer justiça.

— Não é o caso de ter pena pelo que ele é — respondeu Sean —, mas talvez levar em consideração o que deve ter acontecido com ele para que ficasse como é agora.

— Como sabemos que alguma coisa aconteceu com ele? — persistiu Donnelly. — Pode ser que ele faça só porque gosta?

— Ele não é como Sebastian Gibran — Sean deixou escapar, olhando imediatamente para Sally como quem pede desculpas. — Ele é um produto das circunstâncias, não da natureza.

— É, pode ser, mas essa bobagem toda de amor, eu não acredito nisso nem ela tampouco — disse Donnelly, apontando para Anna.

— É mesmo? — disse Sean. — Pode me dar uma luz?

Anna limpou a garganta.

— Neste momento, seria correto dizer que não vejo nenhuma indicação específica de amor por parte do criminoso em relação às vítimas. Vejo transferência de impulsos de vingança e a necessidade de se sentir poderoso, daí os atos de agressão sexual e abuso. Mas nenhum sinal de empatia ou afeição.

— E o hidratante e os vestígios de perfume no corpo? Estavam recentes demais para terem sido usados antes do sequestro — argumentou Sean.

— Não sabemos se não eram cosméticos da própria vítima — lembrou Donnelly.

— Mesmo que fossem da própria vítima, ele deu os cosméticos a ela ou permitiu que usasse. Isso demonstra um grau de empatia, no mínimo — explicou Sean.

— Não acho que sejam cosméticos da própria vítima — disse Anna. — Acredito que vamos descobrir que são das marcas usadas pela pessoa por quem ele tem esse ódio, seja lá quem for.

— Poderia ser sua mãe? — sugeriu Donnelly.

– É possível – concordou Anna.

– Vocês estão errados – Sean os cortou. – Uma parte do que estão dizendo provavelmente é verdade, mas vocês não o entendem... não entendem o que o motiva, por que tem que fazer o que faz. – Uma atmosfera tensa pairou na sala, até que Sally quebrou o silêncio.

– E aí, qual é o próximo passo?

– Apressem a perícia e o porta a porta e esperem pela montanha de informações que vão chegar para nós daqui a pouco – disse Sean. – E por falar nisso, vou estar na minha sala caso precisem de mim. – Ele pegou a capa mais uma vez e andou em direção à sua sala, pequena e separada com divisória. Donnelly abanou a cabeça antes de enterrá-la numa pilha de relatórios.

– Não suporto beber nada nessas coisas – disse Sally a Anna, com um olhar acusador para o seu copo de isopor. – Vamos dar uma fugida até a cantina e eu te pago um café numa xícara decente.

Anna deu de ombros. – Por que não?

Elas se certificaram de que estavam bem longe da sala de investigações antes de falar de novo e foram conversando enquanto andavam.

– Então – perguntou Sally –, o que acha de Sean? Intenso, não é?

– Estou mais inclinada para algo como arrogante e grosseiro – retrucou Anna.

– Ele não faz de propósito – assegurou Sally. – Não consegue evitar, não quando está muito envolvido numa investigação. – Andaram em silêncio por um tempo, enquanto passavam por um grupo de policiais saindo da cantina. – Ele não lida com as investigações de um jeito que eu já tenha visto, não se baseia inteiramente nas provas tangíveis diante do seu nariz. É mais instintivo, intuitivo. – Elas entraram na cantina já movimentada e encontraram duas cadeiras no fim de uma mesa comprida, onde Anna se sentou sozinha, sentindo-se pouco à vontade, até Sally voltar do balcão com duas canecas de louça de café. – Onde estávamos?

– Você me falava sobre Sean.

— Ah, é – lembrou Sally –, o inspetor Corrigan.
— Você gosta de trabalhar com ele? – perguntou Anna.
— Gostar não é bem a palavra certa. É mais uma questão de ser interessante, suponho.
— Por causa da intuição dele?
— Ele consegue pensar como eles, sabe – contou Sally. – Não só como e quando e onde, mas pensar como eles mesmo, cada detalhe. Parece ser capaz de compreender por que fazem seja o que for que estiverem fazendo. Pode ser meio perturbador às vezes, mas ele tem controle, pode desligar e ligar.
— Onde ele está quando *liga* essa intuição? Pode estar em qualquer lugar ou faz isso com mais frequência em determinados locais?
— Acho que pode fazer em qualquer lugar, mas principalmente nas cenas de crime. Ele parece conseguir nas cenas muitas informações que ninguém mais observa. Como eu disse... detalhes.
— Ele fala sozinho quando está examinando uma cena?
— Isso eu nunca vi, mas se você estiver lá, ele vai te dizer o que está vendo ou sentindo, como um tipo de comentário.
— Sentindo?
— O que ele acredita que o assassino estava sentindo.
— Isso é interessante.
— Esse é o motivo das perguntas, você o acha interessante?
— Acho que sim.
— Interessante ou atraente?
— Interessante do ponto de vista clínico. De qualquer maneira, eu sou casada e ele também é.
— É casada, mas não está morta – provocou Sally. – E ele é um homem bonito. Além de estar em boa forma, ele se cuida. Não me diga que não notou porque não vou acreditar.
— Ele não faz o meu tipo. Não gosto de homens temperamentais.
— Entendo o que quer dizer – concordou Sally. – Embora eu já tenha tido uma atração por ele, devo admitir. Achava sua intensidade muito atraente.
Anna não estava interessada no assunto.

– Ele teve alguma experiência traumática recentemente, talvez uma lesão grave no trabalho, ou alguma coisa na vida pessoal?

O sorriso de Sally desapareceu rapidamente.

– Não – disse ela. – Não que eu saiba.

– Estou surpresa.

– Se está procurando lesões e estresse pós-traumático, então a pessoa que procura sou eu.

– Desculpe? – disse Anna, seu rosto mudando quando percebeu o significado do que ouvira. – Ah, sinto muito, claro. Ouvi falar do que aconteceu com você. Deve ter sido horrível. – Ela não contou a Sally sobre o seu papel na avaliação de Sebastian Gibran, sabendo que isso destruiria qualquer grau de confiança que havia entre elas. – Como você está lidando com isso?

– Estou quase curada. Ainda fico um pouco sem fôlego de vez em quando, mas vou melhorar.

– Não era isso o que eu queria saber.

– Eu sei que não – disse Sally, abaixando a voz e olhando em volta para ter certeza de que não estava sendo observada ou ouvida.

– Teve algum acompanhamento terapêutico?

– Não.

– Por que não?

– Porque sou uma policial. A gente não faz terapia, é sinal de que não consegue aguentar, e não aguentar é sinal de que não é capaz de fazer o trabalho, e isso significa fracasso. A gente não lida com fracasso. Quase todas as pessoas com quem trabalho são homens, e as mulheres com quem trabalho atuam com eles há tanto tempo que pensam que são homens. Acho que eu também pensei um pouco assim até que... bem, você sabe.

– Ninguém iria julgar você se quisesse ajuda.

– Eles não entenderiam. Se eu fosse homem, provavelmente iria pensar que minhas cicatrizes eram legais, e iria exibi-las sempre que tivesse oportunidade, na praia, na piscina... sabe como os homens podem ser bobos. Eles não precisariam de ajuda, seriam populares no escritório, heróis de verdade, e adorariam. Não é assim para uma mulher. Essas cicatrizes me fazem ficar feia, me marcam como uma vítima.

– Você não é nem feia nem vít...

– Sou, sim – respondeu Sally, friamente. – Sou as duas coisas.

Anna a observou por um tempo antes de tentar fazê-la entender.

– Você realmente precisa falar com alguém, Sally. E eu gostaria de ser esse alguém. Pode ser devagar, no seu próprio ritmo. Sou uma boa ouvinte.

– Vou pensar no assunto – disse Sally, levantando-se para sair. – Preciso voltar ao escritório. – Ela apanhou seus pertences na mesa e foi em direção à porta.

Anna fitou o café, como se pudesse talvez encontrar respostas rodopiando pela caneca. Parecia que ela agora tinha dois novos casos em vez de um.

Sozinho em sua sala, Sean ignorava a mistura barulhenta de gracejos e assuntos profissionais para além da sua porta, enquanto o resto da equipe chegava para trabalhar. Os seus olhos já estavam vermelhos e cansados de olhar fixamente para a tela do computador, lendo todos os relatórios criminais que envolviam queixas de perseguição obsessiva registrados no *Crime Reporting Input System* (Cris) nos últimos dois anos.

Ele não levantou os olhos quando Donnelly entrou com uma pilha de relatórios de informação, examinando o monitor por sobre o seu ombro. – Relatórios do Cris? – indagou. – Tem esperança de encontrar alguma coisa?

– O quê? – disse Sean, saindo do seu transe.

Donnely apontou para a tela. – Fiquei me perguntando o que você estaria procurando.

– É só uma ideia – respondeu ele. – Um ângulo possível.

– Quer comentar?

– Se eu estiver correto sobre ele usar as vítimas como substitutas de algo que ele quer, mas não pode ter, então o que ele quer tem que ser uma mulher.

– Naturalmente.

– E se ela é tão importante para ele, ele deve tê-la espionado, talvez até tentado um contato, importunado um pouco.

– Você quer dizer perseguido obsessivamente?

– É uma possibilidade. Uma boa possibilidade. E talvez ela tenha percebido, ficado brava com ele e comunicado...

– Está procurando até quantos anos atrás?

– Uns dois anos. Quando eu uso mais ou menos a mesma descrição das vítimas de agora, não encontro tantas ocorrências assim. Não posso usar uma descrição exata, caso ela tenha mudado a aparência em determinado momento.

– Mulheres jovens, atraentes, que foram vítimas de perseguição obsessiva – Donnelly ergueu uma sobrancelha. – Você vai ficar muito ocupado.

– Mesmo assim, acho que vale a pena tentar.

– Digamos que você esteja certo – continuou Donnelly – sobre ele querer essas mulheres como substitutas de alguém, alguém que ele...

– Quer, mas não pode ter – Sean terminou por ele.

– Certo, é isso aí. O que eu não entendo é por que ele não vai e simplesmente pega a que ele quer... e faz com ela o que tem feito com as outras.

Sean deu a impressão de estar confuso. Parecia-lhe incompreensível que Donnelly não entendesse.

– Porque ela é um deus para ele – disse, como se afirmasse o óbvio. – Você não mata os seus deuses.

– Certo. – Sem se convencer, Donnelly no entanto fingiu que aquilo fazia sentido para ele. – É melhor eu deixar você trabalhar, então.

Sean não respondeu, a mente já em outro lugar enquanto observava Donnelly sair. Seus dedos pairaram acima do teclado por alguns segundos para que ele organizasse as ideias. Quando se sentiu pronto, começou a digitar na máquina as informações para o critério de busca. Clicou em Busca, recostou-se na cadeira e esperou, uma sensação de expectativa tangível lhe subindo pela espinha, espalhando-se pelo seu estômago e peito, fazendo o coração dar saltos como uma pedra chata quicando na superfície de uma lagoa tranquila. Poucos segundos depois a tela mudou, o número no canto superior direito informando que nos últimos três anos houvera mais de 250 casos reportados de assédio, do tipo mais conhecido como perseguição obsessiva, envolvendo mulheres com a descrição dada. Ele sentiu a expectativa abandonar o seu corpo, deixando o vazio da decepção.

"Um número alto demais", pensou, sabendo que poderia levar dias para ler todos os relatórios com cuidado e ligar para vítimas, testemunhas, investigadores, e ele não tinha esses dias. Precisava limitar o campo de busca, mas o medo de deixar passar um relatório vital o paralisou momentaneamente, seu reflexo na tela do computador se derretendo e depois se transformando em Karen Green, olhos abertos e parados em contraste com a pele lívida da face morta, a imagem sumindo e renascendo na tela como Louise Russell, seus olhos suplicando-lhe que a encontrasse. À medida que a imagem se firmava, ele pôde ver que já era tarde demais, a pele da mulher ficando pálida, escura, mechas de cabelo molhado grudando na testa enquanto folhas marrons passavam gentilmente pelo seu rosto.

"Os olhos", disse consigo, quando a imagem de Louise Russell mergulhou na escuridão da tela e desapareceu. "As duas têm olhos verdes. Ele não mudaria isso, não os olhos."

Sean acrescentou a cor dos olhos à descrição na página de busca e reiniciou a pesquisa, com uma ansiedade cada vez maior. Nervoso, o olhar fixo no canto superior direito, esperou até que a tela piscasse uma vez, indicando que a busca havia sido completada. O número de ocorrências ficara reduzido a quarenta e três. Ainda era mais do que ele esperava, mas dava para fazer. Ele abriu o primeiro relatório criminal e começou a ler.

Thomas Keller estava no topo do lance de escada que levava ao negrume do porão. Mal conseguindo controlar sua ansiedade, parou na abertura da porta, ouvidos atentos a sinais de perigo, observando uma sombra ameaçadora se movendo pelo chão, o que poderia significar que uma delas estava fora da jaula e esperando por ele. Ambas eram mulheres jovens, fortes e atléticas, se o pegassem de surpresa poderiam feri-lo seriamente. Ele sabia disso, e tinha medo. Satisfeito de que estava tudo bem, começou a descer, equilibrando com cuidado a comida e a bebida na bandeja, as roupas limpas e passadas penduradas no antebraço.

Ao pisar no cômodo, só tinha olhos para a jaula onde estava Deborah Thomson, e um sorriso feliz lhe veio aos lábios quando, através da penumbra, fitou a figura trêmula, encolhida sob o edredom sujo que ele lhe dera. Mas ele não viu o terror, ele viu Sam, agora em segurança, agora sob seus cuidados.

Pondo a bandeja na mesa atrás da tela que usou para pendurar as novas roupas, ele a saudou:

– Bom-dia. Você se incomoda se eu acender a luz? – Ela não respondeu. – Bom – continuou ele. – Sem luz não consigo ver direito o que estou fazendo.

Ele esticou o braço e puxou a corda, inundando o porão com uma luz amarelada e fraca. Depois andou devagar em direção a Deborah, a mão esticada à sua frente com a palma para cima a fim de convencê-la de que ele não era uma ameaça, e se agachou ao lado da jaula, ainda sorrindo enquanto ela se espremia no canto mais afastado, o edredom puxado até o queixo, olhos arregalados de incompreensão, como um cervo um momento antes de ser atingido pelo carro que vai matá-lo.

– Dormiu bem? – perguntou ele. – Espero que o clorofórmio não tenha feito você ficar muito enjoada. Desculpe, tive que usar, era a única maneira de tirar você de lá em segurança e depressa. Sei que vai me perdoar, um dia. – Ele esfregou as mãos nervosamente. – Então, provavelmente vai querer se lavar e talvez tentar comer alguma coisa. Vai se sentir melhor se conseguir. OK? Agora, vamos tirar você daí.

Ele falava como se eles estivessem num primeiro encontro cerimonioso, mas suas palavras faziam Deborah recuar, os pés tentando desesperadamente puxá-la para mais longe, o arame da prisão imprimindo a marca dos quadrados em suas costas.

– Está tudo bem, tudo bem – ele tentou acalmá-la –, não vai precisar ficar aqui muito tempo, prometo. É só para ficar segura até se fortalecer, até entender. Temos que ser cuidadosos porque eles vão estar à sua procura, vão tentar levar você de volta, fazer você acreditar que é alguém que não é. Com o tempo, vai entender o que fiz por você... por nós.

A garganta de Deborah tremia e pulsava, ela tentava repetidamente engolir a saliva não existente, medo e náusea retesando todos os músculos a tal ponto que parecia que iam quebrar, o choque tirando o sangue dos órgãos não vitais e redirecionando-o para o cérebro, num esforço para mantê-la consciente, fazendo seus lábios ficarem quase brancos e a pele acinzentada.

Ignorando o terror da mulher, ele destrancou a porta da jaula, abrindo-a com cuidado para não alarmá-la. O rosto dele enrubesceu levemente de excitação e expectativa, os lábios ficaram mais cheios e vermelhos enquanto seus olhos se moviam pela figura sob o edredom, o conhecido aperto entre as pernas voltando, ele se lembrava da forma e do calor dela, da pele macia sob a coberta. Sem pensar, entrou na jaula, os olhos cada vez maiores enquanto o aperto na calça se tornava mais e mais incômodo, mas de repente acordou do transe, o instinto entrou em ação avisando-o de que estava sendo descuidado, correndo perigo. Ele observou suas mãos e se deu conta de que estava desarmado.

Em pânico, recuou cambaleando até sair da jaula, puxando a arma de choque agarrada no bolso da calça e rasgando o tecido quando finalmente conseguiu tirá-la; arquejando e sorrindo de alívio, virou-se para olhar a jaula, vendo nos olhos dela o reconhecimento do que ele segurava. A sensação entre as pernas desaparecera e ele mais uma vez sentia que tinha o controle da mulher e de si próprio. Olhou para a arma de choque e depois para ela.

– Não tenha medo disso. Não é para machucar você, é para que fique segura.

– Não quero ficar segura. Quero que me deixe ir embora.

Ele não estava esperando que ela falasse, e as palavras o surpreenderam e silenciaram momentaneamente, o sorriso ainda fixo no seu rosto como se fosse pintado numa boneca.

– Você não devia dizer essas coisas, Sam. Estou aqui para cuidar de você.

– Não preciso que ninguém cuide de mim – respondeu ela, a agressividade e o rancor óbvios em sua voz. – Só preciso que você me deixe sair daqui e pare de me chamar de Sam. Meu nome é Deborah, Deborah Thomson.

– Não – insistiu ele, tentando conter a raiva –, isso é o que eles querem que você acredite, mas é tudo mentira. Seu nome é Sam. Não se lembra? Sou eu, Tommy. Eu disse que voltaria para pegar você. Para que a gente pudesse ficar junto, como é para ser.

– Eu não te conheço – berrou ela, lágrimas de fúria e medo explodindo em meio à frustração. – Meu nome é Deborah Thomson e eu quero ir para casa.

– Cale a boca! – Com o rosto distorcido de raiva, ele avançou para ela segurando a arma de choque à sua frente. – Cale essa merda de boca! Isso tudo é mentira deles. Você tem que se livrar das mentiras deles e depois vai se lembrar.

Louise Russell observava da sua jaula, os olhos correndo de um para o outro dos dois contendores desiguais, rezando para Deborah atender ao seu pedido, sabendo que a raiva dele recairia sobre ela, como acontecera quando Karen Green ocupava a outra jaula. Lembrou-se de como, sem perceber, pusera em jogo a segurança de Karen, e agora Deborah fazia a mesma coisa, levando-o a despejar sobre Louise a sua raiva. Ela rezou para Deborah parar, seus olhos fixos nele enquanto o coração lhe batia com força contra as costelas, o som ecoando, alto e ensurdecedor, em sua cabeça. "Por favor, pare, por favor fique quieta", suplicou a Deborah silenciosamente, sem perceber que formava as palavras enquanto as repetia, esperando que Deborah respondesse às acusações. Segundos depois percebeu que Deborah silenciara, o alívio fazendo seu corpo desabar enquanto inspirava o ar de maneira longa e trêmula. Ela escutou o silêncio, os olhos de novo indo de um para o outro, e uma certa calma se espalhou pelo porão.

Finalmente, ele falou.

– Sinto muito – disse a Deborah. – Eu me esqueci, você passou por tanta coisa. Deve estar cansada. – Ele andou até a tela, sem afastar os olhos de Deborah, e pegou a bandeja com a mão livre, levando-a de volta à jaula e passando-a pela porta aberta, depois retornando à tela e, com todo cuidado, puxando as roupas da estrutura de metal, atravessando o cômodo e colocando-as no chão logo na entrada da jaula de arame, antes de fechar e trancar a porta. – Provavelmente é melhor que você se lave um pouco mais tarde, mas pode usar as roupas. Afinal, são suas. Suas roupas de verdade, não aquelas que eles a obrigaram a usar. – Ele buscou no rosto dela algum sinal de aprovação, mas ela apenas devolveu o seu olhar sem sequer piscar os olhos verdes brilhantes. – Vou sair para você descansar.

Ele hesitou na entrada da jaula, esperando que ela lhe agradecesse ou dissesse que gostaria de vê-lo de novo, mas, para seu desapontamento, ela não disse nada.

– Bem, então... – disse ele, para encobrir seu constrangimento – vejo você mais tarde.

Apagando a luz principal, ele subiu a escada correndo, bateu e trancou a porta.

Nenhuma das duas mulheres disse uma palavra. Esperaram, ouvindo os sons abafados do porão, rezando para ele não voltar. Louise já conhecia bem os seus hábitos: se ele não voltasse imediatamente, ficaria sumido durante horas. Quando sentiu segurança, ela expirou longa e lentamente, aquele ar parado que estivera retendo nos pulmões pelo que pareceram horas finalmente escapando.

– Deborah... Deborah, precisa me ouvir.

– Ele é uma merda de um maluco – cochichou Deborah.

– É, sim – concordou Louise. – É um maluco que vai nos matar se não ajudarmos uma à outra a fugir.

– Você já disse isso. Quer que eu o ataque, quando ele me deixar sair dessa merda de jaula, e pegue a chave e solte você. Para dominarmos ele juntas, certo?

– Isso. É nossa última chance. Você tem que acreditar em mim.

– Não vai funcionar. E aí vai ser pior para mim.

Louise ficou em silêncio, pensando em como lidar com o instinto de autopreservação de Deborah.
– Eu era você – disse. – Um ou dois dias atrás... eu era você. Ele me deu um colchão e um edredom, deixou que eu me lavasse e me deu comida e bebida. Ele me deu essas roupas, Deborah. Essas mesmas roupas que deu para você... e me obrigou a usar.
Deborah olhou para as roupas no chão da jaula.
– Essas? – perguntou.
– É.
Deborah pegou a pilha de roupas lavadas e as jogou contra o arame, chutando-as para longe.
– Eu me recuso a participar da fantasia dessa merda desse maluco – disse em voz alta, sem se preocupar em ser ouvida, seu sotaque do sul de Londres tão acentuado quanto sua raiva.
– Não! – Louise tentou acalmá-la. – Não, não faça isso. Precisamos das roupas, você tem que usá-las.
– Nem que a vaca tussa.
– A gente tem que fingir, fazer com que ele pense que tudo está exatamente do jeito que ele quer. É a única maneira de ele relaxar, para podermos pegá-lo de surpresa.
– Você quer dizer para *eu* pegá-lo de surpresa e arriscar o *meu* pescoço.
– Não temos escolha.
– Temos, sim – disse Deborah, e virou o rosto, indicando o fim da discussão.
Outra vez o silêncio, depois Louise falou de novo.
– Em breve ele vai começar a vir aqui embaixo, Deborah, vai começar a vir aqui embaixo e entrar na minha jaula, vai me bater e me estuprar... e você vai ter que assistir, vai ter que me ouvir gritar enquanto ele me segura e... Logo depois disso ele vai me levar embora, e você vai ter que me ouvir implorar a ele que não me leve, implorar que não me mate. E quando eu não voltar, você vai saber o que aconteceu. E aí, logo depois que eu desaparecer, ele virá aqui embaixo e vai ser para se aproximar de você, Deb...
– Pare! – pediu Deborah. – Eu não quero...

— Ele vai pegar essas roupas de volta e vai tirar o seu edredom e o colchão. E depois, quando ele trouxer outra mulher aqui para baixo e a puser nesta jaula, você vai ser eu, Deborah. Você vai ser eu.

Louise podia ouvir soluços vindo da outra jaula. Sabendo que as próximas palavras tinham que partir de Deborah, ela esperou.

— Está bem — disse Deborah, finalmente. — O que nós temos que fazer?

Louise sentiu um tremor de ansiedade nervosa pela primeira vez desde que ele a pegara, a chance de retomar o controle do seu próprio destino deixando-a de repente emocionada, dando-lhe esperança de escapar da escuridão e encontrar de novo a luz que era sua casa e seu marido e os planos dos dois para uma vida comum, felizes um com o outro e com os filhos que ainda teriam. — Da próxima vez que ele vier, vai deixar você sair para se lavar. Vai ter que usar as roupas, senão ele pode ficar zangado e não deixar você sair. Ele vai trazer uma bandeja com comida e bebida, e vai deixar atrás da tela. Depois que você tiver se lavado, ele vai dizer para você mesma carregar a bandeja e é aí que você vai ter que agir.

— Agir como? — perguntou Deborah.

— Jogue o que estiver na bandeja na cara dele, nos olhos. Aí, tantas vezes quanto conseguir, o mais forte que puder, bata nele com a bandeja, arranhe seus olhos. Se ele estiver com a arma de choque, pegue e use nele. Enquanto ele estiver tonto, apanhe a chave. Parece que sempre está no bolso da calça, no esquerdo, eu acho. Se ele começar a reagir antes de você estar com a chave, chute e dê uns socos, e continue a chutar e a socar. Tenho certeza de que você consegue fazer isso.

— Eu frequentei a escola em New Cross — disse Deborah. — Sei como chutar e socar, pode crer.

— Bom — disse Louise. — Depois que estiver com a chave, atire pelo chão na direção da minha jaula e eu me solto. Consigo passar a mão pelo arame e alcançar a fechadura, já experimentei. Depois que eu sair, a gente se junta e chuta o filho da mãe até ele ficar quase morto, concorda?

— Concordo.

– Depois a gente o arrasta para dentro de uma dessas jaulas fedorentas e tranca a porta.

– Fácil assim? – brincou Deborah.

– Não – respondeu Louise. – Mas se é para eu morrer, se nunca mais vou ver meu marido, quando a verdade do que aconteceu aqui for revelada, quero que ele saiba que eu tentei, lutei, não fui abatida mansa como um animal de fazenda. Quero que ele tenha orgulho de mim. Quero que ele saiba.

– Tudo bem – concordou Deborah. – Então, depois que ele estiver preso na jaula, e aí?

– A gente o larga – disse Louise. – A gente deixa ele aqui. Para sempre. Deixa o sacana morrer de fome.

– Mas a polícia... e a polícia?

– Não contamos nada sobre este lugar. Dizemos que ele nos deixou num lugar escuro, não sabemos onde. E depois nos vendou e levou de volta para casa e nos libertou. Não podemos ajudar a encontrá-lo, não sabemos nada sobre ele. E esse tempo todo ele vai estar aqui, apodrecendo neste porão, gritando por socorro que nunca virá.

– Não tenho certeza – disse Deborah. – Devíamos contar à polícia.

– Para ele ficar numa prisão confortável uns poucos anos e depois o deixarem sair? Não, ele merece mais do que isso.

– Aí nós seríamos assassinas.

– Não. Não vamos matá-lo, apenas não vamos mantê-lo vivo.

– Não vai dar certo. Alguém vai sentir sua falta, no trabalho... na família. Vão encontrá-lo antes que ele morra e ninguém vai saber o que fez. Ele vai ficar livre. E sabe onde eu moro. Vai me procurar... e a você também.

Louise pensou um pouco, recusando-se a abandonar sua vingança.

– Não, você tem razão.

– Como assim?

– Quando ele pegou suas roupas, logo depois senti cheiro de coisa queimada.

– Ahn?

– Acho que ele queimou suas roupas, em algum lugar aqui perto.

– E daí?

– Daí que ele deve ter gasolina ou algo parecido.

Nenhuma das duas mulheres falou por um tempo, cada uma a sós com seus pensamentos de fogo e gritos, o cheiro de carne queimada e fumaça acre dando voltas nos seus sonhos negros.

– Não consigo fazer isso. – Deborah teve um arrepio.

– Você não precisa fazer – disse Louise. – Eu faço. Quero fazer. Quero ouvi-lo gritar. Vou me certificar de que o fogo está bem vivo e depois fecho a porta. Se ele não morrer pelo fogo, morre pela fumaça.

– E quando o encontrarem?

– Dizemos à polícia que ele falou que ia se matar, que quando nos libertou disse que ia se punir tirando sua própria vida. Por isso estava trancado na jaula, para se punir. Buscava redenção.

– Eles não vão acreditar.

– Ele é um estuprador e assassino. Acha que vão se importar com o que aconteceu, o que de fato aconteceu?

– Não sei.

– Não vão. E nunca mais teremos que pensar nele, nunca mais vamos ter a preocupação de saber se ele está nos esperando cada vez que sairmos de casa. Não vamos acordar todas as noites pensando nele, vendo seu rosto todas as vezes que fecharmos os olhos. Vamos poder seguir em frente, viver nossa vida do jeito que a gente queria antes que esse filho da puta resolvesse que ele decidiria como iríamos viver e como e quando iríamos morrer.

– Mas vão ser tantas perguntas – argumentou Deborah. – Talvez a gente devesse contar só à polícia?

– Não! – berrou Louise. – Eu não vou ser uma vítima. Estou presa aqui só Deus sabe há quantos dias e tive muito tempo para pensar. Só sei de uma coisa, não vou ser uma vítima, não quero que tenham pena de mim, me tratem como coitadinha, sempre se preocupando comigo, perguntando se estou bem, policiais e jornalistas em volta da minha casa, não quero ter que ir a um tribunal e contar ao mundo inteiro o que aconteceu enquanto ele fica bem sentado no banco dos réus, revivendo suas fantasias doentes através do meu depoimento. E se ele se safar? O que a gente faz? Não, não posso deixar que isso aconteça. Prefiro vê-lo sendo queimado. Quero vê-lo sendo queimado.

O silêncio pairou no aposento. Os dedos de Louise se enroscaram em volta do arame da jaula, a cabeça se inclinou para um lado, enquanto ela esperava a resposta de Deborah.

– Tudo bem. Tudo bem, eu faço. Vou tentar. Vai ser como brigar com meus irmãos quando éramos crianças... Mas não vou ajudar você a queimá-lo. Se tudo correr bem, se de algum modo tudo funcionar, ajudo a colocá-lo na jaula. Ajudo até a trancá-lo lá dentro. Mas não posso ajudar a acender o fogo. Isso eu não posso fazer.

– Nem precisa – assegurou Louise.

– E quando sairmos daqui, nos separamos. Nunca mais vamos nos ver e jamais vamos falar sobre o que aconteceu. Vamos nos manter fiéis à história sem nunca mudar nada, não importa o que alguém comente ou diga que sabe, a gente confirma a história de que ele se matou, como nos disse que faria. Combinado?

– Combinado – disse Louise, relaxando o aperto no arame da jaula e sentando no chão de pedra. Daí a pouco ela começou a rir baixinho, o barulho estranho rompendo a atmosfera sombria do porão, perturbando Deborah, fazendo com que se sentisse inquieta e desconfiada.

– Você está bem?

– Estou – Louise tentou conter o riso. – Desculpe. Eu estava só pensando. Acabei de ter a conversa mais importante da minha vida com uma completa desconhecida, num porão sem luz, sentada numa droga de uma jaula trancada. Pareceu tão ridículo que me deu vontade de rir.

Uma nova sensação de medo se apossou de Deborah; não a onda de terror e pânico que ele trazia toda vez que abria a porta de metal, mas um fio de ansiedade e preocupação de que a única outra pessoa no mundo que podia ajudá-la estava pouco a pouco afundando num tipo de insanidade temporária, o que a tornaria inútil para ambas.

— Você tem certeza de que está bem, Louise? — Ela esperou mais do que gostaria por uma resposta.

— Eu não estou louca, se é isso que você quer saber.

— Claro que não. É só que... você está aqui embaixo há dias. Já passou por tanta coisa. O que aquele sacana fez com a outra...

— Karen. O nome dela era Karen.

— Desculpe, o que ele fez com Karen. As coisas que você o viu fazer. É difícil não perder a cabeça. Acho que eu não conseguiria.

— Se não der certo — disse Louise, friamente —, você vai descobrir. Mas agora, agora precisa vestir as roupas, ou ele vai saber que tem alguma coisa errada.

Deborah não respondeu, mas se curvou e, hesitante, alcançou a pilha de roupas que ele tirara de Louise, o ato de tocá-las fazendo-a se sentir cúmplice do abuso da sua companheira de cativeiro. Ela pegou as roupas e vagarosamente, com relutância, começou a se vestir.

9

O universo de Sean era uma sala, habitada somente por ele, um sistema de computador antiquado e os quarenta e três relatórios criminais de pessoas que, com ou sem motivo, acreditavam que haviam sido vítimas de perseguição obsessiva. Naquele momento, nada mais existia: nem família, nem amigos, nem passado, nem futuro, só os relatórios e ele. A maior parte ele conseguira descartar rapidamente: ex-maridos, ex-namorados decididos a perturbar os antigos parceiros o mais que pudessem, muitos tinham ficha por outros tipos de pequenos delitos e não eram o que ele procurava, não aquele que esperava, não aquele que desejava que saltasse da tela e resolvesse o enigma para ele num momento de realização perfeita. Outros, apenas uns poucos, o atraíram mais, fizeram seu coração quase parar e seus olhos se apertarem: homens que haviam começado com elogios, depois flores, passando rapidamente para cartas de amor íntimas demais, muitas visitas inesperadas às casas e locais de trabalho das mulheres, o afeto carinhoso se transformando em ameaças perversas e apelos desesperados por amor e aceitação quando ocorria a rejeição inevitável dos seus avanços. A maioria fora facilmente afastada com uma visita da polícia, embora alguns tenham passado a perseguir novas vítimas, vítimas que não se pareciam em nada com Karen Green ou Louise Russell.

Sean leu o último relatório até o fim, mas logo percebeu que não iria servir para nada, assim como todos os outros. O homem que ele procurava não estava ali. "Puta merda", resmungou baixinho. Tinha certeza de que o assassino de Karen Green teria perseguido a mulher que ele agora tentava trocar por substitutas. Mas os relatórios diziam outra coisa. Ele fitou a tela, esperando respostas e ideias, considerando a possibilidade de o assassino ter se mudado recentemente para o sul de Londres vindo de longe, mas duvidava. Tinha certeza de que o assassino era um morador local, agindo em sua zona de conforto. Então, o que estava deixando passar?

"Droga", resmungou, alisando o cabelo, frustrado, batendo os nós dos dedos na mesa, com a sensação de que já sabia a resposta, que ela estava dentro dele em algum canto, mas que simplesmente não conseguia trazê-la à tona. Desabou na cadeira e abriu os braços, falando sozinho, teorizando sobre onde poderia estar errado. "Talvez ela nunca tivesse comunicado à polícia. Talvez ela nem soubesse que ele existia, que ele a espionava, sempre pensando nela."

O toque do telefone o trouxe vagarosamente de volta ao mundo exterior. Cansado, ele pegou o fone. – Inspetor Corrigan.

– Olá, sou Rebecca Owen, estou ligando do laboratório.

– Pois não.

– O senhor deixou amostras de hidratante e perfume, algumas de uma casa e outras do corpo de uma vítima de homicídio?

– Sim, pode falar.

– As amostras tiradas do corpo não combinam com nenhum dos cosméticos recolhidos na casa. Não são os mesmos.

Então Karen Green não era a mulher para quem ele procurava substitutas, ela mesma era uma substituta.

– Sabe o que são as amostras do corpo? – perguntou Sean.

– Sei. São bem mais exóticas e caras do que qualquer uma recolhida na casa, embora não raras ou manipuladas especialmente, então não vai dar para chegar a um único fornecedor.

– Entendo, mas pode me dizer as marcas?

– Claro. O hidratante é o creme corporal Elemis, e o perfume é Black Orchid de Tom Ford.

– Há quanto tempo esses produtos estão no mercado?

– O creme já existe há alguns anos, mas o perfume só está no mercado há dois.

Sean voltou a olhar para o computador. O último relatório de perseguição obsessiva ainda piscava na tela. Sua busca incluíra os três últimos anos, no entanto o perfume só existia há dois, então sua linha do tempo estava certa.

– Tem certeza de que o perfume só está no mercado há dois anos? – perguntou.
– Certeza absoluta – veio a resposta. – Vamos lhe enviar o relatório imediatamente.

Ele desligou, sua mente já analisando a informação do laboratório, os nomes dos cosméticos gravados na sua cabeça. Deixou que os olhos se fechassem, permitindo que as imagens do homem encapuzado sem rosto se formassem atrás das pálpebras, indo em direção à mulher que ele sequestrara, aspergindo com gentileza o perfume caro no ar, próximo ao pescoço dela, as gotinhas microscópicas flutuando, até que vinham pousar na pele macia e esticada da sua garganta. Ele viu o homem sem rosto desatarraxando a tampa do pote de creme corporal Elemis, os dedos magros pegando cuidadosamente o hidratante, espalhando-o pela pele quente, cor de azeitona, suavemente a princípio, depois com mais firmeza quando o creme penetrava na pele, seus dedos e polegares formando covinhas e vales enquanto as mãos se moviam por todo o corpo da mulher. Sean sentiu o despertar da sua própria sexualidade e tentou se lembrar da última vez que fizera amor com sua esposa, mas não conseguiu. Seus olhos se abriram, ao mesmo tempo em que ele se culpava por permitir que uma necessidade física tirasse sua concentração. Quando o desejo sexual passou, ele de novo fechou os olhos e aguardou que a cena retornasse; não teve que esperar muito, a mulher com cabelo castanho e curto deitada de costas, submissa ao toque enquanto ele massageava o Elemis no seu corpo.

Seus olhos se abriram de repente e ele disse consigo: "Não. Isso está errado." Acalmou a respiração e se preparou para tentar mais uma vez, os olhos se fechando devagar, a imagem do homem sem rosto voltando, mas agora sem tocar na mulher, sem usar as mãos para aplicar o creme nem para segurar o vidro de perfume tão perto que ele mesmo acionava o spray. Desta vez, ele deixava os cosméticos para que ela mesma os usasse. "Sim", disse consigo, "foi isso que você fez." Uma batida na porta aberta da sua sala o fez pular.

– Não estou perturbando, estou? – perguntou Anna.

— Está, mas isso nunca incomodou ninguém por aqui.
— Quer que eu saia?
— Só se você quiser.
Ela interpretou como um convite, entrou na sala e se sentou.
— Trabalhando em algo específico?
— Só tentando entrar na cabeça desse cara.
— Sim. Já me disseram que é isso que você faz.
— Ah? Alguém anda falando demais?
Ela continuou a conversa sem responder.
— É assim que você consegue pegá-los, pensando como eles?
Ele deu de ombros, desconfiado. — Acho que sim. Não sei bem.
— Como é que você faz? Como projeta a imaginação de modo a ver o que eles veem?
— Quem disse que eu faço isso?
— Ninguém — ela mentiu. — É uma coisa que percebi pela minha própria observação.
— Você não vai começar a me dizer que sou médium, vai, só porque consigo descobrir umas poucas coisas que outras pessoas não conseguem?
— Não — ela riu. — Já vi muitas coisas estranhas e conversei com várias pessoas interessantes com dons *incomuns*, mas nunca encontrei nada que pudesse ser descrito como mediúnico, nem nada que fundamentasse essa possibilidade. No entanto, já encontrei pessoas com habilidades semelhantes às suas, capazes de fazer da imaginação um instrumento que podem controlar, quase como se pudessem apenas apertar um botão na mente e ver uma cena exatamente como aconteceu, embora não a tenham testemunhado. É algo comum em cineastas ou escritores talentosos.
— Bem, vou te contar uma coisa, Anna. Já falaram muita merda sobre minha imaginação... e quase tudo errado.
— Quem mais tem feito perguntas sobre sua imaginação?
Ele ignorou a pergunta, mas não se esqueceria de que ela a formulara. — Por que você está aqui, de verdade? — perguntou.
— Para ajudar.
— E em que você acha que pode me ajudar?

– Bem, em que está trabalhando neste momento?

Ele olhou-a de cima a baixo, em dúvida se deveria deixá-la entrar no seu mundo. Mas a oportunidade de lhe mostrar que ele estava certo e ela, errada era sedutora ao extremo.

– Tudo bem, o laboratório acabou de me dizer... os cosméticos encontrados no corpo de Karen Green não combinam com nenhum dos cosméticos que pegamos na casa dela.

– Ou seja, ele está usando os cosméticos para ela ficar mais parecida com a pessoa que quer que ela seja – Anna se antecipou a ele.

– Sim. Essa parte é simples. A questão é, não foi ele que passou o cosmético no corpo dela, e estaria doido para fazer isso. Então a dúvida é por quê? Por que negar a si próprio aquele momento, um prazer como esse?

Foi a vez de ela dar de ombros.

– Porque ele tem medo delas – continuou Sean. – Para passar o creme e o perfume, teria que se aproximar. Teria que se expor a um possível perigo, ficar perto o suficiente para ter seus olhos arrancados, levar um chute no saco, mesmo que elas estivessem amarradas. Lembre-se, ele usa clorofórmio para dominá-las. Não tem confiança em sua habilidade física. Mas nesse caso, por que não usa clorofórmio? Poderia deixá-las inconscientes e depois fazer tudo com calma, massagear o creme na pele, ver o perfume fazendo a pele brilhar. Por que não usou o clorofórmio de novo, simplesmente?

Anna abanou a cabeça.

– Você fala como se isso tudo fosse fato, mas são só conjeturas. Pelas informações que tem, talvez ele tenha de fato usado clorofórmio. Ou talvez elas estivessem amarradas. Nesse momento...

– Não – ele a interrompeu. – Você não entendeu o principal. A pergunta é por que ele não usou o clorofórmio?

– Por que é tão importante para você entender o motivo para ele *não* fazer alguma coisa?

– Porque preciso entendê-lo. Tudo sobre ele. O que ele faz não é suficiente. Preciso saber por quê.

– Tudo bem, então por que ele não usou o clorofórmio?

Sean apertou os nós dos dedos nas têmporas e continuou apertando, até quase sentir osso se atritando contra osso.

– Não sei – disse, apertando cada vez com mais força, a mesma pergunta ressoando vezes sem conta em sua mente, fazendo-o esquecer que não estava sozinho. Então, subitamente, a resposta surgiu em sua mente, uma resposta tão simples que ele não acreditava que quase a deixara escapar.

– Ele não pôde usar o clorofórmio porque isso estragaria tudo. Se tivesse usado, não teria podido sentir o cheiro do creme, do perfume. O clorofórmio teria encoberto todos os outros odores, e isso ele não podia suportar. Não é suficiente que elas se pareçam com ela, têm que ter o seu cheiro, o seu gosto. Meu Deus, deve ter sido o céu para ele observá-la passando o creme na pele, o cheiro dela se misturando ao perfume. E o tempo todo ele estava lá, observando, cheirando. – O sorriso de repente sumiu dos lábios de Sean. – Mas como ele faz isso, se tem medo de chegar perto demais delas, a não ser que estejam drogadas?

Anna o observava calada, sem querer quebrar o feitiço que o possuía, analisando-o enquanto ele trabalhava e não desejando, nem podendo, entrar no mundo no qual ele se havia refugiado. Ela resistiu à tentação de fazer anotações do que viu, tentando em vez disso memorizar tudo que ele fez.

– Como ele as observou? Ele tinha que observá-las. Como se aproximou o suficiente para sentir aquele perfume doce? – Sean fitou o espaço, temporariamente confuso com a sua própria pergunta. – Não pode mantê-las trancadas num porão, porque quando estiver lá com elas vai estar se arriscando. Esse cara precisa ter o controle, o que significa que deve mantê-las acorrentadas ou amarradas. Mas aí como elas iriam passar o creme em si mesmas? Logo que ele pega as mulheres, ele as adora e idolatra. Não iria querê-las em correntes ou amarras, então como lida com elas? Como se aproxima o suficiente para que o cheiro delas o faça se sentir vivo, vivo de fato, desejado e aceito? – Ele sentiu vontade de dar um tapa no próprio rosto, como se a dor fosse trazer a resposta. – Será que o porão tem uma janela por onde ele pode observá-las em segurança? Uma janelinha na porta, talvez? Não. Não seria suficiente, ele não é movido apenas pelo visual. Olhar não vai satisfazê-lo, ele precisa de todo o resto, cheiro, toque... Ele fala com elas também? Claro que sim. Mas como faz todas essas coisas em segurança? – Sean juntou as mãos, os dedos tocando os lábios como se estivesse rezando. – É isso, ele precisa de uma barreira entre elas e ele, mas não pode ser sólida, não pode ser uma coisa que... que as isole dele, então, se não é a droga de uma janela ou uma parede, tem que ser...

As mãos se afastaram da boca lentamente, enquanto ele se lembrava do caso de um agente imobiliário de Birmingham, sequestrado e mantido em cativeiro numa jaula de madeira dentro de uma garagem. Uma prisão dentro de uma prisão... – Uma jaula! Ele as deixa numa jaula, o filho da puta, cruel. Uma jaula dentro de um porão ou de um depósito em algum lugar. A qualquer momento que queira se sentir vivo é só entrar naquele lugar e passear em volta da jaula em total segurança, observando-as, sentindo seu cheiro e sonhando com o dia em que vai estar com elas. Mas quando suas ilusões são perdidas e ele precisa castigá-las, violentá-las, ele tem que entrar na jaula. Não pode usar clorofórmio, não de imediato, porque teria que chegar perto demais, então o que é que ele faz?

Seu pensamento voltou à autópsia, ele tentou se lembrar das marcas que vira no corpo triste, destroçado de Karen Green, os inúmeros ferimentos superficiais, contusões demais para contar. E havia aquelas estranhas feridinhas circulares, cada uma com o que parecia ser uma queimadura no meio. Ele mordeu o lábio inferior enquanto Anna seguia atenta, fascinada, ciente de que ele se esquecera de que ela estava ali e de que agora falava apenas para si mesmo, abrindo uma tranca após a outra, cada resposta levando a mais uma pergunta, a combinação de lógica e imaginação o conduzindo através do labirinto.

O dedo do meio de Sean batia ritmado na mesa, acompanhando inconscientemente as batidas do seu coração, à espera da resposta.

– Ele usou alguma coisa para subjugá-las, alguma coisa que lhe permitiu manter a distância e mesmo assim controlá-las, alguma coisa que deixou aquelas marcas. – O dedo continuava a bater na mesa, cada instrumento de ferir, matar e torturar que ele jamais vira passando pela sua mente numa esteira rolante imaginária. – Preciso saber o que fez aquelas marcas.

Anna interrompeu o seu transe. – Que marcas?

Sean se virou para ela, olhando-a como se visse uma figura saída de um sonho, algo que ele não acreditava estar ali de verdade. Ele agarrou o telefone em cima da mesa antes que ela pudesse dizer mais alguma coisa e ligou para o número do escritório do dr. Canning. A secretária eletrônica atendeu.

– Doutor, é Sean Corrigan. As feridas circulares no corpo de Karen Green... preciso saber o que as causou o quanto antes. Faça os testes com urgência e me mantenha informado. – Ele desligou sem mais explicações, as ideias se precipitando, agora que ele abrira a caixa de Pandora. – Seja lá o que for que ele está usando na jaula, sabemos como ele as tirou de casa. Elas abriram a porta porque viram um carteiro, mas assim que abriram a porta ele as atingiu com a arma de choque que as paralisou. Depois levou um tempo fazendo os preparativos, e foi aí que usou o clorofórmio, quando elas estavam começando a se recuperar. Ele o usou para anestesiá-las, para que não pudessem lutar, porque ele não é forte o bastante para carregar ou arrastar as mulheres para dentro da mala do carro. Ele é um fraco, um covarde, e eu vou te pegar, porra. – O toque do telefone permeou sua raiva, que aumentava. Ele pegou o aparelho, com a esperança de que fosse Canning.

– Sr. Corrigan, é o sargento Roddis.

– Diga lá.

– As impressões não identificadas encontradas na casa de Green e na casa de Russell definitivamente vieram do mesmo homem. Dado que ambas foram encontradas nas maçanetas de dentro, podemos supor que pertencem ao assassino. Também combinam com as impressões que colhemos nos carros das vítimas. Eu mesmo as levei para análise e supervisionei a busca. Infelizmente posso confirmar que não estão na nossa base de dados. O assassino não tem condenações anteriores, pelo menos não neste país. Mandei uma cópia para a Interpol, mas, mesmo no caso de homicídio, vai levar dias, ou mesmo semanas, para responderem.

– E o DNA? – perguntou Sean.

– É preciso mais uns dias para preparar um perfil completo, mas se ele não tem condenações anteriores, não vai ajudar a encontrá-lo. Vai condená-lo, assim como as digitais, mas não identificá-lo.

– Eu sei, eu sei. – Sean não conseguia controlar sua frustração. – Se aparecer mais alguma coisa, me avise.

– Claro.

Sean desligou, analisando a importância do que acabara de saber, não apenas descartando a ausência de condenações anteriores como um beco sem saída, mas examinando aquele dado, buscando nele informação e relevância, usando-o para se conectar com o coração e a mente do homem que perseguia, pensando em silêncio.

Então, esse cara não se importa de deixar impressões e DNA porque sabe que não nos ajuda a identificá-lo nos registros policiais, ou porque simplesmente não se importa? Ele deve saber que está deixando provas suficientes para ser condenado dez vezes, então por que ser descuidado?

Sean voltou de repente a falar sozinho em voz baixa, como se Anna não estivesse ali.

– Ele está seguindo um plano que torna sua identificação irrelevante. Sabe que mais cedo ou mais tarde vamos encontrá-lo, mas não liga. Não está nem mesmo concebendo ser apanhado... Pega as mulheres, fica com elas uma semana, ou quase isso, depois tira da jaula, leva para um lugar que ele conhece e mata. No início ele as venera, depois as odeia. O mesmo ciclo repetidas vezes, de amor a ódio, de aceitação a rejeição. Mas ele não foi rejeitado só por uma pessoa, foi rejeitado por todo mundo. Ele odeia todo mundo?

Seus olhos se moveram de um lado para o outro quando começou a perceber o que dizia.

– Essas mulheres são um instantâneo de sua raiva e rejeição, mesmo que ele mesmo ainda não saiba disso. Quando sentir que estou me aproximando, o que vai fazer? Entrar numa rua movimentada, num shopping, numa escola... e o que vai usar, uma faca, uma bomba caseira, um revólver? É por isso que não se importa de deixar impressões, DNA... inconscientemente, ele já se planejou para esse dia, não é, você não se planejou? Não vai deixar que ninguém pegue você vivo. Vai se mandar para o inferno e levar com você tantas pessoas quanto...

Uma batida na porta o fez girar, zangado pela interrupção. Se Featherstone o ouvira falando sozinho, não demonstrou nada.

– Bom-dia, Sean. Anna.

– Chefe – cumprimentou Sean.

– Alan – disse Anna.

As sobrancelhas de Sean se ergueram à menção do nome de batismo de Featherstone, que nunca era usado. Obviamente eles eram mais próximos do que ele imaginara.

– Vou divulgar um novo apelo por ajuda na televisão. Vocês têm alguma coisa nova que eu possa usar? Esse pessoal da televisão sempre gosta de ter material novo para o público pagante.

Sean olhou para a tela do seu computador, a última busca no Cris ainda à mostra. Ele pensou em contar a Featherstone sobre sua teoria da perseguição obsessiva, pedir a ele que solicitasse a qualquer pessoa que tivesse sido assediada nos últimos dois ou três anos que se apresentasse, mas seu instinto e os resultados negativos da sua pesquisa o convenceram a não fazer isso.

– Nada que sirva para um apelo na televisão – disse. – Precisamos concentrar nossos esforços na busca de propriedades de bom tamanho ou terrenos isolados, num raio de trinta quilômetros de onde as mulheres foram levadas. É possível que ele as deixe num lugar que não é sua residência, como uma fábrica fechada ou um sítio abandonado. Fora isso, não tenho mais nada. Fale o de sempre, apele à família, a amigos e colegas que possam ter notado alguém com comportamento estranho ultimamente, horários fora do normal, sumindo sem explicação, não aparecendo para trabalhar. Nunca se sabe, a gente pode dar sorte.

– Sem problema – assegurou Featherstone.

– Na verdade – lembrou Sean, de repente –, tem uma coisa.
– Diga.
– Tenho quase certeza de que ele se veste de carteiro. É como consegue que as portas sejam abertas. Talvez pudéssemos perguntar ao público se alguém notou um carteiro se comportando de modo estranho, um carteiro que não seja conhecido permanecendo num local mais tempo do que o normal, entregando material de propaganda quando já solicitado aos Correios que não entregasse.

Featherstone respirou fundo, abanando a cabeça como um mecânico que vai dar o orçamento para o conserto de um carro.

– Desculpe, Sean, não vai dar. Eu teria que conseguir aprovação prévia dos Correios antes de liberar isso, e eles teriam que conseguir autorização do sindicato, e é pouco provável que seja dada. Veja só, é uma chatice, mas se anunciarmos que esse maluco anda por aí vestido de carteiro, amanhã a essa hora provavelmente vamos ter uma meia dúzia de funcionários dos Correios no hospital, esfaqueados ou chutados por vigilantes ou maridos nervosos, para não falar das várias dúzias que vão lotar todos os atendimentos de emergência no sul de Londres para tratar dos olhos, depois que mulheres paranoicas, sem querer ofender, Anna, usarem spray neles. O aviso sobre o carteiro é impraticável.

– Acho que é importante – pressionou Sean. – Poderia trazer à lembrança de uma testemunha algo que não havia sido nem cogitado.

– Desculpe, Sean, mas não dá. Mais alguma coisa? Anna?

– Tenho certeza absoluta de que ele mora na vizinhança, ou pelo menos é alguém que conhece bem a área ou a visita regularmente, por isso recomendo que continuem com as blitzes e o porta a porta. Além disso, concordo com o detetive Corrigan, ele precisa de um lugar relativamente isolado para deixar as mulheres, então concentrem as buscas em fazendas, terrenos baldios, prédios abandonados, qualquer lugar onde ele possa escondê-las, e em particular qualquer subterrâneo.

– Se fosse por aqui ou em Londres Central isso não levaria muito tempo – retrucou Featherstone –, mas quando se vai para os lados de Bromley e limites de Kent, perto de onde as mulheres foram levadas, tem milhares de lugares que ele poderia usar. Não é à toa que chamam aquilo de "roça".

– Anuncie o que vocês estão fazendo – continuou Anna. – Pode ser que o pânico o faça mudar a vítima de lugar, aumentando as chances de que cometa algum erro ou que alguém veja e chame a polícia.

– Se acha que vale a tentativa – concordou Featherstone, antes de se virar para Sean. – E o suspeito que eu soube que você prendeu? Considerando que não me disse nada sobre o fato, entendo que na sua opinião ele não é o cara que procuramos.

– Não – respondeu Sean rapidamente –, ele não tem nada a ver com isso. Não vamos mais investigá-lo.

– Que pena – disse Featherstone. – Bom, tenho que ir. O pessoal da televisão quer me filmar em frente à Scotland Yard, ao lado daquela droga de placa giratória. Me liguem se tiverem novidades.

– E ele se foi, deixando os dois lá sentados num silêncio desconfortável, até que Anna falou.

– Você não contou a ele que nunca pensou que Lawlor fosse culpado.

– Como sabe que não pensei?

– Tenho observado você trabalhar, Sean. Se dava para eu saber que não era ele, você também sabia. A questão é por que você foi atrás dele, sabendo disso?

– Porque ele preencheu algumas lacunas – confessou Sean –, permitiu que eu visse algumas coisas que estava tendo dificuldade para entender.

– Para entender ou...

– Sentir.

– O que ele ajudou você a sentir?

– Coisas que já estavam dentro de mim, mas enterradas demais para serem usadas.

– E ele desenterrou esses sentimentos?

– Não – respondeu Sean. – Ele apenas me ajudou a trazê-los à superfície. Me deu o gosto do que ele sente quando faz o que faz.

– O que ele sente? O que você sente?
– Neste exato momento, sinto fome. – Ele consultou o relógio.
– Pegue o seu casaco, vou levar você para um brunch. Tem um café quase decente não muito longe daqui. Dá para ir a pé. O ar vai nos fazer bem. Só me prometa uma coisa...
– Claro.
– Não tente me analisar – avisou. – Se precisar da sua ajuda, aviso. Entendido?
– Desculpe. Risco ocupacional.
– Tudo bem. Agora, vamos comer alguma coisa.

O silêncio na cozinha estava se tornando opressivo, proporcionando à sua mente espaço de sobra para vagar pelas lembranças amargas, antigas da sua infância, os rostos de pessoas que ele odiava, no passado e no presente, recusando-se a deixá-lo em paz, nem que fosse por um segundo. Apressado, ele vasculhou a gaveta bagunçada da cozinha que continha, entre outras coisas, o CD da banda de rock com sua música preferida. Lembrava-se da primeira vez que a ouvira, anos atrás, e de como a letra parecia ter sido escrita para ele, dando-lhe esperança de que alguém o compreendesse, compreendesse o que ele iria fazer no futuro. No entanto, ao contrário da letra da canção, a esperança sumiu e morreu. Tirando o disco da capa arranhada e rachada, ele o colocou no CD player portátil que comprara para si mesmo como presente de Natal, no tempo em que ainda estava tentando se agarrar à crença de que poderia um dia viver como as outras pessoas.

Selecionando a faixa que precisava ouvir, Thomas Keller se sentou e aguardou que a música o levasse para longe, os vocais aparecendo logo depois da introdução, seus olhos se fechando enquanto as lindas imagens desfilavam pela sua cabeça, uma sensação de poder indestrutível contraindo cada um dos seus músculos, ao mesmo tempo que o coração acompanhava as batidas da música, o cantor contando a história de um garoto desprezado pela mãe e rejeitado pelo pai, além de ignorado e ridicularizado pelas outras crianças da escola e detestado pelos professores, exatamente como ele havia sido. Ele começou a viajar com a música, e se viu andando pela sua antiga escola e matando todos que o tinham humilhado, obtendo a vingança mais doce e cruel, os mortos se acumulando aos seus pés. Sorriu de leve, enquanto acompanhava as palavras da canção, até que um barulho repentino vindo de fora o assustou e interrompeu o seu sonho: as rodas de um carro, passando pelas pedras irregulares e indo em direção à sua casa. Ele procurou o botão de desligar para parar a música, batendo acidentalmente no controle de volume devido ao pânico, a canção favorita revelando sua presença a qualquer um próximo o suficiente para ouvi-la. Cobriu as orelhas com as mãos, numa tentativa infantil de fingir que aquilo não estava acontecendo, antes de arrancar o fio da tomada. O silêncio que se seguiu pareceu mais ensurdecedor do que a música.

Ele ficou à escuta, sentidos alertas, como um coelho encurralado que ouve a raposa arranhando em volta da entrada da sua toca, a princípio certo de que se enganara. Mas à medida que seus ouvidos ficaram livres dos repiques e zumbidos, o som do carro que se aproximava voltou, fazendo com que ele atravessasse a cozinha e espiasse com cuidado pela janela sem cortina, conseguindo perceber apenas o padrão do carro da polícia através da gordura e sujeira do vidro. "Puta merda", gritou, cobrindo imediatamente com a mão a boca traiçoeira, o medo em sua barriga fazendo os olhos lacrimejarem. Isso não pode estar acontecendo, disse consigo. É muito cedo. Ainda não. Não estou pronto. Ele rastejou pelo chão da cozinha como um lagarto, esticando o braço para pegar no armário a espingarda de dois canos encurtada, abrindo-a pela culatra, respirando fundo, aliviado ao constatar que já estava carregada com cartuchos calibre doze. Se houvesse dois policiais no carro, ele poderia matá-los antes mesmo que abrissem a boca.

Voltou a atravessar a cozinha agachado, levantando-se para dar uma olhada no carro da polícia que encostara a cinco metros da porta da frente, as duas figuras uniformizadas saindo do veículo ao mesmo tempo e começando a inspecionar visualmente a área, sem se afastar do carro. "Puta merda", xingou ele, de novo, enquanto se afastava da janela, falando sozinho em voz baixa. "O que eu faço?

O que eu faço? O que eles sabem? Talvez não saibam nada. Merda. Merda. Merda." Ele expirou o ar e tentou se recompor, acalmar-se o suficiente para poder pensar. Após alguns segundos, andou até a porta da frente e encostou a espingarda na parede interna, a uma distância onde poderia ser alcançada da entrada. Respirou e abriu a porta, os dois policiais imediatamente se virando na sua direção, parecendo despreocupados.

– Posso ajudar? – Keller conseguiu perguntar, sem gaguejar nem se trair.

Os policiais olharam um para o outro antes de responder, o mais alto e magro falando primeiro.

– Não se preocupe – disse –, estamos só verificando, houve alguns relatos de que um tipo suspeito foi visto por aqui hoje de manhã. O senhor notou alguma coisa?

– Não – respondeu Keller, um pouco rápido e seguro demais, enquanto tentava avaliar se o policial estava mentindo. Achou que estivesse, mas não tinha certeza. Não o suficiente para pegar a espingarda a centímetros de distância.

– O senhor não viu ou ouviu nada?

– Não por aqui, não.

– O senhor é o dono desse lugar? – perguntou o mais baixo, mais musculoso.

– Sou.

– Mora mais alguém aqui?

– Não. Eu moro sozinho. – Ele viu o mais alto examinando a propriedade, prestando atenção nas construções e no entulho, balançando a cabeça, enquanto o mais forte começou a vir para perto dele. Com o pânico lhe subindo pelo estômago a cada passo dado pelo policial, Keller saiu da casa e andou em sua direção.

– O senhor tem um bocado de terra aqui – comentou o mais forte. – Deve ter custado um bom dinheiro, hã?

– De fato, não. Essa terra foi retomada pelo conselho. Parece que ninguém mais queria. Comprei bem barato.

– Devia vender para uma empresa imobiliária... ia ganhar uma fortuna.

– Pode ser – respondeu Keller sem jeito, pouco acostumado a conversas banais.
– Se importa de me dar o seu nome, senhor?
– Por que quer saber o meu nome?
– Para que possamos ter um registro de que falamos com o senhor sobre o tipo suspeito.

Os olhos de Keller se moviam rapidamente, ele se assustou com a ideia de dar o seu nome à polícia, suspeitando que eles sabiam mais do que diziam, e tentou se convencer de que, se fosse o caso, teriam enviado um pequeno exército, não dois policiais uniformizados.

– Meu nome? Meu nome é Thomas Keller.
– O senhor tem alguma identidade? – perguntou o mais musculoso.
– Identidade? Por que precisa disso? Eu não sou o suspeito... esta propriedade é minha.
– Claro que não é o suspeito – concordou o policial. – Faz parte da rotina quando estamos fazendo uma investigação como esta pedir a identidade de qualquer pessoa com quem falamos. É só um procedimento. Não se preocupe.
– OK – disse Keller. – Espere aí. – Ele se virou e voltou a entrar na casa, sua mão descansando temporariamente no cabo da espingarda. O desejo de levantá-la, ir lá fora e estourar a cabeça deles era quase irresistível, mas ele conseguiu afastar a mão e entrar na cozinha, onde começou a vasculhar mais uma gaveta entulhada até encontrar sua carteira de motorista. Agiu rápido, louco para impedir que a polícia se aproximasse demais da casa ou andasse por ali, metendo o nariz em lugares que não poderia deixar que vissem. Assim que pisou do lado de fora, o medo apertou seu peito, tirando-lhe o ar, ao perceber que o mais alto não estava mais de pé ao lado do carro. Sua cabeça se virou para todos os lados à procura do policial sumido, e finalmente ele o viu caminhando despreocupado na direção dos galinheiros abandonados, perscrutando o interior e depois se afastando, cada vez avançando mais para o fundo do terreno com suas edificações dilapidadas.

Keller olhou por sobre o ombro para a entrada do chalé; a espingarda estava próxima, mas longe demais para pegar e apontar num só movimento. Além disso, os policiais estavam agora muito afastados um do outro. Ele atiraria em um e, nesse meio-tempo, o outro escaparia para a floresta em torno para pedir ajuda pelo rádio, e aí seria o seu fim. Mesmo que conseguisse perseguir o policial e matá-lo como um cachorro, o mundo saberia.

– Está procurando alguma coisa? – gritou para o policial mais afastado.

– O tipo suspeito, lembra? Não se importa se eu der uma olhada, não é? Tem muitos lugares por aqui onde um homem poderia se esconder.

– Não – Keller conseguiu mentir. – Olhe o quanto quiser. Querem beber alguma coisa? – perguntou, tentando imaginar o que seria normal dizer. – Posso fazer um chá, se quiserem.

– Não, obrigado – recusou o mais forte. – Tem alguma construção subterrânea aqui no seu terreno, senhor? Algum abrigo antibomba ou depósito de carvão?

Keller engoliu com dificuldade antes de mentir.

– Não, não tem.

– Melhor assim – retrucou o policial mais forte. – Esses abrigos antigos podem ser perigosos... especialmente para as crianças.

– Imagino que sim – Keller conseguiu responder, fazendo um esforço para se afastar da porta do chalé e andar até o policial que fazia as perguntas, entregando a ele sua carteira de motorista. – Isso serve?

O policial a examinou alguns segundos e depois devolveu.

– Tudo bem, senhor.

Eles ficaram um ao lado do outro, observando em silêncio o policial mais alto atravessar o terreno em direção à edificação tipo depósito que escondia a escada para o porão. Em meio à sua ansiedade e terror, Keller teve um momento de lucidez, uma visão do que faria, exatamente, se o altão chegasse à porta com o cadeado e pedisse a chave. Ele diria que a chave estava dentro de casa e que ele a pegaria. Uma vez dentro do chalé, apanharia a espingarda e andaria devagar de volta à área externa. Mataria o mais forte, mas deixaria o outro fugir, para contar ao mundo o que encontrara. Não teria mais importância. Ele faria o que tinha que fazer com as mulheres no porão e depois iria cuidar do outro assunto de que precisava tratar.

O policial mais alto estava agora a centímetros de distância da porta do porão, e uma calma resignada se apoderou de Keller, fazendo com que se sentisse mais em paz naquele momento do que se sentira em muitos anos, talvez em toda a sua vida. Subitamente, uma voz sem corpo cortou o silêncio e abalou sua tranquilidade e certeza. "Atenção, todas as viaturas. Policial precisa de apoio urgente na Keston High Street. Repetindo, apoio urgente na Keston High Street." Os rádios eram estéreo, a distância entre os policiais produzia um leve efeito de eco. Eles trocaram um olhar, o mais forte fazendo um sinal de cabeça ao colega para confirmar que entendia a mensagem telepática. Ele pressionou o botão de transmissão no rádio e falou.

"Kilo Kilo Dois-Dois atendendo ao chamado. Estamos a uns dois minutos do local."

"Obrigado, Kilo Kilo Dois-Dois, vamos registrar o atendimento."

O mais alto já andava rapidamente para o carro, enquanto o mais forte começava a se acomodar no banco do passageiro.

– É isso, temos que ir – disse ele –, mas obrigado pela ajuda. E lembre-se, se notar qualquer coisa estranha, avise.

– Com certeza – mentiu Keller, seu coração quase explodindo no peito enquanto esperava que eles se fossem, a emoção de vê-los se afastando imediatamente substituída pelo terror e raiva intensos diante da ideia de que pudessem saber quem ele era de verdade, de que pudessem estar apenas fazendo um jogo com ele. Keller correu para dentro e pegou a espingarda sem diminuir o passo, atravessou a cozinha até o armário principal, encheu os bolsos com tantos cartuchos quantos conseguiu encontrar, antes de sair da casa com raiva e se dirigir ao porão e à mulher que conseguira de algum modo denunciá-lo à polícia, os planos sobre o que precisava fazer passando por sua mente sombria enquanto caminhava. Ele se imaginou levantando a espingarda, apontando para o rosto da vadia traiçoeira, o dedo puxando o gatilho tranquilamente, cérebro e pedaços do crânio da vadia explodindo na parte posterior da cabeça.

Aí viria a parte difícil, o que precisava fazer mesmo sem desejar: ele não deixaria Sam para que eles a pegassem de novo e a enchessem com suas mentiras venenosas. Ele ficaria bem perto dela para que o tiro fosse no peito, deixando seu rosto intacto. Rezava para que ela não se mexesse quando ele puxasse o gatilho, não podia suportar a ideia de Sam gritando, ferida e em agonia. Seria melhor para ela que não se mexesse, que compreendesse por que ele tinha que fazer isso por ela.

Depois entraria no carro e iria até o trabalho, onde abateria seus perseguidores um a um, arrastando-os para fora dos seus esconderijos e mandando todos para o inferno. Mas teria que continuar, manter-se à frente da polícia, certificar-se de que ainda tinha tempo para chegar à sua antiga escola, e depois ao orfanato, antes de fazer uma última visita à sua mãe, no lugar onde ele descobrira que ela trabalhava, poupando o último cartucho para ela, fazendo o tiro atravessar sua face odiosa. E então ele só teria que se sentar e esperar que a polícia chegasse com revólveres, esperar que eles o chamassem, ordenassem que soltasse a arma e andasse na direção deles com os braços para cima. Mas ele não faria isso. Ele começaria a andar com a espingarda apontada diretamente para eles, e aí tudo estaria terminado e todo mundo saberia o seu nome.

Ao se aproximar do porão, seu passo começou a desacelerar e, junto com ele, sua mente e os negros pensamentos de vingança contra aqueles que o trataram injustamente. A ideia de ter que matar Sam, agora que se aproximava o dia em que ficariam juntos, quando ela o amaria e aceitaria, era insuportável. Talvez ele estivesse sendo apressado demais, supondo que eles soubessem muito mais do que sabiam. Ele parou no meio do caminho, tentando escutar sons estranhos, seu corpo se virando trezentos e sessenta graus enquanto investigava as árvores e a vegetação rasteira em volta, buscando sinais de que a polícia o cercava. Não viu nada, não ouviu nada. Soltou o ar, expulsando com ele a raiva que quase o levara longe demais, e voltou a casa, calmo e controlado, garantindo a si mesmo que não entraria em pânico, não atacaria antes de estar pronto. Foi o destino que fez a polícia ir embora sem encontrar o porão, um sinal claro de que as coisas aconteceriam como ele previra, como planejara. Ele, e somente ele, decidiria quando tudo iria terminar.

Enquanto o carro de patrulha ia aos pulos pelo caminho, o agente Ingram deu uma olhada no retrovisor e viu Thomas Keller voltando à casa caindo aos pedaços.

– Não dá nem para acreditar que alguém possa viver num lixo como esse – disse.

– Se fosse eu, construía umas duas casas e ganhava uma grana – concordou o agente Adams.

– Ele estava meio nervoso, não estava?

– Pode ser, mas parecia inofensivo. Não veio para cima da gente com um machado na mão.

– Não, isso ele não fez – concordou Ingram –, mas não acha que deveríamos ter verificado as outras construções?

– Não foi isso que nos disseram para fazer – lembrou Adams. – Eles só querem que a gente encontre locais possíveis onde essa mulher poderia estar, e passe a informação para o Departamento de Investigação Criminal. Se eles quiserem, podem conseguir um mandado e fazer uma busca direito.

– Eu sei – disse Ingram –, mas mesmo assim gostaria de ter dado uma olhada.

– Temos mais doze lugares para checar antes do almoço, além desse apoio urgente. Você não vai estar tão interessado em xeretar depois que fizermos tudo isso e preenchermos os relatórios.

– Talvez não.

– Como eu falei, deixe Investigação Criminal cuidar isso.

– Eu não sabia que Peckham tinha lugares assim – comentou Anna, enquanto examinava a cafeteria de bom gosto, que servia um café honesto e comida razoável.

– Provavelmente não é o que você está acostumada, mas eu gosto bastante.

– Não, é verdade. É muito legal.

– Não me importa o que você pensa. Não sou dono do lugar.

– É bom saber que minha opinião é tão importante para você.

– Vou ser sincero com você, Anna, a única opinião que realmente importa para mim é a minha.

– Por exemplo, na sua opinião o homem que sequestrou essas mulheres está aos poucos, mas com toda certeza, perdendo o controle?

– É por aí.

– Reparei que você não compartilhou essa opinião com o superintendente Featherstone.

– Ele não entenderia.

– Não acha que deveria ter tentado?

– Ele é um bom policial, mas é bidimensional. Só lida com o que está na sua frente. Não entenderia.

– Não posso dizer que eu mesma entenda sua teoria. Não vejo nenhum indício de que ele vá mudar de microdramas e seleção personalizada de vítimas e abuso para algo mais expressivo e grandioso. Além disso, não o vejo como autodestrutivo.

– Ele não é... ainda – disse Sean. – Mas está indo para esse lado. Quando sentir que estou chegando perto, vai explodir. Aposto.

– Suponho que vamos ter que concordar em discordar. De qualquer maneira, acho os seus insights muito interessantes. Já estudou psicologia?

Ele quase engasgou com o café e o doce, tossindo secamente por vários segundos antes de conseguir responder.

– Não tenho tempo para as teorias de outras pessoas – disse. – Tudo que sei, aprendi aqui, no mundo real, lidando com malucos como Sebastian Gibran. Acredite, quando a gente está tentando pegar essas pessoas, aprende rápido... e é melhor que acerte ou vai pagar muito caro. Não dá tempo para ficar semanas sentado, escrevendo teses para os acadêmicos discutirem. Sem querer ofender, mas se você errar, qual é o problema? Se eu errar, na melhor das

hipóteses vou acabar passando o resto da minha carreira num lugar no meio do nada. Na pior, apareço na Sky News à noite e vou ser julgado por sabe-se lá o quê alguns meses depois.
– Não acredito!
– Não acredita? Veja bem, a culpa é sempre da polícia. No fim das contas, não importa o que aconteça, a gente leva a culpa. Somos um bode expiatório fácil. Stephen Lawrence é assassinado por um bando de delinquentes racistas, a culpa é nossa. Um grupo de anarquistas quebra tudo no West End, a culpa é nossa porque fomos lenientes. Um estudante fica seriamente ferido numa marcha de protesto, a culpa é nossa porque pesamos demais a mão. O *News of the World* faz escuta telefônica de celebridades ávidas por publicidade, que provavelmente adoram aquela atenção toda, e, adivinhe, a culpa é nossa por não ter investigado mais cedo. Se não pegarmos esse psicopata antes que ele mate de novo, a culpa será minha.

Ele deu uma mordida raivosa no doce, olhos fixos em Anna, como se a desafiasse a rebater seus argumentos. Quando ela permaneceu em silêncio, ele continuou.

– Você tem alguma ideia do que é trabalhar dia após dia praticamente sem dormir, se obrigando a continuar, ter que dizer à sua esposa e filhos que não vai vê-los até só Deus sabe quando? E aí, quando finalmente se consegue concluir o trabalho e o bandido está trancafiado na prisão, quando afinal se consegue ir para casa, a gente liga a televisão e qual é a primeira coisa que vê? Políticos anunciando que a culpa foi da polícia, que cabeças vão rolar. Nunca falam das coisas boas que fazemos, dos riscos que corremos por conta de estranhos, dos milhares de vagabundos perigosos que tiramos das ruas todos os anos. Às vezes dá vontade de jogar tudo para o alto, ir embora.

– Nunca havia pensado nisso dessa maneira – confessou Anna.
– Não deve ser fácil.
– Não, não é.
– Como se sente quando vê a cobertura da mídia em casos de homicídio?
– Você não está tentando me analisar de novo, está?

– Não. Só estou interessada numa perspectiva policial.

– Fico furioso – disse ele. – Eles tratam o assunto como um reality show, excitação para as massas. Se tivessem algum dia estado numa cena real de crime, sozinhos, antes da limpeza, não ficariam tão animados. Dá para ver que nunca sentiram na boca o gosto da morte. Ele persiste por vários dias, não importa quantas vezes você escove os dentes ou lave a boca com antisséptico. Mas, de novo, quantas pessoas já sentiram isso? Você já sentiu?

– Quero fazer uma pergunta, Sean, e obviamente você não tem que responder se não quiser.

– Não posso impedir você de perguntar.

– Aconteceu alguma coisa com você quando era mais novo?

– Não – ele mentiu.

– Algum trauma talvez, uma lesão grave ou situação crítica que você teve que enfrentar no trabalho?

– Muitas, mas nada de especial. Por quê?

– Às vezes você apresenta características de quem sofre de um tipo de transtorno do estresse pós-traumático.

– Eu não acho.

– É como se os seus insights fossem estimulados mais pela memória do que pela imaginação.

Ela estava chegando perto demais, e ele não gostava disso.

– Quer saber se posso pensar como as pessoas que passo a vida tentando pegar? A resposta é sim – disse ele. – Mas se quer saber como faço isso, aí, sinto muito, a resposta é não sei. Se me sinto confortável assim? Não... mas se posso usar isso para salvar vidas e prender pessoas muito más, então vou usar, não importa o quanto seja desconfortável.

– Esse tipo de abnegação pode ser prejudicial. Quem cuida de você enquanto você está cuidando de todo mundo?

– Minha mulher. Minhas filhas. Eu mesmo.

– Parece um pouco insular.

– Para você, talvez. Não para mim.

– Você não gosta de falar sobre si mesmo, não é?

– Não, não gosto, então não vamos falar. Outra coisa, descobri um jeito de você finalmente me ser útil. – Ele não parou para pensar na impressão causada por suas palavras.

– Uau, obrigada.

– Você conversou com a sargento Jones?

– Sally? Conversei.

– Sabe o que aconteceu com ela. Você leu o relatório, antes de interrogar Gibran.

– Eu li, mas qualquer coisa que Sally possa ter-me dito estaria incluída na confidencialidade do paciente. Não posso discutir com ninguém.

– Entendo, mas a única coisa que quero saber é se ela tem um problema grave. Estou fazendo a coisa certa deixando que ela venha trabalhar ou deveria repensar o assunto?

– O isolamento não vai ajudá-la, mas não posso dizer mais nada. Entende?

– Entendido. Alto e bom som.

– Só não a exponha a situações de perigo nem espere demais dela.

– Não vou fazer isso, mas não a subestime. – Ele deu uma olhada no relógio. – Bom, obrigado por essa saída e pelo alerta sobre Sally, mas, como você sabe, estou no momento no meio de uma tempestade.

– E precisa voltar ao trabalho.

– Desculpe. – Ele se levantou para sair, depois parou, lembrando-se do que tinha estado em sua mente desde o dia em que eles se conheceram. – Já ia me esquecendo... tem uma coisa que eu queria te perguntar.

– Estou curiosa.

– Sebastian Gibran falou alguma vez sobre James Hellier com você? O nome verdadeiro dele era Stefan Korsakov, mas Gibran o teria conhecido como Hellier.

– Falou, sim. Ele culpava Hellier pelos seus crimes, disse que ele o fizera cair numa armadilha, que obviamente passara anos o observando para que a polícia pensasse que era ele e não Hellier o assassino. Hellier parecia ser o ponto principal das suas ilusões paranoicas.

— Sacana esperto — disse Sean. — Ele inverteu a história. Era ele que estava usando Hellier.

— Assim diziam os relatórios policiais.

— Você está se referindo ao que dizia o *meu* relatório? — Ela não respondeu. — Ele era um personagem interessante, James Hellier. Aposto que você teria gostado de interrogá-lo se houvesse oportunidade. Poderia escrever um livro inteiro sobre ele.

— Por que você não me fala sobre ele?

— Posso dizer que quando nos conhecemos eu o odiei. Depois fiquei com medo dele. Mas ele acabou salvando a minha vida... — Como se percebesse que baixara a guarda e chegara perto de fazer uma confidência, ele parou de falar. Quando recomeçou, foi no seu tom habitual, claro e profissional. — A verdade é que de fato não sei como me sinto a respeito dele. Tenho que ir. — Ele esticou a mão para pegar a conta no pratinho, mas Anna se adiantou.

— Deixe comigo — insistiu ela, os dedos dos dois se tocando ao chegarem ao prato ao mesmo tempo, os olhos lançando faíscas um para o outro. A expressão de Sean não se alterou, apesar da vibração repentina que sentiu. Ele puxou a mão, trazendo junto a conta.

— Eu convidei.

Enquanto Thomas Keller descia os degraus de pedra, a seringa contendo o alfentanil rolava de um lado para o outro na bandeja. Mantendo o polegar pressionado no adesivo precioso para evitar que caísse, ele lançou um olhar pouco mais do que superficial para a jaula de Louise Russell ao atravessar o cômodo e se agachar ao lado de Deborah Thomson.

— Acho que está na hora, Sam — disse. — Nós dois tivemos paciência por tempo suficiente. — Ele colocou a bandeja no chão, pegou o adesivo da fênix e mostrou a ela, expectativa e empolgação o invadindo, e orgulho, orgulho por tê-la resgatado de todos os mentirosos e manipuladores. — Isso é para você — continuou, enrolando a manga para lhe mostrar a tatuagem idêntica, balançando o papel onde o adesivo estava grudado para ter certeza de que ela estava olhando. – Esta aqui não é permanente, mais tarde você pode mandar fazer uma, mas por enquanto serve. Depois que estiver com ela, podemos ficar juntos, juntos do jeito certo.

Os olhos dela iam do feio adesivo para a seringa contendo o líquido claro. Louise lhe dissera que talvez ele usasse nela algum tipo de anestésico. Em seguida ele grudaria o adesivo no seu braço, depois entraria na jaula e faria coisas com ela, coisas que a horrorizavam, exatamente como Louise avisara que ele faria. Ela olhou para a quantidade de líquido na seringa, sua experiência de enfermeira lhe dizendo que quase com certeza aquilo era insuficiente para anestesiá-la completamente, ou seja, ele queria que ela ficasse consciente.

– Preciso me lavar primeiro – disse ela. – Se vamos ficar juntos, quero ficar limpa para você.

Os olhos dele se arregalaram antes de encolher e virar buracos negros, o corpo tremeu, ele quase não conseguia lidar com a aceitação súbita por parte dela. Coçou a testa freneticamente com as unhas da mão direita, mordendo o lábio inferior com força suficiente para tirar um pouco de sangue, que se entranhou nas rugas minúsculas da pele fina.

– Tudo bem – concordou. – Claro, mas me desculpe, preciso primeiro pôr você em segurança, para sua própria proteção, você entende.

– Como assim? – perguntou ela. – O que vai fazer comigo?

– Vou proteger você – disse ele, um ar confuso no rosto, como se não pudesse entender por que ela parecia tão preocupada e temerosa. – Eu nunca machucaria você, Sam. – Por acaso, o olhar de Deborah passou por ele indo em direção a Louise, e a cabeça do homem se virou rapidamente para saber o que ela estava olhando. Louise olhou depressa para o outro lado, torcendo para ele não ter notado a comunicação silenciosa entre as duas. – O que ela anda dizendo? – perguntou ele a Deborah, os lábios pálidos, olhos queimando de ódio. – Ela tem envenenado você contra mim, não tem? Está botando merda na sua cabeça, enchendo de mentiras.

– Não – disse-lhe Deborah –, ela não falou nada e eu não acreditaria nela mesmo. Isso tem a ver com nós dois, não com ela. Esqueça ela, por favor.

– Sei como castigar putinhas nojentas como essa aí. – As palavras fizeram Louise se encolher no canto mais distante da jaula, e seus lábios começaram a tremer ao ver que ele andava em sua direção, tateando a calça de moletom à procura da arma de choque.

– Esqueça ela – gritou Deborah. – É comigo que você quer ficar e eu quero ficar com você. Ela não é nada para nós. – Ele parou e se virou para ela, o fogo da raiva abafado pela expressão de afeto e desejo.

– Tem razão – disse ele. – Ela não é nada.

– Bom – Deborah o encorajou como a um cachorro obediente. – Você ia me deixar sair, lembra, para eu poder me lavar.

– Sim. Sim, claro. – Ele pegou a chave no bolso, andou até a porta da jaula e começou a destrancá-la, e então parou de repente, anos de autopreservação entrando em ação para salvá-lo. – Desculpe. Já ia me esquecendo. Antes de deixar você sair, preciso que faça uma coisa para mim.

– O quê? – perguntou ela, nervosa, imagens demais, horrendas, passando por sua mente para que focalizasse uma só em particular. Ela engoliu o vômito que lhe vinha à boca.

– Preciso que passe as mãos pela abertura.

– Por quê?

– Tem que confiar em mim, Sam. Tem que aprender a confiar em mim. – Ele abriu a portinhola e esperou que ela obedecesse. Deborah sabia que tinha que fazer aquilo, ou logo se tornaria Louise e depois Karen Green, nada além de uma lembrança para todos que a amavam. Lágrimas rolavam pelo canto dos seus olhos, mas ela conseguiu prender os soluços e ocultar o medo enquanto passava as mãos pela abertura. Lutou contra a vontade intensa de olhar para o outro lado, fitando em vez disso os olhos dele, tentando esticar a boca num sorriso. Ele retribuiu o sorriso e pegou um pedaço de fio de nylon no bolso do casaco. Ela observou enquanto ele dava várias voltas com o fio em torno dos seus pulsos, tão apertado que ela podia sentir o sangue se concentrando nas mãos, mas não dolorido a ponto de fazê-la reagir e se trair. Depois que o fio foi passado várias vezes pelos pulsos, ele torceu as pontas soltas como se estivesse fechando um saco de embalagem para freezer. – Pronto – anunciou. – Não está muito apertado, está?

– Não – disse ela, com esforço. – Está bom. Obrigada.

Ele limpou o suor das mãos na traseira da calça e andou devagar até a porta da jaula, virando a chave que deixara na fechadura e abrindo a porta, uma das mãos levantando a bandeja do chão enquanto a outra se estendia para dentro, oferecendo ajuda. Ela pôs suas mãos na dele e deixou que a guiasse para fora da jaula, rezando para que Louise estivesse atenta e pronta, enquanto permitia que ele a conduzisse através do cômodo. Ela o seguiu até a pia atrás da tela, a mão dele se afastando da sua, pondo a bandeja com a seringa na mesinha enquanto ele recuava, mas apenas uns poucos passos, observando-a, lambendo o sangue que secava nos lábios inchados. Ela desviou os olhos dele e abriu a torneira, o som agudo do metal antigo logo substituído pelo barulho de água corrente. – Não quero molhar minhas roupas – disse ela.

Ele parecia confuso.

– Não se preocupe. Lave só o rosto por enquanto.

– Mas eu quero estar bem limpa para você – insistiu ela, calculando qual seria a melhor maneira de enganá-lo. – Quero ficar o mais pura que puder para você. Se me desamarrar, posso tirar a roupa e me lavar toda.

Ele sentiu os testículos se contraírem. A ideia de vê-la voluntariamente tirando a roupa e se lavando na sua frente, a água correndo pelo seu corpo esguio, acompanhando as curvas, o fez esquecer a prudência. Ele se adiantou para desamarrá-la. Ao segurar seus pulsos, no entanto, parou, seu olhar indo de Deborah para a figura deplorável agachada no canto da outra jaula e voltando a Deborah. Ela sentiu que ele hesitava.

– Você pode olhar – disse ela. – Pode olhar enquanto eu me lavo. Eu não ligo.

– Não – disse ele, recuando. – Ainda não é seguro para você. Pode ser que ainda tenha um pouco do veneno deles em você.

Deborah sabia que o seu rosto denunciava a frustração, e sua única esperança era de que ele não entendesse, que aquela mente doente de fato pensasse que ela estava triste devido à rejeição física.

– Você tem razão – mentiu. – Vamos ser cuidadosos. – Ela começou a encher de água as mãos em concha, levantando-as para lavar o rosto, tentando perceber a posição dele. Com cuidado, passou os dedos no sabão e fingiu massagear o rosto. – Ai – ela se encolheu de repente.

– Você está bem? – perguntou ele. – Tem alguma coisa errada?

– Meus olhos – ela se queixou. – Entrou sabão nos meus olhos. Está ardendo. Não consigo enxergar. – Ele sentiu a ansiedade lhe subir pela espinha, fios finos passando pelo osso e se enrolando em volta da medula, transmitindo a sensação de pânico a cada tendão em seu corpo e fazendo-o ficar paralisado, percebendo a armadilha, mas incapaz de dominar o instinto de socorrer a mulher que amava. – Por favor – implorou ela –, preciso de uma toalha. Meus olhos estão ardendo muito. – Lágrimas de frustração e pena embaçaram a visão dele que se aproximou, pegando a toalha na tela e entregando aos dedos que a procuravam, sorrindo enquanto ela esfregava a toalha nos olhos, a dor claramente diminuindo.

– Melhorou? – perguntou ele.

– Melhorou. Obrigada... – Deborah interrompeu a frase pelo meio, arremetendo o joelho direito entre as pernas dele. Atingiu os testículos, e ele se dobrou em dois. Lembranças de brigas infantis com seus irmãos voltaram à mente de Deborah. Só que desta vez ela não iria bater de brincadeira, porque agora sua vida dependia de ganhar. Ela recolheu o joelho e o lançou de novo na direção do rosto dele, tentando atingir a ponte nasal. Ele percebeu e se esquivou bem a tempo, mas o joelho mesmo assim bateu com força na lateral do rosto, cortando profundamente a bochecha por dentro e abalando vários dentes. Ele tossiu o sangue que lhe escorria pela garganta e se esforçou para não perder a cabeça, sentindo as unhas que arranhavam e tentavam arrancar seus olhos. Até ele perceber que o ataque cessara já era tarde, a dor aguda na lateral do pescoço substituía todo o resto, fazendo-o gemer e choramingar como um animal ferido. Sua mão tremia ao se mover para o ponto de origem da sua agonia.

Deborah soltou a seringa, deixando-a enfiada na lateral do pescoço de Keller. Ela havia mirado na jugular, mas errara, embora tivesse injetado o líquido no corpo dele, torcendo para que, caso fosse um anestésico, isso pelo menos o tornasse mais lento, mesmo sem ter sido introduzido direto na corrente sanguínea. A visão do homem ensanguentado e ferido, tateando à procura da seringa que pendia do seu pescoço, era ao mesmo tempo chocante e aterradora. O desejo dela de sobreviver gritava-lhe para correr antes que a maré virasse, antes que a raiva dele o fizesse se levantar de novo com a força de um louco, a adrenalina o impelindo para a frente em meio à dor.

Uma voz de mulher gritou atrás dela:

– Pegue a chave, Deborah. Pegue a chave! – Louise agarrava o arame da porta da sua jaula, que ela sacudia tentando abrir com a pouca força que restava em seu corpo depois de vários dias sem comida e água. Os olhos de Deborah foram da mulher ao animal ferido rastejando pelo chão, ainda tentando puxar a seringa do pescoço. Os músculos se contraíram em torno da agulha, tornando difícil movê-la. O cheiro do ar fresco desceu pelas escadas e atingiu-a no rosto, alimentando o impulso de correr. – Bata nele de novo e me tire daqui. Deborah. Deborah – gritou Louise, percebendo a intenção da outra mulher.

– Sinto muito – disse Deborah. – Sinto muito mesmo... – E aí ela correu. Passou pelo desgraçado no chão, que tentou agarrar seu tornozelo, o toque daquela pele úmida fazendo com que ela emitisse um som agudíssimo, mais do que um grito. Mas ele segurou com pouca força e não conseguiu detê-la. Ela chegou à escada e tentou subir os degraus de três em três, porém as mãos amarradas a fizeram perder o equilíbrio e ela tombou para a frente, as canelas batendo com força na beirada áspera do degrau de pedra, a dor provocando-lhe um grito enquanto se levantava com dificuldade, correndo escada acima mais uma vez, tentando ser mais cuidadosa. O medo do que estava atrás a tornava desatenta e descoordenada à medida que se aproximava cada vez mais do retângulo de luz acima, a claridade fazendo as lágrimas ferirem seus olhos tão dolorosamente que ela teve que fechá-los. E todo o tempo a voz de Louise gritava atrás dela:

– Sua vadia filha da puta. Não me deixe. Não pode me deixar aqui. Tomara que você morra, sua safada filha da puta. Tomara que ele te mate. Tomara que ele te mate.

A escada parecia uma montanha invencível no momento em que ela subiu tropeçando os últimos degraus, escorregando de novo e rompendo a rótula do joelho, a dor da fratura expulsando o resto de ar do seu peito. Segurando o joelho com ambas as mãos, ela tentou apertar para tirar a dor. Movimentos em sua visão periférica atraíram seus olhos para o escuro lá de baixo: uma figura emergia do negrume e começava a subir a escada, oscilando de um lado para o outro, braços esticados, procurando as paredes dos dois lados da escada como se estivesse bêbado ou cego, a cabeça pesada demais para ser erguida. Ela não teve forças para gritar, o único som que escapou de sua boca foi um gemido de exaustão ao se pôr de pé, o joelho lesionado tornando uma perna praticamente inútil quando ela tentou correr.

Deborah irrompeu na luz, o brilho do sol cegando-a temporariamente, impedindo-a de ver as pedras afiadas que cortaram a pele fina dos seus pés descalços. Ela continuou aos trancos, o joelho quebrado cedendo de repente, as mãos estendidas aliviando a queda. Sua visão estava voltando e ela procurou um trinco na porta, mas encontrou apenas uma trava solta, sem o cadeado que a trancaria, o qual continuava lá embaixo, no escuro com ele, o escuro onde ela abandonara Louise Russell ao seu destino. Ela fechou a porta com uma batida forte de qualquer maneira e tentou atravessar correndo o terreno cheio de coisas amontoadas, objetos não familiares fazendo-a escorregar e tropeçar. Um pedaço de concreto pontudo que se projetava do solo atingiu o pé da perna machucada, enviando um espasmo de dor pelos ossos até o joelho, e ela caiu. Mal conseguindo enxergar devido às lágrimas, examinou o chão à procura de uma arma ou muleta improvisada. Não encontrando nada, olhou para a porta do porão às suas costas. Apesar de toda a dor e esforço, ela andara apenas uns cinco metros. Seu grito abalou a quietude da manhã primaveril quando a porta se abriu de repente, e seu algoz saiu à luz, a seringa ainda enfiada no pescoço de maneira obscena, enquanto ele sacudia a cabeça violentamente de um lado para o outro tentando dissipar os efeitos do anestésico.

Apertando os olhos para atenuar o efeito do alfentanil e do sol, Keller se aprumou e foi atraído pelo súbito movimento de Deborah tentando se levantar. Ele partiu na direção dela, cambaleando, enquanto usava os tambores de óleo para se firmar, sua presa pouco mais do que uma figura indistinta que parecia, em sua mente confusa, movimentar-se em câmera lenta, como se ambos estivessem presos num pesadelo onde corriam em meio a melado ou cola.

Mas a distância entre eles estava diminuindo. O joelho machucado de Deborah não podia aguentar seu peso, por isso ela mancava, puxando a perna, sobre pés que estavam cortados e sangravam devido às pedras e vidro partido que cobriam o terreno. Seus olhos esquadrinhavam a área em desespero, buscando socorro, mas não havia estrada com tráfego regular, nem casas vizinhas, somente um chalé feio que ela instintivamente adivinhou ser a casa dele. Ela decidiu que sua única esperança era continuar pela estrada acidentada, de terra, e torcer para que a levasse para longe daquele inferno; mas ele estava se aproximando, seus passos vacilantes mais audíveis. Ainda assim ela continuou, lágrimas jorrando-lhe dos olhos, até que por fim sentiu que ele estava logo atrás dela, os dedos como gavinhas se esticando para agarrá-la.

Enchendo os pulmões, Deborah se preparou para um grito desesperado, mas a dor lancinante que atingiu a base da sua espinha roubou-lhe o resto da resistência e a fez desabar no chão de pedra, a eletricidade da arma de choque reverberando em cada nervo do seu corpo.

Mãos seguraram suas roupas e a viraram de costas. Os olhos de Deborah, sem piscar, se fixaram no rosto pairando sobre ela, distorcido numa careta de agonia enquanto ele puxava a seringa, a pele do pescoço se esticando até que finalmente a ponta de metal se soltou. Ele a jogou longe, o impulso do braço se movimentando fazendo-o perder o equilíbrio, já que o alfentanil continuava a retardar sua atividade motora. Ele soltou um grito primal para o céu claro e luminoso e caiu de joelhos ao lado dela, pousando a cabeça no seu peito, a mão acariciando suavemente o cabelo da mulher enquanto ele soluçava.

– Você não deveria ter feito isso, Sam – murmurou. – Não deveria escutar as mentiras deles. Só eu amo você de verdade. Só eu conheço você de verdade. Esta é sua casa.

As convulsões do corpo sob o dele diminuíram gradualmente, os braços e pernas da mulher começando a se dobrar e movimentar de leve ao voltarem à vida, mas os músculos estavam exaustos. Ela tentou empurrá-lo, porém os músculos fracos fizeram aquilo parecer mais com um abraço. Ele ergueu a cabeça do peito dela e a moveu em direção ao seu rosto. Enxugou-lhe as lágrimas e o muco com os polegares e começou a beijar suavemente sua face, cada beijo demorando na pele como se fosse o último beijo que ele daria, o sal do suor e das lágrimas dela fazendo com que os seus lábios ensanguentados ardessem e fervessem de maneira intensa, uma sensação que ele nunca experimentara antes, exceto com ela, exceto com Sam, há tanto tempo que ele quase esquecera.

Afastando-se um pouco, ele deslizou a mão sob o corpo de Deborah e passou o braço dela sobre o seu ombro, pondo-a de pé, mas precisou sustentar quase todo o peso da mulher, além do seu, para levá-la de volta ao porão, arrastando a perna machucada, os dois caminhando como soldados feridos, um ajudando o outro.

– Vamos lá – disse ele –, antes que alguém veja. Segure-se em mim. Não deixo você cair. Prometo que nunca vou deixar você cair.

– Ela queria empurrá-lo para longe, derrubá-lo ao chão e afundar seu crânio com o tijolo ou pedra mais próxima, e no entanto não conseguia; seu corpo estava fraco demais, devido aos ferimentos e aos efeitos secundários do choque elétrico brutal, a adrenalina era zero.

Enquanto se aproximavam da porta do porão, Deborah sentiu seu corpo anestesiado gradualmente voltando à vida. Embora ainda fracos e lentos ao reagir, os músculos começavam a atender o comando da mente. E ao mesmo tempo que ela se fortalecia, ele se enfraquecia, exaurido pelo esforço de arrastá-la. Se sua recuperação continuasse naquele ritmo, pensava ela, infelizmente seria tarde demais para se salvar; podia imaginar a porta da jaula se fechando com violência no momento em que ela se sentisse forte o bastante para dominá-lo. Quando o batente da porta surgiu na frente deles, o queixo de Deborah descongelou o suficiente para ela murmurar:

– Não. – Sua mão livre se adiantou, os dedos agarrando e segurando o batente da porta, fazendo os dois pararem com um solavanco quando o braço dela se esticou totalmente. – Não – repetiu ela, as palavras ficando mais claras. – Lá embaixo não, por favor. – Ele puxava o braço, mas ela não soltava, o medo lhe dando forças.

Percebendo que seu tempo e vigor estavam se esgotando, mas relutante em usar a arma de choque de novo e acabar com um peso morto que ele teria que carregar pela escada, Keller atacou em pânico cego, enterrando os dentes nos dedos que seguravam o batente da porta. Ele mordeu fundo e com força os nós dos dedos, as bordas serradas dos seus dentes afiados roendo pele e ossos, o gosto de cobre do sangue quente se espalhando por sua língua. A brutalidade primitiva dos seus atos pareceu atiçar vida e força em Keller. Quanto mais ela gritava, mais ele mordia, os dentes tentando achar um ponto de apoio nos ossos escorregadios dos dedos, a garganta dele pulsando enquanto ele engolia o sangue que jorrava em sua boca.

Incapaz de segurar mais tempo, Deborah soltou a mão do batente da porta, o que fez com que os dois mergulhassem no vão e caíssem pelos primeiros degraus, membros enroscados como duas dançarinas eróticas, nenhum dos dois emitindo sequer um som, nenhum dos dois gritando de dor enquanto seus corpos iam batendo pelos degraus duros que os contundiam e feriam na queda. Quando finalmente pararam, ele estava por cima dela, seu rosto a milímetros de distância, as respirações se misturando num único odor doce e enjoativo. Por um segundo seus olhos se encontraram, um tão apavorado quanto o outro, compreendendo mutuamente que estavam engajados numa luta pela vida.

Os golpes dela vieram em série, as pernas e joelhos presos debaixo dele batendo e chutando com toda a força, seus punhos enfraquecidos fechados esmurrando o alto e os lados da cabeça dele, por vezes virando garras que tentavam arranhar-lhe os olhos. A pele de Keller queimava com a dor intensa das unhas quebradas, ásperas, rasgando a pele sensível do seu rosto. Ele gritou e berrou de dor, olhando através da fenda estreita dos olhos, tentando segurar pelos pulsos os braços que ela agitava.

Ele não quisera ferir sua amada Sam, mas obviamente ela ainda estava cheia do veneno deles, e sua tentativa de escapar e a violência renovada contra ele tinham praticamente afastado dele a compaixão, que se refugiara nas profundezas da sua alma, substituída pela raiva que sempre fervera bem perto da superfície. A fúria lhe deu uma nova energia, os gritos virando urros quando ele agarrou os cabelos dela no alto da cabeça e a arrastou sem piedade escada abaixo, a cabeça primeiro, espinha e costelas sendo esmagadas contra a beirada de cada degrau, até chegar afinal ao piso plano. Segurando os cabelos com mais força, ele a puxou pelo chão do porão, enquanto ela tentava desesperadamente com a perna boa achar um ponto de apoio para resistir ao movimento. A luta de Deborah acabou por causar uma contração no ombro dele, a dor aumentando sua raiva. Ele levou o pé bem para trás sem perder o equilíbrio e chutou-a na coluna, no meio das costas, a agonia fazendo o corpo dela arquear. Centímetro a centímetro, ele a arrastava para perto da jaula de onde ela fugira minutos antes.

Palavras saíam da boca de Deborah, minúsculas gotas de sangue e saliva deixando um tesouro de provas periciais na pele, roupas e cabelo dele, provas que poderiam um dia condenar seu carrasco, mas que naquele momento não significavam nada para ela.

– Por favor, seu animal, me deixe ir embora, por favor. Não conto a ninguém, por favor. Eu te mato, me deixe ir embora ou eu juro que te mato. Me deixe ir embora, porra.

Quebrando suas próprias regras de autopreservação, ele entrou primeiro na jaula, de costas. Cansado demais para arrastá-la em um só movimento contínuo, tentou fazê-lo pouco a pouco, puxando-a pelo cabelo, como se estivesse movendo um baú velho que fosse pesado demais para ele, ignorando os sons do couro cabeludo dela começando a se separar do crânio. No momento em que a puxava pela entrada da cela de arame, ele caiu sentado, e as mãos de Deborah subitamente avançaram e agarraram as laterais da entrada da jaula, seus olhos cerrados e apertados em razão da dor lancinante no couro cabeludo.

– Não vou entrar aí! Não vou! – gritou ela, num tom tão agudo que mal se entenderiam as palavras, os nós dos dedos que agarravam a moldura ficando brancos. – Não. Não – gritou, enquanto ele dava puxões no seu cabelo, a dor intensa só aumentando a força com que ela segurava a moldura da porta da jaula, o medo de afundar no abismo sustentando sua determinação de sobreviver.

A força dele começava a faltar quando se lembrou de que a arma de choque continuava no bolso da calça. Certificando-se de que Deborah já estava com metade do corpo dentro da prisão, ele desvencilhou os dedos do seu cabelo e sentiu-se imediatamente sendo puxado em direção à entrada, a força da mulher suplantando a sua naquele momento, levando os dois de volta à porta da jaula. Ele enfiou a mão no bolso e logo encontrou a caixinha plástica, euforia e pânico o inundando em ondas de igual tamanho. Não houve necessidade de pensar sobre o que fazer em seguida. Ele sabia que era sua única chance. Tirou a arma de choque do bolso e a espetou na lateral do pescoço de Deborah, pressionando os botões de comando para transmitir a corrente para o corpo dela, forçando a arma contra sua pele muito mais do que o necessário para dominá-la, enquanto via o corpo rígido convulsionar e se debater. Por fim, interrompeu o fluxo de eletricidade e afastou a arma, tornando a colocá-la no bolso, sem tempo a perder, soltando o cabelo de Deborah e segurando-a pelas roupas em torno dos ombros. Com um último esforço, conseguiu levá-la para dentro da jaula.

Ele se recostou no arame e limpou o suor da testa com a manga da camisa, sorrindo e rindo baixinho. Ao observar a mulher caída à sua frente, o riso se transformou em soluços. Afastando as grossas lágrimas, esticou o braço para tocar no corpo que se contorcia. Fazendo um carinho no seu cabelo, murmurou: – Veja o que obrigaram você a fazer. – Depois, quando a forte dor no rosto lhe trouxe à lembrança suas próprias feridas: – Veja o que obrigaram você a fazer comigo... tentaram nos pôr um contra o outro, como fizeram antes. Como sempre vão tentar fazer, Sam. Mas não vou deixar que levem você. Nunca vou deixar que levem você. – Ela resmungou uma resposta, mas ele não entendeu as obscenidades que ela tentou falar. – Descanse – disse ele. – Agora você deve descansar.

Ele saiu da jaula engatinhando e a trancou, levantou-se e respirou fundo para alimentar seus músculos exaustos, antes de ir cambaleando até a escada e começar a subida para a luz do dia, cada passo uma montanha, até que o ar frio da primavera o reanimou o suficiente para fechar o cadeado e atravessar o terreno andando vagarosamente, com cuidado.

Submerso numa onda de mágoa e perda, não pôde conter as lágrimas. Quando conseguiu chegar ao seu chalezinho feio, caiu de joelhos e foi se arrastando até o armário. Pegou a espingarda e enfiou os canos entre os dentes, encostando o polegar nos dois gatilhos, os dentes batendo no metal enquanto ele tentava controlar o som terrível que vinha do mais profundo do seu ser. Mordeu com força os canos e tentou forçar o polegar a apertar os gatilhos, mas o dedo não se movia. Ele gritou, suas palavras viraram um balbucio ininteligível visto que os frios tubos de metal impediam o movimento da língua, o significado claro apenas na sua mente: *"Por favor. Não aguento mais fazer isso. Quero que isso acabe"*, implorou a si mesmo. *"Vá em frente, porra, seu covarde de merda!"*

Mas ele não conseguia, ainda não. Por mais que pensasse que queria tirar a própria vida, bem lá no fundo da sua alma torturada ele não estava pronto. Não acabaria com sua vida até que eles tivessem sofrido mais, até que soubessem que ele tinha o poder de abalar suas vidas, de fazê-los pagar por todos os anos que tivera que sobreviver sozinho no cipoal de orfanatos e de vastas, anônimas escolas públicas londrinas, vítima dos mais fortes, banido pelas outras crianças, que o tratavam como um leproso.

Seu polegar se afastou dos gatilhos e, devagar, ele tirou os canos da boca, as pontas molhadas e brilhantes de saliva e lágrimas. Desarmou o cão da espingarda com os canos ainda apontando para o seu rosto e a atirou no chão de vinil, onde ela deslizou até parar sob a mesa da cozinha. Ele afundou o rosto nas mãos e tombou para o lado, deitando no chão e soluçando como um bebê, dominado por emoções que não podia compreender nem controlar. Em meio ao ódio contra si mesmo, uma das mãos foi do seu rosto para o corpo que tremia, os dedos entrando sob a cintura da calça e dentro da cueca, seu membro murcho inchando lentamente quando a mão o agarrou e começou a mexer para cima e para baixo, cada vez mais rápido, imagens das mulheres nas jaulas passando por sua mente, seus lábios, seios e triângulos pubianos... seu cheiro. A lamúria se transformou em gemidos de prazer, enquanto as imagens se misturavam a outras cenas em sua cabeça, quadros inspirados por sua música preferida: a história da vingança sangrenta de um menino.

10

Sean estava sentado em seu escritório, estudando atentamente relatórios de informação obtidos em blitzes, buscas em áreas abertas e todos os outros aspectos da investigação. Anna estava sentada ao seu lado, tendo insistido em ler cada papel por onde os olhos dele passassem, sua presença tolerada apenas porque ela trabalhava rápida e silenciosamente, nunca o interrompendo e desviando o fluxo de seus pensamentos. Em vez disso, foi o telefone tocando alto na sua mesa que o fez ter um sobressalto e voltar com dificuldade ao mundo real. Irritado pela perturbação, ele agarrou o telefone e disse seu nome com rispidez.

– Sean Corrigan. O que é? – A voz do outro lado não pareceu se ofender.

– Senhor, é o detetive Croucher, Paul Croucher, do Departamento de Investigação Criminal do distrito de Lambeth. – O nome não significava nada para Sean. – Fui informado de que o senhor está interessado em pessoas desaparecidas.

– Só determinado tipo de pessoas – enfatizou Sean.

– Interessaria uma mulher branca, um metro e sessenta e sete de altura, vinte e sete anos, magra, cabelo castanho curto, olhos verdes?

– Continue.

– Deborah Thomson, uma enfermeira do St. George's Hospital em Tooting, endereço residencial 6 Valley Road, Streatham. Ela saiu do trabalho depois das duas da tarde de ontem, e não foi mais vista. Não apareceu numa reunião marcada com amigas à noite e agora de manhã não apareceu para tomar café com o novo namorado. Foi ele que comunicou o desaparecimento, depois de ligar para o celular e o telefone da casa dela e não ser atendido. Ninguém atende à porta em sua casa e o carro dela sumiu. Ele ligou para várias amigas e descobriu que ela também as deixara esperando, e foi aí que veio à delegacia e fez a comunicação. Está interessado?

– Tem uma foto dela?

– Temos, sim.

– Pode me mandar por e-mail?

– Sem problema.

– Fique na linha enquanto está enviando – disse Sean. – Preciso ver o rosto dela antes de tomar uma decisão. – Mas a sensação de enjoo e aperto no estômago já lhe dizia que seus piores receios haviam se concretizado.

– Estou mandando agora – confirmou o detetive Croucher. Sean checou sua tela de e-mails e esperou que a mensagem aparecesse na caixa de entrada. Poucos segundos depois ela apareceu no topo da lista de não lidas. O mais rapidamente possível, ele apontou a seta para Novas Mensagens e deu um duplo clique. Não havia texto, apenas um documento anexado. Ele clicou duas vezes de novo e esperou que o seu disco rígido velho mostrasse a foto na tela. Após o que lhe pareceram minutos, a imagem de uma mulher jovem e bonita pulou no seu monitor. A semelhança entre ela e as outras vítimas era impressionante. Fitando seus olhos verdes, ele não teve dúvidas de que ela fora sequestrada e de que agora o tempo de Louise Russell estava rapidamente se esgotando.

Anna inspirou o ar com força quando notou a semelhança.

– Problemas? – perguntou.

A resposta de Sean foi um breve movimento de cabeça. Levaria muito tempo para lhe explicar tudo. Ela teria que juntar as peças enquanto seguiam em frente.

– Vamos assumir essa investigação de pessoa desaparecida – informou ele ao detetive Croucher. – Preciso que vá à casa dela e verifique pessoalmente, só para ter certeza de que ela não está de cama com gripe. Pode arrombar, se necessário, mas preserve a cena para uma análise pericial completa. Entendeu?

– Perfeitamente.

– Me ligue assim que encontrar alguma coisa.

Sean desligou, levantando-se imediatamente e entrando na sala principal a passos largos, uma das mãos levantadas para avisar os ocupantes de que precisava da sua atenção total e imediata. Donnelly o viu primeiro e logo veio para o seu lado.

– Onde está Sally? – perguntou Sean.

– Correndo atrás de umas pistas inúteis que apareceram depois do apelo de Featherstone na televisão. Por quê? O que está acontecendo?

Ignorando a pergunta, Sean gritou:

– Tudo bem pessoal, atenção.

Donnelly decidiu que ele não gritara suficientemente alto.

– Seja o que for que estiverem fazendo – bradou ele –, parem e ouçam.

O escritório ficou em silêncio e todas as cabeças se voltaram para Sean.

– Obrigado – agradeceu ele a Donnelly, antes de se dirigir aos outros na sala. – Assim que terminarmos aqui, vou enviar a todos vocês a foto de uma mulher chamada Deborah Thomson. Ela acabou de se tornar nossa terceira vítima. – A sala se encheu de murmúrios irritados, expressando descrença. – A última vez que alguém a viu viva e bem foi quando saiu do trabalho pouco depois das duas da tarde de ontem. Não compareceu a um encontro com amigas à noite e não foi tomar café com o namorado hoje de manhã. Não está atendendo os telefones, ninguém abre a porta em sua casa e o seu carro está sumido. Quando virem sua fotografia e lerem a descrição física vão entender por que acredito que o homem que procuramos a pegou. Este sequestro significa mais cenas de crime para examinar, mais porta a porta, mais blitzes, mais testemunhas a localizar, mais tudo. Então, liguem para esposas, maridos, namoradas, namorados, ou quem for, e avisem que vocês não vão se ver por um tempo, até que a gente encontre esse vagabundo e o jogue na cadeia. Comam se e quando puderem, durmam onde e quando puderem, mas sem perder muito tempo. Nossas chances de encontrar Louise Russell viva diminuem a cada hora, por isso todo mundo vai ter que trabalhar no limite. Se algum de vocês sentir que está começando a entrar em parafuso, fale comigo ou com Dave e veremos o que dá para fazer. Paulo... – Sean se virou para Zukov.

– Sim, chefe.

– Alguma novidade sobre o adesivo encontrado em Karen Green?

– Tenho falado com as empresas que fazem esse tipo de coisa, mas até agora, nada. Prometeram verificar nos catálogos antigos, mas vai levar um tempo.

– Bem, continue cobrando. Quero saber tudo sobre isso o quanto antes.

– Por que é tão importante? – desafiou-o Zukov. – É um adesivo padrão, nada especial, então por que perder tempo com isso?

– Continue a procurar – reagiu Sean. – Eu decido o que é e não é importante. Entendido?

Zukov sabia quando se recolher. – Sim, chefe.

– Todo mundo tem que continuar a se esforçar – Sean lembrou a eles. – Peguem suas tarefas com Dave e Sally e executem imediatamente. Assim que terminarem, peguem outras... e depois outras mais. Não fiquem parados, vocês não têm que voltar aqui para me dizer o que está acontecendo. Usem o celular, mandem e-mail... e twiter, se necessário, mas não fiquem parados. Façam as coisas acontecerem, não fiquem esperando que aconteçam. Fiona?

A detetive Cahill se empertigou. – Sim, chefe.

– Entre em contato com o sargento Roddis e dê a ele a boa notícia sobre a nossa nova cena. – Ela confirmou com um aceno de cabeça. – E todos precisam saber que o cara pode estar se disfarçando de carteiro. Acho que é assim que ele consegue que as portas sejam abertas.

– De onde veio essa informação? – perguntou um dos detetives fatigados.

– De uma testemunha com quem conversei – respondeu Sean, ansioso por evitar detalhes. – Também acho que ele pode estar entregando material de propaganda nas ruas onde pega as mulheres, assim se disfarça melhor. Quando estiverem fazendo o porta a porta, perguntem aos ocupantes se receberam algum folheto nos últimos dois dias. Se receberam e guardaram, apreendam e guardem para a perícia. Ficou claro?

A resposta foi uma mistura de confirmações sussurradas e perguntas em voz baixa.

– Só mais uma coisa... – Sean olhou em volta da sala, bem nos olhos deles, para ter certeza de que compreendiam a mensagem – o pub é território proibido até esta partida estar ganha. Não posso me dar ao luxo de perder ninguém, muito menos por causa de ressaca.

O vozerio aumentou. Sean o ignorou e saiu andando para a sua sala, seguido de perto por Donnelly.

Sean desabou numa cadeira e ficou esperando o questionário inevitável.

– Disfarçado de carteiro, eh? Ideia interessante – começou Donnelly.

– Um dos vizinhos de Louise Russell pediu para não entregarem material de propaganda, mas na época em que ela foi levada, ele recebeu uma pilha em sua caixa de correio. E não gostou nem um pouco.

– É só isso? Um vizinho e um bocado de material de propaganda?

– Faz sentido. É como ele consegue que abram a porta sem ninguém pensar muito. Provavelmente também é assim que pesquisa a mulher. Quem vai prestar atenção a um carteiro andando pela rua? Qual a central de triagem que inclui os locais que investigamos?

– Central de triagem? – disse Donnelly. – Espere aí, pensei que estivesse procurando alguém se *disfarçando* de carteiro. Por que o interesse em centrais de triagem?

– Tenho que pensar na possibilidade de o cara ser um carteiro de verdade.

– Pensar ou acreditar?

– Quanto mais penso nisso, mais faz sentido que ele seja um carteiro de verdade. Tudo que precisava saber poderia encontrar lendo a correspondência delas. Onde trabalham, se eram casadas ou tinham um companheiro, se tinham filhos. Poderia até mesmo ter descoberto quando Karen Green partiria para a Austrália. Tudo que precisa saber vem direto para ele por meio da correspondência. Se estivesse só se disfarçando de carteiro, teria que observá-las durante semanas e horas seguidas... tendo que revisitá-las constantemente para ter certeza de que nada havia mudado. Mas se ele for um carteiro de verdade...

– Só precisa monitorar a correspondência. – Donnelly assoviou baixinho. – Porra, um carteiro. Por que não contou ao resto da equipe?

– Featherstone já me deu um aviso cifrado para não mencionar abertamente a teoria do carteiro. Não quer carteiros levando porrada em todo o sudeste de Londres, então por enquanto só divulgue na medida do necessário.

– Está certo – concordou Donnelly. – E é South Norwood... a central de triagem que inclui aqueles locais.

– Todos os três?

Donnelly apertou os olhos, tentando se lembrar de investigações anteriores que envolveram a verificação de zonas postais. – Tenho quase certeza de que cobre os três.

– OK – suspirou Sean. – Vamos até lá. – Ele pulou da cadeira e começou a juntar seus pertences.

– À central de triagem? – confirmou Donnelly.

– Por que não?

– Com certeza a cena é mais importante, não?

– Não – discordou Sean, procurando o número de Sally no seu iPhone. Ela atendeu nos primeiros toques.

– Sally, tivemos outro sequestro.

– Eu sei. Paulo me mandou uma mensagem de texto.

– Preciso que você examine a residência da vítima. Fiona vai se encontrar com você lá. Vou pedir que ela te mande o endereço. Assim que encontrar alguma coisa, avise. – Ele desligou antes que ela pudesse protestar e saiu andando pela sala principal até encontrar a detetive Cahill, que estava ao telefone.

– Só um segundo – disse ela à pessoa na outra ponta, cobriu a boca do fone com uma das mãos e olhou para Sean.

– Fiona, preciso que você mande uma mensagem de texto com o endereço da vítima para a sargento Jones, e depois vá até lá se encontrar com ela.

– OK – concordou Cahill, sem perguntas.

– Conseguiu falar com Roddis?

– Estou falando com eles agora.

– Bom. Peça que o informante encontre você no endereço. Procure saber dele tudo que puder.

– É o namorado dela?

– É – confirmou Sean. – E peça a descrição do carro dela que sumiu. Se o cara estiver seguindo o seu padrão normal, ele o teria usado e depois abandonado num parque ou floresta. Precisamos encontrar o carro e preservar.

– Vou providenciar – garantiu ela.

– Bom – respondeu Sean, sentindo de repente que Anna estava logo atrás dele.

– Eu poderia ir junto com Fiona? – perguntou ela. Sean a examinou por poucos segundos antes de responder, tentando adivinhar suas intenções. Ela percebeu sua cautela. – Gostaria de observar a cena da perspectiva do suspeito, ver se posso aprender algo mais sobre ele.

– Tudo bem – concordou Sean, finalmente, virando-se para Donnelly e indicando com a cabeça a porta principal. – Me mantenham informado, todos vocês – gritou, saindo da sala sem olhar para trás. – Assim que alguém encontrar alguma coisa, eu quero saber. – E sacudiu o iPhone acima da cabeça para que ficasse claro, desaparecendo pelas portas de vaivém.

Quando Sally encostou em frente à casa de Deborah Thomson, ficou imediatamente impressionada com a semelhança entre aquela casa e as casas das outras mulheres que haviam sido sequestradas. Mais uma casa nada inspiradora, sem traços definidos, moderna, com uma entrada privativa, garagem e a porta da frente escondida. Ela quase ligou para Sean na mesma hora, mas decidiu que podia esperar um pouco mais. A detetive Cahill já estava em frente ao endereço, junto com um homem baixo, mas musculoso, de trinta e poucos anos, bem tratado e bem-vestido. Para um namorado de mulher desaparecida, ele parecia notavelmente calmo. Sally decidiu não julgá-lo até ter mais alguns fatos. Ela se permitiu alguns segundos para incorporar a personagem, antes de saltar do carro e andar na direção deles.

A detetive Cahill fez as apresentações.

– Sam, essa é a sargento-detetive Jones. Sargento Jones, esse é Sam Ewart, namorado de Deborah, que nos informou sobre o seu desaparecimento.

Sally estendeu a mão. Sob o cabelo liso bem penteado para trás e o bronzeado, Sally podia ver medo nos olhos dele, mas o que causara aquele medo... preocupação por Deborah ou a perspectiva de ser descoberto? Agindo na suposição de que a detetive Cahill já tivera aquela conversa inicial, cheia de cautela, ela decidiu entrar logo com as perguntas sérias e descobrir quem era de fato Sam Ewart.

– O que o faz pensar que ela desapareceu, sr. Ewart? Talvez ela simplesmente não queira vê-lo.

– Não – respondeu Ewart, parecendo triste e ansioso. – Ela ficou de se encontrar comigo para tomarmos o café da manhã... ela estava ansiosa por isso, sei que estava, e eu também.

– Há quanto tempo estão juntos?

– Apenas umas poucas semanas. – Sally o examinou de alto a baixo, o motivo da sua aparência tornando-se agora claro para ela. Ele ainda estava tentando impressionar Deborah, manter o novo relacionamento no rumo certo. – Escute – disse ele – eu sei das outras duas mulheres. As mulheres que sumiram. Vi na televisão. Ele já matou uma. Ele a pegou, não pegou? É por isso que estão aqui, porque acham que ele levou Deborah?

– Ainda não temos certeza de nada. Vamos tentar não pensar muito à frente, não é? Às vezes as pessoas fogem, sabe como é. Precisam de um tempo sozinhas. Pode ser só isso...

– Deborah, não – cortou Ewart. – Ele a pegou. Tenho certeza. – Ele estava tremendo e tentava segurar as lágrimas de frustração.

– O senhor tem chaves da casa? – perguntou Sally.

– Tenho. – Ele procurou no bolso e lhe entregou duas chaves, uma para a fechadura de embutir e outra para a Yale.

– Já esteve lá dentro?

– Não.

– Por que não?

– Só recebi as chaves uma hora atrás. Não tenho chaves da casa, essas aqui são de uma amiga dela do hospital. Quando recebi, a polícia já havia me dito para não entrar. – Sally indicou com a cabeça que entendia. Considerou delegar a tarefa à detetive Cahill, mas teve mais medo de ficar sozinha com Ewart, seu pesar e seu medo, do que de entrar na casa sozinha.

– Preciso dar uma olhada lá dentro – disse ela à detetive Cahill. – Espere aqui com o sr. Ewart.

– Não deveríamos esperar a perícia chegar? – questionou Cahill.

– O chefe quer que eu dê uma olhada primeiro. Além disso, não verificamos se na casa há algum sinal da vítima. – Arrependendo-se imediatamente de ter se referido a Deborah Thomson como vítima na presença de Ewart, ela quase se desculpou, mas decidiu que isso só aumentaria o seu erro. – Vou demorar poucos minutos – disse.

Destrancando primeiro a fechadura de embutir e depois a Yale, ela empurrou um pouco a porta e deu uma olhada para dentro da casinha, o calor do aquecimento central barulhento envolvendo-a ao escapar para o frio lá fora. "Alô", gritou debilmente para o interior silencioso, a voz embargada pela garganta seca, apertada. Ela tossiu para abrir as vias respiratórias. "Alô. Polícia. Tem alguém em casa?" Nenhuma resposta.

Sally entrou, puxando a porta atrás de si, certificando-se de que a deixara entreaberta e destrancada. Se tivesse que sair rápido, não queria ter problemas com fechaduras e trancas. Quando se afastou da entrada, notou que suas mãos estavam tremendo e juntou-as com força para controlar o tremor. Ela adentrou o refúgio de Deborah Thomson, que já fora seguro um dia, e agora era a cena do primeiro de muitos crimes que seriam cometidos contra ela.

Avançou lentamente, às vezes olhando para os pés para ter certeza de que não estava pisando em provas óbvias deixadas pela loucura que se introduzira na vida de Deborah Thomson, treinamento e experiência entrando em ação como se ela tivesse ligado o piloto automático, guiando-a pela cena sem que tivesse que pensar conscientemente sobre o que estava fazendo ou onde estava.

Notando um painel de controle de alarme contra roubo na parede do corredor, chegou mais perto para examiná-lo. O alarme estava desativado, a luz verde piscando. Será que as outras casas tinham alarme? Ela se lembrou do tempo que havia passado na casa de Karen Green e dos relatórios das buscas nas duas cenas anteriores. Não podia afirmar, mas tinha a impressão de que ambas as casas tinham alarme, embora nenhum deles estivesse ativado. Obviamente o maluco não gostava de alarmes e faltava-lhe perícia ou conhecimento para desativá-los: mais um motivo por que usou de artifício para entrar e correu o risco de sequestrar as mulheres à luz do dia.

A cozinha ficava em frente, mas primeiro ela precisava verificar o cômodo imediatamente à sua direita, cuja porta estava semifechada. Ao espiar pela abertura, rezou para que estivesse vazio, sabendo que não conseguiria lidar com um cadáver, ou mesmo com uma Deborah Thomson de ressaca, que não tivesse acordado nem com os telefonemas nem com Sally fazendo barulho dentro de casa. Mesmo que isso significasse uma conclusão segura, descomplicada e rápida da busca pela mulher desaparecida, Sally podia passar sem surpresas.

Abriu a porta devagar, empurrando com as costas da mão, pronta a fugir no instante que pressentisse algum perigo, fazendo uma pausa enquanto tirava o seu bastão retrátil, conhecido como ASP, do suporte preso no cinto. O metal pesado em sua mão fez com que se sentisse um pouco mais segura, enquanto abria a porta toda e olhava fixo para o que era claramente a sala. Pela mobília moderna e comum, suspeitou que a casa fosse apenas alugada e que o jogo de falso couro, junto com quase todo o resto, estivesse incluído no aluguel. Era impessoal e meio surrado: revistas abertas no sofá e no chão, gravuras de Monet e Cezanne em molduras plásticas enfeitando as paredes. Uma caixa cinza pesada, com uma tela pequena, passava por televisão, com o conversor digital pousado precariamente no topo. Sally se lembrou de que a mulher desaparecida era enfermeira. Claro que o aluguel estava comendo a maior parte da sua renda, até sua coleção de CDs e DVDs não era de impressionar. "Ou talvez seja apenas o caso de você ter mais o que fazer na vida do que eu?", murmurou. Um arrepio percorreu todo o seu corpo quando saiu da sala, voltando a porta à posição semiaberta, com cuidado para não deixar nela suas digitais.

Deu os poucos passos até a porta bem aberta da cozinha e olhou para dentro, seus olhos investigando cada ângulo e canto, o cheiro das últimas refeições de Deborah Thomson ainda grudado nas paredes e bancadas, intensificado pelo calor no cômodo e pelas janelas que tinham sido vedadas desde os primeiros sinais do inverno no ano anterior. Uma vez dentro da cozinha, ela notou imediatamente uma bolsa marrom, prática, em cima da mesa. Ao lado estava um telefone celular simples, que vibrava de vez em quando para avisar o proprietário de que havia chamadas perdidas ou mensagens de texto não lidas. A ideia de que Deborah Thomson poderia nunca ler aquelas mensagens ou ouvir os recados lhe passou pela cabeça. Ela a afastou, mas não pôde evitar o gosto amargo da bile em sua boca.

Sally atravessou a cozinha e tentou examinar a bolsa por dentro sem tocá-la, mas não conseguiu. Xingando por não ter trazido um par de luvas de borracha, pegou uma caneta no bolso do casaco e começou a futucar o interior da bolsa. Após alguns minutos examinando da melhor maneira possível sem tirar o conteúdo, ela se satisfez, o que procurava de fato não estava lá. A bolsa de Deborah continuava ali, assim como o celular, mas as chaves da casa e do carro não estavam visíveis em parte alguma. Para Sally, era a confirmação final de que Deborah Thomsom fora levada pelo homem que buscavam. Precisava ligar para Sean, mas quando procurava pelo número dele, uma voz chamando da porta a assustou, e ela quase deixou cair o telefone. Era Anna.

– Sally. Você está aí?

– Não entre – ordenou Sally, mas Anna a ignorou e entrou no corredor. – Esta é uma cena de crime. Você não deveria estar aqui.

– Me desculpe, mas fiquei preocupada com você. Não acho que deveria estar aqui sozinha, ainda não.

– Estou bem – mentiu Sally. – O que você está fazendo aqui?

– Vim com a detetive Cahill.

– Não vi você quando cheguei – acusou Sally.

– Não. Eu estava checando o resto da rua.

– Para quê?

– Tentando ver as coisas como ele as teria visto.

Sally revirou os olhos e falou entredentes. – Você também, não.

– O que disse?

– Nada, mas se for entrar, pelo menos fique nas laterais do corredor.

– Conheço o procedimento numa cena de crime – disse Anna, indo se encontrar com Sally na cozinha. – Encontrou alguma coisa?

– A bolsa e o celular estão aqui, mas as chaves, não.

– É ele, então? – Sally não respondeu. – Eu realmente não acho que você esteja pronta para isso – persistiu Anna. – Precisa ir mais devagar, diga a Sean que precisa ir voltando ao que fazia antes aos poucos.

– Você não entende – sussurrou Sally. – Se eu contar a Sean, estou acabada. Ele vai ter que reportar que preciso de ajuda psiquiátrica, e aí estou acabada no Departamento de Investigação Criminal, acabada na polícia. Sou uma policial. Não estamos autorizados a precisar de ajuda. Espera-se que a gente lide com isso, de um jeito ou de outro. Se não conseguirmos, não servimos para nada. Sean é um homem bom, mas no momento em que achar que sou um risco para ele ou para a equipe, vai se livrar de mim tão rapidamente quanto faria qualquer outra pessoa.

– Acho que você está subestimando Sean.

– Ele é policial – disse Sally. – Não vai conseguir agir de outra maneira.

– Então venha à minha clínica particular. Posso garantir confidencialidade total, sem passar nenhuma informação à polícia. Todo mundo precisa de alguém para conversar, Sally, especialmente depois de um acontecimento que muda a vida da pessoa.

– Pode ser – respondeu Sally, sem se comprometer. Uma voz alta e zangada na porta da frente encerrou a conversa.

– Droga, o que vocês duas estão fazendo na minha cena do crime? – gritou o sargento Roddis, furioso. – Nenhuma das duas vai a lugar nenhum até que eu dê uma olhada nos seus sapatos. Se estiverem com sorte, pode ser que eu não peça para tirarem a roupa.

Sean e Donnelly entraram no prédio grande e caótico onde funcionava a central de triagem de South Norwood sem se fazerem anunciar. Sean terminou de falar com Sally no celular e enfiou o telefone no bolso da capa de chuva.

– E aí? – perguntou Donnelly.

– Sally, ligando da última cena. Tudo parece indicar que o cara a pegou.

– Isso está fugindo ao controle, totalmente – alertou Donnelly. – Uma terceira vítima... a mídia vai enlouquecer.

– Então é melhor que a gente acabe com isso, e rapidamente. – Sean estava preocupado, olhando em volta do interior do prédio cavernoso. O teto alto e os canos expostos faziam com que se parecesse mais com as entranhas de um navio gigantesco do que com um lugar onde a correspondência era classificada. Pessoas usando uniformes do Royal Mail se misturavam a pessoas com roupas normais, reforçando a impressão de desorganização. Parecia haver uma ausência de liderança ou direção; embora muitos funcionários tivessem olhado para eles com ar de desconfiança, ninguém ainda questionara sua presença. Perdendo a paciência ao ser ignorado, Sean parou a primeira pessoa que passou por perto. – Preciso falar com um supervisor ou gerente – exigiu.

– No andar de cima – gaguejou o homem. – Primeiro andar. – Sean seguiu os olhos do homem, que cruzaram a área até uma escada de metal, larga. – Tem placas – acrescentou ele, relutante em ajudar mais, consciente dos olhares hostis que observavam cada movimento seu.

– Obrigado – disse Sean, segurando por alguns segundos, antes de soltar, o braço do homem, que saiu correndo, olhando por sobre o ombro.

Os detetives atravessaram a sala, encarando todos por quem passavam, na esperança de darem sorte e assustarem alguém que talvez saísse correndo. Assim que encontrassem o vagabundo, Sean sabia que bastaria olhar uma vez nos olhos dele para saber se era o homem que procuravam.

Os sapatos deles ressoavam nos degraus de metal.

– Essas escadas são a morte para os meus joelhos velhos – brincou Donnelly. Sean o ignorou, sua mente já voltada para o supervisor que ainda não conheciam, as perguntas que lhe faria, as ameaças e promessas para conseguir as informações de que precisava. Ele fez uma pausa no topo da escada e olhou em torno, respirando fundo o ar viciado, ouvindo os sons do prédio vivo.

Donnelly deu mais alguns passos antes de perceber que Sean havia parado. – Algum problema?

Sean ergueu a mão para impedir que ele dissesse mais alguma coisa.

– Ele trabalha aqui. – Estava confirmando com a cabeça para si mesmo. – O cara é um carteiro de verdade e trabalha aqui, nesta central de triagem.

– Talvez.

– Não. Com certeza – insistiu Sean.

– Como sabe? Ainda nem confirmamos que este setor cobre todos os locais dos sequestros.

– Sinto que é aqui. Tudo neste lugar me passa essa impressão. Posso senti-lo aqui. Você não?

– Digamos apenas que se acontecer de ele de fato trabalhar aqui, não vou me espantar muito – disse Donnelly. – Mas, por enquanto, acho que deveríamos nos concentrar em encontrar um supervisor, ver se não podemos descobrir algum indício que confirme a nossa intuição.

– O quê? – perguntou Sean, seu semitranse rompido. – Sim, claro. Vá você na frente.

O homem que Sean havia abordado estivera correto sobre as placas: elas estavam em toda parte. Eles encontraram uma onde estava escrito *Supervisor* e andaram na direção em que a seta apontava, ao longo de corredores estreitos, parcamente iluminados, passando por portas de madeira barata, enfeitadas com tabuletas com nomes em plástico branco. Era sábado, e as salas laterais, na maior parte, estavam vazias devido ao fim de semana. Os detetives avançaram pelo andar superior do prédio, em busca de sinais de vida.

– Porra, chefe, este lugar faz uma delegacia de polícia comum parecer bem alegre – anunciou Donnelly.

– E o esquema de segurança não é exatamente forte – concordou Sean.

Continuaram andando até que finalmente encontraram uma sala com alguém dentro. O nome na porta dizia *Somente Supervisores*. Sean bateu na porta aberta e esperou que o homem se virasse, mas ele continuou sentado, de costas para eles.

– Se está atrás de horas extras, tem muitas. Se quer mudar de itinerário, tem que preencher os formulários – disse o homem, sem olhar.

– Vou me lembrar disso – Donnelly não resistiu a dizer, o que pelo menos fez o homem se virar.

– Quem são vocês e o que querem? – perguntou o supervisor, com um ligeiro sotaque da Índia Ocidental.

Sean o analisou por poucos segundos antes de falar. Tinha cabelos grisalhos, já com sinais de calvície, e uma barba também grisalha, óculos pousados sobre o nariz, um casaco marrom que cobria o corpo magro e alto, calça esporte cinza caindo sobre sapatos que mais pareciam chinelos. Sua aparência era de quem deveria estar em casa, em frente ao velho aquecedor elétrico de barras, e não no trabalho. Não devia faltar muito para se aposentar, mas ele obviamente decidira começar logo a praticar. Sean abriu sua identidade e a mostrou.

– Inspetor Sean Corrigan, e esse é o sargento-detetive Donnelly. Gostaríamos de fazer algumas perguntas, acho que o senhor pode nos ajudar.

– Se estão aqui para prender um funcionário, têm que falar com a equipe de investigação dos Correios. Não quero me envolver com nada disso. Se eu me envolver, o sindicato deles vai me virar pelo avesso, entenderam?

– Não estamos interessados em nenhum funcionário que possa estar afanando cartões de crédito ou dinheiro mandado pelo correio pela vovó não sei das quantas. Não há necessidade de envolver o pessoal de investigação dos Correios – disse Donnelly.

– Então por que estão aqui?

– Tem visto muita televisão ultimamente? Lido jornais, sr...? – continuou Donnelly.

– Leonard Trewsbury, supervisor, e se está perguntando se sei o que está acontecendo no mundo, então a resposta é sim.

Sean percebeu inteligência nos olhos do homem e integridade na sua postura.

– Então o senhor provavelmente está ciente de que duas mulheres foram sequestradas na semana passada. Uma das duas foi encontrada depois, assassinada.

– Eu vi isso – respondeu Trewsbury. – Uma coisa horrível, mas coisas horríveis acontecem neste mundo, não é? Os senhores devem saber disso melhor do que a maioria das pessoas, suponho.

Sean notou que estava gostando do homem e mudou a abordagem que planejara, de agressão e ameaças para cooperação.

– Preciso da sua ajuda com uma coisa... uma coisa que poderia salvar uma vida, talvez duas.

– Duas? – perguntou Trewsbury. – Então, pelo teor do que acabou de dizer, o homem que procuram deve ter sequestrado outra mulher?

– Infelizmente, sim – confirmou Sean.

– O que precisam de mim?

– Acesso aos seus registros funcionais, dados dos funcionários, ausências não explicadas.

– Não posso mostrar isso sem uma ordem judicial, e mesmo assim eu teria que falar com a diretoria. Não posso simplesmente permitir o acesso a esse tipo de informação.

– Não tenho tempo para passar pelos canais competentes – disse Sean. – Uma das mulheres que está com ele provavelmente tem menos de quarenta e oito horas de vida, a não ser que a encontremos. O nome dela é Louise Russell e ela não merece morrer por motivos burocráticos. – Os três homens se fitaram em silêncio durante vários segundos, antes que Sean falasse novamente. – Qualquer coisa que nos diga será extraoficial. Nunca será divulgado nem mesmo que nos falamos. Diga-nos o que precisamos saber e encontraremos algum modo de fazer com que pareça que a informação veio de outro lugar, prometo. Mas não posso sair daqui sem as informações que poderiam salvar vidas, só porque não tenho um pedaço de papel com a assinatura de um juiz. Não posso fazer isso.

Trewsbury pensou sobre o assunto por um momento.

– Não, suponho que não possa. Então, o que quer saber?

Sean lhe entregou um papel que tirou do bolso interno da capa.

– Esses são os endereços de onde as vítimas foram levadas. Preciso saber quem cobre esses itinerários.

– Espere um momento – disse Trewsbury. – Preciso entrar no sistema para saber. – Ele digitou os códigos postais no teclado em sua mesa e esperou poucos segundos. – Esses endereços estão em itinerários diferentes, atendidos por três sujeitos diferentes: Mathew Bright, Mike Plant e Arif Saddique.

– Já teve problemas com algum dos três? – perguntou Sean.

– Não. São todos bons funcionários, pessoas reservadas.

– Eles alguma vez fizeram o itinerário de outro, digamos, se um deles estivesse doente ou de férias, por exemplo?

– Essa informação não vai estar no sistema, infelizmente. Deve haver registros documentados em papel, mas poderia levar dias para encontrar e cruzar as informações. Posso fazer isso, se ainda estiverem interessados, mas não posso fazer de imediato.

– Não tenho esse tempo todo. – Sean esfregou as têmporas com os dedos do meio. – E ontem? Quem estava no itinerário do endereço em Streatham?

– Mathew Bright – respondeu Trewsbury, sem hesitar. – Como sempre.

— Como pode ter tanta certeza? – questionou Donnelly.

— Eu estava aqui ontem e esses três sujeitos também estavam. Ninguém substituiu ninguém.

— Mas teria sido à tarde – disse Sean –, alguma hora depois de duas da tarde. Meio tarde para entrega de correspondência.

— Aqui não, não é – disse Trewsbury. – Temos tanto atraso acumulado que estamos permanentemente pagando hora extra para que eles consigam pôr as entregas em dia, e ontem não foi diferente. Mathew esteve trabalhando até as seis da tarde.

— Me fale sobre ele – disse Sean. – Me fale sobre Mathew Bright.

— Ele não é o homem que vocês estão procurando – insistiu Trewsbury. – Eu o conheço há anos. É um homem sério, de família, que gosta de uma cerveja com os amigos de vez em quando. É tão previsível quanto pouco inteligente.

— Como é a aparência dele? – perguntou Sean.

— Ele é branco, tem mais ou menos quarenta anos, um homem grande...

— Não é ele – Sean o interrompeu. – E os outros dois? Qual a aparência deles?

— Plant é branco e Saddique é obviamente asiático, ambos têm mais ou menos cinquenta anos...

Sean o interrompeu de novo.

— Mais ou menos cinquenta?

— Eu diria que sim.

— Então também não são eles.

— Alguma outra coisa que gostariam que eu tentasse? – ofereceu Trewsbury.

— Tem alguém que trabalhe aqui e que tenha lhe dado motivo para se preocupar seriamente? Comportamento estranho, acessos de raiva, solitário, fechado? – perguntou Sean.

— Centenas de pessoas trabalham aqui, alguns durante anos, outros poucos dias. Funcionários em tempo integral, funcionários temporários, tem de tudo aqui. Muitos não são exatamente anjos, mas nenhum jamais me causou problemas sérios, nada que eu não consiga contornar. Tem um grupo que acha que é dono do lugar, perturba muito os outros funcionários de vez em quando, mas são apenas valentões de chão de fábrica, ladram mas não mordem. Ninguém aqui me chama a atenção como um tipo que faria o que vocês dizem. Eu gostaria de pensar que, se houvesse, eu o identificaria.

– Nem sempre é tão fácil – disse Sean. – O senhor tem fotos dos homens que trabalham aqui?

– Tenho.

– Posso vê-las?

– Quero ajudar, inspetor, mas não posso deixar que faça isso. Se eu começar a pegar registros dos funcionários, alguém em algum lugar vai deduzir que fui eu que lhe dei acesso não autorizado e, francamente, ilegal. Desculpe, mas isso eu não posso fazer.

– Tudo bem, mas se fosse algo mais sutil, o senhor ajudaria? Algo que ninguém conseguisse rastrear. Algo fora do sistema digital.

– Continue.

– Estou procurando alguém que tenha trabalhado em todos os três itinerários em algum momento durante os últimos doze meses, aproximadamente. Talvez fossem os itinerários dele ou talvez estivesse apenas substituindo alguém. Isso estaria registrado em algum papel, certo?

– Certo.

– Pode fazer isso para mim? Pode checar os documentos em papel?

– Vai levar uns dois dias.

– Eu sei, mas pode fazer isso?

Trewsbury fez uma pausa de alguns segundos, expirando antes de falar.

– Faço, mas se alguém disser que eu fiz, eu nego.

– Combinado.

– Bem, se isso era tudo, senhores, parece que tenho muito trabalho a fazer.

– Nem sei dizer o quanto lhe agradeço – afirmou Sean, entregando-lhe um cartão de visita. – Ligue para o meu celular assim que encontrar alguma coisa, não importa a hora.

– Farei isso – prometeu Trewsbury.

– Obrigado por nos atender – disse Sean, dirigindo-se à porta. – Ah, mais uma coisa. – E se virou de novo para o supervisor.

– Pois não.

– Tem havido comunicações ou alegações de roubos incomuns aqui nos últimos doze meses? Remédios ou produtos médicos?

– Por que pergunta?

– Não posso dizer. Se pudesse, eu diria, mas preciso saber.

Trewsbury confirmou com a cabeça, devagar, a ideia de que poderia estar trabalhando ao lado de um homem que matara uma jovem mulher o perturbando profundamente.

– Alguns meses atrás houve um incidente – confessou.

– Continue – encorajou Sean.

– Uma remessa de alfentanil desapareceu. A nossa equipe de investigação analisou o caso, mas a pessoa que pegou nunca foi descoberta.

– Vocês têm remédios controlados passando pela triagem aqui? – perguntou Donnelly, incrédulo.

– Claro – respondeu Trewsbury –, em particular remessas menores indo para o exterior, muitas vezes para postos de ajuda humanitária atuando no subcontinente. Ainda somos a maneira mais barata de enviar pequenos pacotes para o exterior, ao contrário do que dizem.

– Suponho que fiquem guardados em lugar seguro? – perguntou Sean.

– Sim. São trancados na nossa sala blindada, mas alguém entrou e saiu sem ser visto e pegou o alfentanil.

– Câmeras em circuito fechado? – questionou Sean.

– Não. Os sindicatos não permitem... citaram a Comissão Europeia de Direitos Humanos, não fazem por menos.

– Uma legislação desastrosa – Donnelly abanou a cabeça, em sinal de tristeza.

– É isso – admitiu Sean. – Se encontrar alguma coisa, me ligue imediatamente.

– Farei isso – prometeu Trewsbury. – Esperem um minuto. – Ele escreveu algo num bloco, tirou a folha de cima e deu a Sean.

– Meu celular, caso eu não esteja trabalhando quando precisar falar comigo. Provavelmente eu não deveria fazer isso, mas enfim, que diabo.

Sean pegou a anotação e a pôs no bolso interno do paletó. – Obrigado – disse a Trewsbury.

Enquanto Trewsbury observava os detetives saírem da sua sala e voltarem ao corredor escuro, ele mordia a ponta de uma caneta e pensava um pouco sobre Sean. Conhecera dúzias de Donnellys em seus anos de trabalho nos Correios, mas percebia uma diferença em Sean, uma intensidade e determinação raras. Faria o que pudesse para ajudá-lo.

Os detetives iam em direção à saída, e Sean não conseguia pensar em mais nada além do homem que perseguia, vendo-o em todos os lugares para onde se virasse no prédio gigantesco, imaginando-o perto de uma série de escaninhos organizando sua entrega diária; subindo a mesma escada que ele e Donnelly haviam subido, enquanto se dirigia à cantina ou mesmo ao escritório de Trewsbury, mãos segurando o mesmo corrimão, pés pisando nas mesmas lajotas no piso. Ele inspirou o ar profundamente, desejando de algum modo captar o cheiro da sua presa, vendo a si mesmo andando atrás do homem sem rosto, pousando a mão no seu ombro e lentamente virando-o para si, confiante de que assim que olhasse dentro dos seus olhos saberia ter encontrado o assassino que perseguia.

Seus pensamentos foram estilhaçados como vidro pela voz rouca de Donnelly, uma mistura do sotaque de Glasgow com cockney, a garganta irritadíssima devido aos trinta cigarros que ele consumira por dia nos últimos vinte e cinco anos. Donnelly mal podia esperar para se ver livre dos avisos de *Não Fumar* que estavam em toda parte, para poder encher os pulmões com a fumaça quente, cheia de nicotina.

– E agora, qual é nosso próximo passo?

– Ele trabalha aqui – disse Sean. – Tudo faz sentido. Eu devia ter sido mais rápido e investigado antes.

– Você precisa desacelerar, chefe, não correr mais. Não me entenda mal, em teoria o que está dizendo faz sentido. Mas provas concretas, não temos nenhuma. Uma testemunha dizendo que um carteiro pôs folhetos de propaganda pela porta, embora tivesse pedido aos Correios para não fazer isso, de fato é tudo que você tem. O resto é na sua...

– Na minha o quê? – vociferou Sean. Donnelly não respondeu.

– Precisamos fazer exame de DNA de todo mundo que trabalha aqui. Em poucos dias vamos comparar com as amostras de Karen Green e ele estará perdido. E esse jogo de merda terminado.

– Isso vai levar algum tempo para organizar – lembrou Donnelly. – Hoje é sábado, o que significa que amanhã é domingo. Este lugar não vai nem estar aberto e ninguém na Yard vai autorizar exames de DNA em massa até que o assunto seja discutido horas e horas pelos chefões, então talvez a autorização seja dada lá para... terça-feira seria o mais cedo? Os testes começariam quarta ou quinta?

– Demorado demais. Precisamos começar agora. – Sean parecia desesperado, quase irracional, ignorando os obstáculos legais, muito concretos, que indicavam ser impossível fazer o que ele queria quando queria.

– Chefe, não podemos. Não vai dar.

– Então o que você sugere, Dave?

– Não sei, mas é melhor a gente rezar para não depender de exames de DNA em massa para encontrar Louise Russell. Porque, nesse caso, ela está fodida e nós também.

Sean se retraiu, diante da avaliação crua que Donnelly fazia daquela situação desesperadora.

– Então temos que pensar em outra coisa – disse.

– Escute, chefe, já vi você tirar coelho da cartola mais de uma vez, mas não podemos sempre depender disso. O que eu quero dizer é, andar por aqui, ir atrás de pistas e testemunhas, não deveríamos estar fazendo isso, os agentes de nível mais baixo é que deveriam. Deveríamos estar no escritório, analisando tudo que nos trazem. O diabo vai estar nos detalhes, é assim que vamos encontrar esse sacana.

– Eu sei – concordou Sean com relutância, se acalmando –, mas eu precisava vir aqui, precisava ver os cenários. Se não fizer isso, todos os relatórios de informação e depoimentos de testemunhas não significam nada para mim, entende? Seria como olhar para papéis em branco. Tenho que sentir o cara. Vamos fazer o que você quer, mas não exatamente agora. Eu ainda não estou pronto.

– Bem, não demore muito – alertou Donnelly. – Pelo bem de todos nós.

Thomas Keller estava nu em frente ao espelho manchado do armário preso à parede do seu banheiro encardido. O lugar cheirava a umidade, devido ao mofo preto subindo pelas paredes, o rejunte que outrora fora branquíssimo dentro do boxe há muito tempo gasto e sumido. A água fria respingava do chuveiro atrás dele, enquanto ele inspecionava o estrago causado por Deborah Thomson no seu rosto. Cutucava e mexia nos arranhões abertos em torno dos olhos e nas faces, a dor aguda e a feiura sem sangue, escancarada, fazendo-o se encolher e gemer. Será que ela não era a mulher certa, afinal? Será que não era a verdadeira Sam, só mais uma impostora enviada para tentar destruí-lo? As feridas no seu rosto lhe diziam que ele deveria considerar essa possibilidade.

Pegou um chumaço de algodão que estava mergulhado em antisséptico, respirou fundo e o pressionou sobre o primeiro dos cortes, esperando a dor chegar queimando, gritando para o espelho quando ela veio. Repetidamente, ele encharcou o algodão e o aplicou nas feridas, todas as vezes berrando como uma criança, o barulho do chuveiro aberto distorcendo sua agonia.

Quando finalmente terminou, inspecionou seu trabalho, contente por ter eliminado o risco de infecção. Mas era óbvio que os arranhões demorariam a desaparecer e provavelmente deixariam cicatrizes. Ele agradeceu ao Deus que já o abandonara por hoje ser sábado e ele não precisar voltar ao trabalho antes de segunda-feira. Até lá, os ferimentos teriam se suavizado um pouco e ele teria tido tempo de pensar numa explicação para o seu aparecimento. Por enquanto, só o que podia fazer era se forçar a entrar no chuveiro frio que o aguardava, para eliminar o resto do efeito do anestésico. Entrou debaixo da água gelada e sentiu que o ar lhe faltou, as gotas pressurizadas semelhantes a pontadas de milhares de agulhas afiadas em sua pele. Sua boca ficou aberta, e ele lutava para inspirar o ar, o diafragma se recusando a relaxar e deixá-lo respirar. À medida que foi se acostumando com a temperatura, a água limpa teve um efeito revitalizante na sua mente e no seu corpo, e ele começou a se sentir melhor.

Rodou a cabeça nos ombros e fechou os olhos, permitindo que sua mente vagasse, com a esperança de que o levasse a uma lembrança feliz, de quando estava com Sam, tempos atrás, ou talvez dos momentos passados nas jaulas com as mulheres. Mas ele tinha tão poucas lembranças felizes e tantos pesadelos... Subitamente, era de novo um garoto, treze ou catorze anos, não se lembrava. Pequeno para a idade e sexualmente imaturo, ele se encolhia num canto dos chuveiros coletivos no vestiário amplo e aberto da escola pública, desejando que os outros garotos não reparassem nele, mas com muita frequência eles reparavam. Ele sentia alguém chutar suas pernas, derrubando-o ao chão, enquanto o chuveiro no alto espalhava água nos seus olhos e o cegava, tornando seus atacantes quase invisíveis. Ouvia o rangido da torneira quando um dos seus perseguidores virava a água de morna para fria e depois para fervente, enquanto chutes e socos maltratavam seu corpo magro. Quando cessavam os golpes, começava a surra com toalhas molhadas, as chicotadas se misturando aos sons agudos das gargalhadas histéricas, os atacantes impiedosos instigados pelos vergões vermelhos que apareciam em todo o seu corpo, a pele branca e fina ameaçando se romper, a tortura só cessando quando assim era ordenado pela voz tonitruante de um homem.

– Já chega, meninos. Fechem os chuveiros, sequem-se, ponham as toalhas no cesto de toalhas usadas e vistam-se. Se eu souber que alguém se atrasou para a próxima aula, ficarão de castigo.
– O riso dos garotos se transformava em resmungos e protestos, enquanto faziam de má vontade o que fora mandado.

Thomas Keller esperava que os meninos saíssem do chuveiro antes de se levantar e andar para a saída, mas, ao atingir o espaço que levava ao vestiário, o braço do professor se esticava de lado a lado, bloqueando seu caminho.

– Você não, Keller – dizia em voz baixa. – Ainda não se secou.

Ele levantava os olhos para o homem à sua frente. Um dos temidos professores de Educação Física, usando um moletom verde, apito num cordão pendurado no pescoço, ele o fitava de volta com o mesmo olhar que vira no passado, quando outros o tinham obrigado a fazer coisas que ele não queria. – Vamos lá, pessoal – gritava o professor por sobre o ombro para os outros garotos. – Quero todos saindo daqui em exatamente dois minutos.

Thomas ficava em frente ao homem, tiritando, um braço cruzado sobre o peito e a mão do outro braço em concha, cobrindo os genitais ainda não desenvolvidos.

– Por favor, senhor, estou com frio. Posso me vestir?

– Claro, Thomas – concordava o professor, mas se adiantava e ficava na frente do menino, antes que ele pudesse passar. – Primeiro, quero que faça uma coisa para mim.

– Não estou entendendo – ele mentia, conhecendo bem demais o olhar lascivo nos olhos do homem e sabendo o que significava.

O professor estendia a mão, e o garoto dava um passo atrás.

– Não se preocupe, Tommy – ele o tranquilizava. – Não vou machucar você. Estou aqui para protegê-lo, para manter os outros meninos longe de você. Gostaria disso, não gostaria, de ter alguém que cuidasse de você?

– Por favor, senhor – pedia o garoto. – Vou me atrasar para a próxima aula.

– Não se preocupe com isso. Dou um jeito de você não ter problemas. – De novo ele estendia a mão, mas desta vez o menino não se afastava, embora todos os seus instintos lhe dissessem para correr. A promessa de ter alguém que o protegesse, um adulto em quem confiar, sufocava seu instinto de sobreviver no momento. O professor afagava seu cabelo com delicadeza, antes de permitir que a mão descesse, acariciando o lado do rosto do menino. – Mas, primeiro, quero que faça uma coisa para mim. Você entende, não entende?

Thomas negava com a cabeça.

– Não, senhor. O que quer que eu faça?

A mão do professor acompanhava a curva dos ombros magros do garoto e escorregava pelo braço, pegando a mão de Thomas na sua e a levando em direção à cintura elástica da calça.

– Puxe para fora – ordenava o professor.

– Não sei o que quer que eu faça – fingia o menino.

– Sabe, sim – dizia o professor, ainda sorrindo, ainda segurando a mão do menino. – Se quer que eu te ajude, primeiro tem que fazer isso para mim. – Ele soltava a mão de Thomas e pousava suas próprias mãos nos ombros do garoto. – Agora, faça.

Lágrimas de ódio contra si mesmo começavam a arder nos olhos do garoto, e ele punha a mão dentro da calça de moletom do professor, sentindo o calor, os pelos pubianos enrolados arranhando e dando coceira em sua mão, enquanto os dedos encontravam o pênis do professor, que aumentava rapidamente.

– Puxe para fora – ordenava, e o menino fazia o que era mandado. – Mexa a mão para cima e para baixo – dizia o professor em meio a gemidos de prazer, a cabeça caída para trás, os olhos começando a se fechar. O garoto continuava puxando o pênis do seu abusador quase freneticamente, a experiência lhe dizendo que, quanto mais rápido o fizesse, mais cedo a humilhação e a degradação terminariam. – Rápido demais – o professor conseguia dizer. – Vá devagar. – O garoto obedecia. – Bom. Bom. Assim está melhor. Você sabe o que fazer depois.

– Não – alegava o menino. – Não sei fazer aquilo.

– Não minta para mim – ameaçava o professor. – Acha que eu não sei? É melhor fazer o que estou mandando, sua putinha, senão vou ter que contar ao pessoal do orfanato que peguei você roubando coisas das mochilas dos outros meninos. E aí você vai estar fodido, não vai, sua putinha. Quando os adultos vierem aqui nos dias de visita, quando vierem procurar alguém para adotar e levar para uma casa de verdade, eles não vão levar você, vão? Não depois que os funcionários contarem que você é ladrão. Agora, faça o que estou mandando.

O garoto sentia enjoo, espasmos contraíam seu peito e sua garganta dando-lhe ânsia de vômito, mas ele sabia que não tinha escolha. Se quisesse algum dia ser amado de novo, aceito de novo, não tinha escolha. Ele avançava arrastando os joelhos e fazia o que o professor queria, os gemidos extáticos do homem abafando o som dos soluços fracos do menino.

– Sim – sibilava o professor – sim, isso é bom, oh sua putinha, sua putinha sacana. Sua putinha sacana, isso.

O corpo de Keller de repente se lembrou de que não tinha respirado durante minutos, desde que a lembrança voltara para o assombrar e torturar. Ele inspirou o ar como se tivesse acabado de assomar à superfície depois de ter ficado preso no fundo da água, sendo mantido lá embaixo por uma força invisível que tentava afogá-lo, seus olhos se abrindo de repente, a água do chuveiro escorrendo pelos seus cílios como minúsculas cachoeiras. Ele escondeu o rosto nas mãos e começou a chorar, como havia chorado quando tinha treze ou catorze anos, sozinho nos chuveiros com um homem que prometera cuidar dele. Mas o homem não o protegera, ele o usara muitas vezes até enjoar, depois voltando os olhos para outros garotos vulneráveis, como meninos vivendo em lares adotivos e meninos cujos pais não podiam alimentar mais uma boca, e aí ele dera Thomas a outros homens, todos eles o chamando pelo mesmo nome especial: *A putinha*. Ele deslizou pela parede do boxe e se encolheu no chão, murmurando com a boca cheia d'água: "Mamãe. Mamãe, por que você me abandonou? Você disse que voltaria para me buscar, mas não voltou, sua vagabunda safada. Por que você me abandonou?" Ele se dobrou sobre si mesmo como uma bola e esperou que os outros garotos começassem a lhe dar chutes e socos, a ferir sua pele com as toalhas feito chicotes.

Sean e Donnelly encostaram em frente à casa de Deborah Thomson, encontrando um lugar para estacionar espremido entre os veículos da perícia, pequenas vans brancas totalmente carregadas com tudo de que Roddis e sua equipe iriam precisar para varrer a cena até ficar limpa. Eles andaram em direção à área com cordão de isolamento, abaixando-se para passar sob a fita azul e branca da polícia, mostrando a identidade a um dos agentes fardados recrutados por Roddis para guardar sua preciosa zona de exclusão. Ao se aproximarem da casa, Sean viu Sally no final da entrada, conversando com Anna. Roddis estava próximo à porta da frente com duas pessoas da sua equipe, já brilhando em trajes forenses de papel azul-escuro, preparando sacolas de plástico e de papel pardo para receber as provas que esperavam encontrar dentro da casa. Sean cumprimentou Sally e Anna, mas continuou a andar em direção a Roddis.

— Sr. Corrigan — cumprimentou-o Roddis. — Espero que não pretenda ter autorização para entrar na casa vestido dessa maneira. Não deveria nem ter passado pelo cordão.

— Minhas desculpas — respondeu Sean. — E não, não preciso entrar, não desta vez. — Ele examinou a casa à sua frente, uma propriedade quase idêntica às das outras duas cenas. — Já tem alguma coisa para mim? — Ele não se desculpou pela impaciência.

— Demos uma olhada lá dentro. Há traços de clorofórmio no chão do corredor e umas duas digitais completas na maçaneta de dentro, que parecem ser iguais às que colhemos nos locais dos outros dois sequestros.

— Como sabe que são as mesmas? — Sean o testou. — Ainda não foram enviadas a Digitais.

— Guardo minhas cópias no laptop... a era digital é uma maravilha. Aos meus olhos não treinados, eu diria que combinam, mas imagino que já sabia que era o mesmo homem, não é?

Sean não respondeu.

— Preciso que entre em contato com as equipes do porta a porta — disse. — Se alguém naquelas ruas recebeu correspondência indesejada empurrada pela porta da frente nos últimos dois dias, quero que eles apreendam e deem tudo para você verificar se tem digitais. Suponho que já imagine o porquê.

– Provavelmente – confirmou Roddis. – Então acha que o cara tem entregado correspondência em outras portas, sem dúvida tentando passar despercebido enquanto faz o reconhecimento da área?

– Acho, sim. – O iPhone de Sean vibrou no bolso da capa. Ele o puxou para soltá-lo do tecido resistente e tocou a tela para atender. – Sean Corrigan.

– Inspetor Corrigan. Como está neste lindo dia? – Ele reconheceu imediatamente a voz do dr. Canning.

– Já estive melhor.

– Bem, pensei que gostaria de saber que já liberei o corpo de Karen Green. A família deve fazer a identificação formal às duas da tarde. – Sean consultou o relógio. Já era uma da tarde. – O corpo foi removido para a sala do velório, onde é melhor para a família vê-la. Vamos fazer com que fique tão apresentável quanto possível.

– Bom – disse Sean – e obrigado.

– Não há de quê. A propósito, também identifiquei o que causou aquelas feridas circulares meio misteriosas que encontramos no corpo todo.

– Continue – encorajou-o Sean, sem perceber que parara de respirar enquanto esperava pelo que poderia ser a peça decisiva do quebra-cabeça, que ele andava procurando.

– Ele usou um bastão elétrico para manejo de gado. Testamos alguns instrumentos de tortura, mas só o bastão fez exatamente a mesma marca.

Sean voltou a respirar.

– Filho da puta. A pergunta agora é, onde foi que ele arranjou isso?

– Numa fazenda – sugeriu Canning. – Talvez ele prenda as vítimas numa fazenda.

– Não tem muitas fazendas no sudeste de Londres.

– Talvez ele more mais longe do que você pensou.

– Não – Sean descartou a sugestão. – Ele não é um fazendeiro que vem do interior para pegar suas vítimas. Ele gosta de ficar perto do que conhece.

– Bem, tenho juízo suficiente para não discutir com você.

Sean já estava pensando em outro assunto.
– Preciso que faça outra coisa para mim.
– O quê?
– Faça um exame completo para identificar toxinas no sangue dela.
– Sem dúvida vai me perguntar se ela tem vestígios de qualquer coisa que possa ser usada como anestésico ou pré-anestésico, algo que faria uma pessoa ficar submissa, mas não tecnicamente inconsciente.

Os olhos de Sean iam rapidamente de um lado a outro, com um desconforto por qualquer pessoa estar um passo à sua frente, mesmo que fosse o dr. Canning, um homem em quem ele confiava muito. De repente se deu conta do que teria acontecido.

– O senhor já fez o exame, não fez?
– Claro que sim – respondeu Canning, mal disfarçando a satisfação em sua voz.
– E encontrou vestígios de alfentanil.

A satisfação na voz de Canning foi substituída por descrença.
– Como sabia?
– Depois eu conto – prometeu Sean. – Por favor avise ao pessoal que eu estarei lá para me encontrar com a família na identificação.
– Claro – disse Canning.

Sean desligou e se virou para Sally.
– A identificação formal de Karen Green vai ser no Guy's às duas horas. Seria bom que você fosse comigo.

A boca de Sally se abriu, mas as palavras não saíram.
– Eu vou – Anna se adiantou. – Eu gostaria de ir. Quero ir.
– Não vai ser divertido – garantiu Sean. – Sally tem experiência com essas coisas. Você não tem. Sally? – Ela olhou para o chão em vez de responder. Ele percebeu que ela ainda não estava pronta.
– Além do mais – continuou Anna –, se eu vir o corpo da vítima e conhecer alguns membros da família, pode ser que isso me ajude a traçar o perfil do criminoso. E vai ter um agente de contato com familiares, certo?
– Vai, sim – confirmou Sean. – Detetive Jesson.

– Então não vejo problema.

Reconhecendo sua intenção nobre, Sean decidiu que, se era a desculpa ideal para Sally, ele aceitaria.

– Tudo bem, mas fique atrás de mim e não abra a boca sem me consultar antes. Entendido?

– Entendido – prometeu ela. Sean começou a andar para o carro, abanando a cabeça sem parar. Ele notou que Anna não o seguia e se virou.

– E aí, você vem ou não vem?

Ela pousou a mão no ombro de Sally e revirou os olhos, antes de começar a andar atrás dele.

"Mulheres", resmungou Sean consigo. "A única coisa que eu nunca vou entender."

As duas mulheres estavam sentadas, em companhia uma da outra, mas sozinhas, sob a luz amarelada e embaçada da lâmpada fraca pendurada acima de suas cabeças, o som de água correndo em algum lugar do porão tão ensurdecedor quanto irritante naquele silêncio. Deborah Thomson segurava o joelho machucado e se balançava para frente e para trás no chão da sua prisão infernal. A adrenalina do seu corpo se esgotara, e ela soluçava baixinho, de dor e medo, sua última oportunidade de escapar e sobreviver com certeza perdida. Ia morrer naquele porão úmido, escuro, ou em outro lugar pior. Em algum momento, ele viria tirar sua vida. Ela viu as mãos dele envolvendo sua garganta, apertando, enfiando os dedos na traqueia até esmagá-la, a pressão bloqueando o fluxo de sangue através das carótidas para o cérebro, em pouco tempo sobrevindo perda de consciência e morte.

O balanço se tornou mais frenético e a respiração beirava a hiperventilação. Ela olhou para Louise Russell deitada do outro lado do cômodo, em silêncio e imóvel, exceto pelos tremores constantes, seu corpo quase nu encolhido no chão, as costas viradas para ela, os ossos da espinha já mais salientes depois de apenas poucos dias sem água nem comida. Deborah sabia que Louise estava cada vez mais fraca; se ele não a matasse, ela provavelmente morreria de hipotermia em breve.

Uma voz trêmula fez Deborah pular de medo.

– Como pôde me deixar para trás? – perguntou a voz débil. – Como pôde fazer isso?

Demorou um pouco para ela conseguir responder, as palavras presas em sua garganta contraída, como se os dedos dele já estivessem em volta dela.

– Entrei em pânico – conseguiu dizer. – Eu estava com medo, com muito medo. Vi a luz e senti o cheiro do ar vindo lá de fora e eu... eu tinha que fugir. Tinha que fugir daqui. Não conseguia pensar em mais nada. Minha mente ficou vazia... e eu corri. Sinto muito. Sinto muito mesmo. – Suas lágrimas se juntaram ao muco pingando do nariz, fazendo seu rosto ficar brilhante e molhado enquanto ela tentava afastá-las com as costas das mãos. Ela inspirou profundamente para desobstruir o nariz e controlar o choro. – Se eu tiver outra chance, não deixo você para trás, prometo. Não vou entrar em pânico.

– Não vai ter outra chance – sussurrou Louise, calmamente, como se já tivesse aceitado seu destino. – Você nos matou. – Ela se virou lentamente para ficar de frente para Deborah, seus olhos arregalados e cheios de vida, apesar da exaustão. – Você nos matou.

– Não diga isso – contestou Deborah, incisiva. – Isso você não sabe. – Louise não respondeu, seus olhos verdes a fitando, acusadores.

– Nós já escolhemos os nomes para eles – disse ela.

– O quê? – perguntou Deborah. – Não entendi. Nomes para quem?

– Nossos filhos. Os filhos que íamos ter. Já tínhamos escolhido os nomes. Se tivéssemos três meninos, seriam chamados John, Simon e David. Se fossem meninas, seriam Rosie, Sara e Elizabeth.

– E se fossem meninos e meninas? – perguntou Deborah, desejando não ter perguntado.

– Nunca falamos sobre isso. Por algum motivo, eu sabia que teríamos três meninos ou três meninas, então nunca discutimos isso. Uma bobagem, de fato. – Deborah não disse nada. Louise continuou, sua voz um pouco mais forte, já que a mente libertava o corpo daquele inferno por um tempo. – Gosto dos nomes dos meninos, fortes e simples, como o do meu marido. Ele também se chama John.

– Eu sei – disse Deborah.

– O nome combina com ele. Honesto e forte. Não é o mais bonito, nem o mais engraçado ou inteligente, mas é bom e confiável. Não sei como vai ficar quando souber o que aconteceu comigo. Fico preocupada de ele nunca se perdoar por não estar lá para impedir, por não poder me salvar.

– Você não deve pensar assim – disse Deborah, mais porque era uma tortura para ela ter que ouvir, do que motivada por qualquer vontade de ajudar Louise.

– Sinto tanta saudade dele – continuou Louise. – Sinto saudade até das crianças, não é ridículo? Sinto saudade dos filhos que nem mesmo chegamos a ter. Falávamos neles com tanta frequência que consigo ver seus rostos, a cor dos cabelos, as sardas. Posso sentir o cheiro deles. De algum modo, posso senti-los, embora eles não existam, e agora nem nunca vão existir.

– Por minha causa – reagiu Deborah. – É o que você está dizendo, não é? Eles não vão existir por minha causa.

– Não – respondeu Louise, seus lábios secos, enrugados, formando um sorrisinho. – Não importa o que fez, você não me trouxe para cá. Foi ele quem fez isso.

– Escute – suspirou Deborah. – Eu fui criada em New Cross, você conhece?

– Um pouco.

– Então sabe como é. Eu era a única menina com três irmãos mais velhos e tinha que disputar tudo. Às vezes tinha que disputar até a comida com meus irmãos, ou ficar com fome. Tinha que brigar com as outras crianças na escola, ou ser atazanada, sempre. Tudo que consegui foi por mim mesma. Onde eu cresci, só havia uma regra. Cuide do número um, porque ninguém mais vai fazer isso. Então, quando vi minha oportunidade, eu a peguei, e fiz mal. Deveria ter apanhado as chaves e soltado você. Deveria ter dado a você a mesma chance que eu tive, mas não dei. Estou envergonhada do meu instinto, mas se sua vida tivesse sido como a minha, você também teria corrido, não importa o que pense que teria feito. Garanto, você teria corrido.

Nenhuma das duas falou por um longo tempo. Depois, Louise quebrou a tensão silenciosa.

– Você é amada? – perguntou. – Como eu sou amada por John. Alguém ama você desse jeito?

– Não sei... minha mãe, meus irmãos.

– Não, não desse jeito. Um homem... um homem que seja sua alma gêmea. Ou uma mulher.

– Talvez tenha um homem. O nome dele é Sam. Eu não o conheço há muito tempo.

– Sam... é um bom nome.

– Acho que ele é um homem bom, mas não sinto saudade dele como você sente do John. Estou sozinha aqui. Você tem o John e seus filhos imaginários, mas eu estou só. Não posso escapar deste inferno, nem por um segundo. – Houve outro silêncio prolongado entre elas. – Ainda fico pensando que isso deve ser um pesadelo, que logo vou acordar. Mas está durando demais para ser um pesadelo, não está? E a dor, não se sente dor assim nos pesadelos, por isso sei que é real, mas ainda custo a acreditar.

"Estamos aqui, não estamos? E somos reais. Lá fora, pessoas com quem nunca encontramos, que não conhecemos, vão estar vendo as notícias, acompanhando nossa história, olhando nossas fotos, ouvindo nossas famílias fazer apelos para que esse sacana nos liberte ilesas. Mas você tem razão, não somos reais para eles. Não sentem nada por nós. Para eles, somos uma diversão leve. Só somos reais para as pessoas que nos amam. Ninguém mais se importa. Quando estivermos mortas, a história também estará, e seremos esquecidas por todos, menos por aqueles que nos amam.

"Então, aqueles que nos amam não vão desistir de nós e nós não devemos desistir deles. E a polícia não vai desistir da gente. Vão continuar nos procurando. Não vão parar. Não podem."

– A polícia? Como teriam alguma chance de nos encontrar aqui embaixo? O que poderia levá-los a... ele? Você o ouviu, você o viu. Ele é completamente louco. A polícia gosta de coisas que fazem sentido, um motivo que possam entender. Quem poderia entender esse doido? – Louise riu baixo e cinicamente, o esforço fazendo-a tossir. – Que policial na face da terra poderia algum dia entender esse louco o bastante para encontrá-lo? Se esse homem existe, que Deus tenha piedade da sua alma.

11

Sean e Anna entraram na área do necrotério no Guy's Hospital e foram direto para a sala do velório anexa ao complexo. Ele ficara tentado a entrar pela área da autópsia, para cumprimentar o dr. Canning e ver como Anna reagiria ao ficar na companhia dos mortos, mas decidira que sua reação ao ver o corpo sem vida de Karen Green seria suficiente. A sala do velório era tranquila e sossegada, parecendo mais uma igreja do que um hospital, as paredes pintadas num tom sereno de roxo-escuro. Alguém até se dera ao trabalho de pendurar longas cortinas vermelhas dos dois lados da porta por onde em breve entrariam os familiares, embora não houvesse janelas. Um crucifixo com o corpo de Cristo contemplava a cena embaixo. Um esquife acolchoado ficava no centro do aposento, numa mesa baixa coberta com um tecido vermelho que se estendia até o chão. O corpo de Karen Green estava ali dentro.

Sean atravessou o aposento e olhou dentro da caixa comprida. Como faziam ali com todas as vítimas de homicídio, ela fora bem preparada pelo assistente do dr. Canning, com uma pequena ajuda técnica de uma funerária local. Um lençol de cetim roxo cobria o corpo, deixando apenas o rosto à mostra. A equipe de Canning fizera milagres nos ferimentos da face e até levara um bom tempo ajeitando o cabelo da melhor maneira possível, penteando-o com capricho para um lado, de forma a não esconder nada do rosto que fora tão lindo. Ele teve que lutar muito para não estender a mão e tocar-lhe a face, como se de algum modo sentir sua pele fria o conectasse ao homem que tirara sua jovem vida. A voz de Anna logo atrás dele o trouxe de volta.

– Eu não esperava que fosse assim.
– O que você esperava?

– Não sei. Só... não era isso.

– Pensou que fôssemos levar a família ao necrotério principal e puxar a vítima do congelador, afastar o lençol verde e perguntar, "É ela?"

– Não sei.

– Você tem visto programas policiais demais na televisão.

– Pode ser.

– Quantos defuntos já viu? – perguntou ele, suspeitando que já soubesse a resposta.

– Nenhum – respondeu ela, com rapidez e sinceridade. Ele não disse nada, mas balançou a cabeça como se compreendesse.

Anna percebia uma leve hostilidade e desaprovação da parte dele, como se ela não tivesse conquistado o direito de estar ali no mesmo aposento com Karen Green, ou de fazer parte de uma investigação de homicídio. Ele passara a maior parte da sua vida adulta lidando com o impensável, enquanto ela estivera abrigada em universidades, dando palestras e escrevendo livros. Ela se adiantou e olhou para Karen Green, os olhos verdes e cristalinos agora cobertos por pálpebras mortas.

– Ela parece estar em paz, apesar de tudo por que deve ter passado.

O olhar de Sean se desviou do corpo para Anna, cujos olhos continuavam fixos em Karen Green. Ele a examinou de cima a baixo sem que ela percebesse, julgando-a antes de responder ao que ela dissera.

– Ela não parecia assim na floresta. Lá ela não parecia estar em paz. Eles nunca parecem. Parecem... dilacerados, como se a alma tivesse sido arrancada contra a sua vontade. A morte não traz a paz.

Ela o olhou com o canto dos olhos, percebendo seu frio olhar azul. Ele esperava uma reação, uma oportunidade de analisá-la do jeito que ela costumava analisar os outros. O som do chamado do telefone o fez desviar os olhos.

– Alô.

– Chefe, é Sally. Policiais encontraram o carro de Deborah Thomson, abandonado em Tooting Common, perto da piscina externa. – Ele não conhecia a área, mas a imagem em sua mente era nítida: uma estrada de terra que levava a um estacionamento fechado, árvores sem folhas balançando de leve na brisa, como se quisessem tocar no carro.

– Merda – xingou ele. – Sobrou alguém que possa ir até à cena?

– Acho que não – disse Sally. – A última caixa de soldadinhos que você abriu está praticamente vazia. Estamos ficando com falta de pessoas mais rapidamente do que podemos substituí-las. Esse cara está ganhando da gente, Sean.

– Não, não está. Eu mesmo vou até à cena. Você fica com Roddis na casa dela e tenta arrancar o máximo dele. Me ligue se descobrir alguma coisa. – Sem esperar resposta, ele desligou.

– Problemas? – perguntou Anna.

– Encontramos o carro de Deborah Thomson. Abandonado. Tooting Common. Preciso dar uma olhada. Pode vir comigo, se quiser.

Ela fez que sim com a cabeça.

– Não quer esperar para se encontrar com a família primeiro?

– Agora não dá tempo para isso – disse ele, torcendo para que ela não visse o alívio em seus olhos por não ter que enfrentar os familiares. – Preciso verificar o local onde o carro foi encontrado o quanto antes. – Ele olhou de relance para o corpo de Karen Green. – Não há mais nada que eu possa fazer por ela agora, além de pegar seu assassino. A família vai ter que esperar.

Donnelly xingava em voz baixa, repetidamente, enquanto avançava com dificuldade pela pilha de relatórios de informação sobre sua mesa: formulários do porta a porta, cada um com a descrição detalhada da pessoa que respondera. Onde estavam no momento do sequestro em pauta? Tinham visto ou ouvido alguma coisa? Havia milhares destes formulários e todos precisavam ser checados com cruzamento de informações, assim como os relatórios de informação das dúzias de blitzes realizadas e dos motoristas questionados, idem os relatórios dos agentes verificando possíveis locais onde as mulheres poderiam estar, incluindo o relatório do agente Ingram e do agente Adams, feito em seguida à breve busca no terreno e edificações de Thomas Keller. No devido tempo, todas as informações seriam enviadas ao *Home Office Large Major Enquiry System*, chamado de Holmes. Introduzido no começo dos anos 1980, esse banco de dados, um dinossauro pesado, foi criado para permitir, de maneira relativamente rápida e precisa, o cruzamento de dados de todo tipo de documento que poderia ser gerado por uma investigação de homicídio. A intenção era prevenir a espécie de erro que permitira que criminosos como Peter Sutcliffe, o Estripador de Yorkshire, matasse tantas mulheres como matou, quando uma simples consulta cruzada teria interrompido a matança depois de duas ou três vítimas. Quase sempre funcionava bem, mas ainda dependia de o assassino cometer um erro.

Donnelly soprou com força e fez os lábios e o bigode vibrarem, enquanto analisava mais um relatório inútil do porta a porta, antes de jogar na pilha que ele denominara *Não interessa*. A pilha estava ficando um monstro de tão grande, enquanto a pilha denominada *Interessa* permanecia pequena, o que era preocupante, mas Donnelly sabia exatamente o que estava fazendo, e não confiava essa tarefa a ninguém, reduzindo os relatórios a um número razoável, de maneira que Sean não ficasse soterrado quando os lesse mais tarde. Quanto menos lixo Sean tivesse que examinar, mais livre ficaria para pensar, fazer o melhor uso do seu instinto inquestionável, separar o diamante verdadeiro das imitações e levá-los enfim ao homem que tanto precisavam encontrar.

Sentindo uma presença atrás dele, Donnelly virou a cabeça sobre o ombro. Ele próprio tinha um instinto razoável e sabia quem era sem olhar.

– Porra, o que você quer, Paulo?

– Como sabia que era eu? – perguntou Zukov com um sorriso malicioso.

– Usei minha intuição de detetive... você devia tentar alguma hora. Acontece que, ao contrário de você, estou muito ocupado, então, porra, o que você quer?

– Na verdade, eu estava procurando o chefe.

– Por quê? – perguntou Donnelly, começando a ficar sem paciência.

– É sobre aquele adesivo que ele me pediu para pesquisar, aquele da fênix que foi encontrado no corpo de Karen Green.

– Bem, fale. – Donnelly encorajou Zukov, que estava cada vez mais desconfiado. – Pode me dizer. Vou providenciar para que a informação seja passada ao chefe. Ou você descobriu alguma pista vital que vai solucionar o caso inteiro e quer contar você mesmo ao chefe? Levar todo o crédito?

– Não exatamente.

– Bem, então, chega de tanto rodeio, me conte.

– É de uma caixa de Rice Krispies.

– O quê? – perguntou Donnelly, incrédulo, um sorriso largo, sarcástico se espalhando pelo seu rosto vermelho. – É só isso? Essa é a informação revolucionária, é? Agora a gente sabe o que a vítima gostava de comer no café da manhã, a merda do Rice Krispies. E quanto tempo você perdeu para descobrir isso, hein? Dois dias? Três dias?

– Não sei, três ou quatro.

– Ah, pelo amor de Deus – Donnelly abanou a cabeça, desaprovando. – O que é que eu faço com você, Paulo? O que é que eu faço com você?

– Bem, pode debochar quanto quiser, mas talvez seja importante. Pelo menos o chefe achou que era. Além disso, não é o que ela gostava no café da manhã, pelo menos não agora. Pode ser que seja o que ela gostava no café da manhã dezesseis anos atrás.

– Que história é essa?

– O adesivo foi um brinde nas caixas de Rice Krispies dezesseis anos atrás. O fabricante só fez uma tiragem, então ou Karen Green não tomava banho há dezesseis anos ou por algum motivo ela guardou o adesivo esse tempo todo e decidiu usar exatamente antes de viajar para a Austrália.

– Isso aí é o relatório de informação? – perguntou Donnelly, apontando para a pasta de papelão que Zukov estava segurando.

– É, sim – respondeu Zukov.

– Eu fico com isso – insistiu Donnelly, tirando do infeliz Zukov o seu prêmio. – Provavelmente não é nada. Não vejo nenhuma relevância, mas mesmo assim vou passar para o chefe, ver o que ele acha. Quanto a você, está mais do que na hora de começar a fazer trabalho policial de verdade.

Zukov saiu rapidamente, aborrecido, e deixou Donnelly folheando o relatório. Zukov tinha razão, o adesivo da fênix tinha de fato dezesseis anos.

– Esquisito – declarou ele, e jogou o relatório na pilha denominada *Interessa*.

Uma sensação de *déjà-vu* profundamente perturbadora invadiu Sean, quando ele e Anna chegaram com o carro ao limite do cordão de isolamento em Tooting Common. Antigamente frequentado pelas prostitutas londrinas da classe mais baixa, a área mudara significativamente durante os últimos dez anos, na medida em que os preços altíssimos dos imóveis em Putney, Barnes e Sheen forçaram os ricos e instruídos a buscar novas áreas residenciais a serem colonizadas, empurrando os menos afortunados sempre mais para o sul ou totalmente para fora de Londres.

A fita azul e branca da polícia assoviava na brisa e cercava todo o estacionamento. Sean estacionou rapidamente e se dirigiu a um dos dois únicos agentes uniformizados, que tentavam de toda maneira impedir pessoas passeando com cachorros e corredores de entrar na cena para pegar seus carros. Anna se esforçou para acompanhá-lo, enquanto ele se aproximava do policial e mostrava sua identificação.

– Inspetor Corrigan. Essa é a dra. Ravenni-Ceron. Ela está comigo. – Ele passou sob a fita e a segurou no alto para Anna passar. – Vocês encostaram no carro? – perguntou Sean ao policial jovem, olhando para o Honda Civic vermelho de Deborah Thomson, abandonado do outro lado do estacionamento.

– Não, senhor – respondeu ele, rápido demais. – Só verificamos se estava aberto.

– Presumo que o carro estava trancado – disse Sean.

– Não, senhor. Está aberto. As chaves ainda estão na ignição.

Sean parou de andar por um segundo, um pouco confuso e surpreso.

– As chaves ainda estão lá?

– Sim, senhor.

– Ele mudou de método – disse ele a Anna, embora mal pudesse acreditar no que estava dizendo. – Isso eu não previ.

– É um pequeno detalhe – respondeu Anna. – Não necessariamente significa alguma coisa.

Sean atravessou apressado o estacionamento, falando enquanto andava.

– Tem que significar alguma coisa. Com esse cara, tudo significa alguma coisa. Se ele mudou de método, fez isso por uma razão. – Ele parou quando chegou ao carro, enchendo os pulmões com o ar frio antes de começar um exame superficial, um exame que, ele sabia, o faria entrar num outro mundo.

– Talvez alguém o tenha perturbado? – sugeriu Anna. – Ele entrou em pânico e deixou as chaves na ignição.

– Não. – Sean calçou um par de luvas de borracha. – Se tivesse sido perturbado, nós já teríamos sabido a essa altura. Policiais teriam vindo dar uma olhada e descoberto o carro. Não. Ele deixou as chaves para trás porque está começando a perder o controle, perder a paciência. Sabe aonde tudo isso vai levá-lo, talvez só no subconsciente, mas sabe.

– Ainda acha que ele vai surtar?

– Acho – disse Sean, sério, puxando a maçaneta da porta no lado do passageiro e abrindo-a lentamente uns cinco centímetros, seu corpo tenso enquanto se preparava para a enxurrada de odores que iam sair do carro. A fragrância de um odorizador de ambiente com aroma de pinho foi a primeira que o atingiu, seguida de perto por vestígios de perfume e maquiagem. Ele tentou se lembrar do aroma do Black Orchid e, dentro do possível, teve certeza de que não era o mesmo. O que isso significava? Uma confirmação de que o assassino fazia as vítimas usarem o perfume de sua preferência? Ele tentou captar algum indício do creme corporal Elemis, mas não conseguiu. Abriu mais a porta e pôs a cabeça pela abertura, recuando diante de um cheiro que ele reconhecia: o mesmo odor almiscarado, animalesco, que ele detectara em outros assassinos, outros criminosos com quem lidara no passado, um cheiro de medo e desespero, culpa e excitação, um cheiro que todos os bons policiais sabiam que significava que estavam com o homem certo. Um cheiro que ele com frequência temia que se exalasse dos poros da sua própria pele. O louco estivera ali menos de um dia atrás. Sua presença continuava forte, quase como se ele ainda estivesse dentro do carro.

Sean percebeu que estava olhando fixamente para o assento do motorista, imóvel, sem piscar, observando a figura de um homem que se formava em sua imaginação, um casaco escuro com capuz cobrindo-lhe a cabeça. Enquanto se concentrava, a cabeça lentamente começou a se virar para ele, mas o espectro não tinha rosto, em seu lugar, apenas escuridão. Em um instante o espectro sumiu, uma imagem sólida virando gás antes de desaparecer por completo.

Com um suspiro, Sean saiu do carro e o rodeou até o porta-malas, abrindo a trava, dando um primeiro puxão na porta e depois deixando a pneumática fazer o resto. Quando a mala estava toda aberta, pôs o rosto tão próximo do piso acarpetado quanto sua ousadia lhe permitiu, e inspirou profundamente. Anna viu como ele estava pálido.

– O que é? – perguntou ela.

– Clorofórmio. Ele a pegou, sem dúvida. – Sean olhou para as árvores em volta conspirando em silvos ao vento, testemunhas mudas do começo do pesadelo de Deborah Thomson. Será que o homem que ele caçava via como aliadas as árvores, que o ocultavam das pessoas que o perseguiam, que o ocultavam de Sean? – Sempre as florestas – disse consigo.

– O quê? – perguntou Anna.

– Sempre as florestas. Sempre as árvores. A cidade é o que ele conhece, mas é nas florestas que se sente mais confortável. Deve morar num lugar cercado de árvores.

– Isso não limita muito a busca.

– Não. Não, não limita – admitiu ele, e começou a andar de volta para o seu carro. Anna revirou os olhos e o seguiu, sentindo-se como um cão perdido seguindo seu dono adotivo, esperando em parte que Sean tentasse afugentá-la a qualquer momento. – Espere aqui até que a perícia chegue – ele instruiu um dos agentes uniformizados ao passar por ele caminhando rapidamente. O agente fez um aceno de cabeça em resposta.

Quando alcançaram o carro, Anna conseguiu que Sean desacelerasse segurando-o pelo braço.

– Preciso falar com você.

– Eu já disse, não quero falar sobre mim. – Os olhos dele se dirigiram à mão em volta do seu antebraço, e ela o soltou.

– Eu também não. – Ele a olhou, surpreso. – Preciso falar com você sobre Sally.

– O que sobre Sally?

– Ela precisa de ajuda. Precisa de acompanhamento terapêutico. Eu gostaria de ajudá-la e acho que ela quer que eu a ajude, mas seria bom que tivesse um empurrãozinho de alguém em quem ela confia.

– Isso quer dizer, eu? – Anna deu de ombros. – Não posso fazer isso. Sally é uma policial, não iria querer que ninguém soubesse, eu inclusive. Se ela pensasse, por um segundo, que alguém da equipe soube que ela estava fazendo terapia, ficaria arrasada.

– Por quê?

– Como eu disse, ela é uma policial.

– Acho que Sally pode estar acima da imagem machista estereotipada de agente policial.

– Porque ela é mulher? Acredite em mim, ela é policial antes de ser mulher, e isso quer dizer que sabe como são as coisas.

– Mas que raio de...

– A gente não admite precisar de ajuda, mesmo quando precisa. Estar fisicamente destruído é aceitável, mas mentalmente...? Ninguém voltaria a trabalhar com ela.

– Isso é patético.

– Eu não disse que era certo, só disse que é assim que a coisa funciona. Se conseguir convencê-la a ser sua cliente, tudo bem, mas, pelo amor de Deus, não deixe ninguém mais saber.

– Caramba, vocês são esquisitos. Policiais... estou começando a pensar que são todos malucos.

– Nós somos malucos... e vocês? Uma hora você está ajudando o homem que quase a matou, na outra você quer ajudá-la. Sabe realmente o que aconteceu com Sally? Naquela noite em que Gibran arrombou a casa dela?

– Claro. Li os relatórios antes de falar com Sebastian.

– Os relatórios? E o que os relatórios diziam?

– Que ela foi atacada em sua própria casa e ferida com gravidade, levando duas facadas no peito.

– Tudo muito claro e correto. Não diz como ele ficou de pé acima dela enquanto ela sangrava no piso da sua própria sala. Não diz que ela o viu procurando entre as facas da cozinha uma que servisse para acabar com ela. Não diz das quatro cirurgias diferentes que ela precisou fazer para sobreviver. Não diz dos meses respirando, comendo e bebendo por tubos plásticos. Não diz dos pesadelos.

– Ela contou a você tudo isso?

– Deus do céu, ela não teve que me contar, eu vi. – Nenhum dos dois falou por algum tempo. – Escute, Anna, eu gosto de você, mas, para nós, você será sempre uma intrusa. Nunca será uma policial. Se ficar com a gente bastante tempo, vai aprender muita coisa, mas nunca será uma de nós. Nunca vai ver de fato o que nós vemos.

– Eu sei – admitiu ela – e, sinceramente, não gostaria de ser. Trabalhar quase sem dormir, dia após dia, mal comendo e bebendo, tentando pensar com clareza quando a mente e o corpo estão exaustos... eu admiro vocês. Não pensei que fosse admirar, mas aconteceu. E admito, não tinha a menor ideia de que seria assim.

– Você se acostuma. Eu vou continuar, sem dormir nem descansar se necessário, até encontrar e prender esse sacana. Nunca se sabe, pode ser que eu dê sorte, ele pode surtar e se matar.

— Mas não antes de matar as mulheres que sequestrou. E, segundo a sua teoria, não antes de fazer uma farra, acertar antigas pendências, reais ou imaginadas.

— Ele está se encaminhando para isso — disse Sean. — Deixou o carro aberto, com as chaves dentro... está perdendo o controle. Em breve as mulheres não vão lhe bastar.

— Eu discordo — disse Anna. — Você está vendo coisas demais nas chaves. Se quiser pegá-lo rapidamente, precisa se concentrar nos criminosos locais, jovens condenados por violação de domicílio, especialmente os que tiverem um histórico de defecar nas casas que arrombam. Quando ficam mais velhos, passam a cometer agressões sexuais de pouca gravidade, que aos poucos se tornam mais sérias. Talvez até mesmo estupro.

— Não — discordou Sean, rispidamente. — Ele está além disso. E não tem condenações anteriores, lembra?

— Então a polícia deixou passar alguma coisa ou o criminoso tem uma sorte inacreditável. De qualquer forma, ele está exibindo todos os sinais de um predador sexual, indo de violação de domicílio a estupro e homicídio. Seus crimes são a expressão clássica de poder e raiva, provavelmente causada por alguma rejeição cataclísmica. As mulheres, em si, significam pouco ou nada para ele. As semelhanças em sua aparência devem-se ao fato de elas lhe lembrarem a pessoa que o rejeitou, muito provavelmente a mãe ou mesmo a avó, mas apesar da rejeição ele ainda a ama e quer estar com ela, por isso sequestra as mulheres que o fazem se lembrar dela.

— Não — argumentou Sean, sua voz alterada de frustração. — Ele odeia a mãe, a avó, todas as pessoas que o traíram, e isso significa todo mundo. Todo mundo, com exceção de uma mulher, aquela que demonstrou gentileza e aceitação, pelo menos no início. Mas não durou. De novo ele foi rejeitado, mas ainda a ama; apesar da rejeição, ele ainda a ama. — Enquanto falava, ele começou a se afastar dela, fundindo-se na terra das sombras, uma terra habitada por apenas duas pessoas: Sean e o homem que ele perseguia. Uma terra de milhares de perguntas e quase nenhuma resposta, mas mesmo assim era aonde ele precisava ir, continuando a andar em meio ao nevoeiro. Sua mente se estendia, como se tentasse ver o caminho à frente antes que ele tropeçasse e caísse diante de obstáculos despercebidos. – Todos que alguma vez o rejeitaram, ele odeia. Despreza. Sonha com o dia em que poderá se vingar. No caso dela, porém, mesmo após a rejeição, continuou a amá-la. Ele a deseja, anseia por ela, quer manter vivo o tempo que passaram juntos. Por que não odeia a ela também? – Ele sentiu que Anna ia falar alguma coisa e esticou a mão espalmada na direção dela para que se calasse. – Não faz sentido, ela faz com ele o que todos os outros fizeram, e no entanto ele ainda a ama, quero dizer, ama *de verdade*. Por que ela é tão diferente? – A sensação era de que ele estava lendo uma carta em chamas, a resposta ardendo lentamente em leves labaredas alaranjadas, virando cinzas antes que pudesse ler até o fim.

Anna não estava apenas observando-o agora, ela o analisava, os movimentos oculares, com que frequência fechava as olhos, os gestos, o movimento dos dedos que se fechavam e abriam constantemente, o modo como de vez em quando virava a cabeça para um lado como se quisesse ouvir um sussurro que só ele detectava, a maneira como girava no mesmo lugar, virando trezentos e sessenta graus para um lado e depois para o outro. Ela havia visto esse nível de imaginação projetada em alguns dos assassinos com quem falara, mas jamais tão forte numa pessoa *sadia*, e a imaginação deles sempre os satisfazia somente por um tempo, antes que as fantasias tivessem que se tornar reais. Ela continuou a estudá-lo, mesmo quando de repente ele ficou paralisado, os olhos fitando o nada.

– Merda – xingou ele. – Sumiu.

– O que sumiu? – perguntou Anna, com esperança de que ele conseguisse voltar ao seu transe consciente.

– Nada. Não importa.

– Sean, devo dizer que acho que essa sua teoria de uma mulher mítica que ele tenta substituir é uma pista falsa que vai levar a...

– Não – interrompeu Sean. – É a chave para encontrá-lo. Se a encontrarmos, encontramos o cara.

– O que você acredita que seria uma indicação de que ele é um assassino Expressivo, matando para liberar sua raiva e frustração, usando as vítimas como substitutas de alguém que ele conhece, embora eu não veja nenhum sinal disso? Os crimes dele são clássicos do tipo Instrumental: planejados, frios, sem emoção, uma expressão de algum outro desejo ainda não conhecido.

– Termos técnicos – vociferou Sean, seu mau humor aumentando, doendo no peito. – Instrumental, Expressivo, só termos técnicos espertos. Eles não têm lugar aqui fora. Este é o mundo real.

– Sim, mas esses estudos podem ser aplicados ao mundo real.

– Por que você está aqui? – perguntou ele com veemência, deixando Anna tão espantada que ela ficou em silêncio. – Por que está aqui, realmente? Não pode me ajudar, não aqui fora. O que é, está tentando ganhar credibilidade, para que na próxima vez que se reunir com seus colegas psiquiatras em alguma convenção possa impressioná-los com o relato de uma investigação de homicídio de verdade? Vai contar a todos eles como ajudou a polícia incompetente a solucionar o caso? Não, não, espere, sei por que você está aqui. É para o seu próximo livro, não é? Para que possa cativar seus leitores com histórias de horror e homens maus que podem vir pegá-los à noite. Deve vender alguns milhares de exemplares.

Ela se recusava a ser sua vítima por mais tempo.

– Por que não me diz apenas do que tem medo de fato, Sean, em vez de se esconder atrás dessa raiva?

– Vou dizer do que tenho medo, tenho medo do fato de minhas ideias e meu tempo estarem se esgotando, assim como o de Louise Russell e o de Deborah Thomson. Tenho medo porque a resposta deste enigma está escondida em dez mil relatórios de inteligência e informação. Tenho medo porque o nome do homem que procuro está trancado na merda da central de triagem dos Correios em South Norwood, mas não posso ir lá procurar porque preciso de uma ordem judicial, e mesmo que eu a tivesse não poderia usá-la antes de segunda-feira, e ainda assim só se os chefões conseguissem a concordância do sindicato. Então, sim, estou com medo pra caralho.

– Então me deixe ajudar. Use o que eu sei.

– Não.

– Qual é o seu problema?

– Vou contar a você qual é o meu problema – disse ele, voltando-se contra ela. – Vinte anos atrás eu era um policial novato, recém-promovido depois de servir no Esquadrão Contra o Crime em Plumstead, quando de repente me puseram na equipe de investigação do Estuprador de Parkside. Alguém estava atacando e estuprando mulheres jovens na região dos parques, muito popular no sudeste de Londres, parecida com Putney Heath... já deu para ter uma ideia?

Anna deu de ombros sem fazer comentários.

– Foi a primeira vez que me encontrei com o superintendente-chefe Charlie Bannan. Ele era o detetive mais brilhante que eu já conhecera, sobretudo com quem já trabalhara. De vez em quando, puxava de lado um policial jovem como eu e pedia opinião sobre alguma coisa, assim, só para testar sua índole, seus *instintos*. Um dia, ele deixa cair uma fotografia de Rebecca Fordham na minha frente e me diz que acha que o Estuprador de Parkside e o assassino de Rebecca são o mesmo homem, e me pergunta o que eu penso. Eu olho as fotos da cena do crime, a descrição da vítima, o excesso de violência, a arma aparentemente usada, os ferimentos causados e o forte aspecto sexual do crime. Mas há uma diferença gritante entre essa cena e as cenas do Estuprador de Parkside. Rebecca tinha sido assassinada dentro do seu apartamento, enquanto o Estuprador de Parkside sempre atacava em áreas externas, ou assim parecia. Mas levei o arquivo com as fotos da cena do crime comigo até onde ela havia morado, um apartamento bem perto de Putney Heath, uma mistura de área aberta à comunidade e floresta, exatamente igual às áreas que o Estuprador de Parkside estava usando. Então verifiquei no arquivo dados anteriores e descobri que ela havia caminhado na floresta mais cedo, na tarde do dia em que foi assassinada. E não foi só isso que descobri. Ela havia caminhado com o filho, de sete anos, mas, sem conhecimento do assassino, na volta deixara o menino com uma vizinha no mesmo prédio, antes de ir para casa. Parece que como tinha muito trabalho a fazer, a vizinha havia concordado em cuidar dele durante algumas horas.

— Qual é a relevância de o filho estar com ela? — perguntou Anna.

— Todo mundo sempre supôs que as crianças eram irrelevantes, que quando Richards atacava as mulheres que estavam com os filhos ele o fazia apesar de eles estarem lá.

— Mas você, não?

— Não. Eu, não. Sempre acreditei que a *preferência* dele era atacar aquelas mulheres porque estavam com os filhos, não que ele apenas não se importasse com o fato de eles estarem lá.

— Mas, como você mencionou, o filho de Rebecca Fordham não estava com ela quando foi atacada.

— Sim, mas ele não sabia disso. Só sabia que falhara ao não atacá-la enquanto estava na floresta, mas agora tinha conseguido segui-la até em casa, e tudo que precisava fazer era não ser visto, se esconder entre as árvores e esperar que ela cometesse algum erro.

— E ela cometeu.

— Sim. O apartamento era no térreo, e era verão. Como poderia saber que havia um monstro como Richards observando-a, esperando? Ela deixou a janela da cozinha aberta e ele afinal se encheu de coragem, entrou e a matou. Matou e depois mutilou e abusou do cadáver, limpou o melhor que pôde e foi embora. Mas havia algo mais nas fotografias que me chamou a atenção, algo que só Charlie Bannan também tinha visto e levado em consideração.

— O que era?

— Uma boneca.

— Uma boneca?

— Maior do que o normal, bem no meio da cena do crime, sentada na cadeira em frente ao sofá onde Rebecca foi massacrada.

— E você achou que ele a usara para substituir a criança que não estava lá? — Anna compreendeu. — Achou que ele tinha pegado a boneca em algum lugar dentro do apartamento e a posicionado como se estivesse observando ele estuprar e assassinar a mãe?

— Achei — disse ele, friamente. — Mas o padrão dos respingos de sangue na boneca indicava que ela não tinha estado ali quando a garganta da vítima foi cortada, mas tinha estado quando os outros ferimentos foram infligidos.

– Então ele deu um golpe incapacitante e em última análise fatal, e enquanto ela se esvaía em sangue, ele foi procurar o menino, para que assistisse ao resto, só que não encontrou, então ele o substituiu pela boneca antes de terminar o seu...

– O seu show – Sean completou por ela. – E sim, foi o que acreditei que havia acontecido. Tinha que ser o mesmo homem. O único problema era que a equipe que havia investigado Rebecca Fordham já havia acusado Ian McCaig, que se suicidara enquanto estava preso aguardando julgamento. McCaig era claramente desequilibrado, isso já se sabia desde o início, mas não era um assassino. O frenesi da mídia em torno da sua prisão e o ódio do público o levaram ao extremo. Ele não aguentou. Todo mundo considerou seu suicídio como uma admissão de culpa.

– Mas você, não?

– Não, e Charlie Bannan tampouco. Em nossa opinião, o Estuprador de Parkside ainda estava solto e, portanto, o assassino de Rebecca também estava. Não podia ser McCaig, tudo nele estava errado. Então, por que o tinham acusado para começo de conversa? Vou dizer por quê, porque uma especialista em criminologia histórica de merda achou que podia ser ele. Mas não podia ser, de jeito nenhum. A única condenação de McCaig era por atentado ao pudor, um crime de autodegradação. O assassino de Rebecca tinha tudo a ver com a degradação dos outros. Duas características que nunca podem coexistir no mesmo criminoso. São polos opostos do espectro, noite e dia, luz e escuridão. Mas a equipe investigando o assassinato de Rebecca se recusava a considerar a ideia de que estavam com o homem errado. Bannan tinha apelado a eles para que o ouvissem, mas eles se recusavam. Então nós mesmos fomos nos encontrar com a especialista e pedimos que ela considerasse uma possível ligação entre o assassinato de Rebecca e os estupros em Parkside.

– E?

– Ela concordou que parecia haver uma conexão entre eles.

– Então ela admitiu que poderia estar errada?

– Ela disse que nunca havia afirmado à equipe de Fordham que McCaig era culpado, só que ele se encaixava em detalhes do perfil. Mas o estrago já havia sido feito. A equipe de investigação se deixara influenciar por uma pessoa de fora, o que os levara a um erro catastrófico. Enfim, algumas semanas depois encontramos Lindsey Harter e sua filha de quatro anos estupradas e assassinadas em sua própria casa. A brutalidade do ataque não nos deixou dúvida de que era o mesmo homem que matara Rebecca. O mesmo homem que estava cometendo os estupros em Parkside. Quando examinamos o padrão dos respingos de sangue em volta do local onde a mãe tinha sido morta, ficou claro que algo fora removido da cena depois de ela ter sido assassinada. Algo ou *alguém* que estivera sentado na cadeira em frente. Então examinamos o corpo e as roupas da filha para ver se tinham vestígios do sangue da mãe e, meu Deus, encontramos uma grande quantidade. O padrão dos respingos de sangue confirmou que o assassino havia feito a filha sentar e olhar enquanto ele agredia sexual e fisicamente a mãe, antes de levar a menina para o seu próprio quarto e matá-la também.

– Assim como a boneca – disse Anna, fechando bem o casaco para se proteger do frio daquele dia e do calafrio causado pelo que estava ouvindo.

– É. Assim como a boneca. Depois prendemos Christopher Richards e o acusamos do assassinato de Lindsey e da sua filha, Izzy. Ele admitiu a culpa. Mas quando perguntamos sobre o assassinato de Rebecca, negou que tivesse alguma coisa a ver com ele. A especialista continuou a negar seu envolvimento na condenação de McCaig. Talvez ela tenha sido mal interpretada, talvez estivesse apenas com medo de sua reputação ficar destruída. Suponho que nunca iremos saber.

"Foi preciso esperar até 2007 para os testes de DNA finalmente provarem que foi Richards quem assassinou Rebecca. Ele admitiu homicídio culposo, alegando responsabilidade diminuída. Charlie Bannan e eu tínhamos acertado, tínhamos acertado desde o começo. Uma jovem mãe e sua filha de quatro anos, ambas estupradas e assassinadas sem necessidade. Dúzias de outras mulheres foram estupradas por Richards depois que ele havia matado Rebecca. Tudo porque a equipe de investigação deixou de escutar seus próprios instintos, permitiu que o mundo de teorias acadêmicas e teses frias entrasse no seu mundo, o mundo real. O meu mundo. Essas coisas não pertencem ao meu mundo."

– Nós melhoramos desde aquela época – argumentou Anna, conhecendo muito bem os casos a que ele se referia. – Aprendemos com os nossos erros, agora sabemos muito mais.

– Por que não guarda o que sabe para a próxima vez que estiver num tribunal, poderia ser útil para ajudar algum outro sacana como Gibran a se safar da acusação de homicídio.

Anna ficou com a boca ligeiramente aberta por alguns segundos.

– Eu não mereço isso – disse.

Ele fechou os olhos e esfregou as têmporas, deixando que a raiva e a amargura voltassem a mergulhar nos lugares escuros de que sua alma corrompida estava repleta.

– Desculpe. Eu não...

– Acho que a gente devia ir embora.

– Tudo bem – concordou ele. Ambos entraram no carro descaracterizado e se prepararam para uma viagem longa e silenciosa de volta a Peckham.

Thomas Keller estava deitado no colchão sujo e manchado, um edredom nojento cobrindo-o até o peito. Era começo da noite, e ainda havia claridade suficiente para enxergar sem acender a luz do teto. Sob o edredom, usava a calça de moletom e uma camiseta não lavada. Ele podia vê-la, vê-la tão claramente como se ela estivesse ali na cama com ele, a única pessoa que ele alguma vez realmente amou. A única pessoa que alguma vez realmente o amou.

Eles estavam juntos e sozinhos, muito tempo atrás, quando ele tinha apenas doze anos, no jardim da casa dela, banhados pelo sol de agosto, quente e forte, no começo da noite de verão, o cheiro de grama recém-cortada dos jardins em torno enchendo-lhes a cabeça. Sozinhos onde ninguém podia vê-los, longe de olhos inquisidores que tentariam detê-los se os vissem juntos. Ele alisou o longo cabelo castanho dela, às vezes olhando de relance para o adesivo de uma fênix no seu próprio braço, enquanto ela cantarolava e fazia uma corrente de margaridas, seu adesivo idêntico ao dele nítido na luz clara, adesivos que eles haviam posto um no outro, um símbolo do seu amor eterno. Ela se virou para ele, rindo.

– Em que você está pensando, Tommy? – perguntou, a voz amável, suave como a de um anjo falando com ele, sua única fuga da dura realidade.

– Eu estava pensando em você.

– Por quê, você me ama? – Ela deu uma risadinha.

– Amo – disse ele, sem medo de lhe contar, sem medo de lhe contar nada.

– O bastante para ficar comigo para sempre?

– Sim.

– Não seja bobo... somos amigos só há uma semana.

– Mas eu conheço você há muito mais tempo do que isso – protestou ele.

– Não conhece, não – insistiu ela. – Não direito.

– Há muito tempo que eu olho você. Olhava você com os outros. Mas eu sabia que não era como os outros. Sabia que era diferente.

– Eles são legais – disse ela, de maneira pouco convincente.

– Para você talvez, mas não para mim.

– Eles só não entendem você, Tommy. Pensam que você acha que é bom demais para eles ou alguma coisa assim.

– Foi isso o que disseram a você?

– Não exatamente, mas eu sei o que falam uns com os outros. – Thomas Keller não respondeu. – Você deveria apenas ignorá-los quando são maus com você.

– Eu faço isso, quase sempre, mas um dia vou mostrar a todos eles o que posso fazer. E aí vão se arrepender de terem implicado comigo.

– O que você quer dizer com isso? – perguntou Sam, levantando o rosto da corrente de margaridas e perscrutando seus olhos castanhos, quase negros.

– Nada. – Ele subitamente se inclinou para a frente, os lábios franzidos, mas ela curvou o corpo para trás.

– O que está fazendo? – disse ela, ainda sorrindo, mas agora mais ansiosa.

– Eu queria beijar você. Só isso.

Ela o observou enquanto ele desviava os olhos e fitava o chão, um sentimento de pena e amizade vencendo a resistência da menina. Ela sabia o que as outras crianças da escola faziam com ele, atormentando-o física e emocionalmente sempre que o professor não estava lá para proibi-los, e às vezes mesmo quando estava, mas ela jamais se juntara a eles. Ao se tornar sua amiga, ela arriscara sua posição como uma das crianças mais populares, da turma dominante; sua amizade tinha sido suficiente para dar a ele um certo grau de proteção. Ainda assim, a atitude dele com relação a ela a preocupava um pouco. Desde a primeira vez que lhe falara, apenas uma semana atrás, quando havia interferido para impedir que um grupo de meninos rasgasse seus livros escolares, a sua intensidade com ela lhe parecera... pouco natural. Ela dissera a si mesma que isso não era de surpreender, pois claramente era a única amiga que ele jamais tivera. Seus pais e parentes mais velhos sempre acharam divertido e encantador seu instinto natural para proteger inocentes, constrangendo-a com histórias de quando ela havia salvo lagartas que se debatiam contra um ataque de formigas ou libertado mariposas de teias de aranha, e agora tinha Tommy, mais um inseto a ser salvo das formigas. Ela se curvou para perto dele e rapidamente beijou-o na face.

Ele levantou os olhos, alegria e medo gravados em seu rosto, confusão e arrebatamento, seus lábios inchando com o sangue do embaraço e do desejo. Nunca se sentira assim antes, uma agitação bem na boca do estômago; um aperto entre as pernas. Ele sabia o que fazer em seguida. Alguns dos garotos mais velhos no orfanato o fizeram assistir a DVDs secretos. Sabia o que era para os homens fazerem com as mulheres, especialmente quando as amavam, os garotos mais velhos haviam deixado isso bem claro. Ele se curvou na direção dela e a beijou no rosto. Para seu prazer e surpresa, ela não se afastou, então ele a beijou de novo e de novo, descendo pela face até os lindos lábios vermelhos, o gosto e calor da pele dela acendendo todo o seu corpo como eletricidade, fazendo o coração disparar fora de controle, sua respiração reduzida ao mínimo.

Ela deu um risinho nervoso, pondo uma das mãos no peito do garoto, enquanto os lábios dele procuravam os dela, buscando e deslizando pelo seu rosto. Ela tentou se afastar, mas sentiu que as mãos dele entravam sob suas axilas e começavam a segurá-la no mesmo lugar, puxando-a mais para perto. De novo ela o empurrou com força, as duas mãos contra o seu peito, a luta cada vez mais renhida fazendo-os perder o equilíbrio e cair de lado na grama, os lábios dele nunca cessando de buscar os dela.

– Não, Tommy – ela conseguiu dizer. – Pare, por favor. Pare, Tommy, você está me machucando. – Ela sentiu uma mão deslizar sob sua blusa e apalpar o seu peito à procura de seios que ela ainda não tinha, as unhas dele, ásperas, arranhando sua pele macia. E logo ele estava por cima dela, sua mão puxando e forçando os botões e o zíper do jeans da garota, a mão dela puxando o seu pulso, lágrimas começando a brotar dos seus olhos verdes enquanto ela tentava se livrar dele. Mas a loucura o fizera muito forte, e ela sentiu seus dedos finos e fortes entrarem na sua calcinha, apertando com força entre suas pernas. – Pare, Tommy. Por favor, você tem que parar. – Mas ele não parou, um único dedo a penetrando, a dor e o choque eletrificando seu corpo, obrigando-a a fazer a única coisa que podia pensar em fazer.

Seu grito agudo o dilacerou como um projétil, congelando o tempo em que ele ficou totalmente imóvel, olhos arregalados, enevoados de um desejo que, agora ele sabia, nunca seria satisfeito. Naquele segundo, nada no mundo existia exceto os dois, entrelaçados naquele abraço grotesco. Ele sentiu os pulmões dela se enchendo de ar, viu a boca escancarada, cada músculo no seu corpo tenso enquanto ela se preparava para estilhaçar o próprio ar em volta deles com mais um grito. O horror da situação foi como um soco no peito, e o choque o fez agir antes que o grito saísse da boca, a mão dele cobrindo a abertura no rosto dela que ameaçava destruí-lo de uma vez por todas.

Ela piscou mecanicamente ao perceber o que estava acontecendo, as lágrimas sendo impelidas a sair dos seus olhos e rolar pelas têmporas, desaparecendo entre os cabelos.

– Você não deveria ter feito isso – disse ele. – Você não deveria ter feito isso. Eu... eu... só queria provar que te amo. Quer que eu mostre isso a você, não quer? – Ela tentou abanar a cabeça para mostrar a ele que não, que só queria que ele fosse embora e nunca falasse sobre aquilo com ninguém, mas era tarde demais, tarde demais para ambos.

A silhueta surgiu por trás dele, o sol nos olhos dela tornando impossível ver quem poderia ser, mas subitamente o peso do corpo de Tommy não estava mais sobre o seu, e parecia que ele estava voando para trás, a voz irada de um adulto abrindo caminho através do seu pesadelo hipnótico: a voz do seu pai.

– Saia de cima da minha filha, seu moleque safado. O que você pensa que está fazendo? – Ela viu o pai levantar a mão para bater no menino e, apesar do horror de segundos atrás, isso ela não podia permitir.

– Não. Não bata nele. – O pai a olhou em silêncio, a raiva em seu coração fazendo as palavras dela soarem distorcidas e imprecisas, mas seus olhos suplicantes transmitiam o que ela estava dizendo, implorando que ele poupasse o garoto que tentara violentá-la.
– Por favor – pediu ela. O pai abaixou a mão e olhou para Tommy como se ele fosse lixo, olhou-o como ele estava acostumado a ser olhado. Depois o arrastou para fora do jardim, passando pelo portão que levava ao seu carro, a voz dela os acompanhando. – Por favor, não o machuque, papai. Ele não quis me machucar. – Ela tentava defendê-lo em meio à perturbação e ao choque, apesar dos seus sentimentos de repulsa.

O pai se virou para ela, o dedo em riste diante do seu rosto.

– Espere aqui até eu voltar. – E agarrou Tommy por trás do pescoço, virando seu rosto na direção da filha. – Olhe bem para ela, garoto, porque esta é a última vez que você vai vê-la. Entendeu?

O menino não disse nada enquanto era empurrado para dentro da mala do carro, o bater da tampa trazendo escuridão e medo durante o curto percurso até o orfanato. Depois a luz inundou o porta-malas, uma luz ofuscante, e braços fortes o tiraram do carro e empurraram pelo caminho até a entrada. O pai fez questão de que todos os funcionários e crianças soubessem o que ele havia feito, e que não queria apresentar queixa, desde que o garoto ficasse longe da sua filha. Não havia necessidade de envolver a polícia, os funcionários do orfanato podiam lidar com o problema, com a condição de que mantivessem o menino afastado.

Thomas Keller, porém, não conseguiu ficar afastado, por mais que tentasse, porque ele a amava e sabia que ela também o amava. Sempre que tinha oportunidade, ele a espionava, a seguia do colégio até em casa, escondendo-se no escuro. Mas ele era jovem e desajeitado, e os pais traiçoeiros o viram. Dessa vez a polícia foi chamada. Os policiais foram ao orfanato e conversaram com ele, avisaram que um relatório criminal havia sido feito, onde ele aparecia como suspeito de assediar Samantha Shaw, mas que estava com sorte desta vez, os pais só queriam que ele fosse advertido. Caso se mantivesse afastado, poderiam esquecer o assunto. Teria que mudar de colégio, claro, mas isso era fácil de resolver.

Ele de repente se sentou aprumado na cama imunda, lembrando-se de ter concordado em se afastar dela. Mas ele não se afastara, como poderia? Ela era sua religião. Seu deus. Como ele poderia se afastar?

E assim tinha aprendido a ser mais cuidadoso, a fazer das sombras e do escuro seus aliados. Tinha aprendido a se camuflar no ambiente, como um camaleão. E ele a espionava, continuou a espioná-la durante anos.

Keller rolou para fora da cama e atravessou o quarto até a gaveta onde guardava os pacotes de correspondência. Procurou rapidamente entre a tralha até encontrar o que procurava: um vidro de perfume Black Orchid e um pote de creme corporal Elemis. Tirando o perfume da gaveta com todo o cuidado, como se fosse tão delicado que o simples toque pudesse quebrá-lo, ele borrifou uma quantidade ínfima no dorso da mão, inspirando as gotas do vapor fino que se espalhavam pelo ar. Seus olhos se reviraram nas órbitas com prazer, expondo o branco raiado de vasos sanguíneos. Quando as pupilas reapareceram, ele lentamente desatarraxou a tampa do creme Elemis, saboreando a expectativa do que estava por vir, o cheiro, a sensação. Só quando estava realmente pronto introduziu o dedo indicador no creme, a frieza oleosa o fazendo suspirar de prazer, seus olhos movimentando-se rapidamente, conquistados por aquelas sensações raras de alegria absoluta. Devagar, ele tirou o dedo da brancura e limpou o excesso com cuidado na borda do pote, massageando o que restou de maneira meticulosa no dorso da mão, deixando que o cheiro do Elemis se misturasse ao perfume, a combinação mais uma vez o levando de volta ao passado, ao dia, apenas semanas atrás, em que entrara em sua casa, enquanto ela e o homem com quem morava estavam no trabalho. O homem que fingia amá-la, mas que ele sabia ser um *deles*, enviado para vigiá-la, enviado para mantê-la afastada dele.

Tinha sido fácil abrir a janela da cozinha, e a casa não tinha sequer um alarme. Ele deslizara a lâmina da sua faca automática entre o caixilho superior e o inferior e quebrara o trinco. A janela se abriu silenciosa e facilmente, o cheiro da vida dela o invadindo de imediato, quase o fazendo cair da janela ao se esgueirar para dentro da casa, seu corpo magro e ágil idealmente adequado para passar por espaços apertados. Fazendo o possível para ignorar o ataque aos seus sentidos, ele pulou para o chão da cozinha, aterrissando como um gato alerta, sensível a quaisquer mudanças de som ou sombra, mesmo a um desvio mínimo na atmosfera interior. Quando se convenceu de que estava sozinho, explorou a pequena casa, sempre com cautela para não ser visto pelas janelas, examinando gavetas e armários, pegando em qualquer coisa e em tudo que pertencia a ela, pondo os objetos de volta com cuidado exatamente onde os apanhara. Ele se alimentou da vida dela tanto quanto podia, sem se empanturrar e perder o controle, sobrecarregando seus sentidos famintos com sua essência.

Por fim chegou ao quarto dela e passou pela porta entreaberta, as marcas deixadas pelo seu corpo ainda visíveis na cama desarrumada, o travesseiro achatado no meio e mais alto dos lados. Mas o que deveria ter sido um momento mágico fora arruinado pelo cheiro do homem, e a impressão mais funda que seu corpo pesado havia deixado na cama *dela*. Tentando bloquear todo o resto, ele se ajoelhara junto ao local onde ela estivera deitada, suas mãos traçando o formato do corpo e da cabeça, um traço levíssimo do seu calor ainda detectável. Ele pôs as mãos sobre a cama até que o calor desaparecesse completamente. Em seguida começou a se mover centímetro a centímetro pelo quarto, absorvendo cada detalhe, até chegar à penteadeira, coberta de produtos de maquiagem e coisas que só as mulheres tinham, coisas que eram estranhas e exóticas para ele, coisas que nunca tiveram lugar em sua vida.

Seus olhos investigaram a superfície caótica, pousando finalmente em dois objetos maiores, que atraíam mais atenção: um frasco preto com uma etiqueta dourada, e um pesado pote de vidro com um aro cromado, contendo algo branco. Ele levantou o frasco preto e leu as palavras gravadas na etiqueta: Black Orchid Eau de Parfum. Cheirou perto da tampa, nervoso e desconfiado do conteúdo, surpreso diante da excelência do aroma, olhando de um lado para o outro como se estivesse sendo observado, depois rapidamente enfiando-o no bolso da calça, o peso e tamanho desconfortáveis, mas valia a pena. Em seguida levantou o pote pesado e leu as palavras estranhas escritas em volta: creme corporal Elemis. Ele desatarraxou a tampa e deixou que a emanação agradável, sutil, subisse até o seu rosto. Incapaz de resistir, enfiou o dedo no creme. Fora a primeira vez que ele apreciara sua oleosidade fria, mas tinha havido muitas outras ocasiões depois dessa. Ele esfregou o creme no rosto, fechando os olhos para permitir imagens de Sam massageando o creme em sua pele, em toda a sua pele. Não era assim que ele se lembrava do cheiro dela, mas ele sabia que era o cheiro que ela deveria ter agora, agora que a menina se tornara uma mulher.

Um barulho repentino e distante do lado de fora o assustou, trouxe-o de volta aonde estava e o que estava fazendo. Ele voltou a atarraxar a tampa do Elemis, enfiou-o no outro bolso e saiu do quarto e depois da casa, escapulindo pela mesma janela e fechando-a ao sair.

A lembrança era doce, mas agora ele estava mais uma vez sozinho em seu próprio quarto, o pote aberto de Elemis na mão. Notou que o frasco estava pelo meio, tinha o suficiente para ainda durar um longo tempo desde que ele não desperdiçasse, desde que somente o usasse naquelas que realmente podiam ser *ela*. Ele teria que ser mais seletivo no futuro, mas, mesmo assim, tinha o suficiente para muitas mulheres mais, muitas outras Sams. Voltou a atarraxar a tampa do creme e cuidadosamente o guardou na gaveta.

Era perto de meia-noite, e Sean estava sentado sozinho em seu escritório, com as lâmpadas do teto apagadas para reduzir a possibilidade de ser atacado por uma enxaqueca, a luminária de mesa a única luz na sala, embora as lâmpadas fluorescentes na sala principal ainda inundassem o local com uma luz branca, dura. Havia umas poucas pessoas por ali, incluindo Donnelly e Sally. A maioria estava digitando seus relatórios com as descobertas do dia, outros dando telefonemas de desculpas a maridos, esposas e parceiros. Seus olhos cansados exploravam o escritório, o subconsciente processando quem estava lá e quem estava faltando. Notou Sally e Anna debruçadas sobre a mesa de Sally, aos cochichos, como se estivessem conspirando, sem dúvida discutindo suas palavras ríspidas na cena do carro de Deborah Thomson, ou talvez Anna ainda estivesse tentando persuadir Sally a aceitar sua ajuda. Se fosse esse o caso, ele lhe desejava boa sorte.

Ainda refletia sobre as possibilidades quando viu Donnelly se espreguiçar, levantar e vir em sua direção. Pela não urgência em seus movimentos, Sean entendeu que não deveria esperar notícias impactantes.

Donnelly entrou em seu escritório e se sentou sem ser convidado.

– Chefe.
– Dave – respondeu Sean.
– Alguma novidade?
– Me diga você.
– Alguma coisa que tenha despertado seu interesse nos relatórios de informação, blitzes... porta a porta?
– Até agora, não – respondeu Sean –, embora, como você pode ver, ainda falte ler muitos. – Ele fez um gesto mostrando a pilha de folhas A4 em sua mesa.
– Pois é – disse Donnelly, solidário. – Separei o joio do trigo o quanto pude, mas sabe como é numa investigação desse tipo, qualquer João quer que sua informaçãozinha apareça, para poder passar o resto da carreira na cantina, aborrecendo todo mundo que se dispuser a ouvir que foi ele quem descobriu a chave que solucionou o caso e pegou o assassino.
– Eu sei – concordou Sean –, mas a resposta vai estar ali, em algum lugar. A questão é só se eu consigo encontrá-la.
– Vai conseguir – disse Donnelly.
– Não até eu obter aquela ordem judicial para ver as fichas dos funcionários dos Correios, e você e eu sabemos que nenhum juiz vai me dar uma ordem baseado no que tenho até agora, ou seja, uma testemunha vacilante que recebeu um punhado de folhetos em sua porta.
– Se continuarmos procurando, vamos encontrar mais. Com sorte, o suficiente para termos a ordem na segunda-feira.
– Talvez – respondeu Sean. – Enfim, não tem muito mais que você possa fazer aqui essa noite. Por que não vai para casa ou sai para beber alguma coisa?
Donnelly deu uma olhada rápida no relógio.
– Tarde demais para ir ao pub – suspirou.
– Você não espera realmente que eu acredite que Dave Donnelly não sabe onde conseguir uma bebida fora do horário regulamentar, espera?
– É, bem... – gaguejou Donnelly, constrangido e encantado com sua má fama.

— E me faça um favor — acrescentou Sean —, leve Sally e Anna com você, OK? Fiquem com os telefones à mão. Qualquer coisa, eu ligo.

— Tudo bem — concordou Donnelly, animado, e saiu rapidamente para a sala de incidentes principal, pegando Sally e Anna apesar dos protestos e conduzindo-as em direção à porta de vaivém.

De algum modo, a saída deles fez Sean respirar melhor, como se tivesse sido aliviado de uma carga que nem sabia que estava carregando. Esfregou os olhos com força, esperando que a névoa se dissipasse, antes de fitar a pequena montanha de papéis e relatórios que precisava atacar. Não conseguia se livrar da sensação de que já sabia a resposta, então por que sua pesquisa no *Crime Reporting Investigation System* não dera em nada? Ele poderia estar tão errado assim? "Não", murmurou consigo mesmo. "Estou certo, sei que estou." Puxou a pilha de relatórios para perto e começou a ler, a princípio sem entusiasmo, página após página de informações inúteis, mas à medida que se aprofundava no oceano de dados, esqueceu o que estava fazendo e onde estava, vagando num mar de possibilidades. De vez em quando, lia alguma coisa que provocava uma pontada de animação em seu peito. Mas ainda havia opções demais, pessoas demais abordadas e questionadas por um policial que as considerara meio estranhas ou não colaborativas. Homens demais que aparentemente não queriam contar à polícia onde estavam na hora dos crimes. Fábricas abandonadas e sítios demais para permitir que um deles se destacasse. Precisava de alguma coisa que fosse por si só uma referência cruzada: um carteiro nervoso parado numa blitz ou morando numa fazenda abandonada. Se pudesse encontrar isso no meio do dilúvio de informações, se pudesse encontrar aquele relatório único, sabia que encontraria sua mina.

Quando levantou de novo os olhos na direção da sala principal, viu que estava vazia e tão escura quanto qualquer unidade policial chega a ficar. Olhou rapidamente para o relógio e depois para o telefone, lembrando-se de repente de que não ligara para Kate o dia todo. Agora eram duas da manhã e muito tarde para fazer algo que não fosse piorar a situação. Se não ligasse, teria que enfrentar algumas horas de gelo quando se encontrassem, mas, se ligasse e acordasse as crianças, sua popularidade não melhoraria em nada. Cogitou mandar uma mensagem de texto, mas decidiu que era muito tarde para tentar qualquer coisa.

Desviou o olhar do telefone para a pilha de relatórios que diminuía lentamente sobre sua mesa, resistindo ao impulso de ir para casa e roubar umas horinhas de sono antes de começar tudo de novo na manhã seguinte. Pegando mais uma folha de papel para ler, prometeu a si mesmo que depois daquela ele consideraria o trabalho da noite terminado. Mais um relatório, depois iria para casa, para o sono curto e inquieto, cheio de pesadelos que o esperava: o corpo quase nu de Louise Russell numa floresta, seus olhos acusadores suplicando uma resposta. Por quê? Por que ele não tinha conseguido encontrá-la a tempo?

Olhou para o papel em suas mãos, os olhos tão cansados que ele mal conseguia ter foco, a náusea no estômago e o martelar na cabeça lembrando-o de que se esquecera de beber e comer desde o brunch com Anna. Seus olhos piscaram até que as palavras se fixaram e tomaram forma. Era um relatório de informação preenchido por dois agentes uniformizados, checando possíveis locais onde a mulher sequestrada poderia estar sendo mantida. O nome deles: agentes Ingram e Adams. Eles tinham visitado uma granja desativada em Keston, no limite Kent-Londres. O relatório dizia que o terreno estava mal conservado e apresentava riscos, porém tinha uma casa pequena e numerosas edificações em torno. O homem que morava no local deu o nome de Thomas Keller, vinte e oito anos, um metro e setenta e cinco de altura, magro, branco, identidade conferida e OK, não tendo sido notado nada de especialmente suspeito ou impróprio. Sean esquadrinhou o relatório, procurando freneticamente a ocupação de Keller, mas nada era mencionado. "Droga", praguejou em voz baixa. "Merda." Ele começou a mover o dedo indicador para baixo e para cima sob o nome Thomas Keller, para baixo e para cima, até finalmente jogar o relatório de volta na mesa antes de xingar de novo.

"Credo, estou ficando doido, porra", acusou a si mesmo, convencido de que estava quase a ponto de ter alucinações de cansaço. "Vá para casa", disse consigo. "Pelo amor de Deus, vá para casa." Levantou-se da cadeira, onde estivera sentado por mais horas do que conseguia se lembrar, vestiu a capa, enchendo os bolsos com a parafernália da sua vida, e se dirigiu à saída. Quando chegou às portas de vaivém, o nome Thomas Keller já fora praticamente varrido da sua cabeça: só mais um nome em mais um relatório de informação. Um entre centenas.

Ele ficou deitado na cama, rolando de um lado para o outro até não suportar mais as imagens infernais que dilaceravam sua cabeça. Demônios que sempre vinham à noite, dançando atrás de suas pálpebras cerradas, jamais lhe permitindo escapar da sua vida maldita, nem mesmo durante o sono. Esta noite tinha sido pior do que o normal, de certo modo mais intenso e mais nítido, como se ele estivesse chegando ao clímax da sua existência. Talvez o fim já estivesse chegando. O fim desta vida e o começo da próxima. Ele afastou o edredom imundo do seu corpo macérrimo, feio e se pôs de pé no escuro, o luar vindo lá de fora a única iluminação, azul e fria.

Quase sem pensar, como se não estivesse ciente de suas próprias intenções, puxou a cueca surrada quadris abaixo e deixou-a cair ao chão, dando um passo para fora, pegou a calça de moletom na coluna da cama e a vestiu, passando-a pelas pernas peladas, cheias de varizes, antes de apanhar no chão o casaco com capuz e vesti-lo com dificuldade, procurando na luz fraca os tênis e empurrando seus pés malcuidados para dentro deles. Agarrou as chaves do porão na cômoda onde guardava tantas coisas especiais e andou pela casa entulhada e suja até o banheiro, pegando um frasco de alfentanil e uma seringa no armário, introduzindo cinquenta mililitros na seringa antes de recolocar a tampa de segurança sobre a agulha e seguir para o que servia como porta da frente, só parando uma vez para apanhar o bastão de gado no mesmo armário da cozinha onde guardava a espingarda. Por um momento, pensou em levar também a arma de choque, como faria normalmente, mas esta noite, por algum motivo, não o fez. O bastão de gado e o alfentanil seriam suficientes.

Saiu na noite gelada, o céu claro permitindo que a temperatura tivesse uma queda acentuada, o ar parado, gélido pegando-o de surpresa, fazendo sua respiração ficar curta até que os pulmões se ajustassem à mistura fria que ele forçava para dentro deles. Enquanto caminhava na noite pelo terreno abandonado, plumas de seu hálito saíam da boca, nuvens de condensação refletindo o luar antes de se acabar no nada. Ele destrancou o cadeado e abriu a porta de metal do porão, o rangido agudo transformando-o em estátua enquanto sondava a escuridão à procura de sinais de perigo, só ousando se mexer depois que o eco do barulho da porta tinha sumido. Vagarosamente, começou a descida em direção à fraca luz amarela lá embaixo, a caverna subterrânea significativamente mais aquecida do que o mundo exterior. Chegou ao pé da escada e pisou no porão, sem falar, aguardando na penumbra, tentando ouvir as mulheres, permitindo que seus olhos se ajustassem à luz artificial, sentindo-se mais calmo do que o habitual, mais controlado, mais instintivo, como se o que ia acontecer fosse de algum modo por sua intenção inconsciente: clara e irrefreável. Destino. Dele e delas.

Após alguns minutos, caminhou determinado para a jaula onde Louise Russell se encolhia no canto, seus olhos arregalados de terror e desconfiança, sem piscar, seguindo o mais leve movimento dele, esperando que falasse alguma coisa. Ele, porém, apenas ficou ao lado da jaula, fitando-a através do arame e da luz pálida, até que finalmente lhe deu as costas e andou mecanicamente para a corda que caía pendurada do teto e servia de interruptor. Puxou a corda e inundou o cômodo de luz fraca. Agora ela podia ver com clareza o bastão de gado, as lembranças de como ele o usara para torturar Karen Green ainda dolorosas e recentes, como ele o usara para subjugá-la na noite em que a tirou da jaula e levou até a escada, meio ajudando, meio arrastando, ignorando suas súplicas e promessas de fazer o que ele quisesse, desde que a deixasse ficar. A vida na jaula era melhor do que nenhuma vida.

O pânico se espalhou pelo corpo de Louise quando ela percebeu por que ele viera tarde da noite. Ela correu em volta do interior da jaula como um animal que percebe que vai ser morto, procurando uma saída que ela sabia não existir, uma fragilidade no arame de metal que ela sabia que não iria encontrar, observando-o com horror enquanto ele retornava à jaula, dando a volta para destrancar a portinhola, pondo o bastão em cima da jaula enquanto pegava a seringa na calça e tirava a tampa de segurança.

– Passe o braço – ordenou ele, a voz forte, mas fria e sem vida. Ela enrolou os braços em volta do corpo, numa tentativa vã de salvá-los do inevitável. – Passe o braço ou você sabe o que vai acontecer – avisou ele, pousando a mão livre no bastão de gado como um lembrete do destino de Karen Green.

– Não – pediu ela. – Não posso. Por favor. Não posso. – Lágrimas corriam pelo seu rosto sujo, deixando marcas limpas em meio à fina camada de poeira que se depositara em sua pele nos últimos dias, durante os quais não tivera permissão para se lavar. Ele ficou ali, olhando para ela por um momento, depois fechou a portinhola, repôs a tampa de segurança na seringa e voltou a colocá-la no bolso, pegando o bastão e indo para a porta principal da jaula. Os olhos aterrorizados de Louise o seguiram cada centímetro do caminho, vigiando enquanto ele punha o bastão sob o braço e remexia o bolso à procura da chave do cadeado. Seu coração batia sem controle enquanto ela o via encaixar a chave no cadeado e soltá-lo, seus olhos indo rapidamente de um lado para o outro. Ela sentiu que perdia o controle do intestino e da bexiga quando ele abriu a porta lentamente, e um fio de urina escorreu pelo lado de dentro de suas pernas.

Agora ele estava na jaula com ela, o bastão de gado mais uma vez firme em suas mãos, apontado diretamente para ela. Louise sentiu que ia desmaiar quando se lembrou do corpo de Karen se revirando e contorcendo cada vez que ele apertava o bastão na pele nua, os gritos de agonia. Ela não podia deixar que isso acontecesse com ela. Sua mente subitamente se acendeu com falsas esperanças, de que talvez ele tivesse libertado Karen, a tivesse levado para a floresta ou para a cidade e soltado, que a droga que lhe dera era apenas para que não se lembrasse de onde havia ficado, que Deborah estava errada sobre seu corpo ter sido encontrado, ou que fora o corpo de outra pessoa.

– Por favor – implorou ela, abrindo os braços e oferecendo os dois a ele, virados para cima e prontos para receberem a injeção.

– Desculpe. Faço o que você mandar. Faço tudo que você mandar.

– Ele estava muito próximo, andando devagar na direção dela, a boca ligeiramente aberta, revelando os dentes manchados, tortos, os olhos semicerrados e cruéis.

– Tarde demais para isso – sibilou ele. – Eu sei o que você é, sua putinha.

Ela ia falar, mas a eletricidade que o bastão de gado fez jorrar no seu corpo travou-lhe o maxilar, e ela caiu de lado, cada músculo retesado num espasmo, a dor calcinada no cérebro. A convulsão durou segundos, diferente dos efeitos mais prolongados da arma de choque, e ela sentiu que o corpo começava a relaxar, mas foi castigada de novo com outra espetada do bastão e depois outra e mais outra, na espinha, na barriga e nas coxas, até cair exausta e imóvel.

Ele ficou de pé acima dela, verificando se havia sinais de que ela ainda era capaz de resistir, os arranhões profundos no seu rosto recomendando que fosse cauteloso, mesmo com presas caídas. Chutou suas costelas várias vezes, sem ódio, fazendo com que ela desse um pequeno gemido, mas mal se mexesse. Satisfeito, ajoelhou-se ao seu lado, deixando o bastão de gado no chão e tirando a seringa do bolso, pegando seu braço na outra mão e procurando uma artéria que servisse, mas a desidratação dela tornava impossível encontrar alguma. Ele firmou a seringa nos dentes e começou a bater na dobra do seu braço, tentando fazer aparecer os vasos sanguíneos, até que finalmente viu o traçado de uma linha azul sob a pele. Fez rapidamente um garrote com os dedos no braço de Louise, logo acima do cotovelo, e esperou que o sangue se acumulasse e fizesse a artéria mais saliente, olhando-a sem emoção enquanto inchava até um tamanho quase normal. Tirou a seringa dos dentes e pôs a agulha transversalmente à linha azul no braço, antes de posicioná-la num ângulo aberto e empurrar a ponta afiada através da pele pálida, fina, enterrando-a em profundidade no vaso sanguíneo, puxando o pequeno êmbolo primeiro para trás, recolhendo alguns poucos mililitros do sangue dela na seringa, o líquido vermelho girando e se misturando ao alfentanil já lá dentro. Depois, sem piedade, introduziu sangue e droga no seu braço, as batidas do coração levando a mistura aos pontos mais distantes do corpo. Ele retirou a agulha da artéria e esperou para ouvir o suspiro que sabia que sairia de sua boca, um suspiro que significava que o anestésico tinha funcionado e ela seria agora incapaz de resistir à sua vontade. Alguns segundos depois, ouviu o que estava esperando.

Baixando os olhos para o corpo caído de Louise Russell, ele viu seu tórax subindo e descendo com suavidade, enquanto os olhos semifechados tremiam, gemidos baixos saindo de sua boca, os braços soltos para trás, acima da cabeça. Notou os seios subindo e descendo, os lábios se abrindo e fechando, como se ela estivesse falando palavras silenciosas que só ele podia ouvir, dizendo-lhe que o queria, precisava dele, fazendo o seu pênis já endurecido ainda mais rijo do que ele podia suportar.

– Sei que quer, sua putinha. Sei que você me deseja. – Com pressa, ele afastou suas pernas e se ajoelhou entre elas, abaixando a calça de moletom até o meio das coxas e se aliviando, inchado e grotesco. – Veja o que você fez – ele a castigou. – Você me fez tão nojento quanto você. Tão fraco quanto você. Agora você não é nada para mim – disse ele, o rosto distorcido de desprezo.

Deborah assistira a tudo, paralisada de horror, mas sabendo o que viria a seguir não pôde ver e ouvir mais. Fechou os olhos bem apertados, cobriu as orelhas com as mãos, sem conseguir, porém, bloquear o som dos grunhidos e ganidos dele, sem conseguir bloquear os gritos e gemidos involuntários da vítima. Cantarolando sozinha tão alto quanto ousava, esperou até que os terríveis sons da tortura de Louise se abrandassem, antes de criar coragem para espiar a outra jaula, vendo Keller puxar a calça para cima. Ele sabia que ela estava olhando, mas parecia incapaz de olhar para ela, ofegando e respirando com dificuldade depois do esforço do seu ataque.

— Veja o que me obrigou a fazer – disse ele a Louise. – Bem, você me enganou pela última vez. Não vai me rebaixar de novo. Você é a putinha agora, não eu. – Sua voz era monótona e mecânica, vazia de emoção. – Está na hora de você ir. Não quero mais você aqui.

Ele pôs Louise de pé e a arrastou para fora da jaula. Deborah tentou falar, gritar para ele que parasse, deixasse Louise em paz, mas as palavras não saíram da sua boca aberta, o horror de saber o que ia acontecer com Louise tornando-a muda. Ela acompanhou em silêncio enquanto ele meio arrastava e meio ajudava a mulher parcialmente anestesiada a atravessar o porão, puxando a corda que trazia de volta a semiescuridão quando passou por ela. Mesmo assim, Deborah não conseguiu falar quando o ouviu levando Louise, virando a quina em direção à escada, o som dos pés inseguros, arrastados, o mais terrível de tudo que ela jamais escutara.

O som metálico da porta sendo fechada e trancada foi seguido de silêncio, quebrado apenas pelo barulho da água correndo. Pela primeira vez desde que ele a sequestrara, Deborah estava sozinha. Mas por quanto tempo?

A terrível profecia de Louise tinha virado realidade. Agora era a sua vez, sua vez de se tornar Louise Russell. De se tornar Karen Green.

Deborah afundou no chão da jaula e abraçou o próprio corpo, balançando e chorando na luz fraca do porão. Sozinha.

12

Sean dirigiu pelas ruas virtualmente desertas do sudeste de Londres até sua casa modesta, uma de uma fileira de casas idênticas em Dulwich, as pistas vazias tornando rápido o curto trajeto. Apreciava a estranheza serena das ruas na madrugada, um submundo que poucas pessoas além de funcionários de serviços de emergência viam, pelo menos enquanto estavam sóbrios. Lembrou-se do seu começo de carreira na polícia, um jovem agente uniformizado indo para casa depois de um plantão noturno, cansado porém satisfeito, vendo todos os motoristas com cara de sono indo na outra direção. Ele se sentia diferente, especial. Estacionou o mais próximo que pôde da sua casa e caminhou a curta distância até a porta da frente, seus passos mais pesados do que ele gostaria no silêncio da noite, embora por sorte um vento forte disfarçasse sua chegada. Ao destrancar a porta, ficou satisfeito por constatar que Kate seguira suas instruções repetidas com frequência e usara também a fechadura de segurança, não se fiando apenas na fechadura de lingueta, que era muito mais fácil de abrir. Ele abriu a porta e entrou em casa, o calor e o cheiro confortável da sua família afastando temporariamente os demônios do dia. Kate havia deixado uma pequena luminária acesa para ele, suas próprias experiências de chegar em casa altas horas fazendo com que ela gostasse de alguma iluminação ao entrar em sua residência e ao mesmo tempo não quisesse acender as lâmpadas do teto, mais fortes, e se arriscar a perturbar o resto da família, que dormia. Policiais e médicos, bombeiros e enfermeiros: eternos adolescentes, a quem nunca seria permitido deixar de se esgueirar para dentro de suas próprias casas no meio da noite, sempre com medo de serem pegos.

Ele fechou a porta com mais cuidado ainda do que a abrira, tirou os sapatos e, na ponta dos pés, foi até a cozinha, onde acendeu a luz da coifa para ajudá-lo a circular por ali. Em seguida, esvaziou o conteúdo dos bolsos num jornal sobre a mesa da cozinha, sua espessura abafando o som de telefone, chaves, carteira, identidade e moedas variadas ao bater na superfície. Pendurou a capa de chuva e o paletó numa cadeira, afrouxou ainda mais a gravata e se dirigiu ao armário onde sabia que encontraria uma garrafa de Jack Daniel's e um copo baixo e bojudo. Serviu-se de uma dose que ele achou que não o impediria de conseguir se arrastar para fora da cama em pouco mais de três horas e sentou-se à mesa, suspirando ruidosamente ao sentir dor em todas as juntas ao mesmo tempo.

Um sono de três horas não ia chegar nem perto do que seu corpo e sua mente precisavam para se recuperar. Ele tentou calcular há quantas horas estava acordado, mas a exaustão tornou o problema quase impossível de solucionar e ele logo desistiu. O relógio pendurado na parede da cozinha o avisou de que eram quase duas e meia da manhã. Ele suspirou de novo e fitou a bebida em sua mão, o bourbon a única coisa em que conseguia pensar que poderia desacelerar seus pensamentos o bastante para permitir que algum tipo de sono viesse. Bebeu de um gole só, que lhe queimou a garganta e o peito rumo ao estômago vazio, a falta de alimento tornando o efeito do álcool instantâneo e agradável.

Levantou-se com esforço da cadeira, saiu da cozinha e subiu a escada. Ao passar pelo quarto das filhas, tentou resistir e não espiar pela abertura da porta, mas não conseguiu, a pálida luz azul das luminárias de algum modo fazendo-as parecer ainda mais vivas do que a luz natural, embora mal pudesse se lembrar da última vez que as vira com o dia claro. Duas garotinhas que, antes de que ele se desse conta, seriam duas jovens mulheres, exatamente como as jovens mulheres que o louco sequestrara. Sua filha mais velha tinha até o mesmo nome: Louise.

Sean afastou os pensamentos tão rapidamente quanto haviam aparecido, eles não tinham lugar em sua casa. Afastou a cabeça da abertura da porta e foi para o seu quarto, entrando com cuidado, o contorno do corpo de Kate, imóvel e silencioso, bem definido sob o edredom. Ele se despiu no escuro, pendurando as roupas na única cadeira do quarto, e se enfiou na cama, o bourbon agindo como um anestésico, como o clorofórmio que o louco usava nas suas vítimas. Mais uma vez ele afastou os pensamentos, pensamentos que não tinham lugar em sua cama, quando estava ao lado da esposa.

A voz de Kate o assustou, não era a voz de alguém que estava dormindo e depois despertou, mas a voz de alguém que não tinha conseguido dormir, a voz de alguém que estivera esperando por ele.

– Se você está em casa, suponho que é porque ainda não o pegou. Não encontrou as mulheres.

– Não. – Seu coração ainda estava acelerado devido à surpresa. – Ainda não, mas não vai demorar. Tenho certeza. Estamos chegando ao fim. Vou conhecê-lo em breve.

– Como é que você sabe? Descobriu alguma coisa?

– Não – respondeu ele –, mas vou descobrir. A resposta está lá, só esperando que eu a veja.

– Entendo – disse ela, dando-lhe uma ideia.

– Kate.

– Uhhhm.

– O que você faz quando tem um paciente em estado crítico e já tentou de tudo, fez tudo para salvá-lo, tudo que deveria tê-lo ajudado a se recuperar, mas seu estado continua a piorar cada vez mais? O que você faria?

Ela pensou em silêncio algum tempo antes de responder.

– Nesse tipo de cenário, eu iria supor que deixei passar alguma coisa, e repassaria tudo que foi feito para ver se não tinha deixado passar nada.

– E se não tivesse? – perguntou ele. – E aí?

Kate se virou para olhá-lo, seu rosto pouco mais do que uma silhueta. – Nesse caso – disse –, o paciente morreria e nós todos nos sentiríamos péssimos, embora não houvesse nada que pudéssemos ter feito.

Ela o beijou no rosto e virou para o outro lado para dormir, e o deixou fitando o teto no escuro. Sozinho.

Ela tropeçava entre as árvores, os braços em torno do peito, num esforço inútil de afastar o frio, vestida só com a roupa de baixo imunda que ele lhe dera dias antes, quantos dias ela não podia mais ter certeza. Seus pés descalços pisavam em pedras cortantes e espinhos quando tropeçava, os braços se afastando do corpo ao tentar se equilibrar, a cabeça se virando de vez em quando para olhar para a figura encapuzada que a seguia de perto, um taco curto de beisebol em uma das mãos e o bastão de gado na outra. Sempre que andava mais devagar ela sentia o taco sendo enfiado na sua espinha, empurrando-a para o destino que ele escolhera para ela, o efeito do alfentanil tornando-a fraca e descoordenada demais para correr ou lutar. Só o que podia fazer era suplicar por sua vida.

– Por favor – soluçava. – Você não precisa fazer isso. – As palavras vinham enroladas, mas claras o bastante. – Eu não vou contar a ninguém. Prometo. – Mais uma cutucada nas costas a impeliu para a frente, a brisa fria parecendo um vendaval na sua pele exposta. Ela tropeçou de novo, acrescentando lacerações aos pés e ao corpo, como se as árvores fossem cúmplices dele, dobrando-se cruelmente para fustigá-la com seus galhos finos. – Eu tenho marido – pedia ela. – Meus filhos precisam de mim – mentiu, numa tentativa desesperada de sensibilizar o homem preso dentro do monstro.

– Mentirosa – disse ele. – Você não tem filhos. Não devia mentir sobre essas coisas. Se mentir, eu vou saber.

– Você ficou me vigiando – ela o acusou. – Ficou semanas me vigiando. – Ela parou e se virou para encará-lo, esperando a pontada do taco na espinha, que não veio.

– Pensei que você fosse a pessoa certa – disse ele. – Pensei que você fosse ela, mas errei. Agora não preciso de você. Você foi um erro.

– Não – ela tentou comovê-lo. – Talvez eu seja ela. Precisa me ajudar a ser ela. Eu posso ser ela. Sei que posso... por você.

– Não – vociferou ele. – Agora é tarde demais. Vá andando.

– Não consigo – apelou ela, apoiando as costas numa árvore. – Chega, por favor. Chega.

– Só um pouco mais e você pode ir embora – prometeu ele. Não vou matar você. Só um pouco mais e você pode ir.

Ela sabia que a esperança que ele lhe dera era falsa, mas era a única, e por isso se agarrou a ela.

– Vai me deixar ir embora? – perguntou, sem fôlego. Sob o luar, ele fez que sim com a cabeça. – Promete?

– Só um pouco mais. – Ele apontou para o fundo da floresta com o taco.

Louise deixou a árvore, afastando os galhos finos do rosto com os braços estendidos, fechando os olhos numa prece silenciosa, tateando através das árvores até sentir que estava numa clareira, o chão mais macio sob os seus pés, onde a luz do sol havia penetrado e permitido que o capim crescesse, e à sua volta um barulho sinistro de asas batendo, como se centenas de pássaros estivessem presos nas árvores, sem poder escapar, não importando o quanto batessem as asas. Ela abriu os olhos e entrou no espaço aberto, procurando a origem do barulho estranho, mas não conseguiu ver nada no escuro, sentindo que o homem estava atrás dela, cada vez mais perto, e ela sabia, sabia que seria ali que ele a mataria. Se fosse libertá-la, àquela altura ele já teria sumido na floresta, um fantasma desaparecendo nas sombras que o aguardavam, mas não fizera isso. Ele sabia que aquela clareira estava ali e sabia que era para onde ele a levaria. Este seria o lugar onde ela daria seu último suspiro.

O pânico e o instinto animal de sobrevivência anularam quase todo o efeito do anestésico, seu corpo ficando acordado e alerta. Ela partiu numa corrida pela clareira, os pés descalços levantando com força do chão macio, mas ele estava preparado, como se tivesse previsto que ela tentaria correr. Depois de quatro passadas ela sentiu a rasteira e suas pernas cederam, o corpo sem sustentação voando pelo ar até se estatelar no chão, tirando-lhe a respiração e o desejo de lutar, deixando-a desorientada e confusa. Após alguns segundos, ela se ergueu e ficou de joelhos, olhando em volta, tentando se orientar, encontrar uma nova direção para correr, mas antes que pudesse fazer uma coisa ou outra, a figura escura parou na sua frente, ainda com uma arma em cada mão. Ela o olhou fixamente, piscando, esforçando-se para focar no negrume dentro do capuz onde seu rosto deveria estar. – Por favor – implorou. – Por favor. – Ele jogou o taco para o lado e pôs o bastão de gado no bolso da calça, ainda de pé, fitando-a de cima.

Milímetro a milímetro, suas mãos se afastaram das laterais do corpo, indo na direção dela, procurando alcançar sua garganta, enquanto ela olhava entre lágrimas, suas próprias mãos lentamente subindo para encontrar as dele, os dedos se fechando em torno dos seus pulsos, mas mal podendo resistir, como se ela estivesse guiando as mãos dele para ela, os dedos finos e fortes se fechando em volta do seu pescoço e os polegares afundando na garganta, esmagando sua traqueia devagar. A circulação de sangue no cérebro parou, os olhos se esbugalharam sob a pressão e a língua inchada ficou esticada para fora da boca, buscando oxigênio. Por um segundo fugaz ela achou que podia ver seu marido, ouvir sua voz, ver os filhos que tantas vezes imaginara ter, sua presença encorajando-a a rasgar e arranhar freneticamente as mãos comprimindo sua garganta, mas ela estava muito fraca e ele, muito forte. Finalmente, os dedos que tentavam resistir se enfraqueceram e se soltaram dos dele, os braços se tornando pesados demais para ficarem suspensos e caindo inertes ao seu lado, e um silvo feio lhe escapou da boca, o último som que ela jamais emitiria.

Ele manteve as mãos bem apertadas em volta do pescoço dela, fitando a criatura morta que segurava ajoelhada à sua frente, satisfeito por não tê-la deixado semiconsciente com um golpe do taco de beisebol antes de tirar-lhe a vida. O desejo súbito e esmagador de vê-la passar deste mundo para o próximo fora impossível de resistir, ver toda a sua força vital deixar o corpo, não apenas o que restara depois de lhe afundar uma parte da cabeça, como fizera com Karen Green. Isso tinha sido tão mais *gratificante*.

Ele a segurou por muito tempo, observando, até que os olhos fixos e mortos começaram a se embaçar, e então ele afrouxou a mão e deixou que ela caísse ao chão, tombando numa posição quase fetal com exceção dos braços, um dos quais ficou preso sob o corpo enquanto o outro caía atrás das costas, numa pose que só os mortos conseguiriam fazer. E ele continuava a olhá-la de cima, se perguntando por que a sensação era tão diferente da última vez. Logo percebeu que a diferença era que desta vez ele realmente sentira alguma coisa, alguma coisa calma e poderosa.

    A brisa gelada soprando em seu rosto aos poucos o trouxe de volta ao mundo real, a mulher morta aos seus pés, irrelevante. Era hora de ir embora. Ele se agachou junto ao corpo e, desajeitado, tirou a calcinha e o sutiã, embolando-os juntos e enfiando no bolso do casaco com capuz, antes de recolocar os membros quase exatamente na mesma posição em que ela caíra, sem saber ou analisar o porquê. Olhou para Louise Russell uma última vez e depois se virou, andando a passos largos para as árvores, na direção do seu carro e de casa. Amanhã era domingo. Ele iria descansar por um dia, deixar tudo pronto, limpar a jaula e lavar as roupas, quando as tirasse da mulher que as usava agora. E aí na segunda-feira, depois do trabalho, ele a salvaria. Já sabia onde ela morava e como vivia. Havia muito tempo a vigiava, assim como fizera com as outras, mas desta vez ele tinha certeza de que ela era a mulher certa, embora ela mesma não soubesse disso.

13

Eram apenas seis e meia da manhã de domingo e Anna já estava acordada e de banho tomado, sentada na beirada da cama, desenrolando um par de meias pelas pernas enquanto o marido a olhava com olhos sonolentos, cansados. Fazia muito tempo que ele não a via com aparência tão exausta, se é que algum dia ela estivera assim.

– Vou ficar satisfeito quando isso tudo terminar – resmungou. – Seis e meia da manhã num domingo, qual é o problema com esse pessoal? Eles não sabem que hoje deveria ser um dia de descanso?

– Suponho que não tenham muita escolha, não é? – ela o repreendeu, sentindo-se um pouco como uma policial pela primeira vez, vivendo de acordo com regras e valores diferentes das pessoas à sua volta, mas nem sempre gostando daquilo.

– Você tem que ir?

– Desculpe, Charlie. – Ela se levantou para ajeitar a saia. – O dever me chama.

– Tente chegar em casa um pouco mais cedo hoje – insistiu ele. – Seria bom conseguir ver você alguma hora neste fim de semana.

– Não posso prometer nada neste momento. Volto quando puder.

Charles Temple se recostou no travesseiro e pegou o maço de cigarros na mesa de cabeceira, tirando um da cartela e o acendendo com um Zippo dourado.

– Que merda, Charlie – reclamou Anna. – Você tem que fumar na cama? Aliás, você tem que fumar dentro de casa? Agora vou ficar fedendo a cigarro.

– Então provavelmente vai ficar com o mesmo cheiro deles – provocou ele. – Como uma policial de verdade. Uma detetive de verdade.

– O que você quer dizer com isso? – reagiu ela.

– Nada – respondeu ele, com um sorriso malicioso. – Enfim, eu só fumo nos fins de semana.

– Não deveria fumar nunca, você é um cirurgião, droga – lembrou ela. Ele apenas deu de ombros.

– Tenho que admitir, você parece bem apaixonada pelos seus amiguinhos policiais. Alguma coisa deve ter despertado seu interesse para você se abalar até Peckham, imagine, num domingo de manhã.

– Eu estou trabalhando, lembra?

– Está mesmo? – perguntou ele, fingindo desconfiança.

– Estou, mesmo. O que você está insinuando?

– Só pensei que poderia se sentir atraída pelo charme animal daquele inspetor. Meio machão, e coisa e tal.

– O nome dele é Sean Corrigan, e ele não é nem machão nem charmoso.

– Mas você gosta dele, não gosta?

– Não mesmo – ela riu. – Além disso, ele é trabalho. Ou melhor, esse é o trabalho.

Entediado com o joguinho, ele fez um aceno de indiferença com o cigarro. – Enfim. Se apresse e vá lá ajudar a polícia a pegar esse maluco pra nossa vida voltar ao normal.

– É isso que você pensa que eu estou lá para fazer? – retrucou ela, séria de repente, aborrecida pelo desconhecimento dele tanto quanto pelos seus próprios sentimentos de engano e traição. – Acha que estou lá para ajudar a polícia a encontrar esse criminoso?

– E não está? – questionou ele, perplexo.

– Em parte – admitiu ela –, mas não é tão simples assim. Deixa pra lá. Tenho que ir.

– Tente não se deixar envolver – recomendou ele, sem se importar de fato. – Seja como os policiais, apague tudo.

– Você acha que eles não são afetados, vendo gente jovem sendo morta e lidando com as famílias das vítimas? Acha que eles seguem em frente, só isso, vida normal, e esquecem o que viram? Esquecem tudo?

– Não me diga que você está virando um deles, detetive-inspetora chefe Ravenni-Ceron.

– Não – respondeu ela. – Eu nunca poderia ser um deles. Mesmo que trabalhasse com eles dez anos, nunca seria um deles. Para isso, teria que entrar para a polícia. Eles são um grupo fechado, é assim que funcionam.

– Mas você os admira, não é? – Ele parecia acusá-la, como se a admiração fosse uma traição à autoimportância preconcebida deles.

– Claro que sim. Se você visse o que eles tiveram que fazer e como tiveram que fazer, as horas que têm que trabalhar, a falta de sono e descanso... e eles continuam, sem jamais pedir nem esperar gratidão, sempre na expectativa de serem chutados quando estão por baixo e culpados por tudo que está errado no mundo, mas mesmo assim fazendo o que têm que fazer. Se você tivesse visto isso como eu vi, você os admiraria também.

– Não fique entusiasmada demais com esses novos amigos, Anna. Eles são provisórios, lembra? Como você disse, nunca vai ser um deles.

– Se você pensa que estou entusiasmada, deve estar delirando. Quero que isso acabe, tanto quanto você, mas não até que eu descubra o que estou lá para descobrir.

– E o que seria isso?

– Não tenho certeza – respondeu ela, enquanto vestia o blazer. – Não mais.

Sean empurrou as portas de vaivém e entrou na sala de incidentes principal, que estava deserta. Consultou o relógio: pouco mais de seis e meia da manhã. O escritório estava uma pocilga: pratos sujos nas mesas, canecos manchados de café bebido pela metade largados em todas as superfícies concebíveis, latas de lixo transbordando de copos de isopor, caixas plásticas de sanduíche e bolas de papel amassado que deveria ter sido picado e posto nos sacos de documentos confidenciais descartáveis; as pessoas estavam chegando ao ponto de estarem cansadas demais para se importar. Ele se lembrou de que era domingo, os faxineiros não iriam lá até a manhã seguinte. As coisas iam piorar muito antes de melhorar. Não pôde evitar comparações entre o estado do escritório e o estado da investigação. Domingos: ele sempre sentia que algo ruim ia acontecer no domingo, e este não era diferente. O domingo, quando era criança, significava que o seu pai estaria mais tempo em casa do que de hábito, bebendo, levando-o pela mão ao quarto no andar de cima, longe do resto da família e da mãe. Olhos que não queriam ver.

Ele afastou as lembranças enquanto atravessava a sala e escapava para o seu escritório, jogando o conteúdo dos bolsos na mesa bagunçada e pendurando a capa de chuva atrás da porta em um dos ganchos de metal que serviam de cabide. Pensou em se sentar na cadeira desconfortável que o esperava atrás da mesa, mas sabia que precisava continuar se mexendo por um tempo, ou pelo menos continuar de pé. As poucas horas de sono e a chuveirada quente o despertaram, até certo ponto, mas se se sentasse na cadeira agora, apesar de todo o desconforto, o cansaço o dominaria de novo, implorando que permitisse ao seu corpo e mente dormir. Não podia deixar que isso acontecesse. Já se sentia culpado de ter ido para casa enquanto o assassino ainda estava à solta, a vida de duas mulheres que Sean nunca conhecera dependendo da sua habilidade de encontrá-las.

Era cedo demais para os cafés da vizinhança, ou mesmo a cantina da delegacia, estarem abertos, logo a cafeína que ele queria e precisava teria que vir de outra coisa que não o seu café preto habitual. Ainda de pé, vasculhou as gavetas à procura das pastilhas de cafeína, descartando envelopes de ibuprofeno, paracetamol e comprimidos para indigestão até encontrar o que procurava, tirando duas pastilhas da embalagem laminada e as engolindo sem água, depois tomando mais uma sem verificar a dosagem recomendada. "Estou ficando velho demais para isso", resmungou, ao começar a empurrar papéis pela mesa, esperando que as pastilhas estimulassem seu cérebro o bastante para iniciar a leitura dos relatórios aparentemente sem fim, a lembrança do sono agitado da noite anterior se apagando: sonhos de árvores no escuro, o assovio constante de folhas ao vento, o homem sem rosto, encapuzado, de pé acima de Louise Russell dando lugar às imagens que o atormentariam sem cessar durante o dia que começava.

Ao correr os olhos pela sala, uma foto ampliada do rosto de Louise Russell presa no quadro branco atraiu sua atenção, seus olhos verdes fitando-o, implorando que a encontrasse, que a salvasse. Num gesto involuntário, a mão de Sean foi estendida e avançou para ela, o dedo indicador traçando o contorno do seu rosto. Ele recuou com um pulo quando uma imagem das fotos da cena do crime ainda não ocorrido faiscou em sua mente. Os olhos verdes continuavam a fitá-lo, só que agora sem vida, não mais suplicantes, mas acusadores, condenando-o.

Quando a imagem desapareceu, ele deu um passo à frente e examinou a foto mais uma vez. "Você ainda está viva?", perguntou. "Vou chegar tarde demais?"

O barulho de Sally irrompendo pelas portas de vaivém o ajudou a desviar os olhos da foto. Eles se deram um alô a distância, enquanto ele a observava seguir a mesma rotina de esvaziar os bolsos na mesa que ele seguira minutos antes. Ele andou até a porta de entrada da sala.

– Como vão as coisas? – perguntou, sem entusiasmo.

– Bem, acabou de dar sete horas da manhã, meus olhos estão irritados e meus pés doídos, é domingo e eu estou no trabalho... Fora isso, estou ótima. E você?

– A mesma coisa – respondeu ele, sem sorrir.

– Alguma notícia de Louise Russell?

Sean entendia o que ela queria dizer: algum corpo havia sido encontrado durante a noite, ou eles ainda tinham uma chance?

– Ninguém me ligou, então suponho que continue tudo na mesma.

– É domingo, não se esqueça – avisou ela. – As pessoas saem para passear com os cachorros mais tarde na manhã de domingo. Meu palpite é que não vamos estar a salvo antes das nove, mais ou menos.

— Acho que ainda temos um dia — raciocinou ele —, desde que ele mantenha o ciclo de sete dias. — Falou baseado mais em esperança do que em convicção, o medo de que o assassino estivesse numa escalada com destino ao jogo final, uma orgia de violência sem trégua, frustrava seu fraco otimismo.

— Vamos torcer por isso — murmurou Sally, olhando distraída para o outro lado, buscando algo nas anotações e memorandos sobre sua mesa, falando mais consigo mesma do que com ele. — A que horas a droga da cantina abre aos domingos? O café de lá é péssimo, mas é melhor do que nada.

Sean não respondeu, voltou a entrar na sua sala e remexer papéis de lá para cá na mesa, para então erguer o rosto e ver o relógio branco, grande, pendurado na parede. Sally tinha razão, tinham que sobreviver até depois das nove. Louise Russell tinha que sobreviver até depois das nove. Se seu corpo não fosse encontrado até aquela hora, ela poderia ainda estar viva, e talvez ele chegasse a ter até vinte e quatro horas a mais para encontrá-la antes que... Mas mesmo nesse caso, ele não teria tempo suficiente para conseguir uma ordem judicial, apresentá-la e depois ter acesso aos registros dos funcionários na central de triagem. Hoje, ele precisava que algo se rompesse, algo se encaixasse, algo derrubasse o muro de tijolos entre o louco e ele.

Num desespero repentino, pegou uma cadeira e a puxou até a mesa do computador, sentando-se com uma perna de cada lado enquanto os dedos começavam a digitar com ligeireza. Acessou o sistema Cris e digitou as instruções para a mesma busca que já fizera antes com resultados negativos. "Sei que você perseguiu a mulher que está tentando substituir, deve ter feito isso. Deve ter vigiado essa mulher e tê-la conhecido, e ela a você. Ela não pode ter sido uma estranha por quem você tinha obsessão. Ela o aceitou, e aí alguma coisa aconteceu e ela foi tirada de você, mas o que e como? Sei que estou certo", garantiu a si mesmo. "Tenho que estar."

Ele digitou os detalhes do crime que procurava, a descrição da jovem de acordo com a das três mulheres sequestradas. Apertou a tecla para iniciar a busca e empurrou a cadeira para longe da mesa, enquanto esperava pelo resultado, o coração martelando na caixa torácica. "Tenho que estar certo", disse consigo, "devo ter deixado passar alguma coisa." Após alguns segundos, a tela piscou e foi para a página de resultados. A busca retornara *nenhum resultado*. "Puta merda", disse ele, tão alto que Sally levantou os olhos. A conversa da noite anterior com Kate começou a passar por sua mente repetidas vezes.

... eu iria supor que deixei passar alguma coisa, e repassaria tudo que foi feito para ver se não tinha deixado passar nada.

E se não tivesse? E aí?

Nesse caso, o paciente morreria...

Ele se arrastou de volta com a cadeira para perto do computador e começou de novo, desta vez ampliando a faixa etária da vítima para mais e para menos alguns anos: *nenhum resultado*. Tentou alterar o comprimento do cabelo da vítima; talvez ela tivesse cortado o cabelo depois que ele a conheceu: *nenhum resultado*. Tentou alterar a altura da vítima alguns centímetros a mais e a menos: *nenhum resultado*. Tentou excluir a cor específica dos olhos: *nenhum resultado*. Vezes sem conta ele tentou, mas sempre dava no mesmo: *nenhum resultado*.

O som de um telefone tocando na sala principal por algum motivo quebrou sua concentração, quando outras distrações não o fizeram. Sua cabeça girou para consultar o relógio: eram quase oito horas. Meu Deus, ele estivera fazendo buscas infrutíferas no banco de dados do Cris durante mais de uma hora, sem nem notar os detetives que vinham aos poucos chegando e enchendo a sala com conversas e barulho, incluindo Donnelly, mas o toque do telefone, seu penetrante estrídulo eletrônico, isso era algo que ele não conseguira bloquear. Por quê? Mais uma vez o coração começou a chutar e socar as paredes do seu peito. Ele sentiu a garganta apertada ao ver Sally levantar o receptor do gancho e o segurar junto ao rosto, como se tudo estivesse acontecendo em câmera lenta, mas somente para ele. Observou-a ouvindo a outra pessoa falar, e leu seus lábios quando ela perguntou "Onde?" Ela escreveu alguma coisa numa folha de papel, desligou e se levantou, virando-se na direção da sua sala, cabeça baixa, olhos voltados para o chão.

Em silêncio, ele a amaldiçoou por andar em sua direção com o papel na mão. Ele a amaldiçoou por atender a droga do telefone e pelo que ela iria lhe dizer. Ela chegou à porta e o olhou nos olhos, sem entrar.

– Sinto muito – foi só o que disse.

Ele sentiu que sua força vital o abandonava, como se tivesse sido baleado no peito à queima-roupa, a percepção do que ela lhe dizia ferindo sua frágil crença em si mesmo. Ele havia fracassado, fracassado ao não solucionar o quebra-cabeça a tempo, e agora ela estava morta. O louco matara Louise Russell, mas seu sangue estaria para sempre nas mãos de Sean. Seus olhos verdes, fixos e sem vida, para sempre assombrariam seus sonhos.

Fora uma longa noite e ele não tinha ido para a cama antes das primeiras horas da manhã, os acontecimentos da noite o deixando empolgado, mas calmo, pelo menos por enquanto. Mas à medida que a luz penetrava através dos lençóis finos presos às janelas da casa, seu sono ficava cada vez mais inquieto, o sono profundo do esquecimento substituído pelo sono leve que permitia a chegada dos pesadelos.

Ele era pequeno, tinha apenas sete ou oito anos, e já era um veterano no orfanato em Penge, sudeste de Londres. Outras crianças tinham chegado e partido, mas ele permanecia lá. Era domingo, o dia em que os adultos vinham vê-los, conversar com eles e levá-los para passar o dia fora e comprar doces e sorvete; às vezes até os levavam às suas casas, primeiro só para passar o dia, depois uma ou duas noites, e depois, quem sabe, talvez os levassem para sempre. As crianças mais novas em geral eram logo escolhidas, especialmente se não tivessem irmãos, mas as crianças mais velhas, os adolescentes, raramente saíam. Eles lhe diziam que se ainda estivesse lá quando completasse dez anos, ficaria lá para sempre.

Thomas Keller não passava o dia fora havia um bom tempo, nada de sorvete ou visitas a casas *normais*, não desde sua última saída. Houvera suspeitas mesmo antes disso: *incidentes*. No início, ninguém poderia ter certeza de que ele era o responsável. Ninguém queria pensar nas consequências caso ele tivesse sido o responsável: o que isso implicaria, o que significaria que ele era. No início foi o caso de coisas que sumiam, brinquedos das outras crianças na família que ele estava visitando. Ninguém queria criar caso, afinal de contas era compreensível, as outras crianças tinham tanto e ele tinha tão pouco. Ninguém queria lhe causar problemas, mas tampouco queriam que ele os visitasse de novo, se o pessoal do orfanato concordasse. E acontece que não eram quaisquer brinquedos, eram os brinquedos especiais, os ursinhos de pelúcia e bonecas que as crianças da família anfitriã possuíam desde que eram bebês. Alguns apareceram, outros não, mas os que foram encontrados estavam sempre no mesmo estado: abertos por um corte feito com algo afiado, o enchimento retirado e os membros arrancados. Mesmo assim, ninguém queria criar caso; ele era zangado e invejoso, era compreensível dado o que lhe acontecera; eles apenas não queriam que os visitasse de novo. Mas não parou por aí.

Quando ficou mais velho e mais ousado, os animais de estimação das famílias se tornaram seus alvos: o peixe tropical morto porque alguém jogou alvejante dentro do aquário; os ratinhos, hamsters e gerbis que sumiram das gaiolas e depois foram encontrados enterrados no jardim. De novo, ninguém poderia ter cem por cento de certeza de que ele era o responsável. Mas as suspeitas se fortaleceram quando o gato de uma família desapareceu, e foi encontrado pendurado numa árvore com um arame em volta do pescoço, balançando suavemente ao vento, olhos esbugalhados, língua para fora. Na ocasião, foram à procura de Thomas e o descobriram, sozinho no jardim de um vizinho, retraído e silencioso, os olhos enlouquecidamente fixos, mãos e pulsos cobertos de arranhões reveladores: o gato marcara seu assassino.

Algumas pessoas no orfanato alegaram que tudo tinha limite, ele nunca mais deveria ficar com famílias. Outras argumentaram que era seu dever tentar, mas famílias que tinham algum animal, qualquer animal, deveriam ser evitadas, pelo menos até que conseguissem fazê-lo superar sua crueldade com os bichos. Com relutância, as que duvidavam concordaram.

Poucas semanas depois, ele foi passar o dia na casa de uma família cristã que acreditava que entre Deus e eles qualquer criança poderia ser salva. Eles o vigiavam de perto, como foram orientados a fazer, mas de algum jeito ele conseguiu fugir. Houve preocupação, mas nenhum pânico... ou pelo menos não até perceberem que sua filha de cinco anos também havia desaparecido. Ela estivera brincando sozinha no quarto com suas bonecas e agora estava *desaparecida*. A mãe ficou histérica e quis chamar a polícia imediatamente, mas o pai a convenceu a esperar, dizendo que ele ia encontrá-los. Não havia sinal deles na casa, nem no jardim, nem na garagem. Então ele começou a procurar no beco que ficava atrás dos jardins dos fundos. E foi onde os encontrou: num barracão no jardim dos fundos de um vizinho, sua filha de cinco anos de pé, nua, lágrimas escorrendo pelo rosto, enquanto Thomas Keller estava parado à sua frente, a calça e a cueca abaixadas até o joelho, segurando uma ereção mínima entre os dedos de uma das mãos, enquanto a outra apontava a lâmina de um canivete para a menina aflita.

O pai cristão avançou na hora e deu um tapa em Thomas com a mão aberta que o derrubou ao chão.

– Seu canalhazinha doente! Vou te dar uma lição que você nunca vai esquecer – disse. E tirou o cinto de couro da cintura, segurando a fivela e deixando o resto se desenrolar como um chicote. Thomas viu quando a mão grande do homem fechou a porta do barracão, erguendo o cinto acima da cabeça.

O que aconteceu em seguida de fato lhe ensinou uma lição que ele nunca esqueceria: ele estava sozinho e sempre estaria. Completamente sozinho.

Depois daquele dia, Thomas Keller não fez mais nenhuma visita.

Sean e Sally pulavam pela estrada de terra que atravessava Elmstead Woods no limite Kent-Londres. Eles mal falaram durante todo o trajeto desde Peckham. Sean viu duas viaturas policiais e soube que estavam no lugar certo. Uma longa fita azul e branca da polícia bloqueava a estrada antes do local onde os carros estavam estacionados. Sean parou atrás, e ele e Sally saltaram do carro num movimento aparentemente sincronizado. Um dos policiais uniformizados, que estivera se abrigando do frio matinal, pulou do carro e se aproximou deles.

Sean mostrou sua identificação:

– Inspetor Corrigan – ele fez um sinal com a cabeça na direção de Sally – e sargento-detetive Jones. Por que bloquearam a estrada? – Ele esperava que a floresta ao lado fosse isolada, mas não necessariamente a estrada.

– Marcas de pneus – explicou o policial. – Parece que ele parou ao lado da estrada, onde o chão é mais macio. Deixou umas marcas de pneu muito boas, e pegadas também. Duas pessoas, ao que parece, uma usando tênis, a outra...

Sean o cortou:

– A outra descalça. – Ele viu a perplexidade na cara do agente. – A última vítima... estava descalça também.

O policial não falou nada, mas seu rosto dizia tudo.

Enquanto Sean olhava em torno, respirando a atmosfera da floresta, ele sentiu a presença do louco. O lugar fedia a ele. Eles poderiam estar outra vez na floresta onde haviam encontrado Karen Green; os dois lugares eram tão semelhantes que mal dava para diferenciar um do outro.

– Quem a encontrou? – perguntou. – Alguém passeando com o cachorro?

– Não – respondeu o policial. – Era cedo demais para a maioria das pessoas que passeiam aqui com cachorros num domingo. Ela foi encontrada por um observador de pássaros procurando alvéolas-brancas, ou pelo menos foi o que ele me disse. Parece que esta época do ano é boa para isso.

– Isso eu não sei – disse Sean, distraído. – O observador de pássaros parece suspeito?

– Está perguntando à pessoa errada, senhor. Eu não me encontrei com ele. Foi outra unidade local, eles o levaram para a delegacia antes de chegarmos aqui.

– Entendo – respondeu Sean, continuando a não se interessar pelo que ouvia e simplesmente seguindo a rotina de perguntas e respostas que os policiais uniformizados esperariam. Sabia que o homem que perseguia não teria alertado a polícia sobre o corpo, num tipo de jogo autodestrutivo arriscado. Ele estaria de volta a qualquer casebre de onde saíra, sonhando com o seu trabalho noturno e fantasiando sobre os divertimentos futuros.

Sean olhou para o chão na orla da floresta, onde podia divisar as marcas de pneus que o policial mencionara e as pegadas próximas, que desapareciam no capim à medida que eles se embrenhavam nas árvores. Além das árvores seus olhos não viam nada, mas sua mente podia ver tudo: o louco andando logo atrás de Louise Russell enquanto a levava para a morte, de vez em quando empurrando-a pelas costas para encorajá-la a continuar caminhando.

– Chefe... – Sally o chamou, sem ser ouvida. E depois mais alto: – Sean.

– Desculpe. O quê?

– Você está bem?

– Estou bem – ele mentiu. – E você?

Ela deu de ombros, mas ele podia ver a tensão e o medo em seu rosto. Esta seria a primeira vez que ela estaria numa cena de crime onde o corpo ainda se encontrava no local, desde que ela mesma quase se tornara uma vítima de assassinato. Sean sabia que, quando visse o corpo de Louise Russell, ela estaria vendo a si própria.

– Você não precisa fazer isso – disse ele. – Eu posso ir sozinho. Pode esperar aqui ou fazer uma busca no perímetro para ver se alguma coisa passou despercebida.

Sally respirou fundo pelo nariz, desejando muito que ainda fumasse.

– Não – retrucou ela. – Acho que preciso fazer isso.

– Tudo bem – concordou ele, voltando-se para o policial que vigiava a cena do crime. – Tem uma rota alternativa para chegar à vítima?

— Claro. Passe por baixo da fita do outro lado da estrada e ande uns poucos metros. Vai chegar a outra fita que leva à floresta. É só seguir essa fita e vai dar direto lá.

Ele parecia estar indicando o caminho a um motorista perdido, mas Sean admirou seu profissionalismo. Usar cordão de isolamento de cena de crime para marcar um trajeto seguro, do ponto de vista da perícia, até a vítima era uma ideia sensata.

Sean deu uma última olhada no chão macio onde as pegadas de tênis entravam e saíam da floresta, mas as pegadas de pés descalços só entravam, portanto, o assassino provavelmente tinha saído por onde entrara, o que os deixava com uma rota em que se concentrar. Isso também significava que o assassino havia escolhido a lei do menor esforço, tanto antes quanto depois de matá-la. Parecia claro que conveniência ainda era mais importante para ele do que ocultar provas periciais.

Sean deixou para trás as viaturas policiais estacionadas e abaixou-se para passar sob a fita, segurando-a no alto para que Sally o seguisse, como um treinador ajudando o seu boxeador a entrar no ringue. Sem falar, eles seguiram a linha das árvores até encontrar o chão pisoteado e a fita que serpenteava floresta adentro, como a trilha de miolo de pão de João e Maria. Começaram a entrar na floresta andando sem firmeza, as roupas e calçados da cidade atrapalhando seu progresso: os casacos longos agarravam nos galhos, que pareciam se esticar à sua procura, os sapatos de sola lisa escorregavam constantemente no musgo e no capim molhado, o ar em torno deles ao mesmo tempo pesado e fresco, a brisa forte encorajando Sally a abotoar o casaco, enquanto eles caminhavam cada vez mais para perto do corpo de Louise Russell.

— Acha que ainda falta muito? — perguntou ela, mais pela necessidade de falar alguma coisa do que por curiosidade, o sinistro e constante farfalhar das árvores, como ondas quebrando numa praia de seixos deserta, assustando-a cada vez mais.

— Não sei — respondeu ele com sinceridade, desejando ter podido andar pelo mesmo caminho que o assassino e Louise Russell percorreram, mas sabendo que não podia. Ele se lembrou de que a caminhada deles pela floresta teria sido quase exatamente igual à que ele e Sally faziam, mas de algum modo não andar nas pegadas do assassino o impedia de sentir como ele teria se sentido, o impedia de ver o que ele teria visto. Sean afastou um galho do rosto, mas o galho se soltou e voltou a fustigá-lo, uma agudeza despercebida cortando-o ao longo da maçã do rosto, logo abaixo do olho esquerdo. – Merda – gritou ele, encostando o dorso da mão na ferida, vendo o sangue quando a afastou.

– Você está bem? – perguntou Sally.

Ele continuou a caminhar. – Estou bem.

– Não sei como Roddis e sua equipe de peritos vão carregar a tralha deles por aqui.

– Pode ser que tenham que acordar alguém do conselho, mandar uns caras aqui com motosserras para abrir uma trilha decente. Se é isso que temos que fazer, é isso que temos que fazer.

– Roddis não vai gostar – avisou Sally –, ele não gosta de deixar civis chegarem tão perto assim da sua cena do crime.

– É, bem, isso é problema dele, não nosso – resmungou Sean, cansado da conversa mole que estava embaçando sua mente. Ele avançou mais rápido, pouco se importando se os galhos das árvores o castigariam de novo por sua falta de cuidado, com a esperança inconsciente de deixar Sally para trás, perdida temporariamente na floresta, permitindo que ele ficasse a sós com Louise Russell e quaisquer vestígios remanescentes do homem que perseguia, fossem eles físicos ou não. Mas Sally acompanhou seu passo, o medo de ser abandonada na floresta empurrando-a.

– Legal os agentes nos avisarem do caminho que tinham escolhido. Se eu soubesse que minha meia-calça ia desfiar, teria ficado no carro.

Sean percebeu sua bravata: tentar ser frívola e engraçada para esconder a ansiedade. Mas pelo menos era um sinal da antiga Sally aparecendo. Talvez ela de fato precisasse disso, precisasse passar por isso antes de poder começar a se curar de verdade.

– Eles fizeram a coisa certa – disse ele, penetrando cada vez mais na floresta. – Escolher o jeito mais difícil é exatamente o que esse cara nunca faria.

– Você sabe disso, certo?

Ele parou e a olhou por um momento.

– Sei – foi tudo que ele disse. Eles se fitaram sem falar, até que ele se virou e continuou a caminhada.

Sally esperou alguns segundos e depois prosseguiu, observando-o à sua frente empurrando os galhos, que se fechavam após sua passagem e encobriam a visão dela, como se ele e as árvores estivessem conspirando para isolá-la. Pela primeira vez desde que haviam entrado na floresta, ela se deu conta do som de pássaros à sua volta, os agudos assovios de alarme dos melros avisando os moradores da floresta da chegada deles, misturados ao riso zombeteiro das gralhas. Ela estava certa de que Sean ignorava os olhos das aves observando sua intromissão. Ele estava indo para outro lugar, forçando-se a entrar na mente do assassino, um lugar ao qual ela não pertencia, onde não era desejada. Ela permitiu a Sean a distância de que ele necessitava.

Cada passo que ele dava na direção de Louise Russell era um passo que o aproximava mais do louco, e a cada passo que dava ele mudava um pouco mais, seus pensamentos e os do assassino começando a se fundir. Ele agora estava bem próximo e Sean podia senti-lo, ver através dos seus olhos: a floresta à noite com nada além da lua para iluminar o caminho, os galhos afiados agarrando e arranhando a pele nua dela, pegando e puxando a roupa larga dele, que se sentia calmo e controlado quase pela primeira vez na vida, aceitando o que precisava fazer sem nenhum sinal de dúvida ou culpa.

O som da floresta pareceu mudar subitamente, o assovio das folhas substituído por um som diferente e estranho, como o bater de milhares de minúsculas asas artificiais ou centenas de pipas quebradas. Ele continuou a seguir a extensão da fita azul e branca que parecia levá-lo diretamente à origem do barulho misterioso. O que ela devia estar pensando, cismou ele, sozinha numa floresta escura com o louco, sem saber qual fera, homem ou animal, estava fazendo aquele som terrível? De repente, ele entrou numa clareira, instintivamente esticando o braço para trás até ter certeza de que a origem do som não representava perigo para eles.

Ao olhar em volta da clareira, viu o que provocava aquele barulho infernal: dúzias de sacos plásticos vazios, presos nos espinhos das amoreiras silvestres, trazidos pelo vento só Deus sabe de onde, inflando e sacudindo na brisa como obscenas decorações natalinas, rasgadas e misteriosas. À luz do luar, Louise Russell não teria podido ver aquelas coisas inofensivas, inocentes, que fizeram uma serenata à sua morte.

– Meu Deus – disse ele em voz alta. – O que você pensou quando ouviu esse som?

Outra voz lembrou-lhe que não estava sozinho.

– Sean? – chamou Sally. – Está tudo bem?

– Tudo em ordem. Me dê só alguns segundos.

Ele forçou os olhos a se afastarem das amoreiras e esquadrinhou a clareira, até que lá, quase no meio exato, a cerca de cinco metros de distância, ele a viu, parcialmente coberta de folhas marrons varridas pelo vento, empilhadas contra ela na direção em que a brisa estivera soprando. Mesmo a essa distância, dava para ver que estava deitada de lado, os joelhos aparentemente dobrados numa posição quase fetal. A pele pálida contrastava lindamente, de algum modo, com o marrom vivo das folhas e o verde do musgo que forneceram seu macio leito de morte. Os olhos de Sean acompanharam as bordas da clareira, até que ele viu o lugar por onde assassino e vítima teriam entrado, um espaço entre as árvores onde a floresta não era tão densa: a lei do menor esforço. Uma trilha de capim e musgo amassados levava desse mesmo lugar até o corpo de Louise Russell. Uma outra trilha se estendia diretamente à sua frente, feita pelos primeiros agentes na cena, que confirmaram o receio do observador de pássaros: ele de fato tropeçara num cadáver na floresta.

Sean se perguntou de qual direção o observador de pássaros teria se aproximado e decidiu que o mais provável era que fosse da mesma do assassino. Ele talvez tivesse entrado na floresta por um local diferente, mas em algum ponto os caminhos usados por eles se encontraram. O observador de pássaros estava prestes a perder suas botas de caminhada favoritas para Roddis.

Ele afinal abaixou a mão, num sinal de que Sally poderia avançar em segurança. Alguns segundos depois, percebeu que ela estava ao seu lado. E lhe deu tanto tempo quanto ela precisava, esperando que falasse primeiro. Finalmente ouviu sua voz.

– Acho que a gente devia olhar mais de perto – ela quase sussurrou, como se de fato não quisesse dizer o que acabara de falar, com medo de que ele concordasse. Ele respondeu com um movimento, avançando cuidadosamente pela clareira, examinando o chão da floresta à sua frente antes de cada passo, procurando o menor sinal de que o solo poderia ter sido alterado por alguém além dos policiais que estiveram na cena inicialmente, tentando pisar nas marcas de pés que eles haviam deixado. Sally o seguia, cautelosa. Quando estava a não mais de dois metros de distância do corpo, ele se agachou tão próximo ao chão quanto possível e olhou para o rosto da mulher morta: cabelo castanho curto caído nas têmporas e na testa, olhos meio fechados, boca aberta com a língua ligeiramente para fora entre os lábios azulados, presa entre os dentes superiores e inferiores. Estava completamente nua, os cortes e hematomas no corpo numerosos demais para contar, mas mesmo àquela distância ele podia ver as mesmas marcas circulares reveladoras que o bastão de gado deixara em Karen Green, uma confirmação do que já sabia: era o mesmo homem.

– É ela? – perguntou Sally, num tom sombrio, esperando apenas uma resposta. Sean a olhou por sobre o ombro.

– É ela, Louise Russell. Chegamos tarde demais. Não há mais nada que possamos fazer.

Ela percebeu a autoacusação na voz dele.

– Não é culpa sua, Sean.

– É, sim – disse ele, rispidamente. – Eu deixei passar alguma coisa. Estamos aqui porque eu deixei passar alguma coisa.

Ela sabia que nada do que dissesse o faria mudar de ideia.

– Devíamos ir embora – disse. – Não há mais nada que possamos fazer aqui além de bagunçar a cena do crime.

– Ainda não – ele objetou. – Preciso antes verificar uma coisa.

– Roddis não vai gostar – alertou ela, ainda na orla da clareira, não querendo entrar no círculo.

– Não vai demorar muito – ele a tranquilizou, enquanto começava a andar na direção do corpo sem vida de Louise Russell. Quanto mais se aproximava, mais o mundo à sua volta deixava de existir, os sons dos pássaros e árvores substituídos por um zumbido fortíssimo em sua mente, como o som de uma torrente. Ele calçou um par de luvas de borracha e estendeu as mãos para a cabeça da mulher, segurando delicadamente seu queixo e a testa. Os hematomas e a vermelhidão em volta do pescoço e da garganta indicavam que ela fora estrangulada, mas ele precisava saber o que mais havia acontecido.

– O que você está fazendo? – cochichou Sally tão alto quanto podia, mas suas palavras caíram em ouvidos moucos, porque Sean inclinava com cuidado a cabeça de Louise Russell, o começo da rigidez cadavérica tornando os músculos duros e difíceis de manipular. Ele conseguiu afinal ver a parte posterior do crânio. Segurou a cabeça pouco acima do chão com uma das mãos, enquanto os dedos da outra afastavam gentilmente os cabelos, procurando um ferimento, um ferimento como o que ele encontrara em Karen Green. Mas não descobriu nenhum ponto onde os cabelos estivessem emaranhados e grudentos de sangue. Ele voltou a posicionar a cabeça exatamente como a encontrara, o som da torrente em sua mente ficando cada vez mais alto enquanto ele se agachava, fitando a terra a seus pés.

Sally chamou de novo da orla da clareira, desta vez mais alto.

– O que é? – Ele não a ouviu. – O que é? – repetiu. Sean levantou os olhos para ela, mudo, como se estivesse em estado de choque. – Encontrou alguma coisa?

– Não tem ferimento na cabeça – disse ele, parecendo confuso –, e ele está pelo menos um dia adiantado. Ainda não deveria tê-la matado.

– Isso significa o quê?

– Significa que ele está mudando. O ciclo dele está se acelerando. Mas não é só isso, tem outra coisa...

– Continue – ela o encorajou.

– Quando ele matou Karen Green foi uma coisa de ordem prática, o ato de matar propriamente dito não significou nada. Tudo o que aconteceu antes de ele a matar foi intensamente pessoal, mas o assassinato foi uma simples questão de dispor de algo que não tinha valor para ele. Estava mais preocupado com autopreservação do que com a experiência de tirar uma vida. Foi por isso que praticamente a matou com um golpe na cabeça antes de estrangulá-la ou... ou pelo menos foi o que disse a si mesmo. Estava tentando se convencer de que não estava matando pela emoção de matar, porque isso teria... o quê? Afetado sua autoimagem? Mas que imagem você tem de si mesmo? O que você pensa que é?

Ele interrompeu as perguntas e imagens na sua cabeça.

– Puta merda – xingou a si mesmo por não conseguir solucionar o quebra-cabeça imediatamente, depois continuou: – Desta vez não tem ferimento na cabeça... porque... ele queria sentir a vida dela se esvaindo. Não apenas o que restara, mas tudo. – Sean analisou a posição do corpo alguns segundos, depois prosseguiu: – Ele ficou na frente dela. Ela já estava de joelhos no chão porque tentara fugir, mas descalça, no escuro, não tinha nenhuma chance e caiu, ou ele a derrubou, então ela estava no chão quando ele se aproximou e ficou de pé, olhando-a nos olhos de cima para baixo. Ele não teve pressa, estendendo as mãos na direção dela, os dedos deslizando em volta do pescoço, os polegares pressionando-lhe a garganta. Ela tentou lutar, mas ele era forte demais e gostava tanto daquela sensação... ela lutando, sua vida se exaurindo enquanto ele a segurava com força, a sensação era boa. Mesmo depois que ela morreu, ele continuou a segurá-la, olhando de cima para baixo o rosto morto, até que finalmente a soltou e observou-a cair ao chão, exatamente na mesma posição em que está agora. E ainda continuou a olhá-la por mais um tempo. O ar frio da noite deve ter lhe dado uma sensação boa e, uma vez que você admita para si mesmo que matar também dá uma sensação boa, não vai parar até que seja obrigado, não é? Não até que eu o faça parar.

– Sean? – chamou Sally. – Sean, com quem você está falando?

Ele virou a cabeça para ela rapidamente, dando-se conta de repente do que fizera.

– Com você – mentiu. – Estava falando com você.

Eles ficaram em silêncio por um momento, depois Sally falou.

– Acho que devíamos ir agora.

– Só mais uma coisa que preciso verificar – prometeu ele.

– Tudo bem. Faça o que tem que fazer e vamos sair daqui antes que a perícia apareça.

Ainda agachado ao lado do corpo, ele olhou por sobre o torso para o braço, parcialmente escondido debaixo dela. Viu arranhões e hematomas, nada mais.

– O que você está procurando? – perguntou Sally, nervosa, ansiando por se afastar da cena do crime e do corpo de Louise Russell, distanciar-se das lembranças e pensamentos do que ela quase se tornara: uma *coisa* sem vida, a ser estudada e fotografada antes de ser removida para um necrotério, a fim de ser dissecada em busca de provas. Não mais uma pessoa, apenas um arquivo de caso.

Sean a ignorou enquanto alcançava o outro braço de Louise Russell, aquele pendurado atrás das costas. Com toda a delicadeza, ele pegou o pulso e o girou para expor o lado inferior do antebraço, a visão da fênix espalhafatosa fazendo com que se sentisse tonto, eufórico e confuso, tudo ao mesmo tempo. Quase soltou o braço e o deixou cair, mas percebeu a tempo de abaixá-lo e recolocar na posição anterior, antes de dar um pulo e ficar de pé, sem afastar os olhos do corpo.

– O quê? – gritou Sally, mantendo a distância. – O que encontrou?

– A chave – disse ele. – A chave de tudo. Agora só preciso encontrar a fechadura onde ela se encaixa.

– Eu continuo sem entender – admitiu ela, enquanto Sean andava em sua direção, tirando o telefone do bolso, procurando o número que ele sabia estar entre os seus contatos. Depois de alguns toques, ouviu a voz de Donnelly atendendo.

– Dave? Não diga nada, só escute. Isso é importante e eu não tenho muito tempo. Aquele adesivo que eu pedi ao Paulo que investigasse, a fênix, tem algum resultado? Ele descobriu alguma coisa?

– Caramba... aquela bobagem. Sim, ele me deu um relatório sobre o assunto. Lembro que pus na sua mesa, junto com os outros relatórios de informação. Pensei que a essa altura já tivesse virado papel picado. Como vai indo na cena do crime?

– Escute – disse Sean, o tom da sua voz aguçando os ouvidos de Donnelly –, Louise Russell tem o mesmo adesivo que encontramos em Karen Green, e no mesmo lugar.

Donnelly pensou por um segundo.

– Não pode. Não é possível. O único jeito que elas poderiam ter a mesma tatuagem falsa seria se... ai meu Deus – exclamou, quando a realidade da situação ficou clara para ele.

– E se ele pôs os adesivos nelas, deve ser importante para ele. Importante porque *ela* tinha a tatuagem de uma fênix, a mulher que ele está tentando substituir por essas outras. Ou ele deu sorte e encontrou um adesivo igual à tatuagem dela, o que eu duvido, ou mandou fazer numa empresa especializada que produz adesivos personalizados. Mandou fabricar especificamente, porque fazia as mulheres se parecerem mais com ela, aquela que ele deseja há meses, se não anos. Onde você está agora?

– Estou no escritório.

– Bom. Procure na minha bandeja de entrada e encontre o relatório que Zukov deu a você, talvez mencione o nome da empresa que fabricou os adesivos. Eles devem poder nos dizer para quem foram feitos.

– Isso não é possível.

– Acredite em mim – pediu Sean –, é possível. Agora, desencave o relatório e leia para mim o que diz.

– Não, não – retrucou Donnelly –, você não entende. Eu li o relatório de Zukov. O adesivo de Karen Green tinha dezesseis anos. Eles foram produzidos em série para uma empresa de cereais e eram dados como brinde em pacotes de flocos de milho ou Rice Krispies, ou seja lá que merda for. – Sean o ouvia num silêncio atônito. – Foi por isso que achei que era uma pista inútil – explicou Donnelly. – Como um adesivo de dezesseis anos atrás, saído de um pacote de flocos de milho, poderia ser relevante para o nosso caso?

Mas se você está dizendo que é, então o homem que procuramos guardou esses adesivos durante os últimos dezesseis anos.

Sean ficou de olhos arregalados, tremendo de ansiedade e apreensão, com muito medo de que a resposta ao quebra-cabeça lhe escapasse da mente antes que ele pudesse capturá-la e torná-la sua cativa permanente.

– Vá para um computador que tenha o Cris – ordenou.

– Um minuto – disse Donnelly, andando até o computador mais próximo e logando no Cris. – OK, entrei. E agora?

– Faça uma busca de quaisquer alegações de assédio, vítima mulher. O ano que estou procurando é 1996 e a idade da vítima deve estar entre dez e doze anos. Entendeu? – perguntou, o coração acelerado no peito, já que a convicção de que estava certo, de que estava perto de encontrar o louco crescia dentro dele.

– Estou acompanhando – assegurou Donnelly, enquanto digitava os detalhes no Cris, esperando as telas relevantes rolarem.

– O assédio teria sido comunicado pelos pais – continuou Sean.

Poucos segundos depois, Donnelly falou:

– OK, tenho sete relatórios de meninas assediadas. E agora?

– O cara que procuramos não tem condenações, lembra? O que significa que provavelmente não foi acusado formalmente, os pais só queriam que a polícia o avisasse de que deveria se manter afastado. Isso confere com alguma coisa que você esteja vendo?

O silêncio na outra ponta indicou que a resposta era afirmativa.

– O nome da vítima é Samantha Shaw – disse Donnelly. – O nome do suspeito é Thomas Keller, que também tinha doze anos na época da infração. O endereço que aparece é o de um orfanato em Penge, então ele não vai estar mais lá.

– Não, mas pode ser que ela ainda more com os pais.

– No mesmo endereço? Pouco provável – opinou Donnelly.

– Mesmo que tenham se mudado, temos informações suficientes para localizá-los – lembrou Sean. – Veja se não consegue encontrar um endereço desse Thomas Keller e rastreie os Shaw. Precisamos saber onde Samantha está agora, imediatamente.

– Sem problema. E enquanto eu faço isso, você vai fazer o quê?

– Vou me encontrar com o nosso amigo supervisor da central de triagem.

– Num domingo? – questionou Donnelly.

– Eu tenho o número do celular dele, lembra? – disse Sean. – Ele vai se encontrar comigo. Deborah Thomson ainda está viva, sei que está. Se necessário, vou fazer com que ele não tenha escolha. Não vou deixar que haja um terceiro assassinato, não importa como.

O superintendente Featherstone dirigia pelo tráfego leve do meio da manhã em direção à delegacia de Peckham, tendo decidido que era o local onde teria mais chance de interceptar Sean e ter notícias atualizadas sobre o segundo corpo, bem como cumprimentar os escalões inferiores. Depois disso, talvez ainda desse para chegar em casa a tempo de comer o assado de domingo que sua esposa estava preparando. Qualquer outra coisa ele tinha quase certeza de que daria para resolver por telefone, pelo menos até que a merda toda aparecesse na segunda de manhã. Ademais, Corrigan sabia o que fazia, embora fosse um tanto *não convencional*.

O mesmo telefone sobre o qual ele acabara de pensar começou a piar e vibrar no console central. Ele o pegou com a mão que não estava ao volante e tentou identificar quem estava ligando, mas a chamada vinha de um número restrito, nunca um bom sinal no celular de um policial. Por um segundo fugaz ele pensou em não atender, mas decidiu que preferia lidar com qualquer que fosse o assunto da ligação, em vez de se preocupar o resto da manhã sobre quem poderia ter sido.

– Alô – atendeu, cauteloso.

– Bom-dia, Alan – disse uma voz que ele reconheceu. – É o subcomissário Addis – acrescentou, sem necessidade.

– Bom-dia, senhor – Featherstone se obrigou a responder, xingando intimamente por ter atendido a droga do telefone.

– Eu soube que o inspetor Corrigan está com uma segunda vítima em mãos.

– Notícia ruim chega logo.

— Como eu disse a você, certas pessoas manifestaram interesse no inspetor Corrigan. O andamento de qualquer caso em que ele esteja envolvido chega aos meus ouvidos mais rápido do que possa imaginar.

— Realmente — foi a única resposta de Featherstone.

— E a nossa amiga comum? — continuou Addis. — Ela já apresentou seu relatório a você ou o informou de alguma observação interessante que possa ter feito?

— Não — disse Featherstone. — Ainda não.

— Uhm, eu estava achando que... pensando melhor, talvez seja preferível que ela entregue o relatório a mim diretamente. Não é preciso criar uma... burocracia desnecessária. Concorda?

— Entendo.

— Bom. Uma última coisa... — disse Addis. — Ele suspeita de alguma coisa?

— Acho que não.

— Excelente — disse Addis. — Cuide para que continue assim.

Featherstone ouviu a linha ficar muda e percebeu que estava fitando o telefone. Por um segundo pensou em ligar para Sean e avisá-lo para agir com cuidado, mas sabia que não podia confiar que o seu próprio telefone não o trairia, não agora que Addis e *pessoas* ligadas a ele estavam envolvidas.

Dando de ombros, jogou o telefone no assento ao lado. Talvez ainda desse para chegar em casa a tempo de comer o assado de domingo.

Sean e Sally se aproximaram da central de triagem em South Norwood, onde haviam combinado de se encontrar com Leonard Trewsbury, o supervisor da central. Eles fizeram o percurso em silêncio quase completo, Sally dirigindo, enquanto Sean passou quase todo o tempo nervoso, segurando o telefone, esperando que Donnelly ligasse. O telefone chamara várias vezes durante a jornada, fazendo com que ambos pulassem, mas ele atendera apenas uma vez, quando a identificação mostrou que quem chamava era o sargento

Roddis da equipe da perícia. Sally se perguntou de quem teriam sido as outras ligações.

– Tem alguma coisa incomodando você? – perguntou ela. – Além das de sempre?

– A busca no Cris que pedi que Dave fizesse – disse ele. – Eu mesmo fiz essa busca, diversas vezes, só que nunca pensei em alterar as datas da infração mais de dois anos. Se eu tivesse alterado as datas, recuado um pouco mais, Louise Russell estaria viva.

– Puta que pariu, Sean, como você poderia saber que deveria pôr a data de *dezesseis* anos atrás? Como qualquer um poderia saber que era para fazer isso?

– Eu devia ter sabido – retrucou ele, brusco. – Assim que vi aquela tatuagem, assim que descobrimos que era só um adesivo, eu deveria ter checado mais para trás... bem mais para trás.

– Ei, relaxe aí. Nem mesmo sabemos se esse tal de Thomas Keller tem alguma coisa a ver com esses assassinatos.

– É ele – garantiu Sean. – Sei que é ele. Ele a deseja há dezesseis anos, planeja isso há dezesseis anos, e agora, finalmente, está fazendo virar realidade. Quando estivermos com Trewsbury, ele vai confirmar que Keller trabalha na central de triagem em Norwood e aí não vai haver dúvidas de que ele é o cara que procuramos. E tudo isso vai terminar.

– Tem mais alguma coisa – sondou Sally. – Alguma coisa que você não está me contando.

– É esse nome, Thomas Keller. Eu já o ouvi antes em algum lugar, ou lidei com ele no passado. Caramba, não sei, talvez eu o tenha prendido anos atrás ou o interroguei em algum lugar, alguma vez. Desde que Dave disse o nome dele, eu estou ficando maluco tentando me lembrar. Onde foi que eu ouvi esse nome?

– Você está exausto – lembrou Sally. – É provável que seja só *déjà-vu*. Quando o seu cérebro cansado processa uma informação nova, a sua memória já a registrou, por isso a informação parece estranhamente familiar. É um caso de memória se sobrepondo ao processo de pensamento consciente.

Sean a olhou com as sobrancelhas erguidas.

– Eu sei o que é *déjà-vu*.

– Desculpe – disse ela. – Claro que sabe.

O telefone de Sean tocou de novo. Ele verificou quem estava chamando e atendeu.

– Dave. O que tem a me dizer?

– Antes de mais nada, não conseguimos nenhuma informação sobre Thomas Keller. Nenhum endereço, nada da inteligência, nada de nada. Qualquer coisa gerada em consequência da agressão sexual e perseguição subsequente foi apagada dos registros da inteligência há muito tempo, e parece que ele tem se comportado desde aquela época. Os Shaw ainda vivem no mesmo endereço, mas Samantha deixou o ninho alguns anos atrás e atualmente mora com o namorado em 16 Sangley Road, Catford. Vou mandar uma mensagem de texto para você com o endereço e o número do telefone, a não ser que queira que eu ligue para ela.

– Não – insistiu Sean. – Nada de telefonemas. Preciso ficar cara a cara com ela. Preciso saber como se sente em relação a ele.

Donnelly não discutiu.

– Como quiser. Quer que eu faça mais alguma coisa?

– Não – respondeu Sean. – Segure a equipe até eu conseguir o endereço de Keller. Ligo assim que for possível. – E desligou.

– Você não vai ligar para ele, vai? – disse Sally. – Se conseguirmos o endereço de Keller... você não vai ligar para ninguém.

Sean a ignorou e apontou para o lado da rua adjacente à central de triagem.

– Pare ali. Esse é o cara. – Ele quase pulou do carro ainda em movimento, ansioso por fazer perguntas a Leonard Trewsbury, ansioso por uma confirmação.

Os dois homens já haviam se cumprimentado quando Sally se reuniu a eles. Sean não se deu ao trabalho de apresentá-la.

– Obrigado por vir se encontrar conosco – disse ele.

– O senhor não me deu escolha, inspetor – respondeu Trewsbury. – Mais uma jovem encontrada assassinada, o que eu poderia dizer? Provavelmente vou perder o emprego e também a maior parte da minha pensão, mas pelo menos vou conseguir me olhar no espelho.

– Se houvesse alguma outra maneira, eu não teria pedido – garantiu Sean. – Não tive alternativa, não enquanto ainda resta uma chance de salvar uma delas.

– A terceira mulher que ele pegou? – perguntou Trewsbury, apertando os olhos.

– Não há motivo para acreditar que ele vá tratá-la de modo diferente – alertou Sean.

– Então, o que quer de mim que não podia perguntar por telefone?

– Thomas Keller... Conhece esse nome?

Os lábios de Trewsbury adquiriram uma estranha coloração acinzentada. – Tommy, sim, claro, ele trabalha aqui, mas não poderia estar envolvido nisso, ele não faria mal a uma mosca. É um bom garoto, sabe, trabalhador, reservado. Os outros caras às vezes implicam com ele, mas nunca me deu problemas.

Ele não se dava conta de que estava descrevendo exatamente o tipo de homem que Sean procurava, fazendo seu coração disparar porque todas as suas teorias começavam a se encaixar. Como o assassino pudera andar pelas áreas residenciais sem chamar a atenção, vestindo a camuflagem urbana que era o uniforme dos Correios, selecionando suas vítimas, interceptando correspondência para saber sobre a vida delas, enganando-as para que abrissem a porta e arrancando-as de suas casas: tudo estava se tornando realidade.

– Preciso do endereço dele – disse a Trewsbury, sem tentar justificar por que suspeitava de Thomas Keller.

– Eu não tenho o endereço – retrucou Trewsbury.

– Eu sei. Por isso quis que nos encontrássemos aqui, para podermos verificar nos registros dos funcionários. Você mesmo disse, Leonard, duas jovens já assassinadas e uma desaparecida, presume-se que viva... por enquanto.

– Mas Tommy... – Trewsbury hesitava. – Imagino que não tenha uma ordem judicial.

– Não – disse Sean. – Até conseguir uma, vai ser tarde demais para Deborah Thomson. Desculpe, Leonard, mas é ele, sei que é ele e preciso do endereço agora.

14

Thomas Keller despertou dos seus pesadelos pouco antes de onze da manhã, com as roupas e os lençóis ensopados de suor, os olhos no mesmo instante arregalados e injetados. Rolou para fora da cama como se estivesse escapando de uma roda de tortura e pôs os pés no chão com força, apoiando-se de qualquer jeito e engatinhando até o canto do quarto entulhado, os olhos indo rapidamente de um lado a outro, alertas contra o perigo: crianças do orfanato, colegas do trabalho, polícia. Enfim lembrou-se de onde estava, tempo e lugar, e permitiu que o corpo tenso relaxasse, os ombros se afastando do pescoço enquanto ele expirava devagar, a luz brilhante do sol passando pelas cortinas improvisadas e obrigando-o a piscar repetidamente. Permaneceu sentado no canto durante quase quinze minutos, tentando se orientar por completo em relação ao mundo à sua volta, um milhão de ideias e mensagens confusas rodando pela cabeça, cada uma lhe dizendo para fazer uma coisa diferente: matar a mulher no porão e depois se suicidar. Se suicidar e poupar a mulher. Encontrar sua mãe e matá-la. Matar sua mãe e fugir. Matar os colegas de trabalho e se suicidar. Ir até o orfanato e matar todo mundo lá: seus antigos colegas, todos os pais adotivos em potencial que o rejeitaram, todo mundo que algum dia o rejeitou, não o aceitou. Matar tantos quantos pudesse, matar todo mundo.

"Não!", gritou para si mesmo, para os pensamentos feios que invadiam sua mente, pensamentos que lhe lembraram a noite anterior, como tinha sido bom apertar o pescoço da *puta* até tirar-lhe a vida. "Aquilo foi diferente", berrou. "Ela me traiu."

Ele ficou de pé num pulo e foi até a gaveta onde guardava sua correspondência preciosa, abrindo-a e procurando freneticamente entre os pacotes até encontrar aquele que procurava: um rolo grosso de envelopes endereçados a Hannah O'Brien. Arrancando o elástico, deixou os envelopes caírem sobre a superfície da cômoda e começou a espalhá-los de modo a conseguir ver tantos quanto possível ao mesmo tempo. Sem perceber, ele deslizara a mão para dentro da calça de moletom para se tocar. Sim, disse consigo, as outras todas tinham sido erros, mas ele enfim encontrara a verdadeira Sam. Ele a resgataria e depois ela o salvaria dos pensamentos feios. Era assim que deveria ser. Uma vez que ele a tivesse resgatado, empilharia a correspondência das outras em um dos tambores de óleo e a queimaria, juntamente com todos os pensamentos feios. Mas e se ela não entendesse o que ele tivera que fazer, os *sacrifícios* que tivera que fazer? Não, não, tranquilizou-se, ela entenderia, ela não o julgaria, nunca o julgara.

Primeiro, porém, ainda havia mais um erro com o qual tinha que lidar. Ele tirou a mão dos envelopes e foi andando lentamente em direção ao banheiro.

Sally estacionou o carro a pelo menos cinquenta metros do endereço que Trewsbury lhes dera ilegalmente. Se Keller estivesse em casa, eles não queriam assustá-lo com o barulho de freios na porta da frente. Desceram do carro e começaram a andar ao longo da rua malcuidada de casas vitorianas idênticas de três andares, quase todas convertidas em apartamentos. Sean já estava começando a suspeitar de que Keller informara aos Correios um endereço falso ou, mais provável, havia se mudado e não se dera ao trabalho de avisar. Ele era funcionário dos Correios, portanto, redirecionar sua correspondência discretamente não teria sido muito difícil.

À medida que se aproximavam do endereço, Sally ficava cada vez mais apreensiva quanto ao plano de ação deles.

– Será que não devíamos pedir ao Grupo de Apoio Territorial para vir até aqui? Entrar com tudo e dar uma sacudida nele – sugeriu ela.

– Não – disse Sean, analisando a casa. Mesmo que Keller ainda estivesse ali, claro que Deborah Thomson não estaria. – Vamos checar primeiro, avaliar a situação, depois pensamos se devemos usar o Grupo.

– Talvez ele devesse ficar sob vigilância – sugeriu Sally –, para ver se nos leva a Deborah Thomson. Se o pegarmos agora, pode ser que nunca fale. E poderia deixar que ela morresse de fome em algum buraco no chão.

– Tempo – lembrou Sean –, tudo tem a ver com o tempo que não temos. Karen Green sequestrada, encontrada morta sete dias depois. Louise Russell sequestrada, encontrada morta cinco dias depois. – Ele parou e se virou para encará-la. – Ele está acelerando, Sally. O intervalo entre o sequestro e a morte está encolhendo. Quantos dias Deborah Thomson tem? Quatro? Três? Menos?

Ele recomeçou a andar, Sally seguindo-o, quase tendo que correr para acompanhá-lo, até chegarem aos três degraus baixos que levavam à porta da frente e a um painel de campainhas montado ao lado do batente da porta. Seis campainhas significavam seis apartamentos separados. A tinta descascando na porta e a falta de nomes junto aos botões do interfone indicaram a Sean que os apartamentos provavelmente eram ocupados por inquilinos temporários, a multidão de errantes e indesejados de Londres. Ele tocou a única campainha com um nome legível ao lado e esperou. Após alguns segundos, que lhe pareceram minutos, o interfone deu uns estalos e dele saiu uma voz.

– Sim?

– Polícia – disse Sean para a máquina, em voz tão baixa quanto pôde, sem parecer que era nada além de um policial. – Podemos conversar?

Mais segundos de silêncio.

– É sobre o quê?

– Abra a porta e eu lhe digo – prometeu Sean.

– Espere um minuto. Vou até a entrada. – Eles esperaram, ouvindo os barulhos de portas que se abriam e fechavam, chaves sendo viradas, passos arrastados se aproximando e uma corrente sendo presa à porta antes que ela finalmente se abrisse uns dez centímetros e o rosto rosado, gorducho, de uma mulher de cerca de cinquenta anos espiasse pela abertura, seus dentes pequenos e tortos revelando as manchas marrons de anos de cigarro quando ela falou.

– Pois não? – perguntou desconfiada, com um forte sotaque do sul de Londres. Sean não pôde evitar olhá-la de cima a baixo, reparando nos chinelos e no casaco velhíssimos, no cabelo grisalho rebelde e nos membros inchados.

– Inspetor Corrigan – anunciou, mostrando sua identificação.

A mulher olhou para Sally, que percebeu que ela não ficaria satisfeita de ver só uma identidade. Ela suspirou e puxou a sua do bolso do casaco, empurrando-a na direção da idosa desconfiada, que na mesma hora voltou a olhar para Sean.

– Precisamos saber se uma certa pessoa mora aqui. Podemos entrar?

Os olhos da mulher foram rapidamente de um para o outro, antes de finalmente concordar. Mais tempo perdido.

– Creio que sim – resmungou, soltando a corrente e permitindo que Sean abrisse a porta toda e entrasse no prédio. Sally o acompanhou, fechando a porta ao entrar. O corredor exíguo parecia lotado com os três lá dentro.

– Gostariam de beber alguma coisa, uma xícara de chá, talvez? – A imagem de um chá com gosto horrível, servido numa xícara imunda, passou pela cabeça de Sean.

– Não, obrigado, estamos com pressa.

– Não é trabalho nenhum. Eu já ia pôr a chaleira no fogo.

Sean falou por sobre a cabeça dela. – Sra...?

– Senhorita, de fato. Senhorita Rose Vickery.

– Senhorita Vickery, conhece...

– Mas pode me chamar de Rose.

– Rose. Conhece o nome Thomas Keller? Alguém com esse nome mora aqui?

– Aqui as pessoas vão e vêm o tempo todo. Ninguém fica muito tempo, exceto eu. Já estou aqui há quase vinte anos, desde o tempo em que a gente conhecia os vizinhos. Não tenho nem ideia de quem mora aqui agora, tem gente indo e vindo a qualquer hora, mas nunca vejo ninguém, só fico na minha.

– O seu apartamento é alugado?
– Sim, claro que sim. Todos os apartamentos aqui são alugados pelo mesmo senhorio, o sr. Williams.

Sean já ia pedir o telefone de Williams quando Sally o interrompeu.

– Chefe. – Ele se virou e a viu segurando um bolo de correspondência, a maior parte parecendo folhetos de propaganda. Ela tirou duas cartas da pilha e lhe entregou. Ele leu o nome: *Thomas Keller, Flat 4, 184 Ravenscroft Road, Penge*. Sean passou as cartas para Rose.

– Aqui é 184 Ravenscroft Road, certo?
– É. – Ela parecia nervosa.
– E esse é o nome do homem sobre quem acabei de perguntar, Thomas Keller.
– Sim, mas não leio correspondência de outras pessoas – protestou ela. – Além disso, ainda chega correspondência para pessoas que se mudaram daqui há muito tempo.
– Sem essa – disse Sean. – Você deve ver os nomes nas cartas quando está procurando sua própria correspondência.
– O que está querendo dizer?
– Estou dizendo que sabe quem mora aqui e quem não mora. Então precisa me dizer, Thomas Keller mora no apartamento 4? Agora! – exigiu ele, elevando a voz e fazendo Rose se encolher.
– Eu não sei – insistiu ela, se enrolando mais no casaco.

Sean pensou um segundo.

– Ele é carteiro. Talvez se lembre de tê-lo visto com uniforme de carteiro.
– Ah – exclamou Rose, quase sorrindo de alívio –, ele. O carteiro, sim, ele morava aqui, mas não mora mais, já se mudou há alguns anos. Aparece de vez em quando para pegar a correspondência. Imagino que tenha ficado com a chave da porta da frente, quase todos os antigos moradores ficam, sabe. De fato eu o vi poucas semanas atrás. Lembro porque lhe disse que a gente imagina que ele saberia como fazer sua correspondência ser entregue no endereço certo, sendo carteiro e coisa e tal.

Sean e Sally se olharam: precisavam ir embora.

– Suponho que não tenha o novo endereço dele – indagou Sean, mais por uma esperança cega do que por uma expectativa positiva.

– Não, querido – respondeu Rose.

– E agora? – disse Sally.

Sean fitou a carta em sua mão e bateu com o dedo no nome.

– Eu conheço esse nome – disse –, mas como e de onde? – Ele abanou a cabeça como se quisesse apagar uma ideia boba. – Samantha Shaw – disse, afinal. – Precisamos vê-la, talvez ela saiba onde ele mora.

Anna estava em Peckham quando recebeu a ligação convocando-a a ir à New Scotland Yard, mas ninguém notou quando saiu. O tráfego leve de domingo tornava razoavelmente curto o percurso de uma margem à outra do Tâmisa, e as calçadas em volta da New Scotland Yard, geralmente fervilhando de tráfego humano, estavam desertas. Ela passou pelos guardas armados segurando suas submetralhadoras abertamente, de um jeito que seria impensável nas ruas de Londres pouco mais de uma década atrás, mostrou seu passe de segurança aos guardas particulares que monitoravam o detector de metais logo depois da entrada e foi andando pelo corredor comprido para os fundos do prédio, local dos elevadores principais. Subiu para o penúltimo andar, onde sabia que a esperava o subchefe de polícia Robert Addis, Diretoria de Crime Organizado e Crimes Graves.

Entrou na recepção, esperando ver a sempre presente secretária que guardava a sala de Addis como um Rottweiler raivoso sentada à sua mesa, fazendo cara feia para qualquer um que ousasse solicitar uma reunião com a divindade ali ao lado. Mas a recepção estava vazia. Ao andar mais para o fundo da sala, ouviu um leve barulho de papéis vindo da sala contígua e avançou lentamente naquela direção, o som repentino de uma voz de homem, alta e clara, assustando-a.

– Anna, que bom que deu para você vir. Entre e sente-se.

Ela se acomodou do outro lado da grande mesa de madeira, em frente a Addis, que estava sorridente, sentado de mãos juntas, como se estivesse rezando.

– Como sabia que era eu? – perguntou ela. – Deve receber muitas visitas.

– Não num domingo – disse ele. – Até a grande polícia da metrópole diminui a marcha no sabá. Se algum dia eu fosse cometer um crime grave, faria isso num domingo.

– Eu não sabia que subcomissários precisavam trabalhar aos domingos – continuou Anna. – Não era para estar em casa com a família?

– Minha família entende – assegurou Addis, o sorriso deixando os seus lábios. – Além disso, eu não preciso trabalhar aos domingos, eu prefiro. Sempre achei que é um dia excelente para lidar com alguns dos... digamos, assuntos policiais mais sensíveis, quando não tem tanta gente em volta que poderia por acaso ouvir alguma coisa que não era para ouvir.

– Como sua secretária?

O sorriso voltou ao rosto de Addis.

– Você trouxe? O relatório?

– Trouxe, sim – confirmou ela. – Está o mais completo possível, dados o tempo e circunstâncias em que foi preparado e levando em conta a não cooperação do sujeito.

– Mas é informativo, certo?

– Creio que sim, mas tenho sérias dúvidas sobre a possível confidencialidade do cliente. Eticamente, isso não me parece muito correto.

– Confidencialidade do cliente? – refletiu Addis, seus dedos em prece batendo uns contra os outros. – Mas, minha querida Anna, o cliente sou eu, lembra? Contratei você para preparar um perfil psicológico, e em troca você teve acesso a setores e informações que outros do seu ramo só teriam em sonho. Um acordo mutuamente benéfico, estou certo de que você concorda.

– E os direitos humanos básicos dele, liberdade de informação e o direito de ser informado?

– Anna, Anna, Anna... ele é um agente policial. Infelizmente, esses requintes nem sempre se aplicam a nós. Liberdade de informação, direito de greve, saúde e segurança, limitação de horas trabalhadas, essas coisas não nos são concedidas. Se fossem, nunca conseguiríamos fazer droga nenhuma, não é? Então, o relatório, se não se importa.

Anna suspirou e procurou na pasta, puxando um arquivo do tamanho de uma revista de moda que ela passou para Addis, sério, do outro lado da mesa.

– Está tudo aí – disse ela. – Pelo menos, tudo que pude descobrir.

– Bom – respondeu Addis, sentindo que a tentação de correr os dedos pelo arquivo era grande demais para resistir. – E ele não suspeita de nada?

– Acho que não, mas não posso ter certeza. Ele tem um intelecto claramente privilegiado. Tentei fazer perguntas algumas vezes, mas ele percebeu e se fechou. A maior parte das minhas descobertas foi por observação direta e conversas com os colegas dele.

– E o que descobriu?

– Está tudo no relatório.

– Sei que está, mas talvez pudesse fazer um resumo oral, para começar.

– Muito bem. Como eu disse, ele é inteligente, muito observador e determinado. Eu não o chamaria de líder natural, mas os subordinados parecem segui-lo de boa vontade. Fica claro que acreditam nele. Sua âncora é a mulher e as filhas. Pode não passar muito tempo com elas, mas elas são extremamente importantes para ele e para sua capacidade de lidar com o que tem que lidar. Simplesmente saber que elas estão lá é crucial para ele, mesmo que ele mesmo nem sempre se dê conta disso. Possui uma habilidade extraordinária de combinar imaginação e experiência, o que o torna capaz de visualizar acontecimentos passados.

– Isso significa o quê, exatamente?

– Significa que ele pode recriar acontecimentos ocorridos nas cenas de crime aonde vai. Consegue ver em sua mente o que aconteceu ali.

– Ele é médium?
– Não... e pessoalmente não acredito que alguém seja. Ele apenas tem um sentido de imaginação projetada altamente desenvolvido. Provavelmente não é tão incomum quando se pensa em policiais, especialmente detetives. Se você vê alguma coisa muitas vezes e depois resolve o enigma de como aquilo aconteceu, um dia vai começar a ver cenas de crime de maneira diferente. Vai começar a ver o que aconteceu lá, antes mesmo que seja explicado por provas ou depoimento de testemunhas.
– E é só isso que ele está fazendo? – perguntou Addis. – Combinando imaginação e experiência?
– Em grande parte.
– Mas não somente?
– Não. Não somente.
– Então tem mais alguma coisa? Alguma coisa que o torna capaz de ter esses... insights?
– Acredito que sim. Tem alguma coisa no passado dele, algum evento em seu histórico profissional, que possa ter causado problemas psiquiátricos? Alguma coisa que possa tê-lo deixado com estresse pós-traumático?
Addis abanou a cabeça.
– Não. Alguns ferimentos de pouca importância, passou por alguns apertos, mas nada muito atípico.
– O histórico profissional dele mostra que se infiltrou numa quadrilha de pedófilos quando trabalhava disfarçado. Parece que as coisas fugiram um pouco ao controle durante a operação. Isso poderia tê-lo afetado?
– Conheço bem aquela operação – assegurou Addis. – Corrigan voltou ao trabalho regular sem necessidade de nenhuma... providência especial.
– É mesmo? – questionou Anna. – Acontece que eu vi mencionado no relatório que o policial encarregado do lado infiltrado da operação, o sargento-detetive Chopra, teve dúvidas tão sérias quanto ao bem-estar psicológico do inspetor Corrigan durante a operação que pensou em encerrá-la.

– Uma reação exagerada – retrucou Addis. – A operação foi concluída com êxito e Corrigan fez seu trabalho. Então, algo mais? No passado dele, talvez? Antes de entrar na polícia?

– É possível – admitiu ela. – Mas se há alguma coisa dessa natureza, ele enterrou tão fundo que eu não pude descobrir o que é. Só posso fazer suposições.

– E qual é sua suposição?

– Está no relatório, é melhor que leia ele todo.

– Muito bem – concordou Addis. – Estou ansioso por isso.

Desde que vira Louise Russell ser arrastada do porão horas atrás, Deborah Thomson tinha sido incapaz de fazer qualquer coisa além de fitar, através da fraca luz acinzentada, a jaula usada para prender Louise, com a porta toda aberta como se fosse para atormentá-la. Ela rezara pàra ouvir a porta do porão se abrir com violência, ouvir as vozes deles descendo em sua direção e observá-lo prender Louise no seu engradado de arame mais uma vez; qualquer coisa seria preferível a estar totalmente sozinha na mais sombria das masmorras. Mas, em seu íntimo, ela podia sentir a verdade: que Louise nunca voltaria, nunca voltaria para ninguém.

Ela havia chorado por tanto tempo, abandonada na escuridão virtual, que não conseguia chorar mais. A desidratação secara seus canais lacrimais e tornara sua pele fina e vulnerável. Não se lembrava da última vez em que bebera algum líquido, e sua boca e garganta queimavam de sede, as gengivas começando a recuar sobre os dentes. Mais um ou dois dias sem água e elas começariam a rachar e sangrar, enquanto os órgãos não essenciais iriam desacelerar e num dado momento parar de funcionar, porque o corpo enviava a pouca umidade que houvesse para os órgãos mais vitais: cérebro, coração, pulmões e fígado. Ela se repreendeu por ter desperdiçado tanta água valiosa em lágrimas autocomplacentes, água que há muito caíra no chão de pedra e secara. O que os seus irmãos teriam pensado se a vissem com pena si mesma, encolhida num canto chorando como um bebê, quando deveria estar planejando sua fuga, o próximo ataque ao sacana que a trouxera até ali? Eles teriam vergonha dela, sua irmãzinha durona, com medo de um maluco fracassado. Da próxima vez que tivesse uma chance iria aproveitá-la, mesmo com a patela quebrada. Ela quase levara a melhor da primeira vez. Se não fosse pela queda infeliz na escada, estaria livre.

Deborah jurou não cometer de novo os mesmos erros. Na próxima oportunidade, em vez de ter pressa de escapar, ela ficaria firme e lhe daria uma surra, certificando-se de que ele estava totalmente incapacitado antes de sair do porão e procurar ajuda. Ou então ela apenas chamaria os irmãos e contaria a eles o que o sacana fizera com ela. Eles providenciariam para que ele pagasse por tudo. Não havia necessidade de chamar a polícia, nada de interrogatórios e idas ao tribunal. Seus irmãos o fariam sofrer, como ele a fizera sofrer. E quando ela decidisse que já era o bastante, eles o levariam para algum lugar onde nunca seria encontrado e o enterrariam vivo num buraco de dois metros, e isso seria o fim daquele sacana.

Sua fantasia de vingança e punição fez com que se sentisse temporariamente corajosa, mas o barulho de metal do cadeado sendo mexido na porta do porão trouxe de volta uma onda de terror, que derrotou todos os pensamentos sobre seus irmãos e a fuga. Por um momento fugaz, ela imaginou que poderia ser outra pessoa, e não ele, manuseando o cadeado, o entusiasmo dessa possibilidade invadindo-a, quase fazendo-a gritar por socorro, mas a ausência de vozes foi um alerta para que permanecesse em silêncio. Alguns segundos depois ouviu o som temido da porta de metal sendo aberta, seguido pelo pisar lento, firme, dos pés dele na escada. Ela continuou a fitar a jaula vazia em frente à sua. Agora estava sozinha. Ele não poderia estar vindo por causa de mais ninguém. Louise se fora. Era ela que ele vinha pegar.

Sally encostou o carro na lateral da rua tranquila e bem cuidada em Catford. As pequenas casas recém-construídas formavam estranhos ângulos umas com as outras, numa tentativa de dar aos ocupantes uma certa sensação de privacidade. Sean saltou do carro calado, movendo-se como se estivesse de algum modo hipnotizado por 16 Sangley Road, com seus tijolos marrons novos, janelas de

PVC branco e pequena garagem combinando, a porta da frente escondida dos passantes. Sally apareceu junto ao seu ombro.

– Parece familiar – disse ela, mas ele não respondeu, já que andava em direção à porta, a cabeça latejando, cheia de possibilidades. Estava prestes a se encontrar com ela pela primeira vez, a mulher que era uma deusa para o homem que ele perseguia, mas não podia deixar de sentir que já estivera com ela duas vezes: nunca, porém, enquanto ainda estava viva. Ao andar pelo curto caminho de entrada, ele experimentou a mesma sensação desnorteante de *déjà-vu*, a mesma sensação da presença do assassino que tivera nas outras cenas, e sabia que ele havia estado ali e por quê.

Tocou a campainha, deu um passo atrás e esperou, percebendo movimento lá dentro, ouvindo vozes abafadas. Poucos minutos depois, um rosto distorcido pelo vidro espesso da porta se aproximou, movendo-se com rapidez e segurança, não como alguém que vivesse com medo de um perseguidor obsessivo. A porta foi aberta sem maiores cuidados, e uma jovem com cabelo castanho curto sorriu para eles, seus olhos verdes cheios de vida.

– Oi – ela os cumprimentou, despreocupada; era domingo, e o sol começava a aparecer entre as nuvens baixas. Seu cabelo ainda estava molhado do chuveiro, e algumas mechas grudavam nas têmporas e na testa. Sean se lembrou de ter afastado com cuidado o cabelo do rosto de Karen Green quando estivera sozinho com ela na floresta. Ele não contara se lembrar tão nitidamente das mulheres, agora mortas, que o assassino sequestrara para substituir essa que estava à sua frente.

– Posso ajudar em alguma coisa? – perguntou Sam, seu sorriso diminuindo um pouco.

Ele se lembrou de repente do motivo de estar ali e puxou sua identidade, abrindo-a para que ela a visse.

– Samantha Shaw? – perguntou.

– Sim. Sou eu. Algum problema? – O sorriso desapareceu do seu rosto.

Sean ignorou sua preocupação, o receio óbvio de que eles estivessem lá para comunicar más notícias sobre uma pessoa querida.

– Sou o inspetor Corrigan e essa é a sargento-detetive Jones. É sobre Thomas Keller. Preciso encontrá-lo. Sabe onde ele mora?

Ela olhou por sobre o ombro antes de responder.

– Tommy? É sobre Tommy?

– É – respondeu ele. – Sabe onde ele mora?

– Por que está me perguntando isso? Eu não vejo Tommy desde que éramos crianças. Desde que...

– Sabemos o que aconteceu no passado – ele a tranquilizou. – E sabemos que ele estava assediando você...

Ela o interrompeu.

– Não... me espionando, não me assediando. Meus pais comunicaram à polícia, não fui eu.

– Parece que você ainda tem muita afeição por ele – Sean quase a acusou.

– A infância de Tommy foi um inferno. Eu tinha pena dele... Pensei que poderia ajudá-lo, foi só isso. Não queria piorar as coisas para ele, mesmo depois que...

– Podemos entrar e falar sobre isso? – perguntou Sally.

– Não, acho que não – disse ela. – Ian não sabe nada sobre esse assunto e eu gostaria que continuasse sem saber.

– Você viu Thomas Keller depois? – insistiu Sean. – Depois da agressão e do assédio?

– Não – respondeu ela, e ele acreditou. – Eles o tiraram da minha escola e a última vez que tive notícias, ele ainda estava no orfanato. Mas nunca mais o vi e, sinceramente, até agora, eu quase não me lembrava mais dele... e é exatamente assim que quero que seja. Tommy não é mais problema meu.

– Depois do que aconteceu com você quando ainda era criança, está me dizendo que esqueceu tudo sobre isso, sobre ele?

– Estou. – Ela mentia mal, mas Sean decidiu deixar passar. – A única notícia que tive foi de antigos colegas com quem me encontrei por acaso alguns anos atrás. Disseram que tinham visto Tommy e que ele agora era carteiro. Fiquei feliz por ele, sabe. Pensei que talvez as coisas tivessem dado certo para ele, apesar de tudo. Desculpe, mas não há mais nada que eu possa dizer.

– Entendo – disse Sean, ansioso por fazer mais perguntas. – Só mais uma coisa. Houve algum arrombamento ou roubo em sua casa nos últimos meses ou talvez há mais tempo? Notou o desaparecimento de alguma coisa fora do comum?

Ela pareceu realmente preocupada, pela primeira vez desde que abrira a porta.

– Tem algum problema com Tommy? Ele fez alguma coisa? É por isso que estão aqui?

– Minha pergunta – lembrou ele.

– Não – disse ela, ríspida. – Não houve nenhum arrombamento e nada desapareceu.

– Preciso que pense muito bem – insistiu ele. – Não teria que ser necessariamente um roubo óbvio, talvez só pequenas coisas que desapareceram. – Ele viu um lampejo qualquer nos olhos dela. – Não pode continuar a protegê-lo, Samantha. Você não tem mais doze anos, nem ele. Agora ele é perigoso, mais perigoso do que você possa imaginar. Preciso que responda às minhas perguntas.

Ela deu um suspiro e assentiu com a cabeça.

– Tudo bem. Poucos meses atrás, eu tinha acabado de tomar banho e estava no quarto. Quis usar o meu hidratante, mas ele não estava onde sempre o deixo, na penteadeira. Procurei o creme por toda parte, e não encontrei. Perguntei a Ian se o tinha tirado do lugar, mas ele disse que não. Tínhamos acabado de contratar uma faxineira, porque nós dois trabalhamos, e pensei que talvez ela o tivesse pegado.

– Mais alguma coisa desapareceu?

– Umas coisas bobas... Um vidro de perfume.

– Black Orchid. E o hidratante era da Elemis, não era?

Ela o olhou espantadíssima, boquiaberta, os olhos toldados de desconfiança.

– Como sabia? Como seria possível saber disso?

– Um palpite certeiro – disse Sean. – Você disse que outras coisas também desapareceram. Que coisas?

– Algumas roupas minhas, saia, blusa e suéter, acho. Mas sabe como é, as coisas somem o tempo todo, perdidas na lavanderia, esquecidas no trabalho. Acontece com todo mundo.

Roupas. Claro, pensou ele, se repreendendo por não ter percebido antes. Ele as vestia com as roupas dela, por isso os corpos tinham ficado nus ou quase nus, porque ele estava reciclando as roupas, usando-as numa vítima atrás da outra, tirando de uma para dar à próxima, à medida que sua convicção de que elas eram a verdadeira Samantha se apagava e morria.

– Você comunicou à polícia?

– Está brincando? Iam pensar que eu estava doida.

– Mas pensou que poderia ser Tommy? Em seu íntimo, pensou que poderia ser ele? Mentalmente você o viu entrando na sua casa, no seu quarto, e pegando o perfume, o creme?

– Eu... eu não sei do que está falando – ela titubeou.

– Sabe, sim – disse ele. – Mas enterrar o passado era mais importante para você do que contar a alguém o que mais temia, temia mais do que tudo.

– E o que seria isso? – perguntou ela, calmamente.

– Que ele tinha voltado – disse Sean. – Que depois desses anos todos, Thomas Keller estava de volta.

– Você não sabe nada sobre os meus medos – ela o advertiu, ainda friamente calma.

– Sei mais do que você pensa.

Sally já vira Sean em muitos disfarces, mas este era novo, até para ela.

– Isso não está nos ajudando a encontrar Keller – disse ela. – Se não tem ideia de onde ele está, então não pode nos ajudar mais. Obrigada por nos atender. Entraremos em contato.

Ela se virou para olhar para Sean, como se quisesse induzi-lo a ir embora, mas ele ficou ali plantado, os olhos fixos nos olhos de Samantha Shaw, convencido de que havia mais informações que ela poderia fornecer, mesmo que ela própria não soubesse disso. Ele deixou que apenas os seus olhos fizessem todas as perguntas, até que por fim ela respondeu.

– Escute, a única outra coisa que consigo pensar é que Tommy sempre falou sobre comprar uma fazenda quando crescesse. É só o que sei.

Sean de repente olhou para o chão, a mão se erguendo na direção do rosto dela, os dedos abertos como uma rede, como se estivesse tentando pegar suas palavras antes que escapassem e se perdessem para sempre.

– O que foi que acabou de dizer? – perguntou com urgência.

– Eu disse que Tommy queria viver numa fazenda. Imagino que quisesse ficar longe das pessoas... – Ela ainda estava falando quando ele lhe deu as costas e começou a andar, não mais a ouvindo, puxando o telefone do bolso e procurando o número de Donnelly. A ligação foi atendida nos primeiros toques.

– Chefe.

– Ainda está no escritório?

– Estou.

– Thomas Keller. Lembro onde vi o nome dele – disse Sean. – Foi num relatório de informação. Um agente visitou uma fazenda, o morador deu o nome de Thomas Keller.

– Tem certeza? – perguntou Donnelly. – A gente deve ter checado mais de cem sítios, sem falar nas centenas de outros relatórios de informação com um nome atrás do outro.

– Samantha Shaw acabou de me contar que Keller sempre quis morar numa fazenda. Assim que ela falou, lembrei, lembrei de ter visto o nome. Mas não me lembro do endereço. O relatório ainda deve estar na minha sala. Preciso que você procure por ele, olhe cada pedacinho de papel até encontrar.

– Porra, chefe, já viu sua sala? Isso pode levar dias.

– Não – insistiu Sean. – Os relatórios de informação de buscas em propriedades estão numa pilha separada, assim como os do porta a porta, os das blitzes e todos os outros. A pilha que você procura vai ser menor do que as outras. Vou ficar na linha enquanto você verifica.

Donnelly saiu devagar da sua cadeira e se dirigiu à sala de Sean.

– Estou indo, espere um pouco. – Ele examinou as pilhas de relatórios até encontrar a pilha que procurava. – Vamos lá – disse, sentando-se à mesa em frente aos relatórios. Inflou as bochechas e começou a examiná-los, conferindo os nomes enquanto Sean aguardava em silêncio, as mãos tremendo de ansiedade, ouvindo Donnelly descartar cada relatório inútil. – Não. – Segundos depois. – Não. – Mais segundos depois. – Não. – Até que finalmente o tom de Donnelly mudou completamente. – Porra. Como é que você se lembrou de ter visto isso?

Sean não precisou perguntar se Donnelly tinha encontrado.

– Qual é o endereço?

– É em Keston, Kent, saindo de Shire Lane, parece que é uma granja desativada. Ele mostrou ao agente da patrulha a carteira de motorista como identidade, que, segundo o relato, estava OK. Quer que eu chame o Grupo de Apoio ou talvez uma equipe de vigilância para ter certeza de que Deborah Thomson está com ele no mesmo lugar?

– Não – insistiu Sean. – Pelas informações que temos, pode ser mais um endereço temporário. Vou lá dar uma olhada primeiro... Sem alarde. Quando tiver certeza de que ele está lá, ligo para você, e aí a gente pensa no Grupo.

Donnelly não acreditou em nem uma palavra.

– Tudo bem, chefe. Se quer fazer desse jeito.

– Quero, sim – disse Sean, e desligou. Ele percebeu que Sally estava ao seu lado. – Temos o endereço dele.

– Como?

– Explico no caminho – prometeu ele, e saiu andando em direção ao carro.

– No caminho para onde?

– Onde você acha? – perguntou ele, sem se dar conta do medo de Sally. – Para a casa de Keller, claro.

– Só nós dois? Não deveríamos esperar o Grupo de Apoio, ou pelo menos ter alguém da equipe indo se encontrar com a gente lá? Sabemos que ele tem acesso a armas elétricas e mora numa fazenda. Só Deus sabe o que mais ele tem por lá.

– Não se preocupe – ele a acalmou –, nós não vamos prendê-lo. Vamos conferir o endereço, só isso.

Ela o observou se abaixando para entrar no carro, deixando-a com uma náusea na boca do estômago, uma sensação de pavor de que ele a estava levando a lugares em sua própria alma e consciência aos quais ela ainda não estava pronta para ir. Mas dava para ver que ele tinha o gosto pela caçada, e sua presa estava próxima. Como um trem cargueiro descontrolado, nada poderia detê-lo agora.

A dor tinha sido quase tão insuportável quanto a humilhação: o hálito dele, fétido e enjoativo, enquanto arfava em sua orelha, seu próprio corpo, exausto e dolorido, magoado demais para resistir depois que ele a espetara com o bastão de gado muitas vezes, até que ela finalmente sucumbiu. A tortura tinha enfim terminado e ele rastejou para fora da jaula, levando consigo o colchão imundo e todas as roupas dela, exceto a roupa de baixo. Ela abaixou a mão e puxou a calcinha para cima da melhor maneira que pôde com uma só mão, chorando sem verter lágrimas, a voz dele atrás, ofegante e impiedosa.
– Era isso que você queria, não era, sua putinha? Está se sentindo melhor agora, não está? Sua puta maldita, você me dá nojo. – Ele bateu com força a porta da jaula e a trancou com o cadeado, apanhando o colchão e as roupas. – Preciso tomar banho – disse. – Preciso limpar sua sujeira do meu corpo. O cheiro da sua boceta me dá enjoo. – Ele se dirigiu à escada, parando e se virando para olhá-la, deitada no frio chão de pedra. – Pensei que você fosse diferente das outras – disse ele entredentes. – Pensei que você fosse ela, mas não é. Mentiu para mim, me enganou. Vai pagar, porra, por tentar me fazer de bobo. Vocês todos vão pagar.
Com isso puxou a corda, desligando a lâmpada elétrica, e subiu devagar os degraus, andando em meio aos raios de sol que inundavam o porão, seu corpo recortando uma silhueta contra a luz.

– Não chegue perto demais – avisou Sean a Sally, enquanto seguiam por Shire Lane em direção às edificações que viam cem metros à frente. – Não quero assustá-lo. Encoste aqui. – Sally deixou o carro deslizar em silêncio até parar à margem da estrada de terra, as árvores e sebes em volta fornecendo boa camuflagem. – A partir daqui vamos a pé, seguindo a linha das árvores e depois fazendo a volta. Vamos sair bem em cima do local, vai dar para ver qualquer movimento.

– Não acho que seja uma boa ideia – argumentou Sally. – Devíamos esperar reforços ou, melhor ainda, deixar que outro agente o tire lá de dentro. Quando tivermos certeza de que ele está detido, aí podemos fazer uma busca no local em segurança.

– Não – insistiu ele. – Quero primeiro ficar sozinho com ele um tempo.

– Vai ter tempo de ficar com ele quando for interrogá-lo. Vai poder perguntar o que quiser.

– O quê, quando ele estiver cercado de advogados, assistentes sociais e a equipe de Saúde Mental? Aí é que não vou poder falar com ele, não direito. Preciso ficar sozinho com ele.

– Eu não ent...

– Preciso saber por quê. Por que ele fez isso.

– Você já sabe – afirmou Sally. – Você sabe mais sobre o porquê de ele estar fazendo isso do que provavelmente ele próprio.

– Não, não sei – Sean estava irredutível. – Posso chegar perto, mas não posso pensar como ele. Não inteiramente. Preciso saber como ele pensa.

– Mas o que imp...

– Pelo amor de Deus, Sally, você não entende? Importa para a próxima vez e a seguinte e a outra. Preciso saber o que faz com que eles se sintam vivos, o que farão para se sentirem vivos, para sentirem alguma coisa.

– O que faz com que *eles* se sintam vivos? – perguntou ela. – *Eles*, Sean?

– Vamos, vamos lá – reagiu ele, abrindo a porta do seu lado e tentando escapar. Dedos fortes em torno do seu braço o seguraram.

– Estou com medo, Sean – admitiu ela. – Você acha que estou pronta para isso, mas não estou. Tenho medo de como vou reagir se o encontrarmos, se encontrarmos Deborah Thomson. Não sei o que vai acontecer comigo. E tenho medo por você, Sean. Tenho medo do que você possa fazer.

– Isso quer dizer o quê?

– Quando Donnelly encontrou você com Lawlor, perto da ferrovia, ele me contou que Lawlor disse que você estava tentando matá-lo.

Sean congelou, dedos friíssimos entrando por sua mente e se enrolando em volta das centenas de lembranças obscuras que ele tentava com tanto empenho ocultar de si mesmo, bem como de qualquer outra pessoa. Ele não disse nada, os olhos sem piscar fitando Sally.

– Bem, Sean, é verdade? Estava?

Ele conseguiu abanar a cabeça e até fingir um leve sorriso.

– Alguém anda falando merda – mentiu. – Conversa fiada de cantina, só isso.

– Você tem certeza? Porque, se for mais do que isso, talvez você devesse pensar em dar um tempo... *nisso tudo*, os loucos e os massacres, a tristeza que fica, que somente nós e as famílias das vítimas veem. Se alguma coisa aconteceu naquele dia, talvez você devesse se afastar.

– Olhe – ele tentou tranquilizá-la – Lawlor é lixo. Ele me deixou puto e eu queria dar um susto nele, só isso, juro. – Ela o observou por um tempo, examinando-o como já fizera antes com mil suspeitos, julgando-o. – Vamos lá, Sally – disse ele. – Preciso que você faça isso comigo. Só vamos seguir a linha das árvores até conseguirmos ver melhor as construções, depois observamos e esperamos. Nada além disso, prometo.

Ela finalmente concordou, embora soubesse que Sean não seria capaz apenas de observar e esperar, não com a sua presa tão próxima. Soltou o braço dele e ambos saíram do carro ao mesmo tempo, fechando as portas. Sally o seguiu, de quando em quando abanando a cabeça, sem acreditar no que estava fazendo e onde estava. Quando Sean encontrou uma abertura natural entre as árvores, eles se embrenharam mais na floresta em torno do conjunto de feias edificações caindo aos pedaços, até chegarem a uma cerca baixa de placas de madeira, que contornava a propriedade. Assim como as construções abaixo, estava malcuidada e apodrecendo em vários lugares. Seria fácil retirar as placas das molduras que as sustentavam. Do outro lado, havia mais uma fila de árvores, porém menores e mais jovens do que aquelas da floresta atrás deles. Mais longe havia um declive gramado que levava às edificações, posicionadas em um vale circular. Sean retirou uma das placas e perscrutou lá embaixo. Não notou nada se movendo, mas sua visão estava parcialmente impedida. Pela abertura, olhou para o lado direito e viu uma posição melhor de onde espiar.

– Temos que continuar – disse a Sally. – A uns cinquenta metros à frente tem um lugar melhor. Podemos observar de lá, se alguma coisa se mexer, nós vamos ver.

– Tudo bem – cochichou Sally. – Vá na frente.

Ele acenou com a cabeça uma vez e partiu. Os galhos caídos afiados se quebrando sob os seus pés e os ramos feito chicotes das árvores novas perto do seu rosto o fizeram pensar nas vítimas do louco, sendo levadas descalças floresta adentro no meio da noite, os pés dilacerados, a pele macia arranhada e cortada. E sempre o homem sem rosto, encapuzado, andando atrás delas, protegido dos elementos e da fúria da floresta pelas roupas largas. Em breve o louco teria um rosto e Sean o estaria fitando de frente. Ele sentiu uma onda de excitação e adrenalina invadir o seu corpo. Mal se continha para não despedaçar a cerca de madeira, descer correndo o declive gramado e obrigar Thomas Keller a aparecer, o caçador se tornando a caça quando ele finalmente o encurralasse e *aí*...

Chegou a um lugar que acreditou ser próximo o suficiente do local privilegiado e começou a remover outra placa da moldura, os pregos enferrujados se soltando da madeira úmida com facilidade. Apoiou a placa na cerca e olhou pelo buraco, um sorriso satisfeito cobrindo o seu rosto ao perceber que havia parado quase exatamente no ponto onde pretendera, as edificações abaixo a não mais de quarenta metros de distância e banhadas de sol primaveril. Podia ver praticamente tudo.

– Dê uma olhada – cochichou ele, chegando para o lado para permitir que Sally observasse. Ela olhou rapidamente e devolveu-lhe o posto. – Esse é o cara que procuramos – acrescentou ele, sem desviar os olhos da sua caça. – Esse lugar é perfeito para ele, a floresta, o isolamento. É aqui também que mantém as mulheres, perto dele, para quando precisa... – bem a tempo ele se lembrou de que Sally estava ao seu lado – ... ir aonde elas estão. Não quer que fiquem a quilômetros de distância, ter que pegar o carro para vê-las, ele cobiça demais sua coleção. Precisa poder vê-las imediatamente, assim que dá vontade.

– Sua coleção? – perguntou Sally.

Ele ia responder, quando um movimento atraiu o seu olhar, uma mudança nas sombras de uma porta aberta que levava a uma casinha de tijolos.

– Tem alguém se movimentando – cochichou. Enquanto olhava, a sombra na porta andou para a luz e virou um homem. – Ele está carregando alguma coisa...

– O quê? – Sally conseguiu perguntar com o coração acelerado, querendo estar em qualquer lugar, menos ali.

– ... um colchão e... e roupas... algum tipo de roupa. Venha ver – disse ele, sua empolgação equivalente à ansiedade dela.

Sally deu uma olhada. – Parece que é um banheiro externo.

Sean voltou a olhar pela abertura, a tempo de ver o homem pôr os objetos no chão e trancar a porta com cadeado, antes de recolher as roupas e o colchão e começar a atravessar o terreno na direção de um chalé em ruínas, que ele adivinhou ser a residência dele.

– Aquilo não é um banheiro externo – disse. – Não se usa cadeado em banheiro externo. E o colchão e as roupas... Deve ser a entrada de um abrigo antibomba antigo ou um porão. – Ele encheu os pulmões e se afastou da cerca. – É lá que elas ficam – disse para si mesmo, tanto quanto para Sally. – Deborah Thomson está lá embaixo.

– Você tem certeza de que é ele? – perguntou Sally. – Thomas Keller?

Sean trouxe a imagem à mente: a foto no registro funcional de Thomas Keller que Leonard Trewsbury havia lhe mostrado pouco mais de uma hora antes. – Difícil dizer, ele agora está mais velho e a distância é muito grande. Mas sim, acho que é ele.

— Certo — disse Sally. — Vamos pedir reforços e pegá-lo. — Sua cabeça estava começando a latejar e o enjoo no estômago se espalhava pelo resto do corpo. Ela queria correr, correr de volta para o carro e ir para longe, continuar dirigindo e deixar o louco para lá.

— OK... — Sean pareceu ceder, mas imediatamente após confirmou seu maior receio. — Você cuida dos reforços e espera aqui até eles chegarem. Eu vou pegar o carro para ir até a frente da casa dele. Fique de olho e cubra a minha retaguarda. Se der merda, não se mova e espere os reforços. Peça ajuda urgente se precisar... Mas só se precisar.

— Isso é uma péssima ideia — alertou ela.

— Vou ficar bem — garantiu ele. — Estou com meu bastão ASP e o gás lacrimogêneo. Se ele tentar qualquer coisa, descarrego o tubo inteiro na cara dele.

— Por que está fazendo isso?

— Você sabe por quê. Porque tenho que fazer. Tenho que preencher as lacunas.

Sally assentiu com a cabeça. Ela não gostava daquilo, mas compreendia. Ele era aquilo que era e ninguém podia mudá-lo.

— Tome... — ele lhe entregou um rádio padrão. — Pegue isto. Vai precisar mais do que eu.

Ela pegou o rádio da mão dele devagar, como se fosse um precioso presente de despedida, entregando-lhe em troca as chaves do carro. Ele começou a andar.

— Espere — ela o deteve. — Como vou saber que você está bem?

— Já disse, vou ficar bem. Vou fazer com que ele fique falando até a tropa chegar. Assim que chegarem, entre com tudo.

— E se não for aqui que Deborah Thomson está?

— É aqui — insistiu ele. — Confie em mim.

Decidido a não lhe dar outra chance de detê-lo, Sean caminhou para a floresta, movendo-se rápida e silenciosamente, ficando mais acostumado com o ambiente rural, mais confortável entre as árvores, como o homem que perseguia. Chegou ao carro e entrou, atrapalhado com as chaves porque suas mãos tremiam de ansiedade pelo que aconteceria em breve. Conseguiu afinal ligar o carro e dirigiu lentamente em direção à fazenda e a Thomas Keller, engolindo em seco, a boca grudenta e ressecada. Tirou o spray de gás do suporte de couro no cinto e o guardou no bolso direito da capa, onde seria mais fácil de pegar num momento de desespero. O carro passou pelos portões em ruínas e parou suavemente em frente ao chalé de cimento.

Sean esperou um pouco para se acalmar, antes de sair do carro. A constatação de que chegara ao fim do jogo mortal lhe trouxe uma súbita paz e tranquilidade. Estava tudo acabado... Quase. Ao fechar a porta do carro atrás de si com cuidado, levou alguns segundos olhando em torno, imagens nítidas de Karen Green e Louise Russell sendo retiradas do porão antes de serem carregadas para a morte passando por sua cabeça, mas mesmo assim ele permaneceu friamente calmo. Imagens de Thomas Keller indo para o porão, armado com o bastão de gado e o alfentanil, com a intenção de estuprar e matar mulheres inocentes vieram em seguida, mas Sean continuou calmo. Quando estava pronto, caminhou decidido para o que parecia ser a porta da frente, sua identificação já na palma da mão esquerda enquanto a mão direita encostava no tubo de gás lacrimogêneo no bolso da capa. Não havia campainha, apenas uma porta fina com uma placa de vidro liso cobrindo a parte superior. Ele bateu de leve na janela e gritou para dentro da casa.

– Alô. Tem alguém em casa? É a polícia. – Afastou-se da porta e olhou pelo vidro, tentando ouvir barulhos de vida, imaginando o choque de pânico que sua voz devia ter causado ao homem que ele sabia estar à espreita em algum lugar lá dentro. Ao imaginar Keller começando a suar frio, aterrorizado, Sean saboreou seu próprio momento de crueldade antes de avançar e bater no vidro de novo. – Alô. Polícia. – Desta vez ficou próximo à porta, fingindo olhar para longe, caso estivesse sendo observado, usando sua visão periférica para olhar pela janela. Viu uma figura passar pelo vão de uma porta interna, do outro lado do que parecia ser a cozinha. "Anda, seu filho da puta", murmurou consigo mesmo. "Abra essa merda de porta e me deixe ver sua cara."

Infelizmente parecia que a porta da frente levava diretamente à cozinha, onde facas e objetos metálicos pesados estariam bem à mão. Ele verificou disfarçadamente se o bastão continuava preso ao seu cinto. Se houvesse uma luta corporal, o spray não iria servir, já que cegaria os dois. Melhor usar o ASP. Mais uma vez, a figura lá dentro passou pelo vão da porta oposta. "Foda-se", disse, quase alto demais, e esticou o braço para a maçaneta da porta. Pousou a mão no cromado gasto e pressionou para baixo devagar, atento a uma possível armadilha explosiva. À medida que o trinco abaixava, ele ouviu o clique da porta se abrindo. Obviamente, Keller não estava esperando visitas e deixara a porta destrancada.

Sean se lembrou das roupas que ele estava carregando e imaginou o que Keller fazia quando ouviu a primeira batida na porta: segurando as roupas junto à sua pele nua, esfregando o cheiro por todo o corpo, especialmente nas partes íntimas, deitado no colchão imundo, encantado com o cheiro de suas vítimas e se comprazendo com o seu medo e o poder dele sobre elas. Sean ficou pensando se Keller teria se mijado quando ouviu a batida na porta.

Ele empurrou a porta e deixou que se abrisse, examinando o cômodo atentamente, à procura de qualquer coisa que pudesse ser usada como arma ou como esconderijo, os ouvidos alertas ao som de um pit bull que tivesse sido treinado para ficar em silêncio, esperando que um intruso desavisado invadisse seu território. Quando se convenceu tanto quanto possível de que não havia perigos ocultos imediatos, ele entrou. Sentiu-se poderoso e perigoso penetrando no santuário de Keller, fazendo com aquele maldito o que ele fizera com as mulheres que sequestrara: invadindo a casa dele, seu lugar mais sagrado, e destruindo todas as suas tênues ilusões.

– Thomas Keller – gritou. – Meu nome é inspetor Sean Corrigan. Preciso falar com você, Thomas. Não tem nenhum problema com você... Só quero conversar. Estou fazendo uma visita de acompanhamento. Dois colegas meus estiveram aqui há poucos dias. Eles acharam que você poderia me ajudar num assunto que estou investigando.

De repente ele estava lá, o louco, Thomas Keller, de pé no vão da porta por onde passara como um fantasma segundos atrás, os mesmos olhos castanhos intensos que Sean havia visto na foto da identidade nos Correios, intensidade nem de leve atenuada pelos anos passados desde que a foto fora tirada. Sean podia ver o peito de Keller subindo e descendo com o esforço de seja lá o que fosse que estivera fazendo antes da sua chegada. A tentativa de parecer despreocupado com o fato de um policial estar na sua cozinha só fazia aumentar sua tensão. Ele observou a língua de Keller sair curvada da boca como a de um gato e lamber as gotas de suor no lábio superior.

Sean fingiu um sorriso.

– Olá. A porta estava destrancada, então eu entrei – disse ele ao louco. – Fiquei preocupado de ter acontecido alguma coisa com você. Não se importa, não é?

– Não – respondeu Keller hesitante, usando a manga da camisa para limpar o suor da testa.

– Você está bem? – perguntou Sean, apreciando a tortura, sabendo que Keller estava tudo menos bem, sabendo que estaria morrendo por dentro. Ele viu uma contração momentânea nas pernas de Keller, como se ele fosse sair correndo, e percebeu que estava indo rápido demais. Queria falar com Keller, não acabar tendo que persegui-lo num terreno que o louco conheceria melhor do que ele, dentro da floresta onde se sentia tão confortável e poderoso. Não, precisava mantê-lo ali, no espaço fechado a que ele próprio já estava se acostumando.

Puxou uma velha cadeira de madeira da mesa entulhada da cozinha e se sentou devagar, sem desviar os olhos de Keller, o falso sorriso continuando a manter o louco desorientado.

– Você não se importa que eu me sente, não é? – perguntou Sean. – Foi uma semana cansativa. – Keller não disse nada. – Muito legal esse lugar – continuou Sean –, tem espaço de sobra. Nada fácil de encontrar por essas bandas. Deve ter custado uma nota, não?

Sean silenciou e manteve a calma, sabendo que Keller teria que ser o próximo a falar ou o jogo terminaria antes de começar.

Enquanto esperava, ele analisou o homem magro, insignificante, do outro lado da cozinha malcheirosa, um homem que não seria temido por ninguém que o visse na rua, um homem que parecia uma vítima da vida, e, no entanto, um homem que em breve seria rotulado pela mídia e pelo público como monstro. Que nome inventariam para ele, pensou Sean: *O Estrangulador do sul de Londres? O Estuprador de Keston? O Carcereiro?*

– Comprei barato. – A voz fraca de Keller tirou Sean do seu devaneio. – Antes era uma granja, e matavam bezerros aqui, para carne de vitela. Por isso as pessoas desanimavam de comprar.

– Mas você, não? – perguntou Sean, tentando fazer com que ele continuasse a falar.

– Não. Eu não, mas imagino que você não tenha vindo aqui para falar sobre quanto custou a minha propriedade – disse Keller, entrando na cozinha, os olhos vagando pelo cômodo, evitando contato visual com Sean.

– Não – concordou ele. – Como eu disse, estou fazendo um acompanhamento da visita dos meus colegas. Você se lembra deles?

– Claro – respondeu Keller, ainda de pé, as costas apoiadas num armário embutido alto e estreito, do qual nitidamente não queria se afastar muito.

Sean percebeu que aquele armário representava perigo. Seria ali que ele guardava o bastão de gado e a arma de choque? Anos de experiência com buscas em residências de suspeitos lhe deram um sexto sentido com relação ao local de onde viria a ameaça. Se Keller se atirasse para o armário, ele teria que reagir rápido, sem pensar, acertar nele com força para impedir que abrisse a porta. Se hesitasse, estaria morto. Precisava afastar Keller dali.

– Por que não se senta?

– Não – retrucou Keller. – Estou bem. Obrigado.

– Como quiser – disse calmamente, apesar do ritmo acelerado do seu coração, os olhos se alternando entre Keller e o armário. – Os outros policiais disseram por que vieram aqui?

– Disseram que era sobre um tipo suspeito.

– É isso – disse ele, conseguindo manter um tom leve e simpático. – Mas estamos também procurando umas mulheres que desapareceram – disse Sean com indiferença, torcendo para que ele entrasse em pânico e saísse correndo, confirmando sua culpa ali, naquele momento. – São três mulheres... até agora. – Ele deixou o sorriso sair do seu rosto, por segundos apenas, enquanto listava os nomes. – Karen Green, Louise Russell e Deborah Thomson. Conhece esses nomes? – Mais uma vez Sean percebeu a contração nas pernas de Keller.

– Não – respondeu ele. – Por que deveria?

– Por nada, só porque têm aparecido muito no noticiário e nos jornais, locais e nacionais.

– Eu não vejo televisão – respondeu Keller, com sinceridade.

– Lê jornais?

– Na verdade, não. – Mais uma resposta sincera.

– Então provavelmente não sabe que já encontramos duas das mulheres, ambas mortas. Ambas massacradas, como costumavam ser os animais nesta fazenda. – Ele esperou uma reação, mas Keller estava neutro.

– Isso é muito triste. Sinto por suas famílias.

– Sente pelas famílias? – provocou Sean. – Eu sinto pelas mulheres. Sinto por Karen Green e sinto por Louise Russell. E, a não ser que eu a encontre rápido, vou sentir por Deborah Thomson. É estranho que você não.

– Não foi isso que eu quis dizer – gaguejou Keller. – Bem, me desculpe, mas não posso ajudá-lo e estou muito ocupado, então, se não se importa...

Sean o ignorou.

– O que aconteceu com o seu rosto? – perguntou. – As mãos de Keller, num gesto involuntário, tocaram nos sulcos profundos feitos pelas unhas de Deborah Thomson. – Se cortou andando na floresta aqui perto? – Sean sabia que as marcas não haviam sido causadas por galhos de árvores, mas não queria assustar sua presa, ainda não.

– Eu também – continuou, apontando para o corte no seu próprio rosto, feito por um galho no local onde o corpo de Louise Russell fora deixado.

— Mais ou menos isso — respondeu Keller.

— Quem diria que andar na floresta pode ser tão perigoso? — comentou Sean. Keller ficou calado. — Acho que meus colegas ficaram meio preocupados porque não examinaram direito a sua propriedade, não verificaram o interior das outras construções nem a floresta que parece que está em toda a volta.

— Por que iriam querer fazer isso? — disse Keller, piscando rápido.

— Não sei. Suponho que pensaram que você tem uma boa quantidade de terra e muitas construções. Muito lugar para esconder coisas.

— Como o quê?

— Me diga você. — Sean pressionava. Keller não disse nada. — Talvez a gente pudesse dar uma olhada agora, juntos... Ver o que encontramos.

— Eu...

— Verificar juntos as casas lá fora. Verificar o porão ou abrigo antibomba ou seja lá o que for.

— Não. Eu...

— O que você fez com as roupas e o colchão? — perguntou ele, de repente. — As roupas e o colchão que eu vi com você?

— Não sei do que você está falando — mentiu Keller, cada músculo no seu corpo se contraindo, a espingarda no armário atrás dele tão perto, já carregada e pronta para atirar.

— Sabe com quem eu conversei, pouco antes de vir para cá?

— Não.

— Samantha Shaw, Thomas. Eu conversei com Samantha Shaw.

Keller balançou a cabeça lentamente, em silêncio. Agora ele entendia.

— Você se lembra de Samantha, não lembra, Thomas? A gente não se esquece dos nossos deuses, não é? Eu só queria falar com você, sabe... a sós, antes que o mundo caia na sua cabeça, Thomas.

– Por quê? Por que quer falar comigo? Não temos nada a dizer um ao outro.

Sean se lembrou do depoimento de Jason Lawlor, as lacunas na sua imaginação que Lawlor pudera preencher, o que ele sentiu, o que desejou e que Sean jamais desejaria ou poderia desejar. – Depois de estuprá-las, você continuava a sentir o seu cheiro, o cheiro do seu sexo? Você evitava lavar suas partes íntimas nos dias seguintes para poder continuar a sentir o cheiro delas em você? – Ele observou os olhos do louco se estreitarem e depois se arregalarem, as narinas inflando à medida que a respiração se acelerava. – Meu Deus, elas tinham um cheiro muito bom mesmo, não tinham? Me diga, como era estar na casa delas, pegá-las no lugar onde se sentiam mais seguras? Ai, meu Deus, isso deve ter feito você se sentir tão... tão poderoso, tão *vivo*. E tê-las tão perto, para poder ir vê-las sempre que queria... sempre que precisava... Foi tudo do jeito que você sonhou? Você se sentiu aceito por elas, quando as violentou? Se sentiu amado?

– Não! – gritou Keller, dando um passo em sua direção e depois parando, quase fazendo Sean pular da cadeira e usar o spray cegante de gás lacrimogêneo em seus olhos. – Não. Elas me dão nojo. Não suporto o cheiro delas em mim.

– Então, por quê? – Sean persistia, sabendo que seu tempo estava se esgotando, sabendo que Sally teria pedido reforços logo depois que ele a deixara e que a qualquer momento metade da Polícia Metropolitana estaria arrebentando a porta fina às suas costas.

– Elas me forçaram a fazer aquilo – respondeu Keller. – Elas são umas putas... Todas elas. Me enganaram. Me fizeram... ficar com elas, mas me dão nojo. Eu me lavei no chuveiro, mas ainda dava para sentir o fedor delas. São umas putas. São um nada e eu as tratei como um nada.

– Mas, e Samantha? Ela não era uma puta. Ela não era um nada.

– Não ouse falar dela – ameaçou Keller, as lágrimas brotando dos seus olhos, o cuspe saltando dos lábios brancos e finos. – Ela não é como as outras. Elas tentaram me fazer acreditar que eram ela... o... o jeito que cortavam o cabelo, as roupas que usavam, tudo, mas eram só putas. Putas sem valor.

– Então você as matou. Você as drogou e levou para a floresta e as matou.

– Não – berrou Keller, dando mais um passo em sua direção, mas Sean ficou firme, agindo como isca para afastá-lo do armário alto.

– E qual foi a sensação, Thomas? De matá-las? Quando passou as mãos em volta dos pescoços delicados, bonitos e afundou os polegares nas gargantas... Qual foi a sensação?

– Você não sabe nada – gritou Keller.

– Quando a vida delas se esgotou, quando continuou a segurá-las mesmo depois de mortas, quando fitou seus olhos sem vida... Qual foi a sensação, Thomas?

– Não. Não. Não!

O punho de Sean socou a mesa com força, fazendo com que a miríade de objetos dispersos na superfície saltasse e se espalhasse.

– Porra, me diz qual foi a sensação.

O ódio jorrou dos olhos de Keller, seu rosto distorcido e deformado, os dentes manchados arreganhados e ameaçadores, armas primitivas prontas a serem usadas, todo o seu corpo como uma mola enrolada prestes a explodir em cima de Sean.

– Vai se foder! – gritou ele, tão alto que abalou o próprio ar no cômodo sujo, e se virou num movimento rápido e contínuo, alcançando o armário alto em microssegundos e abrindo a porta de supetão.

Sean já estava de pé, sua mão direita pegando o spray de gás no bolso, a esquerda plantada sob a mesa, que ele levantou e atirou para longe, propiciando-lhe o caminho mais curto para o louco, xícaras e pratos, copos meio cheios voando pelo ar. Tudo parecia acontecer em câmera lenta, mas era a espingarda que Keller tentava alcançar que Sean via mais do que tudo, a coronha de madeira e os dois canos encurtados. Ele avançou tão rápido como jamais avançara em sua vida, mas, ao ver a mão direita de Keller se fechar em torno do punho de pistola na coronha, percebeu que não fora rápido o bastante. Keller girou em sua direção, os buracos negros dos canos da espingarda apontando para ele. Os dois homens estavam a menos de um metro um do outro, descarregando suas armas ao mesmo tempo. O tubo de gás encharcou o rosto de Keller com o líquido que queimava, cegando-o instantaneamente e paralisando seu sistema respiratório, enquanto o arco externo do disparo da espingarda atingia o ombro esquerdo de Sean, jogando-o num voo para trás e atirando-o ao chão, dúzias de chumbinhos quentes sentidos a princípio como um soco, depois como os pés de uma centena de insetos rastejantes, antes de virar a dor lancinante de mil picadas de vespa.

Ele olhou para o louco se debatendo e gritando de dor, agarrando os próprios olhos com uma das mãos, involuntariamente empurrando o líquido cáustico mais para dentro, salivando sem controle, virando a espingarda de um lado para o outro do cômodo, tentando enxergar Sean com olhos cegos, escutá-lo, o dedo em volta do gatilho. Não demoraria muito para os olhos de Keller começarem a clarear, fazendo de Sean um alvo fácil, deitado no chão com um só braço bom, o gás que estivera segurando há muito solto e perdido em meio ao lixo da mesa virada. Sean pegou a primeira coisa de bom tamanho que pôde alcançar, uma frigideira pequena, e a jogou para o lado oposto, onde ela bateu com força no armário ao lado da pia. Keller se virou na direção do barulho, apontando a espingarda para o lugar onde pensou que Sean estaria, seu dedo começando a apertar o gatilho, mas depois relaxando, um certo instinto animal de sobrevivência lhe dizendo para guardar o último tiro até ter certeza.

Sean gemeu por dentro ao se dar conta de que seu plano fracassara e ele agora estava no chão, a no mínimo dois metros de Keller. Ele engoliu a dor lancinante no ombro e conseguiu segurar o braço inútil atravessado no peito, ao mesmo tempo que se agachava na posição inicial de um corredor e arremetia com tudo, mantendo-se abaixado porque viu a espingarda se virando em sua direção, os olhos lacrimejantes de Keller se arregalando ao tentar focalizar a sombra escura que cobria a curta distância entre eles.

Sean enfiou o ombro direito com toda força no diafragma de Keller, carregando-o junto com ele para trás até se chocarem contra o armário alto. O tiro da espingarda explodiu acima da cabeça de Sean quando os dois caíram ao chão, o armário desabando por cima deles e atingindo Sean de raspão na têmpora, deixando-o por um instante sem sentidos. Com muito esforço, ele conseguiu não soltar Keller enquanto eles lutavam no chão imundo, mas a pancada na cabeça, a perda de sangue e o choque do tiro começavam a afetá-lo, começavam a anular o seu instinto de sobrevivência.

De repente, Keller estava por cima dele e o dominava, seu rosto se apagando para dar lugar ao rosto do seu pai, olhando-o com desprezo e lascívia, antes de voltar a ser o de Keller. A mão do louco o agarrou pela garganta e começou a apertar, o polegar pressionando com força sua traqueia e fazendo-o tossir e engasgar à procura de ar, os dedos do braço bom tentando em desespero afastar aquela mão do seu pescoço, afrouxá-la apenas o suficiente para que ele respirasse, enquanto Keller o fitava de cima para baixo, os olhos transtornados de ódio, os dentes manchados com o sangue de um corte em algum lugar da boca dando-lhe uma aparência demoníaca. Sean estava sem forças para agir quando viu Keller recuar o punho direito e em seguida golpear o seu ombro ferido e sangrando.

Sean gritou de dor e raiva. Keller afastou o punho um momento e depois mais uma vez voltou a arremessá-lo contra o ombro ferido de Sean, repetindo seguidamente a ação. À medida que a chuva de golpes consecutivos contribuía para a perda de sangue e acelerava os efeitos do choque, a visão de Sean começou a falhar, o homem acima dele pouco mais do que uma silhueta. Finalmente os golpes cessaram e Keller se curvou para perto dele e sussurrou no seu ouvido.

– Agora você vai morrer.

Sean sentiu os mesmos dedos fortes, longos e ossudos que haviam estrangulado Karen Green e Louise Russell se fechando em volta da sua garganta: duas mãos agora, apertando e tirando-lhe a vida. Mas justamente quando percebeu que estava a ponto de perder a consciência, as mãos o soltaram, e a silhueta pareceu se empinar para trás, um patético grito de dor escapando-lhe da boca, seguido de perto por um gemido quando o louco desabou no chão ao seu lado, com a mão na nuca.

Sean tossiu e sugou o ar, o oxigênio restaurando-lhe parcialmente a visão, enquanto ele piscava e clareava os olhos o suficiente para ver Sally pegando as algemas e se debruçando sobre Keller, que fora atingido. Ela pousou o bastão ASP no chão ao lado de Sean, virou Keller de frente para ele e puxou suas mãos para trás, provocando tanta dor quanto possível nesse processo. Fechou com um clique uma das algemas em seu pulso e em seguida o arrastou alguns centímetros, até um tubo de aquecedor de metal grosso que corria ao longo da parede pouco acima do piso. Passou as algemas por trás do tubo e prendeu o outro pulso, depois pegou o ASP do chão e se ajoelhou junto a Sean.

Em meio ao choque e atordoamento, Sean conseguiu entender o que havia acontecido, os cabelos escuros grudados com sangue fresco no bastão ASP de Sally contavam sua própria história. Ele sentiu que alguém levantava sua cabeça quando Sally pôs sob ela seu casaco enrolado.

– Não tente falar – disse ela. – Você foi baleado.

– Não me diga – respondeu ele, rindo, apesar da dor, diante do absurdo da observação. Sally sorriu e balançou a cabeça. – Me levante – ordenou ele.

– Você não deve tentar se mexer – recomendou ela.

– Eu estou bem – ele mentiu. – Me ponha encostado na parede, onde eu possa olhar para ele.

– Não tem que se preocupar com ele – retrucou ela. – Eu fico de olho nele até o apoio chegar. Vou chamar uma ambulância para você.

– Não – insistiu Sean. – Você vai tirar Deborah Thomson daquela merda de masmorra. – Ele procurou com a mão boa o bolso do paletó e pegou o telefone. – Eu mesmo chamo a ambulância. Vá pegá-la.

– Droga – reclamou ela, enquanto o ajudava a se arrastar até a parede e o encostava, meio caído, onde podia ver Keller, soluçando, desabado contra a parede contígua.

– A porta do porão está trancada – lembrou ele. – Você precisa revistá-lo para procurar a chave. Acho que ainda está com ele.

– Certo – assentiu ela, aproximando-se cautelosamente de Keller, o ASP na mão. – Se tentar qualquer coisa, eu afundo a porra da sua cabeça – avisou, e falava sério. Ela apalpou os bolsos da calça dele por fora até sentir o que procurava, pondo a mão com cuidado naquele bolso e retirando duas chaves. Ela se virou e as mostrou a Sean. – Estão aqui – anunciou, satisfeita.

– Bom – respondeu Sean. – Você sabe o que fazer.

Ela pegou o casaco no chão e o colocou no ombro ferido dele.

– Tente manter isso pressionado sobre a ferida. Vai ajudar a estancar o sangramento. O casaco está destruído mesmo – acrescentou, fazendo-o sorrir em meio à náusea e ao torpor que aumentavam.

– Não se preocupe comigo, vou ficar bem. Pegue as chaves e vá.

– OK – disse ela, e já estava passando pela porta quando Sean a deteve.

– Ei – chamou ele, o mais alto que conseguiu. – Pensei que tivesse dito para você esperar lá fora até os reforços chegarem.

– Disse sim – concordou ela –, mas eu fiquei entediada.

Ele conseguiu esboçar um último sorriso débil e fez sinal para ela ir. Assim que ela saiu, os olhos dele piscaram e a cabeça tombou para a frente. Poucos segundos depois, veio a escuridão.

Sally foi abrindo caminho pela área que atravessava o conjunto deteriorado de velhas construções de tijolos de Keller, com seus telhados de zinco enferrujados, o cheiro do gás lacrimogêneo da cozinha ainda grudado nas suas roupas e fazendo seus olhos arderem e lacrimejarem. Ela os manteve bem abertos para deixar que a mistura de luz do sol e brisa primaveril limpasse o gás da maneira mais rápida e segura. Várias vezes quase tropeçou no entulho espalhado no seu caminho em direção à pequena construção que, Sean estava convencido, seria a entrada da masmorra privada e sala de torturas de Keller. Tossindo para expelir o gás dos pulmões, o gosto acre e cáustico em sua língua, ela parou para examinar por dentro um velho tambor de óleo com marcas de fogo nas bordas. O cheiro de fluido de isqueiro e gasolina subiu do tambor, o que a fez examiná-lo mais de perto. Podia distinguir pedaços de roupas queimadas no fundo, um eventual fragmento de cor. "Isso não é bom", resmungou.

Lembrando-se de que Keller estava algemado e preso sob o olhar atento de Sean, ela fez um esforço e se aproximou da porta da construção de tijolos. Respirando fundo, examinou as chaves na palma da mão e depois o cadeado. A primeira chave que tentou não encaixou. Uma estranha sensação de alívio a invadiu, diante da possibilidade de não ter que descer ao labirinto subterrâneo do monstro, ao negrume que não reservava nada para ela além de medo. Suspirou e enfiou a chave que não encaixara no bolso do casaco, olhando para a outra, desejando que também não coubesse. Mas ela deslizou na ranhura suavemente, virando com facilidade e abrindo o cadeado.

A garganta de Sally se contraiu de repente. Ela tentava engolir e não conseguia. Chegara a hora em que teria ou que atravessar aquele muro de medo paralisante ou arriscar nunca voltar a ser a pessoa que era antes. Ela balançou o cadeado para soltá-lo e colocou-o com cuidado no chão, ciente de que em algum momento ele teria um papel na formação da cadeia de provas que viriam a condenar Keller pelos homicídios e sequestros.

A porta de metal lhe deu a impressão de ser tão pesada quanto parecia quando começou a abri-la, o terrível rangido metálico pegando-a de surpresa e fazendo com que soltasse a porta e pulasse para trás, com as mãos no peito. "Porra", xingou alto, e se sentiu melhor. "Isso não é bom", falou mais uma vez e segurou a porta, jurando não soltá-la, não importava o que acontecesse. Puxou com força e continuou puxando até que a porta estivesse toda aberta, revelando a escuridão do interior e os degraus de pedra que levavam para o fundo do poço dos seus medos e pesadelos. Sua primeira reação foi recuar da escuridão, retrocedendo alguns passos, mas conseguiu parar. "Merda", xingou de novo. "Assim não dá."

Ela fez uma pausa, tentando escutar o barulho de sirenes se aproximando, mas não ouviu nada. "Droga de mato", reclamou.

"Detesto esses lugares no meio do mato." A maioria dos policiais detestava. Os bairros desfavorecidos das grandes cidades podiam ser perigosos, mas reforços nunca estavam a mais de dois minutos de distância. Aqui, você podia estar sozinho lutando pela vida por dez ou quinze minutos antes que alguém aparecesse. "Vamos lá, menina, esfrie a cabeça", disse consigo, pegando seu ASP, mais para conforto do que acreditando que precisaria usá-lo. Estava sujo com o sangue de Keller, fato que de algum modo fez com que se sentisse melhor, mais corajosa.

Após inspirar profundamente várias vezes para controlar a respiração e o ritmo cardíaco, ela se adiantou para o vão da porta e iniciou a descida, apertando os olhos na semiescuridão, andando do modo mais silencioso possível, maldizendo cada arranhão e raspadela dos sapatos nos degraus duros, a mão estendida à frente, tateando o caminho, pronta a afastar perigos, até que afinal seus olhos se ajustaram à penumbra. Só mais uns doze passos e chegaria ao fim da descida. Mas quanto mais descia, mais deixava para trás o ar fresco. Agora estava respirando o repugnante fedor de sujeira humana: urina, suor, excrementos e sêmen misturados numa infusão diabólica, repulsiva. Ela cobriu a boca para conter a ânsia de vômito, lutando intensamente contra o impulso de fugir para o ar limpo lá de cima e abandonar qualquer criatura lá embaixo ao seu destino. No meio da descida, teve que parar e se apoiar na parede para afugentar o pânico que crescia no peito, a cabeça se virando para a luz. Mas era no escuro lá de baixo que estava sua salvação, e ela sabia disso.

"Vamos lá. Vamos lá", ela apelava, xingando a si mesma por não ter pensado em trazer uma lanterna, com medo de nunca ser capaz de descer aquela escada de novo se voltasse à casa para procurar uma. "Mantenha o curso", murmurou, aliviada por sentir o pânico diminuindo um pouco, aproveitando o momento para se afastar da parede e continuar a descer, mantendo a parede às suas costas. Sempre havia a possibilidade de que Keller tivesse um ou mais cúmplices, ou que mantivesse animais ferozes, meio mortos de fome, no porão.

Pareceu demorar toda a vida, mas por fim ela chegou ao último degrau e pisou no chão da prisão subterrânea. Movendo-se lentamente pelo cômodo, costas contra a parede, ela se afastou da escada. O som de água correndo a desorientou; parecia estar numa caverna natural e não em um abrigo feito pelo homem. À medida que seus olhos se adaptavam, ela distinguiu um objeto quadrado, vago, talvez três metros à sua frente, mas precisava se aproximar para ver direito. Contando de dez para trás, ela se afastou da parede e entrou no espaço livre do porão, sentindo-se imediatamente meio tonta, como se estivesse à beira de um precipício. Alguns segundos depois, a tonteira passou e ela pôde avançar com cautela, seus pés não confiando no chão debaixo deles, convencida de que a qualquer segundo iria sentir o estômago pular para a boca enquanto caía num poço sem fundo invisível, mas a sensação de estar caindo nunca veio.

Enquanto chegava cada vez mais perto do objeto quadrado, ela começou a perceber o que era: uma jaula, talvez de um metro e vinte de largura e altura, dois metros de comprimento. E o pior, a porta da jaula estava aberta. Sua respiração ficou imediatamente curta e difícil como a de um cachorro ofegante, porque ela se convenceu de que estava presa no porão com algum animal feroz que havia escapado, e que naquele momento circulava em torno dela no escuro, grudado às extremidades do cômodo onde não poderia ser visto, preparando-se para atacá-la assim que ela corresse para a escada.

E foi então que ouviu um barulho à sua direita, algo se movendo, o animal se posicionando para atacar, o terror da situação fazendo com que ficasse dura, paralisada. Mas com algum esforço, virou enfim a cabeça em direção ao som, o mínimo suficiente para poder ver com o canto do olho direito o contorno de outra caixa grande na penumbra, uma figura agachada num canto, uma figura nada ameaçadora cujo medo era maior que o dela. Ela se virou completamente e foi em direção à caixa, até conseguir ver que era uma jaula idêntica à primeira, só que nesta a porta estava fechada e havia alguma coisa lá dentro, alguma coisa viva, se encolhendo.

Sally avançou bem devagar, segurando firme o ASP ao seu lado, sempre se movendo em direção à jaula, antes de mais uma vez ficar subitamente paralisada, olhando da jaula vazia para a jaula com a coisa dentro. A imagem de Keller saindo pela porta lá de cima com o colchão e as roupas passou por sua cabeça, o medo cedendo e permitindo-lhe pensar, a compreensão de onde estava e do que via invadindo-a. O verdadeiro horror do que devia ter acontecido ali embaixo de repente ficou claro para ela, que cobriu a boca com a mão livre para tentar disfarçar as palavras. "Ai, meu Deus", disse, num tom mais alto do que um sussurro. "Ai, meu Deus."

Sally quase correu os últimos poucos metros até a jaula e se ajoelhou ali ao lado, examinando pelo arame a criatura de olhos esgazeados presa lá dentro, enquanto ao mesmo tempo procurava a chave que ela sabia que se encaixaria na fechadura.

– Sou policial – disse à mulher aterrorizada, suja, tentando se esconder no canto da jaula. Ela tirou a identificação do bolso e a encostou na tela de arame. – Você é Deborah Thomson, não é? Vim para tirar você daqui.

A mulher não respondeu, seus olhos cheios de desconfiança e medo. Sally deu a volta rapidamente para chegar à porta da jaula e tentou destrancá-la, com dificuldade para achar a ranhura onde enfiar a chave na luz escassa. Finalmente conseguiu e pôde liberar a porta e deixá-la entreaberta.

– Acho que está na hora de sair daqui. Não acha? – disse.

A mulher permaneceu onde estava, encolhida, praticamente nua num canto da jaula.

– Acabou – Sally a tranquilizou. – Ele não vai mais machucar você. Acabou.

Os lábios ensanguentados da mulher finalmente se abriram.

– Quem é você? – perguntou, a voz rouca e pouco audível.

– Meu nome é Sally. – Ela esticou o braço, oferecendo a mão a Deborah Thomson. – Sargento-detetive Sally Jones.

Kate se sentou, cansada, na sala de funcionários, escondida num canto do setor de Emergência do Guy's Hospital, vendo um programa de culinária horrível que passava nas tardes de domingo e tomando um café instantâneo: o sexto do dia. Ela tivera que deixar as crianças com a mãe, de novo, graças à ausência não planejada de Sean. Sem dúvida, ele não estaria em casa até bem depois que ela tivesse apanhado as crianças, levado para casa, dado comida e botado na cama. Ela estava começando a se sentir como se tivesse dois empregos em tempo integral sem contar com muita ajuda, e tendo que tentar cada vez com mais afinco não ficar ressentida. Não era o caso de Sean estar ganhando uma fortuna como detetive-inspetor. A pior coisa que ele havia feito fora aceitar a promoção; como sargento, pelo menos ganhava hora extra, o que já era uma compensação por nunca estar em casa. Agora, parecia trabalhar mais horas para ganhar menos.

Ao ouvir a porta da sala de funcionários se abrir, ela levantou o rosto e viu Mary Greer, a gerente de Emergência e Acidentes, entrar. Ignorando as outras pessoas que descansavam na sala, ela foi direto até Kate, que sorriu para ela, mas não teve retribuição. O sorriso de Kate sumiu quando ela reconheceu a expressão no rosto da mulher. Algo indicava que ela seria portadora de más notícias, más notícias de caráter pessoal.

O primeiro pensamento de Kate foi que tinha a ver com as meninas, o medo fazendo seu coração quase parar. Mas se tivesse a ver com as crianças, certamente Sean teria vindo. Não importava o que estivesse acontecendo no trabalho, ele teria largado tudo para estar ali...

Naquele segundo, ela percebeu que resolvera o enigma. Levou a mão à boca, enquanto as lágrimas se acumulavam nos olhos e a garganta, inchando, quase se fechava. Mary atravessou a sala rapidamente e segurou-lhe os ombros com gentileza.

– Sinto muito – disse. – É Sean. Ele está sendo trazido para cá. Foi baleado.

A maior parte do tempo era a escuridão, escuridão silenciosa, mas os pesadelos conseguiam abrir caminho, a explosão alaranjada de uma arma apontada para ele, rostos perto demais do dele, o do seu pai, zombeteiro e malicioso, o de Thomas Keller, seus dentes vermelhos cerrados de ódio, os olhos faiscando de más intenções, Sebastian Gibran rindo dele, Sally no hospital com tubos enfiados na garganta, Kate chorando e suplicando que não a deixasse, os rostos de Louise Russell e Karen Green, seus olhos mortos o fitando, os lábios azuis sem vida se abrindo para sussurrar: *Por que não nos salvou? Por que não nos salvou? Por que não nos salvou?*, seus rostos mudando devagar, ficando cada vez mais jovens até se transformarem no rosto de suas filhas, seus olhos também sem vida, seus lábios tão pálidos e azuis quanto os lábios das mulheres mortas que haviam falado com ele de além-túmulo enquanto jaziam destroçadas na floresta: *Por que não nos salvou? Por que não nos salvou? Por que não nos salvou?* Depois veio a escuridão e lhe trouxe paz, uma paz que ele nunca antes conhecera, paz como ele jamais tivera desde que fora expulso do ventre da sua mãe.

Três dias depois

Ele ouviu sons, embora não conseguisse ver nada além de luz. Sons a distância, surreais e difíceis de entender. Poucos segundos depois seus olhos piscaram e se abriram, e ele se lembrou de onde estava. Kate estava sentada ao seu lado, vestida com o uniforme do hospital, calça folgada de algodão azul e blusa azul solta, seu nome na plaqueta pregada no bolso de cima.

– Você dormiu de novo – disse ela. O sol brilhava forte e entrava pela janela do quarto particular. Ele só saíra do tratamento intensivo na noite anterior.

– Desculpe – murmurou ele, a boca seca e dolorida.

– Não se desculpe – ela o confortou. – São os analgésicos. Vai ficar grogue por mais uns dias. – Ela pegou o copo de água que estava coberto e pôs o canudo entre os lábios dele. – Ainda está desidratado. Precisa tentar beber.

Ele fez sinal com a cabeça que entendia, tomou um golinho e olhou em volta, sendo capaz, mesmo em seu estado atual, de processar as informações que os olhos passavam ao cérebro. Desde que se recuperara da cirurgia, ele ficava acordado por períodos curtos e quase todas as vezes ela estava lá, esperando por ele, conversando um pouco antes que ele adormecesse, emocionada e chorosa no princípio, mas cada vez mais calma à medida que o medo angustiante se atenuava um pouco.

– Quarto particular? – perguntou ele, o canudo ainda na boca.

– A imprensa ouviu falar do seu *heroísmo* – disse ela. – Ficaram fuçando tudo por aqui vestidos de qualquer coisa, desde cirurgiões até porteiros. Achamos melhor entocar você em algum lugar mais escondido.

– Obrigado – disse ele, empurrando o canudo da boca com a língua e voltando a se recostar no travesseiro, o movimento fazendo com que se encolhesse de dor e se virasse para olhar para o ombro, enrolado em várias camadas de ataduras brancas com um tubo fino desaparecendo debaixo delas.

– É um cateter de morfina autoadministrada. Se estiver sentindo dor, é só apertar esse botão. – Ela apontou para uma caixa cinza próxima à mão direita dele. – E acrescentou: – Está regulado de modo a não permitir overdose.

Ele indicou que entendera. Estava acordado havia apenas dois minutos, mas já se sentia exausto. Seus olhos começavam a se revirar nas órbitas quando a voz de Kate atravessou a morfina e outros opioides, o medo em sua voz agindo como sais aromáticos.

– Sean... – Ele se esforçou para abrir os olhos e manter o foco, como um bêbado tentando se manter acordado num trem. Podia ver as lágrimas que ela não permitia que lhe escapassem dos olhos.

– Dessa vez você chegou muito perto, Sean, perto demais. Quando me disseram que tinha sido baleado e que estava sendo trazido para cá... meu coração, Sean... a dor no meu... – Ela não conseguiu terminar. Ele lhe deu alguns segundos para se recompor. – Tenho olhado o site de imigração da Nova Zelândia. Eu não teria dificuldade em conseguir um emprego lá, nem você. Você poderia até se transferir como detetive-inspetor. Escute, Sean... Londres, esse trabalho que você está fazendo... é demais. Temos que pensar nas meninas. Uma nova vida. Uma vida melhor... para todos nós.

– Talvez...

Uma batida na porta o salvou. Sally apareceu sorrindo no vão. Kate achou que era uma boa hora para sair e se levantou, curvando-se para lhe dar um beijo na testa.

– Prometa que vai pensar no assunto – pediu, e foi em direção à porta, passando por Sally na saída.

– Como vai? – perguntou Sally.

– Vou bem, obrigada – respondeu Kate com um sorriso forçado, antes de sair apressada pelo corredor asséptico. Sally deu de ombros e atravessou o quarto até Sean, jogando-se na cadeira que Kate acabara de desocupar.

– Está com uma cara boa – disse ela com um sorriso irônico. Ele abanou a cabeça e sorriu tanto quanto conseguiu. – Ela quase não sai do seu lado, sabia? Quando trouxeram você para cá, eles tentaram afastá-la, mas ela não aceitou.

– Você contou a ela o que aconteceu?

– Eu disse a ela que você é um completo idiota.

– E quanto aos outros?

– Disse a eles que você foi para a frente da casa enquanto eu cobria os fundos, que nós pensamos que ele não estivesse lá, por isso ele conseguiu atingir você. Teve algumas perguntas difíceis sobre por que não esperamos os reforços etc.

– E...?

– Eu disse que nós acreditávamos que Deborah Thomson estivesse em situação de perigo iminente, por isso não tivemos escolha senão entrar e tirá-la de lá.

– Alguém acreditou na sua história?

Sally deu de ombros.

– Keller não contestou minha versão dos fatos.

– Você o interrogou?

– Sim.

– Com Dave?

– Não. Com Anna.

– Anna? Caramba.

– Ela fez umas perguntas boas. Foi útil.

– E Keller, o que ele disse?

– Aposto que você já sabe.

Ele confirmou com a cabeça. – Ele não disse nada.

– Ele disse menos do que nada. Ficou catatônico... não diz nem o nome dele. Mais um futuro hóspede de Broadmoor, graças a nós.

– Melhor lugar para ele – comentou Sean, sua voz começando a sumir. – Talvez Anna possa interrogá-lo de novo como paciente.

Percebendo a desconfiança dele, Sally falou:

– Ela é legal. Anna e eu estamos ficando meio amigas. – Sean ergueu as sobrancelhas. – Ela tem me ajudado, você sabe, com umas coisas.

– Você mesma se tratou – disse ele. – É assim que a gente faz, lembra?

– Tenho me encontrado com Anna por minha conta. Ninguém no trabalho sabe disso. Eu gostaria que continuasse assim.

– Tudo bem – concordou ele, fraquejando sob o efeito da medicação que mantinha a dor a distância. Sally notou que ele ia dormir e se levantou para ir embora, suas últimas palavras soando na cabeça dele distorcidas como num sonho.

– Você e eu navegamos perto demais do vento nesses últimos nove meses – sussurrou ela. – Essas coisas físicas se curam, Sean, só que depois não somos os mesmos. Nunca mais seremos as mesmas pessoas que fomos. Mas, enfim, talvez isso não seja de todo mau.

Ele piscou devagar duas vezes, depois veio a escuridão.

Epílogo

O superintendente Featherstone estava sentado em sua sala na delegacia de Shooters' Hill, debruçado sobre os relatórios gerados pela investigação e prisão de Thomas Keller. Com Corrigan ainda confinado no hospital, ele herdara uma papelada bem maior do que gostaria. Perda de tempo, disse consigo, os psicólogos iriam afirmar que Keller era completamente louco e os tribunais concordariam. Não haveria julgamento, apenas uma declaração de inocência em razão de responsabilidade diminuída, que a promotoria aceitaria. Então Keller seria mandado para Broadmoor pelo resto da vida. Uma perda de tempo e dinheiro para todo mundo.

O toque do telefone na sua mesa o fez levantar os olhos do relato escrito por Sally sobre a prisão de Keller e o resgate de Deborah Thomson, um relato que o fizera erguer as sobrancelhas por mais de um motivo. Ele pegou o telefone.

– Detetive-superintendente Featherstone – não se cansava jamais de usar o nome completo do seu posto em qualquer ocasião, aliás.

– Alan, é o subcomissário Addis – Featherstone revirou os olhos e afundou na cadeira. – É bom que saiba que um monte de gente está fazendo um monte de perguntas.

– Sobre o quê, exatamente?

– Sobre o inspetor Corrigan – respondeu Addis.

– Por exemplo?

– Por exemplo, se ele vai se recuperar e voltar à ativa.

– Ele vai precisar de outra cirurgia para corrigir o ombro, mas acredito que vá se recuperar completamente.

– Bom. Em quanto tempo?

– Não sei, alguns meses, talvez menos.

– Vamos fazer com que seja menos, está bem?

– Não estou entendendo – disse Featherstone. – Por que a pressa?

– Estamos maximizando o uso de ativos, Alan – explicou Addis. – Quero ele por perto e pronto para a próxima vez. Só Casos Especiais, entendeu?

– Sim, senhor. – Featherstone ouviu a linha ficar muda, as palavras de Addis passando por sua mente.

A próxima vez. A próxima vez.

Agradecimento

Em primeiro lugar, eu gostaria de agradecer e dizer muitíssimo obrigado ao meu agente, Simon Trewin, atualmente na William Morris Endeavour, pela incrível fé depositada neste autor não experimentado, não testado e não treinado. O trabalho que ele teve para fazer do meu primeiro livro, *Brutal*, uma peça literária viável foi milagroso, assim como o seu esforço para conseguir contratos de publicação fantásticos na Grã-Bretanha, na Comunidade Britânica de Nações, nos Estados Unidos e além. Sem Simon, não teria havido o primeiro livro, muito menos o segundo. Também gostaria de mencionar a sua assistente na época, atualmente agente independente, Ariella Feiner, da United Agents, por todo o seu trabalho até agora.

Em segundo lugar, gostaria de dizer um enorme obrigado a todo o pessoal da HarperCollins Publishers, por tudo que fizeram por mim, especialmente a Kate Elton, pela coragem de arriscar tanto num desconhecido como eu, e a Sarah Hodgson, que não só foi uma editora fantástica, mas também minha principal agente de ligação e guia neste que ainda é, para mim, o estranho e maravilhoso mundo da indústria editorial. Um obrigado sincero também aos outros membros da equipe: Adam, Oli, Louise, Tanya, Kiwi Kate, Hannah e todos os outros. Muito, muito obrigado.

Título Original
THE KEEPER

Esta é uma obra de ficção. Nomes, personagens, lugares
e incidentes são produtos da imaginação do autor e
foram usados de forma fictícia. Qualquer semelhança
com pessoas reais, vivas ou não, acontecimentos
ou localidades é mera coincidência

Copyright © Luke Delaney 2013

O direito moral de Luke Delaney de ser identificado
como autor desta obra foi assegurado por ele.

Todos os direitos reservados
Nenhuma parte desta obra pode ser reproduzida
ou transmitida por qualquer forma ou meio eletrônico
ou mecânico, inclusive fotocópia, gravação ou sistema
de armazenagem e recuperação de informação,
sem a permissão escrita do editor.

Copyright da edição brasileira © Editora Rocco Ltda, 2016.

FÁBRICA231
O selo de entretenimento da Editora Rocco Ltda.

Direitos para a língua portuguesa reservados
com exclusividade para o Brasil à
EDITORA ROCCO LTDA.
Av. Presidente Wilson, 231 – 8º andar
20030-021 – Rio de Janeiro, RJ
Tel.: (21) 3525-2000 – Fax: (21) 3525-2001
rocco@rocco.com.br
www.rocco.com.br

Printed in Brazil/Impresso no Brasil

CIP-Brasil. Catalogação na fonte.
Sindicato Nacional dos Editores de Livros, RJ.

D378s	Delaney, Luke
	Sombrio / Luke Delaney; tradução de Márcia Arpini. – 1ª ed. – Rio de Janeiro: Fábrica231, 2016
	Tradução de: The keeper ISBN 978-85-68432-47-1
	1. Ficção inglesa. I. Arpini, Márcia. II. Título.
15-28553	CDD-823
	CDU-821.111-3

Este livro foi impresso na Intergraf Ind. Gráfica Eireli.
Rua André Rosa Coppini, 90 – São Bernardo do Campo – SP
para a Editora Rocco Ltda.